Trois mille chevaux-vapeur

Antonin Varenne

Trois mille
chevaux-vapeur

ROMAN

Albin Michel

juillet 2014

En 1600, la reine Élisabeth Ire accorde à un groupe de marchands et investisseurs anglais le monopole du commerce dans l'océan Indien. La première Compagnie des Indes est née. Les actionnaires de Londres et leurs concurrents européens prennent le contrôle du commerce mondial.

En 1776, l'élite financière et politique des treize colonies d'Amérique du Nord impose une déclaration d'indépendance à la Couronne britannique. Libérés des taxes et de la tutelle impériales, les États-Unis d'Amérique deviennent rapidement une nouvelle puissance économique. Dès son indépendance, la jeune nation américaine se lance dans des interventions militaires pour étendre et défendre ses intérêts commerciaux. À Sumatra, en Côte d'Ivoire, au Mexique, en Argentine, au Japon, en Chine, au Nicaragua, aux Philippines, à Hawaii, à Cuba, en Angola, en Colombie ou Haïti.

En 1850, l'East India Company – que ses actionnaires surnomment « la compagnie la plus puissante de l'univers » –, entretenant une armée privée de trois cent mille hommes, impose la loi de son commerce à un cinquième de la population mondiale, soit trois cents millions de personnes.

Au XIXe siècle, un soldat américain ou britannique, s'il avait le goût du voyage, pouvait faire le tour du monde en se battant d'un pays à l'autre.

I

1852
Birmanie

1.

— Rooney ! Putain de fainéant d'Irlandais ! Pallacate !

Rooney se leva du banc, traversa la cour en traînant des pieds et se planta devant le caporal.

— La jument en peut plus, chef. Y a plus un canasson qui tient debout.

— C'est toi qui en peux plus. En selle !

Le dos creusé par la fatigue, la tête à demi enfoncée dans l'abreuvoir, la jument pompait bruyamment des litres d'eau. Rooney saisit le licol, lui sortit la bouche de l'eau et grimaça en mettant le pied à l'étrier. Il avait galopé la moitié de la nuit d'une caserne à l'autre, son cul lui faisait mal, il avait de la terre plein les dents et le nez, le soleil lui chauffait le crâne.

Quinze miles jusqu'au comptoir de Pallacate.

La bête secoua la tête, refusant le mors. Rooney tira sur les rênes, la jument se cabra et il se rattrapa au pommeau pour ne pas tomber. Le caporal se marrait. Rooney cravacha les oreilles de son cheval en criant :

— Yap ! Yap ! Yap !

La jument partit au galop sur le dallage de la cour. Il passa sans ralentir les portes nord du fort Saint-George, fouetta la jument pendant un mile. Les plantations de mûriers défilaient, des champs de coton où travaillaient quelques paysans, penchés sur leurs outils. Tout au long de la piste, des colonnes de cipayes, dans leurs uniformes rouges, trottaient sous le soleil sac au dos et fusil à l'épaule.

Les garnisons convergeaient vers le fort et le port. Les villageois, inquiets, avaient fermé leurs portes et leurs fenêtres pour se protéger de la poussière levée par les bottes. L'armée de Madras était en grande manœuvre, sur son chemin la campagne s'était vidée.

Lord Dalhousie, gouverneur général des Indes, avait déclaré la guerre au roi des Birmans.

Le général Godwin, arrivé la veille de Bombay avec dix navires, mobilisait tous les régiments.

Douze heures que Rooney portait des plis aux quatre coins de la région.

Pallacate. Encore huit miles. Sa dernière course.

Peut-être qu'il pourrait rester là-bas cette nuit, aller chez le Chinois et se payer une des filles. Elles étaient propres et le gin moins cher qu'à Saint-George. L'idée de passer la nuit au village des tisserands lui donna des ailes, mais pas à la jument, qui soufflait comme une tuberculeuse.

Rooney, les jambes trempées par l'écume, lui envoya une volée de coups. C'était la guerre, on avait le droit de tuer un cheval.

Il dépassa des gamins sur des ânes et des paysans en guenilles, aperçut les premières maisons de Pallacate, enfila sans ralentir la rue principale où des femmes coururent se mettre à l'abri, des enfants accrochés dans le dos.

– Yap ! Yap !

À la sortie du village il tourna à gauche vers les entrepôts du comptoir. Il aurait la boutique du Chinois pour lui tout seul. Et au fort, pareil. Plus personne, plus de corvées à la con pendant des semaines. Pendant que tout le monde partait pour Rangoon, lui resterait à se la couler douce. Le roi de Saint-George !

– Yap ! Yap !

La jument secoua la tête, son pas se désynchronisa. Il y eut un à-coup, comme si ses jambes lâchaient sous son poids. Rooney s'accrocha de toutes ses forces, la bête se reprit, accéléra à nouveau sans qu'il ait donné un coup de talon, à moitié folle de chaleur et d'épuisement. Au milieu des bâtiments, dans la cour délimitée par les entrepôts, Rooney aperçut le drapeau de la Compagnie flottant dans le vent.

Il dépassa le premier hangar, la tête de la jument plongea en avant et disparut. Il entendit les jambes du cheval se briser, un bruit incroyable d'os pulvérisés par la vitesse. Rooney s'envola droit devant à deux mètres du sol. Il tendit les bras, ne sentit pas le choc, ni les os de ses poignets et de ses bras casser net. Sa tête rebondit sur la terre, il passa cul par-dessus tête et son dos vint s'écraser sur la pompe à eau, colonne de fonte au milieu de la cour.

Le sergent Bowman attrapa son fusil appuyé à une racine du grand banian, se leva de la chaise longue installée à l'ombre du feuillage. Le nuage de poussière soulevé par la chute du cheval et de son cavalier montait lentement au-dessus de la cour. La jument poussait des cris à réveiller les morts et le courrier assommé ne bougeait pas. Le sergent passa devant la bête qui fouettait l'air de ses postérieurs, posa le Enfield en travers de ses jambes et s'accroupit devant le soldat.

Ramassé en boule contre la pompe, il ouvrit les yeux.

– Qu'est-ce... qu'est-ce qui s'est passé ?

Sa tête tombait sur sa poitrine et un filet de sang coulait au coin de sa bouche. Son bassin était cassé, ses jambes emmêlées comme des chiffons. Ses yeux roulèrent d'un côté à l'autre, cherchant à reconnaître l'endroit. La cour, les entrepôts de soieries, ce sergent qui le regardait et la jument couchée, sa langue gonflée léchant la terre comme si c'était de l'eau.

– Je sens... plus rien...

Ses yeux descendirent sur son corps désarticulé. Une grimace de panique déforma son visage.

13

– Putain… Qu'est-ce… qui… m'arrive ?

Le sergent ne lui répondait pas.

– Aidez-moi… Putain… Aidez-moi.

Rooney regarda encore autour de lui. Il n'y avait personne d'autre. La jument hennissait et ruait, le sergent restait là sans bouger. Rooney essaya d'appeler à l'aide mais s'étouffa et cracha du sang. Le sergent Bowman recula pour ne pas être éclaboussé.

– En… foi… ré… Aide… moi.

Le sergent inclina la tête.

Figé sur une expression de panique, le visage du soldat Rooney s'immobilisa, paupières levées, ses yeux plantés dans ceux de Bowman. Une bulle de sang se forma entre ses lèvres et éclata.

L'administrateur sortait de son bureau en courant.

Le sergent Bowman se redressa et marcha jusqu'au cheval, chargea son fusil, posa sa botte en travers de la gorge de la jument et lui tira une balle dans la tempe.

L'administrateur se signa avant d'ouvrir la sacoche qui pendait au cou du cadavre. Il en tira le pli scellé qui lui était adressé.

– Quelle absurdité. Mourir en portant un message de guerre.

Le sergent Bowman appuya le fusil sur sa crosse et croisa ses mains sur le canon encore chaud. Des cipayes se précipitaient, faisant cercle autour du mort. Le comptable de la Compagnie fouilla le soldat, trouva son carnet militaire dans la poche de sa veste.

– Sean Rooney. Fort Saint-George… Celui-là ne mourra pas en Birmanie.

L'administrateur se tourna vers Bowman.

– Sergent, vous partez immédiatement. Vous êtes attendu à Madras avec vos hommes.

Bowman posa son fusil sur son épaule et se dirigea vers sa cahute à l'ombre du banian. Le comptable cria :

– Sergent ! Vous vous chargerez de ramener à Madras le corps du soldat Rooney.

Bowman continua à marcher.

– Je vous laisse la jument.

En colonne par deux, vingt cipayes attendaient sous le soleil. À côté du cheval du sergent, un bœuf était attelé à un chariot. Dans le chariot on avait allongé le corps de Rooney et jeté par-dessus les bardas des soldats.

Bowman passa devant les hommes au garde-à-vous et frappa à la porte de l'administrateur.

– Cinq hommes restent ici en attendant que Madras renvoie un contingent.

– C'est très bien comme ça. Je ne fais pas la guerre, sergent, je suis un commerçant. Je ne risque rien ici. Je ne suis pas mécontent de vous voir partir, Bowman, mais mon devoir de chrétien est de souhaiter le bien de tous. Que dieu vous garde, où que vous alliez.

Bowman monta en selle, éperonna sa monture et la fit marcher jusqu'au cadavre de la jument. Le cheval promena ses naseaux au-dessus de la carcasse, souffla un grand coup comme pour se dégager le nez et releva la tête. Les cipayes passèrent au trot, suivis par le chariot. Bowman leur emboîta le pas et ferma la marche.

Au fort Saint-George, Bowman laissa les cipayes récupérer de leur marche et chercha l'officier responsable du courrier, se renseignant auprès d'un soldat de garde.

– Rooney ? Faut voir avec le caporal, aux écuries. Qu'est-ce qui s'est passé ?

Bowman trouva les écuries et le caporal entouré d'autres messagers sales et fatigués, assis autour d'une table dans des odeurs de crottin.

– Quel con ! Tuer une bête et lui avec ! Toujours été tête en l'air, Rooney. Et ces satanés Irlandais, ils détestent être enterrés ici ! Il en a pas trop bavé ?

15

— Mes singes vous amèneront le corps, je vous laisse mon cheval aussi.

Au poste de commandement du fort, Bowman reçut son ordre de mission.

Les quais étaient envahis de marchandises, de caisses d'armes et de munitions. Des montagnes de tonneaux s'empilaient sur des dizaines de mètres de long. De l'eau, du vin, du rhum, du vinaigre, des casiers à poules et à lapins, des cochons qui braillaient. Des coolies déchargeaient les tonnes de vivres et d'armement pendant que des chaloupes faisaient des allers et retours jusqu'aux dix-sept navires de la flotte en rade de Madras. Le soleil baissait sur l'océan, les couleurs de la Compagnie, sur les immenses drapeaux flottant au-dessus de la mer, éclataient dans la lumière jaune.

Des colonnes de cipayes et de soldats britanniques arrivaient en un flot continu, on entendait sur les chaloupes les hommes chanter en rythme, tirant sur les rames, transportant contingents et cargaisons.

Dix-sept vaisseaux de premier rang, mille canons et quinze mille hommes en cale, dont trois quarts de cipayes, qui coûtaient trois fois moins cher que les soldats anglais. L'armée de la Compagnie était bien plus nombreuse que celle de la Couronne, mais gonflée de recrues indigènes par mesure d'économie.

Les actionnaires de Leadenhall Street voulaient le golfe du Bengale pour eux seuls. Si cette armada ne suffisait pas, trente mille hommes de plus seraient envoyés. Pagan Min devait tomber avant la mousson, sinon la Compagnie était bonne pour quatre mois de plus, à attendre que les fleuves redeviennent navigables. Les officiers le savaient, les sous-officiers gueulaient de toutes leurs forces, faisant avancer les hommes, bouger les marchandises et ramer les matelots.

La petite troupe de Bowman fut aspirée dans le tourbillon du port.

Pendant deux heures, jouant des coudes sur les quais, ils attendirent leur tour pour sauter à bord d'une chaloupe. Le soleil touchait l'horizon quand le sergent et ses hommes s'agrippèrent enfin aux échelles de corde déroulées sur le flanc du *Healing Joy*, vaisseau amiral de la flotte.

Les cipayes descendirent au dernier pont, sous la ligne de flottaison, et le sergent Bowman rejoignit le contingent britannique au premier. Quatre cents hommes qui cherchaient leur place dans la pénombre, déroulant les hamacs dans lesquels ils allaient moisir deux semaines.

Si le vent était bon.

Plusieurs heures passèrent avant qu'un coup de canon éclate au-dessus de leurs têtes et que la flotte se mette en mouvement. Sur le pont, au-dessus de la troupe, on entendait les sifflets et les ordres, les voix des matelots et le bois des mâts qui craquait, vibrant jusqu'aux cales des cipayes.

Il était minuit, la chaleur insupportable.

Au milieu des hommes surexcités, alors que le *Joy* prenait de la gîte en s'éloignant des côtes indiennes et que des soldats commençaient à vomir, le sergent Bowman s'allongea dans son hamac et ferma les yeux, la main sur le poignard afghan passé à sa ceinture. Trois ans qu'il attendait.

2.

Un sabord se souleva.

Bowman, les coudes appuyés au bastingage, se pencha un peu plus en avant.

Un buste bascula au-dessus de la mer, une chemise blanche

grossièrement relevée sur la tête. Le corps percuta l'eau, s'enfonça un instant avant de remonter flotter à la surface. Un deuxième suivit, dérivant lentement le long du navire. Une première silhouette grise décrivit un cercle autour des cadavres. Quand un troisième corps tomba par-dessus bord, la mer immobile depuis l'aube se mit à bouillonner.

Des dizaines d'ailerons et de queues frappaient l'eau, des petits yeux noirs apparaissaient dans l'écume, les mâchoires des squales se refermaient sur des bras et des jambes. La flaque de sang grandissait à mesure que les corps des soldats tombaient du sabord comme des poulets dans une friture.

Ce matin-là, Bowman en compta huit.

Des gerbes d'eau rose éclaboussaient la coque, des bustes sans tête roulaient dans le bouillon, emmêlés dans des lambeaux de chemises. Des requins blessés par leurs congénères hystériques continuaient à se battre pour un morceau d'épaule, d'autres, tués par les coups de dents aveugles, flottaient ventre en l'air au milieu du festin.

Bowman releva la tête. Autour des autres navires, à quelques encablures du vaisseau amiral, la même frénésie aquatique et des silhouettes penchées comme lui sur le spectacle. Il frotta une allumette sur le bastingage, protégea la flamme de sa main et ralluma sa pipe.

À bord des dix-sept navires, une centaine d'hommes étaient encore morts cette nuit.

Leur repas terminé, les requins s'éloignèrent et les mouettes tombèrent en piquet sur les morceaux de chair oubliés. La mer était rouge, comme teintée par des limons de latérite à l'estuaire d'un fleuve africain. Le courant débarrassait la flotte de ses déchets, étirant la tache colorée, de plus en plus pâle, en direction des côtes. Le soleil du matin montait au-dessus de la ligne sombre du continent, les ventres ronds des nuages, chargés d'une pluie qui ne tombait pas, roulaient sur l'horizon écrasé.

Bowman cracha dans l'eau, nettoya le foyer de sa pipe et redescendit au premier pont.

Après trois semaines de traversée et trois jours au mouillage, le *Healing Joy* puait comme une ménagerie. Sur le golfe le vent n'avait pas soufflé, la flotte s'était traînée lamentablement sur une houle profonde.

Il souleva le drap qui séparait son hamac du reste des hommes et s'allongea sur le tissu qui commençait à moisir.

À terre, les espions de Pagan Min se foutaient de cette armada immobile : ils ne regardaient plus que le ciel en attendant que la mousson éclate. L'ennui des hommes en cale tournait à la mélancolie et les malades étaient de plus en plus nombreux. Les fièvres, le mouvement lent des navires, le silence et la chaleur les avaient assommés, ils restaient allongés jour et nuit, dans une rumeur constante de grognements et de toux. Sous la ligne de flottaison, là où l'air ne circulait plus, les cipayes tombaient comme des mouches. Sur les huit cadavres balancés à l'eau ce matin, six étaient des Indiens. La pisse et les excréments roulaient sous les caillebotis, l'air était putride et le général Godwin avait interdit de sortir sur le pont supérieur : plus l'état de la troupe se dégradait, plus il était important de le cacher aux espions de Min.

C'était la deuxième fois que la Compagnie faisait la guerre aux Birmans. La première fois, en 1826, Campbell, à la tête des troupes britanniques, avait obtenu des comptoirs le long de la côte, jusqu'au royaume de Siam. Lui aussi était arrivé trop tard. La pluie et les fièvres avaient tué dix mille hommes quand il avait essayé d'atteindre Ava par les terres. Sa campagne s'était soldée par une demi-victoire et le droit de commercer dans les ports. Les Min avaient repris du poil de la bête depuis, tenté de renégocier les accords de 26, menant la vie dure aux administrateurs des comptoirs, menaçant le commerce dans le golfe et sur la route de la Chine. Dalhousie avait envoyé le commodore Lambert au début de l'année, pour une mission diplomatique. Lambert n'était pas diplomate. La situation s'était envenimée et la dernière

19

solution qu'il restât fut d'entrer en guerre. Cette fois pour en finir et prendre le pays.

Mais le vent ne soufflait pas, engluant la flotte qui attendait l'assaut. Les hommes mouraient avant qu'un seul coup de canon ou de fusil ait été tiré.

Bowman sortit de son sac un torchon qu'il déplia sur son ventre. Il mâcha le dernier morceau de porc séché qu'il avait emporté avec lui de Pallacate, avalant lentement le jus de la viande. Il se frotta les dents et les gencives avec un morceau d'écorce de citron soigneusement conservé, puis l'avala.

Les vivres commençaient à manquer, embarqués en trop faibles quantités ; les rations étaient réduites, l'eau douce avait croupi et il fallait la couper au vinaigre.

Il s'enfonça dans son hamac, maudissant les actionnaires de Londres qui déclaraient des guerres sans savoir les mener, les officiers qui s'engraissaient dans leurs palais, les cipayes du Bengale qu'on avait recrutés dans des castes trop délicates et qui avaient refusé de partir en Birmanie. Bombay et Madras avaient dû fournir les hommes, la Compagnie était arrivée en retard.

Au milieu des plaintes et bruits habituels du pont, des voix attirèrent l'attention du sergent. D'abord des mots plus forts, qui tournèrent aux insultes. Des rires et des bousculades. Il se leva et écarta le drap.

Une vingtaine de soldats entouraient deux types en train de se battre. Un blond massif, au cou de taureau, s'en prenait à un grand soldat brun plus léger de dix ou quinze kilos. Les hommes se marraient et quand le gringalet essayait de s'enfuir, refusant de se battre, ils le repoussaient dans les bras de son adversaire. Le blond le projeta contre la coque, sa tête heurta une ferraille et du sang commença à couler sur son front. Les hommes autour rirent plus fort. Le taureau se jeta en avant, le grand mince esquiva la charge et son adversaire percuta la charpente. Sonné et vexé, il tira

20

un couteau de la manche de son uniforme. Le public arrêta de rire et s'écarta de l'arme. Le gringalet leva ses mains.

– Arrête. Ça sert à rien. Je veux pas me battre avec toi.

L'homme au couteau ne l'écoutait plus. Contraint de se défendre, le grand type ôta sa veste d'uniforme et la roula autour de son bras, reculant vers les hamacs sans quitter la lame des yeux.

Le taureau bondit en avant, le grand brun esquiva encore, trébucha, roula par terre et se releva.

Bowman, l'épaule contre un poteau, regardait avec les autres. Il n'y en avait plus pour très longtemps.

À l'attaque suivante le grand soldat essaya de frapper le bras armé. Il manqua son coup, la lame décrivit un rapide arc de cercle, de haut en bas, tranchant sa chemise. Il tomba à genoux et s'enroula comme un serpent autour de sa blessure. Le blond fonça pour frapper à nouveau, deux mains le saisirent à la gorge, le soulevèrent du sol et le projetèrent en arrière. Il se releva, furieux, découvrit le sergent Bowman, cligna des yeux, bouche ouverte, souffle court, et laissa son couteau tomber sur le plancher.

Bowman se pencha sur le blessé. L'entaille était longue mais peu profonde, le coup n'avait pas porté. Il ordonna qu'on aille chercher le chirurgien.

– Pourquoi vous l'avez pas arrêté avant, sergent ?

Bowman se redressa.

– Foutez-le dans son hamac.

Le chirurgien arriva quelques minutes plus tard, gueulant qu'il avait assez de malades comme ça pour que les hommes s'ouvrent en plus le ventre. La blessure soignée, il se planta devant le hamac de Bowman.

– Un rapport à faire, sergent ? Les hommes sont de plus en plus tendus, ce genre d'incident ne doit pas se reproduire.

– Je m'en suis occupé. Y aura plus de problèmes. Comment va le blessé ?

– Ce n'est pas très grave, je n'ai pas fait de suture.

21

Le chirurgien avait une sale gueule, les yeux rouges de fièvre. Il restait là, ruminant quelque chose, et Bowman attendit qu'il parle.

– Si nous restons trop longtemps ici, je ne pourrai plus rien faire. Je n'ai presque plus de médicaments, la moitié des Indiens sont malades. Ils ne supportent pas la mer.

Il baissa les yeux.

– Prenez soin des hommes, sergent. Le soldat blessé, c'est un bon chrétien, ce sont tous de bons chrétiens.

La bouche du médecin passait d'un sourire nerveux à l'abattement le plus complet. Il attendait toujours quelque chose. Bowman se racla la gorge.

– Je m'occupe d'eux, sir. Vous en faites pas.

Le chirurgien déguerpit entre les hamacs.

Tout le monde devenait fou, parce que tout le monde croyait que la guerre n'avait pas encore commencé alors que la première bataille, la plus longue et la plus mortelle, se passait déjà à bord : l'attente. Bowman savait qu'il fallait d'abord survivre à l'armée avant de survivre aux champs de bataille. Lui était déjà au front.

Il attrapa son livre, l'ouvrit au passage qu'il lisait toujours avant les combats.

Un doigt sur les mots, planqué derrière son drap, ses lèvres bougeant silencieusement, il déchiffra le texte.

Tout l'argent, l'or et les objets de bronze et de fer seront consacrés au Seigneur : ils entreront dans le trésor du Seigneur.

On sonna de la trompe. Lorsque le peuple entendit le son de la trompe, il lança une grande acclamation, le rempart de Jéricho s'écroula sur lui-même, et le peuple monta à l'assaut de la ville, chacun devant soi. Ils prirent la ville. Ils frappèrent d'anathème tout ce qui était dans la ville : hommes et femmes, enfants et vieillards, bœufs, moutons et ânes, ils les passèrent au fil de l'épée.

La Bible était le seul livre qu'il avait jamais possédé. Bowman n'imaginait même pas qu'il pouvait y en avoir d'autres, aussi gros, avec dedans autant d'histoires. Il ferma les yeux en se demandant pourquoi Dieu, qui faisait pleuvoir sur ses ennemis, écroulait des murailles et asséchait des fleuves pour aider ses armées, se foutait tellement du sort de la Compagnie. Il se demanda aussi pourquoi il n'avait pas arrêté la bagarre plus tôt, et si le soldat blessé, dans le cas où il aurait réussi à désarmer son adversaire ou même à lui planter une lame dans le ventre, lui aurait quand même posé la question.

Rien que des bons chrétiens.

Bowman sourit. La bagarre l'avait diverti et les hommes, quoi qu'en dise le toubib, étaient encore en état de se battre. Ils n'attendaient même que ça.

*

L'odeur du vinaigre montait du pont tout juste nettoyé, se mêlant aux parfums de mer tiède et de pourriture du *Joy*. Bowman frotta l'allumette sur la main courante, la flamme éclairant un instant ses mains puis son visage quand il l'approcha du tabac. Il tira une bouffée, souffla la fumée en étirant sa nuque, menton levé, vidant tout le coffre de ses poumons.

À l'est, le long de la côte invisible, les lumières de Rangoon vacillaient comme des étoiles trop faibles. Sous ses pieds les hommes tournaient dans leur hamac en espérant que demain le vent serait là, que le navire arrêterait de rouler ou que le vinaigre se changerait en vin. Sur le pont des sentinelles patrouillaient fusil à l'épaule et quelques officiers prenaient l'air, éclairés par la lune.

Bowman, pendant la traversée, en avait reconnu quelques-uns. Six ou sept parmi les deux cents que comptait le *Joy*. Des officiers sous les ordres desquels il s'était battu au Panjab, dans le régiment de Cavendish, d'autres qu'il avait rencontrés dans les garnisons des comptoirs où il avait été envoyé ces trois dernières années.

Parmi les hommes qu'il avait salués, personne ne lui avait adressé la parole. Peut-être qu'on l'évitait ou qu'il avait changé depuis le Panjab, que tout le monde n'avait pas comme lui la mémoire des visages. Il cracha dans la mer comme pour lui refiler une maladie.

– Sergent Bowman ?

Il salua mollement l'officier de pont, portant sa pipe à sa tempe.

– Vous êtes demandé par le major Cavendish, je dois vous accompagner maintenant.

– Cavendish ?

– Tout de suite, sergent.

Bowman reboutonna sa veste puante.

Cavendish. Commandant en second de la flotte. Héritier du duché de Devonshire. Sa famille parmi les plus gros actionnaires de la Compagnie. La seule fois où Bowman l'avait vu, c'était après la prise du palais d'Amritsar, lors d'une cérémonie de remise de galons. Le caporal Bowman, promu sergent, s'en souvenait. Cavendish avait fait un discours et dit que les officiers étaient les *fers de lance de la Compagnie*. Il avait trouvé l'expression très bien.

Cavendish était à bord du *Joy* et voulait le voir, lui, Arthur Bowman.

Peut-être que l'attaque allait être lancée, que Godwin rassemblait les officiers pour donner ses ordres. Mais Bowman n'était que sergent. Il n'avait rien à foutre dans le gaillard avec l'état-major et, à moins d'un problème, jamais un type comme lui n'approchait un officier de haut rang.

Il suivit l'officier de pont, passa devant des sentinelles et des gardes, traversa des couloirs aux cloisons vernies sur lesquelles se reflétaient les lumières des lampes à huile. Son guide frappa à une porte, une voix leur dit d'entrer. L'officier ouvrit, s'écarta et referma derrière lui.

Bowman ne comprit pas où il était. Ce n'était pas la salle de commandement, rien qu'une petite cabine avec une seule fenêtre, une couchette, une table à cartes, deux fauteuils et une lampe suspendue au plafond. Derrière la table, dans un des fauteuils tapissés, le major Cavendish était assis, à peu près tel que Bowman se souvenait de lui. Devant la fenêtre, fumant un cigare, un capitaine en uniforme. Il le reconnut, même si à l'époque Wright n'était que lieutenant. Pendant une seconde le sergent resta planté là, avant de se mettre au garde-à-vous en faisant claquer les talons usés de ses bottes et de se retourner, dos aux officiers et à la table.

– Sergent Bowman, à vos ordres, sir !

Il y eut une sorte de rire dans son dos.

– Vous pouvez vous retourner, sergent.

– Sir ! Vous avez pas rangé la carte, sir !

Bowman attendit. Il n'y eut aucun bruit de papier ni le moindre mouvement. Les sous-officiers, sur un vaisseau de guerre à la veille d'une attaque, n'avaient pas plus le droit qu'un simple soldat de voir les cartes militaires. Jeter un œil dessus, même par inadvertance, pouvait mener au bout d'une corde ou dans la mer avec les requins.

Cavendish s'adressa au capitaine :

– Wright, j'ai l'impression que cette fois vous avez fait le bon choix.

Wright ne répondit pas, Cavendish reprit sur un ton plus ferme :

– Retournez-vous, sergent.

Bowman pivota sur lui-même, le regard toujours au-dessus de la table.

– Sergent, vous allez regarder cette carte qui vous effraie tant et me dire ce qu'elle représente.

Bowman cligna des yeux.

– Sir ! J'ai pas peur de la carte. Je savais pas si j'étais autorisé à la regarder, sir.

– Vous l'êtes. Dites-moi ce qu'elle représente.

Bowman baissa les yeux, dévisagea rapidement le capitaine Wright, passa sur Cavendish et s'arrêta sur la carte.

De là où il était, à l'envers, il ne put lire les noms mais vit une mer, une côte, une grande tache verte et au milieu le dessin bleu et tortueux d'un fleuve. Il essaya de faire le point mais les lettres étaient trop petites.

– Sir, je sais pas. Mais je dirais que c'est le royaume d'Ava.

– C'est exact, sergent. Et quel est ce fleuve ?

Bowman releva la tête au plafond.

– Sir, je suis pas sûr, mais je dirais que c'est l'Irrawaddy.

– Encore exact. Qu'est-ce que vous pouvez me dire de ce fleuve, sergent ?

Bowman déglutit.

– Je… je comprends pas, sir.

– Que savez-vous de ce fleuve ?

– Sir ! C'est la route d'Ava, sir.

Cavendish sourit.

– Mais encore ?

– Sir ! Je sais pas… C'est la route d'Ava… Et la mousson arrive.

– La mousson… Qu'est-ce que cela veut dire, la mousson, sergent ?

Un nouveau silence s'installa, pendant lequel Bowman sentit ses jambes lâcher sous son poids.

– Sir ! Les pluies, ça veut dire que la flotte ne peut pas remonter le fleuve.

Cavendish regarda la carte un instant, préoccupé, puis se leva.

– Sergent, le capitaine Wright ayant appris que vous étiez à bord, il m'a recommandé de vous rencontrer. Il m'a dit que vous étiez un combattant courageux, presque… Comment avez-vous dit, Wright ? Ah ! Téméraire. Le capitaine dit que vous vous êtes battu comme un lion sous ses ordres pendant l'attaque du palais d'Amritsar. Qu'en dites-vous, sergent ?

– Sir ! Je vous demande pardon, sir ?

– Êtes-vous d'accord avec le capitaine Wright ?

– Sir ! Un sacré assaut, au sabre et à la baïonnette, mais j'ai seulement obéi aux ordres, sir !

– Ah ! Voilà ce que je voulais vous entendre dire, sergent. Vous avez obéi aux ordres. Et vous êtes monté à l'assaut avec votre baïonnette ! Superbe ! Donc vous êtes un bon soldat, et vous êtes courageux.

Cavendish fit plusieurs allers-retours dans la cabine, les mains croisées dans le dos, s'arrêta finalement sous le halo de la lampe et posa ses mains sur la carte.

— Sergent, j'ai réfléchi et je vais vous confier cette mission. Le lieutenant Wright conclura cet entretien.

Cavendish sortit sans saluer ni ajouter un mot, claqua la porte derrière lui et laissa le capitaine Wright seul avec Bowman.

Wright tira une dernière bouffée de son cigare et le jeta par la fenêtre.

— C'est une chance, Bowman, que vous vous soyez trouvé à bord de ce navire.

— Sir, une chance comme on en a pas toujours quand on voudrait !

Wright se retourna.

— Qu'est-ce que vous entendez par là, sergent ?

— Sir ! C'est une façon de parler, rien de spécial.

Le capitaine observa Bowman un instant.

— Demain, avant midi, une chaloupe de la Compagnie viendra nous chercher ici, à bord du *Joy*. Vous serez sous mes ordres, commandant en second de l'expédition. Trente hommes, dont vingt arriveront demain avec le sloop et dix autres, de confiance, que vous devrez choisir parmi ceux du *Joy*. Soyez sur le pont demain matin, paquetages complets, sans armes, prêts à ne pas revenir à bord.

Wright se tourna vers la fenêtre.

— Vous êtes l'un des hommes les plus violents que j'aie jamais eu sous mes ordres, Bowman, vous obéissez et vous vous faites obéir. C'est pour ces qualités que je vous ai recommandé au major Cavendish et qu'il a décidé de vous choisir. J'espère que vous serez à la hauteur de la confiance que je vous accorde. Pas un mot à quiconque. Rompez, sergent.

Des clous plantés dans ses semelles retenaient Bowman au

plancher. La cabine tournait devant ses yeux. Il s'arracha au sol, avança vers la porte, se retrouva dans le couloir et marcha jusque dehors. Sous la lune noire, bouche grande ouverte, il respira à pleins poumons. L'air était chaud, humide et confiné, trop épais pour apaiser son vertige.

Il ne savait pas pourquoi, ni comment cela se passerait, mais il venait d'être condamné à mort. Ce n'était pas arrivé sur un champ de bataille ou à l'assaut d'un nid ennemi, seulement devant une carte, un duc trop pressé pour finir ses phrases et un capitaine qui fumait un cigare. Et au lieu d'une sentence, il avait reçu un ordre.

Il marcha jusqu'au bastingage, y appuya ses mains et regarda au loin les lumières de Rangoon. Il resta là une heure à respirer cet air de cercueil, avant de redescendre au premier pont et de se glisser entre les mercenaires de la Compagnie, étendus sur les hamacs, les yeux ronds et immobiles, accrochés au plafond comme des lézards.

Dix hommes.

3.

Il n'avait pas fermé l'œil. Sous ses pieds, des cipayes rendus fous par les fièvres avaient hurlé toute la nuit. Il souleva un coin de son drap.

Par les sabords entrouverts filtrait la lumière de l'aube, les hommes commençaient à bouger, renonçant au sommeil. Les cantiniers apportèrent le bouillon de riz et la ration d'eau-de-vie du premier repas de la journée. Les soldats, gamelle et tasse à la main, se mirent en ligne les uns derrière les autres. Une fois servis, ils repartaient manger leur ration, avalant avec dégoût la soupe insipide et de petites gorgées d'alcool auquel on attribuait le pouvoir de sauver de la fièvre et des miasmes.

Bowman ne bougea pas de sa couche et, pendant le rituel lent et pathétique de la soupe, regarda les soldats défiler devant lui. Il n'en connaissait aucun, ne savait pas davantage pour quelle mission il avait besoin d'eux.

Wright l'avait choisi parce qu'il était dur.

Peut-être qu'il fallait chercher des hommes qui lui ressemblaient ?

Et c'était quoi, un homme de confiance ? Wright ne lui faisait pas confiance. Lui ne faisait pas confiance à Wright. Bowman n'avait jamais eu confiance qu'en lui-même, pourtant l'idée d'être entouré par dix types qui lui ressemblaient l'inquiétait plus que tout.

Il avait depuis longtemps éliminé l'idée de choisir des Indiens. On ne savait jamais pourquoi les indigènes obéissaient, ni pourquoi un jour ils allaient désobéir. Pour lui, un ordre avait la même valeur qu'une décision qu'il prenait lui-même.

Dix hommes, libre choix.

Bowman reconnut le gringalet de la bagarre, celui que le chirurgien avait rafistolé la veille. Debout dans la file des soldats, sa gamelle à la main, sa chemise déchirée et tachée de sang séché, le type avait passé la nuit sans choper une fièvre.

— Toi, viens par là.

Le soldat suivit le sergent jusqu'à un coin plus tranquille du pont.

— Tu sais pourquoi j'ai pas arrêté la bagarre avant ?

Il regarda Bowman.

— Pourquoi, sergent ?

— Parce qu'une bagarre, c'est comme une guerre : faut connaître le vainqueur pour savoir qui avait raison de se lancer dedans. Et que parfois c'est celui qui voulait pas se battre qui gagne. Alors c'est lui qu'avait raison.

Le soldat sourit à Bowman.

— Dieu pardonne les offenses, comme je refuse les combats

injustes ou sans raison. J'aurais pu maîtriser cet homme, sans me battre et sans votre intervention, sergent.

– Merde, t'es pasteur ou quoi ?

– Rien qu'une brebis dans le troupeau, sergent.

– Une brebis qui tient debout avec une estafilade de trente centimètres, c'est de la bonne viande.

Bowman regarda autour d'eux.

– Y a quelqu'un en qui tu as confiance sur ce bateau ?

Le soldat était perplexe.

– Qu'est-ce que vous voulez dire ? Quelqu'un que je connais ?

– Ouais, en qui tu as confiance.

Le soldat regarda les hommes qui les entouraient, debout ou allongés, en train de manger, malades, bavardant ou silencieux. Il en désigna un, assis sur son hamac, qui avalait sans rechigner sa ration avariée.

– Tu te fous de ma gueule ?

Le soldat fit non de la tête. Bowman sourit à moitié.

– Lui ? T'es sûr ?

Le grand mince hocha la tête.

– Lui.

Bowman marcha jusqu'au blond qui avait essayé la veille d'égorger la brebis du bon dieu.

– Toi.

Le soldat sauta de son hamac et se mit au garde-à-vous.

– Sergent !

– Par ici.

Quand le taureau blond se retrouva en face du soldat blessé, il se figea.

– C'était juste une connerie, sergent, je me suis foutu en rogne pour rien, je vous jure que ça arrivera plus.

– Ta gueule. Toi, le Prêcheur, tu lui expliques. Il fait la même chose. Quand vous êtes dix, vous faites votre sac et vous me retrouvez sur le pont. Ordres du sergent Bowman, on vous laissera passer. Compris ?

Le soldat du bon dieu acquiesça, l'autre fit oui sans comprendre.

– Vos noms ?

Le Prêcheur s'appelait Peevish, l'homme qu'il avait décidé de pardonner s'appelait Bufford.

Bowman fonça jusqu'à son coin, tomba à genoux devant son sac et le vida sur le plancher.

Il déplia une veste d'uniforme à peine en meilleur état que celle qu'il avait sur le dos, déposa dessus sa corne à poudre nacrée, la bouteille de rhum presque vide, ses papiers militaires dans la petite pochette en cuir huilé, sa bible et sa réserve de tabac, puis roula la veste autour des objets. Il rangea au fond du sac de toile une paire de bottes neuves et ses vêtements de rechange, par-dessus la veste pliée, tira son poignard de sa ceinture et le posa sur ses affaires.

Quand il sortit sur le pont quelque chose avait changé, qu'il ne comprit pas tout de suite.

Les dix-sept navires de la flotte, qui n'avaient pas bougé depuis des jours, se balançaient d'un côté à l'autre, les lignes de leurs gréements se croisant sur l'horizon. Un clapot battait contre les coques, la mer blanchissait et tous les hommes sur le pont du *Healing Joy* tournaient leur visage dans le vent qui s'était levé. Les nuages dans le ciel avançaient vers l'est et Rangoon. Sur le pont des officiers, un matelot hissait des pavillons, faisant circuler aux autres navires les ordres du général Godwin.

Le vent soufflait sur les projets de la Compagnie, la pluie n'avait pas éclaté.

Les marins envahirent les mâtures, courant dans les haubans et sur les baumes à quarante mètres au-dessus de la mer. Godwin et son état-major apparurent à la dunette, les médailles et l'or des uniformes brillant dans la lumière. Des longues-vues se tournèrent vers Rangoon. Le major Cavendish était là aussi, lorgnant vers la côte.

31

Les soldats furent envoyés aux postes de combat, les matelots à la manœuvre. Les chaînes des ancres sortirent de l'eau, maillon par maillon, au rythme des hommes à l'effort. Les voiles se déroulèrent en gonflant dans le vent, les sabords de la flotte s'ouvrirent sur les bouches des canons. Les caronades de trente, cachées sous des sacs de voiles, trapues et noires, apparurent sur les ponts. De tous les navires, ricochant sur l'eau et portés par le vent, les mêmes bruits se répondirent, d'armement et de manœuvres.

Dans l'affolement général, au milieu du navire en effervescence, les dix hommes de Bowman sortirent par la grande écoutille, protégeant leurs yeux de la lumière. Ils tournèrent sur eux-mêmes, cherchant le sergent des yeux. Peevish, Bufford et huit autres soldats que Bowman n'avait jamais vus. Ils s'alignèrent le long du bastingage, sages comme des fermiers à l'église, mais Bowman n'eut pas le temps de les passer en revue.

Filant entre les vaisseaux de la flotte, il vit arriver sur eux, toutes voiles dehors, un sloop à trois mâts d'une trentaine de mètres, blanc comme ces yachts de la Tamise sur lesquels les aristos allaient naviguer l'été. Sauf que celui-là était armé de dix-huit canons de vingt livres et que sur son pont se tenaient, en plus des matelots, une vingtaine de soldats en uniforme.

Le capitaine Wright surgit du gaillard, un pistolet à double canon à la ceinture, une sacoche de courrier en travers de la poitrine, suivi par un marin portant son sac. Le sloop glissa à couple de leur navire et Bowman vit son nom, en lettres dorées sur la coque blanche. Le *Sea Runner* abattit ses voiles, les matelots du *Healing Joy* descendirent les pare-battages, lancèrent les aussières et abaissèrent la passerelle des officiers. Wright descendit le premier, sauta sur le pont du *Runner*, qu'il traversa en vitesse avant de disparaître dans le cockpit. Bowman gueula à ses hommes :

– Embarquement !

Ils dévalèrent la passerelle, poussés au cul par le sergent, et montèrent à bord.

Les aussières furent aussitôt larguées, le sloop reprit le vent et s'éloigna rapidement, manœuvrant au milieu de la flotte. Un coup de canon retentit. Les navires s'arrachèrent à l'eau dans laquelle ils croupissaient, mettant le cap sur Rangoon, tournant le dos au sloop.

La guerre commençait sans eux, comme si Godwin et Dieu avaient attendu le départ de Bowman et ses hommes pour se mettre en mouvement.

Le *Sea Runner* mettait le cap plein ouest. Bowman revit la carte de Cavendish, le dessin du fleuve au milieu de l'étendue verte. Ils faisaient route vers l'estuaire de l'Irrawaddy et se rapprochaient des côtes.

La terre n'était plus qu'à un mile, parallèle à la course du sloop. On devinait des détails de la forêt, des plages et des roches, des arbres plus hauts que les autres, les palétuviers des mangroves et des cocotiers inclinés au-dessus des vagues ; des odeurs de terre glissaient entre les voiles, le vent parfumé aspirait leur embarcation de plus en plus vite. Quand Bowman se retourna, la flotte n'était déjà plus qu'une ligne de petits points blancs sur l'horizon.

Pour les hommes du *Healing Joy* qui venaient d'embarquer, la chaleur du continent rayonnait comme une promesse après un mois à étouffer dans les hamacs. Un monde nouveau qu'ils frôlaient, les mâts du sloop penchés vers lui comme des bras tendus.

Les soldats déjà à bord, eux, ne regardaient plus la côte avec la même curiosité. Ils l'avaient assez vue pour s'en être lassés et faire le compte de ce qui arrivait vraiment : ce n'était pas la terre promise, seulement le début d'une jungle sans fin, l'immense territoire où attendaient les guerriers du royaume d'Ava.

Bowman s'assit sur son sac, adossé à la cloison du cockpit, et regarda les trente soldats éparpillés sur le pont.

Les dix hommes du *Joy* parlaient entre eux, regroupés deux par deux à l'avant du bateau. Ils se connaissaient de l'un à l'autre, mais sans qu'il y ait de rapport entre le premier et le dernier. Une

33

coalition de hasards et de connaissances. Peevish se tenait à l'écart et c'était Bufford, finalement, qui avait déterminé l'allure du groupe : épais, musculeux et sans doute assez con, l'homme de confiance qu'il avait choisi, et ceux qui avaient suivi, lui ressemblaient. Des durs, de ceux dont Bowman se serait méfié s'il les avait choisis lui-même et que le Prêcheur, avec son pardon et sa foi de brebis, avait finalement réunis.

Les hommes déjà à bord leur ressemblaient aussi. Des solides aux uniformes en mauvais état, des tatouages sur les bras, d'âge et d'allure comparables à ceux de Bufford, mais silencieux. Ils regardaient la côte ou le large, moroses. Scrutant la ligne verte du continent, deux soldats attirèrent l'attention de Bowman. L'un avait les manches de sa veste arrachées et sur ses poignets on voyait des blessures faites par l'acier des chaînes. L'autre était pieds nus, et comme les poignets de son compagnon, la peau de ses chevilles était à vif, abîmée par le frottement du métal. D'autres uniformes étaient aussi déchirés aux épaules, là où l'on avait arraché des galons.

Les hommes arrivés avec le sloop étaient des prisonniers de la flotte, soldats et sous-officiers indisciplinés, tirés des cales où ils attendaient leur jugement, peut-être la corde.

Bowman ferma les yeux et profita du vent frais sur son visage, le nez dans les parfums de terre.

Le *Sea Runner* fila pendant quatre heures. Après l'excitation de l'embarquement ses hommes avaient retrouvé les habitudes résignées des soldats trimballés sans savoir où ni pourquoi. Les deux soldats marqués par les chaînes avaient fini par s'installer dans un coin, remettant à plus tard leurs rêves d'évasion.

Bowman somnolait, les yeux mi-clos, surveillant les mouvements autour de lui.

Les matelots observaient cette troupe étrange et silencieuse. Le capitaine du sloop, un vieil officier de marine, était à la barre sur le pont supérieur, encadré par deux soldats de la Compagnie, mousquets en travers de la poitrine. Les canons étaient en ordre de marche, sabords levés, et sous le pont Bowman devinait le reste de l'équipage en état d'alerte.

Le sloop vira de bord, les craquements du gréement, le bruit des voiles et les baumes qui pivotèrent au-dessus des têtes secouèrent les hommes assoupis. Le *Runner* changeait de cap et faisait route vers la côte. L'après-midi avait passé et la lumière baissait, annonçant la nuit, aussi rapide sous ces latitudes qu'un changement d'humeur.

Bowman vit une plage grise dans le prolongement de la proue. C'était une anse en demi-lune, assez profonde, délimitée par deux pointes rocheuses. À mesure que le sloop approchait, il découvrit le village et cette tache sombre qu'il n'avait pas identifiée d'abord. Une grande jonque au mouillage, aux voiles ocre rouge. Au milieu de la plage un ponton avançait sur l'eau, des pirogues à balancier étaient tirées sur le sable et une douzaine de constructions, réparties parallèlement à la courbe de l'anse, étaient adossées à la forêt. Des cabanes en bois et à toit de palmes. Sur des portiques en bambou des filets de pêche étaient étendus. Entre les habitations et sur la plage, patrouillant par deux, les taches rouges d'uniformes de la Compagnie, une trentaine au total. Dix étaient regroupés devant la plus grande construction, sorte de temple ou de maison communautaire, en face du ponton, axe central du village. Les soldats étaient alignés sur la plateforme de sa large terrasse couverte, gardant une grande porte fermée. Des casiers de pêche, des foyers encore fumants, des volailles, des chiens et des petits cochons noirs dans les allées du village qui, à part les soldats, semblait désert.

Les matelots, sur un ordre du capitaine, tombèrent les voiles. Le sloop glissa sur l'eau calme, dans le silence de ce parfait abri naturel, jusqu'à la jonque. Des marins birmans jetèrent des cordages aux matelots britanniques et le *Sea Runner* vint s'amarrer à couple de l'embarcation ventrue. Peints sur sa proue, deux mètres au-dessus du pont des Anglais, deux yeux rouge et noir louchaient sur eux.

Wright sortit du cockpit aussitôt la manœuvre achevée.

– Les hommes laissent à bord leurs affaires personnelles et

leurs papiers militaires. Ils quittent leurs uniformes et embarquent sur la jonque.

Bowman répéta après Wright :

– Ils quittent leurs uniformes ?

– Ils se déshabillent. Uniformes, bottes et affaires personnelles restent sur le *Sea Runner*. Dites-leur qu'ils les retrouveront à leur retour. Même chose pour vous, Bowman.

Une échelle de corde tomba de la jonque. Wright s'y agrippa et monta à bord du bateau birman.

Bowman se posta au milieu du pont :

– Rassemblement, sacs aux pieds !

Les hommes se regroupèrent en désordre, le sergent les fit aligner.

– Vos affaires restent à bord ! Vous vous déshabillez, vous mettez tout dans les sacs et vous grimpez sur la jonque ! Exécution !

Ils étaient vingt-huit, qui sourirent à moitié en se regardant les uns les autres. Bowman croisa ses mains dans son dos et attendit. Son silence gagna la troupe, les sourires s'effacèrent. Il passa d'un homme à l'autre, prenant le temps de fouiller un peu les regards, s'arrêta sur Bufford qui jeta un coup d'œil à ses camarades, revint au sergent et commença à déboutonner sa veste. Lentement, les uns après les autres, ils se déshabillèrent.

En sous-vêtements ou une chemise nouée autour de la taille, ils remplirent leur sac, rangeant leurs affaires avec précaution. Le soleil descendait derrière les arbres ; à terre, entre les huttes, les soldats de la Compagnie patrouillaient avec des torches.

Les hommes du *Runner* se serrèrent les uns contre les autres au milieu du pont, leurs peaux blanches et les lignes noires des tatouages à touche-touche. Bowman avait laissé faire en voyant quelques objets disparaître dans les plis des caleçons et des chemises. Une bible, une croix en or au bout d'une chaîne, une petite réserve de tabac ou une pipe. Il vit disparaître dans les tissus deux couteaux, garda en mémoire les visages des soldats.

– Embarquement !

Ils grimpèrent à bord de la jonque, maladroits et empressés, montrant leur cul blanc et leurs jambes à ceux qui suivaient et riaient, jusqu'à ce que leur tour arrive. Bowman, dernier homme à bord du sloop, ôta ses bottes et son uniforme. Sur son ventre, sous le tissu de son caleçon long, il glissa le poignard afghan, son tabac et sa pipe, puis soupesa sa corne à poudre.

Il l'avait fait fabriquer spécialement à Bombay, après que son régiment fut revenu victorieux du Panjab. Tapissée à l'intérieur de sève d'hévéa, refermée par un couvercle étanche, la corne pouvait être plongée dans l'eau et garder la poudre au sec. Bowman avait dépensé quatre mois de solde pour sa confection et les incrustations de nacre et d'argent. Sa récompense de soldat, après douze années au service de la Compagnie. Pour pouvoir se battre sous la pluie.

Il remit sa veste et ses bottes, traversa le pont du *Sea Runner* jusqu'au poste de gouverne et salua le capitaine. Le vieil officier de marine dévisagea le sergent sans pantalon.

— Sergent, le sloop doit repartir immédiatement, qu'est-ce que vous voulez ?

— Sir, sergent de troupe Bowman, première compagnie, armée de la présidence de Madras.

— Je me fiche de votre grade, sergent. Embarquez immédiatement sur cette jonque !

Bowman redressa ses épaules.

— Sir, je veux vous donner ça. C'est quelque chose… J'y tiens, capitaine. Je veux vous la laisser, pas que ça se perde avec les autres sacs.

Bowman lui tendit la corne.

— Qu'est-ce que vous racontez ? Quittez ce navire, c'est un ordre !

Bowman ne bougea pas.

— Capitaine, j'ai besoin de connaître votre nom.

— Quoi ?

Le capitaine du *Sea Runner* se tourna vers les soldats armés qui lui servaient de gardes du corps.

– Faites débarquer cet homme !

Les deux hommes braquèrent leurs fusils sur le sergent. Bowman recula d'un pas, s'accroupit lentement sans baisser les yeux, posa la corne sur le pont et se releva. Le capitaine se retint de crier :

– Foutez le camp, sergent, avant que je vous fasse abattre !

Bowman descendit de la passerelle de commandement, jeta sa veste et ses bottes sur le pont avant de s'accrocher aux cordes de la jonque.

À bord, sous des lampes suspendues au gréement, les hommes attendaient nus, tournant autour d'une masse sombre au milieu du pont. Bowman s'en approcha. Un grand tas de vêtements.

– Qu'est-ce que vous attendez ? Enfilez ça !

Du bout des doigts les hommes extirpèrent du tas des frusques birmanes, des pantalons amples de pêcheur, puant le poisson et trop petits, des chemises à ceinture. Quand ils eurent fini de s'habiller, il y avait encore de quoi vêtir trente personnes. Bowman ordonna qu'on balance le reste à la mer.

Les matelots birmans se mirent à la manœuvre et hissèrent les voiles lattées, l'ancre fut remontée et les amarres du *Sea Runner* larguées, qui s'éloigna vers le ponton. Le sloop allait chercher à terre les soldats surveillant les huttes des pêcheurs.

Les hommes rigolaient ou juraient en comparant leurs nouvelles tenues, qui faisaient l'effet de vêtements d'enfants passés sur des adultes. Bowman, qui avait lui aussi enfilé un pantalon et choisi une chemise, attacha son poignard à la ceinture en coton et se retourna vers le rivage.

Une hutte était en flammes. Les torches des soldats se déplaçaient rapidement d'une maison à l'autre et derrière elles les toits de palmes s'embrasaient.

Les marins de la jonque sortirent de la soute de longues perches de bambou, pour pousser leur embarcation que la brise ne suffisait pas à propulser. Ils ramaient de toutes leurs forces, jetant des coups d'œil au village derrière eux.

Les torches convergeaient vers la grande maison Les autres habitations brûlaient, des flammèches montaient à vingt mètres dans les airs, que le vent poussait vers le large et la jonque trop lente. Les flammes illuminaient la baie de rouge et de jaune, colorant les voiles et la coque du *Sea Runner*, amarré au ponton sur une eau couleur de lave. Sur la terrasse de la grande maison, les soldats jetèrent leurs torches contre la porte. Les flammes grimpèrent rapidement le long des murs et jusqu'au toit. Les hommes de la Compagnie reculèrent pour encercler le bâtiment, fusils levés. Des cris montaient de l'intérieur. Des pêcheurs nus se jetèrent à travers les murs en flammes, pour être fauchés à bout portant par les balles. Des femmes, avec des enfants dans leurs bras, vêtements enflammés, tentèrent aussi de s'enfuir, s'écroulant dans le sable après quelques pas, achevées par les militaires. La charpente du bâtiment s'effondra, projetant en l'air des milliers d'escarbilles, tourbillonnant comme un gigantesque vol d'étourneaux lumineux.

Les premiers morceaux de palmes incandescents tombèrent sur les hommes du sergent Bowman. Les marins birmans ramaient en criant. La jonque doubla enfin la pointe de la baie, le vent s'engouffra dans les voiles et, en même temps qu'il poussait le navire en mer, jeta sur les hommes un épais nuage de cendre. Ils couvrirent leur bouche avec leurs mains, se bouchèrent le nez pour ne pas sentir l'odeur de chair consumée.

Le village disparut de leur vue mais l'incendie éclairait toujours la mer et la côte comme un soleil couchant. Ils virent le *Sea Runner* quitter la baie, couleur de flammes, sortir du halo et s'enfoncer dans la nuit.

Avant que les matelots birmans soufflent les lampes éclairant le pont, Bowman vit ses hommes en vêtements de pêcheur, pâles, mutiques, commencer à frapper leurs épaules et secouer leurs cheveux, tirant nerveusement sur leurs chemises et leurs pantalons recouverts de cendre.

4.

Allongés les uns sur les autres en travers du pont, les hommes étaient réveillés depuis longtemps quand le soleil apparut au-dessus de la forêt. Un premier rayon lécha le navire recouvert de cendre. Collée aux visages, en lignes noires dans les rides du front, aux commissures des lèvres, elle donnait aux soldats des teints de cadavres.

La jonque remontait vent arrière un fleuve large de plusieurs centaines de mètres. Ils avaient franchi l'estuaire de l'Irrawaddy pendant la nuit. Les marins birmans tirèrent des seaux d'eau à la corde, les hommes se lavèrent et on rinça le pont. Bowman alpagua un Birman, lui demandant où était le capitaine Wright et qui commandait la jonque. L'homme secoua la tête, répondit dans sa langue à laquelle le sergent ne comprenait rien. Bowman haussa le ton :

– Capitaine !

Le matelot partit à la course vers le gaillard d'arrière, revint accompagné d'un type gras, chemise à col droit et boutons à nœuds, tenant une badine avec laquelle il chassait les insectes et fouettait l'air. Un Chinois. Ici, après la Compagnie, c'étaient eux qui tenaient le commerce. Leurs navires étaient capables de naviguer jusqu'en Afrique et, bien armés, de tenir tête aux vaisseaux européens. L'Irrawaddy, comme les autres fleuves du continent, leur appartenait.

Bowman ne s'était pas battu en Chine. Quand la guerre de l'Opium s'était terminée, il était encore en Afrique, mais il savait que de tous les Jaunes, les Chinois étaient les pires.

L'homme parlait un anglais rudimentaire :

– Moi capitaine Feng, qu'est-ce que c'est ?

– Je dois voir le capitaine Wright. Et les hommes ont besoin de boire et de manger.

– Capitaine Wright cabine, toi venir avec moi. Hommes pas sur le pont ! Pas sur le pont ! Dans la cale ! Cacher dans la cale ! Pas voir soldats !

– Laisse tomber, il faut que je voie le capitaine. Tout de suite.

Bowman attendit que le patron de la jonque ait terminé son numéro de vierge effarouchée, tourne les talons et le conduise aux cabines.

Ils traversèrent une sorte de réfectoire, dans lequel dix marins mangeaient du riz autour d'une table. Le Chinois s'arrêta devant une porte, salua d'un signe de tête et repartit. Bowman le rattrapa par la manche.

– Apporte à boire aux soldats.

Puis il frappa à la porte.

Wright avait aussi enfilé des vêtements de pêcheur. Un cigare à la main, allongé sur une couchette, il soufflait la fumée vers une fenêtre obstruée par des canisses.

– Je n'ai pas demandé à vous voir, sergent.

Bowman vit sur la table une assiette de riz à moitié finie, un os de poulet où il restait un peu de viande et une bouteille de Gordon's Gin.

– Qu'est-ce que vous voulez ?

Bowman releva les yeux vers lui.

– J'ai besoin de savoir où on va, et la prochaine fois que vous faites brûler un village, si je suis pas prévenu, ça m'étonnerait que j'arrive à contrôler les hommes. Je sais même pas comment on va les nourrir, et pendant combien de temps. On peut tomber à n'importe quel moment sur des troupes de Min, il faudrait les

41

armer mais je sais pas si c'est une bonne idée, vu leurs pedigrees et l'ambiance à bord.

Wright s'était redressé sur son lit.

– Je n'aime pas votre ton, sergent.

Bowman rectifia sa position.

– Sir, je voulais pas prendre un ton, seulement savoir ce que je devais faire. Vous savez ça, sir, que si les officiers savent pas ce qu'ils font, les soldats obéissent plus. Le babouin, celui qui commande la jonque, il m'a dit de mettre les hommes en cale. Il me donne des ordres devant eux, sir. Ça va mal finir avec ces gibiers de potence.

Wright se leva.

– Vous n'êtes pas aussi bête que vous en avez l'air, sergent.

Un œil de Bowman se ferma, un coin de sa bouche se souleva. Le capitaine Wright écrasa son cigare dans l'assiette de riz.

– Les hommes du *Sea Runner* sont en effet des criminels de la Compagnie, qui ont reçu une promesse de pardon. Vous saurez les mater, c'est pour ça que je vous ai choisi. Nous resterons trois jours à bord, tout au plus, avant de pouvoir faire demi-tour. D'ici là les hommes resteront cachés, la jonque doit passer pour un navire de commerce. Inutile de les armer pour l'instant, les marins de Feng assureront la sécurité jusqu'à notre objectif. Ils s'occuperont aussi de la cantine.

Wright but une gorgée de gin à sa bouteille.

– Vous pouvez disposer, sergent.

Bowman ouvrit la bouche.

– Et si on tombe sur un bateau de Min ? Les matelots de Feng suffiront pas à…

– Je vous ai dit de sortir, Bowman. Exécution.

Le ciel était plus dégagé qu'en mer et des deux rives montait la chaleur de la forêt. La jonque filait sans bruit au milieu des chants des insectes et des cris d'oiseaux. Sur des branches hautes, des singes la regardaient passer.

– Assis ! Pas une tête qui dépasse des bastingages !

Les hommes se regroupèrent au milieu du pont et remontèrent leurs genoux contre leur poitrine. Dans ces vêtements trop petits, avec leurs cheveux gris de cendre, on aurait dit un groupe de vieux prisonniers en partance pour le bagne. Bowman eut du mal à les reconnaître, finit par retrouver Bufford et le Prêcheur, les deux types qui rêvaient d'évasion, les deux qui avaient planqué des couteaux en quittant le *Runner*, une ou deux autres têtes du groupe du *Joy*.

– Vous descendez en cale. Interdiction de sortir. Notre objectif sera atteint dans trois jours. Les Birmans vous apporteront la soupe et l'eau.

Il fit une pause, croisa quelques regards.

– Pour ceux qui auraient envie de se faire la belle, vous pouvez sauter à l'eau tout de suite. Si vous atteignez la rive, je vous donne pas deux jours avant de rôtir sur un feu de camp. Sinon vous pouvez toujours nager dans le courant et dans douze heures vous arriverez à la mer, sauf si les requins vous ont bouffé les jambes avant. De là, faut compter dans les six mois pour arriver en Inde.

Il y eut des sourires et des murmures. Bowman se tut et attendit le silence.

– Le seul moyen de revenir de là où on va, c'est cette barque. Mettez-vous bien ça dans le crâne. Et ça aussi : y a pas d'ordres bons ou mauvais, vous saurez jamais lequel vous sauvera la peau ou lequel vous enverra sous terre. Donc pas la peine de vous faire chauffer la marmite à réfléchir. Quand je donne un ordre, vous obéissez. Le capitaine Wright aime pas être dérangé. C'est à moi que vous parlez si y a un problème.

Il y avait toujours des sourires. Bowman attendit.

– Ceux qui ont planqué des couteaux dans leur culotte quand on a débarqué du sloop, vous vous levez doucement et vous les jetez à la baille. Les bibles et le tabac, vous pouvez les garder, mais ceux qui ont des couteaux, attendez pas que je vienne vous chercher.

Les sourires étaient moins nombreux. Pendant quelques

secondes personne ne bougea. Les lattes des voiles cognaient contre les mâts dans le vent de plus en plus faible. Le gros capitaine Feng était sorti du gaillard, sa badine à la main, et observait Bowman. La moitié des matelots aussi, qui tournait autour de la troupe.

Un soldat anglais se leva en hésitant, passa la main sous sa chemise et en sortit un couteau. Il jeta l'arme par-dessus bord et essaya de regarder droit devant lui, le plus loin possible du sergent.

Bowman avança entre les hommes accroupis.

– Aujourd'hui tu bouffes pas. Demi-ration de flotte. Le premier qui lui file un grain de riz mangera pas pendant deux jours. Rassieds-toi.

Le soldat se rassit. Bowman le regarda de haut, étirant un autre silence.

– Tu t'en tires à bon compte, connard.

Il attendit un moment, que les mots aient le temps de s'incruster dans les têtes, et se retourna vers un autre soldat, un type costaud, un des tatoués, de ceux qui n'avaient pas encore arrêté de sourire. Un des durs de Wright.

– Sors ton couteau de ta chemise.

Le type ne broncha pas.

– J'ai pas de couteau, sergent.

Il facilitait la tâche de Bowman. Ce genre d'exemple marchait seulement avec les plus costauds.

– Lève-toi.

Le soldat se leva lentement, dépassant Bowman de dix centimètres.

– Ton nom.

– Colins.

– Colins, balance le couteau.

– J'ai pas de couteau, sergent.

Il souriait.

Arthur Bowman, les yeux plantés dans ceux du soldat Colins, repensa à la jument qu'il avait abattue à Pallacate, il y avait un mois

44

de ça, son gros œil noir qui roulait au ciel, sa langue qui léchait la terre. Puis il revit le courrier, ce type cassé en deux, dans la cour du comptoir, qu'il avait regardé crever, ses yeux à lui aussi pleins de questions. Bowman repensa à la charge du palais d'Amritsar, quand ils avaient attaqué à la baïonnette et au sabre, les crânes qu'il avait fendus, les ventres qu'il avait ouverts, les yeux des Sikhs qui tombaient dans ses bras, leur sang chaud qui coulait sur ses mains, leurs regards étonnés et tristes, qui cherchaient tous, avant de basculer, un peu de réconfort dans les yeux du sergent Bowman. Il voyait les montagnes de cadavres empilés après les batailles, auxquelles on foutait le feu et qui brûlaient des jours, levant des colonnes de fumée dans tout le Panjab, qui puaient à faire oublier le village de pêcheurs. Il voyait les Nègres d'Afrique à qui il avait tranché des mains, des bras et des langues, les cipayes qu'il avait fouettés, les hommes qu'il avait tués à coups de poing. Bowman voyait la Compagnie qui avançait toujours plus à l'est, et lui devant elle, un fusil dans les mains, tirant sur des femmes, des enfants, des vieillards, surveillant des entrepôts de poivre ou de tissu, prenant des bateaux desquels on jetait chaque matin des cadavres sans une prière. Les guerres et les batailles, les balles qui l'avaient traversé, les lames qui l'avaient entaillé, et lui qui avançait toujours, *fer de lance* de la Compagnie des Indes orientales, qui tranchait des oreilles, marquait des enfants au fer, tuait des hommes pour prendre leur femme, surveillait des chargements de thé. Jusqu'au premier homme qu'il avait tué, à quatorze ans, encore mousse sur le premier bateau à bord duquel il s'était engagé. Pas une bataille, seulement un type qui lui cherchait des noises et en voulait à son cul. Un couteau dans la gorge pendant qu'il dormait.

Les vingt-sept hommes, autour de Bowman et Colins, s'étaient figés. Ils avaient tous vu passer la mort dans les yeux du sergent. Ils savaient la reconnaître, elle planait au-dessus de leurs têtes et tournait autour de Colins en cercles de plus en plus serrés.

Ils en avaient tous croisé, des hommes comme celui-là.

45

Des gouttes de sueur coulaient sur les joues de Colins. Il n'y avait plus dans le regard du sergent Bowman qu'un grand vide et sur son visage un sourire un peu rêveur, comme ceux qu'on fabriquait aux cadavres pour les enterrements.

Colins glissa la main dans sa chemise, arrêta son geste de peur d'aller trop vite. Il lui fallut une éternité pour trouver le manche du couteau et le laisser tomber sur le pont. Le bruit du métal sur le bois le fit tressaillir. Le sourire de Bowman disparut lentement, il reprit son air de brute épaisse, de sergent à grande gueule, sembla se tasser sur lui-même et recula d'un pas.

— Ramasse le couteau et jette-le par-dessus bord.

Colins se pencha, ramassa l'arme et la lança à l'eau.

— Pas de bouffe jusqu'à ce que tu aies tué un ennemi de la Compagnie. Assis.

Le capitaine Feng était toujours là-bas, à l'arrière, en train de regarder. Le sergent marcha jusqu'à un marin birman et articula lentement :

— Donne-moi ton pistolet.

Le Birman cligna des yeux et se tourna vers Feng. Bowman prit son menton dans sa main et retourna son visage vers lui.

— Donne-moi ton pistolet.

Le matelot tira lentement l'arme de sa ceinture, la prit par le canon et la posa dans la main du militaire anglais.

— Cartouches.

Le Birman sortit des pans de sa chemise un étui contenant des balles et des amorces, puis une poire en cuivre remplie de poudre. Bowman glissa l'arme dans sa ceinture, les munitions sur son ventre, et se retourna vers ses hommes.

— Écoutille. Tout le monde en cale.

Feng avait disparu, les matelots déguerpirent, les soldats descendirent sous le pont les uns après les autres. Peevish, parmi les derniers, s'approcha du sergent.

— Vous êtes content des hommes que j'ai choisis pour vous ?

– T'as choisi que Buffalo.

– Et vous m'avez choisi.

– Descends dans la soute.

Peevish sourit et regarda le sergent Bowman dans les yeux.

– Je comprends pourquoi vous leur faites si peur, sergent. Moi aussi j'ai eu peur la première fois, quand vous m'avez sauvé de Bufford et que vous l'avez soulevé du sol.

– T'es à la même enseigne que les autres, Prêcheur. Descends.

– Vous serez contents d'eux, sergent.

– Descends.

Des odeurs de poisson, de légumes pourris et d'épices montaient de la soute. Bowman se pencha sur l'écoutille.

– Celui qu'avait un couteau et qui s'est levé au bon moment, ton nom.

De la pénombre, une voix monta.

– Soldat Harris, sergent !

– Harris, c'est toi qui surveilles Colins. S'il avale une bouchée, je te laisserai qu'un couteau quand on tombera sur les singes de Min.

Bowman referma la grande écoutille et inspecta l'arme prise au marin. C'était un pistolet de marine français, modèle 49. Les armes françaises étaient rares dans les territoires où la Compagnie anglaise avait négocié des accords commerciaux. Soit Feng trafiquait avec les Français, soit Wright avait aussi couvert ses traces en équipant la jonque d'armes étrangères.

Les voiles avachies de l'embarcation claquèrent contre les mâts. Bowman sentit un air frais traverser ses vêtements. Il suivit le regard des Birmans vers le sud et les nuages noirs au-dessus de l'Irrawaddy, qui avaient pris la jonque en chasse. Le vent était de plus en plus fort, le pilote de Feng, accroché au gouvernail, surveillait le ciel derrière lui.

47

Si la pluie les rattrapait, n'importe qui pouvait leur tomber dessus sans qu'ils voient rien venir. Naviguer en pleine mousson était une chose, se défendre en était une autre. À voir la tête des hommes de Feng, Bowman comprit qu'ils faisaient les mêmes calculs.

Il cracha dans l'eau.

Les marins se retournèrent en l'entendant dire à haute voix :

– Qu'il aille se faire foutre.

Il vérifia que la poudre était bien sèche, versa dix grains dans le canon du pistolet, poussa la balle au fond, plaça l'amorce sur la platine et remit l'arme à sa ceinture.

À la table du réfectoire douze matelots fumaient de longs cigares de tabac vert et sirotaient de l'alcool de palme. Ils se figèrent quand le sergent anglais se planta devant eux.

– Feng.

Les marins hésitèrent, puis l'un d'eux fit un signe vers une porte, à côté de celle de Wright. Arthur Bowman longea un petit couloir, trouva une autre porte et entra sans frapper.

Une couchette avec des coussins, une assiette de nourriture entamée, une fenêtre ouverte par laquelle il aperçut la perspective du fleuve se refermant derrière le bateau, le sillon de vagues tracé par la jonque et les nuages noirs qui se rapprochaient. Feng était allongé sur le lit, un éventail à la main. Bowman se retourna, sentant une présence dans son dos.

Un gamin birman de sept ou huit ans était assis par terre, dos à la cloison de bambou et torse nu.

Feng recommença à s'éventer nerveusement.

– Pas venir ici. Cabine capitaine !

– Où sont les armes ?

Le Chinois se redressa sans arrêter de secouer son éventail.

– Pas dire. Toi voir capitaine Wright !

Le sergent avança jusqu'à la table et piocha avec ses doigts dans le riz.

– Les armes.

– Ordres capitaine Wright ! Pas voir les armes !

Bowman tira le pistolet de sa ceinture et mit un doigt sur ses lèvres.

– Chhhht. Pas de bruit.

Il se tourna vers le gamin et de la main lui fit signe d'approcher.

L'enfant se redressa en fixant l'arme. Bowman la leva devant lui, braquée sur le ventre du capitaine Feng. Le petit esclave ne comprenait pas, le sergent l'encouragea d'un sourire. Le môme, tremblant de la tête aux pieds, enroula ses doigts autour de la crosse. Bowman lâcha le pistolet qui descendit un instant vers le sol. L'arme était trop lourde pour le petit esclave, qui la saisit à deux mains, cligna des yeux et visa le ventre du Chinois. Ses muscles tendus par l'effort jouaient sous les blessures de son dos : les coups de badine qui avaient déchiré la peau des omoplates. Le sergent ouvrit sa main au-dessus du pistolet, lui faisant signe d'attendre, surveillant que le môme ne s'écroulait pas. Feng avait posé l'éventail sur son ventre pour se protéger. Le sergent parla doucement :

– Les armes, pas dans les mains de n'importe qui. Où elles sont ?

Les yeux du Chinois passaient du canon à l'Anglais.

– Sous table. Sous grande table matelots.

– Tu apportes à manger à mes hommes, et de l'eau.

Feng fit oui de la tête. Bowman reprit l'arme des mains de l'enfant et, quand il recula vers la porte, le petit esclave se précipita pour le suivre. Le sergent referma la porte, traversa le couloir et se planta devant les marins, le môme collé à sa jambe.

– La table.

Il y eut un flottement. Bowman attendit, leur laissant le temps d'arriver à la seule conclusion qui s'imposait : Feng ne pouvait rien pour eux, le militaire anglais désobéissait à son capitaine et leur seule chance était de faire la même chose. De passer un pacte avec lui. Eux aussi avaient vu le village brûler et ne se faisaient plus d'illusions sur leur sort.

L'un des matelots regarda le petit esclave, baissa la tête et d'un ton grave murmura quelques mots. Le sergent avança doucement la main vers son pistolet.

Les marins se levèrent, poussèrent la table et ouvrirent une trappe cachée sous une natte. Deux Birmans descendirent sous le plancher et dans leurs mains les premiers fusils apparurent. Des Minié frappés aux insignes de la VOC ; des armes françaises encore, mais fournies ou prises à la Compagnie hollandaise. De la cache sortirent ensuite deux barils de trente livres de poudre noire, vingt boîtes de quarante balles Minié bien graissées, quarante fusils au total et encore une dizaine de pistolets marine, des poires en cuivre hollandaises, des amorces en quantité et une caisse étanche dans laquelle Bowman découvrit six petites bombes à mèche de deux livres chacune.

Il marcha jusqu'à l'écoutille, regarda le ciel noir qui les rattrapait, saisit le môme par un poignet et le suspendit au-dessus de la cale.

– Le Prêcheur ! Tu t'occupes de lui !

Des bras saisirent l'enfant par la taille et il disparut sous le pont. Le sergent agrippa l'échelle et descendit à son tour. Il s'accroupit, tira son poignard de sa chemise et, la main sur le pommeau, la pointe de la lame piquant le plancher, attendit. L'eau du fleuve bruissait contre la coque, dans la pénombre il devinait les hommes autour de lui, étalés à fond de cale dans la puanteur et l'humidité, fatigués et affamés.

– La pluie arrive. Si ça tombe dur, le bateau ira pas plus loin et il faudra qu'on accoste. Je vais distribuer les armes.

Les hommes commençaient à se redresser.

– Y en a sur cette barque qui ont pas encore compris qui j'étais, mais c'est pas grave. Quand ils auront un fusil, ils pourront essayer de me descendre si ça les tente. Mais y a autre chose de plus important que vous avez pas encore tous accepté.

Bowman baissa la tête et regarda la lumière pâle qui tombait à ses pieds depuis l'écoutille.

– C'est qu'on va tous crever sur ce rafiot. Ceux qui avaient des chaînes avant d'arriver et ceux qui en avaient pas. J'ai qu'une chose à vous dire : je veux pas crever ici et quand je donnerai des ordres, ça sera pour m'en sortir. J'envoie jamais personne faire un boulot que je peux faire moi-même. Si on se tire pas dans le dos les uns les autres, y en a qui pourront en revenir. Si vous m'écoutez pas, on y passera tous.

Il voyait des têtes qui se baissaient, d'autres qui le regardaient, toujours méfiantes.

– On y passera tous et ce gamin aussi.

Il se leva, attrapa le petit esclave de Feng par les cheveux et l'arracha aux bras de Peevish. Il le traîna dans le carré de lumière et colla la lame du poignard sur sa gorge.

– Ça veut dire que je peux lui couper la tête tout de suite. Demandez à Peevish, il vous dira, c'est de la charité.

Il y eut des tics sur les visages, des culs qui se décollaient du sol, des durs qui détournaient déjà le regard.

– Alors ?

Peevish s'était mis à genoux.

Tirant sur les cheveux du gamin, Bowman le souleva du sol. L'enfant se mit à pleurer et battre des pieds, il gueulait en birman des choses que personne ne comprenait. La lame entamait sa peau quand il bougeait, du sang commença à couler sur sa poitrine.

– ALORS ?

Un homme se leva. Celui qui n'avait pas de bottes à bord du *Runner*, qui avait regardé la côte en silence, les pirogues sur la plage des pêcheurs, les rives depuis qu'ils étaient sur le fleuve. Celui à qui on avait arraché les épaulettes et qui rêvait d'évasion parce qu'il avait bien raison de ne pas croire aux promesses de pardon de Wright.

Il s'arrêta devant Bowman, de la même taille que lui et, comme la moitié des hommes à bord, des yeux et des cheveux clairs de Viking.

– Laissez le môme, sergent. On suivra les ordres.

– Ton nom et le grade qui allait avec avant qu'on t'arrache tes galons.

– Sergent Penders.

Le gamin avait arrêté de bouger, ses pieds pendaient au-dessus du sol, un filet de sang coulait de sa gorge jusqu'à son pantalon.

– Sergent Penders, t'es un bon chrétien. Mais est-ce que tu parles pour tout le monde ?

Bowman scruta les visages et revint à lui.

– Tu reprends tes galons. Quand je suis pas là, c'est toi qui leur bottes le cul.

Il reposa le gamin qui courut se blottir contre le Prêcheur, leva la tête vers l'écoutille et siffla. Deux Birmans dévalèrent l'échelle avec un tonneau d'eau, puis deux grosses boules de riz dans des nattes de palme, deux seaux de soupe et des gamelles.

– Vous avez dix minutes pour bouffer. Harris, tu surveilles toujours Colins, demi-ration pour toi.

Les hommes se ruèrent sur la nourriture, Bowman remonta sur le pont.

Le vent avait encore forci, poussé par la pluie qui le suivait. À un demi-mile en aval, le paysage disparaissait derrière un mur blanc. Un énorme piston de nuages remontait le fleuve et gagnait sur eux, les poussant vers un goulot : les rives du fleuve, devant, n'étaient plus éloignées que d'une cinquantaine de mètres. Des risées passaient sur l'eau en sifflant, les feuillages tremblaient, les arbres se balançaient, des crapauds se mirent à gueuler dans toute la forêt, aussi fort que le vent.

Bowman se pencha sur l'écoutille et hurla :

– La pluie ! Rangez les gamelles ! On descend les armes, la poudre au sec !

Les caisses et les fusils passèrent de main en main du réfectoire à la cale. Bowman surveillait la manœuvre et le ciel. Les rives s'effacèrent, englouties par une brume blanche. Le transfert des armes était presque terminé, la pluie leur tomba dessus comme un barrage qui aurait cédé au-dessus de leurs têtes. Les Birmans étaient hystériques, montraient le ciel, la pluie et le gréement. Tous se mirent à baragouiner en même temps, certains posèrent les fusils qu'ils transportaient pour choquer des écoutes et descendre les voiles.

Bowman hurla de nouveau :

– Les armes au sec ! Bougez-vous !

Un Birman qui se tenait près de l'écoutille, un fusil dans chaque main, tomba en avant. Le bruit de la détonation avait été absorbé par le grondement de la pluie, l'homme s'étala face contre le pont et resta là, bras écartés, les deux Minié dans les mains, le crâne éclaté par la balle.

Le capitaine Wright, à la porte du gaillard, son pistolet fumant à bout de bras, visait maintenant Bowman.

– Sergent ! Qu'est-ce que vous faites ?

Bowman, à l'autre bout du pont, commença à avancer vers lui. Une violente bourrasque passa sur le fleuve, la jonque se coucha à bâbord, les voiles se gonflèrent et l'embarcation sous leurs pieds sembla faire demi-tour, se mettre à tourner comme dans un siphon.

– J'arme les hommes, sir !

– Vous avez désobéi à mes ordres !

Bowman se raidit, prêt à esquiver. Un cri monta du poste de pilotage. Ils levèrent les yeux en même temps. Des branches couvertes de feuilles passèrent au-dessus de leurs têtes et la jonque heurta quelque chose, toute sa masse et sa vitesse stoppées net. Wright se rattrapa à l'encadrement de la porte, Bowman vola contre un bastingage.

La jonque avait percuté la rive par l'arrière. Elle commença à pivoter autour de sa poupe en reprenant de la vitesse. Les branches balayèrent le pont, fouettant le gaillard, s'accrochant dans les mâts, les bois grinçaient et craquaient, éclataient comme des grenades et une pluie de débris s'abattit sur l'équipage. Après un demi-tour complet, le nez de la jonque vint se planter dans la forêt et le même manège recommença, l'embarcation tournant cette fois autour de sa proue, prenant le courant par le travers. Les arbres

53

déchirèrent les voiles, le navire prit plus de vitesse encore et per- cuta une deuxième fois la berge. La charpente entière fut secouée, le mât central, affaibli par la grand-voile qu'on n'avait pu affaler, se brisa et tomba contre la végétation. Après un autre demi-tour, le bateau s'échoua par le flanc contre la berge et se stabilisa.

Un silence sembla suivre le choc. On se releva lentement, des têtes sortaient de l'écoutille, découvrant le pont et le gréement ravagés. Bowman se redressa sur ses coudes, des douleurs à la tête et au dos. Bufford émergea de la cale avec une belle entaille à la joue. Les Birmans allaient d'un matelot à l'autre pour les aider. Le bruit de la pluie, après l'impression de silence, avait recommencé. Sur les quelques mètres du fleuve que l'on distinguait, les gouttes rebondissaient en crépitant.

Bowman marcha jusqu'au gaillard, enjambant les débris. Un arbre avait défoncé la cloison et une partie du couloir qui menait au réfectoire. Il dégagea des branches et des planches, trouva Wright allongé sur le ventre et retourna le corps. Le capitaine gémit, un trou noir à la tempe.

– Il est mort ?

Bowman se retourna. Debout dans le couloir éventré, le ser- gent Penders, un Minié à la main, un chapeau birman sur la tête, le regardait. Bowman reposa la tête de Wright et se leva. Sous le bord du chapeau, à l'abri de l'eau, le visage de Penders était la seule image nette sous le déluge de pluie.

– Je te laisserai pas partir comme ça.

Penders sourit.

– On a sauvé la poudre, y a trois blessés sérieux, les autres ça ira. Il manque deux Birmans dont le pilote, un autre est mort. Il y a un trou dans la coque et la cale est en train de se remplir. Je veux savoir si on abandonne le bateau ou pas, et quels sont tes ordres, sergent.

Bowman mit une seconde à réagir, peut-être à cause du tutoie- ment, de l'allure un peu chevaleresque de Penders ou de sa voix calme. Il regarda Wright à ses pieds, toujours inconscient.

– Faut d'abord savoir ce qu'on fout là. Les armes et la bouffe, pour l'instant c'est ça qui compte.

Bowman s'essuya le visage pour y voir clair le temps que ses sourcils fassent barrage à la pluie.

– Envoie trois singes ici, qu'ils transportent Wright au sec.

Le sergent enjamba le corps du capitaine, traversa le réfectoire sens dessus dessous et le couloir qui menait à la cabine de Feng. La porte était ouverte, un tronc traversait la pièce de part en part, qui avait brisé les bordages entre deux montants de la charpente et arraché une partie du toit. Sur la couchette, écrasé par l'arbre, la poitrine couverte de sang, Feng avait la bouche grande ouverte, les yeux presque expulsés de leurs orbites. Bowman ouvrit le tiroir de la table sans rien y trouver. Il finit d'arracher une porte de placard dégondée, jeta par terre des vêtements, une pipe à opium, des éventails, un encrier et des plumes. Il découvrit un livre à couverture de cuir, aux pages noircies de caractères chinois, qu'il balança sur la table avant d'aller fouiller la cabine de Wright. Là non plus il ne trouva aucun document.

Sur le pont les Birmans avaient commencé à démêler le gréement de la forêt, progressant à coups de machette dans les bois enchevêtrés. Peevish, torse nu, les mains jointes, était agenouillé devant quatre corps étendus sous la pluie. Deux marins de la jonque, un soldat anglais que Bowman reconnut comme un des dix du *Joy*, et un cadavre sur lequel le Prêcheur avait jeté sa chemise : les pieds du petit esclave de Feng dépassaient de son pantalon, son visage et son torse cachés par le vêtement du Prêcheur. Peevish récitait une prière sans qu'un son sorte de sa bouche.

– Reste pas là, tu vas choper la fièvre. Faut les balancer à l'eau.

– Il faut les enterrer, sergent.

Bowman regarda les cadavres.

– Dans le fleuve. Tout de suite.

Il descendit en cale et rejoignit Penders, une lampe à huile à la main. Un Birman criait et gesticulait à côté de lui.

55

– Je sais pas ce qu'il raconte, sergent, mais ça a pas l'air bon.

L'eau pissait entre plusieurs bordages sur deux mètres de long et des membrures étaient brisées. La pluie passait aussi entre des lattes du pont qui s'était déformé et soulevé. L'eau montait déjà jusqu'aux mollets. La jonque penchait vers la berge, échouée sur des rochers et pressée par le courant qui faisait craquer la coque.

– Le bateau a des compartiments étanches, mais la cale va se remplir et même si on coule pas, on pourra pas reprendre la navigation.

Bowman réfléchit rapidement.

– On reste à bord tant que ça flotte. On met la bouffe et les armes dans le gaillard, là où ça fuit pas.

Il remonta sur le pont. Les Birmans s'activaient dans le gréement. Bufford et Peevish, qui avaient essayé de s'entretuer deux jours plus tôt sur le *Joy*, portaient ensemble le cadavre du soldat anglais, qu'ils jetèrent par-dessus bord. Il ne restait plus que la dépouille de l'enfant. Le Prêcheur avait finalement envoyé les brebis de Bouddha aux requins mais hésitait encore devant le gamin. Le vent avait décollé la chemise de son visage, son crâne était fendu, la pluie tombait sur ses yeux morts et remplissait sa bouche grande ouverte.

– Buffalo ! Peevish a des scrupules, balance le môme à la baille. Toi, le Prêcheur, tu prends cinq Birmans avec toi et vous allez amarrer la jonque aux arbres. Si on repart maintenant dans le courant, y aura plus rien pour les vers, ça sera tout pour les requins.

Bowman repartit vers le gaillard et, avant d'y entrer, se retourna. Bufford tenait le petit esclave dans ses bras au-dessus du bastingage. Il regardait le visage de l'enfant en marmonnant, se pencha sur lui et, avant de le laisser tomber dans le fleuve, déposa un baiser sur son front.

Arthur Bowman eut un demi-sourire, une pensée qui le dérangeait presque, quand il revit Peevish à bord du *Healing Joy* lui montrant Bufford du doigt.

Le Prêcheur devait voir des choses qu'il ne voyait pas.

Le capitaine Wright était allongé sur sa couchette, on avait noué un tissu autour de sa tête. Bowman referma la porte de la cabine et le bruit de la pluie se calma. Il se pencha pour ramasser la bouteille de Gordon's Gin qui avait roulé au sol, fit sauter le bouchon, but une rasade sous les yeux de Wright puis pencha la bouteille sur sa bouche. Le capitaine avala une petite gorgée et grimaça.

– De l'eau.

Bowman regarda autour de lui, trouva une gourde et le fit boire.

– Qu'est-ce qui s'est passé ?

– La mousson. On a percuté la berge.

– Dégâts ?

– Un peu de casse dans le gréement, mais les Birmans s'en occupent, sir.

Wright essaya de se redresser, la douleur le fit retomber, il tourna au gris et vomit un peu de bile sur sa poitrine. Bowman déchira un bout du drap de la couchette et l'essuya.

– Vous avez désobéi à mes ordres, sergent.

– Pour la sécurité du navire, sir.

– La jonque peut reprendre sa course ?

– Affirmatif, sir.

– Et moi ?

Bowman le regarda dans les yeux le temps qu'il fallait. L'officier tourna la tête vers la cloison, resta silencieux un moment avant de revenir au sergent.

– Vous devez terminer la mission, Bowman. La pluie est là…

– Quelle mission, sir ?

– L'ambassadeur de Min… Les espagnols. Acheter des armes…

– Je ne vous entends pas, sir. Quelle mission ?

Sa voix secoua un peu Wright.

– Un ambassadeur de Min, sur le fleuve. Un bateau, dans deux jours… Ou un jour. Négocier des armes… avec les Espagnols, pour la guerre. La mousson… La guerre… prochaine saison sèche… des armes espagnoles pour Min… Bowman… je meurs..

57

Wright s'agrippa à la chemise de Bowman et le regarda avec cette expression qu'il connaissait bien. Le sergent prit la main du capitaine dans la sienne, desserra les doigts crispés sur le tissu et se leva, emportant la bouteille de gin.

– Bowman…

Le sergent referma la porte, traversa le réfectoire et ressortit sur le pont.

Peevish avait débarqué avec une dizaine de Birmans. Le Prêcheur semblait se faire comprendre d'eux, parlait quelques mots de leur langue ou d'une autre des Indes qu'ils comprenaient. Quand la jonque fut solidement amarrée à des troncs, Peevish remonta à bord, suivi par les marins de Feng qui jetaient des regards inquiets à la forêt.

Bowman ordonna le rassemblement. Anglais et Birmans se regroupèrent dans le dernier espace libre du pont, entre le gaillard et la grande écoutille.

– On construit un abri ! Vous abattez le grand mât sur le gaillard et vous tendez les voiles pour faire un toit. Les armes repartent avec les vivres dans la cabine de Wright ! Peevish, puisque t'as l'air de te faire comprendre des singes, tu es contremaître. Exécution !

Les hommes commençaient à trembler de froid sous la pluie et s'activèrent pour se réchauffer. Bowman entraîna Penders à part.

– D'ici demain faut qu'on soit prêts. Un bateau va passer, ou peut-être dans deux jours. Il faudra le prendre.

– Comment tu sais ça ?

– Wright, avant de calencher. Mais c'est un bateau de Min, avec un émissaire ou un truc comme ça à bord. Wright voulait l'arrêter. Il nous faut leur bateau, sinon on crève ici. Ça te pose un problème de balancer un capitaine à la baille ?

Penders sourit.

5.

La nuit était tombée sans que l'on s'explique son apparition tant la pluie, masquant le ciel, avait noyé les heures passées à déblayer la jonque, démonter les voiles, scier le mât et le coucher sur le gaillard. Les voiles couraient maintenant jusqu'aux bastingages, recouvrant toute la surface du pont comme un toit mansardé au bas duquel il fallait se plier en deux. On avait élagué les branches et repoussé les troncs couchés sur l'embarcation, laissant le plus gros qui servait de passerelle avec la terre.

Bowman avait autorisé les feux. Des pierres trouvées à terre servaient de foyers dans lesquels on brûla des bois de charpente, puis des branches de bois rouge et parfumé. On mit de l'eau à chauffer pour cuire du riz et des légumes. Quand il fallait descendre à terre, c'était chaque fois dix hommes qui partaient armés. On revenait se blottir sous la grande tente comme s'il s'agissait d'une forteresse imprenable alors qu'une flèche, sans parler d'une balle, pouvait la traverser de part en part.

Malgré la fumée des feux, les moustiques tournaient par dizaines autour des hommes qui se frappaient le visage et se grattaient, nerveux, sachant qu'avec ces maudits insectes arrivait la fièvre du mauvais air, la malaria, pire ennemie que tous les soldats de Min.

Dans la cale le niveau d'eau montait à la même vitesse que le fleuve. Un mètre cinquante depuis que la pluie avait commencé.

Les Birmans se serraient le long des bastingages, là où les toiles étaient les plus basses et les courants d'air les plus désagréables. Contre la souche du grand mât cassé, contre la cloison du gaillard et dans le couloir recouvert par les toiles, les fusils étaient rassemblés en faisceaux. Les armes supplémentaires, les munitions et les vivres avaient été stockés dans le réfectoire dont la grande table, débitée, avait servi à cuire le riz. Penders et trois soldats gardaient cette Sainte-Barbe improvisée.

Bowman s'était installé dans la cabine de Wright et sirotait la bouteille de Gordon's. Le verre de la lampe était cassé, mais il laissait l'huile brûler sur la mèche, regardant la petite lumière. La faim lui trouait le ventre, il y versait régulièrement une gorgée d'alcool, chassant la fatigue qui le rattrapait, fumant un cigare.

Il ouvrit la porte donnant sur le réfectoire et quand il vit les armes, les trois gardes birmans et Penders assis par terre, son chapeau chinois sur la tête, il eut l'impression d'être le capitaine d'un vaisseau de flibuste. Lui, Arthur Bowman, avec un cigare d'aristo entre les dents.

Il fit signe à Penders de venir dans la cabine, se rassit sur la couchette, du menton montra la boîte de cigares et tendit la bouteille de gin à l'ancien sergent.

– Si on va au bout de cette mission, tu pourras retrouver tes galons. Peut-être même que tu finiras lieutenant.

Penders sourit.

– Et toi ?

– Pareil pour moi.

– Sauf que Wright a voulu t'abattre.

Bowman reprit la bouteille.

– Si on finit cette mission et qu'on revient vivants, on pourra raconter ça comme on voudra.

– On ?

– Toi et moi. On est pas encore sortis d'ici, mais si on y arrive, pourquoi on rentrerait à Rangoon en racontant qu'on a jeté Wright à l'eau ? Alors qu'on pourrait être des héros et que des types comme nous font jamais mieux que sergents. Sauf s'ils réussissent une mission importante.

Penders prit cet air qui irritait Bowman, comme s'il savait tout un peu mieux que lui et trouvait ça amusant. Il avait ce ton des gars qui sont allés à l'école, et il y avait entre eux une rivalité de quartier, comme entre un ouvrier qui travaillait dans une usine et l'autre dans les égouts.

– C'est quoi cette mission ?

Bowman lui raconta tout ce que Wright avait dit avant de claquer. L'ancien sergent souffla sur la braise de son cigare.

– Arrêter un ambassadeur de Min ?

– De toute façon, il nous faut un bateau. Et si on rentre sans avoir réussi, on est tous bons pour la corde. T'as vu comme moi ce qui est arrivé aux pêcheurs.

Penders se leva, marcha jusqu'à la fenêtre de la cabine et jeta le cigare.

– Pour le bateau, y a aucun doute. Pour la mission de Wright, avec cette pluie, je n'y crois pas.

– T'as pas besoin d'y croire. C'est ce qu'on va faire.

Penders regardait dehors, quelques mètres de forêt que les feux de la jonque éclairaient à travers les voiles rouges.

– Toi et moi, sergent, on est pas pareils. Je me fous de devenir lieutenant ou d'être un héros de la Compagnie. Ce que tu as dit dans la cale, avec ton couteau sur la gorge du gamin, c'est tout ce qui m'intéresse : m'en sortir. Et si on trouve un bateau, tu pourras aller raconter ce que tu veux à Rangoon, moi j'irai voir ailleurs, où on n'a pas encore entendu parler de Londres.

Bowman ricana, la main sur son poignard, prêt à sauter sur le dos de Penders.

– Un coin du monde où y aura pas de Compagnie ? On en reparlera quand on en sera à ton évasion. En attendant, tu vas retourner sur le pont et organiser les tours de garde.

Penders se retourna, il ne souriait plus mais son air supérieur n'avait pas disparu.

– À vos ordres, sergent.

– Et qu'on m'amène à bouffer.

Au matin la pluie n'avait pas cessé. Les hommes n'avaient pas dormi et restaient allongés sur le pont, trempés, grelottant de fatigue, peut-être déjà de fièvre. On ralluma péniblement les feux et remit de l'eau à chauffer.

Bowman avait trouvé dans la cabine de Feng une paire de sandales à semelle de raphia et une veste en peau qu'il avait enfilée sur sa chemise. Il monta jusqu'au poste de gouverne et se pencha pour vérifier l'état de la coque. Le bateau avait tenu bon malgré la cale remplie d'eau. Les aussières qui le retenaient aux arbres étaient tendues comme des cordes de musique. Le fleuve avait monté de deux mètres et le long de la coque des branches et des touffes d'herbe arrachées aux berges passaient en filant. À tout moment un tronc pouvait percer la coque et les envoyer par le fond.

Le sergent redescendit au milieu des hommes assoupis. Le Prêcheur, terminant son tour de garde, fit son rapport.

– Des Birmans sont partis. Quatre. Ils ont dû descendre à terre pendant la nuit.

Le sergent regarda les hommes avachis, poussa un juron et balança un coup de pied dans une marmite qui chauffait, répandant une eau fumante et des kilos de riz sur le pont. Les soldats pieds nus bondirent en arrière.

– Rassemblement ! Garde-à-vous !

Les Anglais s'alignèrent, imités par les Birmans.

– Penders ! Je veux douze hommes armés à bâbord qui surveillent le fleuve, six à tribord pour surveiller la forêt ! Trois sentinelles en proue et trois autres à la poupe ! Des quarts d'une heure ! Je veux pas voir un œil qui regarde ailleurs que devant lui !

Il prit une machette des mains d'un matelot et longea le bastingage à tribord. À mesure qu'il avançait, il trancha les cordes retenant les toiles de voile, qui s'affaissèrent sur le pont. S'arrêtant à côté d'une aussière tournée sur un taquet, il planta la machette dans le plat-bord, juste à côté du cordage.

– Une machette pour chaque aussière ! Quand j'en donnerai

l'ordre, je veux que toutes les amarres soient tranchées en même temps ! Peevish, tu fais l'inventaire des perches de bambou. Il m'en faut pour la moitié de l'équipage. S'il en manque, tu vas en chercher à terre avec tes singes et cinq hommes. Si les Birmans essaient de s'enfuir, vous les abattez. Et dix hommes avec moi ! Exécution !

À l'aide de poulies, Bowman et son équipe soulevèrent le grand mât, le firent rouler dans le fleuve puis abattirent à la hache les deux autres mâts, jetèrent tout le gréement par-dessus bord pour alléger la jonque. Ils vidèrent le pont, les cales et le gaillard, dressèrent avec tout ce qu'ils trouvaient des barricades le long des bastingages, aménageant des meurtrières et des espaces pour s'y installer avec les perches.

Bowman fit découper dans les voiles des carrés de toile d'un mètre de côté, qui furent distribués aux hommes pour protéger les mousquets et leur poudre de la pluie.

Ils réussirent à dégager le tronc qui avait transpercé la cabine de Feng, une équipe à terre tirant sur des cordes, une autre qui poussait de l'intérieur. En ripant, le tronc emporta avec lui le cadavre du Chinois.

Quand la jonque fut prête, l'après-midi avait passé. La cantine fut réinstallée dans l'ancien réfectoire, le stock d'armes et de munitions transféré dans la cabine de Wright. Toute la journée, les sentinelles avaient surveillé le fleuve et la forêt, se crevant les yeux à essayer de deviner le moindre mouvement dans cette grisaille filante qui les faisait loucher.

Le riz fut servi, les hommes vinrent à tour de rôle avaler leur ration au sec avant de repartir à leur poste. Quand ils n'étaient pas de garde, ils se regroupaient au milieu du pont, dos à dos, posant sur leurs têtes les petits carrés de voile rouge. La nuit tomba pour la deuxième fois sur leur radeau immobile. Ceux qui étaient malades au point de ne plus pouvoir assurer leur quart eurent le droit de dormir au sec dans la cabine de Feng.

Penders resta toute la nuit dehors avec les hommes, les moustiques et les bruits de la forêt. Des singes hurleurs grondaient comme des lions, des milliers de grenouilles leur faisaient un chœur strident. Bowman dormit mal dans la couchette de Wright, au milieu des armes et des balles.

À l'aube, seul le vent s'était calmé et la pluie tombait maintenant verticale dans un bruit plus doux de cascade.

Bowman but une louche d'eau à un tonneau placé sous une bâche percée, avec l'impression d'avaler un peu du sang d'un ennemi.

Des hommes collés les uns aux autres somnolaient. Ceux de garde, les épaules basses, laissaient les gouttes leur couler dessus sans bouger. Le sergent compta rapidement les Birmans allongés en tas contre les bastingages. Les sentinelles, inutiles pour prévenir une attaque de nuit, en avaient du moins découragé d'autres de s'enfuir. Il bouscula du pied le soldat Bufford allongé devant lui.

– Buffalo, tu vas au bois avec cinq hommes, et vous ferez chauffer de l'eau pour la soupe. T'as pas oublié les consignes ?

Bufford ouvrit ses yeux gonflés par les piqûres de moustique et gratta les poils de sa barbe. Encore en bonne santé, le premier apôtre de Peevish se leva.

– Sir ! Deux tirs pour un problème, sir.

– Et pas de chasse.

– Sir ! Pas de chasse.

Penders était sur le gaillard d'arrière, montant la garde avec deux autres hommes.

– Qu'est-ce qu'on fait si y a pas de bateau aujourd'hui, sergent ?

– Demain on transforme la jonque en radeau, on laisse les singes dans la forêt et on tente notre chance vers l'estuaire. Doit y avoir moyen de faire flotter ce truc dans le courant pendant deux jours.

Penders pencha la tête, inclinant son chapeau tressé qui commençait à se déformer.

64

– Dans ce cas, on devrait dire à Peevish de faire une prière pour que la pluie ne s'arrête pas. On pourrait arriver jusqu'à la mer sans que personne nous voie.

Arthur Bowman acquiesça silencieusement.

– Mais d'ici là, les ordres changent pas.

Penders releva la tête.

– Ça passe pas, cette envie d'être un héros ?

– Je trouve ça mieux que déserteur.

– Bowman, que des hommes comme toi puissent devenir des héros, c'est une chose que je m'explique pas.

– Parce que des types comme toi ou le Prêcheur font une différence ?

L'écho d'un coup de feu ricocha entre les arbres. Les deux hommes se retournèrent vers la berge, levèrent leurs armes et armèrent les chiens. Sur le pont tout le monde regardait vers la jungle. Le bruit de la pluie, à mesure qu'ils tendaient l'oreille pour deviner ce qui se passait, devenait plus fort.

Il n'y eut pas d'autre coup de feu.

Bowman n'avait toujours pas baissé son fusil.

– J'ai interdit à ces crétins de chasser. Qu'est-ce qu'ils foutent ? Penders, tu bouges pas d'ici avec les sentinelles.

Il sauta d'un bond sur le pont.

– À vos postes !

Il leva son arme droit devant lui. Ses hommes l'imitèrent, braquant les mousquets sur la forêt. Ils attendirent ainsi une minute, les bras tremblants sous le poids des armes. La joue contre la crosse, Bowman clignait des yeux pour chasser l'eau brouillant sa vue. Il se tourna vers le poste de gouverne. Penders lui tournait le dos. Bowman allait crier pour demander s'il voyait quelque chose de là-haut quand l'ancien sergent leva son fusil vers l'amont du fleuve, visant le rideau de pluie, et fit feu avant de hurler :

– Voile !

Une sentinelle tournée vers la forêt cria en même temps :

– Sergent !

Bowman se retourna.

Bufford et trois hommes arrivaient en courant comme des damnés et se jetèrent sur le tronc qui faisait office de passerelle. Le soldat Buffalo hurlait :

– Ils arrivent !

Au gouvernail, Penders rechargeait et les deux sentinelles tirèrent à leur tour. Un coup porta, l'autre fit long feu et la poudre trop humide fusa en dégageant un nuage de fumée blanche.

Bowman rugit :

– À tribord ! Feu à volonté !

Une salve balaya la forêt toujours immobile, déchirant les tympans. Il se rua du côté du fleuve et regarda entre les caisses et les sacs empilés. Une jonque sortait de la pluie, voiles tombées, à trente mètres d'eux. Des silhouettes d'hommes et de mousquets en hérissaient les bastingages.

Bowman se jeta à terre, la première salve des soldats de Min atteignit le pont. Des sentinelles tombèrent, des balles frappèrent le bois, ricochèrent en sifflant. La deuxième salve faucha deux hommes de plus.

Penders avait perdu ses sentinelles là-haut, il sauta sur le pont, abandonnant le gaillard trop à découvert.

– Je m'occupe de la forêt, sergent !

Il glissa jusqu'à tribord et organisa la première et la seconde ligne.

– Feu !

Dix hommes se levèrent et tirèrent au hasard devant eux. Ils se jetèrent au sol et rechargèrent pendant que la deuxième ligne se levait. Bowman avait fait la même chose de son côté et les premières balles anglaises atteignirent la jonque ennemie. Bufford, le visage déjà noir de poudre, tomba à genoux pour recharger. Bowman l'attrapa par le col de sa chemise.

– Qu'est-ce qui s'est passé ?

– Les singes, sergent ! Les singes qui se sont barrés ! Ils sont revenus avec des soldats ! La poudre était mouillée, on a pu tirer qu'un seul coup ! Ils ont des flèches et des mousquets, sergent ! Harris est mort ! Je crois qu'il est mort !

– Combien ils sont ?

Des balles sifflèrent comme des serpents au-dessus de leurs têtes, ils se plaquèrent contre des caisses.

– J'en sais rien, sergent ! Beaucoup !

Tous les hommes s'étaient regroupés sur le pont, une quinzaine de chaque côté. Les premières flèches et balles tirées de la forêt touchèrent des hommes de Penders, juste avant le choc.

Des aussières se rompirent, ils sentirent la jonque se dégager un peu de la berge et entrer plus profondément dans le courant. Elle s'était redressée. L'eau dans la cale passa d'un bord à l'autre et le poids entraîna tout le navire, qui se mit à pencher du côté du fleuve. Pendant un instant, plus inquiets de disparaître dans le courant que de l'attaque des guerriers d'Ava, les yeux sur les dernières cordes qui retenaient la jonque à la rive, les hommes restèrent immobiles.

Bowman vit au-dessus de lui la silhouette d'un soldat birman se découper dans la pluie.

– Le gaillard !

La jonque les avait éperonnés par l'arrière, les soldats de Min montaient à l'abordage.

Bowman posa un genou à terre et leva son fusil. La balle emporta la mâchoire du premier ennemi qui avait mis un pied sur son bateau.

– Bâbord avec moi !

Les hommes du côté du fleuve se retournèrent, visant en hauteur, fauchant les assaillants.

– Feu à volonté !

Bowman se jeta dans le gaillard, courut jusqu'à la cabine de Wright et prit la caisse de bombes. Il passa dans la cabine de Feng où les malades s'étaient réfugiés.

– À l'armurerie ! Vous chargez les armes et vous les amenez sur le pont ! Exécution !

Il ouvrit la caisse, attrapa une bombe de deux livres d'une main et de l'autre frotta une allumette, alluma la mèche et se pencha à l'extérieur par le trou dans la coque. Il vit l'œil peint de la jonque de Min, des bras et des mousquets au-dessus de la proue. Il attendit que la mèche soit à moitié consumée et lança la bombe, roula dans un coin de la cabine en se protégeant la tête de ses bras.

L'explosion secoua tout le bateau, un silence de quelques secondes suivit, puis il y eut des cris et les coups de feu reprirent. Le sergent alluma une deuxième bombe et la lança de la même façon. Il eut tout juste le temps de rentrer la tête dans la cabine pour se cacher : trois mousquets braqués sur lui firent feu, une balle traversa le bordage et déchira son épaule. La caisse de bombes sous le bras, il courut vers la porte. La deuxième explosion le propulsa jusque dans le réfectoire.

Bufford et le Prêcheur rechargeaient leurs armes, les canons bouillants fumaient sous la pluie. Penders faisait feu, Colins visait la forêt en hurlant, les Birmans de Feng se battaient comme des enragés. Les balles Minié des fusils français faisaient des dégâts monstrueux, soulevant du sol des soldats qu'elles effleuraient à peine, arrachant des bras et trouant des ventres, projetant dans la pluie verticale des nuages de sang qui retombaient au sol en une fraction de seconde.

Il ne restait plus à Bowman que la moitié de ses hommes.

– Penders !

Bowman lui lança la caisse de bombes.

– Bufford ! Tous les hommes de bâbord avec moi !

Il se plaça à la tête du groupe.

– Baïonnettes ! Toutes les armes chargées !

Les hommes passèrent dans leurs ceintures les pistolets que les malades avaient chargés puis retournèrent les baïonnettes pour les fixer aux canons des mousquets. Bowman siffla et fit un signe à Penders, qui alluma deux bombes et les lança au-dessus du gaillard.

Les deux explosions balayèrent le pont supérieur, des cadavres tombèrent devant eux, des débris de bois et des morceaux de chair. Bowman hurla de toutes ses forces, terrifiant ses propres hommes :

– À l'assaut ! Abordage !

Bufford et les autres soldats hésitèrent, puis se lancèrent à sa suite.

La fumée des bombes n'avait pas fini de se dissiper, ils enjambèrent des cadavres et sautèrent par-dessus la proue de la jonque ennemie, surgissant comme des diables du nuage blanc. Des Birmans se relevaient, sous le choc. Ils les exécutèrent à bout portant. La panique gagnait les soldats de Min. Bowman enfonça sa baïonnette dans le premier qui jeta ses armes à ses pieds, levant les mains pour se rendre.

Du côté de la forêt deux autres explosions retentirent, des débris de terre et de bois les recouvrirent. Les hommes de Bowman avançaient toujours, galvanisés par le sergent furieux qui les commandait.

Bowman vit le pilote, là-haut sur le gaillard ennemi, sauter à l'eau. C'était la débâcle. Un officier birman tira un dernier coup de pistolet qui atteignit Bufford. Le sergent Bowman attrapa son fusil comme une lance et le jeta de toutes ses forces, clouant l'officier contre une porte. Il ramassa un fusil birman et l'arma. Sur le pont il n'y avait plus d'autres combattants qu'eux.

Bufford se releva, se tenant le ventre. La balle était passée dans le gras et il souriait en regardant le massacre. Le sergent se tourna vers la rive et, avec les hommes de Penders sur l'autre jonque, fit feu sur la forêt.

Tous les hommes encore debout arrosèrent la jungle de plomb, écorçant les arbres et hachant les feuilles jusqu'à ce que Bowman entende Penders crier :

– Ils se replient ! Cessez le feu ! Cessez le feu !

Les oreilles continuaient à siffler, les mains tremblaient. On essuyait le sang sur son visage sans savoir si c'était le sien, celui d'un camarade ou d'un ennemi. Personne ne voulait encore lâcher son arme, l'adrénaline courait dans les veines, la peur reprenait le dessus sur les réflexes de rage. Petit à petit, le bruit du fleuve et celui de la pluie revenaient, mélangés à des râles et des gémissements.

Le bateau de Min était à eux.

Bowman ordonna à Bufford d'achever les blessés. Avec trois hommes, il fonça vers les cabines, défonçant les portes les unes après les autres. Ils fouillèrent toute la jonque mais il n'y avait plus un homme vivant à bord, ni aucune trace de l'ambassadeur de Min.

Le sergent Bowman retourna sur son épave à deux doigts de basculer dans le fleuve. Du haut du gaillard, il regarda le pont et le reste de sa troupe.

Incrédules, debout, pissant le sang, une quinzaine d'hommes et cinq ou six Birmans reprenaient leur souffle, fixant la jungle d'Ava où l'ennemi s'était replié. Sur une dizaine de mètres, les Anglais avaient ouvert une petite clairière dans la forêt, nettoyée par les tirs et les bombes. Les hommes rechargèrent encore une fois leurs armes, fouillant dans leurs poches à la recherche des dernières munitions. Peevish était toujours vivant, miraculé, et levait les yeux vers le sergent là-haut. Bowman victorieux, invincible, les cheveux trempés de sang, qui souriait et balayait ce monde de furie, haché par la pluie, d'un regard satisfait.

Arthur vit le Prêcheur à ses pieds et son sourire monstrueux s'agrandit.

Peevish baissa les yeux, se tourna vers le fleuve et se signa.

Bowman se retourna.

Seules taches de couleur dans le paysage noyé, deux paires d'yeux rouges avançaient vers eux.

Peevish eut cette vision terrifiante d'un cerbère des enfers sortant du lit de l'Irrawaddy pour emmener son guerrier, le sergent Bowman, et le ramener chez lui.

Deux autres jonques descendaient le fleuve.

6.

Le général Godwin et le commodore Lambert débarquèrent le 14 avril 1852 à Rangoon et prirent la ville. Vingt mille hommes de Pagan Min, retranchés sur la colline de Singuttara, autour de la grande pagode dorée de Shwedagon, se rendirent sans combattre.

Suivant le même plan que Campbell en 1826, la flotte se dirigea ensuite vers l'Irrawaddy et se rendit maître du fleuve, occupant l'estuaire. La Compagnie tenait les côtes.

Coincé entre le royaume de Siam à l'est qui n'entendait pas rompre ses accords avec les Anglais, la Chine au nord-est, elle aussi sous la coupe de la Compagnie, les provinces du nord rattachées à la gouvernance de Bombay et les côtes occupées au sud par Godwin, le roi d'Ava refusa de s'avouer vaincu. La saison des pluies aidant, retranché au nord dans sa capitale entourée de jungle et inaccessible au gros des troupes, il tint tête à la Compagnie jusqu'en décembre. Une guerre sans bataille, entre deux ennemis séparés par six cents kilomètres de forêts et de montagnes.

Des rumeurs coururent dans le golfe, au sujet de négociations entre Pagan et le royaume d'Espagne, soutenu par les Français, pour l'achat d'armes et de matériel pouvant rééquiper l'armée birmane. Si de telles négociations avaient existé, la Compagnie tenait de toute façon l'Irrawaddy, et plus aucun secours, par mer ou par terre, n'avait une chance d'atteindre Ava.

Dalhousie, à Bombay, attendit jusqu'en décembre et déclara le sud du pays territoire de la Compagnie, rattaché au Raj britannique. Sans trêve, traité ni négociation, l'armée des actionnaires de Londres, désormais maîtresse du golfe du Bengale jusqu'en Malaisie, traça une nouvelle frontière à deux cents kilomètres des côtes et prit possession du tiers sud du pays, laissant Pagan Min sans ressources au nord.

L'entêtement de Pagan et sa position impossible entraînèrent des dissensions politiques à la cour. Ayant conquis le trône en assassinant tous ses frères, le souverain vit finalement son demi-frère, Mindon, se révolter contre lui, soutenu par des nababs d'Ava.

Une fois à la tête du royaume, Mindon Min, plus fin diplomate que son prédécesseur, se lança dans une politique d'ouverture avec les Anglais, négociant en même temps avec les autres puissances européennes pour contrebalancer les diktats commerciaux de Londres. Le jour de son couronnement, en février 1853, recevant des ambassadeurs de la Compagnie et en gage de bonne volonté, il annonça la libération de tous les Britanniques faits prisonniers pendant la guerre.

Fin mars, alors que la mousson avait commencé tôt cette année-là, trois jonques birmanes entrèrent dans le port de Rangoon sous une pluie diluvienne. Les trois bateaux accostèrent, inaperçus au milieu des dizaines de vaisseaux de commerce qui encombraient la rade. On abaissa les passerelles et trois colonnes de prisonniers débarquèrent dans l'indifférence générale, trempés jusqu'aux os, habillés de vêtements trop grands, flottant sur leurs épaules et leurs jambes.

Une dizaine de soldats et un jeune lieutenant les attendaient à terre et les escortèrent jusqu'à un entrepôt de la Compagnie, dans lequel on avait écarté les marchandises pour étaler des couvertures. Assis derrière une petite table, un autre officier attendait, avec devant lui des feuilles de papier, un encrier et une plume métallique. Au fond du hangar, debout derrière des réchauds en terre et des gamelles fumantes, des cruches d'eau et de vin, trois autres soldats regardèrent entrer les prisonniers libérés.

Mindon Min leur avait fait couper les cheveux et tailler la barbe, mais cela ne changeait pas grand-chose. Si certains avaient encore une bonne allure – ceux qui avaient passé le moins de temps en captivité –, d'autres étaient en piteux état, succession de marionnettes voûtées et désarticulées marchant en file comme des bœufs aveugles. Certains boitaient, d'autres mâchaient nerveusement leurs lèvres entre des gencives édentées. Leurs yeux étaient enfoncés dans des trous noirs, au-dessus de joues vides, la peau grise et ridée. On ne distinguait plus de différence de taille entre eux, trop tassés et pliés. Ils dégoulinaient de pluie devant la petite table et à mesure qu'ils défilaient, une flaque d'eau se formait dans laquelle ils traînaient leurs pieds nus. Un par un ils donnèrent leur nom à l'officier assis, qui consignait lentement sur le papier la date et le lieu de leur capture, leur nom, prénom, grade, division, régiment et bataillon.

L'officier avait étalé onze feuilles devant lui, une pour chaque mois qui avait passé depuis que Godwin et Lambert avaient débarqué à Rangoon. Selon les dates annoncées, il choisissait la feuille qui correspondait.

Lorsqu'ils avaient donné leur nom, les prisonniers marchaient entre les couvertures jusqu'à la soupe, hésitant à traverser seuls ce grand espace vide. Ils tendaient la main sans regarder les hommes qui les servaient, contemplaient leur gamelle bien pleine, serraient la tasse en étain remplie de vin, s'asseyaient en tailleur sur une couverture et posaient l'assiette sur leurs jambes. On entendait des sanglots. Les prisonniers s'installaient le plus loin possible les uns des autres, sans oser toucher à la nourriture et en jetant des regards autour d'eux comme des chats osseux, prêts à fuir à la première attaque. Quand un autre prisonnier passait à côté d'eux, ils se penchaient sur la bouffe et l'enfournaient dans leur bouche à pleines mains, le plus vite possible. D'autres s'en remplissaient les poches.

L'officier à la table leva les yeux, sa plume suspendue en l'air. L'homme devant lui était un vrai squelette, deux os pointaient à la place de ses épaules, son crâne lui-même semblait avoir rétréci.

– Quelle date vous avez dite, soldat ?

L'homme s'humecta les lèvres, sa voix était faible.

– 17 avril 1852.

L'officier prit la feuille du mois d'avril sur laquelle aucun nom n'était encore écrit. Il trempa sa plume et demanda :

– Ton nom ?

L'homme mouilla encore ses lèvres.

– Edmond Peevish.

L'officier écrivit le nom sur la feuille et releva la tête en rigolant.

– Mon gars, t'es le plus vieux prisonnier de cette guerre !

Le soldat sourit, exhibant des dents noires, et articula de sa voix sifflante :

– Dieu vous bénisse. Nous sommes dix.

L'officier tourna la tête vers la file et vit d'autres hommes derrière Peevish, dont il se demanda s'ils étaient vraiment des hommes, s'ils étaient tout à fait vivants ou bien seulement des fantômes.

Sur la feuille du mois d'avril, un par un, il écrivit dix noms sous la même date :

Edmond Peevish.
Peter Clemens.
Edward Morgan.
Christian Bufford.
Erik Penders.
Frederick Colins.
John Briggs.
Horace Greenshaw.
Norton Young.
Sergent Arthur Bowman.

II

1858
Londres

1.

Le 1ᵉʳ juillet à Piccadilly, derrière les murs de la Burlington House, les membres de la Linnean Society se réunirent pour une lecture exceptionnelle. Biologistes, zoologistes, botanistes et anthropologues attendaient devant les portes de la grande salle de conférences, couvrant leurs bouches et leurs nez de mouchoirs mentholés.

Wallace allait présenter son article sur la *Tendance des variétés à se différencier indéfiniment du type originel*, et la rumeur se confirmait que Darwin ne serait pas là, accablé par la mort de son jeune fils, emporté par la scarlatine. Wallace se chargerait de lire le travail de Darwin : *De la variation des êtres vivants à l'état de nature, des moyens naturels de sélection, de la comparaison des races domestiques et des vraies espèces.*

Depuis des mois, les discussions allaient bon train autour des découvertes de Wallace et Darwin, un parfum de mystère entourait leurs nouvelles théories que l'on disait radicales. Pourtant, se tenant le plus loin possible des fenêtres calfeutrées de la Burlington House, les savants avaient ce jour-là un autre sujet de préoccupation : derrière leurs mouchoirs parfumés, ils ne parlaient, à voix basse, que des menaces d'épidémies.

Certains se rassuraient en évoquant les dernières théories de Snow sur la bactérie du choléra, transportée par l'eau et non par l'air, mais son existence restait à prouver et, face à la peur des miasmes, les recherches de Snow ne récoltaient que dénigrements sans apaiser les inquiétudes.

Le choléra était dans l'air, il n'y avait aucun doute là-dessus.

Un journaliste du *Morning Chronicle* passait entre les professeurs, un carnet à la main, les interrogeant sur les risques de contagion et le système des égouts de Londres, essayant d'obtenir des réponses à la question que tout le monde se posait depuis deux semaines : quand cela prendrait-il fin ?

S'il était facile d'expliquer comment cela avait commencé, aucun homme de science n'osa avancer de solution, ni ne se risqua au moindre pronostic. Le seul indice dont le journaliste put tirer une conclusion était que les savants réunis aujourd'hui étaient moins nombreux qu'à l'accoutumée, une partie d'entre eux ayant déjà fui la capitale.

Lyell et Hooker, en charge de l'organisation de la lecture, traversèrent le couloir d'un pas rapide. On ouvrit les portes de la grande salle et tout le monde s'y précipita dans l'espoir que l'odeur y serait moins forte.

Le journaliste termina de griffonner quelques notes et entra lui aussi pour s'installer dans la salle clairsemée.

La puanteur y était aussi forte qu'à l'extérieur.

*

Les fosses d'aisances n'étaient plus à la mode. Depuis quelques années, les riches faisaient installer l'eau courante et des toilettes individuelles dans leurs maisons. L'eau était pompée dans la Tamise, courait dans les tuyauteries et, une fois sale, se déversait dans les égouts, reprenant à nouveau le chemin du fleuve.

L'hiver avait été sec et le printemps chaud. Au mois de mai, le niveau de la Tamise avait déjà baissé de façon alarmante. En juin, les températures avaient atteint des records et le fleuve commencé à s'assécher. Au robinet, l'eau pompée avait changé de couleur et les égouts, trop secs, s'étaient mis à s'engorger sous l'afflux de ces déchets supplémentaires. Les éviers, les baignoires et les toilettes s'étaient bouchés, dans les jardins on avait refait creuser des fosses et à la fin du mois de juin le nombre de vidangeurs, mis au chômage par l'arrivée de l'eau courante, avait redoublé.

Leurs tombereaux traversaient les rues de nuit, les roues cerclées cognant sur les pavés, des lampes accrochées à des perches éclairant chichement des vieilles rosses fatiguées, des chargements de merde et des hommes sans forme, drapés dans de longues blouses qui tombaient jusqu'à leurs bottes. Ils passaient les portes de la capitale en silence, comme vingt ans plus tôt les prisonniers transportaient jusqu'aux fosses communes les cadavres de la grande épidémie de choléra. Ils vidaient les chariots dans les champs et repartaient en ville, rechargeaient et retournaient dans les campagnes, ainsi jusqu'au petit matin où les paysans leur payaient leur travail. Deux schillings et cinq pence le tombereau d'engrais. Les prix avaient chuté aussi vite que les vidangeurs avaient dû embaucher. Londres avait tellement d'excréments à offrir que les cours s'étaient effondrés. Les fouilleurs avaient envahi le marché. Les égouts étaient si secs qu'ils devaient creuser à la pelle dans les déjections au lieu de les écarter au râteau et de trier la fange au tamis. Pour trouver ce qui tombait des poches dans les bouches d'égout, ou tout ce qu'on y jetait pour s'en débarrasser, ils creusaient désormais à la pioche et remplissaient des charrettes qu'ils vendaient eux aussi aux maraîchers.

La ville avait embauché des bras supplémentaires, mais sans eau pour fluidifier les canalisations, le travail ne servait à rien et les égouts se remplissaient jusqu'au sommet des voûtes.

Fin juin, la température avait continué à grimper et la Tamise s'était épaissie au point de devenir une lente coulée de lave putride. Les déchets des usines, déversés dans les mêmes égouts ou directement des berges, s'accumulaient en nappes noires et grasses. Les rejets des abattoirs flottaient à la surface du fleuve solidifié. Des carcasses de vaches et de moutons, engluées dans la boue, passaient lentement devant le nouveau Parlement de Westminster. Les pattes des squelettes pointaient en l'air comme sur un champ de bataille abandonné et des corbeaux venaient s'y percher. Il fallait une demi-journée pour que les cornes d'un bœuf, à l'horizon du pont de Lambeth, passent sous les fenêtres de la Chambre des lords et disparaissent sous le pont de Waterloo.

On prétendait qu'à certains endroits on pouvait traverser le fleuve à pied.

Le 2 juillet, la chaleur fut sans égale et la ville tout entière recouverte par l'odeur d'un gigantesque cadavre.

Le long des berges on obstruait les fenêtres.

Les rues étaient vides, la navigation quasiment interrompue. Quelques petits bateaux à vapeur, assez puissants, pouvaient encore avancer dans la boue, leurs roues à aubes projetant des gerbes noires, mais l'absence de vent interdisait le déplacement des navires à voiles. Des bacs et des barques, poussés à la perche, parvenaient encore à se déplacer mais personne ne voulait plus les emprunter.

Les riches quittaient la ville pour leurs résidences de campagne ou partaient au bord de la mer. Les tribunaux écourtaient leurs séances, des hommes étaient jugés en quelques minutes, recevant des grâces inespérées ou pour une peccadille des sentences de tueurs, rendues par des juges qui couraient entre deux couloirs un mouchoir sur le nez.

On ne siégeait plus au Parlement.

Dans les usines, les chaudières à vapeur, en plus de la chaleur caniculaire, dégageaient des odeurs qu'on croyait mortelles. Tandis que le cours de l'engrais s'effondrait, celui de l'eau potable flambait. Les fontaines publiques se tarissaient. L'eau claire des sources et des puits, tirée loin du lit de la Tamise, transportée et vendue à prix d'or, était devenue trop chère pour les travailleurs. Des ouvriers mal hydratés mouraient dans les fourneaux des aciéries.

Les policiers de la Metropolitan battaient le pavé, patrouillant sur les trottoirs vides. La ville semblait sous le coup d'un couvre-feu ou au lendemain d'une révolte, quand la troupe a chargé, que la colère s'est éteinte et que l'on a ramassé les corps des victimes. Les semelles ferrées des policiers résonnaient dans les rues abandonnées, remplaçant les bruits des marteaux et des métiers à tisser. Devant les bureaux des compagnies des eaux, des groupes de femmes et d'hommes de plus en plus nombreux se réunissaient, apostrophant les officiels de la ville. Les policiers les repoussaient jusque dans leurs taudis, là où la situation était la plus difficile. Dans les rues basses les égouts remontaient par les caniveaux, passant entre les grilles et remplissant d'une boue immonde les ruelles et les venelles. Dans les caves où s'entassaient des familles entières, sous le niveau de la chaussée, les enfants en guenilles pataugeaient jusqu'aux chevilles dans les déjections de la capitale.

Quelques rares silhouettes rasaient encore les murs en courant, sortant d'une porte pour disparaître derrière une autre comme des espions portant des messages avant une bataille.

La folie gagnait : comment fuir l'air que l'on respirait ?

Avec l'odeur insupportable et la peur des maladies, la rancœur et la médisance s'installaient. On cherchait des boucs émissaires. Les Chinois, disait-on, étaient trop silencieux, les Pakistanais souriaient, les Juifs faisaient des affaires. Les riches étaient trop bien lotis. Les papistes fomentaient dans leur coin. L'armée allait encercler les quartiers, tout ça faisait partie d'un plan. Il y avait des endroits dans Londres qui sentaient encore bon. Les vidangeurs travaillaient pour les patrons, ils déversaient la nuit les tombereaux chez les pauvres, pour leur apporter les maladies.

Les seuls commerces encore florissants étaient ceux des marchands de tissu. Quand leurs magasins furent vides, on utilisa des planches, des matelas ou des meubles pour barricader les fenêtres.

81

Les restaurants et les auberges avaient fermé.

Les usines tournaient au ralenti et le port de Londres avait cessé presque toute activité. Les navires des compagnies ne remontaient plus au-delà de Leamouth et North Woolwich. Les marchandises étaient déchargées en aval, là où les marées de la Manche étaient assez fortes pour permettre la navigation et diluer le courant épais du fleuve noir. Les dockers étaient au chômage et les quais de Londres désertés.

Dans le nouveau port de Sainte-Katherine, les entrepôts vides étaient cadenassés, les maraudeurs, journaliers, voleurs et autres mendiants avaient disparu. Les gangs de l'East End attendaient comme tout le monde que le port reprenne vie, que Londres soit libérée de cette épouvante et que l'on puisse retourner au travail.

Dans cette atmosphère de tension et d'inactivité, toutes les brigades de police de Londres avaient reçu l'ordre de se montrer et de se tenir sur leurs gardes, d'étouffer dans l'œuf les plus petits accrochages. À n'importe quelle heure du jour et de la nuit, plus une rue où l'on n'aperçoive le casque d'un flic ou sa lanterne. Les coups de sifflet des agents se répondaient dans la ville.

Si l'enfer avait une odeur, elle ne pouvait pas être différente de celle-là et l'idée faisait son chemin : Londres se changeait bel et bien en enfer, il y avait derrière cette punition divine une raison enfouie, un péché monstrueux. Des prêcheurs annonçaient que la grande puanteur n'était qu'un début, que la damnation serait éternelle et les miasmes les premières plaies d'un châtiment plus terrifiant encore, qui allait s'abattre sur l'Angleterre.

On priait à Londres, beaucoup plus qu'on ne l'avait fait depuis longtemps.

Les surveillants de la brigade marine de Wapping continuaient à patrouiller le Docklands, comme leurs collègues de Blackwall et Waterloo, bien que dans les faits ils n'aient plus rien à faire. Chargés de veiller sur les navires, le déchargement des marchandises et l'activité des gangs, ils marchaient de long en large sur les quais déserts, matraques à la main.

À la brigade de la Tamise, financée par les compagnies, la plupart des surveillants étaient des vétérans des colonies. Une sorte de retraite laborieuse accordée à des soldats méritants ou dans le besoin, payés au rabais. Le recrutement, depuis la création de la brigade, se faisait traditionnellement ainsi et la Metropolitan n'avait pas son mot à dire. Ces flics avaient une réputation à part et répondaient aussi bien aux ordres des administrateurs des compagnies qu'aux officiers de police.

Si l'odeur n'était pas plus supportable pour eux que pour les autres habitants, du moins étaient-ils habitués à ce genre de chaleur. Pour certains, cette puanteur générale de cadavre n'était pas non plus inconnue. Elle avait seulement des proportions inhabituelles et évoquait, à une échelle démente, un empilement d'Indiens ou de Nègres éventrés, par un jour de soleil sous des latitudes tropicales.

Le surveillant O'Reilly, ancien de la West India, accéléra le pas en entendant les cloches de Whitechapel annonçant la fin de sa ronde. Il se pressait pour retourner au poste de Wapping, petit immeuble de briques posé juste au bord du fleuve. Il était presque six heures de l'après-midi quand il déboucha d'une petite rue sur Execution Dock, à quelques centaines de mètres du poste, marchant à bonne allure.

Le gibet dressé au bord de la Tamise ne servait plus depuis les années 1830, mais l'amirauté l'avait laissé là en signe d'avertissement. Un ponton avançait au-dessus de la vase, sur des pilotis, et le gibet au bois noirci jetait son ombre mince sur le fleuve de boue.

O'Reilly se souvenait des dernières pendaisons et de la foule qui se pressait, lorsque gamin il venait voir un pirate se balancer au bout de la potence. Quand ils avaient tué des officiers anglais, les condamnés avaient droit à une corde courte. Comme ils ne tombaient pas d'assez haut, la chute ne leur cassait pas le cou et ils mouraient lentement en agitant les jambes. Les pendaisons que tout le monde préférait.

Des mômes jouaient sur le vieux ponton, des crève-la-faim en guenilles que l'odeur ne semblait pas plus déranger qu'un ancien de la West India. Mendiants, voleurs à la tire, coursiers des gangs, indisciplinés et orphelins, ces mômes étaient une plaie du Dock-lands, que l'inactivité du port avait aussi mis au chômage. Des parasites du fleuve et de son commerce, dont les policiers de Wapping retrouvaient une dizaine de cadavres par an, coincés entre un quai et une coque, entre les barreaux d'une grille ou dans un filet de pêche. Parfois on les retrouvait aussi lardés de coups de couteau. Ces bandes étaient en guerre permanente et les règlements de compte se finissaient régulièrement par des morts.

— Dégagez de là !

Les mômes s'accrochaient aux balustrades vermoulues du gibet, marchaient au-dessus de la vase en jouant avec leurs ombres qu'ils faisaient glisser jusqu'à celle de la potence. Ils ne prêtèrent aucune attention au policier. O'Reilly fit deux pas vers eux en levant sa matraque, les gamins déguerpirent.

— O'Reilly, Irlandais de mes deux !

— C'est ton cul qui pue, O'Reilly !

— Les bobbies, c'est la peste et le choléra !

— Les flics à la potence, les riches aux égouts !

O'Reilly les insulta jusqu'à ce qu'ils disparaissent et reprit sa marche vers le poste. D'autres surveillants convergeaient vers Wapping High, tout aussi pressés que l'Irlandais.

Posant casques et matraques sur les tables, ils s'installèrent sur les chaises de la salle des surveillants.

Le superintendant Andrew les attendait, fumant une pipe de tabac d'Orient qui ajoutait à l'atmosphère irrespirable une écœurante touche sucrée. Il interrogea ses hommes les uns après les autres, qui ne se donnaient pas la peine d'ouvrir leur carnet de ronde pour faire leur rapport. Les rondes avaient été étendues aux rues d'Aldgate et Whitechapel qui entouraient le Docklands. On signala des altercations, des disputes entre épouses et maris saouls, des citoyens qui s'alpaguaient en s'accusant mutuellement de vider leurs pots de chambre dans la cour des voisins. Quelques vols et effractions dans des magasins, des vieux qui craignaient pour leur sécurité. Tous ceux qui possédaient quelques biens s'inquiétaient de ceux qui ne possédaient rien.

Les hommes de nuit arrivaient et la salle se remplit, de plus en plus exiguë et chaude. Devant ses agents las et exaspérés, Andrew fit un discours pour expliquer que cela n'allait pas durer, que les choses retrouveraient bientôt leur cours normal. Il avait appris à ménager ces anciens soldats aux caractères difficiles, qui malgré le peu d'avantages qu'ils avaient à servir deux maîtres, le commerce et l'État, étaient toujours fiers de continuer à travailler pour les compagnies. Leur orgueil le faisait doucement rigoler, mais ces types du moins savaient obéir aux ordres et ne se plaignaient pas trop.

Andrew tira sur sa pipe, parcourant la salle des yeux.

– Où est Bowman ?

Des hommes se retournèrent vers lui en haussant les épaules.

– Il est de jour ou de nuit cette semaine ?

Il n'obtint pas plus de réponse et serra les dents sur le bec de sa pipe.

*

Les cloches des églises sonnaient au-dessus des toits. Arthur Bowman sortit des entrepôts de vin de la Corney & Barrow, avala une gorgée de gin, glissa la flasque sous sa chemise et tourna à droite dans Thomas More Street déserte. Les gens ne sortiraient que plus tard, à la nuit tombante, quand la température baisserait un peu, pour aller faire les courses les plus urgentes. Les devantures étaient capitonnées, bouchées avec des tentures ou des planches, qu'on venait arroser régulièrement parce que l'on disait que les miasmes passaient moins bien à travers l'eau. Les commerçants, même s'ils doutaient de l'efficacité de la manœuvre, s'y étaient tous mis quand les clients avaient commencé à ne plus choisir que les boutiques arrosées. Ils tiraient des seaux dans les puits et les fontaines pourris et aspergeaient leurs magasins de liquide marron.

Bowman tourna dans Chandler, aperçut à l'angle de Wapping Lane la petite façade du Fox and Hounds et la lanterne allumée au-dessus de la porte. Elle ne diffusait aucune lumière dans celle du jour, mais signalait que l'établissement était bien ouvert.

La porte était fermée à clef, il frappa plusieurs coups et entendit le verrou grincer. Mitchell, le larbin de Big Lars, se boucha le nez et s'écarta pour laisser entrer le sergent. Il referma derrière lui et remit en place un portique improvisé avec des manches d'outils, sur lequel on avait accroché des tissus. Il le plaqua contre l'huisserie, attrapa un seau d'eau et en jeta le contenu sur les tentures.

Lars devait être un adepte de la théorie de l'eau, sauf qu'il l'avait poussée un peu plus loin et décidé sans doute que l'arrosage était plus efficace quand on le faisait directement de l'intérieur.

Six ou sept clients étaient au bar, les derniers que l'odeur des enfers et des seaux de merde jetés contre les murs ne pouvaient empêcher d'avoir soif.

– Putain, Mitch ! Arrête de balancer ce truc !

Lars, patron du Fox, un journal ouvert sur le comptoir, un torchon mouillé couvrant son nez et sa bouche, intervint :

– Tu préfères choper le choléra, ducon ?

Puis, d'un mouvement de tête, il salua Bowman qui s'installait à sa table. Le patron attrapa une pinte sur son étagère, tira une bière ambrée à la pompe, la posa sur le comptoir et Mitchell l'emporta jusqu'à la table du policier.

Quand Bowman l'eut terminée, Lars en tira une deuxième.

Big Lars avait été caporal de la West India et avait trafiqué assez d'épices et de fourrures pour racheter ce pub pourri quand il avait pris sa retraite. Un comptoir en bois brut éclairé par deux lampes à huile, quatre tables et des bougies éteintes, une pompe à bière, des tonnelets de vin, derrière le comptoir une trappe, sur la trappe Big Lars et dessous une cave d'où jamais n'était sorti un verre gratuit.

L'endroit était sûr, interdit aux Nègres, aux Indiens, aux Pakis, aux mendiants sauf s'ils avaient des vieux galons dans leurs poches, aux mahométans, aux Chinois, aux sang-bleu, aux Peaux-Rouges et à tous ceux à qui ça ne plaisait pas. Accroché au mur au-dessus du patron, un renard empaillé, toutes dents dehors, regardait vers l'entrée.

Bowman entama sa troisième pinte, assis à sa table, ne recevant sur les pieds qu'un peu de la lumière des lampes du bar. La brown ale de Lars était aussi mauvaise qu'on le disait, mais avec la chaleur ambiante elle semblait presque fraîche. Le patron du Fox, la voix étouffée par le torchon qui lui couvrait la bouche, gueula :

– Mitch, putain de demeuré ! La bougie du sergent !

Mitch se précipita, alluma la bougie de la table sans oser regarder celui qu'on appelait ici « le sergent », et repartit au bar attendre avec les autres clients.

Lars allait lire le journal.

Il lui fallait la journée pour éplucher le *Morning Chronicle*, dont il gardait généralement la une pour le soir, afin d'en faire part aux clients qui venaient s'instruire tout en buvant. Il louchait pendant cinq minutes sur un paragraphe, puis relevait la tête et traduisait à sa façon ce qu'il avait compris, et de façon à ce que ses habitués comprennent aussi. Aujourd'hui l'article semblait lui donner du fil à retordre parce que Lars était penché dessus depuis un bon quart d'heure, qu'il en louchait et qu'il n'arrêtait pas de revenir en arrière, en suivant les mots l'un après l'autre du bout du doigt. Il rapprocha finalement une lampe et redressa les pages vers la lumière.

Il commença par le titre :

— *Lecture à la Linnean Society, en présence des professeurs Lyell, Hooker et Wallace : « La nature en guerre ! »*

Des têtes se redressèrent au-dessus des verres, Mitch cligna des yeux et contempla son patron qui se replongeait dans l'article.

— *Pendant une heure et demie, hier à la Burlington House, le professeur Alfred Wallace, biologiste, a présenté en résumé les bases d'une soi-disant nouvelle théorie scientifique, ainsi que celle du professeur Charles Darwin, concernant l'origine des espèces animales.*

Le silence était complet dans la salle du Fox. Les clients de Lars ouvraient des yeux comme des culs de bouteille.

— Qu'est-ce c'est que cet article ? Y a pas autre chose dans ton canard ?

Big Lars leva les yeux.

— J'ai déjà lu le reste. Tu me laisses continuer, putain, c'est un article de fond.

— Ça ! Carrément profond, ouais. Je comprends rien dans le titre.

— T'as pas la *Gazette*, Lars ? Qui c'est qu'a été à la pendaison ?

— Et les égouts, hein ? Quand est-ce qu'y vont les déboucher, les égouts ?

— Vos gueules !

Le patron relut l'article pendant encore cinq minutes. Mitch rapporta le verre vide de Bowman, Lars le remplit et reposa son doigt sur le journal.

— Ha ! Voilà !

Il releva la tête vers les clients, l'air satisfait.

— L'article, il dit que ces types, à la conférence, ils croient pas en Dieu ! Parce que y a des oiseaux sur des îles et des lapins en Papouasie qui sont pas assez nombreux à vivre, alors qu'ils baisent à tout-va.

Il y eut un nouveau silence.

— T'es sûr que t'as bien lu ?

— Laisse-moi continuer ! Donc les lapins ils sont pas assez nombreux même s'ils font des tas de petits, et ça c'est parce que la nature est en guerre… En guerre avec elle-même ! C'est ce qu'ils disent.

Un soifard sortit son nez de sa bière.

– Je vois pas le rapport avec Dieu.

Lars mit ses mains sur ses hanches.

– Putain.

Il relut quelques lignes.

– Voilà ! C'est parce que la nature est en guerre, et que les animaux entre eux ils se débarrassent des plus faibles, et que c'est les plus forts qui survivent.

Il y eut des sourires, des gorgées de bière descendirent dans les gosiers.

– C'est ça, leur nouvelle théorie ?

– Ben, merde.

– Ouais. J'aurais dû être professeur !

Deux clients pouffèrent. Big Lars continua.

– Et ceux-là, les plus forts, par exemple c'est le lapin qui court le plus vite, ou l'oiseau qui vole le plus vite pour trouver à bouffer.

– Je vois toujours pas le rapport avec Dieu.

– La guerre, je veux bien, mais le reste…

– Taisez-vous !

Lars termina un paragraphe et leva un doigt.

– Ah ! Donc ceux qui vont plus vite, ils font des lapereaux et des bébés oiseaux qui vont aussi plus vite, parce que c'est héréditaire.

Un buveur reposa sa pinte.

– Héréditaire ?

– Ça passe des parents aux enfants, dans le ventre de la mère, comme la connerie !

– Ah…

Lars commençait à s'animer.

– C'est là que y a un rapport avec Dieu, parce que ce Darwin et l'autre, Wallace, ils disent que les animaux et tous les autres êtres vivants en guerre dans la nature, comme ils gardent ce qui les arrange le plus, d'aller vite ou d'avoir des oreilles plus grandes que les copains, à force ils évoluent.

Le patron laissa passer un silence, en se disant que l'évolution allait faire un certain effet sur l'assistance. Personne ne réagit et les clients du Fox attendirent la suite. Lars finit par arracher le torchon qui lui couvrait la bouche. Sa voix résonna soudain plus fort et quand il se pencha en avant ses clients reculèrent sur leur tabouret.

– L'évolution ! Putain, vous comprenez rien ? Ça veut dire que les lapins et les oiseaux, il y a très longtemps, ils étaient pas pareils, qu'ils ont évolué et que les espèces de lapins ont changé !

Le silence fut ponctué par quelques gorgées. Pas que les clients du Fox aient lâché l'affaire, mais quand même ça les intéressait de moins en moins. Ils poussèrent devant eux des verres vides et Lars refit le plein.

– Je me demande bien pourquoi je me fatigue à vous lire les nouvelles.

Il posa les pintes sur le comptoir, reprit le journal qu'il leva d'une main en le frappant du revers de l'autre.

– Vous comprenez pas ? Ça veut dire que Darwin, il pense pas que Dieu a créé les lapins comme ils sont aujourd'hui ! Qu'il a pas fait ça en sept jours et qu'au début, les lapins, si c'est lui qui les a faits, ils étaient pas bien au point !

Lars éclata de rire et le coup du lapin sembla porter, parce que d'autres rires hésitants commencèrent à l'accompagner. Sentant son auditoire plus attentif, il enchaîna.

– Et le journaliste du *Morning* il dit ça aussi, que Darwin, même s'il l'a pas dit, il pense que les hommes aussi, au début, ils étaient pas comme nous, et qu'on a évolué !

Tous les types, de plus en plus imbibés, explosèrent de rire. Cette fois Big Lars tenait son public, il tira une quatrième pinte pour Bowman sans s'arrêter de parler.

– Ils sont fumasses au *Morning* ! Ils disent que ce qu'il dit,

Darwin, c'est qu'avant, ta mère, ou ton père, c'étaient peut-être des hommes pas finis, comme les Nègres, les Jaunes ou les Indiens !

Les rires s'arrêtèrent net et il y eut des regards inquiets. D'autres avaient les joues gonflées et étaient prêts à exploser.

– Attendez ! Attendez, putain, c'est pas fini !

Lars se colla le nez à l'article et relut les dernières lignes le plus vite possible.

– Ouais ! Voilà, c'est ça ! Le Wallace, il dit qu'on a pas fini d'évoluer !

Un type plus saoul que les autres, ou moins inquiet d'avoir un papa nègre, commençait à s'étouffer de rire. Lars se contenait pour pouvoir continuer.

– Wallace, il dit qu'on va encore évoluer et qu'on va s'entraider ! S'entraider ! Et que dans mille ans, on aura une société parfaite ! Avec un gouvernement SOCIALISTE !

Celui qui s'étouffait tomba de son tabouret, les autres recrachèrent une gorgée de bière, pouffèrent dans leur verre en faisant voler la mousse. Lars se tapait sur les cuisses, les vieux militaires se cognaient le front sur le comptoir. Ils se gondolaient de rire dans la lumière des lampes, comme si l'idée d'avoir des ancêtres chez les Nègres, ajoutée à l'annonce d'un monde solidaire et juste, était ce qu'ils avaient entendu de plus drôle depuis la dernière promesse d'une augmentation des salaires. Mitchell, qui ne comprenait pas tout mais aimait bien rire aussi, se tenait au bout du bar et les regardait en souriant. Lars manquait d'air et pleurait.

– Celui-là, le Wallace, je vais l'inviter ici pour qu'il nous fasse marrer ! Il va nous apprendre comment la nature est en guerre, ce con, et comment à Westminster ils vont tous devenir socialistes ! Ah, putain ! Il aura même pas besoin de payer ses bières !

La promesse d'une tournée du patron acheva ceux qui arrivaient encore à respirer. Lars se tourna vers le fond de la salle.

– Vingt ans d'études pour en arriver là ! La vache, t'entends

91

ça, sergent ? Qu'est-ce que t'en penses, toi, de la guerre de la nature et de nos ancêtres les singes ?

Des visages hilares se tournèrent vers la table de Bowman, Lars s'essuyait les yeux avec son torchon imbibé d'eau marron. Ils riaient en regardant Bowman finir sa pinte, attendant ce qu'il avait à en dire, lui, l'ancien soldat des Indes, de cette connerie comme ils n'en avaient pas entendu depuis longtemps. Parce qu'il écoutait depuis le début, Bowman, dans son coin, mais qu'on l'avait pas encore entendu rire. Il était pas du genre bavard, mais un truc comme ça, c'était marrant d'entendre ce qu'il en pensait, avec sa gueule de travers et ses doigts coupés qui n'invitaient pas à la discussion. Ses yeux non plus, cachés derrière des sourcils qu'on voyait jamais remonter sur son front. Son histoire qu'on connaissait pas bien, et sa présence dont on avait l'habitude même si après des années on se méfiait toujours de lui. Lars en parlait parfois. Le sergent Bowman, c'était même plus un dur, c'était autre chose : un danger.

Mais on avait envie de l'entendre aussi, Bowman, parce que la guerre de Darwin et Wallace, dans les salles de conférences des aristos, on avait le droit d'en rire un moment en oubliant tout le reste, les vraies guerres et la ville la plus riche du monde qui puait comme un cadavre.

Il avait écouté, Bowman. Qu'est-ce qu'il avait à en dire ?

Lars le premier arrêta de se marrer et bientôt il ne resta plus que Mitchell, avec sa tronche de demeuré, pour exhiber ses dents cariées. Les autres, voûtés sur les tabourets, avaient replongé la tête dans leur verre.

Bowman avait les yeux plantés dans le bois de sa table, les bras écartés, les mains serrées sur les bords du plateau. Son visage avait gonflé au-dessus de la bougie et une ligne de lumière jaune courait le long de son front, dans le pli de la cicatrice qui barrait ses rides.

Il se leva, bouscula sa chaise et traversa la salle du Fox, s'emmêla les mains dans le portique et les tissus qui la bloquaient, finit par tout arracher avant de déverrouiller la serrure.

Dehors les ombres des immeubles recouvraient la chaussée, couraient sur les trottoirs et remontaient sur les façades comme une eau noire. Bowman tourna sur Reardon Street et traversa la passerelle de Waterman Way. Il s'enfonça dans des ruelles, atteignit China Court et emprunta une allée encombrée de draps étendus sur des fils. Il écarta de ses mains les tissus humides et s'arrêta devant une caisse en bois sur laquelle brûlaient des bâtons d'encens. Il frappa du poing sur les vieilles planches d'une porte, à côté des bâtonnets parfumés.

Un Chinois ouvrit.

Le surveillant Bowman suivit un couloir, par des entrebâillements aperçut des femmes en train de coudre, des enfants allongés sur des nattes, des faces de lune et des yeux noirs, des corps à moitié nus et luisants de sueur. Des portes s'ouvraient devant lui, il traversait des ruelles pour replonger dans des boyaux d'immeubles, jusqu'à une autre porte encore, gardée par deux Chinois qui se redressèrent en le voyant arriver. On ouvrit devant lui et il pénétra dans la salle au plafond bas, avec ses rangées de banquettes, les couchettes recouvertes de nattes et de tapis, les petits coussins carrés, les corps allongés les uns contre les autres dans la chaleur et la fumée, les yeux ronds accrochés au plafond. Des volutes blanches s'échappaient des bouches ouvertes, aux lèvres sèches, qui ne réclamaient plus à boire ; les boulettes d'opium crépitaient dans les pipes. Un Chinois à gros ventre, serré dans une longue tunique blanche, s'inclina devant lui, les mains jointes, et lui indiqua une couchette. Bowman s'installa entre deux autres Anglais au teint de cadavre.

Un vieillard aux lèvres noires, horriblement maigre, les fesses et le sexe cachés par un tissu noué, lui enleva ses chaussures.

Le Chinois en tunique prépara une pipe et l'approcha du

policier. Arthur mordit le bec, aspira le plus longtemps possible et ferma la bouche. Le Chinois se releva et salua encore.

– Chasser les mauvais rêves, sergent Bowman. Chasser les mauvais rêves.

Bowman ouvrit la bouche en grand, mais au lieu d'un cri en sortit la fumée blanche, qu'il laissa sans souffler s'élever dans l'air saturé de la fumerie.

Sa voix était pâteuse et s'éteignait.

– Barre-toi. Putain... de... Jaune.

2.

La fumerie était déserte et à travers les rideaux passait la lumière du jour. Les banquettes et les coussins étaient abandonnés, ces nids où l'on venait se réfugier la nuit avaient retrouvé leur aspect terne et poussiéreux.

Le vieux Chinois squelettique apporta une théière et un verre de gin. Bowman s'assit sur la banquette, frotta son visage et but lentement quelques gorgées de thé noir et fumé, puis il vida d'un trait le gin, jeta deux schillings sur le plateau et quitta la fumerie, nauséeux.

Dans les ruelles de China Court, des enfants poussaient des charrettes de linge sale et se collaient aux murs pour le laisser passer. Des bassines bouillaient sur des feux, exhalant des odeurs fades de légumes, les nuages de vapeur montant dans l'ombre des immeubles délabrés. L'estomac de Bowman se contracta. Lorsqu'il passa devant une table couverte de sang, il vit rouler à terre une tête de poule tranchée d'un coup de hachoir par une Chinoise, il se pencha en avant et vomit entre ses pieds, debout devant la femme. Il essuya sa bouche sur la manche de son uniforme de police et reprit son chemin. Il déboucha d'une ruelle dans Pennington Street. L'activité de China Court s'arrêtait là et il retrouva l'atmosphère de siège qui régnait sur la ville, ses devantures condamnées et ses trottoirs vides.

Il rejoignit Cable Street et marcha jusqu'à l'angle de Fletcher, poussa la porte de son immeuble et gravit les trois étages en soufflant. Sa chambre faisait l'angle du bâtiment, juste sous les combles. Une fenêtre donnait sur Fletcher, l'autre sur Cable Street et les rails du chemin de fer, tandis qu'au-delà s'étendait le quartier de Whitechapel. Un lit, une table et une chaise, un petit lavabo émaillé, une étagère sur laquelle reposaient un rasoir et un blaireau, un broc en métal sur le parquet et une corde fixée d'un mur à l'autre où étaient suspendus deux uniformes. L'un rouge, de la Compagnie, l'autre bleu, de la brigade de la Tamise, avec la grande capeline pour l'hiver.

Bowman s'allongea sur le lit. Le drap et l'oreiller puaient, il y retrouva son odeur au milieu de celle de Londres.

Il était midi quand il se réveilla, en nage.

Sur la table il déplia un torchon, trancha du lard et du pain, éplucha une gousse d'ail.

Il resta assis tout le reste du jour, regardant la lumière baisser et les ombres gagner en longueur, ne quitta pas la chaise quand la nuit fut venue, ne retourna pas jusqu'à son lit quand les dernières veilleuses s'éteignirent dehors, quand derrière les vitres il n'y eut plus que du noir et qu'il ne distingua plus ses mains à plat sur la table, à côté du couteau.

Quand le soleil éclaira sa chambre, il renfila son uniforme, ferma à clef, redescendit les étages et ressortit dans la rue.

Sur Pennington, il poussa la porte d'une taverne, commanda une bière et du porridge, demanda un œuf en supplément, qu'il cassa sur le bord de l'assiette et mélangea à l'avoine bouilli. Il jeta une pièce sur le comptoir et ressortit, passa devant le Fox and Hounds fermé à cette heure du jour.

À Wapping High, l'immeuble de briques baignait dans le soleil et, de l'autre côté de la rue, la Tamise invisible puait à un point encore jamais atteint. Il était sept heures trente et les hommes des rondes de nuit rentraient au poste, ceux du jour étaient déjà arrivés.

Bowman entra dans la salle des surveillants, jeta un œil par les fenêtres au fleuve asséché. Ses collègues ne le saluèrent pas, O'Reilly se planta devant lui, prit le temps de le dévisager et se racla la gorge comme s'il allait cracher.

– Le superintendant veut te voir.

Bowman attendit qu'O'Reilly s'écarte et alla frapper à la porte d'Andrew, son casque sous le bras.

– Vous voulez me voir ?

Andrew curait sa pipe avec la pointe d'un petit couteau.

– On m'a rapporté un incident à Sainte-Katherine.

– Vous voulez que je m'en occupe, sir ?

Le superintendant leva les yeux de son bureau et sourit.

– Un incident qui vous concerne, Bowman.

Arthur rectifia sa position comme s'il avait été devant un supérieur de la Compagnie.

– Je vois pas de quoi vous parlez, sir.

– Vous et vos collègues n'êtes pas des enfants de chœur, Bowman, mais il y a des limites à ce que je peux tolérer, même si les compagnies maritimes ferment les yeux sur vos méthodes.

– Je comprends pas de quoi vous parlez, sir.

Andrew ouvrit un tiroir de son bureau et en tira une feuille de papier qu'il fit semblant de lire, laissant traîner le silence.

– Il y a deux jours, vous avez eu des problèmes avec un contremaître de chez Corney & Barrow. Des employés des entrepôts disent que vous l'avez tabassé sous leurs yeux. Est-ce exact ?

Les épaules de Bowman roulèrent sous son uniforme et il sourit.

– C'est ça, le problème ?

– Que s'est-il passé ?

— Raymond, le contremaître, il travaillait pour un gang de Sainte-Katherine. C'est les gars de la Corney & Barrow qui m'ont mis sur le coup. Les patrons, ils m'ont dit de lui donner une leçon. Comme d'habitude, sir. Rien de plus.

— Raymond vous a menacé après que vous l'avez frappé ?

Le sourire de Bowman s'élargit.

— Il a une grande gueule, sir, mais y a rien à craindre de ce côté-là.

— En effet, vous n'avez plus rien à craindre.

— Ça veut dire quoi ?

— Raymond est mort. On l'a retrouvé hier soir pas très loin des entrepôts de la Corney, les doigts coupés et la gorge ouverte.

Bowman cligna des yeux.

— J'étais pas au courant.

— Vous le seriez si vous passiez plus souvent ici faire vos rapports et recevoir vos ordres. Vous avez un avis sur ce qui est arrivé à Raymond ?

— Ses associés du gang, sir. C'est leur façon de faire.

Andrew sourit à son tour.

— Et vous connaissez bien leurs méthodes, Bowman, n'est-ce pas ?

Arthur sentit les moignons de son index et de son majeur le démanger.

— Je vois pas où vous voulez en venir, sir.

Andrew lissa de sa main le rapport qu'il avait sous les yeux et se laissa tomber dans son fauteuil.

— La Corney & Barrow a demandé qu'on ouvre une enquête.

— Quoi ?

— Sur le meurtre de leur contremaître.

Arthur plissa les yeux, le coin de sa bouche se souleva en demi-sourire, puis retomba.

— C'est eux qui m'ont dit de lui coller une raclée, sir. M'étonne-rait qu'ils en aient quelque chose à faire de Raymond. Un règlement de comptes comme y en a toutes les semaines. Tout le monde s'en fout, sir.

Le superintendant croisa ses mains sur son ventre.

– Je ne vous apprécie pas plus que vos méthodes, Bowman, et je vais tirer cette affaire au clair. D'ici là vous êtes mis à pied.

Bowman avança d'un pas vers le bureau.

– C'est vous qui avez demandé une enquête. Les gars de la Corney s'en foutent.

– Bientôt les compagnies n'auront plus d'ordres à donner à la Metropolitan, ni à la brigade de la Tamise. La fin des monopoles en Indes les affaiblit. Leurs actionnaires ne pourront pas tenir Westminster éternellement. Vous et vos congénères serez expulsés de nos rangs, Bowman, et nous aurons une police digne de ce nom. Votre temps est fini. Mais si cela peut vous rassurer, vous n'êtes que le premier. Rentrez chez vous et restez à ma disposition le temps de l'enquête.

– Vous pouvez pas faire ça, j'ai rien à voir avec cette histoire.

– Vous l'avez tabassé devant des témoins qui déclarent que Raymond vous a ensuite menacé de mort. Vous n'êtes pas quelqu'un qui prend ce genre de déclaration à la légère, non ? Et ne vous plaignez pas, je maintiendrai votre solde pendant encore une semaine. Vous pourrez vous payer votre gin et aller chez les Chinois.

Arthur desserra ses poings et releva la tête.

– Si vous me laissez deux jours, je vous ramène les types qui ont tué Raymond par la peau du cou.

Andrew se leva de son fauteuil et lui tourna le dos, regardant par la fenêtre la Tamise noire. Des corbeaux piquaient à coups de bec le ventre d'un cadavre de mouton dérivant lentement.

– Cette puanteur n'en finira jamais. Je crois que nous devrons nous habituer à vivre avec.

– Sir, vous savez que je peux faire du bon boulot, j'ai plus d'expérience que tous les autres gars réunis. On est pas toujours d'accord, mais vous savez de quoi je suis capable.

Andrew bourra sa pipe et l'alluma, l'odeur de tabac oriental emplit le bureau.

– Justement. Et je me moque de votre passé, Bowman. Votre histoire ne m'intéresse pas. Vous êtes mis à pied jusqu'à la fin de l'enquête.

– Et vous allez mettre qui sur cette enquête à la con ?

Andrew ne réagit pas à sa grossièreté, mais Bowman devina au son de sa voix qu'il souriait.

– Je n'y ai pas encore réfléchi.

– C'était qu'une question de temps, pour trouver une raison de me virer.

– Oui.

– Laissez-moi chercher les…

– Disposez, Bowman.

– Laissez-moi faire mon boulot. Je peux pas rester sans rien faire.

– Si je dois vous dire une fois de plus de partir, vous allez aggraver votre cas.

*

Des charlatans vendaient des produits censés dissoudre miraculeusement les odeurs, les propriétaires des restaurants avaient construit des vérandas et des sas devant leurs établissements, faisant traverser aux clients quatre ou cinq portes avant de les installer à table. On embauchait des gamins pour agiter de grands éventails dans les boutiques. La moitié des dockers avait déménagé en aval de la Tamise, là où les navires s'arrêtaient, pour aller s'entasser dans des granges et des maisons qui le long du fleuve ressemblaient à des bourgeons de l'East End. Les gangs eux aussi se délocalisaient, allaient travailler dans les petits ports débordant de marchandises, tandis que la police restait à Londres. Le Parlement recommença à siéger. Il fallait bien s'occuper du pays après trois semaines de paralysie.

L'inactivité engendrait une torpeur et un ennui généralisés. L'espoir de reprendre son travail, dans des conditions que l'on ne supportait pas avant la canicule, devenait une étrange contradiction. Tout comme les églises s'étaient remplies, les rangs des associations de solidarité ouvrière gonflaient. Dans l'ennui et ce temps volé au fil de leur existence, les pauvres s'offraient le luxe de réfléchir à leur condition. Dérèglement météorologique, incurie des ingénieurs des eaux : la grande puanteur avait créé les conditions d'une gigantesque grève générale et si les revendications ne prenaient pas encore forme elles couvaient, menaçant d'éclater chaque jour un peu plus.

Les lords revenus siéger à la Chambre le savaient, qui devaient remettre la machine en route avant qu'il ne soit trop tard.

La colère gonflait et la folie se répandait. Les déments déambulaient dans les rues, ce monde enfin à l'image de leurs délires. Leurs hallucinations étaient devenues des prémonitions, leur folie une prescience. Les fous, après les pasteurs et les prédicateurs, étaient désormais les nouveaux prophètes de Londres.

Des hommes encore sains d'esprit s'effondraient, rattrapés par leurs peurs et leurs phobies, morbides et catatoniques. Ils s'enfermaient chez eux, barricadaient leurs fenêtres ou choisissaient une solide pièce de charpente pour y attacher une corde. À ranger parmi les revendications encore muettes, les suicides se multipliaient.

Arthur Bowman trouvait sa place quelque part entre les ouvriers en colère, les fous criant qu'ils savaient depuis longtemps ce qui allait arriver et les hommes aux prises avec leurs terreurs.

Plus de rondes, plus de gangs à pourchasser, le corps arrêté, inutile.

Assis devant sa table, Bowman ruminait.

Andrew et son enquête bidon. Retrouver, malgré l'interdiction du superintendant, ceux qui avaient tué le contremaître.

Bowman savait que ça ne servirait à rien. Andrew trouverait autre chose. Un nouveau prétexte.

Il achetait du gin qu'il commençait à boire dès le matin, pour s'abrutir suffisamment, ne pas y penser, arriver à dormir sans rêver et calmer sa colère. Les cauchemars revenaient.

Cette affaire de meurtre ne tiendrait pas. Le fleuve allait recommencer à couler et il retrouverait son travail. Il mettrait la main sur les assassins de Raymond et les balancerait dans la Tamise avec une pierre autour du cou. S'occuper de la vermine des docks. Que son corps se remette en mouvement.

Mais il en revenait toujours au même point : Andrew n'allait pas le lâcher.

Il augmenta encore, après une semaine, les doses d'alcool. Commença à acheter du laudanum. Le vin d'opium changeait ses cauchemars en rêves, identiques, mais qu'il pouvait affronter sans peur. Les effets dissipés, sa colère revenait. Il se réveillait en hurlant.

Faire la peau à Andrew.

Aller lui parler. Lui dire de lui rendre son travail ou bien lui ouvrir le crâne à coups de matraque.

Il retourna chez les Chinois. Les pipes, plus fortes que le laudanum, le calmaient quelques heures supplémentaires.

Fuir le sommeil n'était plus possible. Bowman tournait en rond, luttant contre les souvenirs qui pullulaient sur son ennui comme les vers sur une gangrène. Les douleurs des cicatrices revenaient, son dos se voûtait, ses jambes pliaient sous son poids quand il marchait jusqu'à China Court, serrer les poings lui faisait mal. Bowman n'avait pas compris à quel point la routine, cette discipline quotidienne depuis cinq ans qu'il travaillait à la brigade, le faisait tenir debout.

Il s'endormait le front sur la table, s'écroulait en travers de son lit et se réveillait trempé de sueur, un goût de sang dans la bouche quand il se bouffait les joues en rêvant.

Lorsqu'il sortit de chez lui ce soir-là, après deux semaines de rumination, d'hallucinations et d'intoxication, sa décision était prise. Il irait à Wapping. Réalisa dehors qu'on était en plein milieu de la nuit. Qu'Andrew ne serait pas au poste. Qu'il était juste à côté de China Court.

Au gros Chinois qui l'accueillit, Bowman jeta assez de pièces pour payer quatre boulettes. Ne pas rêver cette nuit, aller voir Andrew demain, quand il se sentirait mieux et qu'il aurait la force de le faire. Se mettre à genoux devant le superintendant, le supplier de rendre sa vie de flic au sergent Bowman qui ne dormait plus.

*

Le 14 juillet à l'aube, remontant le cour de la Tamise depuis l'est, des nuages noirs se dirigeaient vers Londres. La nuit avait été humide, des brises chaudes avaient soufflé sur la ville et le ciel s'était voilé. Quand l'écho des premiers coups de tonnerre résonna au-dessus des quartiers, les maisons et les immeubles se remplirent de bruits. Une étrange agitation régnait dans la ville à peine éveillée.

Bowman, titubant, quitta le quartier chinois. Il termina sa bouteille de gin et la jeta contre un mur. Les jambes de son uniforme étaient couvertes de poussière, sa chemise bâillait sur sa poitrine et une barbe blonde, parsemée de poils gris, recouvrait ses joues. Son casque de police de travers, il s'arrêta net, balançant un instant sur ses talons. Encore pris dans les filets de l'opium, attendant que les effets du gin le secouent, il cligna des yeux.

Des têtes passaient aux fenêtres, les portes s'ouvraient et la foule, braillant à tue-tête, se répandait dans la rue encore grise de nuit. Un petit choc sur son casque le fit sursauter. Arthur Bowman leva les yeux au ciel et une goutte tomba sur sa bouche, qu'il essuya aussitôt avec sa manche.

On hurlait autour de lui :

– Elle arrive !

Des hommes perchés sur les toits comme des vigies criaient à s'en arracher la gorge :

– La pluie !

Il lui sembla entendre, au milieu des voix anglaises, des mots qu'il ne comprenait pas, dans une langue dont il se souvenait vaguement. D'autres gouttes tombèrent sur son visage et ses épaules. Sa bouche commença à bouger et au milieu des cris de la foule personne n'entendit sa voix :

– Il faut mettre la poudre au sec.

Un éclair tomba tout proche, blanchit les toits et les rues, jetant des ombres pâles sur les pavés. Une formidable explosion électrique l'accompagna, et Bowman se jeta contre un mur. Le vent soufflait de plus en plus fort dans la rue. Il sourit.

– Les armées de Pagan... elles arrivent...

Une porte s'ouvrit à côté de lui et une femme poussa un cri strident :

– 14 juillet ! 14 juillet !

Quand elle vit le policier, son visage se déforma, mélange de haine et de joie ; elle se pencha vers Bowman et hurla de toutes ses forces :

– C'est la Bastille à Londres ! La Bastille à Londres !

Il partit en courant, cherchant son équilibre, poursuivi par le rire de la femme. Alors qu'il arrivait au bout de Wapping Lane, un éclair tomba derrière les immeubles, juste au-dessus de la Tamise. Ce fut comme un signal, comme si Dieu avait frappé le cœur de la ville et de la puanteur. L'averse s'abattit sur Londres et en un instant noya le décor. Bowman ne voyait plus à dix pas et arrêta de courir, tendit ses mains et chercha un mur à tâtons.

Des mômes passaient en courant et disparaissaient dans des cris de joie. Le bruit de l'orage recouvrit tout, les caniveaux se remplirent et des cascades d'eau se mirent à tomber des toits. Bowman longea les briques, progressant au ralenti, chassant les images d'yeux rouges qui surgissaient de la pluie. Par les grilles des caniveaux, la merde de Londres remontait à la surface, emportée par l'eau du ciel et filant en torrents sur la chaussée, évacuant la pestilence, chassant la folie et les complots, les théories et la science : Dieu sauveur s'était changé en vidangeur.

Bowman atteignit la porte de l'immeuble fermée à clef, tira son passe de sa poche, entra dans le poste de police et marcha droit jusqu'au bureau d'Andrew. Le superintendant n'était pas là. Arthur resta une minute entière debout dans la pièce, dégoulinant de pluie, nauséeux, incapable de se souvenir de ce qu'il était venu faire ici. Il passa dans les couloirs et les autres pièces. Le poste était vide. Tous les flics devaient être dehors, à fêter l'arrivée de la pluie ou maîtriser les débordements de la foule. Traînant des pieds, il traversa la grande salle des surveillants, regarda la Tamise par les fenêtres et l'image de ce fleuve sous l'orage le fit reculer. Il se cogna à une table, se blottit dans un coin et s'y effondra.

La pluie mitraillait l'immeuble, frappait aux carreaux. Le vent fusait sous les portes et les fenêtres. Bowman enfouit sa tête dans ses mains et poussa un cri pour ne plus entendre la mousson et les hurlements des hommes à qui l'on tranchait les doigts, arrachait les ongles et brûlait la peau.

Il cria jusqu'à ne plus avoir de souffle, se releva en s'appuyant à une table et vomit tout l'alcool qu'il avait dans le ventre. Il s'essuya la bouche et il lui sembla que le silence était revenu.

Ou bien était-ce parce que son regard avait trouvé à quoi s'accrocher et que ses pensées s'étaient brutalement arrêtées, sur une image qui ne semblait appartenir ni à ses rêves ni à la réalité. Un gamin d'une dizaine d'années, qui ressemblait au petit esclave de Feng.

Oui, c'était lui, debout dans l'encadrement de la porte.

Bowman pencha la tête de côté et murmura :

– Les requins du fleuve...

Il sourit à son rêve.

– ... ils t'ont pas mangé ?

L'enfant s'approcha de lui. Bowman ne comprenait pas ce qu'il disait. Il était terrifié, le petit esclave, mais Arthur était content de le revoir et souriait pour le rassurer, pour s'excuser d'avoir fait jeter son cadavre à l'eau, dans le fleuve qui coulait là, juste derrière les fenêtres battues par la mousson. Le garçon devait tout juste en sortir parce qu'il était trempé, mais il était vivant, et l'odeur de cadavre dans l'air était en train de disparaître. Qu'est-ce qu'il pouvait bien dire que Bowman ne comprenait pas ?

– C'est dans les égouts.

Il fallait que le môme arrête d'avoir peur comme ça. Tout allait bien, les bruits de la bataille s'étaient arrêtés et Feng était mort. Il ne fallait plus trembler, il n'avait plus rien à craindre. Ou alors il se souvenait du couteau du sergent sur sa gorge et s'inquiétait. Il ne fallait pas, Bowman n'allait plus lui faire de mal. Mais qu'est-ce qu'il racontait ?

– C'est dans les égouts. Je veux pas y retourner.

Bowman inclina la tête de l'autre côté.

– Qu'est-ce que tu dis, petit ? Je comprends pas ce que tu dis.

Le gamin n'avait plus son pantalon en toile. Il avait trouvé des bottes trop grandes et une grande blouse comme celles que portaient les vidangeurs.

– Il faut pas avoir peur. Tout va bien, petit.

Bowman avança, l'enfant fit un pas en arrière.

– Je veux pas y retourner.

Bowman comprenait, le môme avait seulement peur d'être vivant après être resté si longtemps sous l'eau avec les requins.

– Tu vas pas y retourner, t'inquiète pas. Tu vas rester avec moi. La pluie va s'arrêter et on pourra redescendre le fleuve. On va dériver jusqu'à l'estuaire et on va retourner à Madras. Tous les deux.

– Monsieur, je comprends pas ce que vous dites… Ils sont où les flics ? Vous êtes un flic ou pas ? C'est dans les égouts, je veux pas y retourner.

Bowman sentit une douleur dans son crâne, derrière la cicatrice de son front. Son estomac se contracta à nouveau, il se pencha en avant et se vida le ventre une deuxième fois. Quand il releva la tête en plissant les yeux, il reconnut la salle des surveillants, les tables et les chaises, les carreaux ruisselants de pluie.

105

Qu'est-ce qu'il faisait là ? Un gamin, debout devant lui, le regardait.

– Qu'est-ce que tu fous là ?

Il y eut des cris dans la rue, Bowman se retourna en sursautant. Il fallait qu'il sorte d'ici avant que les collègues arrivent. Il regarda le môme.

– Dégage de là. Barre-toi.

L'enfant ne bougeait pas. Il fixait Bowman et ne semblait plus capable de s'enfuir.

– C'est dans les égouts…

– Quoi ? Qu'est-ce que tu dis ?

– Dans les égouts. Le mort.

Arthur fit un pas vers lui. Il avait cru un instant le reconnaître, mais ce n'était pas son visage qui lui rappelait quelque chose, seulement la peur dans ses yeux, les rétines fixes, collées à des images dont il ne parvenait plus à se débarrasser.

– De quoi tu parles ?

– Je veux pas y retourner.

Bowman maîtrisa un vertige, attendit que se calme dans sa tête le tourbillon de sang et s'approcha du petit rat d'égout. Le gamin tremblait dans sa blouse et ses bottes dégueulasses, maigre, la peau trouée par une vérole, tordant une casquette entre ses doigts. Il avait peut-être dix ou onze ans et l'allure de ceux qui ne survivaient pas à une vie de travail sous terre. Seuls les plus costauds s'en sortaient, de ces bandes de demi-sauvages, orphelins ou abandonnés, qui grattaient la merde pour y dégoter des bouts de ferraille. Dans les égouts, les fouilleurs voyaient passer presque autant de cadavres que les flics. Ils traitaient avec les gangs et parfois se battaient contre eux. Même les flics devaient négocier avec leurs chefs, avec ces mômes qui n'avaient plus peur de rien.

Arthur connaissait. Lui aussi, au même âge, avait fouillé les canalisations de l'East End et avait survécu. À douze ou treize ans, les plus durs étaient embauchés sur les navires des compagnies.

Le petit fouilleur trop maigre tourna la tête, pour échapper au regard du flic qui puait l'alcool et le vomi. Bowman prit son menton dans sa main.

– Qu'est-ce que t'as vu ?

Les yeux du môme restèrent grands ouverts et des larmes coulèrent sur ses joues.

– Qu'est-ce que t'as vu ?

– Je veux pas y retourner.

Bowman approcha son front de celui du gamin et parla lentement :

– Les plus forts survivent.

– Qu... qu'est-ce que vous dites ?

– C'est la guerre de la nature, soldat. Faut y retourner.

Bowman serra les doigts, l'enfant grimaça de douleur et des gouttes tombèrent entre ses jambes. Il se pissait dessus.

– Lâchez-moi. S'il vous plaît. Je vous dis où c'est. Laissez-moi partir.

Bowman serra plus fort encore, sa main commençait à descendre vers le cou du môme.

– Tu vas m'amener là-bas.

Le gamin ferma les yeux et éclata en sanglots. Il bégaya des mots incompréhensibles et Bowman desserra son étreinte pour le laisser parler.

– Qu'est-ce que tu dis ?

L'enfant rouvrit les yeux et son regard sembla vouloir se nicher dans celui de Bowman ; au lieu de le fuir il essayait maintenant de s'y réfugier.

– C'est... les requins ? Les requins du fleuve ?

Bowman le lâcha.

– Quoi ?

– Vous avez dit ça tout à l'heure.

– De quoi tu parles ?

– C'est les requins du fleuve qui ont fait ça ?

Le gamin essuya son nez morveux sur sa manche.

– Je… je savais pas qu'y avait des requins ici, mais c'est sûr, maintenant que vous le dites. Ça doit être eux. Vous êtes vraiment policier ?

– Oui. Comment tu t'appelles ?

– Slim.

Arthur le poussa vers la porte d'entrée, jeta un coup d'œil de chaque côté de la rue, saisit le bras de l'enfant et se lança sur le trottoir. Il pleuvait depuis presque une heure et Wapping High s'était changée en rivière.

– Où on va ?

Slim hésita, leva un bras en direction de Sainte-Katherine puis regarda le flic avec une cicatrice au milieu du front.

– Je vous dis où c'est, mais je veux pas y aller.

– Faut y retourner. Marche.

Le gamin avançait lentement, se cognant aux jambes de Bowman qui le repoussait chaque fois pour l'empêcher de s'arrêter. Arthur continuait à surveiller le rideau de pluie. Les effets de l'opium avaient presque disparu mais il s'attendait encore à voir surgir des jonques aux coins des rues.

Ils longeaient la Tamise où l'eau ruisselait sur la boue, arrachant des plaques de déchets agglomérés, libérant peu à peu les berges de leur ganse d'excréments. Sur Tower Bridge on devinait des silhouettes, une foule en train de courir et de sauter en l'air, de se pencher sur le fleuve. L'odeur de cadavre était toujours là, comme si des corps se décomposaient maintenant dans un marécage au lieu d'un désert. L'averse torrentielle se calmait, se changeant en une pluie lourde et régulière. Le tonnerre s'était éloigné, l'orage avait dépassé la ville et continuait à remonter le fleuve plus à l'ouest.

Slim et Bowman passèrent devant le gibet d'Execution Dock. Des gamins sautaient sur le ponton, rendus fous par le miracle de la pluie. Ils chantaient et dansaient, arrachant leurs guenilles, quand ils virent Slim et le policier.

– Slim s'est fait serrer ! Slim s'est fait serrer !

– Les balances au gibet !

– Les fouilleurs sont des rats !

Slim accéléra, Bowman sur les talons, tandis que les mômes à moitié nus reprenaient leur gigue hystérique. Des badauds envahissaient les quais de Sainte-Katherine, l'enfant et le policier se faufilèrent entre eux, approchant du grand bassin. Les bottes du petit fouilleur cognaient dans les chaussures ferrées de Bowman, qui avait posé sa main aux doigts tranchés sur son épaule.

– Avance.

– Je veux pas.

La voix de Bowman était plus douce.

– Avance, petit. Il faut y aller.

L'enfant se retournait en marchant, levait les yeux sur Arthur, baissait la tête et continuait, répétant toujours les mêmes mots :

– Les requins. C'est les requins qui ont fait ça.

– Tais-toi, petit. Tais-toi maintenant.

Leurs vêtements collés à la peau, leurs jambes entremêlées, ils avancèrent sur la jetée du port. Slim s'arrêta en haut d'une volée de marches qui descendaient dans le bassin à sec, au fond boueux, recouvert de quelques centimètres d'eau. Ils attendirent un moment, le dos de Slim contre le ventre de Bowman. Les tremblements du garçon couraient dans les bras d'Arthur, qui serra ses doigts.

– Allons-y.

– Monsieur, ils sont comment les requins ?

La pluie frappait le bassin, la jetée et le fleuve. Bowman ferma les yeux.

– Ils vivent dans la mer, le long des côtes, et parfois ils remontent les rivières pour chercher à manger. Sur le Gange, ils attaquent les hommes qui se baignent en faisant leurs prières.

– C'est quoi le Gange ?

– Un fleuve de l'Inde. Là-bas les hommes s'habillent avec des grands tissus rouges.

– Ils prient dans l'eau ?

– Parce que le fleuve est sacré.

Slim se tourna vers Bowman.

– Et les requins, ils y vont quand même ?

– Oui.

Le môme réfléchit un instant et releva les yeux.

– La Tamise, est-ce qu'elle est sacrée aussi ?

Bowman se tourna vers le fleuve.

– Non.

Ils descendirent les marches et entrèrent dans un tunnel maçonné sous la jetée, un trop-plein du bassin. À l'autre bout ils apercevaient le lit de la Tamise. Un canal d'égout rejoignait la buse en son milieu, partant vers la gauche. Slim s'y engagea.

De chaque côté de la voûte couraient des trottoirs, longeant le canal où l'eau recommençait à couler. Le bruit de la pluie s'était arrêté et la chaleur était à nouveau là, emprisonnée sous terre. À vingt ou trente mètres devant eux, il y avait un puits de lumière, tombant d'une grille, où la pluie passait droite et brillante en gouttes serrées. Ils tournèrent dans un autre boyau souterrain, s'enfonçant sous la ville de plus en plus loin du fleuve, avançant d'une grille à l'autre, retrouvant un peu de lumière, replongeant dans le noir jusqu'à l'ouverture suivante. Parfois, ils entendaient des voix, des cris, des pas sur les barreaux métalliques au-dessus d'eux, qui résonnaient dans les conduites. Les canalisations étaient de plus en plus étroites, il n'y eut bientôt plus assez de place pour marcher côte à côte et Slim passa devant, poussé par le flic silencieux.

– Monsieur, vous avez déjà vu ça en Inde, des gens que les requins avaient tués ?

Arthur baissait la tête pour ne pas se cogner à la voûte.

– Oui.

110

Les grilles étaient de plus en plus petites et espacées. S'appuyant aux pierres, ils continuèrent dans le noir, n'apercevant que de loin en loin une nouvelle source de clarté à laquelle s'accrochaient leurs yeux.

– Ils ont suivi votre bateau ?

– Quoi ?

– Comment ils sont arrivés ici ?

Des rats détalaient entre leurs pieds et se jetaient dans la boue à leur passage, poussant leurs petits cris aigus.

– Non. Les requins sont restés là-bas.

Slim s'arrêta et Bowman sentit les muscles de son dos se tendre. Le garçon se retourna. Bowman ne voyait pas son visage dans le noir.

– C'est pas possible.

L'eau coulait dans l'égout, bruissant doucement ; loin devant eux il y avait une petite tache de lumière tombant sur la boue. La prochaine grille. Le gamin ne bougerait plus.

– C'est pas possible. Si y a pas de requins, qui c'est qui a fait ça ? Vous avez dit que c'était eux…

Slim tomba comme un sac le long des jambes de Bowman et se blottit contre la pierre.

Arthur enjamba le garçon et continua à avancer.

Ils avaient remonté les égouts vers le nord. Ils devaient être quelque part sous la rue Thomas More et le quartier que le surveillant Bowman patrouillait depuis presque cinq ans.

Les gouttes de pluies tombaient de la grille. Il estima la distance qui le séparait encore de la lumière, une vingtaine de mètres, et se mit sans le vouloir à compter ses pas à rebours. Une vieille habitude de soldat, pour calculer la distance qui le séparait du danger. Pour occuper son esprit, à mesure qu'il avançait et que la forme qu'il devinait, sous la grille, devenait plus distincte.

3.

Un rayon de soleil tombait sur les draps blancs. À côté de lui, sur une petite table de chevet, il y avait une bouteille de sirop, un plateau, une cuillère et un bol de soupe. Sur le dossier d'une chaise était plié son uniforme de police qui avait été lavé. Il frotta son visage et lentement son champ de vision s'élargit, découvrant le long dortoir, les lits et les autres malades, une jeune sœur en train de faire boire un vieil homme. Son ventre était douloureux, Arthur tendit la main vers le bol de soupe, avala une cuillerée qui lui brûla la gorge et l'estomac. Tous ses muscles étaient courbaturés. Il avala encore un peu de bouillon et releva la tête. La sœur était au pied de son lit.

– Comment vous sentez-vous ?

Bowman reposa le bol sur la table.

– Où je suis ?

L'infirmière s'approcha de lui, du dos de la main toucha son front. Bowman eut un mouvement de recul.

– Vous êtes à l'hôpital Saint-Thomas.

Il se redressa sur le lit.

– Qu'est-ce qui s'est passé ?

– Vos collègues vous ont amené ici il y a trois jours, après vous avoir trouvé dans cet égout.

– L'égout ?

– Vous ne vous souvenez pas ? Le jour de la pluie ?

– La pluie...

Arthur ferma les yeux, dans le noir il vit un point de lumière, des gouttes brillantes qui tombaient d'une voûte, une forme. Il serra les dents pour ne pas vomir la soupe qu'il venait d'avaler. La sœur lui fit boire un peu de sirop, une décoction au goût de plantes, amère, qui calma la brûlure de son ventre.

– Vous avez beaucoup déliré, il faut encore vous reposer. Je reviendrai vous voir.

Le regard de la sœur s'attarda sur la poitrine de Bowman, qui réalisa qu'il était torse nu. Il remonta le drap sur ses cicatrices. L'infirmière détourna les yeux.

Quand elle se fut éloignée, Bowman se redressa et ouvrit la fenêtre. Saint-Thomas était en face du London Bridge et de l'étage où il se trouvait la ville s'étendait à perte de vue. La Tamise était encore sombre mais son niveau avait remonté. Les grues étaient en mouvement sur les quais, le long des berges passaient des promeneurs et des marchands. Partout les cheminées des usines crachaient leur fumée noire, l'odeur du charbon flottait dans l'air. Les vaisseaux des compagnies étaient amarrés aux quais de Sainte-Katherine et leur ballet le long du fleuve avait repris, doublant l'île aux Chiens. Le sortilège était levé sur la capitale et Bowman regarda les toits de la ville, ranimée et insouciante comme si tout était oublié.

Lui se souvenait.

Ses yeux restèrent fixés sur le bassin de Sainte-Katherine de l'autre côté du fleuve, les entrepôts, devinant les boyaux des égouts sous les bâtiments.

Il écarta le drap et posa les pieds par terre. Ses jambes étaient molles, la tête lui tournait. Il enfila son uniforme propre et ses chaussures, essayant avec des gestes maladroits d'aller le plus vite possible, aussi faible qu'après une crise de malaria. Il attendit quelques secondes, le temps de reprendre son souffle, et commença à marcher entre les lits.

La jeune sœur apparut au bout de l'allée, les bras chargés d'oreillers.

– Que faites-vous ? Vous n'êtes pas en état de partir, vous devez rester couché.

Quand la sœur s'approcha de lui, Bowman fit un pas de côté.

– S'il vous plaît, retournez à votre lit, vous ne devez pas partir maintenant.

Bowman recula et s'enfuit jusqu'à un grand escalier qu'il dévala en s'accrochant à la balustrade.

Dehors la lumière, le soleil, les passants et les bruits l'assaillirent. Il traversa London Bridge au milieu des passants qui regardaient couler la Tamise libérée. Il longea les quais, ordonnant à son corps d'aller plus vite.

Arthur Bowman entra comme une furie dans l'immeuble de Wapping High, croisa des surveillants qui s'écartèrent devant lui et frappa à la porte du superintendant Andrew. Quand il entendit la voix de l'officier, il entra. Andrew en lâcha sa pipe.

– Qu'est-ce que vous faites ici ?

Arthur se sentit vaciller.

– Ce que j'ai vu…

– Quoi ?

– L'égout…

Il fit un pas en avant, se heurta à une chaise et se rattrapa au bureau.

– Le cadavre… je sais qui…

Ses yeux roulèrent en arrière. Andrew se levait, Bowman tomba à la renverse sur le plancher.

Le superintendant courut jusqu'à la porte.

– Deux hommes dans mon bureau !

Des surveillants se précipitèrent et découvrirent Bowman allongé, ses jambes qui tremblaient au point de faire cogner ses talons sur le sol, ses mains et sa tête qui frappaient le bois. Il se mordait la langue et du sang, mélangé à de la bave, coulait aux coins de sa bouche. Ils se jetèrent sur lui pour l'immobiliser. Un flic essaya de lui desserrer les mâchoires pour qu'il arrête de se mordre la langue, Bowman faillit lui arracher un bout de doigt.

Quand il revint à lui, il était allongé sur une table de la salle des surveillants. Arthur se redressa sur ses coudes et découvrit Andrew debout devant une fenêtre.

– Vous avez fait une crise de nerfs. Qui vous a laissé sortir de l'hospice ?

Bowman laissa pendre ses jambes de la table et prit sa tête entre ses mains.

– Me souviens pas de tout.

– Qu'est-ce que vous faites ici ?

– Les égouts…

– Vous continuez à porter votre uniforme ?

Bowman ne comprit pas de quoi il parlait.

– Quoi ?

– Vous avez été suspendu, vous n'avez pas le droit de porter cet uniforme.

Arthur le regarda stupidement.

– J'ai rien d'autre.

– Que faisiez-vous ici quand le gamin vous a trouvé ?

Bowman descendit de la table et essaya de tenir debout, tira finalement une chaise et s'assit.

– Quel gamin ?

– Celui qui nous a dit que vous étiez dans l'égout. Celui avec qui vous êtes allé là-bas. C'est du moins ce qu'il nous a raconté.

– Raconté ?

Arthur reprenait lentement ses esprits, passa un doigt dans sa bouche pour tâter sa langue entaillée, voulut cracher par terre mais déglutit pour avaler une gorgée de sang et de salive. Comme si le goût métallique de son propre sang avait déclenché une alarme, il attendit quelques secondes avant de répondre :

– J'étais venu pour vous voir. Savoir où en était l'enquête sur le contremaître.

– Et ensuite ?

– Ensuite ?… Y avait personne. J'allais repartir et le gamin… Je sais plus comment il s'appelle, mais y a ce môme qui a débarqué. Il disait qu'il y avait quelque chose dans les égouts.

115

Andrew se mit à marcher entre les tables, tournant autour de Bowman.

– Cette affaire fait du bruit. Les rumeurs se répandent. Personne n'a jamais vu une chose pareille à Londres et nous n'avons toujours pas pu identifier la victime.

La langue coupée de Bowman gonflait dans sa bouche, il articula lentement.

– Vous êtes allé là-bas ?

– Non. C'est O'Reilly qui s'y est rendu, avec deux autres surveillants. Nous n'avons pas retrouvé le témoin.

– Le témoin ?

– Cet enfant qui est venu nous prévenir, celui que vous dites avoir rencontré ici. Il a disparu et nous ne l'avons pas retrouvé.

Andrew retourna près de la fenêtre et regarda dehors.

– Quand vous êtes entré dans mon bureau tout à l'heure, vous alliez dire quelque chose avant de vous effondrer. Vous devriez parler. C'est dans votre intérêt.

– Mon intérêt ?

– Ne jouez pas au plus malin.

Bowman baissa la tête avant de murmurer quelque chose. Andrew se rapprocha de lui.

– Qu'est-ce que vous dites ?

Arthur s'éclaircit la gorge.

– La mission de Cavendish.

Le superintendant Andrew se figea.

– Le major Cavendish ?

Le sergent Bowman hocha la tête. La voix d'Andrew monta dans les aigus et il tenta de se maîtriser.

– Le duc ?

Arthur hocha encore la tête. Le superintendant bafouilla :

– Qu'est-ce que vous racontez ? De quoi est-ce que vous parlez ?

Bowman fit un effort pour ouvrir la bouche. Il ne voulait pas prononcer les mots.

116

– Le cadavre dans les égouts. J'ai déjà vu ça. En Birmanie, dans la forêt.

Andrew hurla :

– Pourquoi vous me parlez de Cavendish ? C'est quoi cette histoire de forêt ? Vous êtes complètement fou ! Expliquez-vous avant que je vous fasse jeter en prison ! On vous a retrouvé inconscient à côté d'un cadavre dans les égouts, Bowman, les soupçons sont déjà trop nombreux. Expliquez-vous !

Les cris d'Andrew tétanisèrent Bowman. Les images défilaient dans sa tête, des cales du *Healing Joy* au village des pêcheurs, la jonque, la mousson, l'attaque des soldats de Min, la colonne de prisonniers traversant la jungle. Les cages et les cris des gardiens. Il voulait se couvrir les oreilles pour ne plus entendre le superintendant. Au lieu de ça, c'est lui qui poussa un hurlement :

– Je sais qui a fait ça !

Deux surveillants qui montaient la garde dans le couloir se précipitèrent à l'intérieur. Andrew leur fit signe de ne pas bouger, puis de les laisser seuls.

– Bowman, je vous laisse une dernière chance de me dire pourquoi vous mettez dans la même phrase autant de choses que je ne comprends pas, comme le nom du duc de Devonshire et le meurtre des égouts !

Arthur coinça ses mains entre ses genoux et serra de toutes ses forces pour arrêter les tremblements.

– J'y arriverai pas. Je peux pas.

– Vous n'avez pas le choix. C'est un ordre, Bowman.

Arthur respira lentement, cherchant l'air, la tête tombant sur ses genoux.

– J'étais sur le *Joy*, le navire amiral de Godwin. On attendait le vent pour attaquer Rangoon et l'officier de pont est venu me chercher. Il m'a dit que le major Cavendish voulait me voir. Pour une mission sur le fleuve.

117

*

Andrew le renvoya chez lui, escorté par un surveillant de la brigade. Arthur retrouva sa chambre de Cable Street. La chaise l'attendait devant la table, face à la fenêtre ; son uniforme de sergent pendait à la corde, des bouteilles vides traînaient par terre.

L'homme d'Andrew resta en bas dans la rue à surveiller son immeuble.

Bowman s'allongea sur son lit et dormit vingt-quatre heures. À son réveil il ne s'était pas senti aussi reposé depuis longtemps, malgré les courbatures encore pires qu'à l'hôpital. Il lui fallut cinq minutes pour sortir de sa chambre, descendre les trois étages et mettre une pièce dans la main de sa logeuse, pour qu'elle lui rapporte de quoi manger. La vieille femme demanda pourquoi il y avait un policier devant l'immeuble, Bowman lui dit de ne pas s'en faire et de lui ramener aussi une bouteille de gin.

Pendant deux jours, il essaya de manger régulièrement et surveilla sa consommation d'alcool. Il rangea et nettoya sa chambre. Avec le repos, il avait retrouvé un peu de calme, il n'entendait plus les cris, mais la mémoire lui était revenue jusqu'au moindre détail.

Le mot tournait dans sa tête, qu'il se surprenait à chuchoter, regardant les toits de Whitechapel assis à sa table. Il voyait les lettres tracées sur les briques de la voûte, avec le sang du cadavre, à peine plus foncées que le mur.

Un mot qui l'attendait. La signature de celui qui avait fait ça.

Survivre.

Quand Bowman le prononçait, seul dans sa chambre, c'était une interrogation. Là-bas, dans les égouts, c'était une affirmation.

Est-ce qu'O'Reilly et les autres flics l'avaient vu aussi ?

Au bout d'une semaine, Andrew vint frapper à sa porte. Le superintendant était nerveux. Il s'assit à la table et ôta son chapeau. Arthur se tint près de la fenêtre, regarda en bas le flic devant la porte de l'immeuble et attendit que l'officier prenne la parole.

— J'ai envoyé un rapport et votre témoignage au chef de division.

Arthur se retourna. Andrew croisa ses mains sur la table et baissa la tête.

— Je me suis rendu personnellement à l'East India House et j'ai consulté le registre des prisonniers de guerre. Vous et vos hommes n'apparaissez sur aucune liste.

Bowman avança vers lui.

— Quoi ?

— Hier, le chef de division est venu en personne me voir à Wapping. Il m'a dit que votre témoignage était un tissu de mensonges et d'affabulations. Il m'a fait comprendre que je n'aurais aucun intérêt à suivre cette piste et m'a dit de chercher du côté des gangs.

— Vous avez rien trouvé ?

Andrew serra les dents, leva la tête vers lui et ses yeux se rétrécirent.

— Cette mission n'existe pas, Bowman. Pas plus que les hommes dont vous avez parlé, ni aucune trace de votre captivité. Le chef a dit qu'il aurait ma tête si je continuais à poser des questions. Vous comprenez ce que cela veut dire ?

— On est pas sur les listes ?

Andrew se contenait, se leva en frappant des mains sur la table.

— Ce rapport va m'attirer de sérieux ennuis et je vous conseille de ne plus parler de cette histoire à personne ! Le chef veut des résultats rapidement et que cette affaire des égouts s'arrête là. Il n'aurait aucun problème à ce que je lui livre un type des gangs ou n'importe qui d'autre.

Arthur Bowman n'entendait plus le superintendant. Il regardait droit devant lui, soudain absent, pendant que son supérieur continuait à vociférer :

119

– On vous a trouvé à côté du cadavre, votre réputation de violence vous précède, vous racontez des histoires que personne ne veut entendre et tout le monde sait que vous êtes à moitié fou. Tous mes hommes sont déjà persuadés que c'est vous le coupable, Bowman. Est-ce qu'il faut que j'ajoute quelque chose ou bien nous nous comprenons ?

Arthur traversa la chambre et s'assit sur son lit. Andrew se planta devant lui. Le superintendant baissa d'un ton, articula lentement, détachant les mots afin que Bowman, totalement abruti, les entende bien :

– Vous restez sous surveillance et ne sortez pas de chez vous tant que cette affaire n'est pas réglée. Je ne vous laisserai pas mettre ma carrière en l'air, vous m'entendez, Bowman ? Si vous faites la moindre vague, je vous colle le meurtre du contremaître et celui de l'égout sur le dos. Vous savez que je n'hésiterai pas, et vous savez aussi qu'il n'y aura pas grand monde pour prendre votre défense devant un juge.

Andrew mit la main sur la poignée de la porte et se retourna, balayant la chambre du regard.

– Votre place est dans un asile, Bowman, mais si vous préférez la corde, vous n'avez qu'à descendre dans la rue et prononcer le nom du major Cavendish une fois de plus, je me chargerai du reste.

Il sortit en laissant ouvert derrière lui.

Arthur s'approcha du petit miroir au-dessus du lavabo. Il déboutonna sa chemise, laissa tomber son pantalon sur le plancher, décrocha le miroir et le déplaça devant son corps, inspectant les lignes de peau plus claire. Des cicatrices droites et parallèles, des épaules à l'abdomen, passant sur les clavicules et les côtes, identiques à celles qui couraient le long de son dos et de ses jambes. Il pencha la tête de côté et chercha ses yeux dans le miroir, se regarda longtemps, fouillant ses yeux bleus comme ceux d'un autre, essayant de deviner ce qui se cachait derrière. Il grimaçait, faisant passer sur ce visage des expressions exagérées comme autant de masques. La colère, un sourire, la tristesse ou la surprise. Il ouvrait sa bouche pour regarder sa langue et ses dents.

Il prononça quelques mots, d'abord en murmurant, puis plus fort, observant ce visage dans le miroir qui voulait lui dire quelque chose qu'il n'entendait pas encore :

– Pas de mission ?

Il répéta la question un peu plus fort, levant sa main mutilée pour effleurer ses lèvres, sentir le souffle des mots quand il les prononçait.

Il se rhabilla, faisant disparaître les cicatrices sous l'uniforme de police, et se rassit à la table en attendant la nuit, fixant la fenêtre. Puis il sortit sur le palier, ouvrit la porte d'une remise, s'y agrippa, souleva le vasistas de ramonage et se hissa sur le toit. À la cheminée suivante, il ouvrit un autre vasistas, se laissa tomber dans la cage d'escalier de l'immeuble mitoyen et ressortit dans Cable Street, se dirigeant vers l'est en évitant le policier qui montait la garde en bas de chez lui. Il tourna à droite sur Butcher Row et rejoignit les quais qu'il suivit toujours vers l'est, longeant la Tamise.

Il marchait au milieu de quelques passants, silhouettes silencieuses qu'il remarquait à peine, et levait le nez comme pour sentir la mer à cent kilomètres de là. Il passa le quai Victoria et Duke Shore jusqu'au bassin de Dunbar, se glissa entre des baraquements et des entrepôts de marchandises, traversant dans le noir des terrains aux herbes sèches pleins de filets puants, de vieilles chaînes et d'encres rouillées. Il aurait voulu dépasser l'île aux Chiens et atteindre North Woolwich, là où la Tamise s'élargissait et où peut-être il pourrait sentir les premières odeurs de la mer. Mais il se sentit trop fatigué et s'assit sur le quai au bord de l'eau. Les lumières de Londres dansaient sur la surface noire du bassin. Il se releva et revint sur ses pas, fouilla dans les détritus et trouva un morceau de chaîne de bateau oxydée, la posa sur ses épaules et l'enroula autour de son cou comme une écharpe, repartit vers le bassin, marcha droit vers le quai, sans ralentir, et tomba à l'eau.

Quand il percuta la surface, il ouvrit la bouche. Des bulles d'air glissèrent le long de son corps, roulèrent contre ses oreilles. Il regretta que cela ne soit pas plus silencieux, garda les yeux ouverts et commença à couler. Il baissa la tête et regarda le noir sous ses pieds, sentant sur ses épaules le poids de la chaîne qui l'entraînait vers le fond.

Il y eut des bruits, des chocs étouffés, de bois ou de métal, qui se propageaient sous l'eau. Il releva la tête. Une forme sombre nageait vers lui.

Un requin.

Il aspira de toutes ses forces toute l'eau qu'il pouvait et se répéta le mot une dernière fois. Une interrogation. Survivre ?

Arthur Bowman ouvrit les yeux. Il était allongé au fond d'une barque. On soulevait sa tête et démêlait la chaîne autour de son cou. Un type râlait en appuyant à deux mains sur sa poitrine. Il criait mais Bowman ne l'entendait pas. Il y avait un quai au-dessus de la barque, des curieux qui tenaient des lanternes dont les lumières rayonnaient entre ses cils mouillés. Il entendit les premiers mots, confirmant sa déception :

– Il est vivant !

Bowman toussa, sentit de l'eau remonter dans sa gorge et sortir de sa bouche en coulant dans sa barbe. De l'eau saumâtre au goût de vase.

– Ça va ? Hé ! Tu nous entends ?

L'homme en vareuse, dégoulinant de flotte, se penchait sur lui. De l'eau coula encore de sa bouche quand Arthur parla. Il y eut un silence et quelqu'un demanda :

– Qu'est-ce qu'il dit ?

– J'ai pas entendu. Qu'est-ce que tu dis ?

Le pêcheur approcha son oreille de la bouche de Bowman, écouta sa voix éraillée puis se redressa.

– Merde, je crois qu'il a de l'eau dans le cerveau !

– Qu'est-ce qu'il dit ?

– Il parle de requins. Il demande où sont les requins.

Trois hommes le soulevèrent, sur le quai des bras se tendirent et on l'allongea sur la pierre. Il grelottait. Des mains lui enlevaient sa capeline.

– Putain ! C'est un flic !

– La vache, vous avez vu ça ?

– C'est quoi ?

– Des cicatrices.

– Merde, il est passé dans une hélice ?

– C'est pas une hélice qu'a fait ça. Et c'est pas tout jeune.

On jeta une couverture sur son corps, il sentit qu'on le soulevait encore, entendit les roues d'un chariot sur des pavés. Sa tête roulait d'un côté à l'autre, il perdit connaissance.

Les flammes dansaient devant ses yeux, quelqu'un rechargeait le poêle, versant un seau de charbon dans le foyer. Des escarbilles montaient dans l'air et Bowman les suivit des yeux.

– Ça y est, t'es réveillé ?

Bowman regarda autour de lui, il était allongé sur des caisses dans un petit appentis en planches.

– T'as ronflé toute la nuit. Faut croire que ça fatigue de boire la tasse.

Sur le poêle, l'homme mit une casserole d'eau à chauffer, jeta dedans une poignée de café qu'il tourna avec la pointe d'un couteau. Quand il essuya la lame sur sa main, Bowman se redressa et essaya de reculer.

– Ho ! Qu'est-ce qu'y t'arrive ? Ça va pas ?

L'homme s'approcha de lui sans lâcher le couteau, Bowman roula sur le côté, se jeta à plat ventre sur la terre battue, essayant de ramper vers la porte, qui s'ouvrit. Un autre homme entra, vêtu d'une vareuse.

– Merde, il est complètement cinglé.

L'homme qui venait d'entrer s'accroupit à côté de Bowman qui se roula en boule.

– Hé, mon gars. Qu'est-ce qu'y t'arrive ? Faut pas avoir peur comme ça. C'est nous qu'on t'a sorti de l'eau hier soir. On va pas te faire de mal. Tu veux pas du café ? T'as grelotté toute la nuit. Bois quelque chose de chaud, après on te ramènera chez toi. C'est où chez toi ?

Bowman recula.

– Cable Street.

– Cable ? C'est ça que t'as dit ?

Celui qui était près du poêle lui apporta une tasse fumante, salua l'homme en vareuse, disant qu'il retournait au boulot et repasserait plus tard. Arthur serra la tasse métallique entre ses doigts froids et la porta à ses lèvres, avalant une petite gorgée.

Le pêcheur s'installa sur une caisse, un café à la main, et regarda ce type assis par terre.

– T'es policier, c'est ça ?

Bowman hésita, fit non de la tête.

– C'est quoi cet uniforme que t'avais sur le dos ?

Arthur avala du café brûlant sans répondre. Le pêcheur ôta son bonnet et frotta ses cheveux.

– C'est moi qui t'ai sorti de l'eau. T'es tombé juste devant ma barque. Tu t'en souviens pas ? En tout cas, ça me va que tu sois pas un perdreau. Parce qu'on se serait bien foutu de ma gueule si j'avais sauvé un flic. C'est quoi ton nom ?

– Bowman. Sergent Bowman.

– Sergent ? Merde, j'ai sauvé un militaire alors ?... Quoi ? Qu'est-ce que tu dis ?

– Compagnie des Indes.

Le pêcheur le regarda d'un air sombre et cracha sur le sol.

– J'ai un frangin qu'a passé trois ans à Bombay. Putain de pays. Saloperie de Compagnie, ouais.

Bowman avala encore du café et se racla la gorge.

– Madras.

– Ouais ? Combien de temps t'es resté là-bas ?

– Quinze.

– Quinze ans ? Merde.

En plus du poêle le soleil donnait maintenant par la petite fenêtre et sur le toit en planches goudronnées. Il faisait chaud dans la cahute de pêcheurs, pleine de sacs de toile, de filets, de lignes et de casiers. L'homme ôta finalement sa vareuse et se resservit du café.

– C'est pas vraiment mes oignons, je t'ai juste sorti de l'eau. Mais je me demande quand même pourquoi t'as voulu aller rejoindre les poissons dans ce fleuve de merde.

Le pêcheur attendit quelques secondes mais le sergent ne répondit pas.

– C'est à cause des cicatrices ? Un truc qui t'est arrivé là-bas ? Mon frère, il fait des cauchemars depuis qu'il est revenu. À cause de ce qu'il a vu. De ce qu'on lui a fait ou même à cause de ce qu'il a fait, lui. J'en sais rien, parce qu'il en parle jamais.

Le pêcheur sourit.

– Je m'appelle Franck. Francky.

Il tendit la main. Bowman tendit la sienne. Franck tira de sa poche une petite bouteille de gnôle.

– Un truc qu'était bien, pendant cette puanteur, c'était qu'il y avait pas assez d'eau pour que les gens se jettent dans la Tamise. Une chance, parce que y en a un paquet que ça a rendus fous. On a tous failli devenir dingues. Comme cette histoire dans les égouts, ce pauvre type qui s'est fait tuer. Une vraie boucherie, il paraît. À mon avis, celui qu'a fait ça est devenu fou à cause de l'odeur et de la chaleur. T'as connu ça, toi, sergent, ces pays où le soleil rend tout le monde cinglé ?

125

Le menton d'Arthur se mit à trembler quand il essaya de parler, il sentit du froid sur son visage quand le sang le quitta pour se masser dans sa poitrine, pompé par son cœur qui accélérait.

Le pêcheur se rapprocha et lui proposa à boire.

– Okay. On va plus parler de ça. Calme-toi, sergent. C'est quoi ton prénom ?

Bowman avala de la gnôle.

– Arthur.

– Est-ce que tu veux que je te ramène chez toi, Arthur ?

Bowman le regarda, incapable de répondre.

– Bon, on va attendre que tu tiennes debout et on verra après. Je vais essayer de te trouver des fringues. Faut que t'arrêtes de te trimballer dans cet uniforme de poulet. Tu restes là et tu m'attends.

Franck s'arrêta à la porte et se retourna.

– Tu fais pas de connerie, sergent Arthur. D'accord ? T'as déjà bien des chances de crever sans le vouloir, que c'est pas la peine de le faire toi-même.

Bowman se rapprocha du poêle, s'appuya à une caisse et ferma les yeux. Il s'endormit sans s'en rendre compte. Il sursauta quand la porte de la cabane s'ouvrit. Franck était revenu, un sac sur l'épaule.

– T'as survécu à mon absence, sergent ?

Ce type souriait beaucoup.

– Pas que j'ai une garde-robe de lord, mais j'ai trouvé des frusques qui devraient t'aller. Ma bonne femme m'a passé un savon et elle doit avoir raison, je suis assez con pour aider quelqu'un que je connais pas. Comment tu te sens ?

Bowman tenta de sourire.

– Ça va mieux.

– Dis, c'est pas que je suis pingre, mais si tu pouvais me rendre au moins le pantalon, ça m'arrangerait.

Bowman enfila les vêtements un peu courts, puis se jeta sur le pain et le lard que Franck avait apportés avec une bouteille de vin.

Sa gorge se desserrait à mesure qu'il avalait la nourriture, atténuant le goût de sel et de vase qu'il avait toujours sur la langue. De retrouver l'usage de la parole l'embarrassait, il ne savait pas quoi dire.

– Merci.

– Pas de quoi.

– Je vais rentrer chez moi.

Il ramassa ses vieux vêtements, les roula en boule et les tendit au pêcheur.

– La capeline peut faire une couverture.

Le pêcheur sourit en attrapant le vêtement de flic.

– Ouais, je vais juste pas sortir avec.

Ils échangèrent une poignée de main.

– Tu peux revenir quand tu veux si ça va pas. On va pas sortir les violons, je sais même pas qui t'es, mais si t'as un problème, tu peux venir me trouver.

Bowman sortit de la cabane, le pêcheur resta sur le seuil et le regarda s'éloigner.

– Hé ! Sergent ! Une idée à la con qui me vient comme ça : c'est quand même pas à cause de la Compagnie que tu t'es jeté à la flotte ?

Bowman se retourna.

– Quoi ?

– Merde ! T'es le seul mec à Londres qu'est pas au courant ?

Bowman secoua la tête.

– C'est officiel depuis hier. Mec, tu t'es jeté sous ma barque le jour même où ils ont fermé boutique.

– Je comprends pas.

– Oh ! Sergent, tu te fous de moi, c'est ça ? Les cipayes, t'as rien suivi ? D'abord c'est les soldats hindous qui se sont révoltés. Paraît qu'ils voulaient pas déchirer les cartouches avec les dents, parce qu'il y avait de la graisse de vache dessus et qu'ils voulaient pas en bouffer ! La moitié de l'Inde est entrée en guerre et la

127

Compagnie y a laissé sa culotte. La Reine les a foutus au rancart. Plus d'East India, c'est la Couronne qui récupère tout. Ton ancien employeur s'est fait rincer, sergent.

Bowman partit en courant.

À l'angle de Fletcher il vérifia que le flic était toujours là, fit le tour du pâté de maisons et entra dans l'immeuble mitoyen. Repassant par les toits il rejoignit sa chambre. Il décrocha sa matraque du mur, la glissa dans le nœud d'une lame de parquet, fit levier et souleva le bois de l'autre main. Il glissa son bras entre deux solives et en tira une boîte métallique cadenassée. À l'autre bout de la pièce il recommença la même manœuvre et souleva une autre planche, entre ses doigts ressortit la clef qui ouvrait le petit coffre. Bowman garda quarante shillings de ce qu'il avait économisé sur sa solde et sa pension de militaire, avant de remettre la boîte dans sa cachette. Il décrocha son uniforme de la Compagnie suspendu à la corde et descendit au rez-de-chaussée frapper à la porte de la logeuse. Bowman régla son loyer et lui donna en plus deux shillings pour faire nettoyer l'uniforme, trois autres encore pour lui acheter à manger et du savon. Il demanda aussi à la vieille d'acheter des bouteilles de vin. Pas de gin.

Quand la logeuse apporta ses courses, il lui donna encore un penny pour qu'un gamin du quartier monte un seau d'eau. Il déboucha une bouteille de vin et la vida entièrement avant de manger. Deux œufs qu'il goba, du porc séché, un pain de seigle, un oignon et une poire sucrée. Puis il s'installa devant le miroir, avec un peu d'eau nettoya le lavabo, s'aspergea le visage et commença à tailler sa barbe. Quand la lame du rasoir passa sur sa gorge, il repensa à l'eau noire de la Tamise et aux flics qui voulaient l'enfermer.

4.

Sur le lit Bowman avait étalé la chemise, la veste rouge à la teinture passée et le pantalon auquel la lessive n'avait pas rendu sa blancheur. Sur les épaules de la veste, les galons de sergent ne brillaient plus. Les vêtements dessinaient la forme d'un corps.

Il mâchait du pain, faisant descendre les bouchées avec des gorgées de rouge, et attendait nu le courage d'enfiler son vieil uniforme. Le sergent Bowman s'imagina que soudain tous les soldats de l'East India avaient été vaporisés, que de Londres à Hong Kong, partout sur la terre, dans les casernes et sur les navires, il ne restait plus que des uniformes vides, étalés comme le sien sur le matelas. Arthur ne voulait pas y croire.

La Compagnie existait depuis des siècles, elle ne pouvait pas disparaître.

Sur la table, affaissées, le cuir raide et plié, recouvertes de moisissures, les bottes craquèrent lorsqu'il commença à les nettoyer, les frottant avec sa vieille chemise de la Metropolitan. Il étala le cirage, gorgeant le cuir sec de graisse, puis les astiqua jusqu'à leur redonner un peu de lustre. Le vin terminé, il boutonna la chemise, menton sur sa poitrine, lorgnant sur ses doigts, puis se glissa dans le pantalon, ajusta les bretelles et passa ses bras dans les manches de la veste. Il enfila les bottes sans chaussettes, ferma la veste et se regarda dans le petit miroir. Depuis la captivité, il n'avait pas retrouvé tout son poids. L'opium et l'alcool, sa mauvaise alimentation lui en avaient fait perdre aussi. L'uniforme était lâche, semblait sur ses épaules comme accroché à un cintre.

Le spectre d'une armée fantôme.

Il resta une minute debout au milieu de la pièce, respirant lentement, puis sortit et se hissa jusqu'au vasistas. Sur Royal Mint, vérifiant qu'on ne le suivait pas, il arrêta un fiacre.

– Leadenhall Street. East India House.

Le cocher regarda un instant le militaire dans son uniforme usé. Le fouet claqua et l'attelage partit au trot sur les pavés.

– Yap !

Arthur souleva le rideau de la petite fenêtre.

Les trottoirs s'élargissaient, les façades des immeubles étaient de plus en plus blanches et les fenêtres hautes. Des femmes à chapeau tenaient des enfants par la main, des gentlemen appuyés à leur canne parlaient aux coins des rues ; dans les parcs, sous l'ombre des arbres verts, des couples se tenaient par le bras. Londres était propre et sereine, l'été resplendissant. Les gants blancs dessinaient aux femmes de longs doigts, sous leur chapeau le regard des hommes portait loin. Des regards d'officiers.

Comme celui de Wright.

Bowman revit le capitaine avec son trou dans la tête, quand il avait refermé la porte de la cabine de Feng pour le laisser crever seul.

Il rabattit le rideau d'un geste brusque. Portant machinalement la main à sa poitrine, il réalisa qu'il n'avait pas emporté de flasque. Le vin n'avait pas suffi, il avait des crampes au ventre et sa nervosité excitait le manque.

– East India House !

Le cocher tira sur les rênes, le cheval ralentit et s'arrêta. Le sergent sauta du fiacre, régla la course et se retourna vers le bâtiment. Levant les yeux sur les six colonnes doriques de la façade, ébloui par la lumière, il eut un vertige qui faillit le jeter à terre. Arthur recula, tourna les talons et redescendit la rue Leadenhall jusqu'à un pub, y entra et s'arrêta sur le seuil.

La lumière tombait de vitraux sur les tables et les verres, les couleurs des émaux se reflétant dans l'ambre des whiskies et des bières. Des tapisseries, des tableaux et des trophées de chasse décoraient les murs. Des bêtes africaines et des cerfs aux bois immenses. Bowman resta planté là un instant, tirant sur les pans de sa veste. Aux tables des regards commencèrent à se poser sur lui. Des hommes en costume lisant des journaux, des officiers aux uniformes sombres échangeant à voix basse, les serveurs qui déposaient les boissons et repartaient dos courbé. Il voulut ressortir, eut peur d'être encore plus ridicule, baissa la tête dans une sorte de salut général et marcha jusqu'au bar.

– Un gin.

– Votre préférence, officier ?

– Ma préférence ? Gordon's…

Le barman lui servit un verre qu'il avala cul sec.

– Un autre.

Arthur régla les deux consommations, pour le prix d'une nuit entière passée chez Big Lars. Il remonta Leadenhall, passa cette fois entre les colonnes sans lever les yeux, pour se retrouver paralysé, dans l'immense hall de la East India House, devant des lignes noires courant à ses pieds sur plusieurs mètres de longueur. Incrustées dans le dallage clair, en marbre noir, les trois croix reliées à leur base, les trois lettres *EIC* et la devise *Deo ducente nil nocet* (*Dieu pour guide, nulle blessure*). Une sueur froide courut le long de son dos, dégageant un parfum de petit-lait, trempant sa chemise dont l'odeur de moisissure reprit le dessus sur celle de la lessive. Des hommes en costume et redingote traversaient le hall, les talons durs de leurs chaussures claquant sur le marbre, résonnant jusqu'au grand plafond sculpté. Ils piétinaient sans émotion les trois croix et les trois lettres et disparaissaient à vive allure, des dossiers et des porte-documents sous le bras.

Arthur ferma les yeux le temps de retrouver son souffle, puis regarda à nouveau.

Sur les murs, d'immenses tableaux, des bateaux aux couleurs de la Compagnie naviguant sur des mers calmes. Un double escalier en marbre qui montait à l'étage, partout des hommes affairés et pressés, une atmosphère de fourmilière devant un feu de forêt.

Bowman était à Leadenhall Street, nom maudit, qu'il avait

entendu tant d'hommes prononcer en crachant par terre, quand la solde ou le courrier n'arrivaient pas, que les rations étaient trop maigres ou que les munitions manquaient pour repartir à la charge. Depuis son retour il y avait cinq ans, il n'était jamais passé devant. Arthur avait imaginé autre chose. Le siège de la Compagnie était un bâtiment arrogant, mais pas un palais ni un fort. Des bureaux, des actionnaires, des administrateurs et leurs clercs.

Regardant passer dans le hall ces employés zélés, Bowman eut un sourire mauvais. Il était le seul à porter ici le véritable uniforme de la Compagnie. Parce qu'il fallait bien, au bout des bras de l'East India étendus sur le monde, des doigts sales comme le sergent Bowman pour amasser ces richesses. Il baissa les yeux sur les trois croix en marbre noir. Les cris revenaient dans sa tête et il ne chercha pas à les faire taire. Il était juste que Bowman les ramène ici, même si personne ne pouvait les entendre et que la mission de Cavendish n'existait pas.

Derrière un comptoir un factotum leva la tête pour observer l'uniforme défraîchi.

– Que puis-je faire pour vous, monsieur ?

La première personne que Bowman rencontrait à la East India House ne savait pas reconnaître les grades de son armée.

– Capitaine. Capitaine Wright.

Arthur fut surpris par le ton de sa voix, celle du sergent instructeur qu'il avait été. Le type derrière son comptoir se redressa.

– Excusez-moi, capitaine. En quoi puis-je vous être utile ?

– Je cherche un officier. Un capitaine de marine qui servait en Birmanie en 52.

– Je vous demande pardon, capitaine ?

– Le capitaine du *Sea Runner*, en 52.

L'employé de la Compagnie cligna des yeux.

– Vous cherchez le nom d'un officier ? C'est bien cela ?

– Ouais. Capitaine de marine. À Rangoon avec Godwin.

– Je pense que vous devriez vous adresser aux affaires maritimes, capitaine.

– Où ça ?

– L'escalier ouest, au premier étage, sir.

Bowman tourna les talons, monta le grand escalier jusqu'au premier étage, suivit un long couloir et avant de frapper à la porte des affaires maritimes reprit son souffle, essuyant son front sur sa manche. La porte donnait sur un large corridor, une antichambre avec deux hautes fenêtres, des portes ouvrant sur d'autres pièces et au milieu de cette entrée un homme assis derrière un bureau.

Le secrétaire le regarda avancer et se leva, cérémonieux.

– Que puis-je faire pour vous, sergent ?

Celui-là connaissait les grades. Bowman se sentit vaciller et il avait des fourmis dans les mains, comme dans le bureau d'Andrew avant de faire cette crise.

– Je cherche un officier. Commandant du *Sea Runner* en 52, à Rangoon.

Le secrétaire eut une grimace d'agacement.

– Qui vous a envoyé ici ? Si vous ne connaissez pas le nom de cet officier, je ne vois pas pourquoi vous le cherchez. Les sous-officiers n'ont pas accès à ces renseignements, sergent.

La sueur coulait sur la poitrine de Bowman, le long de ses jambes jusque dans ses bottes. Les deux grandes fenêtres commencèrent à se déformer, à s'arrondir et se gondoler, la lumière à lui brûler les yeux. Il fit un pas en avant, ses jambes lâchaient et il tendit un bras vers le bureau. Le secrétaire se précipita et le guida jusqu'à une chaise.

– Mon dieu ! Que vous arrive-t-il ? Vous ne vous sentez pas bien ?

– Quelque chose à boire.

Le secrétaire partit en courant et revint une minute plus tard avec une carafe d'eau et un verre, qu'il remplit et offrit au sergent. Bowman but, l'homme le resservit.

133

– Je vais ouvrir un peu, c'est cette chaleur, vous avez besoin d'air.

Il trotta jusqu'aux fenêtres et en ouvrit les battants.

– Pardonnez-moi, sergent, je ne vous ai pas accueilli de façon bien agréable. C'est que tout est affreusement compliqué en ce moment, avec cette... Mon dieu ! Je me plains alors que vous en revenez certainement. Vous revenez de là-bas, c'est bien ça, sergent ?

Arthur termina son verre et regarda le petit homme dans son costume.

– Là-bas ?

– La révolte, sergent. Cette affreuse révolte des cipayes.

Le sergent se redressa un peu sur sa chaise.

– Je reviens de là-bas.

Le secrétaire blêmit.

– Mon dieu. Oui, je vois bien que vous êtes exténué. Vous avez dû voir des choses si terribles...

Arthur fit oui de la tête.

– Pardonnez mon attitude, sergent. C'est que nous sommes en train de préparer notre déménagement au conseil de l'Inde, auprès du secrétariat d'État. Toute la maison est sens dessus dessous. Et vous qui revenez de là-bas...

Bowman se contenta de hausser les épaules.

– Vous cherchez un officier de marine que vous ne connaissez pas, c'est bien ça ?

– Un message pour lui.

– Une lettre ? De soldat ?

L'eau l'avait désaltéré, Bowman avait repris quelques forces.

– C'est ça. Une lettre de soldat.

Le secrétaire joignit ses mains sur sa poitrine.

– C'est terrible ! Vous devez remettre à cet officier la dernière lettre d'un soldat... mort ?

– Mort.

L'homme posa une main sur son front.

– Un soldat mort, qui était l'ami de cet officier... Mon Dieu. Et vous qui êtes épuisé, et qui portez cette lettre. Comment s'appelait le navire, sergent ? Dites-moi, je vais faire ce que je peux pour vous aider.

– *Sea Runner*. En 52 à Rangoon.

– Rangoon ? La flotte du général Godwin ou du commodore Lambert ?

– Godwin.

Le secrétaire s'avança vers une porte, s'arrêta et se retourna.

– Ils étaient amis, c'est bien ça ? Et le soldat mort, il n'avait pas de famille ?

– Non, pas de famille.

L'homme revint dix minutes plus tard, portant un énorme registre qu'il déposa sur son bureau et ouvrit. Il tourna des pages, suivant de son index des colonnes de noms et de dates, relevant de temps en temps la tête vers le sergent pour lui sourire et s'excuser.

– Ici nous travaillons dur, bien sûr. Mais vous étiez là-bas. Et vous êtes revenu.

– Tout juste revenu.

Le secrétaire frappa une page du registre.

– Ah ! Le *Sea Runner*. 49, 50, 51... 52. Parti de Madras le 12 janvier. Sergent, je tiens votre réponse. Le *Sea Runner* était commandé par le capitaine... Philip Reeves. Le capitaine Reeves est à la retraite, il s'est retiré de la Compagnie en 53, après la campagne de Birmanie.

Bowman se leva de la chaise.

– Comment je peux le trouver ?

– Oui, bien sûr, bien sûr, son adresse. Je ne devrais pas, nous n'avons pas le droit normalement. Mais cette lettre... Attendez-moi, je n'en ai pas pour bien longtemps.

Quand il revint, il s'installa cette fois à son bureau, tira une feuille de papier d'un tiroir et écrivit dessus une adresse, trempant nerveusement sa plume dans l'encrier, essuya la feuille avec son buvard.

– Voilà, sergent. Vous pourrez accomplir votre devoir maintenant. Vous êtes un homme courageux de vous charger de cela sitôt rentré.

Arthur plia le papier et le glissa dans la poche intérieure de sa veste. Avant qu'il atteigne la porte, le secrétaire se précipita et ouvrit devant lui.

– Sergent, puis-je vous serrer la main ?

Arthur Bowman lui tendit sa main moite.

Le secrétaire le regarda s'éloigner dans le couloir et Bowman essaya de garder son calme, maîtrisant son envie de partir en courant.

Arthur traversa le hall, ressortit dans la rue et fit à pied, le ventre tordu par les crampes, tout le chemin qui le séparait du Fox and Hounds. Il lui fallut une heure pour atteindre Wapping Lane et quand il entra dans la salle du Fox, couvert de transpiration dans son uniforme, toutes les conversations s'arrêtèrent. Le sergent baissa la tête, marcha jusqu'à sa table habituelle et planta son regard dans le bois.

Derrière son bar, un journal ouvert devant lui, Lars referma la bouche. Les vieux clients regardaient Bowman, dans cet uniforme dont ils avaient presque tous un exemplaire au fond d'une armoire, s'ils ne l'avaient pas encore échangé contre un verre un soir de disette. Cette veste rouge avait sur eux un effet désagréable, bien plus encore portée par ce fantôme enragé, le sergent Bowman qu'on n'avait pas revu depuis des semaines et qui aurait pu tout autant être mort.

Lars tira une pinte et la posa sur le bar.

– Mitch ! Putain de légume ! Apporte sa bière au sergent !

Lars se servit un grand verre de gnôle, en versa un peu à ses pieds et le vida cul sec. Puis il se pencha sur son journal, releva encore une fois la tête vers la table du sergent, et reprit sa lecture.

– Ah ! Il paraît qu'ils vont se tirer de Leadenhall ! Ça doit être les grandes manœuvres chez les comptables !

Les clients accoudés au comptoir ne prêtaient aucune attention à ce que racontait Lars. Lui-même n'était pas tellement à sa lecture. Par-dessus les épaules on regardait le sergent. Tout en remplissant des verres, pendant que Mitch faisait des allers-retours jusqu'à la table de Bowman, d'une voix sans conviction, Lars lu l'article du *Morning Chronicle* qui expliquait comment et pourquoi, à cause d'une bande de cipayes en Inde, la Compagnie s'était fait avoir par la Couronne. Le Fox and Hounds semblait rempli ce soir d'une bande de vieux orphelins, portant le deuil de la Compagnie et la maudissant à la première occasion. Derrière les sourires et les mauvaises blagues, il y avait une tristesse coupable de n'être les vétérans de plus rien. Leur ennemi de toujours était mort et à la table là-bas, dans un coin de la salle, son fantôme buvait de la bière à s'en faire péter le ventre.

Arthur vida des pintes pendant une heure et à la nuit tombée rentra chez lui, s'écroula sur le palier en sautant de la fenêtre du toit et alla s'effondrer sur son lit. La bière n'était pas assez forte pour l'endormir et arrêter les cris.

Reeves habitait Londres. Quartier de Westminster, parc Saint-George, au bord de la Tamise.

De son coffret sous le plancher, Bowman tira quelques schillings, recommença son manège en escaladant les toits, retrouva Royal Mint et un nouvel attelage. Cette fois il ne regarda pas les passants par la fenêtre de la voiture. Le fiacre le déposa devant une maison de deux étages récemment construite, à la façade blanche. Elle était tournée d'un côté vers le fleuve, de l'autre vers Grosvenor Road et le parc. Une grille en bois donnait sur un petit jardin entretenu, qu'il traversa pour frapper à la porte. Une femme d'une cinquantaine d'années ouvrit, un fichu sur la tête, un tablier noué sur sa robe. Bowman n'avait pas imaginé tomber sur l'épouse de Reeves et en resta muet.

– C'est pour quoi ?

À son accent des faubourgs, Arthur comprit son erreur. Ce n'était pas la femme du capitaine, mais sa bonne.

– Le capitaine Reeves, c'est bien ici ?

– Il m'a pas dit qu'il attendait quelqu'un. Vous êtes qui ?

– J'ai pas de rendez-vous. Dis-lui que je veux le voir.

– Mon gars, tu sens la bière d'ici, je crois que tu t'es trompé d'adresse. C'est quoi, cet uniforme miteux ? À qui t'as volé ça, hein ?

Bowman monta les marches du perron. La bonne recula dans la maison et voulut refermer la porte. Il posa la main sur l'huisserie.

– Va dire à ton patron que je veux le voir. Sergent Arthur Bowman. Va lui dire ça.

Une voix monta dans la maison.

– Dothy ? Que se passe-t-il ?

Arthur se pencha en avant et baissa d'un ton.

– Va lui dire que le sergent Bowman veut le voir. Que j'étais sur son bateau quand le village a brûlé.

– Lâchez la porte sinon je crie.

Arthur lâcha prise.

– Va lui dire ça.

Il redescendit les marches et attendit que Reeves se présente à la porte.

Son visage était le même que dans les souvenirs d'Arthur, debout derrière la barre du sloop, seulement plus vieux et ridé, avec des cheveux entièrement blancs. Il n'avait plus de barbe mais deux grosses rouflaquettes qui descendaient jusqu'au bas de ses joues. De l'homme droit et solide dont Bowman avait gardé l'image, il ne restait qu'un vieillard aux épaules tombantes. Une main sur le chambranle de la porte, son autre bras caché derrière l'huisserie entrebâillée, Reeves le regardait d'un air inquiet.

– Qui êtes-vous ?

Le vieux capitaine plissait les yeux et ne semblait pas y voir clair. Arthur fit un pas en avant malgré l'arme que Reeves devait cacher derrière la porte.

– Restez où vous êtes.

– Vous vous souvenez pas de moi ? Sergent Bowman. Sur le *Sea Runner*. J'ai embarqué sur la jonque.

Reeves plissa encore un peu plus les yeux.

– Que dites-vous ?

– J'étais là-bas quand le village a brûlé. Je vous ai donné quelque chose.

Le visage du capitaine se crispa. Bowman mit le pied sur la première marche et parla plus lentement.

– J'étais là-bas. Vous aussi. Vous avez pas pu oublier. Le sergent Bowman.

Reeves s'accrocha à la porte.

– Sergent Bowman ?

Le vieux lâcha le chambranle pour porter la main à sa poche, en tira des lunettes qu'il posa sur son nez. Ses yeux apparurent soudain grossis, lorgnant sur le sergent dans son uniforme trop grand et usé.

– Vous étiez mort… On m'a dit que vous étiez tous morts.

– Pas tous, capitaine.

Reeves ouvrit la porte en grand. Il tenait dans sa main droite un pistolet armé mais ne semblait pas s'en souvenir.

– Entrez.

Arthur regarda l'arme, le vieil homme bafouilla :

– Excusez-moi, j'ai cru qu'il se passait quelque chose, je n'ai pas compris ce que me disait Dothy.

Le vieux capitaine posa son arme sur le buffet de l'entrée.

– Suivez-moi, sergent.

Ils traversèrent le salon, jusqu'à un solarium en demi-cercle de l'autre côté de la maison, dont les fenêtres donnaient sur la Tamise.

Les mâts de petits canots amarrés devant la maison oscillaient doucement dans le soleil. Bowman resta debout face aux fenêtres, se tenant le plus loin possible de tout, des meubles astiqués, des fauteuils brodés et des pots de fleurs ; s'il l'avait pu, il aurait décollé ses pieds du tapis. Des souvenirs des voyages de Reeves étaient accrochés aux murs, masques africains, mousquets et épées, lances et poignards. Éclairés par le soleil bas, six tableaux de navires de la Compagnie. Les vaisseaux que le capitaine avait commandés. Un cadre était plus petit que les autres, en bois droit et sans dorures, représentant toutes voiles dehors un élégant sloop blanc. Le *Sea Runner*.

– Asseyez-vous, je vous en prie. Est-ce que vous voulez boire quelque chose ?

– Quoi ?

– Vous voulez boire quelque chose ?

– Du café ?

Reeves repartit à la cuisine, Bowman l'entendit parler à sa bonne ; la femme protesta en chuchotant, conseillant à Reeves de mettre ce type dehors. Reeves lui demanda de se calmer et d'apporter le café dans le solarium.

– S'il vous plaît, sergent, prenez place.

Arthur détourna les yeux du tableau et s'installa dans un fauteuil sans poser ses mains sur les accoudoirs, Reeves en face de lui. Le vieil officier, assis au bord de son siège, avec ses yeux gonflés par les verres des lunettes, l'observait intensément.

– Que... que vous est-il arrivé ?

Bowman détourna le regard, fuyant celui trop insistant du vieux.

– On est revenus de la mission de Wright. Seulement dix.

– Wright...

– Il est mort sur le fleuve. Nous, on a été faits prisonniers.

– On m'a dit qu'il n'y avait eu aucun survivant.

Le sergent baissa les yeux.

– Personne sait plus rien de la mission de Wright. C'est pour ça que je suis venu. C'est les affaires maritimes, à la Compagnie, qui m'ont dit où vous habitiez.

– La mission de Wright ?

Bowman releva la tête.

– L'ambassadeur, sur le fleuve. Il fallait intercepter le bateau de l'ambassadeur. Mais c'est pas pour ça que je suis là, capitaine. C'est pour autre chose.

– Quoi donc, sergent ? Vous… De quoi avez-vous besoin ?

Arthur se tourna vers le fleuve, chercha de la salive sous sa langue.

– C'est à propos de ce meurtre. Le meurtre dans les égouts, il y a quelques semaines.

Les deux hommes sursautèrent et se retournèrent : Dothy, la bonne, se tenait au milieu du salon, les mains ouvertes, un plateau en argent à ses pieds, des tasses brisées et la cafetière renversée.

– Monsieur Reeves, dites-lui de partir ! Dites-lui de partir !

Le vieux capitaine se leva, prit la bonne par le bras et essaya de la rassurer.

– Nettoyez ça et laissez-nous, Dothy. Rentrez chez vous, je n'aurai pas besoin de vous ce soir.

La servante rechigna. Elle ne voulait pas laisser son patron seul avec Bowman. Il fallut plusieurs minutes à Reeves pour la reconduire jusqu'à la porte. Dehors, la lumière baissait et les reflets de la Tamise jaunissaient, lançant des éclairs dorés sur les coques des canots. Reeves sortit d'un buffet une bouteille de whisky et deux verres qu'il posa sur la table basse. Il servit Bowman qui leva son verre. Le vieillard regarda les doigts tranchés de sa main.

– Resservez-vous, sergent, je vous en prie. J'ai entendu des rumeurs à propos de cette horrible histoire, mais pourquoi venez-vous m'en parler ?

Le sergent Bowman se remplit un second verre. L'alcool était peut-être ce qu'il avait bu de meilleur, mais le whisky n'était pas

141

plus fort qu'un gin de taverne et il avait besoin de davantage pour se calmer.

— Je suis policier maintenant, à Wapping. Faut que je trouve le meurtrier. Parce que les collègues pensent que c'est moi, et de toute façon ils me mettront le meurtre sur le dos.

— Que dites-vous ?

— J'ai trouvé le cadavre dans les égouts. Ils croient que je suis fou. Je suis pas fou. C'est seulement… c'est seulement les cauchemars. Depuis qu'on est rentrés, ça allait mieux. Mais je dors pas bien, capitaine.

— Quels cauchemars, sergent ?

— La forêt. Ce qu'ils nous ont fait.

— Sergent, je ne comprends pas. Il faut me dire pourquoi vous êtes là. Sergent ?

Arthur resta silencieux un instant, tira sur le col de sa chemise qui l'empêchait de respirer et en fit sauter le premier bouton.

— On est revenus, dix hommes de Wright. Le meurtrier, c'est un des prisonniers qui étaient avec moi. J'ai donné la liste au superintendant, mais la Compagnie a dit qu'il n'y avait pas de mission, qu'on existait pas. Et maintenant c'est la Compagnie qui existe plus. Vous comprenez ?

— Vous cherchez un ancien prisonnier ?

— Le meurtrier.

Le capitaine Reeves sourit pour encourager Bowman et but un peu de son whisky auquel il n'avait pas encore touché.

— Racontez-moi.

Arthur termina son verre, se tourna vers les fenêtres et la Tamise presque noire.

— Quand on a embarqué sur la jonque, on a remonté l'Irrawaddy pour intercepter l'ambassadeur de Min. La pluie a commencé à tomber et on s'est échoués sur la berge. On les a pas vus arriver. On s'est battus contre le premier bateau…

Reeves écouta le récit du sergent Bowman pendant une heure, enfoncé dans son fauteuil, sans l'interrompre ni faire le moindre geste. Jusqu'à l'entrée dans le port de Rangoon des bateaux ramenant les prisonniers de Min, ce chargement de fantômes affamés. Leur rapatriement à Madras, puis l'histoire de Bowman, devenu flic de la Compagnie à Wapping, la découverte du cadavre, la visite d'Andrew à sa chambre, son subterfuge à l'East India House et son arrivée jusqu'ici.

La nuit était tombée. Reeves se leva, alluma des bougies et peu à peu la lumière revint dans la maison. La bouteille était vide. Le vieux capitaine frotta une allumette et l'approcha de sa pipe. Son visage fatigué s'éclaira, ses deux yeux remplacés pendant un instant par le reflet de la flamme sur les verres de ses lunettes.

– Moi aussi je fais des cauchemars, sergent Bowman.

– Quoi ?

– Le village, sergent. Les femmes et les enfants.

La lumière des bougies dansait sur les tableaux accrochés au mur. Le *Sea Runner*, dans le salon de Reeves, avait la même couleur que cette nuit-là sous le nuage de cendre.

– C'était la guerre, capitaine. Les ordres. Il fallait…

– Quelle guerre, sergent ?

– Contre Pagan. L'ambassadeur…

– Les rubis.

– Hein ?

Le vieux laissa sa tête tomber en arrière, minuscule dans son grand fauteuil.

– Ce qui vous est arrivé n'a rien à voir avec la guerre. Pas celle de Dalhousie en tout cas. Ce n'est pas la Compagnie qui vous a envoyés sur le fleuve, ce sont des officiers de la flotte, Cavendish et quelques-uns de ses amis, dont je faisais partie.

Les épaules de Bowman tremblèrent sous son uniforme. Il fixa les fenêtres qui ne renvoyaient que l'éclat des bougies, essayant de deviner quelque chose au-delà. La voix de Reeves, rayée par l'âge et la fatigue, reprit lentement :

– Wright était un espion de la Compagnie. Un homme courageux mais plus ambitieux encore, qui s'était rapproché du cercle influent de Cavendish. Il avait pour mission d'établir des relevés des forces de Pagan Min avant la déclaration de guerre de Dalhousie. Il était arrivé à Rangoon avec la mission diplomatique de Lambert. En cherchant des renseignements, il avait appris que le roi se préparait déjà à la défaite, sachant bien qu'il ne vaincrait pas la Compagnie. En cas de guerre, il avait prévu de s'enfuir, et avec lui son trésor. Connaissez-vous la ville de Mogok, sergent ? C'est une bourgade sans intérêt à quelques dizaines de kilomètres d'Ava, en pleine jungle. Mais il y a là-bas les plus belles mines de rubis au monde. Quand Bombay a déclaré la guerre au royaume d'Ava, Pagan a fait remplir des coffres et les a expédiés par bateau sur le fleuve, pour les mettre à l'abri avant de s'enfuir. Wright a fait part de sa découverte à Cavendish. Ensemble, avec l'aide d'autres officiers de confiance, ils ont décidé de monter cette expédition. Pendant que la guerre éclatait. C'est pour cela que vous avez été choisis, sergent, vous et les rebuts de la flotte qui attendaient leur sentence. Il n'y avait pas d'ambassadeur à bord de ces jonques, seulement des rubis. Incendier le village et ses habitants n'était pas un ordre de la Compagnie, c'était une précaution pour assurer le secret de notre plan. Votre superintendant n'a pas menti, cette mission n'a jamais existé. Malgré ces précautions, les administrateurs de la Compagnie ont fini par découvrir ce que nous avions fait. Surtout, ils se sont retrouvés dans l'embarras. Il n'était pas question qu'un scandale éclate, de faire du futur duc de Devonshire un brigand, un misérable voleur de trésor. Sous le patronage de ce cher Cavendish, finalement, nous ne risquions rien. La Compagnie a étouffé l'affaire à notre place, de manière bien plus efficace cette fois. Si la perte du capitaine Wright était regrettable, la disparition d'une bande de criminels et d'une poignée de soldats ne comptait pas. Vous pourriez chercher des années, vous ne retrouveriez aucune trace de votre mission à la East India House. Et maintenant que la Compagnie n'existe plus, c'est la Couronne qui se chargera de tout. Notre secret est sauf.

Reeves tira sur sa pipe qui s'était éteinte, aspirant de l'air.

– C'est assez ironique, mais c'est la disparition de Wright qui vous a sauvés. Si la mission avait été un succès et que vous n'aviez pas été faits prisonniers, vous auriez été exécutés à votre retour.

Arthur se leva de son fauteuil, chancela et renversa le bougeoir de la table basse. Reeves ne réagit pas, la pipe éteinte pendue à ses lèvres. Les bougies commençaient à brûler le vernis du bois, Bowman se dirigea vers le bar et en tira une bouteille sans voir ce que c'était. Il arracha le bouchon et but au goulot un vin de Porto sucré et liquoreux qui lui brûla la gorge et l'assoiffa plus encore. Il laissa tomber la bouteille, qui roula sur le parquet et s'arrêta contre le pied d'un fauteuil.

Des lanternes de navires, accrochées dans les gréements, passaient devant le solarium. Le bruit d'un moteur à vapeur parvint jusqu'à eux et fit trembler les vitres en passant. Reeves se leva, quitta la pièce et revint un instant plus tard. Il posa sur la table basse une feuille de papier, un encrier et une plume, puis ralluma les bougies.

– Je vous écoute, sergent.

La voix de Bowman était lugubre.

– Qu'est-ce que vous voulez que je vous dise ?

– La liste, sergent Bowman. Donnez-moi leurs noms. Je les retrouverai pour vous.

– Pourquoi vous feriez ça ?

– Il n'y aura pas de vérité, sergent. Il n'y en aura jamais. Mais c'est… une sorte de devoir.

– Un devoir ?

– Cet homme qui a tué dans les égouts, il faut qu'il sache. Vous devez le retrouver, sergent Bowman.

– Je comprends rien à ce que vous dites. C'est pas comme ça que ça doit se passer. Celui qui a fait ça, y a rien à lui expliquer. Faut le tuer.

Reeves sourit et Bowman eut envie de lui écraser la tête sur la feuille de papier.

– J'espère que vous aurez le temps de comprendre avant, sergent. Donnez-moi leurs noms maintenant.

Arthur déboutonna sa veste d'uniforme et sa chemise, passa la main sur ses lèvres et commença, le visage creusé par l'ombre des bougies, à réciter lentement les noms, comme si chaque lettre était un trait de visage revenant à sa mémoire.

Le vieux l'avait vidé. Arthur tenait à peine sur ses jambes et c'est Reeves qui à petits pas, le tenant par un bras, un chandelier à la main, le reconduisit jusqu'à la porte. Le vieux capitaine lui demanda d'attendre un instant, posa le chandelier sur le buffet de l'entrée et s'éclipsa. Il revint du salon et s'arrêta à deux mètres de Bowman, ôta ses lunettes, les glissa dans sa poche et fit face au sergent qui pointait le pistolet sur son ventre.

– Vos cauchemars, vous les méritez. Pas nous. Vous êtes des ordures.

– Il n'y a rien que vous puissiez faire contre cela, sergent. Vous êtes qui vous êtes désormais. Le seul choix que vous avez, vous me l'avez dit, c'est de retrouver votre ancien compagnon. Vous me tuerez plus tard si vous en avez toujours envie.

– C'est trop facile.

– Oui.

Le vieux leva la main. Il tenait un petit morceau de ces tissus colorés que Bowman gardait à Madras, une étoffe du village de tisserands. Reeves déplia le tissu. La nacre et les incrustations d'argent étincelèrent sous les bougies. Arthur reposa lentement le pistolet et ouvrit ses mains. Le capitaine Reeves y déposa la corne à poudre.

– Je ne pensais pas qu'un jour vous reviendriez, mais je l'ai toujours gardée. Je ne vous avais pas oublié, sergent.

Arthur regardait la corne, caressant la nacre du bout des doigts.

– Revenez dans une semaine, j'aurai retrouvé vos hommes.

Bowman traversa le jardin, s'arrêta sur le trottoir et regarda autour de lui. La rue était déserte, il n'y avait ni passants ni lumières. Il traversa Grosvenor Road et s'enfonça sous les arbres noirs du parc Saint George, serrant la corne à poudre contre son ventre.

5.

Bowman se saoula et but du laudanum jusqu'à en perdre le compte des jours. Couché en boule sur son lit, il regardait les morceaux de coquillage irisés changer de couleur dans la lumière, caressait les incrustations argentées, ouvrait le couvercle de cuir étanche et collait la corne contre son oreille pour écouter ce qu'elle avait à lui dire. Il lui racontait tout ce qu'il avait vécu depuis leur séparation, s'excusait de l'avoir abandonnée sur ce bateau, lui disait que tout allait bien maintenant qu'ils étaient réunis.

Arthur attendait sa réponse. La corne restait muette, il continuait à lui parler.

Il envoyait sa logeuse acheter ses drogues, en bas les flics d'Andrew continuaient à se relayer. Sous le plancher le coffret était presque vide, il avait dilapidé ses économies.

– Pourquoi ça serait moi qui irais chercher leur tueur, hein ? Pourquoi c'est pas eux qui s'en chargent ? C'est eux qui nous ont envoyés là-bas. Qu'ils restent en liberté. Tous les dix ! Qu'ils nous laissent libres ou qu'ils le fassent eux-mêmes.

Les voisins venaient frapper à sa porte quand il se mettait à crier en parlant à sa corne. Arthur les chassait en hurlant. Les flics qui le surveillaient n'intervenaient pas. Bowman était fou, il n'y avait plus de question à ce sujet.

Il se réveillait sans reconnaître sa chambre, s'endormait en croyant être sur la jonque, dans un hamac du *Healing Joy* ou dans sa cage au milieu de la forêt.

– C'était pas la guerre. Ils nous ont envoyés là-bas pour des rubis. On avait plus de poudre et de munitions quand les autres jonques sont arrivées. J'ai continué à me battre, mais c'était même plus la peine, ils étaient trop nombreux. J'ai essayé de trancher les aussières, de nous faire dériver dans le courant, mais c'était trop tard aussi. Je savais pas à l'époque pourquoi je me battais. Maintenant je le sais. Je sais pourquoi on est restés des mois dans ces cages.

Il passait ses journées à regarder par la fenêtre. Les femmes qui sortaient de chez les commerçants, les surveillants de Wapping qui les accostaient, les gamins avec des seaux d'eau sur la tête, les meules des rémouleurs qui faisaient jaillir des étincelles des lames, la porte ouverte d'une forge et le son des marteaux sur les enclumes.

– Avec une corne comme ça, je pourrais me jeter dans la Tamise sans mouiller ma poudre.

Il lui arrivait aussi de rire.

Quand il avait vidé une bouteille de laudanum, il voyait dans la rue Fletcher des pêcheurs birmans avec leurs grands pantalons amples, des officiers de la Compagnie en grand uniforme de parade qui défilaient sur les trottoirs, des quatre-mâts sabords ouverts qui remontaient les rails au long de Cable Street.

La corne sur l'oreille, il écoutait le bruit de la mer étouffé par la résine d'hévéa.

– T'entends pas les cris ? Ça c'est Clemens, quand il lui ont brûlé son œil. Et Peevish, la première fois qu'ils l'ont emmené. Tu les entends pas ?

Dix jours avaient passé. Bowman ne se souvenait plus de Reeves quand un matin, le front collé à la vitre, au spectacle devant la vie de la rue trois étages plus bas, émergeant d'une sieste commencée la nuit précédente, cinq minutes ou deux jours plus tôt, il vit un fiacre s'arrêter en bas de chez lui, un homme en haut-de-forme et long manteau en descendre. Des mômes s'approchèrent du cheval, une belle bête, et le cocher fit claquer son fouet au-dessus de leurs têtes. Les gamins déguerpirent. L'homme en noir n'était plus là.

– Celui-là, c'était un bourreau. Je les reconnais.

On frappa à sa porte.

– Foutez-moi la paix ! Barrez-vous !

On frappa encore et il entendit une voix sur le palier.

– Sergent Bowman ?

Il traversa la chambre, ouvrit et recula en trébuchant.

Le capitaine Reeves, dans son grand manteau noir et son chapeau satiné, passa devant lui comme un spectre, sans que les plis de son habit bougent ni que ses pieds fassent de bruit. Le capitaine avait les traits tirés, il était pâle, plus vieux de cent ans depuis que Bowman s'était rendu chez lui.

Reeves déposa une enveloppe sur la table, au milieu des bouteilles, et fit demi-tour. Quand il s'arrêta devant lui, Arthur ricana.

– Allez vous faire foutre. Vous aurez qu'à le retrouver vous-même, cet enfant de putain que vous avez envoyé sur le fleuve.

Il cracha au visage de Reeves. Le vieux, d'une main gantée, s'essuya les yeux.

– Pour votre malheur, Bowman, vous avez survécu à des choses qu'un homme normal n'aurait pas supportées. Vous auriez dû vous tuer depuis longtemps, mais si vous ne l'avez pas fait, c'est qu'il y a en vous quelque chose de plus fort que ce dont vous avez été victime. C'est à vous de choisir, maintenant, ce que vous allez faire pour continuer à survivre. Souvenez-vous que celui que vous chercherez vous ressemble, mais que peut-être il n'est pas aussi fort que vous.

Reeves tendit la main pour la poser sur l'épaule de Bowman.

149

– Je suis désolé, sergent, de ce qui vous est arrivé. À vous et à vos hommes.

Arthur repoussa sa main. Le vieux baissa la tête, cacha son visage sous son chapeau et ressortit de la chambre. Bowman le rattrapa sur le palier et cria :

– J'ai essayé de crever et quelqu'un m'a sauvé ! Pourquoi j'ai été sauvé, hein ? Qu'est-ce que ça veut dire ?

Reeves se retourna dans l'escalier, sa main gantée sur la rambarde, le visage dissimulé sous son chapeau.

– Que votre vie ne vous appartient plus tout à fait, sergent Bowman. Vous devriez partir d'ici au plus vite. Cette liste, je ne l'ai pas obtenue sans que cela se sache. Ils ne vont plus tarder. Adieu, Bowman.

Reeves descendit les marches. Arthur resta planté sur le palier jusqu'à ce que le bruit de ses pas disparaisse. Il rentra dans la chambre, attrapa l'enveloppe et la déchira. Il en tira une feuille de papier, aperçut des lignes soigneusement écrites et des plis de la lettre glissèrent cinq billets de dix livres sterling. Une année de solde à la brigade de la Tamise.

Il lâcha la liste de noms et d'adresses pour attraper les billets, une seconde feuille tomba à ses pieds. Arthur s'agenouilla et ramassa le document. L'en-tête et l'adresse d'une banque. Un bon au porteur à son nom, d'un montant de cinq cents livres.

Arthur se précipita à la fenêtre et l'ouvrit, le fiacre tournait au coin de la rue. Il se retourna en entendant des bruits de l'autre côté. Cinq flics de Wapping, O'Reilly en tête, avec eux le superintendant Andrew, longeaient le trottoir de Fletcher en direction de son immeuble. Pendant quelques secondes, Bowman les regarda, incapable de bouger. Puis il courut jusqu'à son lavabo, enfonça les trois doigts de sa main gauche dans sa gorge et se vida les tripes. L'adrénaline qui courait dans son sang lui nettoya la tête et les yeux. Il n'enfila même pas ses chaussures, fourra dans ses poches les billets et la liste, le bon au porteur et la corne à poudre, sortit sur le palier

150

et se hissa jusqu'au vasistas. À quatre pattes sur le faîtage, il passa sur le toit de l'immeuble voisin. Les pieds en sang, il courut dans des ruelles, s'arrêtant à chaque encoignure pour vérifier que d'autres flics ne l'attendaient pas. Décrivant un large cercle autour de son quartier, Arthur traversa China Court, les poumons brûlants, pour continuer toujours plus vite vers l'est et le quartier de Limehouse.

Il ne s'arrêta pas avant d'avoir atteint la cabane, des crampes dans tout le corps, d'un coup d'épaule fit sauter la porte et se précipita à l'intérieur. Après deux miles sans ralentir, son corps refusa d'aller plus loin, il s'effondra sur la terre battue. Son estomac se soulevait en même temps que sa bouche grande ouverte cherchait l'air, avec l'impression qu'une sangle en cuir lui serrait le crâne pour l'écraser.

*

Il alluma du feu dans le poêle. Calé contre des caisses, Arthur lutta pour ne pas s'endormir. Quand il rouvrit les yeux, la nuit était tombée. Il n'eut pas le temps de se lever, son corps trop ankylosé et douloureux pour pouvoir bouger. La porte s'ouvrit et deux hommes entrèrent. L'un d'eux tenait à bout de bras une lampe à huile, l'autre un gourdin. Bowman leva une main pour se protéger de la lumière, de l'autre tâtonna dans le noir et ses doigts rencontrèrent une barre de fer qu'il brandit pour se défendre.

– Merde !

– Qu'est-ce qu'il fout là ?

Bowman gronda :

– Vous approchez pas.

– Putain, sergent ! C'est nous. Tu nous as foutu la trouille.

Bowman reconnut le visage du pêcheur.

– Franck ?

– Merde, tu crois que c'est qui ? Qu'est-ce que tu fais là ?

Le pêcheur vit les vêtements de Bowman et rigola.

– Où t'as trouvé ces nippes cette fois ?

151

L'autre pêcheur était resté en retrait devant la porte, le gourdin toujours à la main.

— Ce mec est pas clair, je te l'ai déjà dit. Faut le virer d'ici.

— Il va pas nous faire de problèmes. Hein, sergent ?

Arthur regarda les deux hommes.

— Je ferai pas de problèmes. J'ai juste besoin d'un toit, pas longtemps.

— Je te l'ai déjà dit, t'es chez toi ici. Qu'est-ce qui t'arrive cette fois ?

L'autre pêcheur posa sa main sur l'épaule de Franck.

— Francky, tu devrais pas. Ça va te retomber sur la gueule. Cette fois c'est sans moi.

— Je m'en occupe, rentre chez toi.

Le collègue de Franck jeta un dernier regard à Bowman, sortit de la cabane et referma la porte.

— T'en fais pas. Stevens est comme ça, toujours un peu méfiant, mais il fera pas de problèmes non plus, je le connais.

Le pêcheur accrocha la lampe à une poutre de la cabane.

— Arthur, tu voudrais pas lâcher cette barre ?

Bowman reposa le morceau de ferraille.

— Je resterai pas longtemps. Juste quelques jours. J'ai de l'argent.

Arthur tira un billet de dix livres de sa poche. Francky siffla de surprise.

— Merde. Comment t'as mis la main sur tout ce fric ? Oh, sergent, il a peut-être raison mon collègue, comment tu peux être à la rue avec tout cet argent ? Qu'est-ce que t'as fait comme connerie ?

— L'argent est à moi. Je l'ai pas volé.

— Sergent, c'est pas une affaire de sous. Ce que je veux savoir, c'est pourquoi t'es revenu. Et que tu te foutes pas de ma gueule.

Arthur froissa le billet et le remit dans sa poche.

— Les flics me cherchent.

— Qu'est-ce que t'as fait ?

— Rien.

– Ah bon ?

– Ils croient que j'ai tué quelqu'un.

– T'as tué quelqu'un, sergent ?

Bowman baissa la tête.

– J'ai tué des dizaines de gens quand j'étais militaire. Des femmes, des vieux et des enfants, mais j'ai pas tué celui-là.

Francky tira la petite bouteille de gnôle de sa poche et en vida la moitié sans reprendre son souffle. Il s'essuya les lèvres et posa la bouteille sur une caisse à côté de Bowman.

– Je me doute bien que t'es pas resté quinze ans en Inde à compter des balles de coton, sergent, mais qu'est-ce que ça change, ce que tu me racontes ?

Arthur attrapa la bouteille.

– Le tueur, l'autre, faut que je le trouve. T'auras pas de problèmes avec moi, mais j'ai besoin d'un coup de main. Je te donnerai de l'argent. J'en ai d'autre. Assez.

– Faudrait que j'en sache plus ou bien c'est déjà trop ce que tu m'as raconté ?

Un coin de la bouche de Bowman se souleva.

– J'ai pas ce tué ce type.

– Tu vas pas devenir dingue et t'en prendre à quelqu'un, Arthur ? Ou te balancer encore à la flotte ?

– Faut que je trouve ce type.

6.

Le premier nom était celui d'Edmond Peevish. Le Prêcheur. Une adresse à Plymouth.

Bowman trempa la plume dans l'encrier et fit des croix devant quatre adresses. Quatre de ses anciens hommes, sur les neuf, habitaient à Londres ou ses environs. Peter Clemens et Christian Bufford dit *Buffalo*, recrutés par Bowman à bord du *Joy*. Frederick Colins, le caporal au couteau, et Erik Penders, celui qui voulait s'échapper, deux hommes de Wright. John Briggs, autre homme du *Joy*, habitait Bristol. Norton Young, recrue de Wright, vivait à Southampton, Edward Morgan et Horace Greenshaw, deux soldats de Bowman, à Coventry et Birmingham. La plupart des noms étaient précédés de la mention *Dernière adresse connue*. Toujours des fantômes, comme sur la liste de Rangoon quand ils avaient été libérés.

Les adresses à Londres pouvaient être les plus sérieuses, même s'il n'en savait finalement rien. Lui n'avait pas bougé depuis des années, ça ne voulait pas dire que les autres ne voyageaient pas. Ils devaient bien vivre. Se déplacer là où on trouvait du boulot.

Louchant sur un autre papier, il recopia l'adresse de Peter Clemens. 16, Lamb Street, quartier de Spitalfields.

Puis il souleva la trappe du poêle chauffé à blanc et jeta dedans son vieil uniforme de la Compagnie.

Devant un morceau de miroir cassé posé sur l'établi, il se rasa la barbe, se lava dans un seau et enfila les habits neufs qu'il avait fait acheter par Franck. Des chaussures de bonne qualité, un pantalon en laine, solide et confortable, une chemise, une veste en tweed à chevrons, une casquette en cuir doublé d'une laine douce et des sous-vêtements.

Arthur n'avait jamais été aussi bien mis depuis qu'on lui avait donné son premier uniforme de soldat. Depuis longtemps non plus il n'avait pas eu de vêtements à sa taille. Il ne pouvait pas se voir dans le petit miroir, mais d'avoir un costume neuf sur le dos, Bowman se tenait un peu plus droit.

Il glissa une flasque de gin dans la poche intérieure de la veste, enfonça la casquette sur sa tête et s'éloigna de Dunbar, se dirigeant vers le nord de la ville battue par un vent froid. Bowman remonta le col de sa veste, sur Commercial Street demanda sa

154

route. Comme beaucoup des habitants de l'East End, Arthur connaissait mal le reste de Londres, juste quelques noms dont on parlait, dont le marché de Spitalfields qu'il atteignit une heure après avoir quitté la cabane.

Il longea le marché, ses boutiques de soieries et les ateliers de tisserands. La moitié des échoppes vendaient des cotonnades indiennes importées. Au coin de Commercial et Lamb il déplia son papier et vérifia l'adresse de Peter Clemens.

Spitalfields avait été un refuge pour les tisserands protestants fuyant la France. Le quartier entier était dédié aux tissus et leur commerce avait prospéré jusqu'à ce que les produits indiens envahissent le marché. Ceux que Bowman, depuis gamin, avait toujours entendu appeler les *soyeux* étaient une bande de crève-la-faim qui ne valait pas mieux que celle de l'East End.

Les rez-de-chaussée de la rue Lamb étaient occupés par des boutiques aux façades vitrées, avec au-dessus des appartements en briques aux fenêtres en mauvais état. La rue grouillait de monde, encombrée de chariots et de porteurs, de vendeurs et de mendiants qui s'accrochaient à ses jambes. Bowman les repoussait sans comprendre ce qu'ils lui voulaient. Il n'était pas encore habitué à ses nouveaux vêtements ni aux réactions qu'ils provoquaient. On s'écartait sur son passage et on le saluait.

Il se tint un moment sur le trottoir en face du numéro 16. La porte menant aux étages était coincée entre deux façades de commerces, bâillait sans verrou ni poignée. Au premier étage il choisit un appartement au hasard. Une grosse femme ouvrit et recula d'un pas. Un type habillé comme lui, qui venait frapper à sa porte, c'était forcément une mauvaise nouvelle. Arthur demanda où habitait Peter Clemens et la femme sembla rassurée que le malheur se soit trompé d'étage.

– Les Clemens ? Ils sont au deuxième, à gauche. Ils ont des problèmes ?

155

Arthur monta au deuxième étage et s'arrêta devant la porte. La sueur coulait sous ses bras, ses mains s'agitaient, se serraient sur le vide, cherchant une arme qui n'y était pas. Tout à l'heure ce n'étaient que des noms sur un bout de papier, maintenant il était devant cette porte. Peter Clemens était peut-être derrière. Le plus costaud des hommes qui avaient embarqué sur le *Sea Runner*. Le grand Clemens.

Arthur frappa et fléchit les jambes, prêt à fuir. Une gamine d'une dizaine d'années ouvrit, maigrelette, dans une blouse de travail raccommodée à toutes les coutures. Ses cheveux blonds étaient aussi pâles que son visage, ses doigts brunis par les teintures ; elle avait des mains de travailleur, sur des bras de fillette qui avait mal grandi. Elle regarda l'homme bien habillé, les yeux trop fatigués pour exprimer la moindre surprise, et Arthur se décomposa. Les fantômes sans adresse avaient aussi des mômes.

– Peter Clemens ?

La gamine laissa la porte ouverte et repartit dans l'appartement en traînant des pieds.

Dans la petite entrée, Bowman vit se découper une longue silhouette voûtée. Peter Clemens s'arrêta sur le seuil, les mêmes cheveux filasse que sa fille, son œil droit déformé par les cicatrices, la cornée blanchie et boursouflée par la brûlure du fer. La paupière était collée à l'arcade sourcilière et ne bougeait plus.

– Sergent ?

Arthur n'avait pas imaginé que Clemens le reconnaîtrait. Dans ces habits, sans son uniforme, mais surtout amaigri comme il l'était. Il réalisa que pour les hommes de la liste, Bowman devait toujours être un tas d'os au fond d'une cage. Que le seul à garder un souvenir du sergent Arthur Bowman d'avant, c'était lui-même.

– Sir ? C'est bien vous ?

Les lèvres de Clemens tremblaient, son œil droit commençait à briller.

– Vous êtes vivant ?

Le sergent se tenait devant lui, mais contre toute évidence Clemens lui posait la question. Les émotions se succédaient sur son visage en se mélangeant. Quand il sourit, son front se plissa de douleur, quand son œil s'illumina de joie, les coins de sa bouche tombèrent et son menton se mit à trembler.

— Dites quelque chose, sergent. S'il vous plaît.

— C'est moi, Clemens.

— Qu'est-ce… qu'est-ce que vous faites ici ?

— Je te cherchais.

— Moi, sergent ?

— Et les autres.

— Les autres ?

— Ceux de là-bas.

— Ils sont vivants aussi ?

Arthur desserra les lèvres et avala un peu d'air.

— Je sais pas.

Clemens baissa la tête.

— Il sait pas.

— Clemens ? Faut que je te parle.

— Quoi ?

Clemens passa la main dans ses cheveux et releva la tête.

— Qu'est-ce que vous voulez me dire ?

— Pas ici.

— Vous voulez rentrer chez moi ?

Il recula dans son appartement sans quitter Bowman des yeux.

— Venez, sergent. Entrez, si vous avez besoin de me parler.

La casquette réduisait son champ de vision, Bowman l'enleva et la glissa dans sa poche avant de le suivre. Clemens était maigre, il avait même perdu sa grande taille, avec son dos voûté et bosselé que Bowman suivit jusqu'à la petite cuisine. Un carré de deux mètres par deux, une cuisinière à côté de la fenêtre ouverte et une gamelle en train de chauffer. La gamine de Clemens touillait le plat avec une cuillère, une odeur de porridge remplissait la pièce. Clemens attrapa une bouteille sur une étagère.

– Vous voulez boire quelque chose, sergent ?

L'ancien soldat le regardait toujours avec un doute. Bowman se tourna vers la gamine, puis vers son père.

– Clemens, dis-lui de sortir.

Peter Clemens eut un petit sursaut et une grimace de tristesse, pencha la tête de côté en regardant le sergent.

– Pourquoi elle devrait partir, sir ?

– Fais ce que je te dis.

Clemens s'adressa doucement à sa fille.

– May, va faire un tour s'il te plaît. Il faut que je parle avec le sergent. Tu comprends ? Il faut que tu nous laisses tous les deux.

La petite observa l'homme dans ses vêtements neufs, lâcha la cuillère et sortit de la cuisine.

Il n'y avait pas de chaise ni de table ; par la porte du salon, la seule autre pièce de l'appartement, Bowman vit deux lits serrés l'un contre l'autre, des matelas jetés à même le sol, des couvertures en désordre et des tas de vêtements.

Clemens but une gorgée à la bouteille, oubliant d'en offrir au sergent.

– Elle est partie. Vous avez raison, sergent. C'est mieux si on est que tous les deux.

Il but encore, ses membres bougeaient par saccades, comme si ses articulations avaient été cassées, que ses bras et ses jambes passaient d'une position à l'autre en sautant des crans.

– Je me demande tout le temps si vous êtes vivant. Et les autres ? J'ai pas cherché moi, sergent. En même temps je voulais, mais je savais pas comment faire, où ils habitaient.

La voix de Clemens s'emballait, son état de nervosité empirait, mais le plus étrange, c'était qu'il ne semblait pas s'adresser à Bowman. Comme s'il avait l'habitude de discuter avec des gens qui n'étaient pas là.

– Pourquoi vous voulez pas que ma fille elle entende ce qu'on dit, sergent ? Ma femme et mon fils ils sont au travail. Moi je travaille pas en ce moment. C'est difficile. Comment vous m'avez retrouvé, sergent ? C'est… c'est une bonne chose de vous voir. C'est vrai. Vous êtes là et j'ai pas besoin de l'imaginer. Vous comprenez ? Parce que c'est dur d'imaginer. Quand j'y pense, ça me fait mal partout. Je peux pas en parler, c'est pas beau et je veux pas que les enfants ils entendent ça. C'est pour ça qu'il vaut mieux qu'elle parte, ma petite May. Qu'elle entende pas. Les enfants et ma femme, ça les réveille la nuit quand j'y pense dans mes rêves. Ils comprennent pas.

Clemens s'agita, ses bras désarticulés balayèrent la cuisine et il avança vers Bowman. Il se penchait en avant pour que le sergent l'entende bien, le visage tiré par la peur de ne pas être compris ou que son interlocuteur disparaisse tout à coup.

– J'ai eu du mal à travailler quand je suis rentré. Ils ont bien voulu me reprendre aux abattoirs, là où j'étais avant de partir aux Indes. Mon fils avait trois ans et la petite venait de naître. Huit et cinq ans quand je suis revenu. Avec la pension, on arrive à peine à s'en sortir, et j'ai pas pu travailler aux abattoirs. Je pouvais plus. J'ai essayé parce qu'il fallait un salaire, mais ça me rendait malade, dans mon ventre. Je faisais que vomir. Alors ils m'ont viré et j'ai cherché ailleurs. Mon fils, il a commencé à travailler, et ma femme et la petite aussi. On s'en sort comme on peut, ça va mieux quand je peux trouver un boulot de temps en temps. Mais y a tellement de choses que je peux plus faire. À cause du mal à la tête, et parfois de la fatigue qui me fait tomber. Je tremble de partout et je me bouffe la langue. Les autres ils veulent plus travailler avec moi, parce que je sais jamais quand ça va arriver. Alors je me fais virer. C'est pas que je manque de courage, mais j'ai plus tellement la force. Vous voyez, sergent ?

Il tomba un moment dans une sorte d'aphasie. Son œil brûlé droit devant lui, l'autre regardant par terre.

159

– J'essaie, sergent. Tous les jours je vais chercher du boulot, parfois je vais loin, dans les campagnes, pour bosser aux champs pendant les moissons. Je pars et je laisse ma famille. J'aime pas les laisser seuls. J'aime pas être seul, sergent. Mais ça dure jamais longtemps. À cause des douleurs qui me font tomber par terre, et quand je me réveille je sais plus où je suis.

Arthur n'arrivait plus à regarder le visage déformé de Clemens. Il lâcha dans un souffle :

– T'as essayé de bosser aux égouts ?

Clemens ne réagit pas et continua sur le même ton abattu.

– Je peux pas, j'ai voulu, j'ai demandé et même pendant la puanteur, cette horreur, j'ai demandé aux vidangeurs et aux égoutiers, mais c'était cette odeur, sergent, la merde, comme, comme... dans la c...

Il ne pouvait pas le dire, buta sur le mot qui ne pouvait pas sortir, bégaya sans pouvoir parler de la cage. Il se mit à trembler de toute sa hauteur et cria presque en avançant vers Arthur :

– La merde, c'est comme... mon odeur là-bas.

Bowman crut que Clemens allait tomber à ses pieds dans la cuisine et faire une crise de nerfs.

– Vous comprenez pas, sergent. C'est comme une peur que je peux pas arrêter, de me retrouver là-bas... Vous, vous avez pas peur. Vous avez jamais eu peur. Sur le fleuve, et puis là-bas après. Vous savez pas ce que c'est la peur.

Arthur se repliait vers l'entrée.

– Faut que je parte, Clemens.

L'ancien soldat s'arrêta et eut l'air terriblement triste.

– Oui, je comprends, vous avez à faire. Vous avez l'air en forme, bien habillé, vous avez du travail. Vous avez une famille qui vous attend, sergent, et faut vous occuper d'elle. Je comprends, quand on est vivant il faut faire ces choses-là, s'occuper des siens et travailler.

Un sourire illumina son visage sous l'œil brûlé au fer, ce regard fixe et laiteux à côté de l'œil vivant et triste.

– Je suis content que vous soyez là.

Bowman était à la porte.

– Vous partez déjà ?

Arthur fouilla dans ses poches, en tira une pièce d'une guinée et la tendit à Clemens.

– Oh ! Non, sergent. C'est pas la peine, je vais m'en sortir, c'est rien, juste un moment difficile mais ça va aller, faut pas vous en faire pour moi. Même si c'est rien pour vous, parce que je vois bien que vous avez un bon travail.

Clemens essaya de repousser la pièce offerte, dans le même geste s'agrippa à la main de Bowman.

– Pour la petite, Clemens, que tu lui achètes quelque chose. Pour tes enfants. Faut que je parte maintenant.

– C'est gentil de votre part, sergent. Très gentil. Mais faut surtout revenir me voir et on pourra parler encore. Ma femme préparera un bon repas et vous resterez plus longtemps la prochaine fois, d'accord ?

Bowman reculait sur le palier. Clemens ne lâchait pas sa main.

– On pourrait aussi vous rendre visite, sergent, et votre épouse elle pourra parler avec ma femme, et vos enfants ils pourront rencontrer les miens. Comme des amis. On sort presque jamais, vous savez ce que c'est, mais on pourrait venir vous voir si vous habitez pas trop loin. Où vous habitez, sergent ? À Westminster, à côté d'un parc, je parie ! On pourra aller se promener. Les enfants ils aimeront ça. Avec ce que vous me donnez je pourrai leur acheter des tenues plus jolies, et une pâtisserie pour manger dans le parc. Vous habitez là-bas, sergent ? C'est ça ?

– Faut que je parte, Clemens.

L'ancien soldat lâcha la main d'Arthur, des larmes coulaient de son œil.

– Merci, sergent. Merci d'être venu. Et cet argent, c'est pas utile, je vais m'en sortir, mais c'est tellement gentil de votre part. Vous prenez soin de moi. Comme vous avez fait là-bas,

161

hein ? Vous nous avez pas oubliés, sergent. Vous nous cherchez, c'est ça ? Pour prendre soin de nous ?

Bowman descendit une première marche de l'escalier. La voix de Clemens était de plus en plus forte.

– Comme vous avez pris soin de nous là-bas ! Vous avez raison, sergent, c'est mieux que ma fille elle soit pas là pour entendre. Que vous vous êtes occupé de nous, avec le petit garçon, quand vous avez mis le couteau sur sa gorge ! C'était pour qu'on comprenne, hein, sergent ? C'était ça ?

Arthur s'éloignait sans lui tourner le dos, se tenant à la rambarde et descendant les marches à reculons. Peter Clemens hurla :

– Pour qu'on comprenne ce que c'est que de survivre ! Hein, sergent ? Que tout le monde allait pas s'en sortir et qu'il fallait suivre vos ordres ! Les ordres de Bowman ! Pour pas crever dans la jungle ! Pour pouvoir rentrer chez nous ! Il fallait tuer les singes, Bowman ! Les tuer tous et rentrer chez nous !

Arthur dévala les escaliers.

Les cris de Clemens le poursuivirent jusqu'au rez-de-chaussée.

– Nous on a peur, sergent ! Vous savez pas ce que c'est ! Mais on est revenus ! Vous allez revenir me voir, sergent ! Vous allez revenir ?

Arthur claqua la porte de l'immeuble derrière lui et s'arrêta sur le trottoir où il vida la moitié de sa flasque de gin. Sur le trottoir d'en face, dans sa blouse rapiécée, avec son visage creusé par la fatigue, la fille de Clemens le regardait. La gamine ne le quittait pas des yeux, blême, sale, petit fantôme sorti des cauchemars de son père. Arthur s'essuya la bouche et quitta Lamb Street.

Quand il retrouva la cabane, la nuit était tombée. Il enleva la veste, déboutonna la chemise et se jeta sur les provisions apportées par Franck. Il repoussa la nourriture et déboucha une bouteille de Gordon's.

7.

La dernière adresse connue du soldat Buffalo, Christian Bufford, était du côté de Walworth.

Bowman s'habilla, sortit discrètement de la cahute et se faufila entre les entrepôts de Dunbar. Il traversa Wapping par ses petites rues, faisant un détour pour éviter les docks et les chemins de ronde des hommes d'Andrew, puis bifurqua vers la Tamise et traversa le London Bridge. Il se retrouva rive droite dans les rues larges de Southwark, s'arrêta devant une vitrine de costumes de chasse sur des mannequins sans tête. À l'intérieur, d'autres mannequins, des vestes en cuir et tissu huilé sur des portiques, des uniformes de chasse à courre, des bottes d'équitation, sur des râteliers aux murs des fusils en exposition et derrière une vitrine une collection de poignards. Les vendeurs le laissèrent tourner seul au milieu des articles, tandis qu'ils décrochaient des armes pour les présenter à un gentleman en manteau. L'homme prenait les fusils les uns après les autres et, jambes légèrement écartées, les braquait devant lui en faisant des mouvements circulaires, balayant la boutique l'œil calé sur la visée. Arthur sursauta en voyant passer sur lui les canons jumelés d'un fusil, plia les jambes et se planqua derrière des présentoirs à chapeaux. L'aristo baissa l'arme et rit.

— Il n'est pas chargé. Ne vous en faites pas !

Les vendeurs riaient aussi. Bowman se redressa, fit une grimace en guise de sourire et un vendeur s'approcha de lui.

— Je peux faire quelque chose pour vous ?

Arthur montra un poignard dans la vitrine, une lame droite à contre-tranchant d'une vingtaine de centimètres.

— Celui-là.

— Un très beau modèle. Nous avons, en lame droite, des couteaux d'aussi bonne qualité mais un peu moins chers, monsieur.

– Celui-là.

Le vendeur ouvrit la vitrine et lui présenta l'arme.

– Le manche est en merisier, la garde et le pommeau sont en maillechort, la lame en acier trempé. Le couteau vient d'une des meilleures armureries du pays, les gravures sont réalisées par un maître artisan de Londres.

Avant de lui tendre le couteau, le vendeur précisa :

– Cette arme de prestige coûte six livres sterling, monsieur.

Le manche était juste à la taille de sa main droite. Bowman le fit passer dans sa main gauche. Même avec deux doigts en moins, il tenait bien le couteau, léger pour un poignard de cette taille, bien équilibré et au fil parfait.

– Il me faudrait l'étui avec.

Le vendeur resta méfiant jusqu'à ce que Bowman tire dix livres en pièces de sa poche.

Arthur glissa l'arme à sa ceinture et regarda les râteliers à fusils.

– Le dernier que le client essayait, je peux le voir ?

Le vendeur décrocha une carabine et la lui présenta.

– Cette arme, monsieur ?

– C'est quoi ?

– Je vous demande pardon ?

– Je connais pas ce modèle.

– C'est une nouveauté, une carabine américaine.

Arthur la prit dans ses mains. Elle ne pesait presque rien.

– Comment ça marche ?

Il la rendit au vendeur qui posa devant Bowman une boîte de munitions et lui fit une démonstration. Les balles étaient en cuivre, longues de quatre centimètres, terminées par une ogive en plomb. Bowman en fit tourner une entre ses doigts.

– Les balles sont chemisées dans un étui en cuivre, à percussion centrale. L'amorce, la charge et la balle sont assemblées. Vous chargez ainsi.

Le vendeur fit jouer le levier d'armement placé sous la crosse, arrêta le chien au cran demi-armé, fit basculer le canon et poussa la cartouche dans la chambre en moins de trois secondes.

– Ça a quoi comme portée ?

– En calibre 44 vous pouvez chasser du petit gibier. À cinquante mètres la précision est excellente, vous traversez une planche de deux centimètres jusqu'à vingt mètres. Ce n'est pas un fusil de très longue portée, mais cette nouvelle technologie fait de nombreux adeptes. Les munitions sont aussi importées des États-Unis par la compagnie Wesson.

Le commerçant redonna la carabine à Bowman. Il leva l'arme, appuya la crosse sur son épaule et colla sa joue contre le bois. Il trouva au bout de la mire un mannequin sans tête dans ses habits de chasse à courre, pantalon blanc et veste rouge.

– Monsieur est-il intéressé ? Vous pouvez essayer l'arme si vous le voulez.

Bowman ne bougeait pas, le canon braqué sur la poitrine rouge du mannequin. La carabine était chargée. Son index effleurait la détente.

– Monsieur ?

À force de fixer le costume, la cible devint floue, ses yeux le piquaient. Il ouvrit les doigts, la transpiration laissa des traces d'humidité sur le bois.

– Pas la peine.

Quand il ressortit du magasin, ses mains tremblaient encore. Il revit Bufford, sur le *Joy*, quand il avait essayé d'ouvrir le ventre de Peevish. La présence du poignard contre sa hanche le rassura un peu. Tous les hommes de la liste étaient peut-être aussi fous que Clemens, mais pas aussi maigres. Bufford, lui, était dangereux. Arthur serra sa main estropiée sur le manche du couteau.

Quand il se retrouva rue Searles, il se dit qu'il avait fait une erreur. Qu'il avait mal lu ou s'était trompé de quartier. L'adresse était celle de la plus grande maison de la rue. Un jardin derrière des grilles hautes de trois mètres, un portail en fer forgé, à chacun des trois étages dix fenêtres, des rideaux, des fleurs qui grimpaient sur la façade, six énormes cheminées, des appareillages en pierre sculptés, une porte d'entrée plus large que la cabane de Franck et sur le côté de la maison une allée, fermée par un autre portail menant à la porte cochère.

Arthur traversa la rue, s'arrêta un instant devant le grand portail, hésita, frustré, avant de repartir. En passant devant la grille des attelages, il vit un garçon en tablier, une pelle et un balai à la main, en train de ramasser du crottin frais sur les pavés. Arthur regarda autour de lui et siffla le palefrenier.

– Dis, c'est la maison de Christian Bufford, ici ?

– Quoi ?

– Bufford.

Le môme, de l'autre côté de la grille, regarda le type d'un air méfiant. Bowman tira deux pences de sa poche.

– Tu me dis si y a un Bufford dans cette maison.

Le palefrenier glissa les pièces dans sa poche.

– Y a que sa femme.

– Sa femme ? Elle habite ici ?

Le gamin se tourna vers la maison, revint à Bowman.

– Ben ouais.

– Faut que je la voie.

Le gamin fronça les sourcils.

– C'est pas possible, m'sieur.

Arthur lui fit miroiter deux autres pièces.

– Va dire dans la maison que c'est un ami de son mari. Quelqu'un qui le connaît depuis longtemps, en Inde.

Le môme se gratta la tête, attrapa les pièces et repartit vers la porte cochère. Quelques minutes plus tard il reparut au bout de l'allée, le montra du doigt à une servante en robe noir et tablier. La femme marcha jusqu'à la grille.

Arthur toucha sa casquette du bout des doigts.

– Je voulais pas faire peur au gamin. C'est que je connais M. Bufford, et que j'aurais besoin de le voir.

La servante le regarda un instant, le front plissé

– Je ne sais pas qui vous êtes, monsieur, mais mon mari est mort. Partez s'il vous plaît.

Bowman faillit éclater de rire en comprenant son erreur.

La femme de Bufford lui tourna le dos et commença à s'éloigner.

– Attendez ! Je savais pas. Faut que je vous parle.

Elle s'arrêta et revint vers lui.

– Mon mari est mort, je ne veux pas parler avec vous, je ne sais pas qui vous êtes.

– Sergent Bowman. J'étais avec Bufford sur le *Healing Joy*. On était ensemble. En Birmanie.

La femme posa une main blanche sur un barreau de la grille.

– Bowman ? C'est ce que vous avez dit ?

– Arthur Bowman, j'étais avec votre mari.

– Je me souviens de votre nom. Il parlait de vous.

La femme de Bufford était jolie. Elle avait des yeux noirs et la peau lisse. Des traits fatigués mais sains, et ses dents étaient belles. Ses cheveux étaient tirés en chignon.

– Faudrait que je vous parle. Pas longtemps.

La femme se retourna vers la maison.

– Les maîtres sont partis mais il ne faudra pas rester trop long-temps.

Bowman suivit la femme, regardant les mouvements de sa robe quand elle marchait. Ses hanches faisaient onduler le tissu en jolis cercles. Les quartiers des domestiques étaient de l'autre côté de la maison, au bout d'un deuxième jardin aussi grand qu'un parc. Un bâtiment tout en longueur, de plain-pied, adossé aux écuries. Un cottage en briques avec cinq portes, séparées les unes des autres par deux petites fenêtres. Bowman devina des silhouettes derrière les rideaux, qui les regardaient passer, la veuve Bufford et lui.

Elle tira une clef de sa poche de tablier, ouvrit une des portes et

167

lui dit d'entrer. Sur un poêle chauffant au ralenti était posée une bouilloire et la femme prépara du thé. Le logis était impeccable. Deux portes donnaient sur la pièce principale. Deux chambres. Et la cuisine face au grand jardin. Au fond, derrière les arbres, on apercevait une pergola sur une grande terrasse, la maison des maîtres. Si Bowman avait dû décrire le logement et la femme, il aurait dit qu'ils étaient tout l'inverse de Bufford, sale, grossier et brutal.

Elle versa le thé dans une tasse et la posa devant Bowman, avec un sucrier et une petite cuillère.

– Je savais pas pour Bufford. Je voulais pas vous déranger.

– S'il vous plaît, ne parlez pas trop fort. On entend tout à travers ces cloisons.

Bowman regarda bêtement vers le mur.

– D'accord.

Puis il observa encore le visage de la femme, baissa les yeux sur la tasse dont il ne savait pas quoi faire.

– Qu'est-ce qui s'est passé ?

Elle éclata en sanglots. En un instant ses jolis traits fins se déformèrent. Elle sortit un mouchoir de sa manche, le porta à son nez.

– Elliot… Elliot est mort en juin.

Bowman réalisa qu'il n'avait pas enlevé sa casquette, s'empressa de la poser sur la table.

– Elliot ?

– Notre fils.

– Je… je savais pas non plus.

Elle se moucha, et même ça, Bowman trouva que c'était joli.

– Il avait onze ans. Il s'est noyé dans le puits de la maison, quand il y avait la sécheresse cet été, et qu'il a fallu le rouvrir parce qu'il n'y avait plus d'eau courante. Christian… Christian s'était mis en colère, parce qu'il disait que le puits était trop vieux et dangereux, mais il fallait quelqu'un de petit pour y descendre.

Bowman, ne sachant quoi dire, but une gorgée de thé qu'il faillit recracher.

– Il y a eu un éboulement. Elliot est resté coincé au fond. Christian, et les autres, tout le monde, nous n'avons rien pu faire. Il s'est noyé presque sous nos yeux.

De la morve coulait de son nez. Bowman tira la flasque de sa poche et l'offrit à la veuve. Elle fit non de la tête. Avant de la ranger, Arthur en but une gorgée.

– Christian, il ne s'en est pas remis. Il disait que c'était de sa faute. Il devenait fou, il disait aussi que c'était la faute des maîtres qui voulaient de l'eau pour se laver, quand nous on crevait de soif et qu'Elliot était mort. Ils ont embauché des maçons pour refaire le puits, et en même temps ils ont sorti son corps… Les rats, monsieur. Les rats n'avaient rien laissé de lui.

Cette fois elle poussait des râles de bête, qui s'étranglaient dans sa gorge avec les sanglots. Bowman voulut se lever et partir, mais elle continua à parler et attrapa son bras.

– Vous le connaissiez, mon Christian ! Vous étiez là-bas avec lui, vous savez comme ça a été dur de revenir, n'est-ce pas ? Il n'était pas comme ça avant de partir. Il était toujours un peu en colère, mais pas comme ça. Il disait qu'il allait revenir des Indes avec de l'argent, que je n'aurais plus besoin de travailler ici, qu'Elliot irait à l'école. C'est pour ça qu'il était parti avec la Compagnie et qu'il nous avait laissés. Mais quand il est revenu, il faisait ces rêves, ces cauchemars. Et ces cicatrices, mon dieu, ce qu'ils lui ont fait…

Elle ne lâchait plus la manche de Bowman. Le couteau à sa ceinture lui rentrait dans les côtes mais il ne pouvait pas se dégager pour le remettre en place.

– Il est devenu fou de chagrin après la mort de notre fils. Il était trop fragile. Vous le connaissiez, vous comprenez ce que je dis, n'est-ce pas ?

Bowman revit Bufford montant avec lui à l'assaut de la jonque, en train de pousser des cris de sauvage, enfonçant sa baïonnette dans le ventre des Birmans, hurlant de joie sous la pluie.

– Je le connaissais, madame. Un bon gars, ouais.

169

– Il n'a pas supporté. Avec les chaleurs et cette odeur affreuse, il est parti.

Bowman se pencha en avant.

– Parti ?

– Il nous a quittés pour rejoindre Elliot. Vous étiez avec lui dans cette forêt, c'est bien vrai ? Vous avez lutté ensemble, vous savez que c'était un homme bon. S'il m'a laissée, c'est qu'il n'en pouvait plus, que c'était mieux ainsi. C'est un péché, oui, de se donner la mort. Mais s'il a choisi cela, c'est que c'était le bon choix. N'est-ce pas ?

Bufford dans une cage, en train de se battre à mort avec un autre prisonnier pour lui piquer son riz. Il lui bouffait l'oreille et en recrachait des morceaux. Peut-être même qu'il en avalait.

– C'est que c'était mieux, madame. C'est sûr.

– Il faut le pardonner, n'est-ce pas ?

– Comment il est… parti ?

– De la plus simple des façons, monsieur. Pour rejoindre Elliot, il a suivi le même chemin.

Arthur déglutit.

– Le puits ?

Elle s'effondra sur la table en serrant le bras de Bowman contre sa joue, essuyant son nez morveux et ses yeux sur la veste neuve.

– Et les rats, ces bêtes immondes…

Ses ongles s'enfonçaient dans le bras de Bowman.

– Ils ne m'ont rien rendu non plus de mon Christian. Les maîtres ont refusé de payer pour les funérailles, parce que c'était un péché. La fosse commune pour lui qui avait pris soin de leur maison pendant si longtemps, leur maison qui nous avait déjà pris notre fils.

Elle lâcha prise brutalement, recula sur sa chaise et souleva son tablier, enfouissant son visage dans le tissu blanc. Bowman se leva, sa casquette à la main. Elle s'excusa sans pouvoir s'arrêter de sangloter, voulut nettoyer le vêtement de Bowman avec un torchon. Il lui dit que ce n'était pas grave, tira de sa poche la monnaie du couteau et posa les quatre livres sur la table.

– C'est pour Bufford et votre fils, pour une tombe, ou une pierre, ce que vous voulez.

Comme avec l'argent qu'il avait donné à Clemens, le résultat fut catastrophique. La veuve s'effondra à nouveau sur la table et repartit de plus belle.

– Excusez-moi, madame, mais Bufford, il est parti avant ou après la pluie ?

La veuve releva la tête, la question l'avait arrêtée au milieu de ses pleurs.

– Qu'est-ce que vous dites ?

– Votre mari, Bufford, il est parti avant ou après la fin des odeurs ?

La question, au lieu de lui paraître absurde et déplacée, alluma une lumière dans les yeux noirs de la femme.

– Avant. Il est mort pendant cette puanteur, monsieur. C'est elle qui l'a emporté !

Bowman remercia et la laissa assise à sa table, droite et illuminée, ses grands yeux ouverts. Il renfila sa casquette et partit le plus vite possible à travers le parc. Quand il traversa London Bridge, une image lui revint et il s'arrêta sur place. C'était peut-être la veuve avec tous ses malheurs et son joli visage, mais il avait des picotements dans les yeux. Même s'il savait que Bufford était une brute épaisse, que sa veuve lui envoyait des fleurs au paradis alors que lui était en enfer à se battre pour un morceau de tripe, cette image faillit lui arracher des larmes. Celle du soldat Buffalo, sur le pont de la jonque, trempé par la pluie, le cadavre du petit esclave de Feng dans les bras. Bufford qui embrassait le corps d'un enfant en pensant à son fils à l'autre bout du monde. Le petit Elliot noyé dans le puits de ses maîtres.

Au lieu de se diriger vers Limehouse, Bowman prit à gauche après le pont et marcha jusqu'à Grovesnor Road. Il resta un moment assis sur un banc du parc, regardant la maison blanche et le petit jardin, surveillant les passants.

Il traversa la rue, poussa le portillon et frappa à la porte.

Quand il demanda à la bonne habillée en noir, un fichu sur la tête, s'il pouvait voir le capitaine Reeves, la domestique se décomposa, puis se mit à hurler que tout était de sa faute, qu'il avait apporté le malheur sur cette maison et qu'elle allait appeler la police. Arthur s'enfuit dans le parc, n'arrêta pas de courir avant d'être sorti des beaux quartiers et d'avoir retrouvé le port, se demandant si Reeves avait calenché de vieillesse ou si le vieil officier, après lui avoir apporté l'enveloppe, s'était fait sauter la tête avec son pistolet. Bowman y réfléchit un moment, alors qu'il traversait China Court et ses boyaux pour éviter les rondes des surveillants de Wapping.

Il s'en foutait. D'une manière ou de l'autre, le vieux Reeves était sous terre et avait vécu bien assez longtemps avant de s'y retrouver.

À la cabane il relança le poêle, posa dessus une gamelle et y jeta un carré de beurre, quatre œufs et du lard, mit des patates à cuire dans les braises et but lentement quelques gorgées de vin. Il dîna rapidement, sur la liste raya le nom de Bufford. Incapable de dormir, Arthur renfila sa casquette et sortit marcher jusqu'au bassin de Dunbar où il longea les quais, regardant l'eau noire sur laquelle la nuit était tombée.

Encore sept noms sur la liste. Deux à Londres, puis il faudrait qu'il quitte la ville pour trouver les autres.

8.

Arthur touilla le café sur le poêle. Franck s'approcha du feu et frotta ses mains au-dessus.

– Cette fois, ça gèle pour de vrai.

172

Le pêcheur regarda autour de lui.

– T'es bien installé, on dirait.

La cabane était rangée. Bowman avait empilé les caisses et les outils sur l'établi, poussé les filets dans un coin et déroulé des couvertures sur le sol, à côté du poêle. Sur une caisse le pêcheur vit l'encrier, la plume et les papiers. Bowman attrapa sa veste et la jeta dessus. Francky souffla dans ses mains en fixant le long poignard passé dans la ceinture de l'ancien sergent.

– Ça avance, tes recherches ?

Arthur remplit une tasse et la tendit à Franck. Ils coupèrent la boisson à la gnôle et burent en silence.

– Bon, eh ben je vais te laisser. Faut qu'on attrape la marée.

Bowman l'arrêta avant qu'il ressorte.

– Cherche pas à savoir. Vaut mieux que tu restes en dehors.

Franck lui sourit.

– T'as l'air en meilleure forme, sergent.

Il salua d'un signe de main et referma derrière lui. Bowman se prépara.

L'adresse de Colins était à Millwall, sur l'île aux Chiens. Bowman sortit de la cabane dans l'air froid. Il avait recommencé à compter les jours, on était le 13 septembre et l'automne approchait déjà. Après l'été caniculaire, le changement de saison s'annonçait rapide.

Il quitta Limehouse et atteignit Canary Wharf, s'enfonçant plus loin dans la presqu'île – territoire de la West India Company –, jusqu'à l'énorme chantier du bassin de Millwall. Des centaines d'hommes au travail, des colonnes de bœufs tirant des chariots de terre, des grues et des palans, des pontons sur pilotis au-dessus des fosses, sur lesquels des groupes d'ingénieurs, l'œil sur des longues-vues à trépied, faisaient des calculs et lançaient des ordres. La boue excavée était jetée dans des canalisations, mélangée à de l'eau pompée dans la Tamise, et se déversait plus loin sur les terrains vagues de la presqu'île. Des terrassiers couverts de boue, enfoncés jusqu'aux genoux dans la terre, écartaient les rebuts du chantier à la sortie des conduites, cascades noires coulant en un flot continu. Le bassin faisait des centaines de mètres de long, ses dimensions égalées par le nombre d'hommes penchés sur leurs pelles et leurs pioches. Le port de Londres ne cessait de s'agrandir et comme à Sainte-Katherine, lors de la construction du bassin, les habitations avaient été rasées pour faire place au projet de la Compagnie, repoussant les dockers et leurs familles à sa périphérie, entassés sur les quais dans des maisons surpeuplées.

Bowman traversa le chantier en regardant trimer les ouvriers et, sans s'en rendre compte, commença à regarder les visages, se demandant si Colins était là parmi eux, en train de creuser dans la boue. Il apercevait les moulins à farine le long de la berge, et les mâts des bateaux à quai d'où l'on déchargeait le maïs et le blé. Il longea la rive, s'écartant des hommes au travail et du bruit des pompes à vapeur. Il passa devant les chantiers navals. Dans les grandes cales, sur les rampes de lancement, des navires en construction et les mêmes rumeurs, les cris des hommes mêlés aux coups de marteau et aux grincements des scies. Il passa entre des montagnes de bois, des tas de planches et de poutres plus hauts que des maisons, des palans immenses et des hommes tirant sur les chaînes, plissant les yeux dans la sciure soulevée par le vent. Quand il était gamin, l'île aux Chiens était un coin d'élevage et de cultures, la campagne la plus proche de Wapping où Bowman allait parfois voler des légumes et des fruits.

Il continua à marcher dans les rues droites et parallèles du quartier de Millwall, portant les noms des quais sur lesquels elles débouchaient. Ferry Street. Empire Wharf Road. Caledonian Wharf. Mariners Mews. Glenaffric Avenue.

Dans Sextant Avenue, quelques maisons étaient en briques, mais la plupart des immeubles étaient en bois. Des niveaux s'ajoutaient, récemment bâtis, à des constructions plus anciennes et branlantes. Les baraques ne semblaient tenir debout qu'en s'appuyant les unes aux autres. Bowman s'arrêta devant la bâtisse dont il avait noté l'adresse. Un vieillard ouvrit, ruminant comme une vache, frottant l'une sur l'autre ses mâchoires édentées. Le vieux avait un accent cockney à couper au couteau, rendu encore plus incompréhensible par sa bouche de lézard.

– Colins ?

Le vieux cracha sur le perron de sa maison.

– Pas vu ce vaurien depuis des mois ! Veux même pas savoir où il est ! Vous avez qu'à faire les pubs du port. S'il est pas en prison, c'est là-bas qu'il habite !

Le vieux poussa un juron et claqua la porte au nez de Bowman, qui se dirigea vers les quais. Chaque bloc de maisons, au bout des rues, se terminait par quelques commerces, dont une bonne moitié de tavernes. Parfois rien d'autre qu'une porte et au-dessus une petite enseigne ou des lettres peintes à même les murs.

Il entra au hasard dans un premier bistrot, un des plus grands, désert comme le reste du quartier. Quelques poivrots et des vieux devant une bière éventée, poussant des pions sur un jeu de dames ou tenant dans leurs mains tordues des cartes hors d'usage. Bowman commanda une bière et attendit que le barman s'habitue un peu à sa présence avant de poser sa question :

– Colins ?

Comme avec le vieux de Sextant Avenue, le nom ne provoqua pas beaucoup d'enthousiasme.

– Qu'est-ce que vous lui voulez ?

– Rien. Je le cherche.

– Chercher Colins ? Pas sûr que ce soit une bonne idée. En tout cas vous le trouverez pas ici. On le laisse plus rentrer. Des mois que je l'ai pas vu.

– Il est toujours dans le coin ?

– Possible.

– Un endroit où il peut encore aller ?

– J'en sais rien. Essayez au *Greenland*, peut-être que ces putains d'Irlandais le servent encore.

– Où ça se trouve ?

– Suivez le caniveau, vous allez trouver.

De tous les pubs qu'il avait vus, le *Greenland* avait la façade la plus étroite et la porte la plus pourrie, peinte en vert comme le nom de l'établissement.

Il longea un couloir sans lumière, assailli par des odeurs de pisse, de tabac froid et de parquet imbibé de bière. La salle était mal éclairée. Au fond, deux fenêtres donnaient sur des murs et une petite cour intérieure qui ne voyait jamais le soleil. Quelques bougies sur des tables, une lampe à huile accrochée à une poutre, une autre au mur derrière le bar.

Colins n'avait pas maigri. Comme s'il avait voulu que Bowman le trouve facilement, il était assis dos à une des fenêtres, dans le seul rayon de lumière naturelle du pub. À sa table trois hommes étaient assis, des épaules et des bras de dockers. Deux autres tables étaient occupées par des joueurs. Le *Greenland* était un tripot. Les hommes jouaient au pharaon et des pièces, quelques billets coincés sous des pintes s'étalaient devant eux. On jouait aussi du tabac, un type avait même misé sa pipe. Deux clients buvaient au bar, chacun à un bout, tournant le dos à la salle. Le barman, les bras croisés sur sa poitrine, regardait vers les tables. Il regardait celle de Colins. Les autres joueurs aussi, par-dessus leurs épaules.

Bowman s'approcha du bar. Un des types à côté de lui but une gorgée de sa bière et parla dans son verre pour étouffer sa voix.

– Il a picolé. Il va pas tarder à perdre.

Le barman, un type deux fois plus large que Bowman et plus grand, passa les doigts dans sa moustache de rouquin.

– Ta gueule.

Arthur n'eut pas le temps de commander à boire. Il y eut des bruits derrière lui. Dans cet ordre. Un coup sur une table, une main qui s'abattait. Puis une voix avec un terrible accent irlandais qui disait *couleur*. Un silence. Une chaise qui raclait le plancher. Un silence plus intense. Et des pas qui approchaient du bar en faisant craquer les lames de bois. Bowman vit le patron décroiser ses bras, sa poitrine se gonfler quand il aspira une grande bouffée d'air.

Colins posa ses mains sur le comptoir juste à côté de Bowman, face au moustachu.

– Pas de chance aujourd'hui. Sers-moi une bière.

– Je te fais une note ?

– Pourquoi tu me dis ça ?

– Pour rien.

– C'est pas la peine d'en parler, alors !

Bowman se tourna vers Colins.

La dernière fois qu'il s'était trouvé en face de lui, ils étaient debout sur le pont de la jonque et Colins planquait un couteau sous sa chemise. Arthur essaya de se maîtriser mais il était trop tard, la peur était déjà passée dans ses yeux.

– T'es qui, toi ?

Arthur était hypnotisé. Les paupières de Colins se rétrécirent, les rides de son visage se creusèrent et sa tête s'inclina vers le sergent.

– Bowman ?

Du coin de l'œil, Arthur vit le barman bouger derrière son comptoir. Un grognement montait dans la gorge de Colins :

– Bowman ?

Colins décolla ses mains du bar. Les deux clients qui les entouraient bougeaient eux aussi. Les mains montaient vers sa gorge et Arthur ne pouvait pas faire un geste. Elles s'enroulèrent autour de son cou, sa trachée s'écrasa sous la pression des doigts. Puis il y eut un son étrange, de cloche en bois frappée avec un maillet. Les yeux de Colins se croisèrent puis montèrent vers ses paupières. Ses mains lâchèrent prise et il s'effondra aux pieds du sergent.

177

Un gourdin en l'air, le visage encore gonflé par l'effort du coup, le barman regarda Colins s'écrouler. Des mains saisirent Bowman par les épaules et l'écartèrent. Le client à l'autre bout du bar se pencha par-dessus le comptoir et attrapa un deuxième gourdin. Le patron à moustache avait fait le tour du bar. Les deux hommes se tinrent debout au-dessus de Colins, groggy, qui tâtait son crâne ouvert, louchant toujours. Les deux gourdins se levèrent en même temps. Le barman hurla :

– Pour O'Neil, enculé !

Bowman resta planté là, à regarder les bâtons s'abattre sur l'ancien soldat qui réussit à lever les mains au début, protégeant sa tête. Puis ses bras cassés retombèrent et les coups continuèrent à pleuvoir. Sa mâchoire se décrocha, son visage se boursoufla en quelques secondes et explosa. Le sang giclait sur les battes. L'autre buveur s'y était mis, lui aussi armé d'une matraque. Les trois Irlandais insultaient Colins, frappaient en gueulant le nom de leur pote :

– Pour O'Neil !

Quand ils arrêtèrent, Colins n'était pas mort. De son nez cassé, presque arraché à son visage, de l'air sortait en sifflant, faisant éclater des bulles de sang. Aux tables, les joueurs regardaient en silence. Les trois dockers assis avec Colins s'étaient levés, l'un d'eux cracha par terre.

– Tout ce qu'il méritait.

Un autre leva son verre.

– On t'avait dit de pas revenir.

Le patron et les deux autres hommes, matraques à la main, se retournèrent vers Bowman.

– Pourquoi cet enfoiré a voulu t'étrangler ?

Bowman massa sa gorge, il ne pouvait pas parler. Il regardait Colins et ses doigts qui grattaient sans bruit le plancher.

– Comment il t'a appelé ? Bowman, c'est ça ?

Arthur fit oui de la tête.

– Pourquoi il s'est jeté sur toi ?

178

Bowman articula faiblement :

– L'armée. Ensemble à l'armée.

Le patron du *Greenland* se retourna vers Colins, allongé par terre.

– Ouais, ce connard arrêtait pas de raconter qu'il avait fait la guerre.

Il cracha sur la poitrine de l'ancien soldat.

– Qu'il était un guerrier. Pauvre con !

Un des hommes au bar, nerveux, demanda ce qu'ils allaient faire. Le patron s'approcha un peu plus de Bowman.

– Qu'est-ce que t'es venu foutre ici ?

– Le chercher. Un compte à régler.

Le typa passa sa main pleine de sang sur sa moustache.

– Un compte à régler ?

– Ouais.

– Faut croire qu'on s'en est occupés pour toi, hein ?

– Le cherchais. Depuis longtemps. Savais pas où il était.

Le patron le regarda un instant.

– Ce connard était en taule depuis un an. C'est tout ce qu'il avait pris pour avoir suriné un Irlandais. On lui avait dit de pas revenir. Tu t'es pointé le bon jour, Bowman, un peu plus et tu le ratais.

Le patron sourit. Arthur regarda Colins. Ses yeux aux arcades fendues étaient entrouverts. Il regardait le sergent Bowman et ses lèvres bougeaient sur sa mâchoire brisée.

– Qu'est-ce que vous allez faire de lui ?

– T'es pas venu ici, Bowman. On t'a jamais vu et tu reviens pas. Dégage. Lui, c'est plus ton problème.

*

La dernière adresse connue d'Erik Penders était à Battersea Fields, au sud de la Tamise, du côté de Lavender Hill et des jardins de Londres.

Se sentant trop fatigué pour parcourir à pied la distance qui le séparait de Battersea, au moins sept ou huit miles, Bowman loua une voiture. Le cocher lui demanda par où il voulait passer :

— Rive droite ou rive gauche ?

— Le plus court.

— Le pont de Chelsea alors, ils viennent juste de l'ouvrir. Mais il est payant, monsieur, ça sera en plus de la course.

— Un nouveau pont ?

Le cocher prit par la rive gauche, Bowman se laissa bercer par les secousses du fiacre. Une demi-heure après, le conducteur cria qu'ils étaient arrivés au pont. Il fit des commentaires sur l'édifice et la reine Victoria qui était venue en personne l'inaugurer. Bowman regarda défiler l'eau de la Tamise, puis le cocher lança le fiacre sur la petite pente qui terminait le pont rive droite. Ils longèrent le parc de Battersea, presque aussi récemment ouvert que le pont, et le cocher continua ses commentaires touristiques en décrivant la taille du parc, deux cents hectares, le plus grand de la ville, les dimensions du bassin où l'on pouvait aller faire des tours en barque, le nombre d'arbres et d'années qu'il avait fallu pour le construire. S'éloignant du parc, ils traversèrent des champs labourés, entourés de quelques maisons, fermettes rattrapées par la ville, puis roulèrent entre les champs de lavande déjà gris. L'endroit était calme, la végétation faisait barrage aux odeurs des usines de la berge. Les rues et les routes n'étaient plus pavées, le fiacre soulevait derrière lui un nuage de poussière, seul objet mouvant dans cette campagne rectiligne.

Arrivé à Kennard Street, le cocher serra le frein. Bowman lui régla la course.

— Vous voulez que je vous attende, monsieur ? Par ici, vous trouverez personne pour vous ramener.

Arthur lui dit qu'il pouvait repartir.

La rue était bordée de constructions récentes. Deux lignes

droites de maisons basses, en briques, identiques et mitoyennes, collées les unes aux autres comme une longue famille de sœurs siamoises. Kennard se terminait en impasse. À son extrémité la ligne de maisons n'était pas interrompue, tournant pour repartir dans l'autre sens. L'impression était celle d'une longue cour intérieure. L'endroit était habité mais sans vie, comme un morceau de quartier neuf que le temps n'a pas encore façonné à l'image de ses habitants, ou bien l'inverse : des habitants qui ne ressemblaient pas encore à leur quartier. Bowman avança dans la rue en comptant les numéros jusqu'au 27 et pénétra dans le petit jardin. Une vieille femme ouvrit.

– Erik Penders ?

La vieille lui sourit.

– Il n'habite plus ici. Est-ce que je peux vous aider ?

Elle prépara du thé que Bowman but sans sucre.

– Mon mari et moi avons acheté la maison il y a six ans. Il travaillait à l'usine de porcelaine de Battersea. Quand il est mort, j'ai dû louer une chambre. M. Erik a été mon premier locataire, il est arrivé à l'automne 57. Il travaillait aussi à l'usine. Il est resté presque une année avant de repartir. Il a quitté l'usine et depuis je n'ai pas eu de nouvelles. Vous étiez ensemble en Inde, c'est bien ça ?

– En Birmanie.

– Il parlait parfois de cette époque, quand il était militaire.

– Vous savez où il est parti ?

– Non. Il parlait peu, c'était un jeune homme discret. Très aimable, mais qui n'en disait pas beaucoup. Il n'a évoqué que deux ou trois fois ses voyages, et je ne lui posais pas de question. Rien d'autre que les conversations habituelles. À part les livres.

– Les livres ?

– Il lisait beaucoup. Moi aussi j'aime les livres.

Elle sourit.

– J'étais institutrice. Il a lu tous les livres de la maison. Parfois,

181

il me prêtait les siens. Des récits de voyages surtout. Ce ne sont pas mes préférés, mais certains étaient amusants. Quand nous parlions de livres, il était intarissable.

— Il est parti quand ?

— Cet été, après l'abominable sécheresse. Ici l'odeur n'était pas trop forte, nous sommes assez éloignés de la Tamise et il y a les champs. Mais tout de même, c'était difficile, surtout pour ceux comme M. Erik qui travaillaient dans les usines au bord du fleuve. Il m'a annoncé un matin qu'il avait quitté son travail et ne louerait plus la chambre.

Bowman regarda le fond de la tasse vide entre ses doigts.

— Je suis désolée, monsieur Bowman. Je ne peux pas vous en dire plus.

Elle resservit du thé, Arthur y trempa ses lèvres.

— Il allait en ville ?

— Souvent, oui. Pour aller dans les librairies, et il aimait se promener. Presque tous les dimanches, il partait à pied, il ne revenait que le soir et parfois me racontait ce qu'il avait vu. Même pendant la sécheresse il partait marcher. Il disait qu'il avait connu pire, mais qu'il n'avait jamais vu une ville tout entière se transformer de cette façon. Comme prisonnière des odeurs. C'est ce qu'il a décrit, je m'en souviens bien, c'était impressionnant. Une ville prisonnière.

Arthur sentit un frisson courir sur sa nuque, comme si l'air tout à coup était devenu beaucoup plus froid que lui.

— Je sais pas comment dire ça, mais je voulais savoir, M. Erik, il était… Il allait bien ? Il était normal ?

La vieille institutrice le regarda d'un air surpris, presque fâché.

— Je vous demande pardon ?

— Il est resté longtemps ici. Vous avez rien remarqué de bizarre ?

— Bizarre ? Mais de quoi parlez-vous, monsieur Bowman ? M. Penders était un locataire irréprochable.

– C'est pas ce que je veux dire, madame. C'est juste… les colonies, c'était pas toujours facile, et y en a qui sont pas revenus très bien. À cause de ce qu'ils avaient vu là-bas.

– Est-ce que vous ne parlez pas plutôt de vous, monsieur Bowman ?

Arthur fit rouler ses épaules sous sa veste et baissa les yeux.

– C'est pas toujours facile.

La vieille dame se radoucit, regarda un instant les mains de Bowman croisées sur la table et ses doigts tranchés.

– M. Erik faisait parfois des cauchemars, c'est vrai. Il n'en parlait pas et je n'ai jamais demandé, cela ne se fait pas. Presque toujours il allait bien. Mais parfois il dormait mal et quittait la maison sans prendre son petit déjeuner. J'ai vu assez d'hommes revenir de la guerre pour savoir, monsieur Bowman. J'avais compris ce qui lui arrivait. M. Erik était un jeune homme très bien, mais il faisait de mauvais rêves.

– Il est parti quand exactement ?

– Mon dieu, c'était juste après la pluie, en juillet.

– Après la pluie ? Et il est parti comme ça, sans prévenir ?

– Oui, il est parti de façon soudaine. Je lui ai demandé si quelque chose ne lui convenait pas ici. Je me demandais même s'il n'avait pas rencontré quelqu'un. Il a dit que ce n'était pas ça, mais qu'il avait besoin de partir.

– Rencontré quelqu'un ?

La vieille dame rougit.

– Une femme, monsieur Bowman.

Arthur la remercia, la vieille institutrice le raccompagna jusqu'à la porte.

– Je suis désolée que vous ne puissiez pas retrouver votre ami, monsieur Bowman. J'ai l'impression que cela comptait beaucoup pour vous.

Bowman enfila sa casquette et sourit à moitié. La vieille dame posa sa main sur son bras.

183

– Je ne sais pas où est M. Erik, mais si vous me demandiez ce que j'en pense, je dirais qu'il est parti très loin.

– Loin ?

– Oui. Il lisait tellement de livres à propos de... Oh, mais attendez. S'il vous plaît, attendez-moi un petit instant.

Elle traversa son salon en trottinant, revint avec un paquet à la main, noué par un cordon de tissu coloré.

– C'était un livre que j'avais commandé pour lui, un cadeau pour fêter l'anniversaire de son arrivée ici. Une histoire à propos d'un pays dont il parlait beaucoup. Peut-être qu'il est là-bas maintenant.

Elle rougit encore.

– Le colis est arrivé après son départ. Je l'ai gardé en me disant qu'il repasserait peut-être. Je ne pense pas qu'il reviendra. S'il vous plaît, acceptez. Vous êtes son ami, cela me fait plaisir de vous l'offrir. Et si vous avez besoin d'un logement un jour, monsieur Bowman, n'hésitez pas à venir me trouver. Si... si vous retrouvez M. Erik, dites-lui que je pense à lui.

Arthur prit le paquet sans savoir quoi répondre. La vieille dame lui sourit sur le pas de sa porte, secouant la main en le regardant s'éloigner.

Il était à trois heures de marche de sa cabane, au milieu des champs, et ses jambes refusaient de le porter. Il marcha jusqu'au parc de Battersea, près du bassin s'assit sur un banc. Le soleil était doux. Ses yeux tombaient de fatigue et il but un peu de gin, sortit le paquet de sa poche, défit le cordon et déchira l'emballage. *Dans les prairies du Far West*, de Washington Irving. Arthur fit tourner le livre dans ses mains, le reposa sur le banc et regarda sur l'étang passer des cygnes et des oies, filant sur l'eau comme poussés par le vent. Le parc était immense, sans promeneurs. Il n'y avait personne de ce côté de la Tamise et de l'autre côté, dans le quartier de Chelsea, les ouvriers de la porcelaine n'allaient pas payer le passage sur le nouveau pont pour venir regarder des canards sur une mare. L'endroit était magnifique et inutile, Bowman se sentit mieux dans cette verdure sans âme qui vive.

Il reprit le livre. C'était le seul, avec sa bible, qu'il ait jamais ouvert. Un doigt suivant les lettres, murmurant les mots, Arthur commença à lire.

Dans ces régions où nos frontières de l'ouest avancent tous les jours, et qui sont à la fois tant vantées et si peu connues, s'étend à plusieurs centaines de milles au-delà du Mississippi un immense espace de terres incultes où l'on ne voit ni la cabane du Blanc, ni le wigwam de l'Indien...

Ses yeux s'écarquillèrent. Il continua à lire, penché sur les lettres imprimées jusqu'au crépuscule. Quand il fit trop noir il s'allongea sur le banc, le livre dans la main, la tête appuyée dessus. Son esprit s'envola loin de lui, sans alcool ni opium, vers les rives de l'Arkansas et de la Red River. Il s'endormit en pensant à Penders qu'il n'avait pas retrouvé, et à ce cadeau laissé derrière lui.

Le froid de l'aube le réveilla. En chemin il s'arrêta dans une taverne pour manger. Requinqué, il fit le trajet à pied jusqu'à la cabane, restant sur la rive droite loin du Docklands avant de traverser la Tamise sur le ferry de Canary Wharf. Il voulait retrouver le poêle et ses couvertures, rouvrir le livre.

Quand il arriva, la première chose qu'il vit fut la liste sur la caisse, à côté de la plume et de l'encrier. Il s'assit devant, regarda les noms, trempa la plume dans l'encre et sa main resta suspendue au-dessus du papier. Des gouttes noires tombaient sur la feuille. Il tira un premier trait sur le nom de Penders, puis un deuxième, continua jusqu'à le raturer entièrement. À côté du nom effacé, il traça un point d'interrogation, sur lequel il repassa jusqu'à trouer la feuille.

John Briggs habitait Bristol. Il lui faudrait prendre un train et quitter la ville. Refaire un voyage.

Arthur posa le cadeau de la vieille institutrice à côté de la liste, s'enroula dans les couvertures et déboucha une bouteille.

185

9.

À la gare de Paddington, Bowman paya un billet de seconde classe et sur le quai attendit une heure le départ du train. Le soleil traversait les vitrages au plafond du grand hall, tirant des traits de lumière dans la fumée des locomotives. Le quai était plein de monde, de porteurs et de voyageurs, familles ou travailleurs, commerçants et hommes d'affaires, aristocrates en partance pour les stations balnéaires de la côte ouest.

Bowman acheta dans une boutique un peu de tabac de Virginie et une nouvelle pipe. Il fuma en regardant, nez en l'air, l'immense tunnel d'acier et de verre de la gare, les pigeons nichant dans la charpente qui tournaient au-dessus des têtes, venaient se poser pour picorer des miettes avant de s'envoler en frôlant les chapeaux. L'employé de la Great Western Railway lui avait assuré qu'il arriverait à 12 h 35 précisément. Arthur ne pouvait toujours pas croire que Bristol, un monde hors d'atteinte dans sa mémoire de gamin, n'était plus qu'à quatre heures et demie de Londres.

À bord du wagon et avant que quelqu'un ne s'installe sur la banquette à côté de lui, Arthur s'envoya une large rasade de gin. Ses vêtements commençaient à être sales mais dans la voiture de seconde classe, il était toujours présentable. Au lieu d'un monsieur avec des moyens, il avait maintenant l'apparence de quelqu'un ayant un seul ensemble de bons habits. Quand il s'était assis, la ceinture du pantalon l'avait serré au ventre. Il avait repris un peu de poids. Des coups de sifflet résonnèrent sur le quai, le train s'ébranla et très vite les faubourgs de Londres disparurent, le train lancé à pleine vitesse traversa la campagne.

Bien que d'une rapidité inconcevable, le voyage fut monotone. Arthur fuma pendant tout le trajet et regretta de ne pas avoir emporté le livre avec lui. Le ciel était couvert au-dessus de Temple

Meads Station. Bristol ne semblait pas très différente de Londres. Dans le train il avait aperçu un fleuve, des navires, des cheminées d'usines et des docks, la vie paraissait organisée de la même façon, rythmes, odeurs et bruits identiques. La seule différence notable entre Bristol et Londres était dans l'air, qui ici sentait la mer.

Le sergent siffla une voiture, déplia la feuille sur laquelle il avait recopié l'adresse de John Briggs, l'homme dont Bufford avait dévoré l'oreille. Le cocher le regarda d'un air étonné.

– Stapleton ? La prison ou l'hôpital ?

Bowman répondit qu'il n'en savait rien, se réfugia à l'intérieur du fiacre et tira le rideau de la fenêtre. Il ne vit rien du reste de la ville mais la course lui sembla longue. Stapleton devait être à l'autre bout de Bristol. Le chauffeur finit par s'arrêter devant un mur d'enceinte haut de cinq mètres et un portail à l'épreuve de la colère des peuples. Arthur contempla cette muraille de briques et de fer, écrasé par les dimensions et l'austérité de la construction. De chaque côté des portes en métal rivetées et blindées, deux militaires montaient la garde. Bowman leur expliqua qu'il cherchait quelqu'un.

– Ici c'est la prison. L'hôpital c'est l'autre portail, un peu plus loin.

Bowman longea le mur sur cinquante mètres. Un gardien dans une guérite nota son nom sur un cahier et le laissa entrer. Au milieu d'un parc, une sorte de manoir, ou de caserne avec un beffroi, construit en pierres sombres. Les arbres étaient encore jeunes et l'architecture du bâtiment récente. Il lui fallut passer par un premier comptoir à l'accueil, puis encore un bureau, trimballé par des secrétaires trop occupés pour le conduire en une seule fois là où il voulait aller. Il entendait des mots au passage, comprenant à mesure vers quel quartier de l'institution on le dirigeait.

Isolement. Sécurité.

Arthur croisa des infirmiers aux épaules larges, des gardes avec aux hanches des trousseaux de clefs et des matraques, arriva finalement devant un dernier bureau et un gardien en blouse blanche,

dans un couloir fermé par une grille aux barreaux de deux centimètres de diamètre. Il se présenta une nouvelle fois.

– Le but de votre visite, monsieur Bowman ?

– Je viens voir quelqu'un.

Le gardien sourit.

– Je m'en doute. Personne ne vient ici tout seul pour se faire
enfermer. Le nom de l'interné ?

– Briggs. John Briggs.

L'homme parut étonné.

– Vous êtes de la famille ?

– Non. En fait, j'ai juste besoin de savoir depuis combien de
temps il est ici.

Le gardien se leva.

– Ça n'a pas l'air d'aller. Un problème ?

– C'est le voyage. La fatigue.

Bowman s'était mis à transpirer à grosses gouttes. L'odeur montant des cellules derrière la grille lui soulevait le cœur.

– Vous arrivez d'où ?

– Londres.

Le gardien leva les sourcils.

– Pour voir Briggs ? Ou même pas pour le voir, en fait ? C'est
bizarre votre histoire.

– Juste besoin de savoir.

Le gardien posa ses mains sur ses hanches.

– Vous connaissez Briggs, vous venez de Londres pour le voir,
et une fois arrivé ici, vous voulez plus le voir ?

– C'est ça.

– Seulement savoir depuis combien de temps il est enfermé ?

Le type semblait vraiment vouloir, dans cet asile de fous, que
les choses soient claires.

– Vous êtes le premier visiteur pour Briggs depuis qu'il est
enfermé ici. Je vous laisse pas repartir avant que vous l'ayez vu.

– Quoi ?

Bowman cligna des yeux, il regardait le long couloir sombre et devant lui les barreaux de la grille se dédoublaient, le faisant loucher.

– C'est pas la peine, dites-moi juste…

– Je vous dirai rien tant que vous l'aurez pas vu !

La voix du gardien résonna dans le couloir, l'écho provoqua quelques réactions dans les cellules, comme des jappements dans un chenil.

– D'où vous le connaissez, Briggs ? Parce qu'on sait rien de lui, figurez-vous, et encore que ça changerait pas grand-chose à mon avis, ça serait quand même bien qu'on en sache un peu plus.

Bowman essuya ses mains sur sa veste.

– Depuis combien de temps il est là ?

Le gardien ne répondit pas et tourna une clef dans la serrure.

– Suivez-moi. Et ne vous inquiétez pas, les barreaux sont solides.

Arthur vacilla en passant la grille, tressaillit quand le gardien referma derrière eux. Les quelques soupiraux, en haut des murs, ne parvenaient pas à dissiper la chaleur et l'odeur. Il marcha au milieu du couloir, se tenant le plus loin possible des grilles. Les cellules n'étaient pas plus grandes que des cages. Recroquevillés dans les coins, des types en pyjamas déchirés et sales bavaient dans leurs mains. La plupart ne semblaient pas les voir passer. Ils avaient des regards de fumeurs d'opium, sans doute abreuvés de laudanum, perdus dans des pensées désordonnées dont ils cherchaient le début ou la fin. Le gardien ne prêtait aucune attention aux fous et continuait à parler à voix haute :

– Tout ce qu'on sait, c'est ce qu'il raconte quand il délire. Surtout quand on vient le chercher pour la douche. Il est assez agressif, mais les docteurs disent que c'est de la peur, qu'il ne faut pas le prendre comme une attaque personnelle. N'empêche, on est souvent obligés de se défendre. On a réduit le nombre de ses toilettes. Je vous dis ça pour que vous soyez pas surpris.

Bowman baissait la tête, suivant le dos de l'homme en blouse.

– Apparemment il nous prend pour des soldats qui lui veulent du mal, des Chinois ou quelque chose comme ça. Il lui arrive aussi de se blesser. Toutes ses cicatrices, d'après les docteurs, c'est de l'automutilation. Personne a jamais réussi à parler avec lui. Ils ont tout essayé, l'hypnose, les drogues, les bains froids, rien ne marche. Un de nos premiers clients. Il est là presque depuis l'ouverture de l'hôpital. Trois ans.

Le gardien s'arrêta et Bowman faillit lui rentrer dedans.

– Vous êtes arrivé jusqu'ici, alors dites bonjour à Briggs !

Arthur prit une respiration, mit toutes ses forces dans ses jambes pour ne pas s'écrouler et regarda à l'intérieur.

C'était Briggs. Exactement le même que dans sa cage de bambou. Squelettique. Terrifié. Un pantalon maculé de merde, torse nu, couvert de cicatrices, son oreille déchirée par les dents de Bufford. Son visage était gonflé, marqué par des coups.

Le gardien regarda Bowman.

– Hier, il a essayé de me mordre.

Arthur avança lentement jusqu'aux barreaux et s'y accrocha.

– Faites attention, restez pas trop près.

Bowman ne l'écoutait plus.

– Briggs ?

L'ancien soldat avait le front appuyé contre le mur, les bras enroulés autour de ses jambes.

– Briggs ?

Il se tourna, sursauta quand il vit le gardien et protégea sa tête de ses mains. Bowman l'appela encore. Briggs écarta ses doigts et le regarda.

– C'est moi, c'est le sergent Bowman. Tu me reconnais, Briggs ?

Les yeux de l'ancien soldat s'ouvrirent plus grand et il fixa le sergent.

– C'est moi. Merde, Briggs, qu'est-ce qui t'arrive ?

Briggs commença à secouer la tête et murmurer :

– Non...

Cette détresse, la grimace d'impuissance et de supplication, quand on venait les chercher, que ça recommençait, que rien n'y faisait, ni se battre, ni hurler, ni demander pitié. Briggs se mit à crier, se balançant d'avant en arrière :

– Non !

Bowman glissa le long des barreaux et tomba à genoux.

– Arrête, Briggs. C'est fini. C'est fini...

Les cris devenaient des hurlements :

– NON !

Bowman s'accrochait à la grille.

– C'est rien qu'un cauchemar. Arrête. C'est fini, putain. C'est juste un rêve, Briggs. Faut en sortir maintenant. Faut t'en sortir.

Briggs couvrit sa tête de ses bras, se boucha les oreilles et continua à hurler pendant que Bowman le suppliait d'arrêter.

– Briggs ! Arrête, bon dieu ! Faut que t'arrêtes ça ! C'est fini ! T'es plus là-bas ! On est revenus ! T'es plus dans la forêt !

Les cris de Briggs et de Bowman réveillèrent les pensionnaires des autres cellules. Un chœur de fous monta dans le couloir, comme celui d'une meute derrière une bête blessée. Le gardien se mit à crier aussi, à leur dire de tous fermer leur gueule, tira un sifflet de sa poche et souffla dedans de toutes ses forces.

– Briggs, laisse-nous rentrer. Ils sont plus là. Faut plus avoir peur, Briggs...

D'autres gardiens arrivèrent en courant. Briggs se leva et avec tout l'élan qu'il put prendre dans la minuscule cellule se jeta contre le mur. Sa tête rebondit et il s'effondra. Le sergent Bowman roula à terre, son corps se tendit comme une planche et ses talons commencèrent à cogner sur le sol. Il se bouffait la langue en bavant et sa tête rebondissait sur le carrelage, les yeux révulsés.

– Il se réveille.

– Vous vous sentez mieux ?

Bowman ouvrit les yeux.

– Où je suis ?

– À l'hôpital Beaufort. Vous avez fait une crise d'épilepsie.

Un homme en costume se penchait sur lui, Bowman vit ses doigts s'approcher de ses yeux, sentit sa paupière se soulever.

– Vous allez mieux.

Arthur n'arrivait pas à bouger. Il était allongé sur un lit. En plus du médecin il y avait un infirmier dans un coin de la pièce. Bowman crut le reconnaître.

– Vous êtes à l'infirmerie, n'essayez pas de vous lever.

– Qu'est-ce que je fais là ?

– Vous êtes venu rendre visite à un de nos patients et vous avez fait un malaise. Pas un simple malaise, votre état est grave, monsieur…

Le médecin se tourna vers l'infirmier.

– Quel est son nom ?

– Bowman.

– Votre état est grave, monsieur Bowman. Il vous faut un traitement. De quoi vous souvenez-vous ?

Ses muscles étaient raides et douloureux, il leva un bras qui retomba avant d'atteindre son visage.

– Bristol. J'ai pris le train…

– Est-ce que vous aviez bu, monsieur Bowman ?

– Hein ?

Le docteur se retourna à nouveau vers l'infirmier.

– Il n'est pas encore en état, mais vu la couleur de ses yeux, sans même parler de son haleine, il avait bu. Gardez-le en observation, je repasserai plus tard. Comment va Briggs ?

Bowman entendit la voix de l'infirmier comme à travers une porte.

– Pas bien en point. Cette fois, il s'est mis un sacré coup à la tête.

Le médecin eut un ton amusé :

– Sans doute le meilleur traitement pour lui.

L'infirmier rigola.

– Je lui donne quoi, à celui-là ?

Bowman ferma les yeux.

– Rien pour l'instant, je verrai ça plus tard. Laissez-le dormir. Qu'est-ce qu'il racontait, quand il parlait à Briggs ?

– J'ai pas très bien compris. Mais il avait l'air de savoir ce qui lui était arrivé. Il a dit que c'était fini et qu'ils étaient rentrés. Un truc comme ça.

– Intéressant. Le même délire que Briggs.

– Et c'est pas tout.

Bowman sentit des mains sur sa poitrine, il garda les yeux fermés et se laissa faire. On ouvrait sa chemise.

– Fascinant ! Exactement les mêmes mutilations.

L'infirmier ajouta :

– On a trouvé ça sur lui.

– Pourquoi est-il venu ici avec une arme pareille ?

– Aucune idée.

– Vous me le gardez au frais, je veux en savoir plus sur cet homme.

– Bien, docteur. On le met dans une cellule ?

– Nous verrons plus tard. Pour l'instant il reste là.

Bowman les entendit sortir de la pièce, attendit quelques secondes et ouvrit les yeux.

Il s'accorda un moment de repos, le temps de reprendre ses esprits, essayant de bouger l'un après l'autre ses bras et ses jambes. Les muscles répondaient un peu mieux. Il roula sur le côté, laissa ses pieds tomber du lit et se redressa. Il passa la main sur l'arrière de son crâne, sentit une bosse et regarda ses doigts tachés de sang.

Sortir d'ici.

Arthur plongea ses mains dans une bassine où flottaient des compresses ensanglantées. Il s'aspergea le visage, but de l'eau et un peu de son sang. Sa langue mordue était gonflée, l'eau raviva la douleur.

Il s'approcha de la porte, tourna la poignée le plus lentement possible. Un couloir à la perspective vertigineuse. Personne. Il sortit de l'infirmerie, longea le mur jusqu'à un autre couloir et se perdit, erra dans l'hôpital, enfila sa casquette et essaya de se tenir droit quand il croisa des gardiens ou des infirmiers, finit par trouver une porte qui donnait sur l'extérieur et se retrouva dans le parc. Il contourna le bâtiment jusqu'à la façade principale et l'allée qui menait au portail. L'homme dans la guérite l'arrêta, chercha le nom sur son registre, nota l'heure de sortie et releva la tête.

– Eh bien, vous avez pas l'air en forme. C'est quelque chose, ce truc, hein? J'en vois tous les jours des comme vous, qui ressortent dans cet état! Vous voulez un conseil? Allez boire un verre, ça va passer.

*

Trois jours plus tard, Arthur Bowman monta à la gare d'Euston dans un train de la North Western Railway à destination de Birmingham. Pour son voyage, il avait acheté un sac en cuir qu'il avait rempli de nourriture et d'une bouteille de vin, emportant aussi le livre de l'institutrice.

En traversant une forêt, nous rencontrâmes ensuite un chien égaré et à demi mort de faim, qui se traînait sur la trace que nous suivions nous-mêmes, avec des yeux enflammés et un air complètement effarouché : bien qu'il eût été presque écrasé par les premiers cavaliers, il ne prit garde à rien et continua de courir au milieu des chevaux d'un trot incertain. Le cri de chien enragé *s'éleva tout à coup et le fusil d'un Ranger fut dirigé contre l'animal; mais l'humanité du commissaire, toujours prête à s'exercer, l'arrêta: «Il est aveugle, dit-il, c'est le chien de quelque pauvre Indien qui suit son maître à la piste; ce serait une honte de tuer une créature si fidèle.»*

Bowman lut pendant tout le trajet, ne s'arrêta qu'en arrivant quatre heures plus tard. La tête éclaircie par un peu de vin, ayant pris garde de manger quand son estomac réclamait sa part, Bowman traversa la ville en voiture.

Originaire de Birmingham et du quartier, Morgan n'était pas à la dernière adresse qu'avait trouvée Reeves, mais quelques rues plus loin. Les gens du quartier le connaissaient et finirent par indiquer son nouveau logement à Arthur.

Morgan n'avait pas quitté son lit depuis presque un an. Il était en train de crever d'un empoisonnement après avoir travaillé quatre ans dans une fonderie où l'on fabriquait des couverts, des fils de plomb pour la confection des vitraux et des munitions pour l'armée britannique. Sa femme expliqua que beaucoup d'autres employés de l'usine avaient la même maladie, que c'était à cause des vapeurs de plomb qui rentraient dans le corps et ne ressortaient pas. Le corps de son mari était tordu par des crampes, ses poings serrés sans plus pouvoir s'ouvrir, ses dents étaient tombées, sa peau se craquelait et il gémissait, incapable d'articuler un mot.

Il fut le premier homme de la liste à ne pas reconnaître Bowman. La maladie l'avait affaibli au point qu'il ne reconnaissait même plus sa femme ni ses enfants. Arthur inventa pour eux une histoire, qu'il avait travaillé avec Morgan il y avait des années, qu'il passait dans le quartier et s'était souvenu de lui. Sa famille survivait grâce aux associations de solidarité. Bowman leur laissa deux livres et pour la première fois l'argent qu'il distribuait sembla remplir son office. On le remercia longuement.

Après les rencontres qu'il avait faites jusqu'ici, la visite à Edward Morgan sur son lit de mort était presque un soulagement. Mais la misère qui régnait dans cette maison et l'odeur de charogne de ce corps encore vivant lui restaient sur le cœur. Il but du vin, juste ce qu'il fallait pour se sentir mieux, et engagea un chauffeur pour le voyage jusqu'à Coventry, à vingt miles de Birmingham. Arthur espéra que sa rencontre avec Horace Greenshaw se passerait aussi facilement.

Les usines des faubourgs de Birmingham n'étaient séparées de celles de Coventry que par quelques champs. La ville était en pleine expansion, des rues entières, pleines de boue, étaient en train de se construire, des lignes de maisons en briques comme il s'en montait partout autour des cités anglaises.

Quand il trouva l'adresse, elle était bien occupée par des membres de la famille Greenshaw. Des paysans récemment reconvertis au prolétariat, qui regardèrent Bowman dans son costume, descendu de la calèche, comme un capitaine d'industrie. On fit dégager des mômes en leur balançant des torgnoles, on nettoya la table de la cuisine et installa le visiteur sur la meilleure chaise. On offrit à Bowman un coup de vin dont il n'avala qu'une gorgée, puis il demanda où il pouvait trouver Horace. La famille sembla déçue que cette visite soit pour le cousin. Après quelques hésitations, craignant que Bowman reparte aussitôt, on lui indiqua le cimetière. Horace Greenshaw, le cousin qui avait été militaire, était enterré là-bas depuis 1856. Quand Arthur demanda comment il était mort, on lui répondit que c'était le progrès qui l'avait tué. Il était passé dans une moissonneuse à vapeur.

– Tout ce qu'est ressorti, c'était de l'engrais avec une odeur de gnôle.

De retour à Birmingham, Bowman réussit à attraper un train de nuit. Assis sous une lampe dans son compartiment, il reprit sa lecture, se replongeant dans les mots de Washington Irving pour oublier les cris de Briggs et l'odeur du corps empoisonné de Morgan.

Plusieurs Indiens du village où nous venions de passer se mêlaient parmi nos hommes, et trois d'entre eux vinrent s'asseoir près de notre feu. Ils observaient en silence, et leur immobilité leur donnait l'apparence de figures sépulcrales en bronze. Nous leur donnâmes à manger et, ce qui leur fut encore plus agréable, du café : car les Indiens partagent le goût, si répandu dans l'Ouest, de ce breuvage.

Irving parlait des Indiens avec sympathie. Bowman se souvint des histoires de Big Lars, qui en avait rencontrés et disait qu'ils étaient comme tous les autres sauvages du monde, sales, puants, voleurs et à ne pas laisser traîner dans son dos. Mais il y avait plusieurs tribus. Les Osages, qui venaient boire du café avec Irving, et les Pawnies, que sa troupe et lui fuyaient comme la peste. Arthur se doutait bien que les indigènes d'Amérique ne valaient pas mieux que ceux d'Asie, mais à la façon dont Irving racontait son voyage, cela faisait envie. Surtout les paysages qu'il décrivait.

Quand il arriva à Londres, il n'avait pas dormi depuis vingt heures mais ne se sentait pas fatigué. Du quartier de Camden il marcha jusqu'à Limehouse, son sac de voyage à l'épaule.

Le lendemain matin, après s'être reposé quelques heures, il déplia la liste et raya deux noms de plus. Il ne lui restait qu'un seul voyage à faire, au sud cette fois. Norton Young, un homme de Wright, dont l'adresse était à Southampton, et le dernier, Edmond Peevish, le Prêcheur, dont l'adresse était à Plymouth.

Arthur observa la page à moitié raturée. Quand il l'avait regardée la première fois, se lancer dans ces recherches lui avait semblé une tâche impossible. Quelques semaines plus tard, il ne restait que deux noms. Bowman se rappela ce que le capitaine Reeves lui avait dit. Qu'il n'y aurait pas de vérité et qu'il lui faudrait du temps pour comprendre.

Et déjà le temps lui manquait. Bientôt il n'y aurait plus personne à chercher et la certitude qu'il ne devait pas trouver *quelqu'un* mais découvrir *quelque chose* entrait lentement dans son crâne. Si Young n'était pas le tueur des égouts, il n'imaginait pas que le Prêcheur ait pu assassiner quelqu'un de cette façon.

Arthur était profondément déprimé, sans comprendre la différence que cela faisait, trop subtile, avec son désespoir habituel. Il n'avait pas envie de lire, s'installa sur la caisse en bois, approcha l'encrier, lissa de sa main une feuille de papier vierge et trempa la plume. La main en l'air, hésitant, il essaya de se souvenir des premières lignes du livre d'Irving. En petites lettres, tout en haut à gauche de la feuille, il traça les premiers mots.

Arthur Bowman. Londres. 1858.
26 septembre.

197

J'ai trouvé sept adresses.
Encore deux.

Il s'arrêta et regarda les mots, impressionné. Il pouvait continuer s'il le voulait. Noter tout ce qui lui passait par la tête. Il réfléchit encore, se dit qu'il avait mis la date d'aujourd'hui mais que c'était trop tard. Que ça avait commencé bien avant et qu'il fallait aussi qu'il le raconte. Il voulut barrer les premiers mots, les laissa finalement et continua en dessous.

C'est Wright et Cavendish qui m'ont dit de trouver dix hommes sur le Healing Joy.
Le premier que j'ai trouvé...

Arthur raya le mot *trouvé* et le remplaça par *choisi*, incertain de l'orthographe.

Le premier que j'ai choisi c'est le Prêcheur et maintenant c'est le dernier de la liste de Reeves. Mais j'ai pas trouvé Penders.

Les lettres étaient maladroites, les mots raturés et pleins de fautes, il en était certain, mais il se recula un peu et regarda avec fierté les deux lignes qu'il venait d'écrire. Il les relut plusieurs fois, ne sachant plus quoi ajouter. Il réfléchit longtemps, but un peu, versa du charbon dans le poêle et regarda par la fenêtre les terrains vagues entre les entrepôts. Il retourna jusqu'à la caisse et reprit la plume.

La liste est presque finie et je sais pas si je vais trouver. Et ce que je vais faire après si je trouve pas.

Arthur plia la feuille et la rangea précieusement avec ses affaires, la corne nacrée, le livre et ses vêtements. Il sortit l'argent et le bon au porteur de leur cachette, enterrés sous la terre battue de la cabane. Des cinquante livres il lui restait deux billets de dix et encore trois livres en monnaie. Il avait dépensé la moitié en à peine un mois, mais il avait toujours le bon au porteur, une véritable fortune.

Le lendemain il prépara son dernier voyage.

10.

Arthur, depuis Colins, n'avait pas racheté de couteau. L'arme à sa ceinture l'avait autant rassuré qu'inquiété et quand elle aurait pu lui être utile, il n'avait pas été capable de s'en servir. En chemin pour la gare de Waterloo, il se demanda si ça valait d'être écrit, qu'il partait à la rencontre de Norton Young et Edmond Peevish sans arme.

Il se renseigna auprès d'un agent de la South Western Railway. Une ligne desservait Southampton, une autre Plymouth, mais entre les deux villes la liaison ferroviaire n'était pas achevée. Il lui fallait soit repasser par Londres, soit faire le trajet entre les deux en voiture ou par bateau. Des lignes régulières étaient en place et le voyage durait vingt-quatre heures. Bowman paya un aller simple pour Southampton et décida de choisir une fois là-bas.

Le train arriva à destination en moins de trois heures.

À Bristol il n'avait que senti la présence de la mer, cette fois il se retrouva face à elle. La gare était sur les quais, au bout de la baie. Les voyageurs sortaient du terminal pour se retrouver au milieu d'un port de commerce. Bowman demanda à un employé la route pour se rendre à Hamble.

– C'est pas à côté, monsieur. Faut prendre un ferry qui traverse la Copse, et après faut traverser Weston, et puis West Wood, et continuer encore jusqu'à l'estuaire de la Hamble, le quartier des conserveries. Au ferry, de l'autre côté, vous pourrez trouver des voitures. Sinon y a au moins six ou sept miles à pied.

Bowman passa la sangle de son sac sur son épaule et se mit en route vers l'embarcadère du ferry. Il paya trois shillings pour traverser et, arrivé sur l'autre berge, décida de marcher.

Il longea des quais, voyant remonter ou descendre dans la baie des quatre-mâts et des machines à vapeur, s'écartait parfois de la mer en empruntant des petites routes, marchant au milieu de maisons ouvrières adossées à des champs et des marécages. Il s'arrêta pour manger un peu. La terre ici se mêlait partout à l'eau de la mer et des rivières. Des oiseaux se regroupaient par centaines et, dans l'air frais de septembre, se gavant de nourriture, se préparaient au départ pour le Sud. Bowman se souvenait de leur arrivée, en octobre, au-dessus des côtes africaines. Il reprit la route en se pressant un peu. L'après-midi passait et il voulait arriver avant la nuit.

Il atteignit le quartier des conserveries après trois heures de marche. Personne ne répondit à l'adresse de Norton Young, la maison était vide. Bowman frappa à la porte de l'habitation voisine. Un homme ouvrit et regarda ses vêtements d'un air méfiant.

– Je cherche Norton Young, vous le connaissez ?

Le type avait des mains énormes et le visage couperosé des marins.

– Je sais pas où il est.

– Il habite toujours ici ?

– Pourquoi vous le cherchez ?

Bowman ne réagit pas au ton agressif, baissa les yeux puis se tourna vers la rue.

– Je le connais. Je le cherche.

– Je sais pas où est cet enculé. Démerdez-vous.

– Je veux pas d'ennuis, monsieur, mais faut que je voie Young.

– Par ici, connaître Young, c'est avoir des ennuis. Revenez pas chez moi.

Bowman traversa la rue jusqu'à une taverne depuis laquelle il pouvait voir la maison de Young. L'endroit était vide quand il entra et s'installa à une table près d'une fenêtre. Il commanda une bière. À la tombée de la nuit, la taverne se remplit. Des ouvriers de retour du travail s'arrêtaient pour boire un coup. Quand il n'y eut plus de place au comptoir, ils s'assirent aux tables et les derniers arrivés restèrent debout.

Bowman écouta les conversations. On jetait des coups d'œil à ce type bien habillé tout seul devant sa bière, que personne ne connaissait. Dans le brouhaha il entendait des gars qui gueulaient plus fort que les autres. Une histoire de grève dans une usine de conserves. De réduction de salaire, de semaine de six jours et de journées de dix heures. Les plateaux de bières passaient au-dessus des têtes et à mesure les voix étaient plus rauques, les coups de gueule plus agressifs. Il observait la foule avinée, dévisageant discrètement ceux qui entraient et sortaient, mais ne reconnut pas Norton Young. Il continuait à surveiller la rue, sur ses gardes, quand il vit une silhouette se glisser jusqu'à la maison, ouvrir la porte et s'y engouffrer. Bowman attendit un moment. Aux fenêtres de l'autre côté de la rue aucune lumière ne s'alluma. Il termina sa bière et sortit.

Il frappa plusieurs fois, sans résultat, et finit par appeler :

– Young ? Norton Young ?

Dans son dos il entendait les bruits de la taverne.

– Je sais que t'es là. Ouvre ! C'est Bowman. Le sergent Bowman.

Il y avait de la lumière dans la maison d'à côté. Il vit un coin de rideau se soulever, aperçut une silhouette derrière les carreaux et appela encore :

– Young ?

Il martela la porte, entendit du bruit derrière, puis une voix faible. Quelqu'un qui lui répondait sans vouloir être entendu :

– C'est quoi cette connerie ? C'est qui ?

– C'est le sergent Bowman.

Il y eut un silence, à la fenêtre d'à côté le rideau bougea encore, la silhouette disparut. La voix reprit derrière la porte :

– Bowman ? C'est vous, sergent ? C'est vrai ?

– C'est moi.

– C'est des conneries. T'es qui, putain ?

Arthur baissa d'un ton lui aussi :

– J'étais avec toi sur la jonque, avec Colins, Penders et les autres.

La porte s'ouvrit rapidement.

– Entrez. Putain, restez pas dehors.

Bowman se glissa dans l'entrée sombre, sentit un corps le frôler. La porte se referma et les lumières de la rue disparurent.

– Venez par ici.

Arthur suivit les pas devant lui. Ils passaient une porte. Il se cogna à un meuble, une chaise et une table, puis il y eut une autre porte et un peu de clarté. Dans une pièce minuscule au fond de la maison, une bougie brûlait sur une étagère. Young se tenait à côté et souriait, une matraque plombée à la main.

– Merde alors ! C'est bien vous, sergent ?

Young était tendu comme un arc et n'arrêtait pas de trépigner.

– Ça me fait rudement plaisir de vous voir !

Bowman ne sut pas quoi répondre, essaya de sourire.

– Qu'est-ce que vous faites là, sergent ?

– Et toi ?

Young éclata de rire.

– Ça chauffe par ici, sergent ! Ça va pas tarder à péter. Je suis venu chercher des affaires et je me barre.

– Qu'est-ce qui se passe ?

Arthur s'habituait à l'obscurité, évita de regarder la flamme de la bougie pour ne pas être ébloui. Young n'arrêtait pas de regarder dans le dos de son visiteur, vers l'autre pièce et la fenêtre qui donnait sur la rue.

– Je bosse pour les types de la conserverie, c'est la grève là-bas depuis des semaines. Les gars veulent pas lâcher. C'est la guerre, sergent !

– Quoi ?

– Je bosse pour les patrons. J'ai une équipe, sergent, comme vous ! Des braves soldats. Ils m'ont embauché pour casser la grève. Moi je m'en fous de ces histoires, c'est juste que ça me fait marrer. On cherche les gars qui organisent la grève, on leur casse la gueule, on protège ceux qui veulent bosser. Vous savez comment ils nous appellent, les ouvriers ?

Bowman posa lentement son sac à ses pieds, il ne quittait pas la matraque des yeux.

– Comment ils vous appellent ?

– Des *jaunes* !

Young éclata encore de rire.

– Comme les singes ! Des putains de jaunes ! Mais qu'est-ce que vous faites là, sergent ? Hein ? Vous cherchez du boulot ? Un type comme vous, sûr que ça intéresserait les patrons. Le sergent Bowman ! Il vous faudrait pas une journée pour les remettre au boulot, tous ces cons.

– Je cherche pas de boulot. Pourquoi t'es planqué avec ta matraque, Young ?

– Ils veulent me faire la peau, tiens ! À chaque fois c'est pareil. Mais ils m'auront pas. On en a vu d'autres, pas vrai, sergent ?

– Pose la matraque, Young.

– Quoi ? Ah ouais ! Vous voulez un coup à boire, sergent ?

Il posa la matraque à côté de la bougie. Ils étaient dans une espèce de cagibi, Young fouilla sur l'étagère et ouvrit une bouteille qu'il tendit au sergent.

– On boit un coup et après faudra qu'on se tire, d'accord ? C'est pas que je veux pas discuter avec vous, sergent, et même ça me ferait plaisir, mais faut pas traîner ici.

Bowman leva la bouteille en gardant un œil sur Young.

– Planquez-vous !

Une vitre explosa derrière Arthur. Il tomba à genoux.

– Qu'est-ce qui se passe ?

– Ils arrivent, sergent ! Ils chargent !

Une autre pierre, puis toute une volée de cailloux pulvérisèrent la fenêtre. Des cris montaient de la rue, qui appelaient Young en lui promettant tout un tas de choses. Il s'approcha de Bowman à quatre pattes, un pistolet à la main.

– Sergent, faut qu'on se tire d'ici ! Suivez-moi.

Arthur attrapa son sac et saisit la matraque en passant. Young, plié en deux, poussa un meuble appuyé au mur. À la lumière de la bougie, Bowman vit un trou dans les briques, défoncées à coups de masse, assez grand pour le passage d'un homme.

– Allez-y, sergent !

Bowman sentit de la terre sous ses mains quand il se retrouva de l'autre côté. Young le suivit et replaça le meuble devant l'ouverture. Ils entendirent des beuglements, la porte d'entrée que l'on défonçait et les hommes saouls de la taverne qui se précipitaient dans la maison.

– Par ici !

Ils étaient de l'autre côté de la rue, dans une allée en terre longeant l'arrière des maisons. Young détalait déjà, prenait de l'avance en criant, à moitié étouffé de rire, que ça allait bientôt commencer. Arthur se lança en avant et percuta quelque chose, ou quelque chose le percuta, qui l'envoya rouler à terre. Il leva les jambes par réflexe et, quand il sentit le poids d'un corps peser dessus, le repoussa de toutes ses forces. Il devina quelqu'un qui se relevait et revenait à la charge. Arthur balança un coup de matraque au hasard et entendit un craquement puis un grognement de douleur. La silhouette vacilla devant une fenêtre éclairée, Bowman reconnut le voisin, celui qui l'avait envoyé se faire voir, sorti dans l'allée pour les prendre à revers.

À l'intérieur de la maison les ouvriers enragés se déchaînaient. Ils détruisaient tout et trouveraient bientôt l'ouverture dans le mur. Norton Young avait disparu. Le voisin se mit à gueuler :

– Ils sont là ! Ils sont...

Bowman se jeta sur lui, le plaqua contre un mur en écrasant la matraque sur sa gorge.

– Young, est-ce qu'il était ici le 14 juillet ?

– Hein ?

Bowman poussa sur la matraque.

– Young ! Est-ce qu'il était là en juillet ?

– T'es qui ? Qu'est-ce que tu racontes ?

– Réponds !

Le type balbutia, la trachée écrasée, le nez cassé :

– Il est pas parti. Il était là, c'était la grève…

Bowman lâcha la matraque, le type à moitié asphyxié tomba à terre. Des cris sortaient de la maison, Arthur s'enfuit en courant. Quand il n'eut plus la force de courir, il continua à marcher, tournant et retournant entre des entrepôts et des maisons, finit par retrouver le chemin qu'il avait suivi en arrivant. Il atteignit l'embarcadère du petit ferry de la rivière Copse, se roula en boule dans une barque amarrée au ponton et attendit le jour sans dormir.

Dans le train, il ne ferma pas non plus les yeux, vida une bouteille en arrivant à la cabane, prit finalement la plume et se pencha sur la feuille.

J'ai retrouvé Young. Il était fou aussi.

Je me suis enfui et j'ai eu peur toute la nuit dans une barque que les ouvriers me retrouvent.

Il reste que Peevish.

Bowman écrivit encore une ligne, qu'il hésita à rayer et laissa finalement.

En même temps je suis pas rassuré parce que c'est le dernier et en même temps j'ai envie de revoir le Prêcheur.

*

Cependant, il vit à peu de distance la grande Canadienne qui serpentait entre les forêts, et la vue de cette rivière lui donna l'idée consolante que s'il ne retrouvait pas le camp, et si aucun de nous ne parvenait à le retrouver lui-même, il suivrait le fleuve et arriverait à quelque poste de la frontière ou à quelque hameau indien.

Arthur referma le livre. Il ne lui restait que quelques pages pour le voyage de retour.

La gare de Millbay, à la limite de Plymouth, n'était pas un de ces bâtiments en pierres, en métal et en verre, mais une construction en bois. Elle évoquait un simple avant-poste, un entrepôt sans ambition, élevé non pour durer mais comme l'étape d'une conquête à venir, en périphérie de cet autre avant-poste sur l'océan qu'était Plymouth elle-même. Sur le parvis Arthur demanda à un cocher où se trouvait Herbert Street et, le voyant hésiter, le conducteur lui offrit un bon prix. Bowman monta à bord du cabriolet.

La ville était animée, le soleil chauffait encore l'air en cette fin d'après-midi. Arthur était absorbé par ses pensées tandis que le cocher lui parlait de la ville, prenant au sérieux son rôle d'ambassadeur auprès de ce voyageur arrivé de Londres. Il expliquait les bâtiments en construction, les noms des rues, la direction du port des vapeurs et de celui des grands voiliers, en partance pour l'Europe et les Amériques.

Il leur fallut une vingtaine de minutes pour atteindre Herbert Street, paisible et large, recevant la chaleur du soleil. Bowman régla le cocher et attendit qu'il s'éloigne pour traverser la pelouse de la petite chapelle.

L'intérieur était sombre et dénudé. Une charpente droite, un autel en bois et au-dessus une croix sans ornement. Par les fenêtres pareilles à de longues meurtrières, sans vitraux, assez de lumière pour y voir clair, juste ce qu'il fallait pour trouver ses mains et savoir où poser ses genoux.

Un gamin passait le balai entre les bancs de prière.

– Peevish, il est ici ?

Le môme avait le dos tordu et une jambe plus courte que l'autre, l'air abruti.

– Le pasteur ?

– Peevish.

– Il est chez lui, m'sieur.

– C'est où chez lui ?

– Ben, c'est ici. Mais là-bas. Derrière.

Le gamin montra une porte après l'autel. Bowman alla y frapper. Une voix lui répondit :

– Tu as fini de nettoyer ?

Bowman ouvrit sans répondre.

Peevish hésita une seconde devant cette apparition, puis son sourire s'élargit, illuminant son visage. Sur sa mâchoire supérieure il n'y avait plus d'incisives ; deux canines jaunes terminaient le sourire à chaque coin de la bouche, encadrant sa langue rose.

– Sergent Bowman.

Peevish se signa, ferma les yeux un instant sans arrêter de sourire, et les rouvrit.

– L'homme qui occupe mes pensées depuis si longtemps.

Le Prêcheur avait toujours la même voix, les mêmes yeux de chien de compagnie et ses manières d'illuminé qu'il n'avait jamais abandonnées, même quand les Birmans lui avaient cassé les dents à coups de pierres. Eux aussi avaient fini par en avoir marre de ce sourire.

Bowman jeta un coup d'œil à la petite pièce : une chaise et une table, une bible, un lit poussé contre un mur, une bassine en fer et un broc.

– Salut, Prêcheur.

Derrière la chapelle il y avait un jardin entouré d'un petit mur, avec un arbre et un banc.

– Que faites-vous ici, sergent ?

– Pourquoi tu as dit que tu pensais à moi ?

Peevish sourit.

– Mon devoir est d'aller vers ceux qui en ont besoin. Et de chercher ceux qui en ont le plus besoin. Pour les reconnaître, je pense à vous, sergent.

– Tes conneries marchent pas avec moi, Prêcheur.

– Pourtant vous avez changé, sergent. Je le vois bien.

Bowman regarda Peevish et son sourire édenté.

– T'as toujours cru que tu me connaissais, mais t'en sais rien.

– Alors pourquoi êtes-vous venu ici, sergent ?

– Parce que y a eu un meurtre à Londres.

Peevish arrêta de sourire.

– C'est affreux, bien sûr, mais vous voyez bien que vous avez changé, sergent. Vous n'étiez pas un homme à vous préoccuper d'un cadavre. Pourquoi venir m'en parler ?

– T'étais où en juillet ?

– Je vous demande pardon ?

– Réponds à la question.

Peevish sembla à nouveau amusé.

– Vous me parlez d'un meurtre, puis vous me demandez où j'étais au mois de juillet ? Ce n'est pas très délicat, sergent.

Arthur posa ses mains sur ses cuisses et redressa la tête.

– Peevish, tu me dis où tu étais, attends pas plus longtemps.

– J'étais ici. Vous avez besoin de témoins ? Il y a toute ma paroisse. Je me demande bien pourquoi je vous réponds, sergent. Et je ne comprends toujours pas la raison de votre venue.

Peevish, avec sa tendresse de saint et son sourire de martyr, regarda Bowman.

– Oui. Vous avez changé, sergent. Vous vous souvenez de ce que je vous ai dit la première fois que je vous ai adressé la parole ? Je m'en souviens parfaitement, et je ne pensais pas que toutes ces années plus tard, cela prendrait une tournure aussi prophétique. Si vous voulez bien me pardonner l'expression.

– Je te pardonne rien du tout, Prêcheur. Je me souviens pas de quoi tu parles.

– Je vous ai demandé pourquoi vous n'aviez pas arrêté plus tôt la bagarre, à bord du *Healing Joy*.

– Et t'en tires quoi comme conclusion prophétique ?

– Vous avez répondu qu'on ne sait jamais qui a raison de partir en guerre. Que c'est parfois celui qui ne veut pas se battre qui l'emporte. Vous avez reconnu, sergent, que les lâches n'existent pas, et sans le vouloir vous avez admis que vous ne croyiez pas au courage.

Arthur essaya de sourire mais son corps se crispait. La voix de Peevish avait pris une assurance de prêche.

208

– Vous avez changé parce que vous avez découvert la peur, sergent. Peut-être que vous allez apprendre le vrai courage maintenant. Pourquoi cherchez-vous un assassin ?

Arthur se leva du banc et fit un pas pour s'éloigner de Peevish.

– Parce qu'à Londres ils croient que c'est moi et ils veulent me faire porter le chapeau.

– Vous voulez prouver votre innocence ?

Le Prêcheur avait pris un ton ironique. Bowman serra les dents.

– Toi aussi, tu as tué des hommes, Peevish.

– Mais je ne fais pas l'erreur de me croire innocent. Pourquoi cherchez-vous ce meurtrier ?

Arthur, livide, se planta devant lui.

– Parce que c'est l'un de nous.

– Nous ? C'est une métaphore ?

– Fais pas le malin. T'es le dernier sur la liste.

– La liste ?

Arthur serra les dents.

– Je les ai retrouvés. Tous.

– Tous ?

Peevish était devenu pâle et ses mains jointes en prière ne parvenaient pas à masquer ses tremblements. Bowman se pencha vers lui.

– Ils étaient tous cinglés. Et pour moi t'as toujours été dingue. C'est pas ta chapelle et tes allures de saint qui vont me faire croire que t'es différent des autres. Bufford s'est balancé dans un puits parce que son môme s'était noyé. Colins… Colins c'était pas lui non plus, mais j'ai vu des types lui fendre le crâne parce que ça faisait déjà trop longtemps qu'il cherchait le couteau qu'allait enfin lui ouvrir la gorge. Clemens, il vit comme un fantôme. Briggs est au fond d'une cage chez les fous, à croire qu'on va venir le chercher pour… pour ce que tu sais, Peevish, ce qu'on a tous sous nos vêtements, même tes frusques de pasteur à la con. Morgan, j'ai pas pu lui parler mais il était en train de crever d'un empoisonnement, et si tu veux faire une métaphore, cette fois te prive pas. Greenshaw, il était tellement bourré qu'il est passé dans une machine. Young est complètement frappé, il risque sa peau en se marrant et il attend plus que ça lui aussi. On était dix, ces dix-là, Peevish, de qui tu crois que je parle ?

Bowman étouffa un éclat de rire entre ses joues et ses dents.

– Changé ? C'est ça que tu dis, Prêcheur ? J'en veux même pas à mes collègues de Wapping de croire que c'est moi, parce que j'ai cru que j'avais pu le faire. Des nuits, je me suis même demandé si c'était pas moi. Quand t'auras vu ton cauchemar en vrai, Peevish, tu m'expliqueras comment tu fais la différence entre ce qu'est dans ta tête et ce qui se passe dans la réalité. Mais tu dois savoir ça, vu que t'as toujours habité dans un putain de rêve. Moi aussi je me souviens d'un truc que je t'ai dit, c'est que t'es à la même enseigne que les autres. Ça te rend arrogant de croire que t'es à la droite du Seigneur, à pouvoir lui glisser des mots à l'oreille en attendant qu'il te sorte de ta merde. Tu veux du blasphème, Prêcheur ? Je vais t'en raconter un. Un truc que j'ai vu dans un boyau d'égout quand toute la ville dansait sous la pluie.

Peevish ferma les yeux et ne réagit pas quand Bowman l'attrapa par le col de sa veste, remontant ses poings jusqu'à son menton.

– C'est un môme qui m'a emmené là-bas. Tu m'écoutes, Peevish ? Ouvre tes yeux, putain !

Le Prêcheur ouvrit les yeux et regarda le visage de Bowman collé au sien.

– Les autres, j'ai pas pu leur parler, mais toi qui pardonnes tout, Prêcheur, tu vas y avoir droit et après on verra si tu t'en sors mieux. J'ai jamais cru que tu pouvais faire un truc pareil, mais tu mérites au moins de savoir. Y a pas un détail que j'ai oublié. Ferme pas tes yeux ! T'en auras besoin aussi.

Les deux hommes restèrent silencieux un long moment, assis sur le banc du petit jardin. Bowman vidé, sa rage éteinte, et Peevish plein de tout ce que le sergent avait déversé dans ses oreilles. La nuit approchait et le froid commençait à les recouvrir. Edmond Peevish se leva finalement et marcha dans l'herbe, suivant un chemin déjà tracé, un petit cercle autour de l'arbre, les mains croisées dans le dos. Il revint vers Bowman et s'arrêta.

– Bufford est mort ?

– Et Colins, Greenshaw et Morgan aussi. Briggs tiendra plus longtemps.

Le Prêcheur baissa les yeux.

– Et votre ami, sergent ?

Arthur le regarda.

– Qui ça ?

– Vous ne les avez pas tous retrouvés, vous ne m'avez pas parlé de votre ami.

– De qui tu parles ?

– De Penders. Où est-il ?

– Je sais pas. La bonne femme chez qui il habitait a dit qu'il était parti. Peut-être en Amérique. Pourquoi tu l'as appelé comme ça ?

– Votre ami ? Parce qu'il était sans doute le seul, avec moi peut-être, à vous comprendre un peu et à pouvoir vous parler.

Le Prêcheur se rassit à côté de lui.

– Que ce soit du courage ou non, sans vous, personne ne serait revenu vivant de la forêt. J'ai été injuste envers vous tout à l'heure. Je ne vous demande pas de me pardonner, seulement de m'excuser.

– Laisse tomber, Prêcheur. On aurait mieux fait de tous crever là-bas.

– Mais nous sommes vivants.

Arthur regarda devant lui le petit mur d'enceinte du jardin.

– Il y avait autre chose dans les égouts.

Peevish eut un geste de gêne, comme une démangeaison qu'il se retint de gratter et qui le fit se tordre sur le banc.

– Je crois que j'en ai assez entendu, sergent.

– Après ce que je t'ai dit, ça changera pas grand-chose. Celui qui a fait ça, il avait écrit un mot avec le sang, sur les briques de l'égout.

– Un mot ?

– *Survivre.*

Le silence qui les écrasa semblait impossible à rompre. Il fallut aux deux hommes faire un long voyage avant que le Prêcheur réussisse à parler.

– Est-ce que vous allez continuer à le chercher ?

Bowman se tourna vers lui.

– Penders ?

– Qui d'autre ?

Bowman se leva.

– Faut que je reparte.

Peevish lui proposa de passer la nuit dans la chapelle, Bowman sourit et déclina l'invitation. Ils traversèrent le bâtiment plongé dans le noir, le pasteur Peevish ouvrit devant le sergent Bowman.

– Peevish, qu'est-ce que t'aurais fait si j'étais venu me confesser, et que je t'avais dit que c'était moi ?

Le Prêcheur sourit.

– C'est la question que vous vous posez, sergent ? Ce que vous ferez si vous le retrouvez ?

Bowman ajusta la sangle de son sac sur son épaule.

– J'en sais rien.

– Moi non plus, sergent.

– Adieu, Prêcheur.

– Revenez quand vous voulez, sergent.

Le train suivant ne partait qu'à l'aube. Arthur loua une chambre dans un hôtel en face de la gare de Plymouth, dîna dans la petite salle de restaurant au milieu de voyageurs de commerce aux conversations bruyantes.

À la lumière de la lampe de chevet il termina le livre de la vieille institutrice.

Le lendemain je pris, avec mon digne ami le commissaire, le chemin de Fort Gibson, où nous arrivâmes assez mal en ordre, déguenillés, hâlés, un peu courbaturés, mais, à cela près, parfaitement sains, gais et gaillards. Et ainsi finit ma croisière sur les territoires de chasse des Pawnies.

11.

Arthur travailla deux mois avec Franck et son associé, Stevens. Il apprit le métier de pêcheur. D'abord pour rien, en échange de son logement dans la cabane.

Stevens mit du temps à accepter Bowman. Et Bowman le gardait à l'œil. Il avait repris des forces, les corvées ne lui faisaient pas peur et les heures de travail non plus. Stevens, plus taciturne que Francky, n'était pas un mauvais type, seulement plus inquiet. S'il laissa pendant plusieurs semaines Arthur se débrouiller, il finit par lui donner quelques conseils, appréciant son endurance et sa discrétion. Quand ils étaient à bord, Bowman faisait preuve de discipline et de calme. Après quelques semaines, le passé du sergent Bowman fut oublié, une part d'ombre que l'on n'évoquait pas, comme tant d'autres types sur le port en avaient.

Après les fêtes du Nouvel An, Stevens, Franck et Arthur se retrouvèrent à la cabane. Bowman avait fait chauffer le poêle et acheté une bonne bouteille. Les deux pêcheurs trinquèrent avec lui en silence, maussades, et lui expliquèrent la situation. La barque était trop petite pour trois hommes. La pollution de la Tamise par les usines de Londres obligeait à aller de plus en plus loin vers l'estuaire, en ramenant toujours moins de poisson. Bowman devait bien finir par toucher un salaire, mais ils ne pourraient pas le payer, pas dans ces conditions. Le payer, ce serait affamer leurs familles. Arthur demanda ce qu'ils pouvaient faire. Les deux hommes haussèrent les épaules. Ce qu'il fallait, c'était un autre bateau, plus grand, un dériveur plus rapide et capable de naviguer jusqu'en mer. Ce qu'il fallait, c'était cent cinquante livres et personne ne leur prêterait jamais autant d'argent.

Arthur se rendit à la banque Peabody & Morgan, émettrice du bon au porteur de Reeves. Il reçut cent livres en argent et fit établir un nouveau bon de quatre cents. Il offrit de payer la moitié du bateau, sans que son nom apparaisse sur l'acte d'achat, et fit promettre à ses associés de ne pas en parler. Ils trouvèrent rapidement l'embarcation qui leur convenait, pour une somme de cent trente livres. Après la vente de leur vieille barque, Franck et Stevens durent emprunter vingt-trois livres, remboursant chaque mois des mensualités de dix schillings chacun. Bowman paya les travaux nécessaires sur le dériveur, pour qu'en février ils puissent commencer à travailler.

Bien gréé, rebaptisé le *Sea Sergeant*, le bateau tint toutes ses promesses. Francky, Stevens et Bowman partaient pour des campagnes de deux ou trois semaines, par tous les temps, et revenaient la cale pleine pour vendre leur pêche à la criée de Limehouse ou au chantier du bassin de Millwall. Dans l'estuaire ils sortaient des éperlans et des truites, revenaient de la Manche chargés de bars, de harengs et de maquereaux.

Arthur arrangea la cabane, changea la porte et répara la fenêtre, travailla sur le toit. Il acheta un lit et une armoire dans laquelle il remisa son costume, troqué contre des vêtements de travail et une vareuse. Il laissa pousser ses cheveux et sa barbe qu'il taillait régulièrement, surveilla sa consommation d'alcool quand ils étaient à la pêche, se suffisant du vin qu'ils emportaient et d'un peu de gnôle lorsque la cale était pleine et qu'ils remontaient le fleuve. Chez lui, il continuait à boire. Si les journées étaient moins difficiles, il ne pouvait passer ses nuits sans s'abrutir de gin. Sur le *Sea Sergeant*, Bowman se sentait mieux. Il y avait toujours quelque chose à faire et la fatigue lui assurait des heures de sommeil complètes. Ses insomnies s'accommodaient du rythme des quarts et du travail. Quand il était à terre, il ne sortait de la cabane que pour rejoindre ses associés au port, parfois pour aller en ville acheter un livre.

Des semaines passées à retrouver les hommes de la liste, après six mois de travail et de navigation, il ne lui restait qu'un goût pour la lecture, un appétit plus solide encore pour la solitude et deux compagnons qu'il ne considérait pas comme des amis mais comme des hommes dont il avait besoin pour continuer, avec ses livres et ses bouteilles. Il lui restait aussi le souvenir d'une femme à qui il pensait souvent au moment de s'endormir, et dont la beauté se confondait avec celle du deuil. Celui d'un homme qu'il n'avait pas retrouvé et que Peevish avait appelé son *ami*, une incertitude dont le sens s'amenuisait mais pas l'existence. Pour finir il gardait le souvenir d'un soldat et d'un flic qu'il n'était plus tout à fait, mais que comme les cris et les cauchemars il ne pouvait effacer complètement.

Il leur arrivait parfois de naviguer jusqu'à Wapping avec le *Sea Sergeant*, alors Arthur enfonçait son bonnet sur sa tête et regardait passer le poste de police, essayant de deviner des silhouettes derrière les fenêtres de la salle des surveillants. Quand il marchait dans les rues de Londres, il évitait aussi le quartier. Il ne retourna jamais chez le Chinois, achetait parfois encore un peu de laudanum. Quand il pleuvait sur la ville et que le sommeil lui faisait peur.

Au printemps, à l'embouchure d'un affluent de la Tamise, Bowman et ses associés pêchèrent deux gros saumons. Poissons trop délicats, les saumons avaient déserté le fleuve sale depuis plus de vingt ans. Franck, Stevens et Bowman décidèrent de garder ces prises pour eux. Franck proposa de se réunir en famille pour les manger. Arthur refusa l'invitation. Le lendemain, Stevens lui en apporta une part, qu'il mangea seul dans la cabane.

Pendant l'été la pêche fut bonne, meilleure encore à l'automne et quand l'hiver arriva, Franck et Stevens parlèrent d'embaucher un mousse, un gamin du port qui voudrait apprendre le métier et travailler à bord du *Sea Sergeant*. Arthur pensa un moment à chercher le petit Slim pour l'emmener sur le fleuve mais c'était impossible. C'est finalement un neveu de Stevens, un solide gamin de treize ans, qui fut embauché.

*

Au mois de décembre 1859, dans son costume de ville, Arthur Bowman entra dans la librairie Mudie, rue New Oxford. Il avait accepté l'invitation de Franck et Stevens à partager le repas de fête avec épouses et enfants. Arthur était nerveux à l'idée de cette réunion et, pendant plusieurs jours, n'osant pas croire au scénario qu'il imaginait, il avait pensé à la veuve Bufford. En plus des jouets achetés pour les enfants de ses associés, des cadeaux pour leurs femmes, d'une belle veste pour Franck et d'une vareuse neuve pour Stevens, il voulait trouver quelque chose de spécial pour la veuve et s'était rendu à la librairie. Si elle n'acceptait pas l'invitation, il ne voulait pas du moins se rendre chez elle les mains vides. Un vendeur de chez Mudie lui demanda ce qu'il cherchait, mais Bowman ne savait pas si la veuve Bufford lisait des livres.

– C'est pour une femme.

Le vendeur lui proposa des ouvrages de cuisine ou de couture, des manuels domestiques. Quand Arthur demanda un roman, le libraire sembla surpris.

– Un roman pour une femme ? Il y a *Jane Eyre*, bien sûr, de Mme Brontë, je crois qu'il nous en reste un exemplaire. C'est une histoire romantique, en quelque sorte.

Bowman soupesa le volume.

– C'est une femme qui l'a écrit ?

– D'abord sous un nom d'emprunt, M. Bell.

Le vendeur hésita :

– Je ne sais pas si c'est une lecture recommandable pour... pour une femme.

Bowman acheta l'exemplaire de *Jane Eyre* et demanda un emballage avec un cordon, en choisit un bleu clair. Avant de partir, il se renseigna sur de nouveaux récits de voyages. On lui présenta un texte de Sir Francis Burton, récit d'une expédition en Inde. Arthur le refusa et voulut savoir s'il y avait des nouveautés parlant de l'Amérique. Le vendeur lui dit que non, en désespoir de cause lui proposa des journaux.

– Nous recevons des exemplaires régulièrement. Les nouvelles ne sont pas tout à fait d'actualité, mais si l'Amérique vous intéresse, vous y trouverez beaucoup de choses. Ce ne sont pas des livres, bien sûr.

Bowman, curieux, acheta deux numéros du *New York Tribune* vieux d'un mois et finit par demander au libraire ce qu'attendaient tous ces gens devant le grand comptoir. Une vingtaine de bourgeois, en grande discussion, faisaient la queue depuis qu'Arthur était entré.

– C'est que nous attendons une livraison, monsieur, d'un ouvrage des éditions Murray qui fait sensation. Un traité scientifique.

Le vendeur donna à Bowman une petite feuille imprimée, une publicité annonçant la parution de l'ouvrage.

– Si monsieur est intéressé, nous pouvons vous inscrire sur une liste d'attente.

Bowman sortit de la librairie et, sur le trottoir, lut le fascicule.

Par le professeur Charles Darwin, publié par les Éditions John Murray : *De l'origine des espèces au moyen de la sélection naturelle, ou la préservation des races favorisées dans la lutte pour la vie.*

Il froissa la publicité et jeta le papier dans un caniveau.

De retour à la cabane, Arthur réfléchit. Jamais il ne pourrait inviter la veuve ici.

Puisqu'il en avait les moyens, il décida de trouver dès que

possible un logement plus décent, pas loin du port. La pêche marchait bien. Avec tout l'argent qui lui restait, il pouvait voir venir ; s'il ne dépensait pas trop, il pouvait même vivre de son nouveau travail.

Il faisait tourner le livre emballé entre ses doigts, essayant de se souvenir en détail du visage de la veuve Bufford. Il posa délicatement le cadeau sur la table, à côté de ses quelques livres, de l'encrier et des feuilles de papier. Il n'avait plus rien écrit depuis sa visite au Prêcheur, un an plus tôt.

Arthur s'approcha du miroir et prit le temps de se regarder. Il avait retrouvé son corps d'avant la captivité. Ses muscles s'étaient redessinés, il avait repris tout son poids et son visage, arrondi par les années, s'était adouci. La cicatrice était plus discrète sur son front, sa peau légèrement dorée par le travail en mer. Il écarta ses lèvres devant le miroir, s'entraînant pour la veuve Bufford, et découvrit que son sourire était agréable. Ses dents étaient solides depuis l'enfance. Comme il avait été bien nourri par la Compagnie pendant quinze ans, sa dentition avait résisté à une année de famine dans la forêt, l'alcool et l'opium les avaient tout juste un peu gâtées. Il avait trente-six ans.

Lorsque Franck cogna à la porte de la cabane le lendemain matin, il trouva Arthur assis par terre, des bouteilles vides autour de lui. Quand il lui parla, le sergent ne répondit pas. Son visage était blanc et son regard vide. Franck s'accroupit devant lui mais Bowman ne sembla pas le voir.

– Arthur ?

III

1860
Nouveau Monde

NEW YORK TRIBUNE

Funérailles à Reunion

Par Albert Brisbane.
21 novembre 1859.

Lecteurs, amis, frères et sœurs. Dans cette chronique dédiée depuis tant d'années à la plus belle des réalisations, nous, associationnistes, héritiers et rénovateurs d'un rêve né dans de trop vieux pays et se construisant aujourd'hui sur le sol de notre nouvelle nation, nous, le peuple de demain, n'avons rien caché de nos buts, de nos espoirs et de nos difficultés. Il s'agit de changer l'Homme. Que l'on pense aux gouvernements, incapables avec toute leur puissance d'harmoniser les relations entre leurs concitoyens, et que l'on pense à nous, sans rien d'autre que des idées pour y parvenir. Il serait bien malhonnête de notre part de prétendre que nous ne connaissons pas d'échecs. Mais nous ne renonçons pas, voilà tout, car nous croyons qu'une humanité heureuse est possible. Libérée du joug d'un travail stérile, d'une éducation ne préparant qu'aux devoirs et à l'obéissance quand la responsabilité et le libre arbitre seront, avec nos passions et notre créativité, les seuls guides que nous reconnaîtrons dans un monde en paix.

C'est ici, dans ce journal et depuis longtemps maintenant, que nous vous parlons de ce nouveau monde. De plus en plus nombreux à y croire.

Pourtant aujourd'hui, si ce n'est d'un échec, c'est d'un choc et d'une profonde tristesse que nous devons parler.

Voilà cinq ans que sur les rives de la Trinity River au Texas, tout près de Dallas, guidés par notre ami Victor Considerant, trois cents hommes et femmes, leurs familles, venus de France, de Suisse et de Belgique, ont bâti une nouvelle ville, Reunion, premier pas vers une cité à la hauteur de nos idéaux. Eux aussi ont rencontré des difficultés, car en plus de celles qu'affrontent tous les pionniers de ce pays, ils devaient faire face à celles d'un territoire encore en friche, celui d'une humanité en train de se transformer. Leurs cœurs sont purs et leur détermination magnifique.

Parmi eux, dans cette ville de Reunion où chacun est bon, M. Kramer avait mérité son nom de gentilhomme. Le plus doux parmi les doux.

C'est donc au cœur de leur rêve que la foudre a frappé, sur leurs terres ouvertes à tous et dans leurs maisons construites pour y accueillir le monde. Avec eux aujourd'hui nous portons le deuil. Celui de notre projet ? Non. Car nous ne renoncerons pas. Mais celui d'un homme qui représentait ce que nous aimons.

C'est l'espoir que portait en lui M. Kramer, le gentilhomme, qui a été assassiné.

Un meurtre d'une violence indescriptible, comme si l'assassin avait su que ce n'était pas le corps qu'il fallait anéantir chez cet homme, mais son esprit. Ce qui était en lui et ne pouvait disparaître avec sa dépouille.

Le monstre a échoué. Car nous restons. L'esprit de M. Kramer, nous le célébrons ensemble aujourd'hui et continuons à le faire vivre.

L'assassin en fuite a laissé derrière lui un message. En signant son crime odieux. Pas de son nom, non ! Il n'en a pas eu le courage. Mais d'un mot, un seul, écrit avec le sang de sa victime, et sur lequel il nous faut méditer.

Survivre.

Ce message nous est-il adressé ? Je ne le pense pas. Car nous vivons pour un rêve plus grand, nous nous battons pour une vie meilleure.

Ce mot n'est qu'à l'image de la bête humaine ayant commis ce crime. Car un individu capable d'une telle chose ne vit pas, il ne fait que survivre, à un niveau d'humanité tellement plus bas que celui que nous voulons atteindre. Tandis que nous nous élevons pas à pas vers un état supérieur, cet assassin est au bas de l'échelle. Un animal qui ne fait que survivre sans conscience.

Il laisse derrière lui une communauté triste et choquée, mais qui sera encore là quand le souvenir de son crime aura depuis long-temps disparu. M. Kramer a été enterré dans la terre de son rêve, et il y aura toujours là-bas quelqu'un pour visiter sa sépulture, quand l'animal responsable de sa mort mourra seul dans un recoin désert du monde. Qu'il creuse lui-même son trou et y disparaisse. Nous restons aux côtés du gentilhomme Kramer.

Le deuil n'est pas celui de nos idées, et cette tristesse s'effacera bientôt devant le bonheur que nous bâtissons. Que cette chronique aujourd'hui soit l'occasion de nous recueillir, lecteurs et amis, et de retrouver nos forces pour continuer. Le rêve n'est pas brisé.

1.

– Il me fait peur.

Franck enfila sa vareuse et son bonnet, debout dans l'entrée de l'appartement.

– Tu dois juste lui apporter à manger, t'auras pas besoin de lui parler.

– Ça change rien, Francky. Tu sais que je l'aime pas.

Mary avait jeté un châle sur ses épaules, elle tenait à la main un panier de nourriture pour son mari. Le *Sea Sergeant* appareillait pour une semaine.

– Tu passes à la cabane une fois par jour, tu déposes à manger et tu vérifies juste qu'il va bien.

Mary baissa la tête, contrariée.

– J'aime pas quand vous partez longtemps, et maintenant tu me demandes de m'occuper de lui. Y a que toi pour pas voir qu'il est pas normal. Il va nous faire des problèmes.

– Arthur est pas un mauvais bougre, seulement il a vécu des choses. Des choses qu'on peut même pas imaginer. Et puis oublie pas qu'il a payé la moitié du bateau. On a plus à s'inquiéter maintenant, et c'est grâce à lui.

Sa femme lui tendit le panier, il l'embrassa sur la joue.

– Qu'est-ce qu'il te dit le pasteur, quand tu vas à l'église, hein ? Qu'il faut aider les autres, pas vrai ?

– S'il a souffert, c'est qu'il a fait souffrir. Il est mauvais.

Franck la regarda avec un air de reproche.

– Tu le juges, Mary. Ça te ressemble pas.

– Il me fait peur. J'y peux rien.

Franck s'impatientait, Stevens devait déjà l'attendre au port.

– Je vais pas te le répéter encore ! Tu poses à manger et tu regardes juste qu'il va bien. De toute façon il a pas dit un mot depuis deux semaines, il entend même pas quand on lui parle. Si tu le fais pas pour lui, fais-le pour moi. Sans lui on serait encore en train de compter nos sous à la fin de chaque semaine.

Le sang monta aux joues de Mary.

– Je le ferai. Mais j'aime pas ça.

Franck l'embrassa encore une fois et ouvrit la porte.

– Francky ! Va embrasser les enfants !

Il fit demi-tour en grognant, embrassa les enfants installés à la cuisine devant une soupe, repassa en coup de vent dans l'entrée.

Mary le regarda descendre l'escalier, se retenant de lui souhaiter bonne chance. Elle ne s'y faisait pas à ces superstitions de marins, voulait chaque fois lui dire d'être prudent, de faire bonne pêche et de revenir vite. Elle se retenait et l'écoutait descendre les marches quatre à quatre jusqu'en bas de l'immeuble. Dans la cuisine encore sombre, elle regarda les enfants manger, serrée dans son châle. Bowman n'était venu que deux fois chez elle. La première fois quand il avait commencé à travailler avec Francky et Stevens, il y avait plus d'un an. Il était maigre, avait le teint malade et le regard fuyant. La seconde, c'était quelques semaines avant Noël, quand il était venu dire qu'il acceptait leur invitation pour le repas de fin d'année, et demander s'il pouvait venir accompagné. D'une femme. Cette fois-là, Bowman avait repris du poids, il était en bonne santé et semblait moins mal à l'aise. Il était grand et fort, silencieux et toujours inquiétant.

Elle habilla les enfants pour l'école et leur dit au revoir sur le palier, les écouta descendre les étages. À son tour elle enfila des vêtements chauds, remplit un cabas et sortit de l'immeuble. Le jour se levait à peine et le vent froid faisait pleurer ses yeux. Elle traversa les rues de Limehouse en direction du port, bifurqua vers les entrepôts et emprunta dans les herbes hautes, jaunies par le gel, le petit chemin tracé par les allées et venues de Stevens, Franck et Bowman. Un peu de fumée s'échappait de la cheminée de la cabane. Elle frappa et, n'obtenant pas de réponse, entra. Elle ne distingua rien d'abord dans la pénombre, avança prudemment jusqu'à l'établi et déposa la nourriture. L'ancien militaire était allongé sur son lit, roulé dans des couvertures. Ses yeux étaient ouverts et il regardait devant lui, sans réagir à sa présence. Mary recula jusqu'à la porte. Dehors elle se signa et rentra chez elle. Toute la journée elle s'en voulut de ne pas avoir rechargé le poêle et de ne pas avoir demandé à Bowman comment il allait. Il aurait même pu être mort, tant son regard était fixe. Le soir elle fut de mauvaise humeur, s'en prit aux enfants qui chahutaient et les coucha tôt.

Le lendemain elle retourna à la cabane. Le feu était éteint et il faisait froid à l'intérieur. Bowman n'avait pas touché à la nourriture. Cette fois elle s'approcha du poêle, tournant autour du sergent en restant le plus loin possible de lui. Le charbon commença à crépiter. La lumière des flammes courait sur le visage immobile du militaire. Ses yeux clairs toujours fixes, entre ses mains la fameuse corne à poudre dont Francky avait parlé.

Quand le feu fut bien lancé, elle baissa le tirage.

– Je reviendrai demain, monsieur Bowman.

Et elle revint le lendemain. Cette fois Mary attendit plus longtemps que la cabane se réchauffe. Elle rangea un peu, espérant que son activité finirait par attirer l'attention de Bowman. Rien n'y fit. Il resta prostré sur le lit sans même la voir. Il n'avait toujours pas mangé. À sa quatrième visite, Bowman s'était déplacé. Il s'était rapproché du poêle, sans doute pour se réchauffer lorsque le feu avait baissé. Il s'était roulé dans ses couvertures à même le sol et avait mangé un peu de pain. Mary l'observa plus longtemps, s'assit sur le lit juste en face de lui. C'était impressionnant, cet homme vivant et mort à la fois, qui ne la voyait pas. Le port entier de Dunbar aurait pu défiler dans la cabane sans qu'il bouge. Le poêle commença à chauffer trop fort et Bowman se leva, lentement, comme un vieil homme au dos douloureux, pour retourner sur le lit. Mary sursauta, s'écarta pour le laisser s'allonger et se réfugia dans un coin de la pièce. Puis elle se rapprocha.

Il puait. Le col déboutonné de sa chemise laissait voir un peu de peau de son épaule. Mary se mordit la lèvre. Elle voulait voir ces cicatrices dont Francky avait parlé.

Retenant son souffle, elle écarta le pan de la chemise et découvrit l'épaule de Bowman. Elle se retint de crier, couvrant sa bouche avec sa main. De l'autre, aussi curieuse qu'effrayée, elle effleura une ligne de cicatrice, descendant de la nuque à l'épaule. Arthur eut un frisson, Mary bondit en arrière et s'enfuit de la cabane. Le soir elle pria longtemps.

La femme de Franck croyait au monde tel que Dieu l'avait créé, au bien, au mal, à leur combat et leur équilibre. Seuls les saints souffraient par pure injustice, et Bowman n'en était pas un. Peut-être qu'il n'était plus l'homme qu'il avait été, mais ces marques sur son corps, c'était la preuve qu'il avait été un monstre. Après ses prières, après avoir joué jusque tard dans la nuit avec ces idées effrayantes, elle s'endormit et le lendemain matin refusa de croire à son rêve.

Mary ne rêvait pas. Ou bien seulement de la journée qui venait de passer, parfois du jour suivant et de ce qu'elle avait à faire, comme on fait une liste de courses. Ce rêve-là était tout différent.

Avant d'aller à la cabane, elle se rendit à l'église de la paroisse et demanda à voir le pasteur. Elle lui raconta son rêve, expliquant la situation, un homme malade qu'elle n'aimait pas et dont elle devait s'occuper. Le père lui dit qu'elle était une bonne croyante, que son rêve était bon, peut-être même une sorte de vision.

– Mais cet homme me fait peur.

– Votre rêve vous le demande. Lui venir en aide est un ordre de Dieu.

À la cabane elle n'en fit rien, se contenta de poser la nourriture près du lit et de s'occuper du feu avant de rentrer chez elle. La nuit suivante Mary refit le même rêve, plus détaillé et inquiétant encore. Quand les enfants furent partis, sachant qu'elle ne pourrait plus échapper à cette injonction divine, elle se prépara, exactement comme Dieu le lui demandait. Elle fit chauffer de l'eau, se déshabilla et se lava dans la cuisine, peigna ses cheveux, enfila une jupe propre, une chemise blanche à col haut et le bustier que Francky lui avait offert pour la Noël. Elle cacha ses vêtements sous un grand manteau d'hiver et traversa rapidement le quartier.

Bowman était assis sur le lit, la corne sur les genoux, regardant les dernières braises dans le poêle. Il avait mangé un peu, quelques bouchées. Son visage avait ce matin-là une expression de profonde tristesse, son regard était angoissé. Mary bourra le poêle de charbon et ouvrit le tirage au maximum. Ses gestes étaient nerveux, elle se parlait :

– Faut pas avoir peur, ma fille. Faut que tu fasses comme dans ton rêve. C'est le Bon Dieu qui veut ça. Cherche pas à comprendre, fais-le et c'est tout.

Un tonneau dehors récoltait d'une gouttière l'eau de pluie coulant du toit. Avec un caillou Mary cassa la glace pour remplir des seaux, mit une bouilloire à chauffer et prépara une bassine.

– Fais comme le pasteur a dit. Réfléchis pas.

La température montait dans la cahute de planches. Elle se tint debout devant Bowman, maîtrisant son souffle, serrée dans le bustier qui finalement était bien malcommode pour s'activer ainsi. De bout en bout son rêve était stupide. Sa voix manquait d'assurance, elle se reprit et tenta d'éclaircir sa gorge.

– Vous allez pas me faire de mal, monsieur Bowman ?

Arthur ne réagit pas, il regardait la corne en nacre.

– Le pasteur a dit que c'était un devoir. Alors vous allez pas me faire de mal, d'accord ?

Mary commença à déboutonner la chemise, la fit glisser le long des bras de Bowman et la lui ôta, troublée par une impression de déjà-vu. Repoussée par l'odeur du corps, impressionnée par les cicatrices, elle se redressa.

– Il faut les laver, monsieur Bowman. Laver vos blessures.

Mary s'agenouilla, trempa un torchon dans l'eau chaude, l'essora et frotta dessus un morceau de savon. Elle commença par une épaule, osant à peine appuyer, puis petit à petit, retrouvant ses gestes de mère, se mit à laver les bras, le buste et le cou de Bowman. Elle se parlait tout en nettoyant sa peau :

– C'est parce que vous avez fait le mal, mais le pasteur a dit que je devais vous laver.

Écartant ses bras, elle frotta ses flancs, puis son ventre. La sueur perlait aux tempes de Mary, qui ôta son bustier et le posa sur le lit. Quand elle se pencha pour laver le dos de Bowman, son sein, sous le tissu de la chemise, effleura l'épaule zébrée de cicatrices. Elle frissonna.

Il y avait cette partie du rêve. Qu'elle n'avait pas racontée au pasteur.

Des gouttes de transpiration coulaient de la racine de ses cheveux jusque dans son cou. Elle déboutonna son col et s'essuya du revers de la main. La chaleur lui faisait tourner la tête, ses gestes brusques de mère étaient de plus en plus lents. Elle se pencha, suivit avec le torchon mouillé les lignes des cicatrices le long des omoplates et du dos, son sein écrasé contre le bras de Bowman.

Doucement elle prit la corne sur les jambes d'Arthur et la posa sur le lit. Bowman la suivit des yeux.

– Vous n'allez plus faire de mal, monsieur Bowman. Ni à moi, ni à Franck, à personne. Je vais vous laver, et après vous partirez.

Elle posa ses mains sur ses épaules et le guida jusqu'à ce qu'il s'allonge sur le lit, défit les boutons de son pantalon et le tira sur ses jambes.

Mary s'agenouilla contre le lit, détourna les yeux du sexe de Bowman et commença à nettoyer ses pieds, ses mollets et ses genoux, couverts de cicatrices. Puis elle frotta ses cuisses.

Son sexe aussi portait des traces de blessures.

Mary trempa le torchon. Le visage d'Arthur n'exprimait rien, entre les doigts de la femme de Franck son sexe se dressa. Elle ferma les yeux, des fourmillements coururent entre ses jambes. Elle poussa un petit cri, se releva, jeta une couverture sur le corps de Bowman et s'écarta du lit. Elle essuya la sueur sur son front et déboutonna un peu plus sa chemise. Quand elle s'était réveillée ce matin, ses deux mains étaient agrippées à sa poitrine ; ses doigts suivirent le même chemin que dans le rêve, entre les pans ouverts de son vêtement, caressant sa peau chauffée par le poêle, jusqu'à ses seins.

– Je suis folle.

Ses doigts jouaient avec ses tétons durcis, qu'elle pinça jusqu'à la douleur. Elle inspira profondément, creusant son ventre, et son autre main descendit sous sa jupe. Ses jambes ne la portaient plus, elle serra son sexe de toutes ses forces, sursauta comme si on venait de la surprendre, joignit ses mains et les plaqua contre sa bouche. Elle se retourna vers le lit, s'accroupit et trempa le tissu pour nettoyer le visage d'Arthur.

– Vous êtes dans un purgatoire, monsieur Bowman. Et moi aussi. Vous allez partir maintenant. Vous êtes lavé. Comme dans mon rêve. Vous allez partir et moi aussi.

Persuadée qu'il ne l'entendait pas, elle continua à parler seule :

– Dans mon rêve, je vous lavais. Et puis… il y avait cet amour. Pas l'amour de Dieu. Un amour… de femme.

Mary appuyait ses seins sur le bord du lit, à genoux, serrant ses jambes.

– Mais je peux pas. Je dois pas.

Le torchon n'était plus dans sa main, elle caressait le visage de Bowman.

– Cette femme… celle qui devait venir chez nous. Si vous voulez, je peux aller la chercher.

Mary tira la couverture qui recouvrait Bowman, inclina la tête et posa sa joue sur son bras.

– Je peux aller la chercher.

Elle parlait de plus en plus bas.

– Peut-être qu'elle vous donnera cet amour-là. Moi je peux pas.

Des larmes coulaient entre ses paupières.

– J'avais peur de vous. Je vous ai jugé. J'avais pas le droit, c'est ma punition de m'occuper de vous. J'irai chercher cette femme pour vous. Après vous partirez.

Mary caressait son cou en même temps que celui de Bowman. Elle murmurait maintenant, remonta sa jupe sur ses cuisses, fit glisser dessus sa culotte et glissa sa main entre ses jambes écartées. Elle embrassa l'épaule du soldat, puis son ventre, descendit jusqu'à son pubis, se caressant de plus en plus fort. Jamais elle n'avait fait ça à Franck. Bowman ne bougeait pas. Seul son sexe était dur entre ses lèvres. Comme dans son rêve elle sentait monter la jouissance et essayait de l'arrêter, fouillant toujours son sexe de ses doigts, masturbant Arthur et l'avalant tout entier. Elle grimpa sur le lit, remonta sa jupe sur sa tête pour ne pas le voir, mordant le tissu, et s'assit sur lui. La voix de Bowman la fit tressaillir. Mary tomba à la renverse sur la terre battue, jambes découvertes, les seins échappés de sa chemise. Elle ne pouvait plus arrêter son plaisir, ferma les yeux et serra son sexe à deux mains comme pour étouffer le cri qui allait en sortir. Arthur répétait faiblement les mêmes mots qu'elle ne comprenait pas. Elle se mordit la main le temps de retrouver son souffle. La sueur dans son dos se figea, soudain froide. À genoux elle avança jusqu'au lit, collant son oreille à la bouche de Bowman.

– Peevish. Pasteur Peevish. Le pasteur Peevish. Peevish…

Mary se mit à crier. Entre ses jambes des gouttes coulaient, répugnantes. Elle tourna comme une folle dans la cabane, attrapa ses vêtements, se rhabilla en pleurant, jeta le manteau sur ses épaules et s'enfuit en courant.

Le lendemain, tremblante de fièvre, la femme de Franck était retournée là-bas. Arthur dormait sur le lit, le visage contre le mur, lui tournant le dos.

– Monsieur Bowman ? Vous m'entendez ?

Elle était restée près de la porte sans bouger.

– Il ne faudra pas dire ce qui s'est passé. Ce n'était rien, un égarement. Je savais pas ce que je faisais… J'avais peur. Est-ce que vous allez partir ?

Bowman n'avait pas répondu. Sur l'établi, à côté de la nourriture, elle avait vu une enveloppe. Une lettre adressée au pasteur de la chapelle d'Herbert Street, à Plymouth. Mary s'était signée, avait emporté la lettre en se jurant de ne plus revenir.

Quand Franck rentra de sa campagne de pêche, il trouva sa femme alitée avec de la fièvre. Elle raconta qu'elle avait pris froid à force d'aller à la cabane, dans le vent et sous la pluie. Mary lui dit que Bowman n'avait pas bougé, qu'il n'avait presque rien mangé mais qu'il avait écrit une lettre et qu'elle l'avait postée.

– Un pasteur ?

– À Plymouth.

Mary était fatiguée et ne voulait plus parler. Franck insistait :

– À Plymouth ? Je crois bien qu'il avait été là-bas, avant de commencer à travailler avec nous. Il a rien dit ?

– Laisse-moi me reposer. J'ai fait comme tu m'avais dit. Je veux plus y retourner. J'irai plus là-bas. Laisse-moi dormir maintenant.

Franck laissa sa femme se reposer.

Stevens et lui, les jours suivant, allèrent à tour de rôle prendre des nouvelles de Bowman. Le sergent semblait un peu plus en forme. Parfois il levait les yeux en les voyant entrer, répondait à leurs questions par un oui ou un non. Il n'était plus le fantôme des premières semaines mais semblait attendre encore quelque chose pour se remettre à vivre.

Mary resta longtemps au lit mais reprenait aussi des forces. Jamais elle ne demanda de nouvelles de Bowman.

*

À la fin du mois de janvier, un pasteur arriva au bassin de Dunbar, cherchant deux pêcheurs, Franck et Stevens, propriétaires du *Sea Sergeant*. On lui indiqua l'endroit où était amarré le bateau. Il se présenta aux deux hommes et demanda où il pouvait trouver Arthur Bowman. Les deux associés, bonnet à la main, lui expliquèrent le chemin de la cabane et suivirent des yeux la silhouette du pasteur disparaissant entre les entrepôts.

L'homme frappa à la porte de la cabane. Arthur regarda le col blanc autour du cou, puis le visage.

– T'es qui, toi ?

– Je suis le père Selby. J'ai reçu votre lettre à la chapelle.

– Il est où, Peevish ?

Le jeune pasteur se rapprocha du poêle. Bowman le suivit des yeux.

– Je le remplace à la paroisse d'Herbert. Puis-je me réchauffer un instant avant de vous répondre, je ne sens plus mes doigts et je peux à peine à articuler.

Selby frottait ses mains au-dessus du feu.

– Je m'excuse pour cette visite que vous n'attendiez pas, et de m'être permis d'ouvrir votre lettre. C'est que, comprenez-vous, le pasteur Peevish ne l'aurait jamais reçue. Après l'avoir lue, sachant qu'il ne pourrait pas non plus venir à votre aide, j'ai décidé de faire le voyage à sa place.

– Il est où ?

Le pasteur Selby sourit.

– Le pasteur Peevish a quitté l'Angleterre il y a plus d'un an maintenant.

– Parti ?

– Excusez-moi, monsieur Bowman, mais dans votre lettre il était question d'un assassin, d'un meurtre à Londres et d'un second en Amérique. Je n'y ai rien compris, mais ce courrier m'a inquiété.

Le jeune Selby se rapprocha de lui.

– C'est pour cela que j'ai décidé de venir. Voyez-vous, le pasteur Peevish a suivi l'enseignement de notre père fondateur, John Wesley, et a pris le même chemin que lui. Il est parti prêcher en Amérique la foi de l'Église méthodiste. Comme vous parliez d'un meurtre là-bas, j'ai cru qu'il était important de venir.

Arthur s'assit sur le lit.

– Qu'est-ce que tu dis ?

Selby ne devait pas avoir plus de vingt-cinq ans, la peau aussi lisse que sa voix, des mains fines. Il était pâle, fatigué par son voyage et inquiet.

– Le pasteur Peevish est parti aux États-Unis d'Amérique en septembre de l'année dernière. Vous devez me dire de quoi il retourne, monsieur. J'ai compris, en lisant entre les lignes de votre lettre, que vous et le pasteur connaissiez un assassin. Le pasteur Peevish est-il en danger là-bas ? S'il vous plaît, dites-moi ce qui se passe.

– En septembre ?

Arthur leva les yeux vers le jeune pasteur.

– Juste après ma visite ?

– Votre visite ?

– Il est parti juste après ?

Selby s'assit à côté de Bowman.

– Je sais bien que je n'aurais pas dû ouvrir ce courrier. Je m'en veux encore. Mais en même temps je pense que c'était une bonne chose. Il est impossible de savoir où se trouve le pasteur Peevish aujourd'hui. Vous disiez avoir besoin de son aide. Il n'est pas là, mais moi oui. Vous pouvez compter sur ma discrétion, monsieur. Mais répondez-moi, s'il vous plaît. Est-ce que votre ami, le pasteur Peevish, est en danger ?

Lorsque Stevens passa à la cabane, Bowman n'y était plus. Ses affaires étaient là, la pièce en désordre, retournée par une tornade de rage. Le lit et les meubles étaient renversés, des vêtements jetés sur le sol.

Le lendemain c'est Franck qui se rendit là-bas. La cabane avait été rangée, mais Arthur n'y était toujours pas. Sur la table des paquets cadeaux étaient empilés et sur chacun un nom écrit à la plume. Pour Stevens, sa femme et leurs enfants, pour ses mômes aussi, pour lui. À côté était posée une enveloppe, adressée à Stevens et lui.

Franck emporta les cadeaux et la lettre, les déposa sur la table de la cuisine et tendit la lettre à Mary. Franck ne savait pas lire. Mary était pâle, la lettre tremblait entre ses doigts et elle commença à lire.

Le bateau est à vous. Je vous laisse mes parts.
Je sais pas quand je reviendrai. Tout ce qui est dans la cabane est pour vous aussi. Et puis les cadeaux que j'avais préparés pour Noël.
Arthur.

Franck tomba sur une chaise.

– Qu'est-ce que c'est que cette histoire ?

Mary était muette.

– Il est parti ? Comme ça ? Putain, c'est parce que y a ce pasteur qu'est venu ! Il a tout cassé là-bas, et après il est parti…

Franck cherchait le regard de sa femme.

– T'y comprends quelque chose, toi ? Hein ? Il a rien dit quand on était en mer ? À propos de la lettre pour le pasteur ?

– Il a pas dit un mot pendant tout le temps où vous étiez en mer. Un matin j'ai trouvé la lettre et je l'ai mise au courrier, c'est tout.

Mary fouilla parmi les cadeaux, trouva un petit paquet entouré d'un ruban de tissu bleu. Elle soupesa l'emballage, fit glisser ses doigts dessus. Un livre. À la plume, écrit dessus : *Pour Mary*.

Franck était effaré.

– T'es sûre qu'il a rien dit ? T'as pas idée d'où il est parti ?

La voix de Mary monta d'une octave :

– Arrête de me poser des questions. J'en sais pas plus que toi ! Et s'il est parti, c'est ce qui pouvait arriver de mieux pour tout le monde !

Elle quitta la cuisine en emportant le livre, furieuse, et laissa Franck assis à la table, la tête entre les mains.

2.

Arthur entra dans le grand hall de la banque Peabody & Morgan, rue Commercial. Le clerc le reconnut et lui demanda de patienter un instant. Il revint avec un employé de l'établissement portant sous son bras une serviette en cuir.

– Tout est prêt, monsieur Bowman.

L'employé ouvrit la sacoche et fit l'inventaire de son contenu.

– Les lettres de crédit auprès de la Duncan, Sherman & Co., nos partenaires à New York, ainsi que la liste des autres banques américaines avec lesquelles nous travaillons. Votre billet de la Cunard Line, ainsi que celui de votre train pour Liverpool. Une voiture vous attendra à la gare, votre chambre est réservée pour ce soir à l'hôtel Atlantic. Pour finir, la somme que vous nous avez demandée en billets de vingt livres. Est-ce que vous êtes satisfait, monsieur Bowman ?

Comme lors de sa visite la veille, l'employé ne savait pas comment se comporter devant cet homme à l'allure d'ouvrier, partant voyager en Amérique avec une petite fortune, dans un costume qui avait vu de meilleurs jours. Il avait fallu un moment pour expliquer à ce M. Bowman, riche abruti, le fonctionnement des lettres de crédit, et lui faire comprendre qu'avec l'équivalent en dollars de ce qu'il emportait, il pouvait là-bas se faire construire un ranch, acheter des dizaines d'hectares et payer le bétail qui allait avec. Bowman partait avec deux mille dollars en lettres de crédit, qu'il glissa dans un sac de voyage valant une demi-livre.

À la gare d'Euston, il monta dans un wagon de seconde classe. Lorsqu'une heure plus tard, le train filant vers le nord, le contrôleur lui signala qu'il avait un billet de première, Bowman l'ignora et resta à sa place. Puis il ouvrit son sac et le porte-documents, inquiet à l'idée que l'employé de la Peabody ait aussi acheté un billet de première pour la traversée en bateau.

Il avait demandé une troisième classe, le banquier avait failli s'étrangler.

– Nous n'en vendons pas, monsieur. De plus, seuls les billets de deuxième et première vous éviteront les formalités douanières et sanitaires, à Liverpool comme lors de votre arrivée à New York.

Billet de seconde classe, cabine individuelle à bord du *Persia*, navire de la Cunard, pour le 27 janvier de l'année 1860.

Sous le dessin imprimé du bateau – un deux-mâts à vapeur, tout en longueur –, la devise de la Cunard retint son attention : *Nous n'avons jamais perdu une vie.*

Arthur relut plusieurs fois cette phrase étrange, et l'idée lui vint que l'East India Company aurait pu s'en servir aussi, dans une publicité pour ceux qui voulaient s'engager. Comme si traverser un océan en bateau était aussi sûr que de partir faire la guerre.

Il tira une flasque du sac et en but la moitié en vitesse.

N'ayant rien d'autre à lire, il éplucha les documents qu'on lui avait remis. La liste de banques américaines, les lettres de crédit qu'il cacha aux autres voyageurs et la brochure de la Cunard. Le *Persia*, disait la publicité, détenait depuis quatre ans le *Blue Riband*, record de vitesse de la traversée transatlantique, en neuf jours, seize heures et seize minutes. Lorsque Bowman était revenu de Madras à Londres, après sa libération et son transfert en Inde, il avait mis quatre mois à arriver.

Le *Persia*, plus grand bateau au monde avec ses cent vingt mètres de long, était aussi le premier entièrement en acier, pour un poids de trois mille trois cents tonnes, propulsé à la vitesse de treize nœuds. Pour atteindre cette vitesse inconcevable, le *Persia* était équipé d'un moteur d'une puissance de trois mille chevaux-vapeur, consommant chaque jour de la traversée cent cinquante tonnes de charbon. Bowman s'imagina trois mille chevaux attelés à la coque d'un navire, galopant sur les crêtes des vagues.

Deux cents cabines de première classe et cinquante de deuxième. Pas de troisième classe à bord du *Persia*. Le fascicule continuait avec une description de New York, capitale moderne du Nouveau Monde. La ville semblait être un paradis pour ceux qui voulaient y faire des affaires, une cité équipée de toutes les dernières avancées technologiques, pleine d'opportunités, de ressources économiques inépuisables, belle et propre, où l'on construisait chaque jour de nouveaux bâtiments de plus en plus grands pour accueillir entreprises et immigrants du monde entier.

Des gravures du port de Manhattan et de l'Hudson river illustraient les textes, une autre de l'avenue Broadway, accompagnant la promotion des activités touristiques, spectacles de danse et théâtres, concerts et expositions. Des trains quittaient la ville dans toutes les directions, vers Philadelphie ou Chicago, vous y conduisant en quelques heures. D'autres partaient vers l'ouest, Saint Louis, ou le sud, La Nouvelle-Orléans. De Saint Louis, en bateau sur le Mississipi ou en diligence, ceux qui le voulaient pouvaient partir à la découverte de l'Ouest sauvage. Suivaient quelques lignes évoquant les grandes plaines et les Indiens qui, si elles n'étaient pas entièrement recopiées, semblaient tout droit sorties des livres de Fenimore Cooper que Bowman avait lus. Il parcourut jusqu'au bout la publicité, sans y trouver la moindre allusion au Texas.

Arthur termina son gin et regarda dehors. Il lui fallut un moment, après toutes ces images de l'Amérique, pour reconnaître les prairies labourées, les paysages mornes et froids du Midlands.

Il aperçut des maisons, reconnut la gare de Birmingham lorsque le train y entra. Après une escale de deux heures, durant laquelle la plupart des voyageurs descendirent de voiture, remplacés par d'autres, le convoi reprit son chemin vers le nord. Le train arriva en gare de Liverpool six heures plus tard, à la tombée de la nuit. Un cocher en livrée attendait à la sortie avec sur une ardoise le nom de Bowman tracé à la craie. Arthur monta à bord de l'attelage. Lorsqu'il descendit devant l'hôtel, il n'en crut pas ses yeux. L'Atlantic était illuminé par des dizaines de lampes accrochées à la façade, la porte d'entrée était haute de trois mètres, vitrée, en cuivre brillant comme de l'or. À l'accueil, rouge de honte, il prononça son nom du bout des lèvres et l'employé de l'Atlantic, aussi surpris que lui, confirma sa réservation. Il remit à Bowman la clef de sa chambre au deuxième étage.

Il aurait pu y rentrer toute la cabane et le terrain vague avec. Sur le seuil, pétrifié, il contempla les décorations, le lit immense et ses couvertures brodées, les radiateurs en fonte qui chauffaient la pièce, le grand miroir au-dessus d'un buffet à dorures. L'idée lui vint de recompter son argent, pour être certain que la banque lui avait rendu quelque chose après avoir payé pour ce château à moquette. À côté du lit, pendant du plafond, un cordon de tissu se terminait par un pompon. Arthur le prit dans sa main et tira dessus. Le cordon était accroché à un ressort et remonta tout seul en l'air. Bowman regarda autour de lui, comme si une porte secrète allait s'ouvrir, mais il ne se passa rien. Il s'assit sur le lit, face au miroir, et se regarda sans comprendre ce qu'il faisait là. Il sursauta en entendant frapper à la porte. On l'avait retrouvé. Il y avait erreur sur la personne, son hôtel était un peu plus loin dans la rue, sur le port, une auberge dans ses moyens.

Quand il ouvrit, un jeune gars en uniforme, avec un petit chapeau sur la tête, demanda ce qu'il désirait.

– Quoi ?

– Vous avez sonné le service de chambre, sir. Que désirez-vous ?

Bowman regarda le cordon à ressort.

– J'ai tiré dessus sans savoir.

Le garçon, plus curieux que dérangé, observait Bowman.

– Pas grave. Vous voulez toujours rien ?

Devant ce client mal fagoté, le gamin avait pris un ton plus désinvolte. Bowman hésita :

– C'est possible d'avoir à manger ici ?

– Aucun problème. Je vais vous apporter un menu.

– Un menu ?

Le garçon leva un sourcil.

– Y a de la viande en sauce, avec des légumes. Ça vous va ?

Bowman se sentit ridicule, dit oui pour la viande.

– Et à boire.

– Du vin, sir ?

– Ouais, et du gin, y a ça ?

– Une bouteille, sir ?

– Entière ?

– Vous croyez que ces messieurs boivent dans des dés à coudre ? J'en monte des caisses tous les soirs, sir. Et si vous voulez mon avis, demandez un bain. Ça va avec le prix de la chambre.

Le môme repartit dans le couloir tapissé, laissant Bowman planté devant la porte.

Une heure plus tard, il se glissait dans une baignoire chaude et parfumée. Il mangea sur le lit, essayant de ne pas mettre de la sauce partout sur les couvertures, puis, rassasié, une pipe allumée et la bouteille de gin sur le ventre, il regarda les flammes des bougies danser sur le buffet, se reflétant dans le miroir. Incapable de dormir, il sortit finalement l'encrier et la plume de son sac, déplia la feuille et relut ce qui était écrit dessus.

Arthur Bowman. Londres. 1858.

26 septembre.

J'ai trouvé sept adresses.

Encore deux.

C'est Wright et Cavendish qui m'ont dit de trouver dix hommes sur le Healing Joy.

Le premier que j'ai choisi c'est le Prêcheur et maintenant c'est le dernier de la liste de Reeves. Mais j'ai pas trouvé Penders.

La liste est presque finie et je sais pas si je vais trouver. Et ce que je vais faire après si je trouve pas.

J'ai retrouvé Young. Il était fou aussi.

Je me suis enfui et j'ai eu peur toute la nuit dans une barque que les ouvriers me retrouvent.

Il reste que Peevish.

En même temps je suis pas rassuré parce que c'est le dernier et en même temps j'ai envie de revoir le Prêcheur.

Il ne comprit pas. Dans son souvenir il avait raconté toutes ses recherches et ce qui lui était arrivé, mais n'avait en tout et pour tout écrit qu'une vingtaine de lignes qui ne disaient rien, résumé laconique des deux dernières années de sa vie.

Il réfléchit un moment, s'installa sur une chaise devant le buffet et trempa la plume.

J'ai trouvé un journal américain et dedans y avait écrit qu'un autre meurtre pareil était arrivé dans une ville au Texas.

Après je me souviens pas de beaucoup.

La femme à Francky est venue dans la cabane quand j'étais dans une crise. Elle m'a lavé et puis elle a dit qu'elle voulait chercher une femme pour moi et en même temps elle m'a touché. Je pouvais pas bouger et elle m'a dit de partir.

J'ai écrit une lettre pour Peevish et c'est elle qui l'a emportée. C'est un autre pasteur qu'est venu à la cabane et il m'a dit que Peevish était parti en Amérique après ma visite à sa chapelle.

Peevish a menti et je croyais que je cherchais Penders. Maintenant je sais pas si c'est lui ou le Prêcheur.

J'ai laissé une lettre à Franck et Stevens pour dire que le bateau était à eux et que je reviendrais.

J'ai laissé les cadeaux de Noël et le livre de la veuve Bufford pour la femme à Franck.

Demain je prends un bateau qui va à New York et ça me fait peur d'être sur la mer et d'aller là-bas.

Quand il eut fini d'écrire, il relut plusieurs fois, allongé sur le lit.

À l'aube, bien avant l'heure de l'appareillage, Bowman attendait dans le froid devant l'embarcadère de la Cunard. Il n'était pas le premier.

Ils avaient passé la nuit sur le quai. Une foule d'hommes, de femmes et d'enfants, de vieux et de vieilles. Des couvertures jetées sur leurs épaules, silencieux, des nourrissons cachés sous les manteaux, ils s'étaient levés dans l'aube grise, grelottant de froid sous des flocons de neige fondue. Les yeux pleins de sommeil, ils s'étaient rangés en files devant l'entrée des bureaux de la Cunard réservée aux troisièmes classes. Trois ou quatre cents personnes serrées les unes contre les autres, valises à la main. Ils avançaient

241

en piétinant, centimètre par centimètre, nerveux et fatigués, soufflant des nuages de vapeur.

Bowman les avait dépassés pour entrer dans le bâtiment par la
porte des deuxièmes classes. Son guichet était vide, un employé
avait vérifié son billet puis demandé son nom, la date et le lieu de
sa naissance.

– Arthur Bowman. 1824. Londres.

Avant d'arriver jusqu'aux comptoirs, les troisièmes classes passaient devant des tables où étaient assis des employés de la
Cunard et des médecins qui les auscultaient. Dents, oreilles, cheveux. Ils les faisaient tousser en écoutant leurs poumons. Tous les
dix ou quinze passagers, un docteur faisait un signe de tête. Un
émigrant ramassait sa valise et ressortait, remontant la file en sens
inverse, la tête basse, accompagné de sa famille s'il en avait une.

Arthur s'adressa à l'employé qui notait son nom dans le registre :
– Y a un risque de maladie ?

– Les douanes américaines font payer des amendes de cent
dollars aux compagnies maritimes quand elles refoulent des immigrants malades. Alors on vérifie avant qu'ils embarquent, mais ne
vous inquiétez pas, monsieur, vous ne voyagez pas sur le même
navire qu'eux.

Arthur ressortit de l'autre côté du bâtiment sur l'embarcadère.
Deux bateaux attendaient. Le *Persia*, amarré avec dédain à son
quai comme à quelque chose qui le retenait malgré lui, avec sa
coque en acier noire, semblait tourner le dos à l'autre vaisseau de
la Cunard. Un quatre-mâts en bois qui avait vu des jours meilleurs,
ressemblant aux navires ventrus et lents de l'East India. Les troisièmes classes embarquaient sur le voilier. En bas des passerelles
ils passaient entre des matelots armés de pulvérisateurs. Aspergés
de la tête aux pieds par le produit désinfectant, ils pleuraient et
toussaient. Les employés de la Cunard traitaient aussi le contenu
de leurs bagages. Une fois sur le pont, les troisièmes classes descendaient en cale où ils resteraient entassés pendant cinq ou six

semaines. Arthur estima que le taux de perte devait être le même que pour les cipayes de l'East India. Un sur dix. Sans compter les enfants.

Nous n'avons jamais perdu une vie.

Le *Persia*, lui, était encore désert. En haut de la passerelle Bowman présenta son billet à un officier de la compagnie, qui siffla un mousse. Il était le premier passager à bord, arrivé quatre heures avant l'appareillage. Il suivit le gamin dans son uniforme de marin trop court aux bras et aux jambes, passa au pied d'une grande cheminée rouge et noir dont s'échappait un peu de fumée. Sous le pont en acier il sentit les vibrations du moteur tournant au ralenti, des coups de piston espacés de quelques secondes, battant comme le cœur d'un bœuf. Sa cabine était une des plus basses du navire, avec un hublot juste au-dessus de la ligne de flottaison. Une couchette, une table, une armoire et une salle de bain. Un lavabo émaillé, des toilettes équipées d'une pompe à main et une douche. Le mousse lui dit qu'il avait l'eau chaude.

Arthur posa son sac sur le lit, donna deux pences au gamin qui attendait devant sa porte en souriant.

– C'est comme un hôtel, ce bateau, c'est ça ?

– Oui, m'sieur, c'est un hôtel sur la mer.

– Je peux avoir à manger dans ma cabine ?

– Je sais pas si ça marche avec les deuxièmes classes, m'sieur. Mais je peux aller demander.

Arthur l'observa un instant et lui donna une autre pièce.

– Je veux à manger deux fois par jour, ici, avec une bouteille de vin. Y a un bar à bord ?

– Sûr, m'sieur.

– Tu vas me chercher une bouteille de gin. Je veux voir personne d'autre. C'est toi qui m'amènes ma bouffe. T'auras d'autres schillings à la fin du voyage.

Le mousse repartit en courant, Bowman ferma sa porte à double tour. Les murs, peints en blanc, étaient aussi en acier et propageaient les vibrations du moteur tout proche. La cabine était déjà chaude. Le hublot, donnant sur des chevelures d'algues accrochées aux piliers de l'embarcadère, ne s'ouvrait pas. Arthur, qui ne savait même pas que cela existait, tourna le robinet de la douche et attendit que l'eau lui brûle la peau pour y croire. Il s'assit devant la petite table, posa dessus la plume, l'encrier, ses feuilles de papier et l'exemplaire du *New York Tribune*. Il déplia le fascicule de la Cunard, puis replia la publicité de façon à voir la petite carte de New York reproduite à l'intérieur. La ville était construite sur une île, au milieu d'un réseau de grands fleuves, de bras de mer et de baies. D'autres noms de villes, illisibles sur la reproduction, entouraient New York dans cet entrelacs d'eau et de terre. La complexité de ce réseau maritime l'inquiéta. Le port de New York était au milieu d'un labyrinthe dont il ne parvenait pas à estimer les dimensions.

Il ôta ses chaussures et sa veste, s'allongea sur la couchette et but la fin de la bouteille achetée à l'hôtel Atlantic. Une heure plus tard, il entendit des bruits au-dessus de lui, puis dans le couloir. Les autres passagers montaient à bord. Deux autres heures passèrent avant que retentisse la corne de brume du *Persia*. Le moteur se mit en route, secouant toute la coque. Le bruit des pistons, des bielles et des engrenages était impressionnant, et avec lui la chaleur dans la cabine monta rapidement de plusieurs degrés.

Le navire se mit en mouvement, Arthur se tordit le cou pour voir par le hublot. Il aperçut le quai, le quatre-mâts toujours amarré et dans le ciel des nuages noirs filant vers l'intérieur des terres, au-dessus de Plymouth. Les vagues commencèrent à lécher sa petite fenêtre. La visibilité n'était pas bonne mais il devinait les côtes de l'Angleterre, à une vingtaine de miles. Il ne fallut que quelques heures au *Persia* pour sortir de la mer d'Irlande. Quittant l'abri des côtes, la houle se creusa, submergeant toutes les dix secondes le hublot de sa cabine et le plongeant dans le noir. Arthur alluma la lampe à huile accrochée au plafond.

On frappa à sa porte. Le mousse apportait une bouteille de gin.

– C'est sur votre compte au bar, m'sieur, chambre 263.

– Tu vas m'apporter à manger. Du pain, du lard et des fruits. Si tu trouves, rapporte aussi un citron.

– M'sieur, y a tout ce que vous voulez sur ce bateau.

Le gamin repartit, galopant dans le couloir sans difficulté tandis que le *Persia* tanguait et roulait de plus en plus violemment, frappant la mer comme un bélier sur une porte de fort. Ce n'était pas un grain. Le vapeur, moteur tournant à pleine puissance, était entré dans une tempête.

Le mousse revint une demi-heure plus tard avec une bouteille de vin, un pain entier, du lard, un fromage, une orange et un citron, le tout noué dans un grand torchon.

– C'est quoi ton nom ?

– Chris.

– T'as quel âge ?

– Douze ans, m'sieur.

Un gamin avec des yeux rapides, les ongles rongés et des longues jambes. En pleine croissance, débrouillard.

– C'est comment dehors ?

– On est dans une tempête, m'sieur, et m'est avis que ça va durer une bonne partie de la traversée. Les passagers ils sont tous dans leurs cabines et la moitié est déjà malade. Le restaurant il est vide et le bar aussi. Je passe souvent dans votre couloir, alors si vous avez besoin de quelque chose, vous pouvez coincer le torchon dans la porte, et je m'arrêterai pour voir. Et dans dix jours, quand on sera arrivés, vous me donnerez une livre.

Arthur tira un canif de sa poche, coupa l'orange en deux et lui en tendit une moitié. Le mousse refusa.

– C'est pas la bouffe qui manque à bord, m'sieur ! Accrochez le torchon si vous avez besoin de quelque chose.

Bowman s'installa à la table, relut ses notes, trempa la plume dans l'encre et cala ses gestes sur les mouvements du bateau.

Je suis sur le bateau.
La première bataille dans une guerre, c'est de savoir attendre.

Puis il trancha du pain, avala des petits morceaux de lard, découpa le citron en quartiers, croqua dans la pulpe et frotta ses gencives avec l'écorce avant de l'avaler.

Le mousse revint en fin de journée, Arthur passa commande d'un peu de nourriture supplémentaire.

– Comment je vais sur le pont sans voir les autres passagers ?

– Si vous voulez vraiment voir personne, vous prenez à gauche dans le couloir, vous laissez le premier escalier et vous prenez le suivant. Ça ressort au pied du premier mât, m'sieur, à la proue.

– Tu peux me trouver une vareuse ou une veste de pluie ?

Le mousse réfléchit un instant.

– Ben, ça dépend, m'sieur.

Arthur lui donna trois schillings. Chris apporta une veste en toile cirée, un peu juste en taille, mais qui faisait l'affaire. Bowman enfila ses chaussures et sa casquette, glissa les lettres de crédit dans sa poche intérieure et passa la veste de marin.

Le pont du *Persia*, immense et large, avec ses lumières attachées aux mâtures, donnait l'impression d'être un morceau de ville, de rue ou de boulevard désert, en plein océan. Les embruns balayaient le pont comme une chaussée par une nuit de pluie, des éclairs illuminaient les crêtes blanches, jetant des ombres au creux des vagues. Le navire semblait avancer sans équipage ni passagers.

Arthur en fit le tour en suivant le bastingage. Les voiles avaient été amenées, le moteur luttait seul contre la tempête. Les machines occupaient un tiers de la longueur du bâtiment et lorsque Bowman marchait au-dessus, dans le froid et sous les rafales de pluie, il sentait leur chaleur sous ses pieds.

Il redescendit par le même escalier. Dans le couloir éclairé, il sourit. Sur presque toutes les poignées des cabines étaient accrochés des torchons. Les affaires marchaient bien pour le mousse.

Arthur mit ses vêtements à sécher contre la cloison chauffée par le moteur. Il prit une douche en laissant longtemps l'eau chaude couler sur ses cicatrices, puis s'allongea nu sur sa couchette, une bouteille de vin à la main. La combinaison de l'alcool et du bruit des machines, régulier, assez puissant pour occuper son esprit, fut bénéfique. Bowman dormit plusieurs heures, d'un sommeil lourd et sans rêve.

Il sortait à l'aube ou au crépuscule, quand il était certain de ne rencontrer personne sur le pont. Les matelots le saluaient, s'habituant à ses rondes.

Le quatrième jour la tempête se calma, laissant place à une houle paresseuse qui ne malmenait plus autant le *Persia*, mais décourageait encore les passagers de monter sur le pont. Arthur passa des heures là-haut, à regarder le large en fumant sa pipe. Quand le temps s'améliora vraiment, il renonça à sortir de sa cabine. À toute heure de la journée, des passagers se promenaient et prenaient l'air, sortis les uns après les autres de leurs cabines, dignes mais encore pâles, pour parader sur le pont comme sur les trottoirs de Westminster. Des femmes à chapeau tenaient même des chiens en laisse, qui vomissaient aux quatre coins du bateau. Des hommes fumant pipe ou cigare se saluaient, marchant d'un pas long, devisant sur la rapidité du *Persia*. Ils sortaient pour reprendre possession de ce navire qui les avait si mal traités pendant quatre jours. Ses trois mille chevaux-vapeur étaient à eux, les neuf jours, seize heures et seize minutes de traversée, tout juste assez rapides pour les affaires qu'ils allaient traiter en Amérique.

Arthur ressortit quelques fois au milieu de la nuit quand il n'arrivait pas à dormir, retrouvant sa rue déserte flottant au milieu de l'Atlantique.

Chris lui apportait chaque jour ce dont il avait besoin, le tenant informé de l'allure du vapeur.

– On arrivera demain matin, m'sieur. Avec la tempête on a pris du retard. Normalement on débarque à midi, pour que tout le monde vienne voir le *Persia*. Mais là on va arriver pendant la nuit, juste avant le matin.

Arthur lui passa commande d'une dernière livraison de nourriture et de boisson, de quoi emporter avec lui en débarquant à New York. Quand Chris repassa quelques heures plus tard, Bowman lui donna son salaire. Il posa la pièce d'une livre dans sa main.

– Bonne traversée ?

Le mousse rigola.

– Le mauvais temps, y a pas mieux pour moi, m'sieur. Tenez, j'ai piqué ça au restaurant. À chaque fois, le soir avant d'arriver, ils font la fête.

Chris tendit une bouteille de champagne à Bowman. Le mousse fit une sorte de salut militaire, essayant de faire claquer les talons de ses savates.

– Bon voyage, m'sieur !

Il déguerpit, avec en poche toutes les pièces que Bowman avait trouvées au fond des siennes. Arthur s'assit sur le lit, dénoua le fil de fer autour du goulot et tira sur le bouchon. L'explosion du champagne le fit sursauter. Il but une gorgée à la bouteille, les yeux piqués par les bulles, et regarda l'étiquette écrite dans une langue qu'il ne connaissait pas. Il savait que le champagne était un vin français, essaya de deviner le sens des mots, but encore un peu et rota. Les bulles lui brûlaient l'estomac. Il posa la bouteille presque pleine sur la table et s'allongea, incapable de s'endormir, guettant le bruit du moteur, attendant le son de la corne de brume.

Quand la coque du *Persia* cogna contre le quai, en pleine nuit, Arthur était habillé, assis sur le lit, son sac bouclé posé entre ses jambes, ses talons frappant nerveusement le sol en acier.

*

Embarqué le premier, Bowman fut le dernier passager à mettre pied à terre.

248

Jamais il n'avait voyagé si loin pour débarquer dans un pays où il faisait aussi froid qu'en Angleterre. Les éclairages du *Persia* jetaient un halo de lumière jaune dans la brume, le port était recouvert d'une fine pellicule de givre. Les fenêtres et les portes du bâtiment de la Cunard irradiaient elles aussi. Derrière, la ville était invisible, noyée dans la nuit et le brouillard. Arthur remonta le col de sa veste et suivit les lanternes conduisant aux bureaux des douanes. Il se présenta à un guichet. Un homme en uniforme lui demanda son nom.

— Le but de votre visite aux États-Unis, monsieur Bowman ?

— Le but de ma visite ?

— Affaires ou immigration, monsieur ?

— Je viens voir quelqu'un.

— Quelqu'un ?

— De la famille.

— Votre famille a-t-elle la nationalité américaine ?

— Je sais pas.

— Souhaitez-vous obtenir la nationalité américaine, monsieur Bowman ?

— Quoi ?

— Vous pouvez dès à présent remplir un formulaire, prouvant votre arrivée sur le territoire national. Dans cinq années, en présentant ce document dans n'importe quel tribunal du pays, vous pourrez demander à devenir citoyen américain.

L'employé de la Cunard leva les yeux sur lui.

— Souhaitez-vous remplir le formulaire ?

— Je vais pas rester cinq ans.

— Sachez que vous pourrez à tout moment, lors de votre séjour, vous procurer ce document auprès de l'administration. Bienvenue aux États-Unis d'Amérique, monsieur Bowman.

Il signa à côté de son nom sur le registre que lui présenta l'employé, traversa le bâtiment et ressortit dans la rue au milieu d'une cohue de porteurs et de voyageurs s'engouffrant dans des fiacres. Les grandes malles et les valises en cuir étaient chargées dans des charriots ; les premières classes, contrariées par cette arrivée nocturne sans fastes, lançaient des ordres secs pour qu'on les emmène loin d'ici au plus vite.

Bowman arrêta un porteur.

– John Street ?

– Ouais, l'église méthodiste.

– Pour l'église, je peux pas vous dire. Mais si vous suivez South Street, vous allez croiser John Street dans cinq ou six blocs. À gauche. Mais je serais vous, j'irais pas trop par là-bas à cette heure.

Il n'eut pas le temps de demander pourquoi, le porteur avait repris son travail.

Arthur suivit le trottoir et disparut dans la brume. Le jour pointait, une lueur grise montait à l'est. La rue suivait les quais d'un port immense et il devinait les silhouettes de navires amarrés, leurs mâts dressés dans le brouillard. Sur sa gauche, des façades d'entrepôts fermés, des lettres peintes sur les briques, aux noms d'entreprises de commerce.

Arthur avait perdu le compte des rues, tourna finalement à gauche et s'enfonça dans la ville sans savoir où il allait. Il ne voyait pas à vingt mètres devant lui, longeant des immeubles aux étages invisibles. Des hommes surgissaient du brouillard, des ouvriers et des travailleurs. C'était l'heure des premières embauches. Casquette sur la tête et mains dans les poches, ils marchaient vite, le froid de l'aube glissant sur les cous rentrés dans les épaules. Bowman tourna encore à un coin de rue, puis à un autre, se retrouva sur un boulevard plus large où la visibilité était un peu meilleure. Il longeait les grilles d'un parc. Des arbres nus, aux silhouettes de fantômes, tendaient leurs doigts crochus vers la lumière du ciel, leurs troncs encore pris dans un voile laiteux et ouaté. Il n'y avait personne sur le trottoir, il lut une pancarte accrochées aux grilles : *City Hall Park.*

Arthur marchait maintenant sans but, attendant que la ville se découvre devant lui. De sa bouche s'échappaient des nuages de vapeur, se diluant dans la brume comme dans le souffle de la ville elle-même, encore endormie. D'ailleurs il entendait sa respiration, un murmure lointain, comme un froissement de tissu ou un ruisseau. L'atmosphère irréelle et le manque de sommeil devaient lui jouer des tours. Bowman s'arrêta pour écouter. Il ne rêvait pas. Le bruit augmentait. Il marcha jusqu'au milieu de la chaussée déserte et se tourna vers le côté de la rue d'où montait ce murmure étrange. Une masse sombre surgit du brouillard, occupant toute la largeur du boulevard. Arthur recula jusqu'aux grilles.

Des femmes avançaient en se tenant par les coudes, leurs vêtements et leurs pas légers se mélangeant pour produire ce suintement irréel, emplissant le silence de la ville. À mesure qu'elles marchaient vers lui et entraient dans la lumière, Bowman découvrit le cortège. Elles étaient des centaines. Peut-être des milliers. Le flot de vêtements noirs, sans jambes mais hérissé de têtes, n'en finissait plus. Leurs visages étaient graves et pâles, elles portaient des blouses sur leurs robes. Des ouvrières.

Arthur fit demi-tour et partit devant ce flot silencieux, avançant d'un pas rapide. Creusant la distance entre elles et lui, il se retrouva seul dans la brume en train de s'éclaircir, poursuivi par un chœur de plus en plus fort. Des centaines de voix douces qui en devenaient une seule, grondant comme un tonnerre.

– À l'hôtel de ville !
– À l'hôtel de ville !
– Le textile en grève !

Arthur suivait les grilles en cherchant l'entrée du parc. Une autre rumeur monta devant lui. Un bruit qu'il reconnut cette fois. À vingt mètres il vit arriver dans sa direction une ligne de soldats. Une troupe marchant au pas cadencé, leurs bottes cognant en rythme, les canons des fusils pointant au-dessus des têtes et des corps embrumés. Bowman était coincé entre les militaires et les

251

manifestantes. Il traversa rapidement le boulevard et s'enfonça dans une allée. L'écho des slogans et des bottes ricochait dans la ruelle. Serrant son sac, il continua à courir et entendit un ordre crié par un officier :

– Halte !

Il s'arrêta et revint sur ses pas. Les talons des bottes claquèrent tous ensemble comme un coup de fusil. Les voix des femmes se turent et le bruissement du cortège s'éteignit doucement. Trente mètres séparaient les manifestantes des soldats. Le silence dura quelques secondes. Les respirations des militaires et des ouvrières, échauffés par la marche, montaient en nuages comme de corps de chevaux ayant galopé dans le froid. Les femmes avaient les joues roses, le front plissé, et se tenaient par les bras. Les militaires, droits et immobiles, ne les regardaient pas. Leurs yeux fixaient un point au-dessus de la foule.

Arthur savait reconnaître des hommes nerveux. Peut-être qu'ils n'avaient pas peur de ces femmes sans armes, mais ils n'étaient pas tranquilles face à ces ouvrières de tous âges. Des vieilles et des jeunes, des adolescentes, jolies ou grasses, frondeuses. Il y avait quelques femmes noires aussi. Sur des épaules, perchés, des enfants.

Bowman ne connaissait pas les uniformes de cette armée, ni ne reconnut le grade de l'officier qui s'avança, passant entre les rangs de ses hommes.

– La grève doit prendre fin ! Il n'y aura plus de négociations ! Si vous avancez, nous ouvrons le feu !

Une voix de femme s'éleva du cortège pour lui répondre :

– Nos enfants crèvent de faim !

Une autre ouvrière donna de la voix :

– On veut voir le maire !

– Ouais ! Qu'il sorte de son palais, M. Wood ! On a des choses à lui dire !

Et les cris reprirent :

– À l'hôtel de ville ! À l'hôtel de ville !

L'officier recula derrière les fusils de ses hommes.

Arthur, depuis sa ruelle, regarda de l'autre côté du boulevard. Derrière les grilles du parc, dans les dernières nappes de brouillard retenues par la végétation, des silhouettes se déplaçaient rapidement. D'autres soldats prenaient position sur le flanc de la manifestation, cachés derrière des arbres et des bancs. Les ouvrières étaient coincées entre les grilles d'un côté, les immeubles de l'autre et la troupe leur barrant le passage. Les slogans s'arrêtèrent doucement. Une femme d'une quarantaine d'années, les cheveux en chignon, avança vers les soldats.

– Les hommes vont bientôt nous rejoindre ! Les aciéries ont voté la grève ! Vous pourrez pas nous empêcher d'avancer !

Elle fit encore quelques pas vers les jeunes soldats.

– Militaires ! C'est vos femmes et vos gamins qui vont bientôt mourir de faim ! C'est vos mères qui sont dans la rue aujourd'hui ! Qu'est-ce que vous faites là ? Hein ? Rentrez chez vous ou marchez avec nous ! Parce que chez vous aussi on crève à la tâche et on trime pour moins d'argent qu'il en faut pour vivre ! La troupe avec nous !

Les premiers rangs des ouvrières reprirent en chœur, puis tout le cortège :

– La troupe avec nous !

– La troupe avec nous !

– À l'hôtel de ville !

Bowman, habitué à entendre les ordres même sous des pluies de balles et d'obus, entendit la voix d'un officier au milieu du vacarme :

– Première ligne ! En position !

Vingt soldats mirent un genou à terre.

– Deuxième ligne ! En joue !

Quarante fusils se braquèrent sur les poitrines des manifestantes. Dans le parc les militaires visaient aussi. Des cris montèrent du cortège, du côté des grilles, engloutis par les slogans :

– Y en a dans la parc ! Ils nous encerclent ! Faut partir d'ici !

Arthur recula d'un pas et se colla contre les briques de la ruelle.

Aux premiers rangs, des femmes fermaient les yeux, d'autres pleuraient et tremblaient, soutenues par leurs camarades. Elles firent un pas en avant. La manifestation se mit en mouvement. Les fusils des soldats tremblaient. L'officier hurla :

– Feu !

La première salve sembla ne pas faire de bruit. Parce que personne n'y croyait, ou que les cris des ouvrières étaient aussi forts que les coups de fusils. Un nuage de fumée remplit l'espace séparant les deux troupes. Quand il se dissipa, il y eut des cris de terreur, couverts par les slogans que la foule derrière continuait à scander. Les premiers rangs, poussés par leurs camarades, trébuchaient sur des cadavres en essayant de faire demi-tour. Du parc partit une autre salve. Des balles ricochèrent sur les grilles en sifflant, des vitres d'immeubles éclatèrent. Cette fois le chœur des ouvrières s'arrêta et la panique gagna toute la manifestation, les slogans devinrent des cris aigus.

Bowman couvrit sa tête de ses bras. Il fallut une longue minute pour que les ouvrières arrêtent de courir dans tous les sens et de se bousculer entre elles, que le flot s'inverse et qu'elles commencent à s'enfuir. Pendant ce temps, cinq autres rafales de balles partirent. La ruelle fut envahie. Passant en courant et hurlant à côté de Bowman, des femmes s'enfuyaient en soutenant des blessés, portant des enfants. Les militaires tiraient maintenant à volonté. Le boulevard se vidait et les hurlements des ouvrières s'éloignaient.

– Baïonnettes ! En avant marche !

La troupe avança sur le boulevard, enjambant des corps couchés en travers de la chaussée. Arthur regarda les soldats passer devant la ruelle. Quand ils furent assez loin, il marcha jusqu'au milieu de la rue, dans le nuage de fumée et l'odeur de poudre. Les corps étaient allongés sur le dos ou le ventre, les visages humiliés par la mort, les muscles crispés par le choc des balles. Des robes déchirées découvraient des jambes écorchées et des ventres blancs, de longues chevelures dénouées s'étalaient sur le sol, trempées par des filets de sang coulant en lignes droites entre les pavés. Bowman resta là sans bouger. Dans le parc, les derniers soldats se dispersaient.

Quelqu'un l'appelait :

– Aidez-moi.

À ses pieds, roulée en boule, une jeune femme le regardait.

– S'il vous plaît. Aidez-moi.

Il la retourna sur le dos. Elle tenait son ventre à deux mains. Arthur écarta ses doigts, souleva ses vêtements et regarda la blessure.

– Aidez-moi.

Il passa un bras sous sa tête et ses jambes. Elle ne pesait rien. Une gamine de quinze ou seize ans. Le sang dégoulinait sur la veste de Bowman, fumant dans l'air froid.

Il l'appuya contre un mur dans la ruelle. Son visage était blanc et ses lèvres sèches. Arthur fouilla dans son sac, mais n'avait qu'une bouteille de gin à moitié vide. Il se releva, tourna sur lui-même, se demandant où trouver de l'eau, sachant qu'il était déjà trop tard. Il fit pression sur le ventre de la jeune fille pour ralentir l'écoulement. Elle posa ses mains sur les siennes.

– Il faut un docteur. S'il vous plaît. Ça fait mal.

Elle regardait autour d'elle, revenait à cet homme qu'elle ne connaissait pas, le suppliant.

– Mes parents. Il faut trouver mes parents.

Ses yeux ne quittaient plus ceux de Bowman, elle serra ses doigts sur ses mains.

– S'il vous plaît.

Elle se redressa, grimaçant de douleur, et s'agrippa à lui. Sa voix s'éteignait :

– Mes parents…

Elle mordit son épaule pour ne pas crier. Le sang ne coulait plus sur Arthur, la blessure se tarissait. Elle se blottit dans ses bras comme dans ceux d'une mère, son souffle saccadé en train de

255

ralentir. Sa tête tomba en arrière dans la main de l'homme. Les muscles du cou ne la soutenaient plus, Arthur sentait le crâne peser dans sa paume. Elle le regardait toujours.

Trop jeune pour arriver à partir en paix ; la peur, plus forte que tout, de crever seule sans savoir pourquoi.

– Je peux rien faire pour toi, petite.

Son cœur battait encore et elle le suppliait, avant qu'elle ne puisse plus entendre, de dire quelque chose. Bowman approcha sa main de son visage. La jeune fille, voyant les doigts se poser sur ses yeux, eut un sursaut de panique.

– Chhh. C'est pas moi qu'il faut regarder. Faut pas avoir peur. C'est ton moment, petite. Respire. Y a plus rien d'autre. Juste encore un peu d'air.

Son corps se détendit. Sa poitrine se souleva lentement, puis Arthur sentit sur sa main l'air expulsé de la bouche, un petit souffle tiède, qui s'arrêta quand le corps, comme une baudruche, eut terminé de se vider. Ses doigts glissèrent sur le visage, fermant les paupières. Il se dégagea de l'étreinte du cadavre et le coucha sur le sol.

Sur le boulevard, des soldats ramassaient les corps des ouvrières et les jetaient dans des charriots, les blessées étaient alignées sur le trottoir, sans soins ni couvertures. Le jour s'était levé sur New York. Arthur Bowman, couvert de sang, s'enfonça dans la petite allée en se répétant une question, un sourire mauvais aux lèvres. Il se demandait si la jeune fille, allongée dans la ruelle, avait choisi de remplir le formulaire pour devenir citoyenne américaine.

*

L'église de John Street était une construction épurée, en pierres noires. Presque carrée, sa façade était relevée par un fronton en triangle aux corniches droites. Deux fenêtres hautes et étroites entouraient la porte d'entrée. Une sorte de monolithe coincé entre deux immeubles d'habitation plongeant l'église dans leur l'ombre.

L'intérieur était sombre aussi. Des cierges brûlaient des deux côtés dc la nef, sur des bancs des vieux et des vieilles étaient en prière. Devant l'autel un pasteur parlait avec un jeune couple. Le pasteur était âgé, le crâne dégarni avec quelques derniers cheveux blancs. Il écoutait le couple en souriant.

Près des cierges Bowman attendit, écoutant quelques mots de la conversation, comprenant que le couple préparait son mariage. Ils organisaient la cérémonie avec le pasteur, qui leur répondait sur un ton rassurant.

Quand ils s'éloignèrent, Arthur s'approcha du vieil homme.

– Je peux vous parler ?

– Bien sûr, mon fils. De quoi s'agit-il ?

– C'est le père Selby, de Plymouth, qui m'a donné cette adresse.

Le vieux pasteur sourit.

– Je ne connais pas le père Selby, je suis désolé. Je suis le père Ryan. Vous arrivez d'Angleterre ?

Arthur allait répondre, Ryan regardait sa veste et se pencha en avant.

– Mon dieu ! C'est du sang ? Vous êtes blessé ?

Arthur baissa les yeux sur ses vêtements.

– C'est pas le mien.

– Que s'est-il passé, mon fils ?

– J'ai ramassé un blessé.

Ryan posa une main sur le bras de Bowman.

– Suivez-moi.

Ils contournèrent l'autel et passèrent dans une pièce au fond de l'église. Ce n'était pas un logement, seulement une petite étude encombrée de seaux et de balais, d'une petite table et de trois chaises. La lumière tombait d'une fenêtre étroite aux vitres protégées par des barreaux.

– Asseyez-vous.

Le père Ryan attrapa une cruche et deux verres sur une étagère, servit Bowman qui but sans rechigner. L'eau était froide et lui fit mal aux dents.

– Que s'est-il passé ?

– Je me suis retrouvé coincé au milieu d'une manifestation.

– Vous étiez là-bas ? Le blessé, comment va-t-il ?

Arthur but encore un peu.

– C'était une femme. Une fille. Elle est morte.

Le pasteur Ryan se signa. Souvent Arthur trouvait ce geste ridicule. Mais le vieux ne l'avait pas fait avec un air de pitié, ni de façon mécanique. Plutôt comme une pensée qui ne lui plaisait pas traduite en gestes polis, qui disait que tout ça, au bout du compte, était une belle saloperie.

Arthur ouvrit son sac et posa la bouteille de gin sur la table.

– Faut que je boive un coup. Servez-vous.

Ryan s'assit en face de lui et se versa un fond de verre.

– Mon fils, ce n'est pas pour être mesquin que j'en prends aussi peu, mais parce que mon foie me fait terriblement mal depuis quelque temps. Une vingtaine d'années, si vous voulez savoir.

Ryan leva son verre.

– Vous avez des vêtements de rechange ?

Arthur fit oui de la tête.

– Vous savez où vous allez dormir ?

Arthur lui dit que non.

– Donnez-moi vos affaires. Je vais les faire laver et vous allez vous installer ici.

– Je suis pas dans le besoin, je peux me payer une chambre.

– Mais vous serez mieux ici.

Arthur se leva, sans même réfléchir ôta sa veste et sa chemise, se retrouva torse nu devant la petite table. Le pasteur Ryan se signa. Une belle saloperie.

3.

– Puis-je demander ce qui vous est arrivé ?

– Ça remonte à longtemps.

– Vous ne voulez pas en parler ?

– Depuis quelque temps, j'ai l'impression que je rencontre que des pasteurs qui veulent me faire parler et des fous qui voudraient que je me taise.

Le vieux baissa les yeux et fit tourner son verre entre ses mains, comme s'il hésitait à s'empoisonner un peu plus le foie.

– Il y a des cas dans lesquels je ne crois pas à la confession, monsieur Bowman. Raconter quelque chose de douloureux, cela ne fait souvent que ranimer la souffrance. Qui que vous soyez, je ne pense pas que vous ayez à vous repentir de ces blessures.

Bowman bourra le foyer de sa pipe et frotta une allumette sur la table.

– C'est pas si sûr que ça.

Le vieux pasteur sourit.

– Vous voulez réciter des *Notre Père* ?

– Je pourrais aussi pisser dans un violon en attendant que ça fasse de la musique.

Le sourire du vieux s'agrandit.

– Les bons chrétiens ne sont pas toujours ceux que l'on croit, mon fils. Vous avez essayé de sauver cette jeune fille, la plupart d'entre nous auraient pris la fuite.

– Y avait personne d'autre. Et je pouvais pas la sauver.

– Le hasard est une chose dont j'ai appris à me méfier. Je devrais vous dire que cela appartient à Dieu, mais je suppose que vous me parleriez encore de ce violon.

– J'ai rien fait du tout, je l'ai juste ramassée.

– Est-ce que vous lui avez dit quelque chose ?

– Qu'est-ce qu'on peut dire à quelqu'un qui va crever ?

Le pasteur Ryan avait reculé sur sa chaise et observait l'homme assis en face de lui. Arthur soutint son regard.

– Pourquoi ils ont tiré sur elles ?

– Vous ne semblez pas être un homme trop encombré d'illusions, monsieur Bowman. Si vous en aviez au sujet de ce pays, voilà qui règle l'affaire. Les États-Unis ne sont pas une jeune nation, mais un commerce d'êtres humains florissant. Ceux qui débattent aujourd'hui à Washington de l'émancipation des esclaves sont les propriétaires des usines où travaillent ces femmes. Ce sont eux qui font tirer sur les ouvriers. Dans le Sud, un Blanc qui tue un Nègre ne va pas en prison, mais un Blanc qui aide un esclave en fuite ira moisir dans une cellule pendant longtemps. Le calcul est inscrit dans la loi, monsieur Bowman. Les pauvres sont trop nombreux, on ne doit pas les laisser se réunir. Les ouvrières du textile sont en grève depuis trois semaines. Les ouvriers des aciéries allaient les rejoindre. Les négociations s'arrêtent là. Si l'on tenait honnêtement le compte des revendications, des grèves et des révoltes qui éclatent ici chaque année, plus un politicien n'oserait parler de prospérité de peur de recevoir des pierres sur la tête. Et quand il n'y a pas de crise économique, comme celle-ci qui dure depuis trois ans, on trouve toujours le moyen de se lancer dans une guerre. On fait tourner les usines équipant l'armée, en lui vendant des armes, de la nourriture et des trains.

Le vieux pasteur se pencha au-dessus de la table.

– Mais vous savez déjà tout ça, n'est-ce pas ?

– Je m'occupe pas de politique.

– Vous êtes sûr que vous n'auriez rien pu dire à cette jeune femme ?

– Quand on meurt, on est seul. Le reste, c'est des conneries.

– Vous, monsieur Bowman, je suppose que vous n'avez pas peur de mourir seul, dans ce pays où vous venez d'arriver et ne connaissez personne. C'est bien cela ?

260

Arthur remplit son verre et celui du pasteur.

– Je connais quelqu'un. C'est pour ça que je suis là.

– Nous aurions une connaissance commune, monsieur Bowman ?

– Je cherche le pasteur Peevish. C'est Selby, à Plymouth, qui m'a dit qu'il était peut-être bien passé par ici.

Ryan repoussa le verre devant lui, luttant contre son envie de boire.

– Oui. Peevish.

– Vous le connaissez ?

– Il n'est resté que quelques jours.

– Vous savez où il est ?

– Je n'en ai pas la moindre idée. Lorsque nous partons prêcher, nous ne donnons pas de nouvelles. Nous nous déplaçons là où notre aide est demandée. Dans des villes qui ne sont parfois que des tentes dressées au bord d'une rivière et l'église une caisse en bois sous un arbre, du haut de laquelle n'importe qui pouvant lire devient pasteur. Peevish est parti il y a plus d'un an. Il est peut-être en Californie aujourd'hui, ou enterré au bord d'une piste de l'Utah. Me direz-vous pourquoi vous le cherchez ?

– Je crois qu'il était au Texas en novembre. Dans une ville qui s'appelle Reunion.

– Comment savez-vous cela ?

– Y a une église là-bas ?

– Je vous l'ai dit, ce que vous appelez une ville, qui existait il y a quatre mois, peut avoir disparu aujourd'hui. Mais je ne connais pas cet endroit. Savez-vous ce que le pasteur Peevish y faisait ?

– C'est une ville qu'est pas comme les autres. Une communauté idéale. Utopique.

Ryan sourit.

– Beaucoup de gens essaient de fonder des communautés dans l'Ouest, ceux qui pensent y trouver des terres vierges, sans autorités religieuses ou politiques. Mais l'idéal ne dure jamais longtemps par ici, monsieur Bowman. Les théoriciens, les rêveurs et les

261

illuminés, à moins d'avoir une bonne armée comme les mormons, se font détrousser. Que savez-vous de Reunion ?

— C'est au Texas.

— Et ?

— Il y a eu un meurtre là-bas.

Le vieux pasteur réfléchit un instant. Son sourire s'était figé et son front se plissait.

— Monsieur Bowman, je voudrais vous poser quelques questions, pour que les choses soient claires entre nous. Je ne vous demande pas une confession, seulement de me faire confiance.

Arthur recula sur sa chaise, Ryan croisa ses mains sur la table.

— Avez-vous entrepris ce voyage pour tuer quelqu'un ?

— Oui.

— Cherchez-vous le pasteur Peevish pour le tuer ?

— Je sais pas.

— Vous voulez le tuer ou non ?

— Je sais pas si c'est lui. Peevish ou un autre.

— Ces cicatrices, est-ce celui que vous cherchez qui vous les a faites ?

Non. Mais il a les mêmes.

Ryan était pâle.

— Le meurtrier de Reunion, monsieur Bowman, vient du même enfer que vous ?

Arthur serra les dents.

— Le même.

Le pasteur eut un geste qu'il ne termina pas, comme s'il avait voulu se signer mais que cela ne servait à rien.

— Tous les pasteurs qui partent vers l'Ouest passent par Saint Louis, dans le Missouri. C'est aussi la route que vous devrez emprunter pour vous rendre au Texas. Je vous donnerai l'adresse de l'église méthodiste et le nom d'un pasteur là-bas, qui aura peut-être rencontré Peevish. Je vais faire préparer un lit pour vous et demain je vous rapporterai vos vêtements. Je vous ferai aussi porter à manger.

Le pasteur se redressa en tenant son dos à deux mains. Arthur se leva en même temps que lui.

– Je vous paierai tout ça.

– Vous ferez un don à la paroisse, monsieur Bowman.

Un enfant de chœur déroula un matelas par terre et donna des couvertures à Bowman. Il lui apporta du pain et du ragoût, un peu de rhum et d'eau. Le gamin lui dit qu'il allait fermer et qu'il serait de retour à l'aube.

Arthur déambula dans l'église, une couverture jetée sur les épaules, marcha jusqu'au grand portail et écouta les bruits de la rue de l'autre côté. Il s'arrêta devant les cierges, se réchauffa à leurs flammes et emporta deux bougies neuves dans le réduit. Assis sur le matelas, dos au mur, les couvertures remontées sur ses jambes, il fuma une pipe et but le rhum en regardant le cierge se consumer.

Le lendemain matin, le pasteur Ryan trouva la petite pièce vide. Sur la table il y avait une lettre, dessus des pièces d'argent anglais.

Pasteur, si vous pouvez retrouver les parents de la fille qui est morte, l'argent est pour eux et son enterrement. Sinon c'est pour votre église.

Je sais pas si c'est Peevish. Parce qu'il y a un autre sergent et je les cherche tous les deux. On vient tous de cet enfer que vous avez parlé et ce qui est triste c'est que des monstres comme nous sont vivants et que des gamines crèvent dans la rue.

Peut-être que j'enverrai des nouvelles ici ou que je reviendrai.

Arthur Bowman.

Ryan se signa, plia les vêtements propres du sergent et les rangea dans une armoire.

263

*

Il acheta une nouvelle veste, un tweed aux épaules doublées de cuir, un pantalon assorti, des bottes fourrées à talons plats, une paire de gants en cuir de bison. Il ne garda de son ancien costume que la casquette huilée, ajouta à ses achats un long manteau de couleur noire.

En entrant dans la banque Duncan, Sherman & Co., au 48 de la rue William, Bowman avait l'allure d'un client parmi les autres. Au guichet il demanda le paiement de deux lettres de crédit, pour un montant de deux cents dollars en pièces d'or et d'argent, qu'on lui remit dans une bourse en cuir frappée aux initiales de la banque. Il demanda comment se rendre à Saint Louis et on lui répondit comme une évidence :

– New York Central Railroad. Vous serez à Chicago en deux jours, puis de là, après une autre journée de train, vous arriverez à Saint Louis. La plus belle ligne du pays, monsieur. Vous devriez prendre une voiture, la gare est à l'autre bout de la ville.

Bowman se lança dans le flot de piétons, sur l'avenue Broadway qui longeait le parc de l'hôtel de ville. Arthur ne reconnut pas l'endroit envahi par la foule, la chaussée encombrée de charriots, de fiacres et de trolleys à chevaux. Il y avait des promeneurs dans le parc, des familles et des marchands ambulants sur les trottoirs, vendeurs de beignets et cireurs de chaussures. Il ne restait aucune trace de la fusillade.

Il dévia de sa course, bouscula quelques épaules et s'arrêta à l'entrée de la ruelle, découvrit au pied d'un mur une bottine au lacet défait. Il la ramassa et la fit tourner entre ses doigts, la jeta sur un tas de vieux chiffons et reprit sa route.

La ville était dessinée comme un camp militaire. Lignes droites et numéros. Il quitta Broadway pour continuer sur Park Avenue pendant encore un mile, jusqu'au croisement de la 42e Rue.

À l'intérieur de Grand Central Depot, on aurait pu loger trois fois la gare en bois de Plymouth. Pour trente et un dollars il reçut un billet de deuxième classe à destination de Chicago ; un train partait dans deux heures.

– Vous devrez racheter un billet là-bas. Plusieurs compagnies desservent Saint Louis, sans changement de voiture ni de conducteur.

– Y a des changements pour Chicago ?

– Trois, monsieur.

Dans les galeries commerciales, Bowman s'installa à la terrasse d'un restaurant, sous la voûte du grand hall, commanda de la viande et de la bière et regarda passer les voyageurs. Il acheta un journal à un vendeur. La une annonçait la candidature d'Abraham Lincoln, républicain, aux prochaines élections présidentielles. Arthur reposa le journal, trop distrait pour en lire plus. Il n'avait aucune idée de la distance qui séparait New York de Chicago. En calculant que les trains devaient rouler à la même vitesse que ceux d'Angleterre, il se dit que deux jours de voyage représentaient des milliers de miles. Puis il fallait encore une journée pour atteindre Saint Louis, dernière étape avant le début de l'Ouest d'Irving.

Bowman eut un vertige en réalisant que les États-Unis étaient aussi grands que l'Inde et qu'il y cherchait deux hommes qui se cachaient. Mais dans des espaces aussi immenses, les voies de transport étaient rares, surtout quand des territoires entiers n'étaient pas encore colonisés. Quiconque se déplaçait devait emprunter ces routes. Malgré l'étendue du pays, retrouver la trace d'un homme restait possible. Assis devant son steak, dans ses habits neufs, Bowman comprit aussi que sa fortune ne servirait bientôt plus à rien, qu'il lui faudrait abandonner son costume de bourgeois. Penders et Peevish n'avaient pas d'argent. Il devrait voyager comme eux, passer par les mêmes endroits, avec les mêmes moyens, pour avoir une chance de les retrouver. Parce qu'il en était sûr maintenant, ils survivaient quelque part loin des villes.

Il monta dans son train et ne se sentit mieux qu'une fois les limites de la ville franchies, quand le chemin de fer commença à

265

serpenter entre des collines et des lacs, passant au-dessus de rivières gonflées par les pluies. Arthur regarda défiler le paysage jusqu'à ce que la nuit tombe, un monde de forêts sombres et enneigées, sans apercevoir les collines aux herbes hautes décrites par Irving. Les bancs de deuxième classe étaient rembourrés de cuir ; après une première sensation de confort et quelques heures de voyage, les passagers se tordaient dans tous les sens pour ne pas avoir mal au dos et aux fesses. Il faisait froid dans la voiture, le train se désarticulait dans les virages, secoué d'avant en arrière par les wagons s'entrechoquant. Le bruit était aussi fort que dans la cabine du *Persia*.

L'esprit occupé par le vacarme, Bowman commença à somnoler, serré dans son manteau, tenant son sac contre lui. Quand il se réveilla, il faisait toujours nuit et le train ralentissait. Ils entraient dans une gare éclairée par trois lampes, au milieu de nulle part. Un contrôleur passa dans les voitures et annonça que tous les voyageurs changeaient de train. Bowman attendit sur le quai où soufflait un vent glacé. Vingt minutes plus tard un autre train s'arrêta sur une seconde voie. Un type passa devant lui en tirant une charrette à bras, qui vendait des couvertures. Arthur lui donna vingt cents et se couvrit les épaules puis, tâtant l'épaisseur du coton, en acheta une seconde qu'il négocia à dix cents.

– Pourquoi on change de train ?

Le vendeur souffla dans ses mains engourdies.

– Parce que vous changez de compagnie, m'sieur. Et comme elles ont toutes des largeurs de rails différentes, c'est obligé de changer de machines.

– J'ai payé qu'un seul billet. Faut en acheter un autre ?

– Non, m'sieur. Parce que toutes les compagnies appartiennent à une seule en fait, la New York Central de Vanderbilt. La Central rachète toutes les compagnies du Nord-Est, mais ils ont pas encore refait les voies, alors faut toujours changer de train.

Ce qui ne changeait pas, c'était la qualité des sièges. Bowman plia une couverture sur le banc, s'enroula dans la deuxième et reprit sa nuit. Le lendemain, pendant toute la matinée, le train fila à travers des forêts de sapins, interrompues seulement par quelques baraquements forestiers. Bowman était parti sans emporter à manger. Le contrôleur lui dit qu'ils feraient bientôt escale à Rochester pour un changement de train et que là-bas il aurait le temps de se restaurer.

La ligne de chemin de fer longea pendant quelques miles un immense lac gelé. Sur la glace volaient des tourbillons de neige, dans les interstices du wagon passaient des courants d'air et quelques flocons. À Rochester, Bowman eut aussi le temps de faire quelques courses, de la nourriture et une bouteille de bourbon. Tout l'après-midi et jusqu'à la nuit, le troisième train qu'il prit suivit la rive du lac. On refit le plein d'eau et de charbon à la gare de Buffalo. À Cleveland, après un autre changement, il embarqua dans le dernier train à destination de Chicago, descendit de voiture en fin de journée et racheta aussitôt un billet de la Saint Louis, Alton & Chicago Railroad. Il repartit quelques heures plus tard et voyagea de nuit sans rien voir du pays qu'il traversait en roulant maintenant vers le sud.

Arthur avait espéré que Saint Louis serait une ville calme. Il y régnait une activité encore plus intense qu'à New York, malgré un froid qui changeait tout en pierre. La gare était un nœud ferroviaire comme il n'en avait jamais vu. Les trains étaient chargés de marchandises, des attelages de douze ou seize mules tractant des charriots accrochés les uns aux autres emportaient des caisses et des tonneaux, les fouets claquaient et les conducteurs hurlaient. La gare était construite sur la rive d'un fleuve à l'eau marron, aussi large que le Gange ou l'Irrawaddy, où étaient amarrés des dizaines de bateaux pareils à des immeubles, sortes d'énormes barges à vapeur de trois étages, entourées de coursives. Les marchandises passaient des trains aux bateaux et des bateaux aux trains. Les rues étaient en terre, sillonnées d'ornières durcies par le gel sur lesquelles les charriots dérapaient et rebondissaient. Bowman n'avait jamais vu une telle précipitation. Comme si toutes les marchandises du pays arrivaient ici en même temps et que les habitants de Saint Louis, pris de panique, se démenaient pour les évacuer avant d'être engloutis. Pour se faire entendre dans cette frénésie, tout le monde criait. Les bêtes s'y mettaient aussi, gueulant sous le fouet, les sabots pris dans la glace. Il jeta une couverture sur ses épaules et s'en couvrit la tête, traversa la rue jusqu'à un saloon dont le brouhaha s'entendait du trottoir d'en face.

À l'entrée du Two Rivers Saloon, une pancarte annonçait : *Une boisson achetée, un repas offert.* Malgré ça, tout le monde à l'intérieur était occupé à boire et peu d'assiettes encombraient les tables. La densité de population était proche de celle d'un marché de Bombay. Il y faisait chaud et l'air saturé de fumée était irrespirable, cent personnes braillaient et riaient. Bowman se fraya un chemin jusqu'au comptoir, un barman lui demanda ce qu'il voulait.

– Bourbon.

– Je vous sers le repas ?

Il attendit d'avoir goûté le bourbon à cinq cents avant de se décider. Quand le barman posa un verre minuscule devant lui, il demanda où se trouvait l'église méthodiste de Saint Louis. Le type éclata de rire sans rien ajouter de plus et repartit servir d'autres clients. Bowman vida son verre et ressortit, suivit le trottoir de planches, sorte de ponton passant au-dessus de la boue, et entra dans une boutique, le Rovers' General Store. Les présentoirs et les étagères étaient chargés d'aliments, de vêtements, d'outils, de tabac, de munitions et d'alcool. Dans une armoire vitrée, derrière le comptoir, des armes neuves et d'occasion, pistolets et fusils. Arthur attendit son tour et s'approcha de la caisse. Le patron, chauve, la joue gonflée par une chique, lui demanda ce qu'il voulait sans lever la tête.

– Me faudrait du tabac.

– Combien ?

– Une demi-livre. Et une bouteille de bourbon. Pas le moins cher, pas le plus cher.

Arthur régla ses achats.

– Je cherche une église. Une église méthodiste, à Saint Louis. Ça vous dit quelque chose ?

Cette fois le patron du magasin le regarda et sourit.

– Les méthodistes ? Ils doivent être à Manchester avec tous les autres. Personnellement, j'ai pas tellement le temps d'y aller, mais faut vous dire que je le regrette bien. Si vous cherchez un prêcheur, vous allez là-bas et vous mettez un coup de pied dans un arbre. Il va vous en tomber trois sur le coin de la figure.

– Manchester ?

– C'est bien à quinze miles d'ici, un campement en dehors de la ville. Si vous voulez je peux vous arranger un transport.

– Vous faites ça aussi ?

L'homme parut étonné.

– Et si vous cherchiez un bateau, ça serait pas un problème non plus. La seule chose que vous trouverez pas chez moi, ce sont des filles.

Il éclata de rire.

– Elles sont chez mon beau-frère, de l'autre côté de la rue.

Derrière un cheval de trait au cul large comme une locomotive, un tilbury était attelé, juste assez large pour que deux personnes s'y installent. Le cocher avait un air de famille avec le barman, cachant son crâne chauve sous une toque de fourrure, lui aussi une chique dans la bouche.

– C'est vous, l'Anglais ? Le frangin vous a dit le tarif ? Faut payer tout de suite.

Bowman lui régla la moitié de la course.

– Vous êtes méfiant depuis toujours ou bien c'est ma tête qui vous revient pas ?

– Un peu des deux.

Le cocher éclata de rire et fit claquer les rênes.

– Hue ! Lincoln !

– C'est son vrai nom ?

– Non, mais ce canasson, c'est un vrai politicien. Il répond à tous les noms. Lincoln, c'est pour vous faire plaisir, vous avez l'air d'un républicain.

Le cocher attrapa son fouet et frappa le cul du cheval.

– Ils paient jamais ce qu'ils doivent.

Il poussa encore un éclat de rire et le tilbury se mit à sauter en l'air dans les ornières, derrière le cheval qui trottait à son allure, indifférent aux coups de fouet et aux cris du conducteur. Quand le cocher essaya de tirer sur les rênes pour la faire ralentir, la bête baissa la tête et l'homme décolla de son siège. Il remit sa toque en place et cracha un jus de tabac noir sur son canasson.

– Putain de rosse. C'est p't-être bien un démocrate finalement. Vous en avez aussi en Angleterre ?

La campagne était plate, les champs vides et les arbres des vergers donnaient froid à voir. Sur la piste empierrée, le cheval, animal politique flegmatique, trotta à bonne allure. Le conducteur avait largement entamé sa gourde de rhum et somnolait quand ils arrivèrent au camp de Manchester.

Sur chaque baraque en bois, aux fenêtres calfeutrées par des tissus, était peint à la main le nom d'une congrégation. Évangélistes, baptistes, adventistes, étudiants de la Bible, luthériens réformés ou universels, catholiques, tous les représentants du commerce de Dieu y étaient réunis. Un avant-poste aux cheminées fumantes, des écuries improvisées, des écoles faites de quatre planches et ces chapelles que seules les lettres peintes différenciaient de cabanes à charbon ; tout autour des toiles de tentes battaient dans le vent, des silhouettes emmitouflées s'y précipitaient pour se mettre à l'abri. Au milieu de ces bicoques trônait la chapelle de l'église épiscopale méthodiste. Le seul bâtiment en briques, peint en rouge, avec un fronton à colonnes et un beffroi blanc. Les méthodistes avaient pignon sur rue dans ce village provisoire et l'absence de courant d'air dans le bâtiment devait leur assurer un certain succès spirituel. Bowman balança un coup de coude au conducteur, qui ouvrit les yeux et tira un grand coup sur les rênes.

– Ho ! Victoria !

Arthur descendit du tilbury avec son sac.

– J'en ai pas pour longtemps. Vous m'attendez ici.

– À vos ordres, majesté.

Quinze minutes plus tard, quand Arthur ressortit de la chapelle, le conducteur s'était réfugié sous le fronton et tapait des pieds sur les marches pour se réchauffer. Dans le tilbury, Bowman s'enroula dans la couverture, sortit son bourbon et en vida un quart sans reprendre son souffle, sous les yeux attentifs du frangin Rover.

– Comment je vais au Texas d'ici ?

– Eh ben y a soit le bateau jusqu'à La Nouvelle-Orléans et après Houston, soit la ligne de la Butterfield qui va jusqu'à Fort Worth.

– La Butterfield ?

– Le courrier. Ils prennent aussi des passagers dans les diligences.

– Fort Worth, c'est loin de Dallas ?

– Pas que je sache.

– Et c'est loin d'ici, Fort Worth ?

Le cocher regarda Bowman.

– Qu'est-ce que vous croyez ? On a mis au moins six cents miles entre le Texas et nous.

– C'est quoi le plus rapide ?

– Vous êtes vraiment pressé d'y aller ?

Les voitures de la Butterfield Overland Mail partaient deux fois par semaine de Saint Louis, le prochain départ était pour le lendemain matin. En face du General Store des frères Rover, le lupanar de leur beau-frère louait des chambres à un dollar la nuit, avec un dîner et un petit déjeuner offerts si l'on prenait une fille ou qu'on achetait une bouteille. La sœur Rover n'était pas chauve et tenait la caisse de l'établissement, elle ne chiquait pas de tabac et était aussi laide que ses frères. Bowman eut droit à son repas gratuit après avoir demandé une bouteille de bourbon, la même que chez les frangins, payée le double du prix. Le rez-de-chaussée était un grand salon avec un bar, comparable en tous points au Two Rivers Saloon mis à part les rideaux aux fenêtres, des banquettes agrémentées de coussins et beaucoup moins de monde. Les filles ressemblaient plus à des serveuses qu'à des danseuses, leur travail consistant à faire consommer les clients plutôt qu'à les emmener dans les chambres. D'ailleurs, il fallait avoir bu longtemps avant de se lancer dans une telle aventure. Si elles étaient aimables et polies, mieux valait éviter de les faire sourire. Elles avaient les dents de la misère et la complexion triste de mères ayant perdu leurs enfants. Le Chinois de Pallacate, en comparaison, tenait un palace et entretenait des princesses. Bowman mangea à l'écart, repoussant les avances commerciales des filles sous le regard déçu de la patronne.

La chambre était propre, le lit défoncé, la pièce chauffée au charbon. Il se coucha et quelques minutes plus tard la tenancière frappa à sa porte. Voyant qu'il persistait à vouloir dormir seul, elle consentait à une réduction substantielle et proposa de lui envoyer une fille pas méchante pour le réchauffer cette nuit. Bowman lui demanda si elle était de la famille, la sœur Rover repartit en claquant la porte. La seule compagnie que Bowman garda dans le lit fut son sac de voyage et ses lettres de crédit.

À l'église de Manchester, le pasteur se souvenait de Peevish. Il était passé il y avait une année, puis était revenu deux fois au camp pour de courts séjours. La dernière fois qu'il était passé, c'était il y avait cinq ou six mois, pendant l'été, avant de repartir pour le Colorado. D'après le pasteur, Peevish n'avait pas été prêcher au sud, avait surtout porté la bonne parole le long de la piste de l'Oregon et de Santa Fé. Il avait ajouté que Peevish était un voyageur infatigable, que peut-être il s'était rendu au Texas sans qu'il le sache.

Bowman tournait dans son lit en essayant de dormir. La nuit avançait et à mesure que la patronne vendait de l'alcool en bas, les chambres de l'étage se remplissaient les unes après les autres. L'ensemble, à travers les cloisons en bois et les planchers craquant, évoquait un peu le train dans les montagnes et un peu le *Persia* dans les vagues.

4.

Avis aux voyageurs de la Butterfield Overland Mail

La consommation d'alcool est interdite à bord de la diligence, mais si vous devez boire, partagez votre bouteille.

Si des dames sont à bord, les gentlemen ne devront fumer ni cigare ni pipe car leur odeur incommode les femmes. Chiquer est autorisé, mais crachez dans le vent, pas contre lui.

Des peaux de bison seront distribuées en cas de mauvais temps.

Ne dormez pas sur l'épaule de votre voisin. Ne ronflez pas trop fort.

Les armes à feu sont autorisées et ne doivent être utilisées qu'en cas d'urgence. Ne tirez pas pour le plaisir, ni sur les animaux sauvages, les coups de feu peuvent effrayer les chevaux.

Si les chevaux s'emballent, restez calmes. En sautant de la diligence, vous risquez de vous blesser et de rester à la merci des éléments, d'Indiens hostiles et de coyotes affamés.

Sujets de conversation interdits : les attaques de diligence et les révoltes indiennes.

Les hommes qui se comporteront de façon cavalière à l'égard des dames seront expulsés de la diligence. La marche pour rentrer est longue. Que cet avertissement vous suffise.

Quatre autres voyageurs étaient assis sur les bancs de la salle d'attente. Un jeune couple propre sur lui, bagages aux pieds, silencieux. Un petit homme rond, chapeau melon et visage couperosé, un manteau de seconde main sur le dos, lisait un journal. Le dernier était un homme plus âgé qui lisait un livre les coudes appuyés sur sa valise. De là où il était, Arthur ne pouvait pas voir le titre de l'ouvrage. Le conducteur, une fourrure jetée sur les épaules, était armé d'une carabine automatique ressemblant à celle que Bowman avait vue dans l'armurerie de Walworth. Il s'appelait Perkins et annonça que la diligence était prête. L'homme au chapeau melon le connaissait, ils se serrèrent la main.

Les sièges de la voiture étaient à peine assez larges pour trois personnes, sous leurs pieds des sacs de courrier leur remontaient les genoux jusqu'au ventre. Le voyage jusqu'au Texas durant six jours, certaines des recommandations de la Butterfield n'étaient pas superflues. Bowman s'installa avec le vieux et l'homme au melon sur une banquette, dos à la route, en face du couple à qui ils laissèrent une banquette pour deux. Des toiles étaient tendues sur les fenêtres, bouchant la vue mais n'arrêtant pas le vent qui soufflait toujours sur Saint Louis. Sitôt les passagers embarqués, Perkins fit claquer son fouet et la diligence s'élança dans la ville.

Le petit homme gras s'appelait Ernst Dietrich, était négociant en bétail et se rendait à Fort Worth pour acheter un troupeau de six cents têtes devant être livré à Saint Louis au printemps. Dietrich était bavard et malgré le règlement, soucieux de rassurer la dame, affirma que sur cette partie de la piste il n'y avait pas de risque d'attaque. Depuis que l'armée avait repoussé les Peaux-Rouges dans les réserves, le pays était tranquille. Les derniers Cherokees et Choctaws qui vivaient dans la région de Fort Smith

274

travaillaient pour la Butterfield, fournissant nourriture et fourrage aux relais, parfois y faisant le service. Quant aux attaques de bandits, elles n'étaient pas non plus à craindre. Les bandes de hors-la-loi sévissaient surtout au Nouveau-Mexique. Fier de lui, Dietrich ouvrit son sac et en sortit un revolver.

– Et s'il y avait un problème, je suis préparé. Remington .44. Tenez, monsieur, voyez comme il est léger.

Le jeune époux soupesa le revolver avec une admiration feinte, visiblement ignorant en matière d'armes à feu. Le couple Bradford ne voyageait pas jusqu'à Fort Worth, s'arrêtait à Fort Smith pour y retrouver de la famille et visiter des terres. M. Bradford avait pour projet de se lancer dans la culture du safran. Cette épice importée d'Afrique et d'Orient, disait-il, s'acclimaterait parfaitement en Arkansas. Et personne encore n'en avait eu l'idée. Son épouse, austère à en gâcher ses traits plutôt harmonieux, l'écoutait sans dire un mot, petite bourgeoise convaincue que le sérieux du projet entrait dans les desseins de Dieu, calculant déjà par hectares plantés le nombre d'enfants qu'elle mettrait au monde. Dietrich, jovial et bruyant, continua à se charger des civilités et se tourna vers le vieil homme à lunettes.

– Et vous, monsieur, où allez-vous ?

Le vieux regarda Dietrich par-dessus ses lunettes et sourit.

– À Dallas. Je dirige une école là-bas. Alfred Brewster.

Le vieil instituteur n'était pas bien épais, Dietrich se serrait contre Bowman pour ne pas l'écraser. Le représentant de commerce se tourna vers le sergent.

– Et vous, monsieur ?

– À Dallas aussi. À côté. Ça s'appelle Reunion.

Dietrich se frotta le menton.

– Reunion ? Ça ne me dit rien. Et vous, monsieur Brewster, vous connaissez ?

Le vieux leva les yeux de son livre et fit non de la tête.

– Vous allez faire quoi là-bas, monsieur… ?

– Je vais voir quelqu'un.

– Affaires ou famille ?

Bowman allait lui dire de la fermer, le vieil homme lui coupa la parole :

– Vous êtes bien installée, madame Bradford ?

Son mari répondit à sa place :

– Nous avons l'habitude, monsieur Brewster, ne vous inquiétez pas.

La piste était bonne et le conducteur, malgré la pluie, faisait galoper les chevaux. Les suspensions en cuir grinçaient, le bois craquait et l'eau passait à travers les rideaux sommaires des fenêtres. Dietrich fouilla encore dans son sac et en sortit cette fois une bouteille.

– Madame Bradford, j'espère que ça ne vous dérangera pas si nous buvons un verre. Avec ce froid, même un médecin de New York conseillerait ce bourbon du Kentucky.

La dame rougit et son mari refusa de boire.

– Eh bien, vous faites un drôle de paysan, monsieur Bradford !

Dietrich, qui avait des manières, sortit aussi un verre de son sac. Le vieux accepta un fond, puis Dietrich servit Bowman qui avala cul sec. Dietrich était déjà bien éméché en montant à bord. Quand il eut terminé le bourbon, il s'écroula sur le vieil instituteur et se mit à ronfler.

Après six heures de voyage, Perkins s'arrêta à un premier relais. Dans la bâtisse en rondins mal chauffée, on leur servit une bouillie de céréales, une viande pleine d'eau et du café. Le train de chevaux remplacé, les bêtes fraîches repartirent au galop une demi-heure plus tard. Au bout de cinq minutes Mme Bradford se pencha par une fenêtre et vomit en prenant soin de faire ça dans le sens du vent. Le vieil instituteur, Brewster, sortit un sirop de sa poche et lui proposa d'en boire un peu.

– Ce sont des plantes, rien de contre-indiqué dans votre condition.

Mme Bradford regarda son mari. Brewster leur sourit.

— Madame attend un enfant, n'est-ce pas ? Je suis aussi herboriste. Ce sirop lui fera du bien, ne vous inquiétez pas.

Dietrich tint absolument à fêter l'arrivée dans ce monde d'un nouvel Américain, tira une autre bouteille de son sac et insista jusqu'à ce que M. Bradford accepte une gorgée. Sa femme but un peu de la potion de Brewster et quelques minutes plus tard ronflait aussi fort que le négociant en bétail.

À la nuit, il y eut un autre changement de chevaux sans que les passagers descendent de voiture. À l'aube ils firent halte dans un autre établissement de la Butterfield et eurent droit à la même nourriture en guise de petit déjeuner.

À bord, quand ce n'était pas Dietrich qui parlait du marché de la viande en pleine expansion, avec les mines de Pikes Peak à fournir et les villes de l'Est où arrivait chaque jour plus de monde, c'était Bradford qui décrivait les vertus infinies du safran. Ils parlaient argent, aucun d'eux ne voulant être en reste et chacun gonflant à mesure les chiffres et les pronostics. Bowman avait fini par voir le titre du livre de Brewster. Sur la couverture étaient gravés le dessin d'une cabane, au-dessus le titre et le nom de l'auteur : *Walden ou La vie dans les bois*, de David Henry Thoreau. Il aurait voulu demander au vieux de quoi parlait le livre, ou discuter de ceux qu'il avait lus, mais n'osait pas devant les autres voyageurs.

Après trois autres changements de chevaux et autant d'arrêts dans des relais, enroulés dans les fourrures de bison rendues puantes par l'humidité ambiante, la diligence de la Butterfield atteignit Fort Smith. On salua les époux Bradford et le conducteur annonça que le départ serait pour minuit, en attendant l'arrivée du courrier de Memphis. Il y avait un hôtel à côté des bureaux de la compagnie, dit-il, où ils pouvaient manger, boire et même louer une chambre pour dormir quelques heures.

Bowman dîna seul au restaurant de l'hôtel, commanda une gnôle pour terminer son repas et le vieux Brewster, qui avait grignoté à une autre table, demanda s'il pouvait se joindre à lui.

– J'ai remarqué que vous vous intéressiez à mon livre. Êtes-vous lecteur, monsieur… ?

– Ça m'arrive… Bowman. Arthur Bowman.

– Puis-je savoir pourquoi vous allez dans cette ville, Reunion, dont vous avez parlé ?

– J'ai quelqu'un à voir.

– C'est ce que vous avez dit. Vous êtes anglais, n'est-ce pas ? Vous avez fait ce long voyage seulement pour voir quelqu'un ?

– C'est ça.

– Cette personne doit vous être chère.

Bowman termina son verre d'alcool, sans doute une fermentation trop brève de cailloux et de rongeurs.

– On peut dire que c'est mon seul ami.

L'instituteur eut un sourire bref avant de se lever.

– Je vais aller me reposer un peu avant le départ, monsieur Bowman. À tout à l'heure.

Arthur resta à table et continua à boire. Quand à minuit il remonta à bord de la diligence, passablement saoul, Brewster et Dietrich étaient déjà installés. Il n'y avait pas de nouveaux voyageurs mais les sacs de courrier occupaient toute la place libre sur les banquettes. Avec cette pluie qui durait, Perkins avait mis tout son chargement à l'abri. Arthur s'endormit dès les premiers chaos de la piste.

À mi-chemin de Fort Smith et Fort Worth, la diligence fit halte dans une vallée large d'un mile. La piste suivait un cours d'eau bordé de peupliers et de saules, qui courait entre des collines aux herbes sèches, hérissées de roches brunes et de sauge rabougrie. Perkins arrêta la diligence au milieu d'un gué, dans un méandre de la rivière. Les chevaux plongèrent la tête dans l'eau et les passagers descendirent pour se délasser et profiter du soleil enfin levé. Le conducteur resta perché sur son siège, carabine à la main. Dietrich lui offrit un coup à boire et demanda s'il pouvait tirer avec son Remington. Le conducteur, curieux de voir en action le revolver flambant neuf, lui dit qu'il pouvait faire quelques cartons. Campé sur ses jambes, les deux mains sur la crosse, le petit homme visa le tronc d'un peuplier. L'écho des détonations ricocha dans la vallée. Après avoir vidé un barillet entier, il n'avait logé qu'une seule balle dans l'écorce. Le négociant en bétail semblait déçu, déclara qu'il ne connaissait pas encore cette arme et ne s'était pas entraîné depuis longtemps. Perkins essaya à son tour. À vingt mètres, il ficha deux balles sur quatre dans le tronc, rendit le Remington à Dietrich en déclarant que c'était une arme excellente et proposa même de la lui racheter. Dietrich, vexé, refusa de s'en séparer.

– Monsieur Bowman, est-ce que vous voulez essayer ?

Arthur le regarda recharger le barillet, six balles en quelques secondes, prit le pistolet dans sa main et le soupesa.

– J'ai pas tiré depuis longtemps.

Perkins sourit.

– Par ici, c'est pas parce qu'on porte une arme qu'on sait s'en servir. J'ai vu des types se tirer dessus dans la rue, à quinze pas, sans rien toucher d'autre que les fenêtres des maisons.

Arthur enleva ses gants, se mit de profil et, de la main droite, le bras tendu, visa le tronc. Il tira trois fois et trois fois fit voler l'écorce. Il fit passer le revolver dans sa main gauche estropiée, rata le premier tir, se concentra, ferma un œil et logea les deux balles suivantes dans l'arbre.

Pendant les deux heures qui suivirent, dans la diligence, Dietrich assomma Brewster et Bowman d'histoires de bagarres, d'attaques de banques et de rois du revolver.

Ils atteignirent Fort Worth le lendemain en fin d'après-midi, avec à peine une heure de retard sur l'horaire annoncé par la Butterfield. Ils venaient de parcourir sept cents miles au sud. Le ciel était bleu et la température beaucoup plus douce qu'à Saint Louis, comme s'ils étaient passés de l'hiver aux premiers jours du printemps.

279

Dietrich salua ses compagnons de route, assura à Bowman que s'il avait besoin de quoi que ce soit, il serait à Fort Worth pendant une semaine, le félicita encore pour son adresse au tir et finalement lui demanda s'il voulait racheter le Remington. Arthur refusa l'offre et demanda au conducteur comment se rendre à Dallas.

– Il y a souvent des convois qui partent d'ici. Sinon vous pouvez louer une voiture, ou même un cheval. C'est à une vingtaine de miles. Ce soir vous trouverez plus rien, mais demain y aura sûrement quelqu'un qui partira pour là-bas.

Arthur s'éloigna en direction de l'hôtel le plus proche, le vieux Brewster le rattrapa.

– Monsieur Bowman, on doit venir me chercher en ville. Nous partons demain matin. Si vous voulez, nous pourrions faire le voyage ensemble.

– Vous pourrez m'emmener à Reunion ?

– Nous n'aurons même pas besoin de faire un détour, je vais là-bas moi aussi.

– À Reunion ?

Le vieux sourit.

Fort Worth était une ville de commerce. Une vingtaine de bâtiments collés les uns aux autres, séparés par une rue large et sans pavés. En fait de rue, la ville était construite de chaque côté d'une piste filant tout droit à l'ouest et à l'est, sorte de relais de grande envergure. Magasins généraux, boutiques de matériel agricole et de semences, une agence du gouvernement texan pour la vente de terrains, le relais de la Butterfield, un maréchal-ferrant, un saloon et deux hôtels. D'autres bâtiments étaient en construction à chaque extrémité, s'ajoutant au centre-ville naissant. Presque toutes les boutiques annonçaient des chambres à louer. Brewster prit une chambre dans le même hôtel qu'Arthur.

– Voulez-vous dîner avec moi, monsieur Bowman ?

L'établissement était propre, le mobilier récent et le lit confortable. Arthur s'allongea une petite heure, le dos meurtri par le voyage. Quand il ressortit sur la coursive, il vit Brewster assis à une table du restaurant, parlant avec une femme. Arthur ne voyait pas son visage, caché par un chapeau d'homme à large bord. Elle portait une robe noire couverte de poussière et une veste de travail en toile, tenait une petite valise souple à la main. Brewster lui souriait. Bowman la croisa dans l'escalier. Elle ne leva pas la tête, mais il aperçut rapidement son visage et quelques mèches de cheveux roux s'échappant de son chapeau.

Brewster buvait une bière dont la mousse s'accrochait à sa moustache grise. Le couvert était mis pour trois personnes.

– Pourquoi vous avez pas dit que vous étiez de Reunion, quand on était à Fort Smith ?

– Parce que je voulais en savoir un peu plus sur vous.

– Et qu'est-ce que vous savez de plus maintenant ?

Brewster sourit, retira ses lunettes et en nettoya les verres avec un mouchoir.

– Pas grand-chose, sinon que vous êtes un excellent tireur. Un style militaire parfait. Dans quelle armée avez-vous appris le maniement des armes, monsieur Bowman ?

Il avait remis ses binocles et regardait Arthur.

– Compagnie des Indes.

– Orient ou Occident ?

– Afrique et Inde. Pourquoi vous avez attendu d'être arrivé pour me le dire ?

– Monsieur Bowman, la ville de Reunion n'a pas que des amis. Que savez-vous exactement de cet endroit ?

Arthur commanda une bière lui aussi.

– Rien. Juste un article que j'ai lu, d'un journaliste qui s'appelle Brisbane.

Brewster reposa son verre, essuya sa moustache du revers de sa main.

– Un article de Brisbane ?

– Qui date de novembre.

Le vieil homme devint pâle.

– À ma connaissance, il n'a jamais écrit qu'un seul article concernant Reunion. Celui qui relatait la mort de M. Kramer.

– Celui-là.

– Qui allez-vous voir à Reunion ?

– Pourquoi vous dites que vous avez pas que des amis ?

– Répondez à ma question.

– J'ai pas de raison de vous expliquer.

Brewster était livide, sa vieille tête blanche tremblait sur ses épaules étroites.

– Qu'êtes-vous venu faire ici ?

Il avait haussé le ton. Arthur regarda autour de lui les clients attablés.

– Je resterai pas longtemps, si c'est ça qui vous inquiète.

– Monsieur Bowman, si vous ne répondez pas, je ne vous conduirai pas à Reunion.

– J'irai de toute façon.

Brewster se leva, offusqué.

– Nous vous interdirons d'entrer sur nos terres, monsieur Bowman.

Aux tables des visages se tournaient vers eux. Arthur serra les dents et parla d'une voix sourde :

– Asseyez-vous, bordel.

Brewster se rassit sur le bord de sa chaise.

– Est-ce que vous connaissiez Richard ? Est-ce pour cela que vous êtes ici ?

– Richard ?

– M. Kramer.

– Non. Je cherche celui qui l'a tué.

Brewster tourna la tête et leva les yeux. La femme était là, elle souriait, mais son expression changea en voyant dans quel état était le vieux.

– Qu'est-ce qui se passe ?

Elle avait passé une robe propre qui lui serrait la taille, ses cheveux étaient coiffés en chignon, aux tables les hommes la regardaient.

– Alfred, qu'est-ce qui se passe ?

Elle jeta un coup d'œil à l'homme au front barré d'une cicatrice. Arthur se leva.

– Si vous voulez pas m'emmener, je me débrouillerai.

Il s'éloigna de la table, s'installa au bar et commanda à boire. Il vida quelques verres en observant Brewster et la femme, en grande discussion. Puis il quitta l'hôtel et marcha jusqu'au saloon, enfumé et résonnant de voix éméchées. Il but du whisky, demanda au barman si un convoi partait le lendemain pour Dallas. Le type lui indiqua une table occupée par deux hommes.

– C'est des gars de la Guadalupe Salt.

Bowman s'approcha d'eux.

– On peut vous offrir un verre ?

Ils étaient déjà saouls, la proposition les tentait.

Les mines de Guadalupe Mountains étaient du côté d'El Paso, ils venaient de parcourir quatre cents miles avec deux chariots chargés de blocs de sel, dans un désert qui à les écouter donnait terriblement soif. Bowman paya une deuxième tournée. Ils étaient sales et puants, plutôt rigolards, jetaient des coups d'œil autour d'eux, du genre à penser qu'une bonne soirée se terminait par une bagarre.

– Reunion, vous connaissez ?

– La communauté ? Ouais.

– Des dingues.

– Ils partagent tout et ils font tous les corvées, les uns après les autres, hommes et femmes. Enfin ils faisaient ça.

– Ouais, parce que y a presque plus personne là-bas. Ils étaient bien trois cents au début. Maintenant il en reste quoi ?

– Vingt ou trente.

– Ouais, pas plus.

– Ils ont acheté des terres de merde et personne savait comment labourer un champ.

– Sont plus doués pour expliquer la vie que pour nourrir leurs gosses.

– Et puis y a eu une sale histoire.

– Un type qui s'est fait trucider.

– La moitié de ceux qui étaient encore là s'est barrée.

Arthur négocia le prix de son transport, leur donna rendez-vous le lendemain et alla acheter une bouteille au comptoir.

– Les gars du convoi, vous les connaissez ?

Le barman lui répondit sans regarder vers la table :

– On les voit passer de temps en temps.

Au restaurant de l'hôtel, quelques clients étaient encore attablés, buvant des alcools. D'autres prenaient leur dernier verre au bar. Brewster était parti, mais la femme était toujours là, assise avec un jeune gars bien habillé d'une vingtaine d'années. Elle devait avoir l'âge de Bowman, peut-être un peu moins. Arthur resta au comptoir avec les derniers traînards, le dos tourné à la salle, l'observant dans un grand miroir. Elle se pencha en avant et murmura quelque chose au garçon avant de se lever. Arthur se retourna, elle passa devant le bar en lançant un regard au grand Anglais, avec son sourire en coin et ses yeux fatigués par l'alcool. La porte de sa chambre donnait sur la coursive. Bowman la regarda y entrer. Son départ sembla précipiter la fermeture de l'établissement. Les clients disparurent et le jeune type avec eux, les serveurs débarrassèrent les tables, dressèrent les couverts du petit déjeuner et éteignirent les lumières. Le bar ferma et on ne laissa que quelques veilleuses allumées dans le hall d'entrée.

Le jeune prétendant revint dix minutes plus tard, poussa discrètement la porte, passa sous les veilleuses et monta l'escalier. Il frappa à une porte. Dans la lumière se découpa la silhouette de la rousse en robe de nuit. Le garçon entra et elle referma derrière lui.

En bas dans la pénombre, assis sur une chaise du restaurant, Arthur sourit et leva sa bouteille de bourbon.

*

Il avalait des œufs et un steak, accompagnés d'un pot de café. Le vieux Brewster descendit de sa chambre ses bagages à la main, rendit la clef au comptoir et s'approcha de sa table. Bowman termina sa viande en mâchant lentement.

– J'ai trouvé un convoi. Je vous avais dit que je me débrouillerais.

Arthur se pencha sur son assiette et la nettoya avec un morceau de pain.

– Monsieur Bowman, si vous êtes à la recherche de l'assassin de Richard, autant que nous vous conduisions nous-mêmes à Reunion. Si vous avez des questions, nous essayerons d'y répondre. En échange, nous voulons savoir pourquoi vous êtes venu jusqu'ici.

– Nous ?

– Mme Desmond et moi.

– Mme Desmond ?

– La femme que vous avez vue hier. C'est elle qui est venue me chercher.

Arthur termina son café et se leva.

– On part quand ?

Le chariot, tiré par une vieille jument, sortit de l'écurie de l'hôtel. La femme avait remis sa veste de travail, son chapeau large et sa robe en laine. Brewster était assis à côté d'elle. Bowman jeta son sac sur le plateau et s'installa à l'arrière.

La piste filait droite, plate, au milieu d'un paysage de prairies parsemées d'arbustes épineux. Des collines claires et rondes terminaient l'horizon ; du bétail, petites taches sombres au loin, cherchait de quoi brouter dans les herbes jaunes. Des ravines sillonnaient la prairie, lits asséchés de rivières saisonnières. Malgré l'air toujours frais, sous le ciel bleu, le soleil chauffait les têtes

285

et donnait soif. Ils parcoururent sept ou huit miles sans que Bowman soit certain de la distance dans ce décor sans fin. Devant eux, à l'est, une ligne sombre se dessinait.

La jument respirait fort, marchant au pas. Lorsqu'ils arrivèrent en vue d'un bosquet au milieu des caillasses, Mme Desmond quitta la piste principale et suivit des traces conduisant aux petits arbres sans feuilles, noueux et blancs. C'était un trou d'eau boueux, d'où était captée une source au débit hésitant. La jument se dirigea vers l'eau marron. La femme aida le vieux Brewster à descendre, qui alla s'asseoir à l'ombre d'un arbre rachitique. Elle lui apporta une gourde et du pain. Bowman s'étira en regardant la piste à l'ouest, dans la direction de Fort Worth. Il y avait un nuage de poussière derrière eux. Peut-être le convoi des types de la Guadalupe Salt en train de les rattraper. Il s'assit prêt du vieux, accepta la gourde et but quelques gorgées d'eau. La femme resta à distance, du côté de la source.

– Monsieur Bowman, j'espère que vous n'avez pas mal pris ma réaction hier soir. Les autorités locales ne se sont pas donné beaucoup de peine pour retrouver le meurtrier de M. Kramer. Qu'un inconnu arrivant d'Angleterre s'en mêle, après tout ce temps, cela a de quoi nous perturber. Cet horrible événement a été un choc pour notre communauté.

Bowman ramassa un caillou, le fit tourner entre ses doigts et commença à le frotter pour en nettoyer la poussière.

– C'est pas un truc qu'on oublie facilement.

Le vieux se tourna vers lui.

– Que dites-vous ?

Arthur serra le caillou dans sa main, regarda sur la piste le nuage de poussière qui se rapprochait.

– Je suis là parce que celui qui a tué Kramer, il a fait la même chose à Londres. Y a presque deux ans maintenant. Je l'ai cherché là bas, mais je l'ai pas trouvé.

– La même chose ?

286

– C'est moi qui ai trouvé le corps.

La voix du vieux était blanche :

– Quand nous étions à Fort Smith, vous avez dit… que vous cherchiez un ami.

– Cette partie de l'histoire, c'est pas la peine que je vous la raconte, ça remonte à trop longtemps.

– Vous savez qui a fait ça ?

– Possible.

– Pourquoi n'en avez-vous pas parlé à la police américaine ?

Bowman laissa tomber le caillou et le repoussa du pied.

– Je peux pas.

– Que cet homme soit votre ami ou non, il doit être arrêté.

– Je peux pas parce que les policiers de Londres croient que c'est moi.

Arthur se redressa. Il distinguait maintenant la forme d'un chariot sur la piste, le bruit des sabots ferrés et des roues cognant sur les pierres parvenait jusqu'à eux. Mme Desmond se rapprocha du vieil homme et de l'Anglais. Bowman mit sa main en visière.

– Vous faites quoi quand vous rencontrez quelqu'un sur cette piste ?

Elle sembla se forcer à lui répondre.

– En temps normal, il n'y a pas de problème par ici.

– Vous avez une arme dans le chariot ?

– Pourquoi ?

– Ces types étaient au saloon hier soir. J'ai pas confiance. Ils vont s'arrêter ?

– La Trinity River n'est qu'à huit miles, mais souvent les convois font une pause à la source pour laisser souffler les bêtes.

– Restez ici.

Bowman déboutonna son manteau, enfonça les mains dans ses poches et avança vers la piste. Les deux types du saloon conduisaient chacun un chariot bâché tiré par quatre chevaux, des fusils posés en travers des jambes. Ils ne dévièrent pas de leur course, restèrent sur la grande piste et passèrent l'un après l'autre en saluant Bowman d'un signe de tête, sans ralentir. Arthur attendit qu'ils se soient éloignés et retourna vers la femme et le vieux.

– Vous devriez avoir une arme.

Ils remontèrent à bord du chariot, elle reprit les rênes.

– Vous dites que ces hommes ne vous inspiraient pas confiance ? Je me demande quelle impression vous leur avez faite.

Ils atteignirent deux heures plus tard les premiers arbres bordant la Trinity, cette ligne sombre qu'on devinait depuis Fort Worth. Ils bifurquèrent sur une piste secondaire longeant la rivière vers le nord. Sur les berges les terres étaient irriguées et travaillées. D'après ce que Bowman pouvait en dire, c'était un endroit propice à la culture, une coulée verte au milieu du décor aride. Le chariot suivit une autre piste et commença à s'éloigner de l'eau. Quand ils passèrent entre les premières constructions de Reunion, ils s'étaient écartés de deux miles de la Trinity.

Des clôtures en mauvais état entouraient des lopins de terre sableux où ne poussaient que des cailloux. La ville était un tas de ruines. Certaines maisons avaient été abandonnées en cours de chantier, quatre poteaux et des chevrons arrachés par le vent. Des portes et des fenêtres battaient dans les courants d'air, les bardages poussiéreux avaient pris la couleur de la terre. Les rues n'étaient pas dessinées comme dans les autres villes d'Amérique qu'Arthur avait vues. Au lieu d'être parallèles et perpendiculaires, elles convergeaient vers un point central, un grand bâtiment dont il apercevait la silhouette. Bowman devinait le plan de la ville inachevée, comme on aurait pu le faire de piquets plantés dans le sol et reliés par des ficelles. Le projet avait été imaginé et dessiné, commencé puis abandonné, comme les champs vides entourés de barrières. Le chariot stoppa devant une maison. Alfred Brewster se tourna vers lui.

– Ceux qui vivaient ici sont partis au début de l'hiver, il reste de quoi vous installer à l'intérieur. Nous devons rencontrer les autres citoyens de Reunion avant de savoir quoi faire de vous.

– Quoi faire de moi ?

– Nous ne pouvons pas prendre de décision sans eux.

Arthur descendit du plateau et regarda le chariot s'éloigner. L'intérieur de la maison était recouvert de poussière mais en ordre. Une table et des chaises, trois lits sans matelas, une cheminée maçonnée et à côté du foyer noirci un four à pain en briques. Des courants d'air passaient entre des planches de bardage déclouées. Arthur posa son sac sur la table et ressortit. Derrière la maison il trouva un tas de bois, des chutes de bardeaux ayant servi à la couverture de la charpente, en ramassa une brassée. Près d'un potager déserté, il cassa les branches d'un arbuste et en fit du petit bois. Il alluma un feu et quand le bardeau commença à crépiter sortit à nouveau. Avec une pierre il recloua les planches en train de tomber. Une cloche sonna. Il vit des hommes et des femmes, seuls, en couple ou tenant des enfants par la main, sortir de chez eux et converger vers le bâtiment central.

La cheminée ne tirait pas bien et la pièce se remplit de fumée. Il désossa un des lits dont il jeta les morceaux dans le foyer. Les pierres du conduit commencèrent à se réchauffer et le feu à mieux brûler. Il s'assit sur une chaise et déboucha le bourbon.

Brewster frappa à la porte une heure plus tard. Le vieil herboriste tenait à la main une lampe et un panier. Bowman approcha une autre chaise du feu et lui proposa la bouteille. Brewster refusa poliment.

– Je vous ai apporté à manger.

Le vieux frotta ses mains au-dessus des flammes.

– Monsieur Bowman, votre arrivée a été le sujet d'une discussion animée. Les citoyens de Reunion voudraient savoir combien de temps vous resterez.

– J'en sais rien. Un jour. Peut-être même que je repartirai demain. J'ai rien que quelques questions. Je pense pas que je trouverai grand-chose ici.

– Les autres ne veulent pas parler avec vous, mais vous pourrez compter sur Alexandra et moi.

Du bout de sa botte, Arthur repoussa une planche dans le feu.

– Alexandra ?

– Mme Desmond.

– Elle habite ici avec son mari ?

– Les Desmond sont arrivés de France avec les premiers citoyens de Reunion. M. Desmond est mort il y a trois ans, d'une fièvre paludique. Comme beaucoup d'autres. Si les hivers sont froids, les étés du Texas sont étouffants et les rives de la Trinity infestées de moustiques. Nous avons aussi beaucoup souffert du manque de nourriture. Jérôme Desmond était affaibli, il n'a pas survécu aux fièvres.

Le vieux se tourna vers lui.

– Comment allez-vous retrouver l'homme que vous cherchez ?

– Tout ce que je sais s'arrête ici. Après, je sais pas où je vais.

Brewster regarda les morceaux de lit en train de brûler dans l'âtre.

– À chaque fois que je regarde un feu, je me dis la même chose. Que les premiers souvenirs sont toujours des feux de camp entre gamins et que les vieillards, à la fin de leur vie, tirent des fauteuils devant les cheminées pour s'en rappeler.

Le vieux souriait, perdu dans ses pensées.

– Connaissez-vous Charles Fourier, monsieur Bowman ?

– Qui ça ?

– C'est un penseur français, un philosophe. Ce sont ses livres et ses idées qui nous ont conduits ici, pour fonder cette ville. Ce que Newton a appelé *l'attraction universelle*, la loi fondamentale de l'univers, Fourier en a imaginé le pendant humain, qu'il a nommé *l'attraction passionnée*. Une force qui préside aux rapports entre les hommes. Nos passions et nos natures sont en nombre limité, une société est une combinaison de ces natures, les individus aussi. En les répertoriant et les cultivant, nous pouvons choisir la vie dans laquelle nous nous réaliserons pleinement. Trouver le métier que nous aimons, comme notre compagnon de vie. Une condition de l'harmonie et du bonheur est d'éviter la répétition. Si un métier ne nous plaît plus, il faut en changer, ainsi de nos partenaires. Fourier a appelé cela la *passion papillonne*. C'est joli, vous ne trouvez pas ?

Bowman se demanda s'il y avait un lien entre cette passion des papillons et la femme rousse dans sa robe de nuit, à l'hôtel de Fort Worth.

– Pourquoi vous me parlez de ça ?

– Parce que j'y pense depuis que vous m'avez parlé de cet assassin.

Bowman avala du bourbon, l'alcool lui parut fort et lui brûla la gorge.

– C'est quoi le rapport ?

– Vous dites que vous le cherchez depuis longtemps. Que vous faites le même voyage que lui et qu'en Angleterre on vous a pris pour lui. L'attraction passionnée, monsieur Bowman. Le lien qui existe entre vous et lui.

Avec les flammes qui se reflétaient sur ses lunettes, Brewster lui rappela le capitaine Reeves dans son salon au bord de la Tamise.

– C'est des conneries. Ça existe pas cette attraction. Et puis vous avez dit que c'était une force pour construire des villes.

– Des cités harmonieuses, oui.

Bowman et Brewster contemplaient le feu, jouant peut-être avec l'idée de plonger leurs mains dans ces braises pleines de souvenirs.

– Vous dites qu'il y a eu un autre meurtre à Londres. Comme s'il y avait chez cet assassin une attirance pour l'horreur, une passion qui le poussait à recommencer. Vous, son poursuivant, peut-être avez-vous une passion complémentaire à la sienne.

Le vieux attendit une réaction de l'Anglais mais Bowman ne dit rien.

– La nouvelle que vous apportez, monsieur Bowman, c'est qu'il n'y aura pas de nouveau monde. Parce qu'ici la liberté de devenir soi-même s'offre aussi à des monstres comme votre ami. Et face à eux nous ne sommes pas suffisamment armés. C'est le combat d'hommes comme vous, et tant que vous existerez nous resterons des utopies. Vous êtes une objection à notre projet.

Le vieux se leva, la lumière des flammes en mouvement creusant ses rides.

– Je comprends pourquoi vous hésitez à raconter votre histoire. J'ai vu cette peur dans vos yeux, monsieur Bowman. Celle d'être pris pour un monstre. Mais il ne faut pas avoir peur. Personne ne sait ce que vous deviendrez ici, quelle sorte d'homme libre vous serez.

Brewster ouvrit la porte, un courant d'air glacé traversa la pièce et coucha les flammes dans la cheminée.

– Nous vous aiderons demain, et quand nous aurons répondu à vos questions, s'il vous plaît, il faudra que vous partiez.

Arthur regarda le bois se consumer en sirotant sa bouteille, puis désossa les autres lits de la maison abandonnée jusqu'à ce qu'il ne reste plus rien à brûler.

5.

– Il ne se sent pas bien. Son voyage à Saint Louis l'a fatigué.
Elle recula d'un pas sur le porche.
– Il m'a demandé de le remplacer.

Bowman n'avait pas dormi, son visage était sec et tiré, ses yeux creusés. Il enfila sa casquette et sortit sans manteau. Reunion sous le ciel bleu avait toujours le même aspect désespérant, de ville fantôme et de rêve abandonné. Les hommes et les femmes qui passaient dans les rues avaient pris la couleur de la terre et des maisons, silhouettes grises aux mines pâles, jusqu'aux enfants qui avaient perdu le goût de jouer, traînant des pieds derrière leurs parents entre les bicoques délaissées. Brewster et ses rêves de cité parfaite l'avaient impressionné, hier soir au coin du feu. À la lumière du jour, l'écart entre ses théories et la réalité donnait envie de ricaner. Bowman avait vu en Afrique des villages de Nègres à moitié nus qui faisaient plus envie que cet endroit.

La femme s'arrêta devant une maison aux volets fermés.

– C'est ici que Richard habitait et que nous l'avons trouvé.

Bowman la regardait, elle.

– C'est quoi votre accent ?

– Si vous voulez entrer, allez-y. Je vous attends ici.

Bowman fit face à la maison. C'était une des bâtisses les plus solides et les mieux conçues de la ville. Avec ses murs en rondins, la seule à pouvoir résister quelques minutes à une attaque. Le seul endroit de toute l'Amérique où Bowman savait que Peevish ou Penders était venu.

– Qui c'est qui l'a trouvé ?

– Quelqu'un qui est parti. Rentré en France.

– Vous parlez bien anglais. Moi je connais pas d'autres langues. Sauf quelques mots que j'ai appris avec les singes.

Alexandra Desmond regarda Arthur Bowman.

– Les singes ?

– Les indigènes de l'armée des Indes.

Arthur fixait la porte de la maison de Kramer.

– Je vais aller voir.

Couvert de poussière, l'intérieur était encore meublé et aménagé. Verres, assiettes, ustensiles de cuisine, tapis sous la table à manger, des cadres aux murs où il devina des gravures de plantes et de rues de villes. Sur la table, un plat et des fruits desséchés recouverts d'un duvet de moisissure. Il y avait deux portes dans le mur du fond, de chaque côté de la cheminée. Il poussa celle de droite, entra dans une pièce plus petite, ouvrit une fenêtre puis écarta les volets. La chambre. Le lit fait, édredon et coussins gris de poussière, une armoire pleine de vêtements, un livre sur la table de chevet. Partout où il posait ses mains, les traces de ses doigts marquaient les objets. Il y avait une autre porte dans la chambre. Bowman entra dans la troisième pièce, cette fois un bureau, et à la lumière de la fenêtre découvrit une bibliothèque remplie de livres, des volumes de toutes tailles. Il lut quelques titres sur les tranches. Des ouvrages scientifiques, de chimie et de mécanique, de botanique, des manuels d'agriculture. Sur le secrétaire, des papiers, des cahiers de notes, des pages de correspondance, des plumes et un encrier que Bowman poussa du doigt. Le fond en était sec et noir. Dans le bureau une autre porte ramenait à la pièce principale. La maison était construite autour de la grosse cheminée.

Dans la pièce de vie, Arthur ouvrit les deux fenêtres donnant sur la rue, vit Alexandra Desmond de l'autre côté, en train de le regarder. Sa robe claire et ses cheveux roux se détachaient sur les portes d'une grange au bardage peint en noir. Ils échangèrent un regard puis il se retourna et avança vers la cheminée.

Des bouts de corde pendaient de chaque côté du linteau en bois, attachés à des gros clous de charpente. Bowman s'accroupit devant l'âtre. Les pierres étaient noires de suie et le plancher brûlé par les éclats de braises.

Non.

Il y avait d'autres taches sur les pierres. Et le sol était sale comme si une marmite mise à chauffer sur le feu s'était renversée. Le sang avait séché et noirci depuis longtemps. Mais il y avait ces traces, sur les pierres de la cheminée. Des signes. Des lettres. Noires sur le noir. Il déchiffra les premières. S. U. R. V... Arthur se releva et regarda à nouveau les bouts de corde sur le linteau. Pour tenir les bras écartés.

Il ressortit de la maison et se plia en deux pour vomir. Devant la grange noire la femme le regardait. Arthur marcha vers elle, les jambes molles, la vision trouble. Il ouvrit la bouche pour demander où trouver de l'eau, parce qu'il avait terriblement soif, que son corps entier était parcouru de fourmillements et que ses mains, lourdes au bout de ses bras, semblaient gonfler. Il n'arrivait pas à parler, la rue s'élargissait à mesure qu'il la traversait. La femme fit un pas vers lui. Le papillon de nuit de Brewster, avec ses cheveux rouges comme des flammes. Il avait envie de glisser dedans ses mains engourdies, pour sentir cette brûlure. Un vertige lui fit perdre l'équilibre et il roula dans la poussière.

Quand il rouvrit les yeux elle était penchée sur lui. Elle l'avait traîné jusqu'à l'ombre de la grange et appuyé son dos contre le bardage. Sa bouche était pleine. Il cracha. De ses lèvres molles un filet de salive et de sang coula sur sa veste. D'un geste maladroit il s'essuya sur sa manche.

– Vous m'entendez ?

Il n'arrivait pas à parler.

– Qu'est-ce qui vous arrive ?

Bowman articula.

– Trop de lumière.

– Qu'est-ce que vous dites ?

– Trop de lumière. Ça me fait mal.

Arthur ferma les yeux et laissa un nouveau vertige l'emporter.

Brewster lui fit avaler une décoction de plantes, un liquide opaque, épais et amer, qui lui souleva l'estomac. Doucement le fourmillement dans ses membres diminua et ses sens retrouvèrent un peu de leur acuité. Il était effondré dans un fauteuil. La rousse était là, Brewster assis sur une chaise à côté de lui.

– Vous devez manger et reprendre des forces, monsieur Bowman. Mme Desmond va s'occuper de vous. Je repasserai plus tard.

Le vieux salua Alexandra et sortit. Dehors la nuit tombait. Le sac de voyage de Bowman était posé avec son manteau sur la table à manger. Une casserole chauffait sur une cuisinière, une odeur écœurante de soupe montait dans l'air, les carreaux des fenêtres étaient recouverts de buée. Elle s'affairait dans la cuisine, lui tournant le dos, et Arthur devinait qu'elle faisait tout pour ne pas le regarder. Sa langue était coupée et gonflée.

– C'est des crises que je fais depuis quelque temps.

– Quelque temps ?

– Depuis deux ans.

Elle posa une assiette sur la table et le regarda avec un mélange de mépris et d'indifférence.

– Je ne pensais pas que vous étiez aussi sensible.

– Sensible ?

– Il n'y a plus rien dans la maison de Richard.

– Vous comprenez pas. C'est parce que j'ai déjà vu ça.

Elle ouvrit le tirage de la cuisinière, le feu se mit à ronfler.

– Alfred m'a expliqué. Cette histoire à Londres, je n'en crois pas un mot. Je ne sais pas qui vous êtes ni ce que vous êtes venu faire à Reunion, mais ce qui est arrivé à Richard n'a rien à voir avec vous. Vous mentez. Il y a autre chose.

Il faisait de plus en plus chaud, Bowman sentait la sueur perler sur son front, sa tête tomba en arrière contre le dossier du fauteuil. Peut-être que c'étaient les plantes de Brewster, ou cet état de flottement, son corps sans force après la crise, mais il se sentait bien.

– Vous comprenez pas. Je l'ai vu des dizaines de fois.

Elle se retourna. Ses yeux étaient de la couleur de ces perles grises qu'on trouvait dans les huîtres de l'océan Indien.

– Qu'est-ce que vous racontez ?

– Là-bas, ils faisaient pas ça pour nous tuer, même si la moitié de mes hommes en ont crevé. Et tous les Birmans. Les Birmans, ils les ont tués plus vite, mais c'étaient tous mes hommes.

Bowman laissa les mots rouler dans sa bouche, comme ces petits cailloux ronds que les soldats suçaient pendant les longues marches pour couper la soif. Elle s'était assise à la table, les mains sur ses cuisses. Des mèches de cheveux tombaient sur son front plissé. Elle l'écouta.

– J'étais le sergent le plus dur d'une flotte de dix mille hommes, peut-être de l'Inde tout entière. C'est ce que disait Wright, et c'est pour ça qu'il m'avait choisi, pour que la Compagnie gagne la guerre contre le roi des Birmans. C'était un mensonge. Le capitaine Reeves me l'a dit. Et un homme qui brûle un village, avec des femmes et des enfants, c'est un homme qu'on peut croire. La mission sur le fleuve a échoué. On a été faits prisonniers, emmenés dans un camp au milieu de la jungle. Des jours de marche, toujours plus loin des côtes où la Compagnie avait ses troupes. On était vingt avec les singes. Jusqu'à un village avec des maisons sur pilotis, une petite rivière, des femmes avec des habits rouges et des enfants. Les soldats de Min ont fait évacuer le village et on est restés seulement avec eux et quelques paysans qui s'occupaient du camp. Pendant un an. D'abord ils ont voulu savoir ce qu'on faisait sur le fleuve, si on était des espions, si d'autres bateaux allaient arriver. Après on avait plus rien à dire. On savait rien de toute façon. Mais ils ont continué. À la fin, on était plus que dix. Celui qui a tué Kramer, il était dans une cage à côté de moi. C'est là-bas qu'il a appris. En regardant ce que les gardiens faisaient aux autres et ce qu'ils lui faisaient. C'est vrai qu'il y a plus rien dans la maison de Kramer. Rien du tout. Comme si c'était juste un cauchemar dans ma tête, des hallucinations. C'est ça le pire. Parce que je suis obligé de me rappeler tout, la forêt, les cages et l'égout, pour savoir que je suis pas fou. Je regarde mes cicatrices pour être sûr qu'elles sont toujours là. Et parfois je sais plus ce que c'est. Je me demande si c'est des décorations, comme celles des Nègres qui se font des marques sur la peau pour montrer qu'ils sont des guerriers. Une fois je les ai trouvées jolies, après que la femme à Franck elle les a nettoyées dans la cabane. Celui que je cherche, ça aurait pu être dans l'autre sens. Comme a dit Brewster. Avec l'attraction passionnée. Ça pourrait être moi qui aurais tué Kramer, et un pasteur qui serait assis ici, ou l'autre sergent, Penders, avec son sourire. On pourrait faire comme vous avec le jeune gars à Fort Worth, faire les papillons de nuit. Changer les rôles quand on en aurait marre d'être la même personne.

Bowman était en extase et souriait.

– Alors on pourrait faire une ville parfaite ensemble. Comme celle-là. Une ville de fantômes dans la poussière.

Il ferma les yeux et un sourire resta sur sa bouche. Avant de s'endormir, il eut une image de la petite fumerie de China Court et des rêves qu'il y faisait. Peut-être qu'il y avait de l'opium dans la potion de Brewster, ou d'autres plantes qui faisaient le même effet. Il avait oublié comme c'était bon de sourire aux monstres de sa mémoire.

Alexandra Desmond s'approcha du soldat anglais qui murmurait encore, des mots inarticulés, poursuivant son délire dans un monde de songes. Elle écarta la couverture, défit les boutons de la chemise et souleva le tissu.

*

Le lendemain matin elle prépara un repas pour deux. Arthur, assis en face d'elle, observait le décor avec appréhension, incapable de faire le tri entre ses rêves et ce qu'il avait vu ou dit. L'attitude de la femme avait changé. Son hostilité avait fait place à une prudence plus attentive. Au lieu de l'ignorer, elle tournait autour de lui. Ils mangèrent en silence puis elle repoussa son assiette.

– Richard Kramer était un ami, un ami intime. Mais c'était aussi un homme difficile, qui avait du mal à trouver sa place dans la communauté. Certaines personnalités sont plus compliquées que d'autres quand il s'agit de vivre ensemble. Si vous vous sentez mieux, je peux vous montrer la ville. Ce qu'il en reste. Et vous expliquer.

Bowman se leva avec elle. Malgré le soleil il enfila son manteau, se sentant trop faible pour affronter l'air frais. Elle marchait à côté de lui, suivant son rythme, s'arrêtant quand il avait besoin de se reposer. Elle ne portait qu'une jupe et une chemise, les cheveux dénoués. Les taches de rousseur ressortaient sur scs joues et son nez.

– Les terres ont été achetées depuis la France par la société de Victor Considerant. Nous avons tous donné de l'argent et un associé de la société, ici en Amérique, s'est chargé de la transaction pendant que nous préparions notre voyage. Considerant était venu lui-même ici pour négocier les terrains, mais son émissaire s'est fait rouler par les représentants du gouvernement texan, qui touchent des primes par nombre d'hectares vendus et d'immigrants qu'ils font venir. Ils gardent les meilleures terres pour eux et leurs amis. À notre arrivée, les parcelles n'étaient pas celles promises et nous avons découvert que leur prix était beaucoup trop élevé. Le sol est argileux, impropre à la culture et éloigné de la rivière de presque trois miles. Une partie était un marécage infesté d'insectes. Nous avons réalisé des travaux de drainage, mais les cultures étaient mauvaises et les propriétaires des terrains le long de la Trinity ont refusé de nous laisser irriguer nos champs ou de nous vendre quelques hectares cultivables. Nous avons creusé des puits qui ne donnent pas assez. Pendant trois ans nous avons eu des sécheresses et des hivers violents. Quand la situation est devenue difficile, les conflits ont éclaté entre nous, et avec les dirigeants de la société. Alfred était à Saint Louis pour rencontrer un avocat, nous essayons toujours de faire valoir nos droits sur les terres négociées lors de la visite de Considerant.

Arthur s'arrêta à l'ombre d'une charpente pour reprendre son souffle. Elle l'attendit. Quand il se remit en route, elle reprit son récit :

– Nous venions presque tous des villes. Il y avait parmi nous des artisans, des gens pleins de bonne volonté mais qui ne connaissaient rien à la vie rurale. Richard Kramer était ingénieur en chimie. Un homme brillant. Face aux difficultés, il disait que nous devions agir et arrêter de parler, que la ville disparaîtrait si nous ne faisions pas quelque chose. Il cherchait un moyen d'enrichir nos terres, espérant résoudre les problèmes de nourriture. Il cherchait une solution pour tout le monde, en même temps refusait le système que nous voulions établir. C'était sa contradiction. Il allait de plus en plus souvent à Dallas, pour vendre ses services d'ingénieur et rapporter un peu d'argent à la communauté. La société de Considerant, endettée elle aussi, a finalement accepté de rembourser ceux qui voulaient quitter Reunion. Beaucoup sont rentrés en Europe, certains sont restés en Amérique pour tenter leur chance ailleurs. Il n'y avait plus qu'une soixantaine de citoyens au début de l'hiver dernier. Après l'assassinat de Richard, la moitié est partie. Ceux qui sont encore là se préparent à rentrer en Europe. Les terrains ont été achetés en noms propres, nous vivons ensemble mais sommes propriétaires de nos terres.

Ils marchaient entre les maisons vides ; quand ils croisaient quelqu'un, Alexandra Desmond échangeait un sourire et un salut. Les citoyens de Reunion avaient quelque chose de ces colonies de pestiférés que Bowman avait vues en Asie. Des monstres qui fuyaient la présence des gens sains en leur jetant des coups d'œil curieux et craintifs.

— Il y avait un prêcheur ici ?

— La communauté est ouverte à tous les cultes. Il y avait plusieurs prêtres au début. Le dernier est parti après la mort de Richard. C'était un vieux Français, il est rentré chez lui. Vous avez parlé d'un pasteur après votre malaise, c'est l'homme que vous cherchez ?

— Un Anglais. Il a mon âge à peu près. Il y avait des Britanniques ici, à l'époque du meurtre ?

— Non.

— Un ancien militaire ? Un type de ma taille, blond aussi ? Qui aurait eu l'accent d'ici ?

Elle sourit.

– Il n'y a pas encore vraiment d'accent américain, mais personne non plus qui ressemble à cette description.

Elle fit quelques pas et s'assombrit.

– L'assassin de Richard n'était pas un habitant de Reunion. Nous sommes au bord d'une piste fréquentée et Dallas n'est qu'à deux miles sur l'autre rive de la Trinity. Comme je vous l'ai dit, Richard se rendait de plus en plus souvent là-bas.

Ils arrivèrent devant le grand bâtiment central. Elle expliqua que c'était leur lieu de réunion, où ils organisaient aussi les activités communes, les mariages et les fêtes quand il y en avait, les baptêmes et l'enseignement.

– Tout ceux qui ont des connaissances dans un domaine les font découvrir aux enfants, aux adultes aussi. C'est à la fois un temple, une administration, une école et un lieu de rencontre.

Ils s'éloignaient à présent de la ville et se dirigeaient vers la ligne sombre de la rivière. Arthur se sentait mieux, l'air était revigorant et il jeta son manteau sur son épaule. Ils avançaient lentement, leurs pas soulevaient des petits nuages de poussière d'argile.

– J'ai jamais fait une promenade comme ça.

– Comme ça ?

– À Londres je marchais tout le temps. Je faisais des rondes tout seul. J'ai jamais marché avec une dame.

Alexandra Desmond eut un petit sourire qui s'effaça rapidement.

– Je ne me suis pas non plus promenée depuis longtemps. Depuis la mort de Jérôme.

Arthur attendit quelques secondes avant de poser sa question :

– Pourquoi vous êtes venue ici avec lui ?

– Parce que nous avions lu trop de livres.

– Vous lisez des livres ?

– Les femmes ne devraient pas lire ?

Arthur s'empourpra et les mots se bousculèrent dans sa bouche :

301

– J'ai acheté un livre une fois pour une femme. Un livre qui était écrit par une femme aussi.

Elle le regarda à nouveau.

– Je ne vous imaginais pas non plus avec un livre entre les mains.

Il hésita.

– Avant je lisais que la Bible, quand j'étais soldat. Et puis une vieille m'en a donné un autre, qui parlait de l'Amérique…

Il s'était arrêté au milieu de sa phrase.

– Continuez, j'aime bien cette histoire.

Arthur se retourna vers la ville, à quelques centaines de mètres derrière eux.

– Ce livre, c'était un cadeau pour un des Anglais que je cherche. Mes histoires, elles reviennent toujours à ça.

Dans ce *ça*, Bowman sembla inclure les silhouettes grises des maisons de Reunion.

– Monsieur Bowman, quand vous étiez endormi, après votre crise, j'ai regardé vos cicatrices.

Arthur fut pris d'une bouffée de chaleur. Les yeux gris de Mme Desmond étaient plantés dans les siens.

– Vous avez dit qu'une fois, vous les aviez trouvées belles. Après qu'une femme vous avait lavé.

– J'ai dit ça ?

– C'est ce que j'ai entendu.

Elle reprit sa marche et Arthur lui emboîta le pas.

– Nous sommes venus ici pour vivre la vie dont nous rêvions.

Arthur baissa la tête.

– Je suis pas quelqu'un qui pourrait vivre ici, comme votre mari.

– Je ne pense pas non plus.

Elle s'arrêta.

– Pourtant vous êtes ici.

Elle le regardait étrangement.

302

– Accepteriez-vous de prendre mon bras et de marcher jusqu'à la rivière ?

Arthur, intimidé, leva son bras sans savoir s'il allait accompagner la veuve Desmond ou si c'était elle qui le soutiendrait.

– Vous avez aussi dit que nous n'étions que des fantômes. C'est peut-être vrai. Et quand nous serons tous partis, c'est vous qui hériterez de cette ville, monsieur Bowman. Mais il y a une autre image que vous avez utilisée et que j'ai préférée.

– Une image ?

– Les papillons de nuit.

Il ne se souvenait pas. La main de la femme se posa doucement sur son bras.

– Nous croyons connaître les papillons de nuit parce qu'ils viennent tourner autour des lampes, alors qu'ils vivent dans l'obscurité. Quand ils sont attirés par la lumière, ils ne sont plus eux-mêmes et deviennent fous. Peut-être que cette communauté est une de ces lumières, un éclairage trompeur, et que la vérité est dans l'obscurité, là où ne pouvons pas voir. Monsieur Bowman, vous êtes une lumière étrange, qui jette des ombres au lieu d'éclairer. Je n'aime pas la nuit, pourtant j'aime votre image.

Il faisait noir quand ils revinrent à Reunion. Arthur s'installa dans le fauteuil avec une couverture. Alexandra Desmond dormait dans la chambre à côté. Il lutta contre le sommeil, écoutant les craquements de la maison qui se refroidissait, se demandant si c'était le bruit de pas sur le plancher.

Le matin ils mangèrent en silence. Quand elle eut terminé son petit déjeuner, leur conversation reprit comme si la nuit n'avait pas passé.

– Je ne crois pas au fond que nous ayons lu trop de livres. Seulement que nous vivons entourés de gens qui n'en ont pas lu assez, aussi incultes que cette terre. Si nous avons été naïfs, c'était en croyant des hommes d'affaires, plus qu'à nos idées. S'il y avait quelque part un autre endroit où je pourrais être une femme libre, de lire ou d'écrire des livres, de participer à la vie politique, d'enseigner ce que je crois, de prendre la parole quand bon me semble et de choisir les hommes avec qui je veux vivre, alors je repartirais.

Comme s'il y avait entre eux une intimité dont Arthur ne savait rien, Alexandra Desmond le regardait de façon embarrassante.

– Je n'ai pas beaucoup dormi, je me suis demandé où vous alliez partir. Pendant un moment j'ai pensé vous rejoindre. Pour vous demander de rester.

Elle se leva et lui sourit.

– Mais ce n'est pas possible. Vos cicatrices ne sont pas encore belles. Vous êtes toujours ce soldat, cet homme à putains de tous les continents, et vous seriez malheureux aux côtés d'une femme comme moi. Savez-vous que dans certaines tribus d'Indiens de ce pays, ceux que vous appelez des *singes*, des *Jaunes* ou des *Rouges*, quand une femme ne veut plus de son mari, elle sort ses affaires devant la porte de la maison pendant la nuit ? Quand le mari les trouve le matin, il les ramasse et part trouver une autre maison et une autre femme.

Arthur chercha du regard son sac et son manteau. Ils n'étaient plus dans la pièce.

– Je vous conduirai à Dallas. C'est là-bas que vous devez continuer vos recherches. Vous n'êtes pas obligé de répondre, ma franchise n'engage pas la vôtre et je crois que vous avez déjà beaucoup parlé. Si vous pouvez supporter ce silence, alors acceptez-le.

Sa bouche était sèche.

– Le silence, c'est ça que je voudrais.

Alexandra Desmond ouvrit la porte devant lui, ses affaires étaient soigneusement posées sur le perron.

Bowman alla saluer Brewster. Le vieil herboriste lui remit un flacon de cette potion qu'il lui avait administrée, lui conseilla, s'il le pouvait, d'en prendre une cuillère avant les crises s'il sentait venir un malaise, d'en boire deux cuillères après s'il ne parvenait à l'éviter. Le vieux était mal en point. Il tombait en morceaux en même temps que sa ville et bientôt crèverait avec elle. Brewster n'évoqua même pas la recherche du tueur et regarda Bowman s'éloigner sur le chariot, avec ces yeux qu'il avait eus en regardant les flammes, cette absence nostalgique, bientôt sénile.

Le chariot quitta Reunion et une demi-heure plus tard, la veuve Desmond s'arrêta à l'entrée de Dallas.

– Je ne vais pas plus loin, je déteste cette ville. Mais vous êtes presque arrivé.

Elle lui serra la main et ne la lâcha pas.

– Vous n'y êtes sans doute pour rien, mais votre venue a réveillé toute ma tristesse, monsieur Bowman, et avec elle l'espoir d'y échapper. Nous devons nous féliciter de cela.

Arthur ne comprenait rien à ce qu'elle disait mais ne voulait plus lâcher sa main. Il descendit du chariot, les genoux d'Alexandra étaient à la hauteur de son visage. Il avait envie de poser sa main sur sa jambe mais hésita et ses doigts, stupidement, se posèrent sur le bois du chariot, effleurant le tissu de sa robe. Elle sourit et fit claquer les rênes, la jument s'ébroua.

Il passa devant la pancarte de Dallas, ville texane en pleine expansion où le port des armes était interdit et où le nombre d'habitants, en cette année 1860, s'élevait à six cent soixante-dix-huit âmes. Il ne se retourna pas pour regarder Alexandra repartant vers Reunion.

*

Le soir même, après s'être renseigné dans les magasins et les commerces de Dallas, il descendit d'une remorque chargée de bois de charpente à l'entrée du ranch Paterson. Des granges et des enclos étaient en construction autour d'une maison neuve, de deux étages, longue de vingt mètres. Les bâtiments se multipliaient à vue d'œil, comme si le ranch s'élevait à mesure que de l'autre côté de la rivière s'arrachaient les planches des maisons de Reunion. Le contremaître du Paterson dirigeait le levage d'un pignon de grange, tiré par des chevaux et des hommes actionnant des poulies. Une fois la structure dressée et stabilisée, Bowman s'approcha de lui.

– On m'a dit en ville que vous embauchez.

Le contremaître, qui devait être aussi expert en charpente qu'en bétail, le regarda de la tête aux pieds.

– Tu sais faire quoi ?

Arthur tourna la tête vers les chantiers et les terres où paissait du bétail.

– Je peux tout apprendre. Mais si vous avez besoin de quelqu'un pour botter le cul à trente gusses, je sais déjà faire.

– Tu veux mon boulot, c'est ça ? C'est quoi ce costume de chasse au renard que t'as sur le dos ?

– Pas eu le temps de me changer. Et je veux pas de problèmes. Les ordres me dérangent pas, mais faut pas que j'apprenne que mon salaire est pas le bon.

– Tu connais les Paterson ?

– C'est les patrons.

– Et ils sont pas arrivés ici en se laissant emmerder par la valetaille. Où t'as bossé avant ?

– Quinze ans en Inde, j'étais sergent.

– Je te laisse l'équipe qui approvisionne le ranch en matériaux. Ils sont pas foutus d'être dans les temps. Huit dollars pour une semaine de six jours, avec un lit et la bouffe. Si ça marche comme y faut, dans deux semaines on passe à seize dollars. On a quatre-vingts gars qui travaillent sur le ranch. Sur le lot, y en aura bien trois ou quatre pour se foutre de ton accent british. Tu casses la gueule à personne.

Arthur tendit la main.

– Bowman.

– Shepard.

Il demanda où il dormait.

– La grande baraque là-bas. Tu vois avec Bill, c'est lui qui s'occupera de te trouver un lit.

Arthur ramassa son sac.

– Combien coûte un cheval ici ?

– C'est pour attaquer une banque ou tu veux un bourrin qui t'attende devant l'abreuvoir du saloon ?

– Pour visiter la région.

– Pour porter un gars comme toi sous le soleil, un mustang à vingt dollars devrait faire l'affaire. Si tu le laisses au ranch, c'est un demi-dollar de pension par semaine.

Arthur sortit cinq dollars de sa poche.

– Si dans une semaine je suis encore là, vous gardez cinq dollars sur ma paie. Ça sera suffisant comme acompte pour aller faire un tour ?

– T'auras même une selle avec. Et je vais te faire une autre fleur, j'irai pas raconter à tout le monde que t'es arrivé avec de l'argent plein les poches. Va te changer.

– Bill ?

– Un de ceux qui aiment pas les Anglais.

– Y aura pas de problèmes.

Le contremaître éclata de rire.

– Ce connard vient d'Ukraine, tu peux le remettre à sa place si t'as besoin.

Arthur s'éloigna en direction du bâtiment des employés.

– Bowman !

Il se retourna.

– Si tu croises des gars du Hollis Ranch ou du Michaeli en ville, et qu'ils te proposent un meilleur salaire, tu viens me voir avant de te barrer.

6.

Dans le bâtiment des employés du Paterson, les hommes se divisaient en deux catégories : ceux qui s'occupaient du bétail et ceux qui s'occupaient du reste. C'était une caserne où les grades n'étaient pas clairs, la discipline limitée aux heures de travail, les démissions aussi fréquentes que les embauches et les expulsions. L'ambiance était bonne et, comme tout ce que Bowman avait pu voir de cette partie du pays, provisoire, de passage, en attente de rêves plus grands à réaliser. Les vachers économisaient pour construire leur propre ferme, les artisans pour lancer leur affaire, les cuisiniers pour monter leur restaurant. Et pendant qu'ils rêvaient, le ranch Paterson grandissait. Commencé avec trois mille hectares, passé à cinq, il en faisait dix mille aujourd'hui, tout au long de la Trinity River. Bowman apprit qu'avec deux mille dollars il pouvait acheter au Texas presque autant de terre que les Paterson. Le problème d'un ranch de dix mille hectares, c'était tout l'argent qu'il fallait ensuite pour en faire quelque chose.

En mettant cinq dollars de côté par semaine, un vacher devait travailler deux ans pour acheter des terres, un peu de bétail et quatre planches pour se construire une maison. Si entre-temps il restait des terres à vendre. À ces prix, des morceaux entiers du pays étaient achetés chaque jour.

Tout le monde parlait du King Ranch, du côté du Rio Grande, qui faisait dans les cinquante mille hectares. King avait passé la frontière pour embaucher des villages entiers de Mexicains. Bout à bout, les noms des grands propriétaires expliquaient pourquoi tous les restaurants, commerces, fermes et ranchs dont on parlait le soir aux tablées allaient être construits *à l'Ouest*. Là où il n'y avait encore personne, des terres fertiles qu'il suffisait de choisir et de prendre, des rivières, du gibier, les plus beaux chevaux sauvages du pays et des forêts magnifiques. Pour partir à l'Ouest, il fallait un chariot, une paire de bœufs, de quoi manger pendant le voyage, un fusil, des munitions, trouver une femme, attendre encore un peu que l'armée en ait terminé avec les Indiens. En conséquence de quoi, le rêve étant toujours repoussé de quelques mois, une solution s'offrait à tous, cette fois rapide, sûre et sans peine : aller dans le Colorado chercher de l'or. Ceux qui parlaient des grandes compagnies minières raflant les filons et expulsant les petits orpailleurs se faisaient siffler et traiter de couards. Pour devenir riche au Colorado, il suffisait d'avoir des couilles et à peine un peu de chance. Le soir, parmi tous ces types braillant de plus en plus fort qu'ils avaient raison à mesure qu'ils réalisaient qu'ils avaient tort, une quinzaine ne disaient rien. Ceux qui n'avaient pas de projets, pour qui l'Ouest s'était arrêté à Dallas, six cent soixante-dix-huit âmes. Les gars de l'équipe de ravitaillement.

Une fois les vachers et les charpentiers embauchés, puis le moindre type qui s'y connaissait en quelque chose, les trois gros ranchs de la région n'avaient laissé en ville que des bras cassés à employer, ce qui expliquait que Bowman ait été pris sur-le-champ et que l'équipe du ravitaillement soit bonne à rien. Principalement des costauds, qui avaient pas mal de points communs avec leurs mules, l'abnégation en moins.

Le premier jour que Bowman passa au ranch, personne ne fit de commentaires sur son accent, le deuxième non plus, et personne ne rit de ses vêtements de travail étranges, pantalon et vareuse de pêcheur. Le ranch était à huit miles au nord de la ville, une heure et demie à cheval, le double avec des chariots pleins. Le bois acheté à Dallas arrivait soit des grands lacs du nord, par bateau sur le Mississipi, puis par convois de mules depuis Vicksburg, soit de Pennsylvanie au port de Houston, sur le golfe du Mexique, en passant d'abord par l'Atlantique. Deux négociants en ville se répartissaient les filières du nord et du sud. Pour construire en pierres, il suffisait de se baisser et de mettre un coup de pioche dans la terre des Paterson, mais les maçons n'avançaient pas assez vite. Depuis cinq ans le ranch doublait chaque année la taille de ses troupeaux et les convois de bois arrivaient à Dallas en continu. La ville faisait penser à un essaim d'abeilles accroché à une branche d'arbre au milieu du désert.

Si les ravitailleurs n'étaient pas des employés très motivés, il y avait aussi des problèmes du côté des fournisseurs. Les trois grands propriétaires, Paterson, Hollis et Michaeli, étaient en concurrence pour les ventes de printemps et la construction du plus grand ranch de la région. Dans les bureaux des marchands de bois, les dessous-de-table étaient quotidiens et quand Bowman rencontra son homologue de chez Hollis, il comprit pourquoi Shepard l'avait embauché. Le chef d'équipe du Hollis Ranch était un type grand et peu aimable, qui leur mettait des bâtons dans les roues à coups de dollars et de menaces subtiles aux fournisseurs. Il s'appelait Brisk et personne ne riait de son accent allemand ni de son anglais approximatif. Quand ils se rendirent pour la deuxième fois à Dallas, accompagnés de Bowman, ses gars le virent prendre Brisk à part, discuter avec lui au milieu de la rue, et puis ça s'arrêta là. En fait Bowman n'avait pas parlé, il l'avait regardé un moment et ils s'étaient séparés calmement. Brisk, à compter de ce jour, n'avait plus posé de problème. Les muletiers et portefaix de Bowman retrouvèrent aussi du cœur à l'ouvrage.

Après huit jours de travail consécutifs, un dimanche, Bowman sella un mustang dans l'écurie du ranch. Shepard l'avait choisi pour lui, un sourire en coin. C'était un entier, de taille moyenne pour ces chevaux sauvages, version un peu réduite et trapue d'un croisement arabo-andalou. Un alezan de huit ans, bien musclé, aux pieds noirs. Encore un peu jeune, le cheval avait été cassé par les vachers du Paterson, mais il était trop nerveux pour travailler au bétail. Un trait de caractère courant chez les mustangs ayant vécu trop longtemps à l'état sauvage avant d'être matés. Capturé à trois ans, le cheval de Bowman avait les nerfs à fleur de peau. La bête lui avait plu, quelque chose de distant dans le regard. Il s'était imaginé que lorsqu'il serait dessus, on ne l'approcherait pas trop, qu'ils feraient la paire. Le mustang n'avait pas été sellé depuis plusieurs mois et le contact du cuir l'agaçait. Bowman était resté un moment avec lui dans le box de l'écurie, assis sur une barrière à fumer une pipe pendant que l'animal lançait des coups de sabots dans les planches. Petit à petit, le cheval s'était approché pour sentir la fumée du tabac, Bowman avait attendu qu'il le touche d'abord, puis lui avait frappé doucement l'encolure en lui promettant une balle dans la tête s'il essayait de le sortir de selle. Au son de sa voix, le cheval avait reculé d'un pas et couché ses oreilles en arrière.

Le mustang n'avait pas de nom. S'il revenait vivant de son premier voyage à Reunion, Bowman réfléchirait à quelque chose. Il le laissa suivre la piste de Dallas sans toucher aux rênes, observant ses réactions au passage d'un bosquet feuillu ou lorsqu'ils croisaient un cavalier ou un attelage. Quand il rencontrait un autre cheval, le mustang ne semblait même pas le voir. Au passage de la nourriture, il tournait ses oreilles vers son cavalier sans ralentir ni tourner la tête. Il attendait d'en savoir plus, comme s'il avait compris que ces rênes lâchées sur son garrot étaient un piège. À l'approche du gué de la Trinity, Arthur le lança au trot. Le mustang maintint une allure constante sans que son cavalier ait besoin de l'éperonner. Le cheval était malin et Bowman conclut qu'il n'était sans doute pas trop nerveux pour travailler, seulement qu'il n'en avait pas envie. En sortant de l'eau, Arthur lui donna un coup de talons dans les flancs. Les jambes rafraîchies par la rivière, le mustang partit dans un galop rapide et souple qui épargna pas mal de souffrances à Bowman. Si le cheval n'avait pas été sellé depuis des mois, le sergent n'avait pas monté depuis plus de six ans.

Il entra dans Reunion au pas. Cette fois le mustang s'agita, tournant la tête à droite et à gauche quand les portes des maisons abandonnées claquaient au vent. Peut-être que le cheval sentait aussi la nervosité de son cavalier.

Alexandra Desmond sortit de sa maison en voyant Arthur approcher.

– Déjà de retour ? Vous êtes plus courageux que je pensais, monsieur Bowman.

Elle sourit.

– Entrez, s'il vous plaît.

Elle servit du thé, s'excusa pour son formalisme petit-bourgeois et Bowman ne comprit pas pourquoi elle disait ça. Elle l'écouta raconter en quelques mots son embauche au ranch Paterson, ses premières visites à Dallas en tant que chef d'équipe.

– Et qu'est-ce que vous lui avez dit, debout au milieu de la rue ?

– Rien. J'ai fait comme quand j'étais sergent. Je les regarde dans les yeux, je fais que penser à ce qui me passe par la tête et personne fait d'histoire.

– Et ce Brisk, il a arrêté de vous mettre des bâtons dans les roues ?

– Ouais.

Elle était amusée, comme devant un enfant racontant ses exploits. Bowman s'en foutait.

– J'ai eu une idée, une image, quand je suis arrivé au ranch Paterson. C'était comme s'ils construisaient leurs granges en même temps que votre ville, ici, elle tombait en ruine.

Alexandra Desmond baissa les yeux. Bowman ne l'amusait plus.

– Deux familles sont encore parties cette semaine.

Arthur regarda ses mains fines, à peine déformées par le travail, autour de la tasse de thé.

– Et vous, combien de temps vous allez rester ?

Elle ne répondit pas, Bowman parla plus doucement :

– Vous allez le chercher cet endroit ? Celui qui sera mieux que Reunion ?

Alexandra se leva et prit un livre sur une étagère, le posa sur la table devant lui.

– Vous disiez que vous lisiez parfois des livres, je pense que celui-ci vous intéressera.

Arthur prit l'ouvrage dans ses mains et passa le bout de ses doigts sur la gravure de couverture.

– C'est celui que Brewster avait dans la diligence.

– Je lui avais prêté. Vous me direz ce que vous en pensez. Et si vous devez partir, emportez-le avec vous. Je serai la deuxième femme sur cette terre à vous avoir offert un livre. Je m'en contenterai, mais c'est parce que je suis plus jeune et plus belle que la première.

Ses taches de rousseur ressortaient sur ses joues roses. Le cœur d'Arthur battit un gros coup, envoyant jusqu'à ses tempes un flot de sang bruyant.

Bowman ce soir-là, couché dans son lit séparé du reste du dortoir par un drap tendu, ouvrit le livre de Thoreau et commença à lire.

Économie

Quand j'écrivis les pages suivantes, ou plutôt en écrivis le principal, je vivais seul, dans les bois, à un mille de tout voisinage, en une maison que j'avais bâtie moi-même, au bord de l'Étang de Walden, à Concord, Massachusetts, et ne devais ma vie qu'au travail de mes mains. J'habitai là deux ans et deux mois. À présent me voici pour une fois encore de passage dans le monde civilisé... Je revendique de tout écrivain, tôt ou tard, le récit simple et sincère de sa propre vie, et non pas simplement ce qu'il a entendu raconter de la vie des autres hommes ; tel récit que par exemple il enverrait aux siens d'un pays lointain ; car s'il a mené une vie sincère, ce doit selon moi avoir été en un pays lointain.

Il lut deux heures et quand il referma le livre, après avoir réfléchi aux pages qu'il venait de parcourir, il s'endormit en souriant.

*

Dès la semaine suivante, le contremaître passa son salaire à seize dollars, lui demanda de s'occuper aussi de l'approvisionnement du ranch en vivres et matériel pour le bétail.

– T'es l'homme du Paterson à Dallas. Tout ce qui arrive ici passe par toi. Je m'occupe du travail, tu te débrouilles pour que tout ce dont on a besoin arrive en temps et en heure. Si ça continue à bien se passer, on reverra aussi ton salaire. Et, Bowman, la prochaine fois que tu vas en ville, tu t'achèteras des fringues sur le compte du ranch. Si personne le fait, faudra que je commence à me foutre de tes frusques de pêcheur.

Sans que Bowman ait besoin d'éperonner, dès qu'il eut franchi la Trinity, son cheval partit au galop. Il tira légèrement sur les rênes et le mustang tourna à droite sur la piste de Reunion. Ce n'était pas son jour de repos, mais Arthur avait terminé sa tournée à Dallas et en se pressant il pourrait passer une heure là-bas avant de rentrer de nuit.

Alexandra n'était pas chez elle. Le cheval, toujours nerveux dans les rues de la ville en ruine, se laissa conduire jusqu'à la maison de Brewster. Elle était là, dans la bicoque pleine de livres et de flacons, aux volets fermés, plongée dans la pénombre. Le vieux était alité et Alexandra s'occupait de lui. Arthur discuta un peu avec elle, essaya d'échanger quelques mots avec Brewster, pâle et mutique. L'agonie du vieux avait commencé, sans qu'il souffre de maux particuliers, plutôt d'un épuisement général, comme si l'air autour de lui devenait plus rare. Alexandra restait à ses côtés toute la journée, écoutant s'éteindre le dernier cœur chaud de Reunion. Brewster ne reconnut pas Bowman, qui se demanda si son arrivée avait achevé le vieil herboriste. Sa place n'était pas à son chevet.

– Faut que je retourne au ranch.

Alexandra le raccompagna dehors.

– Monsieur Bowman, vous ressemblez de plus en plus à un habitant de ce pays, avec votre cheval et vos nouveaux vêtements.

Elle était lasse et, dans le crépuscule, même ses cheveux prenaient la couleur grise de la ville. Arthur détacha le mustang qui enfouit son nez dans les cheveux de la femme, engouffrant en une inspiration des litres de son parfum.

– Il s'appelle Walden.

Elle lui sourit et lui serra la main. Arthur monta en selle.

– Si vous êtes là, je reviendrai dimanche.

En passant devant la maison de Richard Kramer, Arthur sentit un frisson parcourir l'échine de Walden. À la sortie de la ville, s'en remettant aux yeux de son cheval, Bowman se lança au galop sur la piste noire.

Où je vécus, et ce pour quoi je vécus

À certaine époque de notre vie nous avons coutume de regarder tout endroit comme le site possible d'une maison.

– Bowman, monsieur Paterson veut te voir. Il t'attend.

Everett Paterson était à la fois plus jeune et plus âgé que Bowman l'avait imaginé. Revenu de voyage, il reçut Bowman dans son bureau. Il jetait ses vêtements de ville sur le sol, enfilant une tenue d'équitation pliée sur le dossier d'un fauteuil.

– Shepard m'a parlé de vous, monsieur Bowman.

Derrière Paterson, accroché au mur, le portrait en pied d'un homme sévère les dominait de toute sa hauteur. Paterson père avait un visage pointu et des yeux enfoncés que l'art du peintre n'avait pas pu adoucir. Le fils avait au visage la même fatigue, le même regard âgé et sans lumière. À l'image des yeux du père sous les sourcils épais, Everett Paterson se tenait dans l'ombre du portrait, le dos courbé par une charge invisible et maladive qui le vieillissait. De quoi souffrait-il, Bowman ne pouvait pas le dire,

315

mais la douleur avait flétri sa peau et creusé des cernes depuis de longues années. Un homme sans sommeil, qu'il imagina passant ses nuits dans un fauteuil, les yeux mi-clos, bâtissant des rêves pour oublier son mal.

Everett Paterson s'attarda un instant sur les épaules larges et le dos droit de Bowman. Il savait sans doute en un coup d'œil juger de la force d'un cheval, d'un taureau ou d'un homme, lui qui ne tenait debout que par la force de sa volonté. Bowman fut impressionné par son regard, cette étincelle de fierté interdisant la pitié qu'inspiraient son dos cassé et ses épaules tombantes.

– Shepard n'arrête pas de dire que vous faites un excellent travail. Le ranch a besoin d'hommes comme vous. Je tenais à vous le dire personnellement. De plus, je reviens de La Nouvelle-Orléans et la situation devient difficile. Washington tente d'imposer sa loi aux États du Sud, les abolitionnistes sautent sur l'occasion pour tenter de nous discréditer et la rupture de nos accords est proche. Le Sud ne se laissera pas faire, soyez-en sûr. Votre expérience militaire nous sera utile. Un ancien des colonies anglaises sait de quoi il retourne en matière de commerce. Si vous souhaitez rester, votre place et votre avenir sont assurés au ranch.

Bowman se demandait combien de temps il restait à vivre à l'héritier Paterson. Au bout du compte, ce qu'il disait n'avait aucun sens.

– Pour l'instant j'ai pas d'autre projet, monsieur Paterson.

Le patron sourit et s'assit dans le fauteuil.

– Bien, je vous souhaite une bonne journée dans ce cas. Nous nous reverrons.

Bowman salua d'une main portée à son front et traversa le bureau. Avant de sortir il se retourna et aperçut Everett Paterson, grimaçant de douleur, qui enfilait ses bottes. Le propriétaire des terres, le long de la Trinity, qui avait refusé l'accès à l'eau aux citoyens de Reunion, c'était lui.

Lorsque sa journée de travail fut terminée, Arthur sella son cheval et partit le long de la rivière, dont il suivit la berge jusqu'à la hauteur de la ville fantôme où Alexandra Desmond veillait le vieux Brewster. Il laissa Walden marcher au pas entre les peupliers, réfléchissant à la fortune que lui avait laissée Reeves. Il ne rentra que tard dans la nuit au bâtiment des employés.

Pour calmer son esprit, il ouvrit le livre de Thoreau et lut quelques lignes.

Le voyageur sur la prairie est naturellement un chasseur, aux sources du Missouri et de la Colombie un trappeur, et aux Chutes de Sainte-Marie un pêcheur. Celui qui n'est que voyageur, n'apprenant les choses que de seconde main et qu'à demi, n'est qu'une pauvre autorité.

Le dimanche suivant Bowman quitta le ranch avant l'aube, fit trotter Walden pendant presque tout le trajet et, passé la Trinity, ils se lancèrent dans un galop furieux. Ils arrivèrent à Reunion sous un soleil encore jaune de nuit, à peine détaché de l'horizon. Devant la maison du vieil herboriste, les derniers citoyens de la ville étaient réunis, Bowman s'arrêta à quelques mètres et resta en selle, regardant passer le cercueil. Une caisse rudimentaire assemblée avec des planches de bardage ; Brewster partait en terre dans des morceaux de sa cité harmonieuse. Arthur ôta son chapeau au passage du cortège, Alexandra Desmond s'en écarta pour venir le saluer et Walden posa son nez sur son épaule.

– Vous pouvez m'attendre chez moi.

Elle fut de retour une demi-heure plus tard. Les funérailles du vieux Brewster n'avaient pas duré. La communauté manquait de force pour affronter ce nouveau deuil, le rituel avait été écourté et la lassitude d'Alexandra Desmond tournait à la mélancolie. Elle prépara du café, ils s'assirent à leur place de chaque côté de la table.

– Je suis rentrée chez moi cette nuit, une heure à peine, pour préparer à manger. Il était mort quand je suis retournée chez lui.

Elle marqua une pause.

– Quand on veille un malade, il faut faire ça aussi, même si ça nous fait peur.

– Faire quoi ?

– Le laisser. Au cas où il voudrait partir seul. C'est une idée que nous avons, qu'il vaut mieux mourir entouré, mais les moribonds préfèrent parfois être seuls. Je ne suis pas partie longtemps.

– Dans la forêt, quand y en avait qui crevaient, on les regardait pas. Peut-être qu'ils auraient voulu être seuls, mais ils pouvaient pas. Alors on tournait la tête. Pour ceux qui voulaient pas partir tout seuls, on pouvait rien faire. On était dans les cages et on avait pas le droit de parler. Peevish, le Prêcheur, il faisait quand même toujours une prière, mais sans parler, juste en bougeant les lèvres. Si une femme comme vous avait été là, ils auraient pas crevé de façon aussi moche.

– Pourquoi êtes-vous toujours vivant ?

Arthur passa sa main estropiée sur son visage, effleurant la cicatrice de son front en un réflexe embarrassé.

– Parce que je suis solide. Parce que j'ai eu de la chance.

– Croyez-vous vraiment que poursuivre cet assassin est votre seule raison de vivre, monsieur Bowman ?

– Qu'est-ce que vous voulez dire ?

– Est-ce suffisant pour donner un sens à votre existence ?

Il baissa les yeux.

– J'en sais rien. Pour le moment, oui. Après, si je le retrouve, je sais pas ce qui va se passer.

– C'était ma question.

Elle avait eu un ton ironique. Peut-être qu'elle pensait à son propre sort en l'interrogeant, mais Arthur sentit le sang monter à ses tempes.

– Et vous, maintenant que votre ville est foutue et que vous avez perdu votre mari, que Brewster est mort, elle a quel sens, votre vie ?

La veuve Desmond répondit tranquillement :

— Ne vous fâchez pas, j'essaie seulement de vous comprendre. Pour ce qui est de ma vie, je saurai me débrouiller. Mais je suis curieuse de savoir ce qu'un homme comme vous peut répondre à cette question.

— Un homme comme moi ?

— Un homme d'action.

— Un abruti ?

Elle le regarda d'un air de reproche.

— Ne soyez pas ridicule.

— Je suis pas un ingénieur et j'ai pas lu autant de livres que vous, mais votre question, je sais bien que personne peut y répondre comme ça, avec quelques mots. Y a ce qu'on fait maintenant, et ce qu'on espère pour après. C'est tout.

— Donc vous travaillez au ranch Paterson. Rien d'autre.

— Pour l'instant.

— Qu'est-ce que vous espérez pour après, dans ce cas ?

Arthur se forçait à l'écouter, voulait quitter la maison de la veuve et laisser là cette discussion nauséabonde.

— C'est pas comme ça que ça marche. Pas pour moi.

— Vous n'avez plus d'espoir, monsieur Bowman, c'est ce que vous voulez dire ?

Il serra les poings.

— Merde, vous savez bien que je pense à des choses. Mais c'est pas comme ça que ça marche. Je peux plus faire ce que je veux. Et vous…

— Moi ?

Il regardait la table avec l'envie de la balancer à travers la pièce.

— Vaut mieux que je parte.

— Vous êtes en colère ?

— Arrêtez.

— Parce que je ne veux pas de vous ? Que vous restez là sans savoir pourquoi et que vous partirez du jour au lendemain pour retrouver l'assassin de mon amant ?

319

La colère de Bowman s'éteignit, il fut traversé par une tristesse incompréhensible.

– Pourquoi vous faites ça ?

Les lèvres d'Alexandra se pincèrent. Elle leva la main et Arthur ne réagit pas lorsqu'elle le gifla.

– Vous croyez qu'une femme vous sauvera de votre condition, monsieur Bowman ? Que c'est notre travail de fermer les yeux sur qui vous êtes ? Je ne vous parle pas d'un amour de cette sorte, servile et archaïque. Il y en a de plus grands. Ce ne sont pas des espoirs que vous avez, ce sont des fantasmes minables.

Elle baissa la tête, frottant sa main rougie par la gifle.

– Vous ne savez même pas si vous cherchez une mort ou une vie honorable, monsieur Bowman. Il faudra bien que vous finissiez par choisir, mais tant que vous ne l'aurez pas fait, vous n'aurez pas votre place ici, ni nulle part sur cette terre.

Arthur attendit qu'elle relève les yeux, mais Alexandra ne bougea pas. Il sortit de la maison et la laissa seule, passa le reste de la journée à suivre le cours de la Trinity en direction du sud, avant de remonter vers le ranch par l'autre rive.

Quand il arriva au Paterson la nuit était tombée. Les uns après les autres, vautrés dans des chariots, certains déjà endormis, les employés rejoignaient leurs quartiers après avoir picolé tout le dimanche à Dallas. La moitié de leur solde dépensée en alcools et en putes, leur départ vers l'Ouest venait de prendre une semaine de retard. Bill l'Ukrainien avait fait préparer comme chaque fois une soupe de haricots rouges *à la mexicaine* : rien de particulier, sinon quelques poignées de solides piments pour relever le plat. De quoi piquer une bonne suée et évacuer un peu de whisky avant de se mettre au lit.

Bowman renonça à lire. Une dernière fournée de vachers venait d'arriver, saouls et bruyants, réclamant leur ration de soupe. Bowman les écouta déblatérer et brailler. Il se leva et écarta le drap.

Les hommes arrêtèrent de parler en le voyant surgir, le grand Bowman, avec ses yeux exorbités.

*

Reunion était déserte et silencieuse, sans une brise pour repousser les portes béantes des maisons abandonnées. Dix personnes s'y terraient encore, dispersées dans les cahutes éparses. Le cheval soufflait, comme pour chasser de ses naseaux l'air triste de cet endroit. Arthur baissait la tête, se dirigeant vers la maison de la veuve, le visage dans l'ombre de son chapeau sous les rayons bas du levant. Elle était debout sur le porche, les épaules remontées dans le froid du matin. Elle comprit avant qu'il ait mis pied à terre, avant même de remarquer les fontes pleines et le sac de voyage sanglé à la selle. Elle entra dans la maison et laissa la porte ouverte. Arthur la suivit, s'assit devant la table tandis qu'elle mettait de l'eau à chauffer sur la cuisinière.

Il parla doucement, se forçant à prononcer des mots inutiles :

– J'ai eu des nouvelles. Des gars du ranch, qui ont discuté avec des muletiers d'un convoi d'El Paso. C'est arrivé à Fort Bliss. J'ai démissionné de chez Paterson.

Elle posa sur la table les tasses, le sucre et les cuillères.

– Vous êtes sûr de vous ?

– Peut-être que ça n'a rien à voir. À Londres, après le meurtre, y avait autant de versions que de gens qui en parlaient. Tout le monde inventait. J'en suis pas sûr, non.

Elle s'assit en face de lui.

– Vous savez très bien que ce n'est pas ma question.

Il tourna la tête vers une fenêtre couverte de poussière, devinant derrière le verre sale et grossier les silhouettes déformées des maisons vides.

– Ça sert à rien de recommencer.

321

– Je ne vous demande pas de rester. Je dis seulement que vous n'êtes pas obligé de le poursuivre.

Arthur réunit tout son courage, regardant toujours dehors.

– Et si je restais quand même ?

Elle versa le café.

– Après votre arrivée, j'ai envoyé une lettre à New York. La société de Victor Considerant a accepté de payer pour mon retour en France.

Dehors Walden attendait, il frappa la terre de ses sabots et souffla bruyamment. Ils restèrent silencieux un moment, penchés sur leurs tasses. Arthur couvrit sa bouche de sa main, comme pour retenir les mots.

– Et si je revenais après l'avoir trouvé ?

– Vous ne savez pas si vous reviendrez.

– Si j'avais une raison, ça changerait tout.

Elle se leva et comme le premier jour, quand il s'était retrouvé chez elle après la crise, lui tourna le dos.

– Ces suppositions sont inutiles. Vous savez comme moi que tout cela est absurde.

Il sortit de sa poche les lettres de crédit et une liasse de billets de dix dollars, les posa sur la table.

– Vous avez dit que vous vouliez plus être triste. Et moi, tout ce que je sais, c'est que je suis toujours vivant.

Elle se retourna, regarda les lettres de banque et les billets sans aucune émotion, chercha le regard de Bowman.

– Qu'est-ce que vous voulez acheter avec cet argent ?

– Rien. La seule chose que j'ai faite avec, c'est payer des enterrements pour des gens que je connaissais pas. Peut-être que vous pourrez en faire quelque chose de mieux.

– Je n'en ai pas besoin.

Arthur s'accrochait à son idée.

– Y a une chose que je sais, c'est qu'en France ou en Angle-

322

terre, y a plus rien pour nous. Vous pourriez chercher votre endroit ici ou ailleurs.

Elle serra ses bras sur son ventre comme pour s'empêcher de respirer.

– Arrêtez.

– Je reviendrai. Même si vous êtes plus là. J'aurai plus que ça à faire.

Elle se rassit et posa ses mains sur la table, arrêtant son geste avant de le toucher.

– Je ne peux pas vous en empêcher.

– Vous partez quand ?

– Quelques semaines, le temps de tout organiser. Monsieur Bowman, vous avez le droit d'espérer, même une chose impossible. C'est ce que nous sommes venus faire ici. Vous ne devez pas vous l'interdire.

– À quoi ça servirait ?

Elle avança enfin sa main et la posa sur son bras.

– Rien qu'une image, monsieur Bowman. Un peu de lumière pour les papillons.

Arthur releva la tête et découvrit son sourire triste, ses yeux gris au bord des larmes. Il réussit à lui rendre son sourire.

– Quand j'ai préparé mes affaires, cette nuit, j'ai pensé à quelque chose. Les soldats, ils ont toujours une femme qui les attend. La plus belle du monde. C'est des rêves qu'il faut pas casser, sinon ils sont plus bons à rien. Mais pour une fois, c'est vrai. Et la vérité c'est que la plus belle femme du monde, elle vous attend jamais.

Les doigts d'Alexandra Desmond se serrèrent sur son bras. Arthur posa doucement sa main estropiée sur celle de la veuve et ils restèrent ainsi, silencieux, jusqu'à ce que la force de jouir de cet instant les abandonne.

Arthur monta en selle. Elle s'approcha de Walden, le cheval taciturne, qui posa sa tête sur son épaule.

– Il est toujours regrettable de devoir le dire, mais je suis désolée.

Arthur enfonça son chapeau sur sa tête.

– Cet argent, c'est celui de la Compagnie. Faites-en quelque chose de bien. Y aura pas de meilleure façon de le dépenser.

Il tira sur les rênes, Walden se mit en marche et le sergent ne se retourna pas. Quand il passa devant la maison de Kramer, il n'eut pas besoin d'éperonner, son cheval partit au galop.

Il atteignit Fort Worth en deux heures et, avant de continuer sur la piste d'El Paso, fit halte dans un magasin général pour compléter son équipement et acheter des vivres.

Il avait gardé deux cents dollars. Qu'il s'agissait de faire durer le plus longtemps possible. L'équilibre à trouver était quelque part entre sa survie, celle de sa monture et le poids que Walden pouvait supporter. Un poignard à manche de corne, plus rustique que celui qu'il avait acheté à Londres et beaucoup moins cher, vingt mètres de corde de chanvre, une hachette, cinq litres d'avoine pour sa bête et un seau en tissu qu'il pouvait aplatir et ranger dans les fontes, deux outres en cuir d'un litre et demi chacune, une livre de lard et deux de farine de maïs, du café, une assiette et une casserole en fer-blanc, une boîte à feu contenant un briquet en acier et deux silex, une petite réserve d'amadou et des allumettes. Contre ses vêtements et ses chaussures achetés à New York, il échangea avec le tenancier du magasin une longue veste de pluie, une bonne couverture, du tabac et une bouteille de whisky. Contre sa vareuse et son pantalon de pêcheur, il troqua deux plumes, une petite bouteille d'encre noire et un bloc de papier. La dernière chose qu'il acheta, pour le double du prix de son cheval, fut un fusil Henry de calibre 44 doté d'un magasin de seize balles, et assez de munitions pour chasser une vingtaine de jours. Quand il régla son addition, pour un total de cinquante-huit dollars, le patron du magasin lui offrit un étui pour son arme, une fiole d'huile et un goupillon pour la nettoyer.

– Vous allez jusqu'où, équipé comme ça ?

– Fort Bliss.

– Si c'est votre premier voyage dans l'Ouest, faut pas vous en faire. Des tas de gens sont morts là-bas pour vous. Maintenant c'est rien qu'une histoire de patience. La seule chose qui peut vous tuer, à part les crotales et quelques Comanches, c'est la bouffe des relais de la Butterfield.

Pour un cavalier seul, les relais étaient à deux jours les uns des autres. Jusqu'à la rivière Pecos, le pays était bien irrigué. La seule partie aride était entre les Guadalupe Mountains et El Paso, sur les cent derniers miles de la piste. Comme toutes les grandes routes de l'Ouest, disait le patron, c'était une ancienne piste indienne.

– Les Rouges connaissent des sources qu'on a pas encore trouvées. Ils traversent même à pied. Mais ça veut pas dire que c'est plus facile pour autant avec un canasson. Ces sauvages boivent pas plus d'eau que des lézards et ils sont capables de courir des jours entiers sous le soleil.

Arthur retrouva Walden à l'écurie de l'hôtel, où le mustang avait mangé tout son saoul de fourrage. Il remplit ses gourdes, chargea son équipement et marcha à côté de sa bête jusqu'à la sortie de la ville, le temps que le cheval digère un peu avant de serrer la sangle sur son ventre.

Fort Bliss était à six cents miles à l'ouest, deux semaines de voyage si tout se passait bien. Derrière lui, Reunion n'était toujours qu'à vingt miles. Walden renâcla sous la charge quand il monta en selle.

– Quand on arrivera, j'aurai peut-être perdu quelques kilos, c'est tout ce que je peux faire pour toi.

Le son de sa voix lui parut étrange, comme s'il ne l'avait pas entendue depuis longtemps. Elle n'avait pas changé pourtant, il venait seulement de parler seul. Le soleil était droit devant lui, il baissa la tête et se laissa emporter à la cadence des roulements d'épaules de sa monture.

Parti de Fort Worth en début d'après-midi, Bowman parcourut une quinzaine de miles avant de quitter la piste et de s'en écarter pendant une demi-heure. Observant les arbres, il finit par trouver un cours d'eau bordé de saules et de bouleaux. L'herbe n'était pas encore très grasse mais déjà verte ; une fois la selle et les fontes à terre, attaché à une branche, Walden se mit à manger, relevant la tête pour écouter les bruits du sous-bois. Quand au bout de deux heures Arthur retrouva son campement, revenu bredouille de sa chasse, la nuit tombait et le froid avec elle. Il alluma un feu, remplit sa casserole d'un peu d'eau, y mélangea la farine de maïs, confectionna une galette et la mit à cuire. Il retrouvait sur ce continent une faune et une flore qu'il connaissait, comme ce cresson piquant qui poussait au bord de l'eau, que l'on donnait aux soldats après les longues traversées en mer, remède contre les dégâts du scorbut. S'il reconnaissait les plantes, il n'était pas encore près de manger de la viande. Ses talents de chasseur n'étaient plus à la hauteur. Un daim et deux lapins lui avaient échappé. Trop lourd, trop bruyant, manquant de réflexes. Les bêtes l'avaient fui avant même qu'il les aperçoive.

Son repas terminé, il étendit sur l'herbe le manteau de pluie et s'allongea tout habillé, bottes aux pieds, remontant la couverture jusqu'à son cou. La tête sur son sac de voyage, il écouta le feu crépiter, cherchant naturellement les étoiles au ciel. Incapable de dormir, il rechargea le feu jusqu'au petit matin. Walden avait dormi appuyé à un bouleau, indifférent à l'insomnie de son maître. Arthur s'aspergea le visage dans le ruisseau et, après avoir cuit une galette, mordant dans un morceau de viande salée, ouvrit son sac, posa dessus le livre de Thoreau et s'en servit de pupitre. Sur la page interrompue lors de sa traversée à bord du *Persia*, il nota ce matin-là : *Je suis arrivé jusqu'à Reunion mais il n'y avait rien là-bas. Des gars d'un convoi d'El Paso ont raconté à Dallas qu'il y avait eu un meurtre terrible du côté de Fort Bliss et j'ai repris la route. À New York des soldats ont tiré sur des femmes et il y en a une qui est morte dans mes bras alors que je descendais seulement du bateau. J'ai acheté un fusil.*

Il relut ses notes, laissa l'encre sécher et replia la feuille. Puis il sortit le bloc de correspondance acheté à Fort Worth, trempa la plume et traça lentement des lettres, s'appliquant le mieux possible.

Alexandra,
Ça fait un jour que je suis parti de Reunion et j'ai dormi au bord d'un ruisseau avec Walden. J'ai pas réussi à tuer de gibier et le café que j'ai fait était moins bon que chez vous. J'ai décidé de vous écrire souvent. Parce que c'est comme une autre compagnie en plus de Walden mais plus jolie, et que les soldats font toujours ça, d'écrire des lettres à la plus belle femme du monde.

Il hésita, ajouta quelques mots avant de refermer le bloc et de ranger son campement :

J'espère que vous recevrez un jour cette lettre ou que je pourrai vous l'apporter.

Le premier relais qu'il atteignit s'appelait Sweet Water. Autour du bâtiment de la Butterfield, un embryon de village prenait forme, trois cabanes et une tente. Un maréchal-ferrant avait posé son enclume sur le bord de la piste et, en face de l'établissement de la compagnie de transport, un couple d'Allemands avait installé sous une bâche quatre chaises et une table, servant à manger aux voyageurs. La concurrence devait être rude entre le relais et la gargote, qui annonçait sur une planche peinte à la main : *Meilleure cuisine de Sweet Water.* Bowman fit soigner son cheval à l'écurie de la Butterfield et s'installa pour manger sous la toile. L'après-midi avait presque passé mais il décida de pousser un peu plus loin et de dormir dans les bois. Pour un dollar, homme et bête reprirent la route rassasiés et désaltérés.

Trouver un autre cours d'eau ne fut pas plus difficile que la veille. Arthur n'essaya pas de chasser, prépara son feu pour la nuit et dans les dernières lumières du jour s'installa la tête sur son sac pour lire quelques pages de Thoreau. Il commença un chapitre intitulé *Solitude*. Les descriptions de la nature et les états d'âme de Thoreau ne lui évoquaient rien. Il avait cru en voyant le titre en apprendre plus sur ce qui lui arrivait, mais les mots lui étaient étrangers. Cette affaire de fusion poétique et spirituelle avec le monde lui échappait totalement. Regardant la forêt autour de lui, il ne comprenait pas qu'elle puisse le rassurer, que comme Thoreau il puisse se confondre avec elle. La nature et les paysages, les hommes ne faisaient que les traverser. Là-bas, dans le camp, la jungle de Birmanie n'avait jamais été un réconfort. Il repensa aux collines vertes qu'il avait imaginées en lisant Irving, se disant qu'elles étaient peut-être comme ces rêves impossibles dont avait parlé Alexandra Desmond, des images qu'il fallait garder pour ne pas perdre espoir, mais qui n'existaient pas vraiment. Comme cette cabane idyllique de Thoreau, dont Bowman comprenait finalement, à travers ces descriptions précieuses et enflammées, qu'elle n'était qu'une sorte d'idéal imaginaire. Cette nuit-là, il trouva le sommeil et en se réveillant découvrit Walden penché au-dessus de lui, les yeux fermés, comme si le mustang avait dormi en reniflant son odeur. Arthur n'écrivit rien au sujet de son voyage mais reprit la lettre à Alexandra. Luttant contre la déception d'écrire à quelqu'un qui n'en saurait jamais rien, il s'efforça de tracer proprement les lettres.

Heureusement qu'il n'y a qu'une seule route qui traverse ce pays, sinon je crois bien que je me perdrais. Ça fait seulement deux jours que je suis parti mais je sais déjà plus où je suis. Walden a dormi à côté de moi. Je pense que c'est un bon cheval.

Jusqu'à Pecos, il dut s'éloigner de plus en plus de la piste pour trouver des ruisseaux, rallongeant d'autant son voyage et prenant un jour de retard sur les deux semaines qu'un chariot, transportant de l'eau, mettait pour rejoindre El Paso. Il évitait les petites fermes au long de la route, se tenant à l'écart des habitations, et commença à tuer un peu de gibier. Une perdrix, un lièvre et un autre jour une jeune biche de vingt kilos qu'il dépeça et découpa, faisant cuire le plus possible de morceaux pour les conserver. Après avoir découpé sa prise au poignard, cette nuit-là, Arthur fit des cauchemars et se réveilla en sursaut, poussant un cri qui effraya son cheval.

Au village de Pecos vivaient une cinquantaine d'habitants. Bowman le traversa sans s'arrêter, sachant qu'il aurait désormais toute l'eau et le gibier qu'il lui faudrait. Pendant cinq jours, il suivit la rivière en remontant au nord-ouest, en direction des Guadalupe Mountains, et les mauvais rêves continuèrent. Il ne s'arrêta qu'une fois pour racheter des vivres et une bouteille de whisky. La Pecos River continuait vers le nord, la piste d'El Paso bifurquait à l'ouest. Avant de se lancer dans la traversée de la zone aride, il fit halte au dernier relais de cette portion de piste, acheta deux outres supplémentaires et un picotin d'avoine. Sale et puant, le dos courbé par deux semaines de cheval, Arthur Bowman entra dans la plaine rocailleuse et blanche, apercevant à l'horizon, soixante miles plus loin, les silhouettes des montagnes. Les diligences de la Butterfield partaient avec un train de chevaux frais et parcouraient la distance en moins d'une journée ; il lui faudrait maintenir une bonne allure pour y parvenir. Walden, dès qu'ils entrèrent dans ce désert, baissa la tête et sans que Bowman ait besoin de le pousser, devinant que la prochaine goutte d'eau était de l'autre côté de ce paysage désolé, accéléra le pas.

Arthur avait déjà traversé des déserts, mais avec toute l'intendance et les ressources d'une armée. Si Thoreau s'était réellement lancé dans cette chevauchée, peut-être qu'il n'aurait pas oublié de parler de la solitude dans laquelle la nature pouvait aussi vous abandonner.

Walden tint aussi longtemps qu'il le put avant de ralentir. Bowman lui donna juste un peu d'avoine pour ne pas l'assoiffer, partagea l'eau avec lui. Trois outres pour le cheval, une pour son cavalier.

Il faisait nuit depuis longtemps quand ils arrivèrent au camp de la mine. Après les trente degrés de la journée, la température avait chuté brutalement. Les quartiers de la Butterfield, signalés par une lanterne au-dessus de leur enseigne, étaient au milieu des baraquements des mineurs, longues bâtisses sans éclairage ni fenêtre. Arthur, brûlé par le soleil, frappa à la porte du relais en grelottant de froid. Un jeune garçon s'occupa de son cheval puis le conduisit à une chambre minuscule, traversée par des courants d'air glacés. Bowman s'effondra sur un lit mou et sortit la bouteille de whisky de son sac. Il la but lentement, gorgée après gorgée, jusqu'à la dernière goutte. Il ne luttait pas seulement contre le froid. Une journée de cheval le séparait d'El Paso et Fort Bliss. Si Penders ou Peevish s'étaient rendus là-bas, ils avaient passé la nuit ici. Les cauchemars réveillèrent Arthur, couvert d'une transpiration que l'air froid de la chambre gelait sur son visage rougi par les coups de soleil. Roulé dans ses vêtements, sa couverture et celle du relais, il grelotta en luttant contre le sommeil jusqu'à l'aube. Il ne s'était pas senti aussi mal depuis son départ de Londres. Il retrouvait des vieilles douleurs, des murmures familiers au détour de ses pensées, qu'il se remit à surveiller. Avec deux bouteilles dans ses fontes, il repartit dès le soleil assez haut.

La mine de sel était à ciel ouvert, dans le bassin d'un ancien lac asséché dont les contours, taillés en terrasses par les pelles et les pioches, léchaient les flancs de la montagne. Une piste surélevée, aux bas-côtés eux aussi terrassés, la traversait vers l'ouest. Dans le fond de la cuvette, blanche à en brûler les yeux, des hommes chargeaient des blocs sur des chariots. Plusieurs centaines. Petits, les jambes arquées, la peau foncée, dans des vêtements en coton, ils travaillaient pieds nus sur le sel corrosif. En été, ceux que

Bowman supposa être des Mexicains devaient crever comme des cipayes en soute. À l'ombre des chariots ou des guérites, des Blancs surveillaient les mineurs, saluant parfois le cavalier qui traversait le chantier.

Walden avançait doucement sur cette digue blanche, les oreilles couchées, pour laisser à Bowman le temps de contempler. L'image lui en rappelait d'autres. Des chantiers de construction en Inde, des Nègres en train d'élever un pont, des milliers de Jaunes creusant un canal, le chantier boueux du grand bassin de Millwall à Londres. Après la désolation de Reunion, la mine de sel s'ajoutait à une fresque dessinant le paysage intérieur d'Arthur Bowman. Il sortit une bouteille de whisky de ses fontes, entrant dans une nouvelle plaine désertique qu'aucune montagne cette fois ne terminait, avec la piste toujours, large et droite, filant devant lui. Walden accéléra.

À mi-chemin d'El Paso, ils croisèrent une diligence de la Butterfield lancée à pleine vitesse, chargée de courrier et de passagers. Arthur la regarda passer en se disant que s'il jetait une lettre dedans, elle arriverait peut-être à Reunion avant qu'Alexandra Desmond soit partie.

*

El Paso était aussi grande que Fort Worth, de la taille d'un hameau anglais. Avant d'y entrer, Bowman s'arrêta près du fleuve au bord duquel la ville était construite. Le Rio Grande dont parlaient les hommes du Paterson, frontière avec ce pays inconnu, le Mexique, était aussi large que la Tamise, puissant que l'Irrawaddy et boueux que le Gange. Sur l'autre rive, plus étendue et peuplée qu'El Paso, une ville blanche où il devinait des silhouettes, un fortin à créneaux, juste au bord de l'eau, qui faisait face à la ville américaine. Walden plongea la tête dans le courant et Bowman, assis à côté de lui, termina une bouteille. Il n'avait pas bu autant depuis longtemps et se sentait nauséeux.

331

En ville, il demanda le chemin de Fort Bliss, penché depuis son cheval sur les citoyens qu'il interrogea. Il y avait dans les rues d'autres sortes de Mexicains, des hommes aux cheveux longs et noirs, roulés dans des couvertures, marchant par deux, assis dans la poussière devant des estrades de saloons. Peut-être des Indiens, même s'ils ne ressemblaient pas à l'idée qu'il se faisait d'eux, guerriers sauvages courant des jours sous le soleil, chasseurs rapides dont parlait Irving ou cavaliers pleins de couleurs que décrivait Cooper. Comme dans les rues de Reunion, Walden soufflait fort en traversant El Paso, confirmant à son cavalier que cet endroit puait.

Contrairement à Fort Worth ou Fort Smith, Bliss n'était pas une ville ayant pris le nom d'un camp militaire, c'était le quartier général du huitième d'infanterie, à un mile au nord d'El Paso. Bowman stoppa à deux cents mètres des fortifications en pierres et observa les patrouilles de cavaliers, les colonnes de soldats sortant et entrant par les grandes portes, dans leurs uniformes bleus pareils à ceux des soldats de New York. Il sortit sa deuxième bouteille et la termina en regardant le manège incessant des troupes. Des sentinelles depuis les coursives le regardèrent approcher, deux gardes à l'entrée lui ordonnèrent de s'arrêter.

– Qu'est-ce que vous voulez ?

Arthur était saoul. Il les regarda de haut, sur son cheval nerveux. Ses lèvres collaient l'une à l'autre et les mots se mélangèrent dans sa bouche. Il prit un ton sec devant ces jeunes recrues sans assurance :

– Faut que je voie le commandant.

– Le commandant ? Vous êtes qui ?

Les deux soldats échangèrent un regard.

– Il est complètement cuit.

– Qu'est-ce que tu lui veux au commandant ?

– Faut que je parle à quelqu'un.

– Les civils entrent pas comme ça au fort. Faut avoir une autorisation ou une bonne raison.

Walden trépignait et Bowman le laissait faire.

– Laissez-moi passer.

– Qu'est-ce que tu dis ?

Walden avança vers eux en secouant la tête. Les deux gamins reculèrent en serrant leur fusil. Une sentinelle le braqua depuis son poste. Bowman parla fort :

– Faut que je voie le commandant, à propos de l'homme qui s'est fait dépecer.

Walden hennit et avança encore.

– Halte !

L'autre jeune appela :

– Caporal ! Un problème à la porte !

On le poussa dans une cellule, petite construction adjacente aux quartiers des officiers. Par une meurtrière il voyait son cheval attaché, qui ruait de toutes ses forces en faisant voler son chargement à travers la cour du fort. Personne n'arrivait à le calmer et Bowman le regarda faire en attendant qu'on vienne le chercher. Il souriait en voyant les soldats et les officiers dans leur va-et-vient habituel, démarche raide et menton ras, armes briquées et allure fière. Lorsqu'un sergent le fit sortir de son trou, la nausée avait un peu passé, comme son envie de voir Walden écraser des militaires sous ses sabots. On le conduisit dans le bureau d'un jeune capitaine à moustache, dont le nez se pinça lorsqu'il entra.

– Garde, laissez-nous. Asseyez-vous s'il vous plaît.

Arthur s'installa sur une chaise.

– Vous pouvez me donner de l'eau ?

L'officier lui servit un verre de la carafe posée sur son bureau. Arthur l'avala et tendit le verre vide. Le capitaine le resservit.

– Merci.

– Vous avez donc des manières, malgré l'arrivée que vous avez faite au fort.

– J'avais bu.

333

– Vous sentez assez fort, monsieur, mais en effet, l'odeur d'alcool est toujours présente. Êtes-vous en état de me dire ce que vous faites là ?

– Sergent Arthur Bowman, Compagnie des Indes orientales. Britannique.

– Votre accent en témoigne, sergent. Pas votre uniforme.

– Je suis plus militaire.

Le capitaine sourit.

– Je m'en doutais aussi. Que faites-vous en Amérique, monsieur Bowman, et plus particulièrement à Fort Bliss ?

Arthur aurait bien voulu boire encore un peu d'eau.

– À Dallas, des gens ont parlé d'un meurtre ici, un truc dégueulasse. Je voudrais savoir s'il y a un rapport avec quelque chose qui s'est passé là-bas, y a plusieurs mois. Un autre meurtre.

Le capitaine eut une expression étrange, de dégoût et de peur. Il faisait bien partie du club – avec le petit Slim, les flics de Wapping, la veuve Desmond et le vieux Brewster – de ceux qui avaient vu. Les deux hommes échangèrent un regard, jusqu'à ce que le capitaine se serve à son tour un verre d'eau.

– Pourquoi vous intéressez-vous à cette affaire ?

Arthur, de ses trois doigts, fouilla sa barbe.

– À Dallas, la victime, Richard Kramer, c'était un ami.

L'officier prit un air de circonstance et présenta ses condoléances.

– Dans ce pays encore mal organisé, c'est à l'armée que revient la tâche d'enquêter et de juger. Trop de gens pensent qu'ils peuvent rendre justice eux-mêmes. Est-ce pour cela que vous êtes venu à Fort Bliss ?

– Que ce soit vous ou moi, ça change rien.

– Et si vous l'exécutiez, je suppose qu'aucun juge ne vous enverrait en prison. Mais ce n'est pas la question. De plus, vous êtes mal renseigné, monsieur Bowman. L'affaire dont vous avez entendu parler n'a pas eu lieu ici mais à Las Cruces, à cinquante miles au nord.

334

Bowman sourit.

– Moi aussi j'ai fait partie d'une armée qui rendait la justice. Elle faisait ça tellement bien qu'elle s'est retrouvée avec un pays entier sur le dos.

– Vous comprenez donc de quoi je parle.

– Non, c'est vous qui comprenez pas.

Dans la cour du fort, Walden poussait toujours des hennissements à faire fuir un tigre. Bowman regarda vers la fenêtre.

– Dans l'armée de la Compagnie, c'était moi le bourreau. Je suis pas sûr que je le ferais encore.

Le capitaine lissa ses longues moustaches et l'observa un moment, puis ouvrit un tiroir de son bureau, en sortit une serviette en cuir dont il tira deux feuilles de papier.

– Monsieur Bowman, je n'ai aucune raison de vous communiquer ces informations. Si je le fais, c'est parce que je pense que ces deux affaires n'ont aucun lien. À l'inverse, si vous avez des renseignements qui peuvent nous aider, je vous prierais de m'en faire part. D'un soldat à un autre. Et j'espère qu'après ça, vous rentrerez sagement chez vous.

Arthur acquiesça.

– J'espère aussi.

Le capitaine Phillips lui fit lecture du rapport d'enquête. Dix minutes pendant lesquelles Bowman fit tout ce qu'il put pour mémoriser les faits, date, lieu, témoin, identité de la victime, attendant le plus important, la description du cadavre. Quand le capitaine Phillips eut fini de lire, il était pâle. La carafe cogna contre le verre quand il se resservit.

– Étant donné les conditions de la mort, nous avons conclu à un rituel indien. J'ai combattu les Comanches et les Apaches, et ce que j'ai vu à Las Cruces, personne d'autre n'en est capable. Y a-t-il un lien avec la mort de votre ami ?

Bowman réfléchit.

– Aucun.

Le capitaine se leva.

– Je m'en doutais. Et je pense que c'est mieux ainsi. Quant à vous, monsieur Bowman, allez retrouver votre vie à Dallas.

Arthur se leva, luttant contre les vertiges conjugués de l'alcool et de ce qu'il venait d'apprendre. Le capitaine le raccompagna jusqu'à la porte et lui tendit la main.

– Rentrez chez vous.

Bowman essaya de sourire et regarda dehors, où son cheval terrorisait toujours le fort.

– Je crois que Walden aime pas cet endroit, et c'est pas moi qui arriverai à le faire changer d'avis.

Un garde lui rendit ses affaires et il alla détacher le mustang qui arrêta enfin de brailler. Lorsque Arthur s'assit sur la selle, il serra les jambes de toutes ses forces, sachant ce qui allait arriver. Walden partit au triple galop et passa les grandes portes du fort en poussant un dernier hennissement.

Il reprit la direction d'El Paso jusqu'à être hors de vue de Fort Bliss, puis tourna bride. Décrivant un arc de cercle autour du camp, il remonta vers le nord et retrouva la piste de Santa Fe. Une quinzaine de miles au nord de Fort Bliss, la route se séparait en deux. Une pancarte indiquait le Nouveau-Mexique et Santa Fe au nord, une autre, perpendiculaire et laconique, indiquait : *Ouest*. Bowman continua au nord. Il se contenta, pour passer la nuit, d'un abri rocheux dans ce paysage semi-désertique, laissant Walden sans entrave pour qu'il puisse trouver des buissons secs à brouter.

Pour lutter contre le froid, Arthur ne dénicha que quelques branches à brûler. Il n'avait plus d'alcool, la nuit fut gelée, ses vêtements et sa couverture ne suffirent pas à le protéger. Il se réveilla à moitié fiévreux et secoué par une quinte de toux. Les mains tremblantes, il but une gorgée de la décoction de Brewster, puis il sortit ses papiers et son encre, se pressant de noter ce dont il se souvenait.

J'ai retrouvé leur piste à Fort Bliss. Ils étaient à Las Cruces il y a un mois et les militaires croient que c'est des Indiens qui ont fait ça mais c'est eux. Le mort s'appelait Amadeus Richter et c'était un voyageur de commerce qui travaillait entre le Mexique et les États-Unis et aussi avec les Comancheros qui sont des Blancs qui font des échanges avec les Indiens Comanches. C'est des gens du village qui l'ont trouvé un matin dans une grange et ils l'ont reconnu seulement à ses affaires. Personne a rien vu et comme il pense que c'est des Indiens le capitaine Phillips a même pas demandé si Richter était avec des Blancs avant d'être tué ou si y avait des Blancs différents de d'habitude à Las Cruces. Je vais là-bas pour poser des questions qu'il a pas posées.

Arthur n'ouvrit pas son bloc et, au lieu de reprendre sa lettre à la veuve Desmond, continua sur la même feuille.

Le capitaine m'a dit que je devais rentrer chez moi et si j'avais eu un chez-moi là-bas où vous êtes, je crois bien que je serais reparti. Je suis passé par les mêmes endroits qu'eux et maintenant je suis seulement un mois et demi derrière.

La potion de Brewster commençait à agir, Bowman se sentait flotter et continua d'écrire ce qui lui passait par la tête.

Je me sens pas bien et en arrivant à Fort Bliss j'ai cru que j'allais faire une crise. Je sais pas si ça vous ferait plaisir mais quand j'ai traversé les mines de Guadalupe j'ai pensé à ce que vous avez dit. À propos de ce qu'il faut espérer et qui est plus important que les choses que j'imaginais. Ça m'a fait penser à un truc que disait Peevish, le prêcheur que je cherche. Il disait qu'on garde que ce qu'on donne. Il disait ça à des hommes de la Compagnie qui donnaient la mort.

Quand il entra dans Las Cruces, les effets de la potion avaient passé en grande partie et sa fièvre était tombée. La ville ressemblait à celle qu'il avait aperçue de l'autre côté du Rio Grande. Des bâtisses en torchis, aux angles arrondis, couleur de terre ou peintes en blanc, étaient collées les unes aux autres d'une façon

337

qui lui sembla plus jolie que les constructions en bois des Américains. Contrairement à Fort Worth ou Dallas, les rues de Las Cruces étaient protégées du vent. Au lieu d'un bâtiment central comme celui des rêveurs de Reunion, le cœur de la ville était une place carrée et pavée, autour de laquelle étaient installés les commerces. La taverne où il demanda qu'on s'occupe de son cheval et qu'on lui serve à manger portait un nom mexicain : *Cantina de la Plaza*. La clientèle aussi était mexicaine et pour la première fois depuis son arrivée à New York, Arthur Bowman eut l'impression d'être dans un pays étranger ; pour la première fois depuis bien plus longtemps encore, il se retrouvait seul Blanc au milieu d'indigènes, des types semblables aux mineurs de Guadalupe Mountains, trapus, foncés et aux cheveux noirs.

Arthur paya pour son repas, laissa un bon pourboire au patron et demanda s'il savait où l'homme blanc avait été tué le mois dernier. Le tenancier recula et baragouina à toute allure en espagnol, se signant plusieurs fois de suite, faisant de la main des cercles ininterrompus de son front à sa poitrine.

– Je comprends pas ce que tu racontes. La grange, elle est où la grange ?

– Brûlée, *señor*, quelqu'un a mis le feu. Il reste plus rien que la tombe au cimetière. Rien d'autre, *señor*.

Bowman partit à pied et monta jusqu'à la colline parsemée de tombes, aussi blanches que la ville. Des vierges fleuries, des bougies et des poteries décoraient les sépultures éparpillées sous le soleil, sans mur d'enceinte. Essoufflé par la montée, Arthur s'accroupit à l'ombre d'un caveau et ôta son chapeau. Tout au bout du cimetière, un groupe de tombes sans croix attira son attention, juste des planches plantées dans la terre, certaines anonymes. Bowman les inspecta jusqu'à trouver celle d'Amadeus Richter, la plus récente des sépultures mises au ban. Quelqu'un s'était quand même donné la peine d'écrire son nom. Arthur ne resta pas longtemps à méditer devant ce monticule de terre. La tombe ne lui apprendrait rien sur le meurtrier de Richter et l'idée qu'il finirait lui aussi avec une planche sur la tête, sans personne pour écrire son nom dessus, ne l'intéressait pas beaucoup.

Il redescendit en ville et commanda à boire à la cantina. Le patron posa sur sa table une bouteille sans étiquette d'un alcool parfaitement transparent. Bowman goutta la tequila et ne lâcha plus la bouteille avant de l'avoir terminée.

Quand il se réveilla, il était couché sur un tas de paille, les bottes dans une mangeoire où Walden, placidement, mâchait du foin en le regardant. Il refit le plein d'eau, acheta pour quarante cents deux bouteilles de cet alcool mexicain, remplit ses fontes de farine, de lard et de quelques légumes. Un marchand lui conseilla les fruits d'un cactus qui, disait-il, aidaient à lutter contre la soif, la faim, la gueule de bois et, à l'occasion et si besoin, *señor*, à retrouver force et vigueur au lit. Des figues de Barbarie, identiques à celles que Bowman avaient mangées en Afrique. Les mahométans, de l'autre côté de l'Atlantique, prétendaient aussi que ces fruits donnaient la force de marcher vingt kilomètres sans boire et qu'aucun homme bien fait n'en avait besoin pour honorer une femme. Tout ce que produisait le désert était un don du ciel capable de guérir de la mort. Bowman en acheta une livre.

7.

La piste de Santa Fe était celle de l'or. Le Colorado, dont rêvaient les employés du Paterson, était maintenant à quatre cents miles devant lui. Les prochaines villes sur sa route étaient Albuquerque et Rio Rancho, à cinq jours de cheval, avant Santa Fe et la frontière du Nouveau-Mexique. Entre Las Cruces et Albuquerque, la piste traversait le désert de Chihuahua, hauts plateaux coupés en deux par la vallée du Rio Grande. Les relais n'étaient plus ceux de la Butterfield mais des postes de l'American Express Company. Bowman continua à y faire halte le moins longtemps possible et, lorsqu'il le pouvait, traversait le Rio Grande pour chevaucher sur la rive opposée à celle de la piste principale, où passaient les diligences et les convois de chariots. La circulation sur la piste était de plus en plus importante. Commerçants ou migrants, presque tous allaient vers le nord et un nom passait d'une bouche à l'autre dans les relais : *Pikes Peak*.

La chasse n'était pas bonne, Bowman devait acheter l'essentiel de sa nourriture aux postes, ainsi que son alcool. Il ne pouvait plus dormir ni se lever sans une dose suffisante. Quand il en manquait, il buvait un peu de la potion du vieux Brewster.

Il arriva en vue d'Albuquerque au bout de six jours, décida de passer la nuit au bord du fleuve avant d'entrer en ville, alluma un feu et cuisit sa dernière ration de farine. Appuyé au tronc couché d'un arbre mort, son fusil à côté de lui et une bouteille à la main, il regarda passer sur l'autre berge des chariots bâchés tirés par des bœufs, les femmes et les enfants fatigués, les hommes marchant à côté des bêtes pour maintenir l'allure. Partis ensemble ou se regroupant au hasard, les convois comptaient deux, trois ou quatre chargements. Meubles, outils et tonneaux, traînant derrière eux une vache ou un cheval de trait, ils se ressemblaient tous, du matériel à leurs propriétaires. Si leurs efforts lents et pénibles faisaient sourire Bowman sirotant son whisky, de les voir avancer ainsi, déterminés à atteindre leur but, lui faisait baisser la tête. Il déboucha la petite bouteille de potion. Walden dressa ses oreilles et souffla. Bowman regarda par-dessus le tronc, attrapa son fusil en essayant de faire le point malgré les plantes de Brewster qui commençaient à l'engourdir. Sur la berge où il avait trouvé refuge, descendant du nord, une carriole tirée par un mulet s'était arrêtée à une dizaine de mètres. Un grand type maigre dans un costume noir, un chapeau rond sur la tête, leva la main pour le saluer.

– Bien le bonsoir.

Il avait un drôle d'accent. L'homme regarda autour de lui, la rivière et les arbres, le coin où Arthur avait allumé son feu.

– J'ai quelques petites choses à manger. Et du café frais.

Il souriait et n'était pas armé. Bowman lui fit signe d'approcher, le mulet avança de quelques pas et s'arrêta devant le campement. L'homme descendit de sa charrette. Une cinquantaine d'années, le menton piqué de barbe grisonnante et le visage aussi long que ses bras. Il déchargea une caisse en bois qu'il posa près du feu. La première chose qu'il en sortit fut une cruche de gnôle.

– Nous ne sommes pas obligés de manger tout de suite. Il fera bon cette nuit.

Il leva sa bouteille, Bowman la sienne, toujours dans les vapes.

– Vladislav Brezisky, américain depuis cinq ans. Je cherche fortune dans les parages. Je vous rendrai l'hospitalité un de ces jours, dans une grande maison ou peut-être une ville que j'aurai construite de mes mains. En attendant, je fais du bon café et si vous avez mal quelque part, je peux m'occuper de vous, je suis médecin. Contre l'alcool, je ne peux rien. J'ai trop de respect pour cette passion. Cherchez-vous l'or ou l'oubli, mon ami ?

Walden souffla et frappa du pied. Brezisky regarda le mustang.

– Cette bête n'est pas commode. Sarcastique sans doute. Mon mulet, et cela convient à cette race inféconde, pratique surtout l'ironie et le silence. Mais je ne vous ai pas laissé le temps de vous présenter.

Il était aussi saoul que Bowman était abruti par sa décoction. La bouche sèche, Arthur articula lentement en reposant son fusil contre l'arbre mort :

– Bowman. Je viens d'Angleterre.

– Eh bien tant pis, je n'aime pas boire seul.

341

Brezisky regarda un chariot passer sur l'autre berge, dont la bâche tremblante prenait les couleurs du couchant.

– À vrai dire, la compagnie de ces culs bénis avides de propriété me rend malade. Si vous n'y voyez pas d'inconvénient, je vais finalement préparer à manger avant de ne plus tenir debout.

De sa caisse il sortit des gamelles, un sac de haricots noirs, du lard, du pain et trois œufs. Il relança le feu et mit de l'eau à bouillir, continua à parler tout en s'activant, s'arrêtant de temps en temps pour boire. Il raconta sa ville natale, son pays, la Pologne, décrivit la qualité de la charcuterie qu'on faisait là-bas, l'université dans laquelle il avait appris la médecine et découvert la morphine, comment il avait failli crever dans les cales d'un bateau de troisième classe, de quoi sa femme était morte, là-bas à Varsovie, avant qu'il décide de s'embarquer pour ce pays de sauvages, de fous, de putains sans cœur et de femmes trop pieuses. Il servit à Bowman des haricots et deux œufs frits, des petits morceaux de lard découpés et une tranche de pain.

La nuit était tombée. Quand il eut fini de manger, le médecin mit du café à chauffer.

– Bien, et vous, monsieur Bowman, qu'êtes-vous venu faire ici, puisque c'est au fond la seule question que l'on puisse poser dans ce foutu pays ?

Bowman essuya sa barbe sur sa manche. L'alcool et les plantes de Brewster pesaient sur ses paupières mi-closes, il sourit en regardant les flammes.

– Je cherche un tueur.

– Très intéressant, mais j'ai déjà un travail, monsieur Bowman.

– Quelqu'un qui tue toujours de la même façon. Il en est à trois.

Le médecin se redressa dans la lumière du feu.

– Vous êtes sérieux ?

– À Londres, un type dont on a jamais su le nom. Un ingénieur à côté de Dallas, un an et demi après. Et y a deux mois, un représentant de commerce à Las Cruces, à cinq jours de cheval d'ici.

Brezisky éclata de rire puis, voyant que l'Anglais était toujours sérieux, changea d'expression. Espérant peut-être que la gnôle, avalée avec une autre intention, allait le réveiller, le Polonais torcha le fond de sa cruche et en sortit une autre de sa caisse.

– Vous ne plaisantez pas ? Vous voulez dire qu'il fait ça de façon répétitive ? Comme un rituel ?

– C'est ce que les militaires de Fort Bliss ont dit. Ils croient que c'est un rituel indien.

– Des meurtres qui se ressemblent... d'un côté du monde à l'autre... Jamais je n'ai entendu une chose pareille. Mais alors, monsieur Bowman, vous êtes une sorte de policier international ?

Arthur avala son whisky de travers et toussa.

– Pas vraiment.

Brezisky se laissa tomber en arrière contre le tronc, regarda sa cruche et sembla méditer un moment sur l'utilité d'une gorgée supplémentaire.

– C'est mathématique.

– Quoi ?

– Une suite.

Arthur le regarda.

– Une suite mathématique ?

– Des éléments qui se précèdent et se suivent selon une loi constante, monsieur Bowman. Elle peut être infinie ou finie. C'est la répétition d'une fonction, mais chez un homme dans ce cas.

Arthur ne comprenait rien à ce qu'il disait.

– J'ai rencontré un vieux à Dallas qui disait que c'était pas une science mais une passion.

– Une série passionnée... Et vous êtes ici pour l'arrêter ? De loin la plus belle raison de venir dans ce pays que j'ai entendue en cinq années.

Brezisky but à ça. Bowman l'accompagna.

343

– Pour l'instant, je fais que le suivre. Rien d'autre. Je sais même plus si je suis sur la bonne route.

– Et l'armée pense que ce sont des Indiens ?

– Parce qu'ils disent qu'un Blanc peut pas faire un truc aussi monstrueux.

Le docteur Brezisky se redressa.

– Que dites-vous ?

– Ils disent que c'est des Indiens. Parce que les Blancs sont pas aussi cruels.

Bowman pouffa de rire et l'effet des plantes en fut multiplié. La tête lui tournait. Le Polonais s'était tourné vers lui, le visage paniqué.

– Mon dieu.

– Qu'est-ce qui se passe ?

– Le Nègre qu'ils allaient pendre…

– Quel Nègre ?

– Il y a eu un meurtre à Rio Rancho, il y a quelques semaines. Quelque chose dont personne n'osait parler.

Il regarda Arthur, les yeux grands ouverts.

– C'est votre tueur.

Arthur le saisit par le col de sa veste. Walden tressaillit et le mulet ouvrit un œil.

– Où ça ?

– Rio Rancho… Le shérif de la ville avait arrêté un Noir et s'apprêtait à le pendre quand je suis passé là-bas. Comme pour vos Indiens, les habitants prétendaient que seul un Noir avait pu faire ça.

Arthur se leva, se rattrapa à l'arbre mort et courut jusqu'à la rivière. Il enfonça ses doigts dans sa gorge et se fit vomir, s'aspergea d'eau froide pendant une minute. Brezisky faisait les cent pas autour du campement.

– Ça ne sert plus à rien ! Il doit être mort maintenant. Vous n'arriverez pas à temps !

Bowman fourrait ses affaires dans son sac et ses fontes, luttant contre des vertiges. Il jeta la selle sur le dos de Walden.

– Monsieur Bowman, Albuquerque est à une heure de cheval, et il en faut encore deux pour atteindre Rio Rancho. La potence était déjà dressée…

Walden frappait la terre, Arthur sangla sac et couverture. Le Polonais jetait lui aussi ses affaires dans sa carriole.

– Je vous retrouverai là-bas !

Arthur lança son cheval dans l'eau noire du Rio Grande et rejoignit l'autre berge.

– Yap ! Yap !

Le mustang partit au galop sur la grande piste de Santa Fe. Il n'avait pas ralenti, trente minutes plus tard, quand il entra dans Albuquerque. La ville était endormie, mouchetée de quelques lumières. Il la traversa en trombe, soulevant un nuage de poussière.

– Yap !

Walden respirait comme une machine, ses fers jetaient des étincelles sur les cailloux de la route. Ils atteignirent Rio Rancho en deux heures, Walden au pas, trempé d'écume et pompant par ses naseaux dilatés des centaines de litres d'air, Bowman le corps paralysé par des crampes. Il devina à l'entrée du village, dans la nuit claire, les lignes de maisons en bois, constructions récentes, qui précédaient des habitations traditionnelles en terre. Comme à Las Cruces, le centre de Rio Rancho était une plaza carrée. Les fers de Walden et sa respiration faisaient le bruit d'un fantôme se traînant sur les dalles de pierre. La lune se reflétait sur les façades blanches, illuminant la potence dressée et le corps immobile, suspendu à deux mètres du sol. La bête soufflait et son cavalier, encore abasourdi par la chevauchée, contempla le pendu gris de lune. Le visage du Nègre était gonflé comme celui d'un noyé, sa langue énorme tombait sur son menton.

Bowman descendit de cheval et marcha jusqu'aux arcades qui entouraient la place, s'assit par terre, dos à un pilier, pour attendre le lever du soleil.

Des portes et des fenêtres s'ouvraient, Rio Rancho s'éveillait en silence et les habitants se faufilaient sans oser traverser la place, jetant des coups d'œil à la potence en se signant. Ils évitèrent aussi de passer trop près du cavalier blanc, assis par terre, qui regardait le cadavre du Noir se balancer dans la brise. L'odeur du corps, dans l'air en train de se réchauffer, parvenait jusqu'à lui. Vu son état, la pendaison datait de la veille. Les Américains avaient gardé d'Europe le goût des exécutions matinales et Bowman était arrivé vingt-quatre heures trop tard. Le temps qu'il avait passé à se saouler à Las Cruces.

Il se leva, entra dans la cantina la plus proche et demanda qu'on s'occupe de son cheval, qu'on lui sorte une table dehors et lui apporte une bouteille de tequila. Bowman venait de commencer à boire quand Brezisky arriva sur la place dans sa carriole branlante, saluant Arthur de la main. Le Polonais contourna la potence sans la quitter des yeux, son mulet s'arrêta devant la table et le médecin s'installa à côté de l'Anglais.

– Si la justice de chez nous est loin d'être parfaite, il vaut mieux éviter celle de ce pays. Ici, je vous le dis, monsieur Bowman, les magistrats ont le visage d'une foule en colère.

Arthur regardait le pendu.

– Combien de temps ils vont le laisser ?

– Je ne connais pas les coutumes locales, mais il me semble que c'est plutôt inhabituel de l'exposer aussi longtemps. D'ailleurs, la plupart des pendaisons dont j'ai été témoin jusqu'ici n'avaient pas lieu au centre-ville, plutôt à l'entrée. Une mise en garde pour les nouveaux arrivants, je suppose. Ici, elle semble plutôt adressée aux habitants eux-mêmes.

Le temps qu'il termine ses commentaires, Brezisky avait déjà vidé la moitié de la tequila. Quand la bouteille fut vide, Bowman se leva, marcha jusqu'au gibet et en monta les marches, tira son poignard de sa ceinture pour trancher la corde. Le cadavre tomba comme un sac sur les pavés. Les villageois, tétanisés, le regardèrent faire. Arthur retourna à la cantina, appela le patron, le fixa et mit dans sa main deux pièces d'un dollar.

– Enterrez-le.

Le Mexicain n'osa pas refuser l'argent et partit en courant dans le fond de sa gargote. Trois hommes terrorisés, au bout d'une heure, vinrent charger le cadavre sur une mule et l'emportèrent.

– Monsieur Bowman, je pense que votre compagnie va devenir de plus en plus intéressante.

Brezisky regardait de l'autre côté de la place deux hommes blancs qui marchaient vers eux. Sur leurs vestes brillaient des étoiles en métal, à leurs ceintures des pistolets. L'un était fort, une moustache courant sur une mâchoire carrée, l'autre beaucoup plus jeune, imberbe et nerveux. Le plus costaud se planta devant la table.

– C'est quoi ce bordel ? Vous êtes qui ?

Le Polonais se leva.

– Vladislav Brezisky, médecin. Nous avons accouru, mon ami et moi, pensant qu'il y avait encore une chance de sauver ce Nègre.

Le shérif se tourna vers la potence, se retenant de rire.

– Vous l'avez descendu pour le sauver ?

– Ah non. Cela n'est pas de notre ressort, hélas. Nous espérions arriver avant la pendaison.

Le shérif regarda Bowman toujours assis. Le ton du policier changea après que leurs regards se furent croisés.

– Qui vous a autorisé à le décrocher ?

Quelque chose chez ce type ne collait pas. Arthur, sans comprendre pourquoi, revit Colins, dans le bar des Irlandais, en train de lever les mains pour l'étrangler. Le sergent Bowman serra les dents.

– Le Noir que vous avez pendu, c'était pas le bon.

Le jeune adjoint eut un tic au visage. Le shérif parla d'une voix étouffée :

– Qu'est-ce que vous en savez ?

Arthur se leva en s'appuyant à la table, la tête emportée par l'alcool et la fatigue de sa nuit blanche. L'adjoint sauta en arrière et sa main se posa sur la crosse de son arme. Bowman le regarda, puis le shérif, écarta sa veste pour défaire les boutons de sa chemise. Le shérif ne bougea pas.

– Qu'est-ce que tu fous ?

Bowman continua à ouvrir sa chemise, arracha les derniers boutons en tirant sur le tissu. Brezisky articula quelque chose dans la langue de son pays, l'adjoint se couvrit la bouche.

– Le cadavre que vous avez trouvé, il ressemblait à ça ?

Les Mexicains qui n'avaient pas fui à l'arrivée du shérif partirent en courant. Le grand type à moustache n'eut pas la moindre réaction.

Ils escortèrent Bowman et Brezisky jusqu'à leur bureau, une cabane au milieu du quartier des maisons en bois, sur les trottoirs duquel les regardèrent passer des Blancs.

– Le médecin, tu restes ici et tu bouges pas. Toi, entre là-dedans.

Le shérif s'installa dans son fauteuil. L'adjoint tira une chaise pour Bowman.

– Pas de chaise, il reste debout. Ton nom ?

– Bowman.

– D'où tu sors, Bowman ?

– Vous l'avez trouvé quand, le cadavre ?

Le shérif posa son chapeau sur le bureau et fit craquer les articulations de ses doigts en les retournant.

– Pourquoi t'as besoin de savoir ?

– Si vous voulez que je vous dise ce que je sais.

– Ce que tu sais ?

Le jeune policier, appuyé à un mur, observait le shérif, et c'était la deuxième chose qui ne tournait pas rond. Il avait la trouille de son patron. Le moustachu sourit sans que cela produise une impression agréable.

– On a trouvé Rogers y a trois semaines, dans une vieille maison indienne à la sortie de la ville. La spécialité de Rogers, c'était de faire le guide pour les pionniers. On a pu l'identifier parce qu'il lui restait une poignée de cheveux sur la tête. Rogers était métis, il avait des cheveux de Nègre mais blonds comme du foin. Ce connard les planquait toujours sous un chapeau pour qu'on croie qu'il était blanc. Le plus drôle, c'est qu'il détestait les Noirs encore plus que tout le monde.

Le shérif regarda son subalterne, qui eut encore un tic.

– La moitié des habitants de Rio Rancho est mexicaine, les autres rouges sont descendus des montagnes pour venir mendier ici. On a aussi des Nègres, même une famille de Chinois et des Blancs débarqués de je sais pas où, aussi pauvres que les métèques et qui parlent même pas un mot d'anglais. Les gens qui me paient pour faire mon boulot, c'est les autres, les Américains, ceux qui essaient de faire leur vie honnêtement. Après le meurtre de Rogers, tout le monde a commencé à se chercher des poux dans la tête.

Il se tourna vers son adjoint.

– Combien on a eu de bagarres, après l'histoire de Rogers ?

Le garçon cligna des yeux.

– Une bonne vingtaine.

– Une bonne vingtaine. Et quand les Mexicains sortent leurs machettes, c'est pas pour couper les haricots en quatre. Jamais j'avais vu un tel bordel dans ce patelin. Au milieu de tout ça, la semaine dernière, Willy s'est pointé en ville avec sur la tête le chapeau de Rogers, et son gilet. Rogers, il jouait aussi aux cartes. Ce gilet, il le mettait pour s'asseoir aux tables de poker, c'était son porte-bonheur, qu'il disait. Willy était complètement saoul. Quand j'ai été lui demander où il avait trouvé ces frusques, il est devenu dingue. Il s'est mis à parler du diable, qu'il l'avait rencontré et qu'il était rentré en lui. Des conneries dans le genre. Les

Nègres, ils ont pris la religion trop au sérieux et en plus ça s'est mélangé avec leurs salades africaines. Willy racontait qu'il avait mis les vêtements du mort pour que Lucifer le reconnaisse pas. Quand on a voulu l'arrêter, il s'est foutu à poil. Et c'était... il s'était mis des coups de couteau partout sur la poitrine, comme à Rogers.

Le shérif eut un frisson. Il cracha dans une casserole posée à ses pieds, releva la tête vers Bowman et regarda sa chemise ouverte en s'essuyant la bouche.

– Comme vos cicatrices.

Bowman jeta un œil par la fenêtre. Brezisky attendait assis sur sa charrette, Walden à côté, le Henry dans son étui de selle.

– Vous lui avez demandé à quoi il ressemblait son diable, ou bien vous l'avez seulement pendu ?

L'adjoint bougea dans son coin, le shérif leva une main vers lui sans quitter Bowman des yeux.

– Tu restes à ta place, petit.

Le jeune n'allait pas bouger, il allait parler. Le shérif venait de lui dire de la fermer.

– Dans la maison où on a trouvé Rogers, y avait rien d'autre que son corps, plus une seule de ses affaires. Willy les avait sur le dos. Et il a toujours été un peu cinglé. Rogers lui avait même botté le cul une fois ou deux. Vu qu'il était noir.

– Alors vous avez pas posé de question.

– Y avait aucun doute.

– Mais c'était pas lui.

Le shérif recula sur son siège et posa ses mains sur ses cuisses.

– C'était pas une bonne idée de décrocher Willy. Jusqu'ici tout allait bien.

– Et le juge, il est d'accord aussi ?

– Bowman, je comprends pas ce que t'es venu faire ici. Rogers, tu le connaissais pas, et Willy non plus. En fait, tout ça te regarde pas. Le juge le plus proche, il doit être à El Paso, si on m'a pas raconté de blagues. Et même si j'avais fait une erreur en envoyant Willy à la potence, imagine pas qu'un juge, d'ici à New York, irait me reprocher quelque chose. Alors maintenant, soit tu me dis ce que tu sais, soit... je me retrouve avec un deuxième type à Rio Rancho qui a les mêmes cicatrices que Rogers, et là on a tous un sérieux problème.

Arthur avait des fourmis dans les jambes. Pas comme s'il allait faire une crise, quelque chose qui tremblait au tréfonds de sa viande. Bowman pensait à Brewster. L'attraction passionnée.

L'homme assis en face de lui était comme eux. Peevish ou Penders. Et l'adjoint, dans son coin contre le mur, en pissait de trouille dans son froc. Le jeune regardait Bowman qui faisait face à son patron et il attendait de voir.

Arthur parla lentement.

— Celui qui fait ça, je le connais.

Le shérif cligna des yeux.

— Celui qui fait ça ?

Il regarda encore la chemise entrouverte de Bowman. Arthur jeta un coup d'œil à l'adjoint.

— Le Nègre, il y était pour rien, mais il l'a vu et vous l'avez pendu.

Le shérif glissa une main sous son bureau. Le jeune adjoint avait aussi la main sur son arme et sa voix cassée les surprit tous les deux :

— On l'a tabassé et on lui a même pas posé de question !

Le gamin était en colère et, pour la première fois, peut-être plus qu'il n'avait peur. Il serrait la crosse de son revolver et regardait le shérif.

— On a pendu Willy et c'était pas lui. Et l'autre, il est parti depuis longtemps.

— Ferme ta gueule, petit.

Arthur se retint de hurler :

— L'autre ?

L'adjoint regardait toujours son patron et son arme était à moi-tié sortie de son étui.

– L'autre Anglais. Celui qui était arrivé en ville avec Rogers.

Avant que le shérif ait le temps de bouger, le jeune policier avait dégainé. Il ne le visait pas vraiment, son pistolet à moitié levé vers le bureau, pâle et tremblant.

– Nous, on a rien fait, mais lui il peut le retrouver. Faut le laisser partir.

Bowman surveillait le shérif et continua à questionner l'adjoint :

– À quoi il ressemblait ?

– Un Anglais. Les cheveux clairs. Il était arrivé avec un convoi et d'autres pionniers. Rogers avait fait le guide pour eux. Quand… quand on a trouvé le corps, c'était le seul qui était plus en ville. Mais on a pas posé de question à Willy, on l'a juste tabassé et pendu. Il était même pas en ville quand c'est arrivé !

Le shérif cria plus fort que le môme :

– Ferme ta gueule !

L'adjoint leva son arme et visa sa poitrine.

– Laissez-le partir ! Il le retrouvera.

Bowman devenait fou.

– Comment il était ? C'est quoi son nom ?

– J'en sais rien ! Personne savait dans le convoi. Juste un Anglais et ils disaient qu'il était blond. Il était plus en ville le lendemain.

Arthur recula d'un pas, commença à se tourner vers la porte.

– Bouge pas ! Reste ici, Bowman !

Le shérif criait, le jeune arma le chien de son revolver et lui coupa la parole :

– Laissez-le partir. Je le redirai pas.

Arthur ouvrit la porte et se retourna vers l'adjoint. Le jeune lui fit un signe de tête.

– Allez-y.

Bowman referma derrière lui. Walden frappait la terre de ses pieds, Arthur monta en selle, une main sur la crosse du Henry. Brezisky, sur sa charrette, demanda ce qui se passait.

– Faut partir d'ici. Magne-toi.

Forçant l'allure, ils atteignirent les environs de Santa Fe dans l'après-midi et décidèrent d'éviter la ville. Brezisky dit que les montagnes de Sangre de Cristo, quelques miles plus loin, étaient un bon endroit pour s'arrêter. À l'approche des sommets couverts de forêt, Arthur prit de l'avance et s'enfonça entre les mélèzes et les pins. Il suivit un itinéraire où la charrette pouvait se faufiler, jusqu'à un petit lac de quelques acres, niché au creux de la montagne comme dans la paume d'une main. Il redescendit vers la piste et attendit Brezisky. Il était trop tard pour partir en chasse, les deux hommes dînèrent de galettes et de haricots, puis se mirent à boire. Le médecin attendit le bon moment pour parler, quand tous les deux furent assez saouls.

– Qu'est-ce qui s'est passé au bureau du shérif ?

Le nom de Penders tournait dans la tête d'Arthur depuis qu'ils avaient quitté Rio Rancho. Rien que son nom et le souvenir du sourire qui allait avec. Le sergent Erik Penders était à Rio Rancho. Brezisky, devant l'absence de réponse, essaya une autre question :

– Comment vous vous sentez ?

Arthur le regarda.

– Comment je me sens ? J'en sais rien.

– Monsieur Bowman, puis-je vous demander quelque chose ?

– Quoi ?

– Vos cicatrices, est-ce que c'est cet assassin qui vous les a faites ?

Bowman tira de sa poche le flacon de Brewster et le tendit au Polonais.

– Qu'est-ce que c'est ?

– J'en sais rien. Des plantes, mais ça marche. Comme le laudanum. Plus fort.

Brezisky accepta sans se faire prier. Bowman en but aussi.

– Sinon je pourrai pas raconter encore. Et ça te servira aussi pour dormir après.

*

Arthur se leva avec le soleil, son poignard à la ceinture et le Henry à la main.

Le gibier, dans ces montagnes sans or négligées par les pionniers, n'était pas méfiant. Bowman put s'approcher sans difficulté d'un petit groupe de cervidés broutant dans une clairière. De la taille des daims, les mâles avaient des cornes courtes et courbées, la tête noire. Le pelage fauve, le ventre et le cou tachés de blanc, ils sentaient son odeur mais, ne l'associant pas à un danger, se contentaient de replonger la tête dans l'herbe. Arthur repéra un jeune mâle, peut-être trente-cinq ou quarante kilos. Il y avait de plus belles prises, mais Brezisky et lui n'avaient ni le temps ni les moyens de saler la viande. L'épaule contre le tronc d'un pin, il leva son fusil et aligna la tête de la bête. Le coup de feu fit sursauter le troupeau qui resta sur place, têtes levées et oreilles dressées, tandis que le jeune mâle s'écroulait. Arthur baissa son arme, s'écarta de l'arbre et fit un pas dans la clairière. Les queues balayaient l'air, les gros yeux ronds et noirs le suivaient. Il avança encore, jusqu'à ce qu'un grand mâle fasse un premier pas et parte en courant, le troupeau derrière lui.

Arthur chargea la bête sur son dos et repartit vers le lac. Il la suspendit à une branche, incisa le ventre et le vida de ses entrailles. Il coupa la peau autour des pattes puis jusqu'aux cuisses, tira dessus et la retourna sur la tête, jeta la fourrure dans les herbes, détacha la carcasse et l'allongea sur une pierre au bord de l'eau. Brisant les articulations, cassant en deux la cage thoracique, il sépara les quartiers, les gigots et les épaules, puis rinça dans le lac la hachette, son poignard et ses bras couverts de sang. Attirés par les déchets de viande, des poissons s'agitaient sous la surface.

354

Brezisky avait relancé le feu et taillait des branches de mélèze. À mesure que Bowman découpait les morceaux, il les piquait sur les pieux fichés en terre autour du foyer. Bientôt l'odeur de la chair en train de cuire monta dans l'air et quinze kilos de viande rôtissaient. Arthur découpa le cœur et le foie, posa sur les braises une pierre plate et attendit qu'elle soit chaude. Il jeta dessus les morceaux d'abats et les fit tourner de la pointe de son couteau ; tout en surveillant la cuisson, le Polonais et lui en mâchaient des bouchées.

– C'est quoi cet animal ?

Brezisky, se curant les dents, dit que les Américains les appelaient des *pronghorns*, ou des *antilopes*. Bowman sourit.

– En Afrique, les antilopes ont des cornes d'un mètre. Y en a qui pèsent deux cents kilos. Elles courent deux fois plus vite qu'un cheval et peuvent sauter par-dessus sans problème. Les fauves sont obligés de s'y mettre à plusieurs pour les attraper.

– Les antilopes américaines ne sont pas aussi performantes, mais la viande est excellente. Nous avons à manger pour un bon moment.

Arthur piqua un morceau de cœur et le coinça entre ses dents.

– T'auras à manger, Doc. Mais tu vas reprendre ta route de ton côté.

Le Polonais lui sourit.

– Est-ce parce que vous m'avez confié votre histoire que nous devons prendre des chemins différents ?

– Quoi ?

– Je ne vais pas essayer de vous faire changer d'avis, mais je me pose la question : êtes-vous déjà resté aux côtés de quelqu'un qui vous connaissait ?

Arthur tourna une épaule plantée sur une broche, s'éloigna de la chaleur du feu et s'assit dans l'herbe.

– J'ai toujours vécu seul. Même avant. Et ce que je fais maintenant, ça regarde personne d'autre.

Brezisky fouilla dans sa caisse à la recherche d'un fond de gnôle.

355

– De plus votre compagnie n'est pas sans danger. Si mes artères ne sont plus de première jeunesse, je compte tout de même construire un jour cette grande maison. Je vais reprendre ma route, cher ami, mais cette question, vous devriez vous la poser.

– Ça aurait pu arriver. Mais pour l'instant, c'est pas possible.

Le médecin réfléchit un moment.

– Il y a au Japon une île où les hommes et les femmes vivent tous centenaires. De satanés mangeurs de poisson. Nos vies et notre monde nous usent bien plus vite que cela. Vous n'avez pas encore mon âge, mais le temps a durement passé sur vous. N'attendez pas d'être aussi vieux que moi, monsieur Bowman, parce que la solitude devient difficile à combattre. Cela dit, je ne suis pas dans votre peau.

Brezisky s'étrangla et regarda Arthur.

– Excusez-moi. Ce n'est pas ce que je voulais dire.

Le sergent hésita un instant et sourit au Polonais. Le médecin lui rendit son sourire, puis se mit à rigoler de toutes ses dents déchaussées par l'alcool.

Walden regardait le mulet avec une certaine ironie, qui semblait se foutre de lui.

– De l'autre côté de ces montagnes, vous avez le choix entre prendre la piste de Denver, qui passe par quelques villes sur la route des chercheurs d'or, ou suivre le Rio Grande. D'un côté vous trouverez les mêmes convois que vous avez rencontrés jusqu'ici, de l'autre des plaines désertiques. L'eau n'est pas un problème si vous ne vous écartez pas du fleuve, vous pourrez chasser un peu mais il faut aimer le lapin ou le cheval sauvage, n'en déplaise à votre mustang. Si vous voulez être seul, le Rio Grande sera votre route.

Brezisky lui donna un sac de haricots, de la farine de blé et la fin de son café.

– Je passerai bientôt dans une ville, et comme je crois savoir où vous allez, vous en aurez plus besoin que moi.

Bowman lui proposa de payer la nourriture.

– Un peu de générosité ne nuit pas à ce pays, monsieur Bowman, un peu d'amitié non plus. Merci encore pour cette décoction merveilleuse. Je ne sais pas ce que ce vieil herboriste a ajouté au chanvre, mais c'est une réussite. Savez-vous que M. Washington, premier président des États-Unis, était lui-même producteur de cet excellent psychotrope ? Même si je suppose qu'il le préférait sous forme de tissus et de drapeaux américains.

Arthur sourit.

– Vaudrait mieux éviter de repasser par Rio Rancho.

– Merci de vous inquiéter pour moi, mais cela était dans mes intentions.

– Bonne chance.

– Monsieur Bowman, ce damné pays ne compte encore que quelques pistes, j'espère que nous nous y recroiserons. S'il est sans doute absurde de boire à votre succès, je vous souhaite du moins bonne chance. Et quand la guerre éclatera, tâchez de vous trouver le plus loin possible de cette bêtise.

– La guerre ?

– Lincoln et ses hommes d'affaires du Nord vont certainement remporter les prochaines élections. Le Sud vient d'annoncer qu'il ferait sécession s'il était élu. Le pays sera coupé en deux.

– Je ne ferai plus la guerre, Doc. Aucune chance.

Brezisky leva sa cruche de gnôle et son mulet se mit en route.

Arthur Bowman s'enfonça dans les bois de Sangre de Cristo. Depuis le versant nord il voyait, comme deux piques d'une fourche, droit devant lui la ligne verte du Rio Grande traversant les plaines grises et, plus à l'ouest, la ligne claire de la piste principale remontant vers Pueblo et les mines du Colorado. Il obliqua vers le fleuve mais ne quitta pas tout de suite la montagne. Il s'arrêta près d'une source, déchargea son cheval et le laissa paître librement, prit son fusil et commença à chercher des traces d'antilopes. Il ramena à la source une femelle de vingt kilos. Une fois la bête dépecée et équarrie, Bowman raffûta son couteau et découpa de fines tranches de viande qu'il mit à sécher dans la fumée du feu. Walden s'était couché dans l'herbe près du ruisseau. Arthur sortir son matériel d'écriture.

J'ai raconté avec dix mots des voyages qui ont duré des semaines. Maintenant il faudrait que j'écrive des pages pour raconter seulement quelques heures que j'ai passées à Rio Rancho. Je l'ai retrouvé. C'est Penders.

Je sais pas quoi penser. Si j'aurais voulu que ça soit plutôt Peevish.

À Rio Rancho un shérif avait pendu un Nègre au milieu d'un village et je suis resté assis à le regarder. Le Nègre avait rien fait sauf je crois qu'il avait vu Penders, peut-être même le meurtre. Le capitaine Reeves disait que c'était pas ma faute, que le meurtrier c'était pas sa faute non plus. Et ce pendu alors ? Le shérif de Rio Rancho a vu mes cicatrices et pour la première fois j'ai vu quelqu'un qui les trouvait belles. Je crois qu'il les admirait. J'ai découvert que d'autres hommes, qui ne viennent pas du même endroit que nous, peuvent être aussi fous que Penders.

Aujourd'hui j'ai dit au revoir à un médecin polonais qui m'a souhaité bonne chance et qui a dit qu'il était un ami.

Walden est couché dans l'herbe au bord de l'eau et c'est la première fois que je le vois comme ça. Je me demande si le mulet du Polonais lui manque.

J'ai passé le point qui me faisait peur quand je suis parti de Reunion. Celui où je peux plus faire demi-tour. Parce que je peux pas laisser des Noirs crever à la place de Penders. Depuis la Birmanie il y a huit ans, je suis seulement trois semaines derrière lui, à l'autre bout du monde.

C'est un résumé de tout ce qui m'arrive mais faut aussi que j'écrive autre chose. Mon ami le médecin polonais, il a dit que je pouvais choisir de vivre avec des gens qui me connaissent. J'ai pensé à vous même si au fond on se connaît pas beaucoup.

Il faisait nuit. Arthur traça les derniers mots en se rapprochant du feu, écrivant sur la feuille rouge comme les cheveux d'Alexandra Desmond, puis replia la lettre qu'il n'enverrait pas. Il dormit dans l'herbe en pensant au désert dans lequel il descendrait demain.

8.

C'était comme si personne ne voulait de cette eau. Le Rio Grande coulait au milieu des cailloux et des buissons d'épines, traçant sa route entre les plaines et les plateaux, creusant des couloirs dans les roches tendres sans qu'un arbre pousse sur ses berges. Il semblait passer sur la terre plutôt que d'en faire partie, cherchant son chemin, toujours plus bas, sur cette dalle brune sans fin. Pas une trace de passage sinon celles des bêtes sauvages. Le fleuve était pour lui.

Dans les grandes gorges, l'écho des pas de Walden se confondait avec celui des pierres roulant des falaises, poussées dans le vide par de gros lézards détalant à son arrivée. Le mustang ralentissait à mesure qu'ils avançaient, ne trouvant pas de nourriture assez riche pour reprendre des forces. Quand Bowman apercevait une tache verte, la moindre plante ayant accroché ses racines dans une fissure irriguée, il y menait son cheval.

Les nuits n'étaient pas plus fraîches que les jours. Comme l'eau du fleuve, le soleil semblait passer sur cette nature sans en faire partie. La roche produisait sa propre chaleur et sa propre lumière. Si ces plaines sèches avaient une parenté, c'était avec la lune, qui leur rendait leurs vraies couleurs. Celles du pendu de la plaza. Dans le gris et bleu de la nuit, des chiens du désert, invisibles la

359

journée, couraient en jappant après les lapins. Insectes, tortues, lézards et serpents étaient les habitants du jour, couleurs, écailles et carapaces se confondant avec la roche.

La viande d'antilope ne manquait pas. Pour faire du feu il fallait chercher une heure des brindilles, qui brûlaient pendant long-temps en petites flammes jaunes, sans dégager de chaleur. Tant qu'il eut du café, Arthur continua à collecter du bois pendant ses journées de marche. Puis il arrêta. Il n'avait plus rien à cuire, les nuits étaient chaudes, et ces flammes froides, au lieu d'une com-pagnie réconfortante, lui rappelaient les feux follets montant des charniers des champs de bataille.

En lieu et place des collines vertes dont il rêvait depuis Lon-dres, il avait trouvé un désert.

Bowman n'écrivit pas pendant sa traversée, et quand il atteignit Alamosa, après cinq jours et cinq nuits, il aurait été bien en peine de dire à quoi il avait pensé pendant tout ce temps. Il ne gardait le souvenir que de quelques mots, se répétant comme les échos des pas de Walden, comme le bruit des galets roulant au fond du lit du Rio Grande. Alexandra. Arriver. Peevish. Penders. Reunion. Requins.

S'il n'avait ni parlé ni écrit, il avait relu le chapitre de Thoreau sur la solitude.

Quelle sorte d'espace est celui qui sépare un homme de ses sem-blables et le rend solitaire ? Je me suis aperçu que nul exercice des jambes ne saurait rapprocher beaucoup deux esprits l'un de l'autre. Près de quoi désirons-nous le plus habiter ? Sûrement pas auprès de beaucoup d'hommes, mais près de la source éternelle de notre vie, d'où en toute notre expérience nous nous sommes aperçus qu'elle jaillissait, comme le saule s'élève près de l'eau et projette ses racines dans cette direction.

Il longea, l'après-midi du sixième jour, un immense banc de sable que le vent avait taillé en dunes. Le Rio Grande avait rétréci, ses berges étaient plus vertes et boisées. Alors qu'il apercevait les feux d'Alamosa, il fit halte pour laisser manger Walden, prenant le temps de conclure seul cette étape de son voyage. Arthur Bowman, la barbe tombant sur sa poitrine, les rides du visage pleines de poussière, se sentait bien lorsqu'il entra dans la petite ville.

Alamosa était nichée dans une forêt d'arbres qu'il ne reconnut pas, aux troncs lisses et clairs, hauts et couverts de petites boules blanches ressemblant aux graines éclatées du cotonnier. Une dizaine de constructions, chacune bâtie sur une petite clairière défrichée par les pionniers. Pas de commerces, pas de relais, rien que des fermiers et des éleveurs blancs qui s'étaient réunis pour travailler ensemble, du moins vivre les uns à côté des autres. L'arrivée de Bowman attira des curieux, des enfants d'abord, des hommes sur le seuil de leur maison, puis des silhouettes de femmes aux fenêtres. C'était le village le plus propre et calme qu'il ait vu jusqu'ici. Sur la berge opposée, en face des maisons aux cheminées maçonnées, il y avait un autre village. Plutôt un camp. Des cabanes en branches, des feux à même le sol, des volailles et des chiens en liberté avec qui jouaient des enfants dépenaillés. Les Indiens qui vivaient là étaient étrangement habillés, portant seulement des bouts de vêtements européens, un haut ou un bas, associés à leurs cotonnades traditionnelles. À première vue, ils étaient deux ou trois fois plus nombreux que les Blancs, séparés d'eux par la rivière dans laquelle on avait roulé des rochers en guise de pont. Bowman avançait au pas entre les maisons, tournant les yeux d'un côté à l'autre de ce village à deux faces. Le contraste entre la perfection des Blancs et la désinvolture des Indiens était frappant, comme une garnison militaire installée à côté de paysans chassés de chez eux par la guerre.

Un solide père de famille, collier de barbe et joues rouges, s'approcha de lui en souriant. Arthur tira sur les rênes et Walden s'arrêta de mauvaise grâce.

– Dieu vous bénisse, mon fils. Bienvenu à Alamosa, terre d'Évangile.

Les premiers mots qu'il entendait depuis six jours.

Arthur décida de ne pas rester, demanda s'il pouvait acheter à manger et comment retrouver la route de Pueblo. Chaque morceau de pain, haricot et gramme de farine qu'il reçut en échange de son argent fut béni deux fois. Il demanda s'il pouvait acheter un peu d'alcool, reçut pour le compte de précieux conseils regardant l'abstinence. À la suite de quoi les négociations devinrent plus difficiles et le ton des échanges moins amical. Arthur aurait parié qu'en traversant le Rio, il aurait trouvé tout ce qu'il voulait chez les Indiens. La seule chose qu'il put encore obtenir fut un peu de tabac et des indications sur la meilleure façon de quitter le village. Il repartit d'Alamosa avec d'étranges images en tête. Celle des femmes et des jeunes filles cloîtrées chez elles, se cachant derrière les fenêtres quand tous les hommes étaient sortis des maisons. Celle des Indiens qui se partageaient les restes de vêtements des Blancs. Les enfants sauvages tout juste évangélisés, avec leur peau de différentes couleurs, du foncé des Indiens au métissage plus clair des Mexicains, jusqu'aux gamins à la peau blanche qui couraient au milieu des poules et des feux. Et ce pont de pierres qui reliait et séparait les évangélistes, dignes pères de famille, des femmes indiennes. Il laissa derrière lui ce paradis vert et frais, mais avant de continuer à l'est vers Pueblo, il fit une dernière halte au bord de l'eau.

Bowman libéra Walden de son chargement, se déshabilla entièrement et, tirant sur le licol, amena le mustang au milieu de la rivière. Il l'arrosa et le frotta jusqu'à ce que le cheval n'en veuille plus, ressorte de l'eau au galop et file aussitôt se rouler dans la terre. Arthur arracha des poignées d'herbe, les plia et les tordit pour s'en faire un gant de toilette. La tête appuyée à un rocher, il laissa l'eau fraîche et le courant lui masser le corps. Il fabriqua ensuite avec des pierres, tout contre la terre de la berge, un petit barrage. Sur la surface lisse de la minuscule retenue, penché au-dessus de son reflet, Bowman tailla sa barbe au couteau. Il se rasa le mieux possible dans ce miroir couleur de ciel et coupa ses cheveux. Il lava ses vêtements sur une pierre, les étendit au soleil et se coucha dans l'herbe pour faire une sieste, se réveilla en fin d'après-midi et alluma son feu tout près de l'eau.

Le lendemain matin, ses gourdes pleines d'eau du Rio Grande, il reprit la route sans forcer l'allure et passa deux nuits près des points d'eau que les habitants d'Alamosa lui avaient indiqués. Chaque soir il écrivit à Alexandra Desmond, racontant comme il le pouvait son voyage, le désert silencieux et son bain dans la rivière, la présence de plus en plus inquiétante de Penders, la distance qui se creusait chaque jour un peu plus entre Reunion et lui. Le troisième jour il retrouva la piste principale et ses convois de chariots remontant vers l'or de Pikes Peak. Il arriva en fin de journée à Pueblo, point de jonction entre la route du nord et la piste de Santa Fe, rejoignant celle de l'Oregon à Independence, sur le Missouri. Pompeusement appelée *ville*, Pueblo ne comptait que quelques baraques, cette fois toutes des commerces.

La véritable activité était autour de ces bâtiments. Des dizaines de chariots et de toiles de tentes s'y agglutinaient, des centaines de pionniers se marchaient les uns sur les autres au milieu des bœufs, des mules, des chevaux et des vaches. On troquait, vendait et négociait tout, clous, poulains ou informations. Des guides offraient leurs services, des femmes aussi. Les bordels de campagne étaient dressés à côté de messes et de baptêmes célébrés en plein air, des prêcheurs s'époumonaient dans le vacarme. Des forgerons frappaient sur des fers et redressaient des cerclages de roues. Des vieilles vendaient du ragoût, cuisaient du pain et lisaient les lignes de la main. On parlait vingt langues différentes. Toutes les trois tentes et les deux chariots, sur une planche et deux caisses, quelqu'un vendait de l'alcool.

Walden avait les oreilles couchées en arrière, Bowman traversa le camp jusqu'au centre-ville et chercha une écurie, puis le saloon. L'établissement était plein à craquer et il douta de trouver le moindre renseignement. Il commanda à boire, serré entre d'autres hommes au coude à coude. L'atmosphère était festive et violente. Les pionniers étaient venus là avec des mômes et des rejetons à peine en âge de se raser, qui regardaient avec des yeux inquiets le chef de la famille se saouler la gueule. Une chanteuse braillait dans un coin pendant qu'un pianiste massacrait un clavier édenté et désaccordé. Des chopes de bière passaient au-dessus des têtes, des types roulaient par terre.

Le patron du saloon, debout sur une chaise derrière le comptoir, frappa avec un marteau sur une cloche ébréchée.

– La prochaine est pour la maison !

L'annonce fut accueillie pas des hourras, des chapeaux volèrent à travers la pièce, s'accrochant dans les lustres, retombant sur d'autres têtes.

Bowman eut droit à son whisky gratuit comme tous les autres. Après la tournée du patron, croyant sans doute avoir fait des économies, les buveurs se mirent à commander de plus en plus de verres. On les payait par quatre ou cinq en les distribuant autour de soi à des inconnus. Une joie féroce réunissait les clients du saloon décidés à faire la fête. Un homme posa un verre devant Bowman, qui trinqua avec lui.

– À quoi on boit ?

– T'es pas au courant ?

Arthur avala son verre.

– Qu'est-ce qui se passe ?

L'homme, roulant les *r* avec un terrible accent irlandais, se tourna vers la foule et gueula en se marrant :

– Il est pas au courant !

Personne ne fit attention à lui et il se rapprocha de Bowman pour crier dans son oreille.

– Ils les ont eus ! Ces putains de Rouges ! Les gars de la Saint-Vrain leur ont mis le grappin dessus. Trois cordes pour ces fils de chiens !

– Les Indiens se sont révoltés ?

L'Irlandais le regarda d'un air sérieux, les yeux croisés par l'alcool.

– Une révolte ? De quoi tu parles, mon pote ? C'est les trois Indiens de la piste. Ils les ont trouvés et ils vont leur passer la cravate de chanvre.

– Les Indiens de la piste ?

– Merde, d'où tu sors ? T'es pas au courant que des Indiens attaquaient les pionniers ?

Une bousculade écarta l'homme de Bowman. Il gueulait encore quelque chose mais un groupe d'Irlandais l'avait entraîné vers une table où ils chantaient. Arthur n'avait entendu que quelques mots de sa dernière phrase. Il fendit la foule, attrapa le type par l'épaule et le retourna, criant au milieu de la chorale de saoulards :

– Qu'est-ce que t'as dit ?

Le type s'arrêta de chanter.

– Putain, va boire un coup ! Laisse-moi chanter !

Arthur l'attrapa par sa veste et le ramena vers le comptoir.

– Qu'est-ce que t'as dit à propos des Indiens ?

– À boire !

Arthur commanda trois whiskies et les posa devant l'Irlandais.

– Raconte.

Il vida un premier verre.

– Les Comanches qui attaquaient les pionniers pour les dévaliser, ils vont y passer ! Couic !

– Qu'est-ce que t'as dit tout à l'heure ?

– Que ces salopards allaient avoir leur compte, après ce qu'ils ont fait à tous ces pauvres types !

Un autre verre disparut.

– Qu'est-ce qu'ils ont fait ?

– Les tortures, mon pote ! Les horreurs qu'ils ont faites, des cadavres jusqu'au Mexique. Il paraîtrait qu'ils ont tué une

365

vingtaine de Blancs ! Des semaines que tout le monde a la trouille sur la piste ! Terminé ! Couic !

Il vida son troisième verre, remercia Bowman d'une courbette et lui dit que tout allait bien maintenant, qu'il fallait plus s'en faire, que l'or de Pikes Peak les attendait et qu'il allait retourner chanter.

— La pendaison, ça se passe où ?

— Bent's Fort, sur la piste d'Independence. Putain, on y va tous pour voir ça !

Les Irlandais chantaient quelque chose à propos d'une route menant à Liverpool en passant par Dublin, brandissant des shille-laghs au-dessus de leurs têtes. À l'autre bout de la salle, des Anglais avaient eux aussi commencé à chanter, essayant de faire plus de bruit que les Irlandais. La bagarre s'organisait.

Bowman bouscula coudes et épaules pour sortir du pub, au son des chansons nostalgiques de plus en plus furieuses. Dehors il reprit son souffle, les mains sur les genoux, se redressa et partit en courant jusqu'à l'écurie récupérer Walden. Il traversa le camp des pionniers, s'arrêta pour demander la direction de Bent's Fort à quatre types installés autour d'un jeu de cartes.

— De l'autre côté de la ville. C'est pas compliqué, y a que deux pistes. Celle de l'est.

— Soixante miles.

— La pendaison est qu'après-demain, pas la peine de te presser comme ça !

Arthur repartit au galop. Il contourna la ville, les tentes et les chariots, décrivit un cercle autour des feux et trouva le carrefour des deux pistes, prit à l'est dans la nuit. La lune était à la moitié de sa course. Le mustang galopa quatre heures. Une minute de plus l'aurait peut-être achevé, mais Bowman arriva à Bent's Fort au petit matin et Walden tenait toujours debout.

*

Comme à Pueblo un camp de chariots entourait le fort. Arthur passa entre les immigrants en train de se réveiller et une foule de voyageurs aux allures un peu différentes. Des curieux déjà arrivés pour la pendaison et quantité de commerçants venus vendre leurs produits, boissons et nourriture, des représentants en armes, des attractions de fête foraine, magiciens et jeux d'adresse. Des bonimenteurs aux yeux gonflés par leur cuite de la veille, chassant des gamins fouineurs, sortaient de tentes colorées. Des putains se rinçaient la bouche dans des seaux, des types ronflaient encore, allongés sur le sol dans leurs vêtements couverts de poussière, des bouteilles dans les poches. En s'approchant du fort, Arthur entendit cogner des marteaux. Bent n'était pas une ville, ni même un village, mais une grande construction fortifiée bâtie à la manière traditionnelle, en terre et briques, aux murs épais d'un mètre et percés de meurtrières. Des bâtiments d'un étage, ocre brun, sorte de grands relais conçus pour la guerre et le commerce. Écuries, entrepôts et bureaux, logements pour les employés. Au-dessus de la porte principale était accrochée une pancarte : *Bent and Saint-Vrain Trading Company.*

Au milieu de la grande cour une équipe de charpentiers terminait de dresser la potence, assez large pour pendre trois hommes en une seule fois. Le bois n'était pas neuf, la potence ne devait pas servir tous les jours et il fallait l'assembler pour l'exécution du lendemain.

Arthur s'approcha des écuries. Un vieil Indien saisit les rênes de Walden.

– Fatigué. Bon cheval. Pension à deux dollars. Beaucoup de monde pour pendaison.

Bowman descendit de selle, détacha l'étui du Henry et passa la sangle à son épaule. Devant la porte d'un petit bâtiment sans autre ouverture, trois hommes armés de fusils et de revolvers montaient la garde. Arthur marcha vers eux.

– C'est qui le responsable ici ?

– Restez pas ici, monsieur. Éloignez-vous.

– Je cherche juste le responsable.

– Le responsable ?

– Le shérif, le juge. Celui qui s'occupe de tout ça.

Arthur montrait la potence du doigt.

– Y a pas de shérif ici, y a le gérant. Il est au bureau.

– Le gérant ?

– De la compagnie. C'est lui qui s'occupe de tout ici. Restez pas là.

Bowman s'éloigna, jetant un coup d'œil à la porte. Du chêne épais avec au milieu une petite ouverture fermée par trois barreaux.

Des types entraient et sortaient d'un bureau à la porte ouverte, Arthur se glissa parmi eux et attendit son tour pour passer devant un homme assis derrière une table. Il lisait des listes, signait des papiers, donnait des ordres, cochait et notait des chiffres sur des cahiers.

– Qu'est-ce que je peux faire pour vous ?

– C'est vous le gérant ?

– Il va pas tarder. Vous cherchez du travail ?

– Non. Il est où ?

– Si vous voulez le voir, attendez ici. Suivant !

Arthur ressortit et attendit à l'ombre d'un mur, observant la potence et la porte gardée par les trois employés armés. D'autres gardes s'étaient postés à l'entrée principale et filtraient les passages, repoussant gamins et curieux qui s'agglutinaient pour voir le gibet. Ils laissèrent passer un homme sur un petit chariot. Sur la toile de sa voiture étaient peints son nom et son travail : *Charles Bennet, photographe*. Bowman le regarda faire le tour de la cour, marcher de long en large en cherchant le meilleur point de vue, puis décharger son matériel. Il dressa en face de la potence une petite estrade, dessus posa un trépied et enfin sa chambre photographique. Il regarda dans l'objectif, déplaça l'appareil jusqu'à être satisfait du cadrage puis marqua à la craie la position du trépied avant de le démonter.

Les gardiens de l'entrée laissèrent passer un autre homme à cheval, bien habillé et armé, qui ne répondit pas à leur salut. Celui que Bowman supposa être le gérant s'arrêta devant la cellule pour y jeter un coup d'œil, échangea quelques mots avec les gardiens et continua vers le bureau.

Arthur se redressa et marcha à sa rencontre. Trompé par sa taille et son allure solide, il s'aperçut que le gérant était plus âgé qu'il l'avait cru, peut-être soixante ans.

– Je peux vous parler ?

Le gérant ne s'arrêta pas.

– Si vous cherchez du travail, voyez ça avec le contremaître.

Arthur le suivit.

– C'est pas pour du travail. C'est à propos des Indiens que vous allez pendre.

L'homme s'arrêta et observa enfin Bowman.

– Qui vous a laissé entrer ? Qui êtes-vous ?

– Arthur Bowman.

– Je ne sais pas qui vous êtes et je n'ai pas le temps. Si vous avez des fourrures à vendre, voyez avec le…

– J'ai rien à vendre, mais faut que je vous parle.

– Désolé, pas maintenant.

– Les Indiens, c'est pas eux qui ont tué les pionniers.

Le gérant s'arrêta à nouveau.

– Quoi ?

– À Las Cruces ils ont déjà pendu un Nègre en disant que c'était lui. C'est pas les Indiens.

Le gérant réfléchit un instant.

– Je n'étais pas au courant.

Le bureau de John Randell était un petit havre de luxe et de calme au milieu du fort. Tapis et trophées de chasse, au-dessus de la table sur le mur des photos, le montrant debout à côté de deux hommes en costume sombre. Bent et Saint-Vrain, les patrons de la compagnie de commerce. Une autre de lui, seul, dans une forêt de sapins, le pied sur le ventre d'un ours de taille impressionnante. Le portrait d'une femme assise sur un canapé, un bébé dans les bras. Celui d'un jeune officier de l'armée au garde-à-vous, qui ressemblait à son père.

Arthur tenait son fusil par le canon, debout devant la table en bois massif.

– Bowman, des tas de gens racontent n'importe quoi à propos de ces assassinats, et cela ne m'étonne pas qu'un Noir ait fini à la potence. Tout le monde avait peur et les rumeurs ont pris une tournure ridicule tout au long de la piste. Moins les gens en savent, plus ils imaginent. Vous avez l'air sûr de vous, pourtant vous n'êtes pas le premier à débarquer ici avec une nouvelle théorie. Je ne peux même pas vous raconter tout ce que j'ai entendu ces dernières semaines. Et je vous ferai grâce des apparitions du diable sur la piste de Santa Fe. Mais cette fois nous avons des preuves. Je suis navré pour cet homme pendu à Las Cruces, mais je sais garder la tête froide et je n'enverrais pas ces hommes à la corde sans être certain de ce que je fais. Pourquoi dites-vous que ce ne sont pas eux ?

Arthur était calme parce que Randell l'était aussi. Il s'adressa à lui comme s'il avait fait un rapport à un officier :

– Celui qui tue sur la piste, il a commencé en Angleterre. Il s'appelle Erik Penders et il était sous mes ordres quand j'étais sergent à la Compagnie des Indes. Il a tué un homme à Londres, un autre à côté de Dallas qui s'appelait Kramer, et un troisième, Rogers, à Las Cruces. J'ai pas vu les deux derniers, seulement celui de Londres. Mais je sais qu'il les a tués de la même façon et je sais aussi où il a appris à faire ça parce que j'étais avec lui à cette époque. Quand on était militaires en Birmanie. J'ai déjà regardé le Nègre se balancer à une corde. Je sais que c'est pas non plus vos trois Indiens.

Randell alluma une pipe et souffla la fumée vers le plafond de son bureau.

– Bowman, je n'ai pas beaucoup de temps, mais je vais tout de même vous expliquer. Malgré ce que vous dites, vous êtes mal renseigné. On entend partout qu'ils auraient tué une vingtaine d'hommes. Je n'en sais rien, mais il y en a au moins deux autres en plus que ceux dont vous parlez. Un au Mexique, qui remonte à quelques mois. Je n'étais pas là-bas, mais le témoignage vient d'un homme que je connais et en qui j'ai confiance, un associé de notre compagnie. Et un autre qui a eu lieu il y a moins d'une semaine, un peu plus loin sur la piste d'Independence.

Arthur vacilla, essaya d'organiser ses pensées.

– Le meurtre de Dallas, vous étiez pas au courant. Vous non plus vous savez pas tout.

Randell continua sur le même ton sérieux :

– Depuis combien de temps vous n'avez pas dormi, Bowman ? Asseyez-vous, s'il vous plaît.

Arthur tira une chaise devant le bureau.

– Qu'est-ce qui s'est passé y a une semaine ?

– Fedor Petrovitch… Je l'avais reçu moi-même dans ce bureau quelques jours avant, à l'endroit où vous êtes assis. Petrovitch était un inventeur et cherchait des partenaires financiers pour lancer un nouveau procédé d'orpaillage à base de cyanure. Il était venu m'en parler, pour savoir si la Bent and Saint-Vrain était intéressée. Mes employeurs ne veulent pas investir dans l'extraction minière. C'est ce que je lui ai dit.

Randell avait baissé la tête et tassait le tabac dans le foyer de sa pipe.

– Ce sont des Comanches, les derniers guerriers d'une bande ayant refusé de déposer les armes et de rejoindre les réserves du Nouveau Mexique. Les Affaires indiennes les connaissaient déjà. Ils rôdaient depuis presque un an le long de la piste, passaient régulièrement la frontière mexicaine dans un sens ou dans l'autre. Leur groupe s'est amenuisé, leurs ressources aussi à mesure que les tribus étaient chassées vers les réserves. Je ne suis pas un ennemi des Indiens, Bowman, et le succès de cette compagnie est en grande partie dû aux échanges commerciaux que nous avons faits avec eux. J'ai appris à les connaître. Je sais qu'ils ne sont pas les sauvages que l'on prétend et que ces peuples ne supportent pas le désespoir, leur constitution n'y résiste pas mieux qu'à l'alcool. Ces hommes peuvent partir en guerre pendant des mois et vivre comme des bêtes au fond d'une grotte s'ils savent qu'ils retrouveront leurs terres et leurs enfants. Mais si vous leur enlevez ça, alors ils sont déjà morts et deviennent capables de tout. Comment vous comporteriez-vous, Bowman, dans un monde qui a détruit le vôtre ?

Arthur sentait des picotements dans ses mains, des vertiges, sa langue sèche en train de gonfler dans sa bouche. Il sortit de sa poche la fiole de Brewster, en avala quelques gouttes pour tenir le coup sans s'effondrer. Randell le regarda faire, sourit en croyant peut-être qu'il s'agissait d'alcool et reprit :

– Notre compagnie, depuis longtemps et jusqu'à ce que les autorités gouvernementales soient un jour représentées ici, s'occupe de faire régner un semblant d'ordre. Ceran de Saint-Vrain, fondateur avec Bent de cette entreprise, s'est battu avec ses hommes aux côtés de l'armée, il a personnellement maté des révoltes au Nouveau-Mexique, mais comme moi, il n'est pas un va-t-en-guerre. Nous considérons que c'est notre responsabilité d'assumer cette tâche. Les trois guerriers qui vont être pendus ont essayé d'attaquer un convoi de la compagnie. Mais ils étaient en sous nombre et saouls. Ils ont été faits prisonniers et conduits ici. L'un d'eux montait le cheval de Petrovitch. Nous avons trouvé sur eux d'autres affaires lui appartenant. Et son scalp. Nous les avons interrogés et ils ont fini par avouer où était le corps. J'ai envoyé une équipe sur place qui l'a ramené ici. Fedor Petrovitch est enterré à Bent's Fort. J'ai vu sa dépouille, Bowman, et je ne peux pas trouver autre chose à vous dire que cela : ce cadavre, c'était celui d'un monde sans espoir.

Le gérant de Bent's Fort sourit bravement à l'homme assis en face de lui.

– Encore une fois, je suis attristé par la nouvelle que vous m'apportez, Bowman, d'un innocent exécuté pour le crime de ces hommes. Je suis écœuré par ce cirque et tous ces badauds venus assister à l'exécution, mais je n'ai malheureusement aucun doute.

Arthur sentait les symptômes de la crise se stabiliser, luttait en même temps pour garder le contrôle de ses sens sous l'effet du chanvre.

– C'était la même chose à Rio Rancho. Le Nègre, il avait seulement trouvé les affaires du mort.

Randell secoua la tête d'un air las.

– Il n'y a aucun doute.

– Mais l'Anglais, celui que je cherche, il était pas ici ?

– Le soldat dont vous avez parlé ? En dehors d'un jour absurde comme celui-ci, le fort est un endroit calme que peu de gens étrangers à notre commerce visitent. Je n'ai pas vu ici d'ancien soldat britannique, non. Ma famille est anglaise, et si je n'ai jamais vécu là-bas, j'ai pour vos concitoyens une attention particulière. Le seul Britannique que j'ai rencontré ces derniers temps était ici juste avant l'assassinat, mais ce n'était pas un soldat, bien au contraire. C'était un prêcheur, bien aimable, qui est resté quelques jours avec nous. J'ai repensé à lui quand nous avons enterré Petrovitch. Il aurait peut-être trouvé les mots qui ne me sont pas venus.

Arthur Bowman se pencha en avant et commença à glisser de sa chaise.

– Peevish ?

Le visage de John Randell s'illumina.

– Vous le connaissez ?

Arthur ferma les yeux pour ne plus voir la pièce tourner autour de lui.

– C'est Peevish… C'est lui qui les a tués.

Randell s'était levé.

373

– Qu'est-ce que vous dites ? Bowman, vous êtes blanc, que vous arrive-t-il ?

Arthur tendit une main vers le bureau et s'écroula sur le tapis.

Il se réveilla une nouvelle fois au milieu des chevaux, couché sur du fourrage à l'ombre du toit de l'écurie. Le vieil Indien tirait de l'eau à un puits et versait des seaux dans les abreuvoirs. Il passait devant Bowman sans le regarder, continuant sa tâche à petits pas.

Il fallut quelques secondes à Arthur avant de pouvoir regarder vers la cour trop lumineuse. La crise n'avait pas été trop violente, il le sentait dans son corps, reprenait rapidement pied et se souvenait de tout. Les herbes de Brewster avaient aidé.

– Le vieux, donne-moi de l'eau.

L'Indien s'arrêta, regarda derrière Bowman, posa un seau devant lui et repartit. Arthur se retourna.

– Qui est là ?

Personne ne répondit, une silhouette se découpa dans l'ombre. L'homme s'appuya à un poteau. Le vieil Indien passa à côté de lui en baissant la tête. Un Blanc au visage brûlé par le soleil, des yeux clairs, une carabine appuyée contre sa jambe.

– Tu es sorti de tes rêves ?

– C'est pas encore sûr.

– Ça va revenir.

– Quoi ?

– Tout ce que tu ne voulais pas voir.

L'homme avait tourné la tête vers la cour. Bowman suivit son regard jusqu'à la potence et revint à lui.

– T'es un employé de Randell ? T'es là pour me surveiller ?

L'homme sourit.

– Non. Juste un curieux comme les autres.

– Ouais, voir des Rouges crever, ça attire tout un tas de monde.

L'homme sourit et passa devant Bowman, il sortit de l'écurie et marcha droit dans le soleil. Arthur détourna les yeux.

– Le vieux, c'est qui ce type ?

Le vieil Indien laissa tomber son seau dans le puits sans répondre. Arthur se leva, secoua la tête et sortit dans la cour. Il entra à nouveau dans le bureau du contremaître et demanda à voir Randell.

– C'est toi qu'on a balancé à l'écurie ? M. Randell a pas le temps de te parler. En fait il a dit qu'il voulait plus te voir. Barre-toi avant que ça se complique.

Un homme armé gardait la porte du bureau du gérant.

– Mon fusil, il est où ?

– On te le rendra quand tu sortiras du fort.

– Faut que je parle à Randell.

– Il veut plus te voir, et moi non plus.

Le contremaître fit un signe et l'homme armé avança vers Bow-man.

– Faut sortir maintenant.

Arthur tourna les talons.

Walden avait bu et mangé, repris quelques forces. Il marcha à côté de lui jusqu'à la grande porte et s'arrêta devant les gardes.

– J'ai un fusil à récupérer.

– Le Henry ?

L'employé lui rendit son arme après l'avoir admirée un instant.

– Moi je préfère la Winchester, plus légère. Mais c'est un beau morceau. Tu chasses quoi avec ça ?

Bowman attacha l'étui à la selle et quitta le fort, entrant dans le champ de foire installé à ses portes. Debout devant un comptoir en planches, sous l'ombre d'une bâche, il avala des haricots, un peu de gras de mouton et du whisky à faire des trous dans ses bottes. Il était resté inconscient plusieurs heures, peut-être qu'il avait surtout dormi après la crise, rattrapant une partie de sa nuit passée à galoper. Walden, le cul au soleil, avait glissé la tête sous un coin de la bâche et, à l'ombre, reprenait sa sieste. Le camp était calme, ceux qui avaient commencé à boire dès le matin cherchaient de l'ombre pour dormir un peu avant la nuit et le deuxième service.

Arthur regardait la grande porte du fort.

– Un autre.

On lui remplit son verre.

– Tu offres quelques chose ?

Bowman se retourna. Le type de l'écurie était en train de gratter la tête de Walden. Le mustang, yeux mi-clos, se laissait faire.

– Pourquoi je ferais ça ?

– Parce que j'ai veillé sur ton sommeil.

– Je vois pas ce que ça a changé.

– Rien. Sauf que je t'ai pas seulement regardé dormir, j'ai aussi écouté ce que tu racontais.

Ses yeux étaient presque aussi gris que ceux d'Alexandra Desmond, son visage pointu, bronzé et sans une ride. Arthur commanda deux autres verres.

– Et qu'est-ce que t'as entendu ?

– Tu parlais d'un prêtre, tu arrêtais pas de répéter son nom.

– Je connais pas de prêtre, j'ai fait des rêves et je m'en souviens pas.

– Tu disais que c'était lui. Que les Indiens n'y étaient pour rien. Tu disais aussi un autre nom, Penders. Et celui du prêtre, Peevish.

Bowman se tourna vers l'homme et se rapprocha de lui, baissa la voix :

– J'ai déliré. Maintenant barre-toi.

L'homme termina son tord-boyaux sans grimacer et reposa le verre. À ses deux mains manquait un doigt, l'auriculaire, tranché au niveau de la première phalange. Il leva la tête vers le ciel, regardant au nord un train de nuages glissant vers le fort.

– La nuit sera couverte.

Il porta une main à son chapeau et s'éloigna entre les tentes. Arthur attendit le reste de l'après-midi, buvant sans précipitation, un verre après l'autre, jusqu'à la nuit.

Quand le camp s'anima à nouveau et que la foule recommença à faire la fête, il s'éloigna d'une centaine de mètres des tentes, ne déchargea pas son cheval, s'enroula seulement dans la couverture et ferma les yeux pour se reposer. Rester aux aguets et laisser son corps se détendre, une vieille habitude de sentinelle. Il surveillait le camp et le fort, sans avoir besoin d'une montre pour connaître l'heure. D'abord il entendit les bruits du camp s'atténuer, les derniers buveurs, les vendeurs qui pliaient boutique, entre trois et quatre heures du matin, puis le silence, les insectes et les bêtes en chasse. Enfin le moment où les gardes de Bent's Fort, juste avant l'aube, étaient le plus fatigués. L'heure à laquelle un bon sergent fait la tournée des postes pour botter le cul des sentinelles assoupies.

Walden grattait doucement la terre de ses sabots. Arthur attendit encore. Mieux il se sentait, plus il savait les gardes inefficaces. Il avait réussi à maîtriser le flot de ses pensées, ne les laissant pas prendre le dessus. Il les avait examinées comme il aurait lu un livre.

Penders à Las Cruces.

Peevish à Bent's Fort.

À un mois d'intervalle. Dix jours de cheval.

Un autre meurtre au Mexique. La rumeur, la légende des assassins sur la piste de Santa Fe pendant qu'il traversait ses déserts, suivant sa route. Pas la même que les deux autres, mais qui la recroisait toujours.

Peevish et Penders voyageaient ensemble ?

Des coyotes hurlaient, la lune était cachée par les nuages. Bowman avait seulement besoin d'un peu plus de lumière. Ses yeux reposés y verraient, quand ceux des hommes fatigués ne distingueraient toujours rien. Juste ce premier trait de clarté à l'horizon. Il se souvenait de la cour, des distances, du nombre d'hommes, des recoins, de la charrette du photographe contre le mur, tout près des écuries, de l'endroit où le vieil Indien avait installé son coin et devait dormir.

Non. Celui-là ne dormirait pas. Les vieux guerriers sont toujours réveillés à l'heure de l'attaque.

Il savait où seraient les ombres si la lune sortait des nuages et par quelles portes les employés du fort sortiraient en cas d'alerte. Il avait aussi repéré les puits. Dès qu'il avait passé les portes du fort hier matin. Arthur se leva.

Il se rapprocha du camp, longea les tentes et les chariots, écoutant les bruits et les ronflements. Il descendit de cheval, frotta une allumette, embrasa une petite poignée d'amadou, jeta dessus quelques brindilles et les poussa sous une tente où était stocké du whisky. Puis il sauta en selle, s'éloigna au galop et contourna le fort. Rapidement il fut de l'autre côté, à l'opposé de la grande entrée et du camp. Il y eut une explosion. Un tonneau d'alcool. Très vite la lumière rouge de l'incendie monta dans le ciel. Il entendit la cloche du fort et les premiers appels.

– Au feu ! Tout le monde dehors !

La panique se répandait. Arthur lança Walden au triple galop jusqu'aux remparts et sauta à terre. Collé au mur il écouta encore, attendant le moment du plus grand désordre. Juste au-dessus de lui une sentinelle cria :

– Bon dieu ! C'est le camp qui part en flammes ! Descendez, les gars, faut y aller !

Les hurlements des animaux, des hommes et des femmes résonnaient sur la plaine. Le pied du rempart était jeté dans l'ombre de l'incendie, éclairant le ciel au-dessus de sa tête. Arthur commença à courir, tirant Walden derrière lui. Il compta les meurtrières. Celle du bureau du contremaître, celle de la pièce où il avait parlé avec Randell. Trois ensuite. Et la quatrième, celle des écuries. Il se mit debout sur la selle et tira sa hachette de sa ceinture, se mit à taper dans le torchis de toutes ses forces. La meurtrière faisait vingt centimètres de large, il lui faudrait le double pour s'y glisser. Sous une première couche de terre séchée, il dégagea un montant en bois et commença à le tailler. Le bois, un tronc entier de vingt centimètres de diamètre noyé dans la terre, était plein de nœuds dans lesquels la lame se plantait avec un bruit sourd.

Par l'ouverture de la meurtrière il voyait les chevaux paniqués, la cour, la potence et derrière les grandes portes ouvertes le camp transformé en brasier. Le puits de l'écurie était le plus éloigné de la sortie et, comme il l'espérait, la chaîne de seaux s'organisait du côté de l'entrée et de l'autre puits. La lame se coinça dans le bois après s'être enfoncée plus profondément. Arthur fit levier et entendit un craquement. Il dégagea son outil, le remit à sa ceinture, creusa la terre à mains nues jusqu'à dégager un passage autour du bois.

Une fois sa corde attachée au morceau de charpente, il la tourna autour du pommeau de la selle et éperonna son mustang. Un seul coup de collier de Walden suffit à écarter le montant qui resta accroché au mur. Arthur y attacha les rênes, sortit le Henry de son étui et se hissa à l'intérieur de l'écurie, roula dans le fourrage, sauta par-dessus les mangeoires et se faufila entre les chevaux. Il se plaqua à l'angle du mur, actionna le levier de son fusil et n'oublia pas de vérifier. Tournant la tête vers le coin du vieil Indien, il braqua le canon dans sa direction. Le vieux, assis devant une cafetière, le regardait et porta un doigt à ses lèvres en faisant le signe du silence. Arthur s'accroupit et observa. Passer derrière le petit chariot du photographe, courir jusqu'à la porte où ne restaient plus que deux gardes. Une quinzaine de mètres à découvert.

Lentement il ouvrit la barrière de l'écurie, ramassa une poignée de foin et craqua une seconde allumette. Il jeta la poignée d'herbe enflammée au milieu des chevaux et les bêtes, déjà nerveuses, commencèrent à ruer dans tous les sens avant de s'enfuir dans la cour. Repoussés par les flammes qui venaient lécher la grande porte du fort, les chevaux devinrent fous et se mirent à tourner dans la cour. La chaîne des hommes essayant de maîtriser l'incendie se rompit, les gardes de la cellule s'enfuirent devant les chevaux emballés et Arthur se lança. Il atteignit la porte en chêne sans se faire repérer, posa son fusil contre le mur et sortit sa hachette. En trois coups furieux, il fit sauter le cadenas, ramassa son arme, entra dans la cellule et referma derrière lui. Il ne voyait rien. La seule lumière était celle des flammes passant par la petite ouverture de la porte. Ses pupilles se dilatèrent et il distingua les trois silhouettes assises par terre.

– Il faut me suivre. Je vais ouvrir la porte et vous allez venir avec moi.

Ils ne réagissaient pas.

– Vous comprenez ce que je dis ?

Les trois Indiens avaient des couvertures sur la tête et le regardaient sans bouger. Il s'approcha d'eux, parlant plus fort qu'il ne voulait :

– Putain, vous comprenez ce que je dis ?

Il devina un mouvement de tête. L'un des trois lui faisait signe qu'il comprenait.

– Bougez-vous, merde ! Si on part pas maintenant ça va être trop tard !

Arthur se baissa et se mit à chuchoter :

– Faut sortir maintenant. Suivez-moi.

Celui qui comprenait fit non de la tête. Bowman regarda ces trois paires d'yeux noirs où se reflétait l'éclat de la petite fenêtre à barreaux. Les Comanches l'observaient.

Arthur braqua le canon du Henry sur celui du milieu.

– Levez-vous.

Pas une paupière ne bougea. Un homme dehors parla, tout près :

– Qu'est-ce qui se passe ici ?

Une autre voix lui répondit :

– La porte...

Arthur se précipita contre le mur, leva son fusil. Les Indiens le regardaient toujours. Bowman ferma les yeux. D'un coup de pied un gardien ouvrit la porte. La lumière entra avec lui et il découvrit les trois prisonniers qui n'avaient pas bougé.

– Merde, ils sont toujours là !

Son collègue le suivit à l'intérieur.

– Qui c'est qu'a défoncé le cadenas ?

Ils se retournèrent en même temps quand la porte se referma derrière eux. Plongés dans le noir, leurs yeux ne serviraient à rien avant quelques secondes. Arthur ouvrit les siens. Il connaissait peu d'hommes capables de garder les yeux fermés quand ils étaient en danger, mais ces quelques secondes de terreur, quand on voulait voir et qu'il fallait lutter contre tous ses instincts, vous offraient un bel avantage. Il assomma les deux gardiens avec la crosse du Henry, qui ne virent jamais d'où étaient partis les coups.

Il se rapprocha des Comanches.

– C'est votre dernière chance. Venez avec moi.

Les yeux noirs brillaient faiblement, les trois Indiens ne bougèrent pas.

– Putains de singes de merde ! Je devrais vous descendre moi-même !

Arthur en saisit un par ses vêtements et essaya de le lever. L'Indien pesait aussi lourd que de la pierre. Arthur le tira vers la porte, il se laissa traîner comme un sac et Bowman le lâcha.

– Vous allez crever comme des chiens pour quelque chose que vous avez pas fait !

Il ne pouvait plus attendre, entrebâilla la porte, regarda dehors, se tourna une dernière fois vers eux. L'Indien traîné par terre était resté à sa place. Bowman parla à voix haute :

– Merde, si c'est ce que vous voulez, je crèverai pas avec vous.

Il referma derrière lui. Les chevaux n'étaient toujours pas matés mais l'incendie, soit parce qu'il avait été contenu, soit parce qu'il n'y avait plus rien à brûler, était calmé. Le jour se levait. Arthur franchit la distance qui le séparait du chariot du photographe, se glissa derrière et entra dans l'écurie.

– Qu'est-ce que tu fous là ?

La voix dans son dos était forte, un cri de surprise et de peur.

– Lève les mains !

Il leva les bras et son fusil. Le garde qui l'avait surpris hurla de toutes ses forces ·

– Alerte ! Putain, venez ici ! La cellule est ouverte ! Y a quelqu'un dans l'écurie…

De la meurtrière défoncée par Bowman jaillit un éclair et la détonation le fit sursauter. Il se retourna. L'homme qui avait donné l'alerte était roulé en boule sur le sol. Une voix appela Arthur :

– Dépêche-toi !

Bowman n'avait pas fait un pas qu'une rafale de balles siffla dans l'écurie. Il se précipita vers la meurtrière, un coup dans le dos le jeta en avant et sa tête heurta le mur. Conscient mais incapable de bouger, il sentit des mains le saisir et le tirer, puis il n'y eut plus rien pendant une fraction de seconde. Le vide et l'apesanteur, avant de percuter une selle de cheval et de rouler dans les cailloux.

– Tu pèses plus lourd qu'un cercueil !

On l'avait jeté en travers de la selle de Walden, en un éclair il s'était retrouvé avec une corde nouée à ses poignets et ses chevilles. Il y eut des coups de feu et avant de perdre connaissance, tête en bas, il vit devant ses yeux des cailloux défiler à toute allure et le balais frénétique des pieds noirs de Walden.

9.

L'homme aux yeux gris regardait la vallée, la carabine posée sur ses bras. Des nuages noirs roulaient sur la plaine, les éclairs frappaient la terre en lignes droites et le tonnerre grondait.

– Il faut repartir.

Il jeta la casserole d'eau sur le petit feu, roula les bandes de tissu tachées de sang et les fourra dans ses poches puis recouvrit le foyer de pierres.

– Ça va aller ?

Bowman se leva en s'appuyant au canon du Henry, reboutonna sa chemise et sa veste sur les bandages serrant sa poitrine.

– Ça ira.

Il grogna en montant en selle, enfila sa grande veste de pluie pour se protéger du vent. L'homme saisit la bride de Walden.

– Accroche-toi.

Conduisant son cheval d'une main, tirant la monture de l'Anglais derrière lui, il continua à gravir la colline, progressant à faible allure dans ce casse-pattes rocailleux. Les bêtes n'avaient pas récupéré de leur chevauchée et trébuchaient dans les pierriers. Quand Walden dérapait, Arthur serrait les dents pour ne pas pousser des cris de douleur. La pluie les rattrapa alors qu'ils passaient un premier col et que s'ouvrait devant eux une petite chaîne de collines érodées, comme un champ de dunes rocheuses. Les premières gouttes tombèrent sur la pierre en restant collées à la poussière, le vent souffla en rafales violentes, le ciel devint noir et la pluie s'abattit sur eux. Arthur baissa la tête et se laissa guider par l'homme, n'écoutant plus que le bruit de l'eau sur son chapeau et sa veste, grelottant de froid.

Ils traversèrent des vallées minuscules, passèrent d'autres collines, heure après heure, jusqu'à un sommet dominant légèrement les autres, terminé par une pointe rocheuse. La pluie ne tombait plus sur eux, ils marchaient à l'abri d'un promontoire, suivant un chemin étroit longeant la roche et plongeant à pic de l'autre côté. L'homme arrêta les bêtes et descendit de selle.

– Couche-toi sur ton cheval.

Bowman s'allongea sur l'encolure de Walden et passa un bras autour de son cou. Son guide silencieux s'enfonça dans un passage entre les rochers et la lumière disparut. Ils suivirent pendant une minute un couloir obscur et débouchèrent dans une grotte à la voûte fissurée, par où passaient un faible rayon de lumière et des gouttes de pluie.

L'homme aida l'Anglais à descendre de son cheval et l'allongea sur une couverture.

Arthur le regarda allumer un feu dans un foyer déjà préparé. Il y avait là une petite réserve de bois et il devina en levant la tête la voûte de la grotte noircie par la suie. Lorsque Bowman sentit la chaleur arriver jusqu'à lui, il ferma les yeux.

La fumée montait vers la fissure de la voûte. La pluie avait cessé mais la grotte était toujours humide. L'odeur des chevaux et du feu se mélangeait à celle des vêtements trempés. L'homme n'était pas là. Arthur était adossé à sa selle, il y avait une nouvelle réserve de bois à côté du foyer. Il se redressa et la douleur courut dans son dos comme du venin dans une veine. Il but à une gourde posée à côté de lui une eau au goût de terre, en versa dans sa main et rinça sa bouche aux coins encroûtés de salive. Les deux chevaux dormaient l'un contre l'autre, la tête effleurant la voûte de la grotte.

L'homme avait refait son pansement. Arthur glissa la main dans son dos et chercha la blessure. Vingt centimètres sous l'omoplate. La balle n'avait pas traversé, avait ricoché sur ses côtes. Les os cassés lui coupaient le souffle quand il bougeait. Il jeta deux branches dans le feu et se laissa retomber lentement contre la selle. Il aurait voulu boire un peu de la fiole de Brewster pour calmer la douleur, mais préféra attendre que l'homme revienne. Il se contenta de la bouteille de whisky posée à côté des bandages.

Quand il entendit des bruits de pas, Arthur posa le Henry sur ses jambes.

– C'est qui ?

– Du calme, l'Anglais. C'est moi.

Il revenait avec des gourdes pleines pendues à son épaule et dans la main, les tenant par la queue, un gros rongeur et un iguane.

– Pour nous, mais on ne pourra pas rester très longtemps, les chevaux n'ont rien mangé depuis deux jours.

– Il reste un peu d'avoine dans mes fontes. Deux jours ?

– Je leur ai déjà donné l'avoine. Tu as dormi presque vingt-quatre heures, l'Anglais. Tout à l'heure je sortirai avec les bêtes, j'irai chercher des buissons.

Arthur reposa son fusil.

– Je m'appelle Bowman. Arthur Bowman.

L'homme ôta son chapeau, ses cheveux étaient noirs et raides.

– John Doe.

– En Angleterre, c'est comme ça qu'on appelle les inconnus pendant un procès.

John Doe le regarda, curieux.

– Je ne savais pas que ça venait de chez toi. Ici, c'est le nom qu'on donne aux cadavres sans identité.

Arthur s'appuya sur un coude et se redressa.

– C'est pas ton vrai nom ?

– C'est celui que j'ai choisi, mon nom de Blanc.

– Métis ?

John Doe sourit à Bowman.

– Les Mandans ont la peau et les yeux clairs. Il y a un Allemand qui est venu chez nous il y a longtemps, pour nous étudier. Il disait que nous étions les descendants d'un prince gallois venu ici avant les Espagnols. Nous ne sommes pas seulement des Indiens, nous sommes aussi des bâtards.

Il eut un petit rire nerveux, tira un couteau de sa ceinture et commença à dépecer les bestioles qu'il avait rapportées.

– Pourquoi t'as un nom de Blanc ?

– J'ai été élevé par des protestants qui trouvaient que c'était bien d'adopter un petit Indien orphelin. Mais je n'ai pas gardé le nom qu'ils m'avaient donné.

Arthur regarda la grotte et demanda ce que c'était que cet endroit.

– Une cache où je viens parfois.

– C'est beaucoup fréquenté ?

– Il n'y a que les Indiens qui connaissent.

Le Mandan avait vidé ses petits gibiers de leurs intestins, qu'il jeta dans les braises.

– John Doe est mon nom de criminel.

– Criminel ?

– Je suis un voleur. Mais les Indiens n'ont même pas le droit d'être des hors-la-loi comme les autres. Nous sommes des renégats, ceux qui ne font même pas partie du monde des Blancs.

Il sourit encore.

– Je veux être traité comme un vrai criminel, alors j'ai choisi ce nom. Et toi, tu as un nom d'Indien. L'homme à l'arc. D'où viennent tes cicatrices, Bowman ?

Arthur se crispa, réalisant que John Doe l'avait déshabillé pendant qu'il dormait. Il regarda les mains du Mandan, avec ses deux petits doigts coupés.

– Dans des pays où j'ai été, on coupait les doigts et les mains des voleurs. Qu'est-ce qui t'est arrivé ?

John Doe mit la viande à griller sur le feu et s'arrêta un instant, regardant ses mains.

– Quand je suis parti de chez les Blancs, je suis retourné sur les terres de ma tribu. Je voulais aussi avoir mon vrai nom indien.

– Ils t'ont coupé les doigts ?

Il se retourna vers Bowman.

– Je l'ai fait moi-même. C'est l'Okipa.

– L'Okipa ?

– La cérémonie du passage. Pour prendre son nom et sa place dans la tribu, devenir un guerrier.

Arthur eut un frisson.

– Tu t'es coupé les doigts pour avoir un nom ?

– Les doigts, c'est seulement à la fin.

– La fin ?

– Les Blancs ne doivent pas savoir, c'est une cérémonie secrète. Mais toi aussi tu as fait l'Okipa, Bowman, alors je peux te dire. Après, il faudra que tu me racontes ce que tu as fait.

– J'ai pas coupé mes doigts tout seul.

Arthur baissa la tête et serra la bouteille de whisky dans sa main. John Doe lui avait souri comme Alexandra Desmond. Une intimité qu'il ne comprenait pas encore. L'Indien parlait lentement :

– D'abord tu ne dois pas manger pendant quatre jours et quatre nuits, assis dehors au milieu du village. Quand le jeûne est terminé, tu rentres dans la grande hutte avec les autres hommes et ils te fouettent jusqu'à ce que ta peau se déchire. Quand ils ont terminé, ils plantent des pieux sous les muscles de tes épaules, ils y attachent des cordes et te suspendent au plafond de la hutte. Ils accrochent des têtes de bisons à tes pieds et avec des perches ils te balancent et te font tourner.

L'Indien regarda Bowman en souriant.

– Pendant tout ce temps, tu ne dois pas arrêter de sourire.

Arthur se retint de cracher sa gorgée d'alcool. Le Mandan regardait les flammes et le sourire disparut de son visage.

– Quand tu t'évanouis, les anciens te décrochent et attendent de voir si les esprits te ramènent à la vie. Si tu te réveilles, tu dois sortir de la hutte et courir cinq fois autour du village. Quand tu as fini de courir, tu coupes tes deux petits doigts avec une hachette et alors tu es accueilli au sein de la tribu comme un Mandan digne d'être gardé dans les mémoires.

Il se retourna vers Bowman, son sourire était revenu.

– Quatre Ours, le plus grand chef de tous les Mandans, a fait l'Okipa deux fois de suite. Moi je n'ai tenu qu'une fois et j'ai eu de la chance, parce que la variole a tué presque tout mon peuple. Il ne reste qu'une trentaine de Mandans dans tout le pays, le village est tout petit et c'était facile de courir autour.

Arthur roula sur le côté, se mit à quatre pattes et se releva en s'appuyant à la paroi de la grotte, tituba jusqu'à un recoin sans

387

lumière et se plia pour essayer de vomir. Il n'expulsa que quelques gorgées de bile mélangée au whisky et attendit, cassé en deux, de reprendre son souffle.

– Tu as fait la même chose, Bowman, pourquoi est-ce que tu as peur comme ça ?

Arthur s'essuya la bouche, il respirait fort et chaque inspiration soulevait ses côtes cassées.

– J'ai pas fait la même chose. J'ai pas voulu que ça arrive. Faut être fou pour choisir de faire un truc pareil.

– Fou ?

Bowman revint près du feu, tremblant de la tête aux pieds.

– J'ai jamais entendu quelque chose d'aussi malade. On peut pas choisir ça.

Il s'écroula sur la couverture. Le Mandan se leva, secoua la sienne et la posa sur les épaules de l'Anglais.

– Tu crois que j'ai choisi de voir ma famille et ma tribu mourir de la variole, empoisonnées par les couvertures des marchands de fourrures qui voulaient nos terres ? L'Okipa est une cérémonie de vie, Bowman. La force qu'il m'a fallu pour supporter la douleur, je la garde avec moi. Toi aussi tu l'as fait, et les esprits t'ont gardé en vie.

– C'était de la torture. Et ce que vous faites aussi.

L'Indien se rassit près du feu pour découper le lézard et le rongeur en petits morceaux.

– Les esprits m'ont ramené sur terre, et c'est sur la terre que je marche désormais. Quand tu tournes en l'air, pendu au plafond de la hutte, la seule chose à laquelle tu penses, c'est de redescendre sur terre et d'y vivre. Après, tu sais où sont les esprits, où tu es toi et quelle est ta place, parmi les vivants. Le souvenir de la souffrance ne reste que dans le corps, l'esprit est libre. Toi, Bowman, tu es resté suspendu à ta douleur et tu cherches toujours la terre.

– Tu me connais pas. Et j'ai pas choisi. C'est eux qui m'ont fait ça.

John Doe le regarda d'un air amusé.

– À quoi est-ce que ça sert de leur en vouloir encore ? Tu ne peux pas être la victime de ta propre vie, Bowman. C'est aussi ça l'Okipa, comprendre tout ce que tu ne peux pas choisir.

Arthur serra la couverture autour de lui, regardant l'Indien blanc en train de mâcher lentement la viande.

– Ton vrai nom, c'est quoi ?

– Inyan Sapa. Dans ta langue, ça veut dire Pierre Noire. Les Blancs ne me trouveront jamais, parce que je suis un Indien caché sous la peau d'un des leurs.

Il souriait toujours mais Bowman ne pouvait pas s'y fier, vu que l'Indien avait appris à faire ça suspendu au plafond d'une hutte.

– Pourquoi tu m'as aidé, si tu détestes les Blancs ?

– C'est une question à laquelle je n'ai pas encore de réponse. Peut-être parce que tu as voulu sauver ces Comanches, mais je n'en suis pas sûr. Parfois c'est John Doe qui choisit. Parfois c'est Pierre Noire. Ils n'ont pas les mêmes raisons. Le Blanc et l'Indien ne voient pas les choses de la même façon, mais il arrive qu'ils tombent d'accord pour faire quelque chose ensemble.

John Doe donna un peu de nourriture à Bowman.

– Les Comanches, ils n'ont pas voulu te suivre ?

Arthur avala le jus de la viande et fit non de la tête. L'Indien se leva et sa voix monta dans la grotte :

– Je ne suis pas comme eux. Les Blancs nous tuent parce que nous sommes des Indiens. Je ne crèverai pas parce que j'en suis un. Ils veulent nous forcer à changer, alors j'ai caché l'Indien au fond de moi. Ils ne le trouveront pas. Les Blancs ont inventé en Amérique un pays sans passé pour avoir une vie nouvelle. Mais cette terre a une mémoire. C'est pour ça qu'ils nous tuent, pour l'effacer. Qu'est-ce que tu en penses ?

– Ce que j'en pense ? Que c'est la même saloperie partout où je suis allé.

L'Indien inspira lentement.

— L'Okipa, c'est la réunion des deux hommes qui sont en nous. Le guerrier et celui qui marche en paix sur la terre. Il faudra que tu vives avec eux, Bowman, tous les deux.

Arthur sourit à son tour.

— Lequel des deux s'est révolté, John Doe ou Pierre Noire ?

L'Indien se tourna vers lui.

— Révolté ? La variole nous a tués, nous ne sommes plus qu'une poignée, contre quoi veux-tu que je me révolte ? Je vole parce que je veux de l'argent, comme les Blancs.

Bowman arrêta de sourire.

— Ma tribu, elle est encore plus petite que la tienne. On était dix après l'Okipa, si tu veux appeler ça comme ça. Trois sont déjà morts et deux sont venus ici. Ceux qui ont tué sur la piste. Les Comanches ont été pendus à cause ce qu'ils ont fait.

— J'ai entendu parler des meurtres commis par tes frères. Je comprends maintenant, ils sont comme toi, suspendus en l'air.

— Mes frères ?

— Comment veux-tu les appeler ?

Arthur ne répondit pas, le Mandan se rassit.

— Il faut que je dorme maintenant. Repose-toi, Bowman, demain nous devons repartir.

— L'homme à Bent's Fort, tu l'as tué ?

— Non, mais j'ai tiré sur lui et il y a eu des blessés dans l'incendie que tu as allumé. Ils nous cherchent.

John Doe s'endormit en quelques minutes et son corps commença à trembler, secoué par des spasmes nerveux.

La lumière lui brûla longtemps les yeux avant qu'il puisse reconnaître le paysage, toujours le même, de petites montagnes rocheuses. Les chevaux affaiblis peinaient sous leur poids. Il leur fallut trois heures pour atteindre le dernier col s'ouvrant sur un paysage de plaine sèche et au loin la ligne verte d'une rivière. Avant de quitter l'abri des montagnes, John Doe regarda loin devant lui, humant l'air pendant plusieurs minutes.

– Fort Lyon n'est qu'à quarante miles d'ici, mais il faut amener les chevaux à la rivière. On y sera à la nuit. Nous ne pourrons pas rester longtemps.

Le ciel était dégagé, la lune grosse et les étoiles pâles. Le bruit de la rivière était de plus en plus fort et bientôt les silhouettes des arbres se découpèrent devant eux.

Ils attachèrent les chevaux, leur laissant assez de corde pour qu'ils mangent tout ce qu'ils voulaient, et les deux hommes, fusils en main, s'installèrent sur la berge. Arthur se rinça le visage et but, l'Indien resta debout sans toucher à l'eau. Quand Bowman s'en aperçut, il arrêta de bouger et regarda autour de lui.

– Qu'est-ce qui se passe ?

John Doe, ou Pierre Noire, ne répondit pas tout de suite. La lune qui blanchissait sa peau, étrangement, relevait ses traits indiens.

– Cet endroit, quelque chose n'est pas bon ici.

Bowman continua à scruter la pénombre au-delà du courant brillant de la rivière.

– C'est juste une rivière au milieu d'une plaine.

– Tu n'aimes pas les rivières ?

– Pourquoi tu dis ça ?

– Ta voix.

Arthur s'écarta de l'eau. Il bougeait mieux, la blessure commençait à cicatriser, seules ses côtes cassées lui posaient problème. Il s'assit dans l'herbe et regarda l'Indien toujours immobile.

– On est où ?

– Sand Creek River. À une centaine de miles au nord de Bent's Fort. Il faut que tu décides où tu veux aller, Bowman.

– Les types de la Bent and Saint-Vrain, ils savent pas qui était avec moi. Tu peux partir maintenant. Je me débrouillerai.

– Pas encore.

– Pas encore ?

– Nous devons voyager plus loin.

– Je sais pas où je vais, tu m'as déjà tiré d'affaire et tu me dois rien.

John Doe se tourna vers lui.

– Les deux frères que tu cherches, est-ce qu'ils sont différents des autres hommes ?

– Quoi ?

– Est-ce qu'ils sont différents ?

Arthur regarda la rivière noire mouchetée d'éclairs de lune.

– Peut-être pas tellement. Ou seulement à cause de ce qui leur est arrivé. Avant, on était pas les mêmes.

John Doe sourit et, dans la nuit, Arthur aperçut l'éclat de ses dents blanches, pareil à un reflet sur l'eau de la Sand Creek.

– Si tes frères ne sont pas différents des autres hommes, alors nous savons où aller.

– Qu'est-ce que tu racontes ?

– Si les Blancs étaient là pour autre chose, ils seraient venus nous voir et nous auraient écoutés.

Arthur se releva lentement.

– Je comprends pas ce que tu dis, l'Indien.

Pierre Noire sourit encore et cette fois ses yeux brillèrent sous la lune.

– L'or, Bowman. L'or.

*

Au lever du jour ils étaient entrés dans un désert.

John Doe se dirigeait à la façon d'un animal, suivant un itinéraire inscrit dans une mémoire plus vieille que la sienne, sans repères visibles pour Bowman. Quand Arthur commençait à avoir soif et s'inquiétait de ne voir que des cailloux à perte de vue, John s'arrêtait au pied d'un rocher où coulait un filet d'eau, à côté duquel n'importe qui serait mort sans savoir qu'il était sauvé. Pour les bêtes il trouvait toujours un coin où poussaient des arbustes aussi secs que des pierres, sur lesquels les bêtes se jetaient. Leur course avait quelque chose d'erratique et de nécessaire, suivant des détours incompréhensibles qui les menaient le soir jusqu'à une petite source surgissant d'une fissure, disparaissant un mètre plus loin sous la roche. Parfois il fallait deux heures pour remplir les gourdes à un goutte-à-goutte miraculeux le long d'un caillou. Mais il y avait de l'eau, de la nourriture et du bois pour cuire des serpents et des lézards. John creusait des trous au pied de buissons morts, coupait des morceaux de racines à mâcher, au goût acide, qui faisaient saliver et coupaient la faim. Chaque soir il changeait le pansement et étalait sur la blessure de Bowman des herbes qu'il gardait dans ses fontes, écrasées et mélangées aux cendres du feu. John Doe et Pierre Noire continuaient à cohabiter dans la tête du Mandan qui passait sans prévenir de l'anglais à une langue étrange qui ressemblait à celle des Nègres vivant au contact des Britanniques. Du chrétien bien élevé, du voleur ou de l'Indien nostalgique, Bowman ne pouvait dire lequel était le vrai John Doe. Mais qu'il soit l'un ou l'autre, il trouvait la route et la nourriture.

Ils traversèrent sains et saufs, virant sans cesse du nord au sud, un immense labyrinthe dont les murs invisibles étaient la mort sous toutes les formes que pouvait offrir ce désert : soif, faim, épuisement, poursuite ou embuscades. Ils parcoururent trois fois la distance qui les séparait de la piste allant de Pueblo à Denver, mais firent le seul voyage qui pouvait les y conduire. Le dernier soir ils dormirent tout près de la piste, n'allumèrent pas de feu et laissèrent les chevaux sellés.

– Ici, où il n'y a personne, il faut se cacher. Mais quand nous serons à Pikes Peak, au milieu des autres, nous n'en aurons plus besoin. Dors maintenant. Je te réveillerai.

– John ?

– Quoi ?

— Qu'est-ce que vous faites des fous, dans ta tribu ?

— Ceux qui marchent sur une autre terre vivent parmi nous.

— Et mes frères ?

— Dors. La fatigue est le monde des esprits trompeurs.

— Je pense pas que je vais dormir.

— À tout à l'heure.

John Doe se roula dans sa couverture et quelques instants plus tard son corps commença à être secoué par les spasmes. Bowman s'allongea sans fermer les yeux. Il sursauta, trois heures plus tard, quand Pierre Noire lui secoua l'épaule.

— La lune est avec nous, c'est le moment de traverser la piste des Blancs.

Le bon moment, celui où tout le monde dormait, même le sergent Bowman. Vexé, Arthur se leva et roula sa couverture. L'Indien avait noué des tissus autour des pieds des chevaux et sous un train de nuages plus noirs que la nuit, ils traversèrent la piste au nez du diable. Ils marchèrent au pas quelques miles et s'arrêtèrent pour ôter les tissus étouffant le bruit des fers.

— Les chevaux veulent galoper jusqu'à la forêt. Comment va ta blessure, Bowman ?

— Comment ça, ils veulent galoper ?

— Cette partie de la terre est à eux, beaucoup sont nés ici.

Arthur sourit.

— Qu'est-ce que tu racontes ?

Il n'avait pas fini de poser sa question que les deux chevaux se mirent à frapper le sol. Il remonta en selle et sentit entre ses jambes les muscles de Walden parcourus de frissons. L'Indien sauta sur son cheval.

— Frère Bowman, ne touche pas aux rênes.

Arthur s'accrocha au pommeau.

— Et merde.

Après trois jours de détours et de précautions, les chevaux partirent au grand galop et tracèrent dans la nuit une ligne droite parfaite, plus rapides que des trains, sans ralentir quand le terrain se mit à grimper. John Doe levait la tête vers le ciel et écartait les bras. Arthur lâcha d'abord une main du pommeau, puis l'autre, ouvrit ses bras pour sentir l'air sur son corps.

Il cria :

– Ils arrêtent quand ?

Pierre Noire éclata de rire.

L'air était de plus en plus vif à mesure qu'ils traversaient les bois et prenaient de l'altitude. Les chevaux s'écartaient l'un de l'autre, suivant un instant leur propre itinéraire avant de se retrouver, sautant par-dessus un ruisseau, se jetant à travers des clairières à l'herbe épaisse. Les cavaliers reprirent les rênes et ralentirent enfin l'allure. John Doe les conduisit jusqu'à un promontoire, masse rocheuse qui pendait comme une mâchoire au-dessus du vide, tapissée à son sommet d'herbe haute, entre des pins aux racines serrées sur la pierre. Ils libérèrent les chevaux de leur chargement, les laissèrent paître et n'allumèrent pas de feu, sachant que le jour arriverait bientôt. Quand Arthur se réveilla, l'ombre des branches de pins dansait sur son visage et l'odeur sucrée de résine lui emplit le nez. Il s'étira jusqu'à la limite de la douleur, se sentant reposé, respirant calmement.

L'Indien n'était pas là.

Bowman prit son fusil et marcha jusqu'au bord du piton rocheux, cherchant d'où venaient les bruits qu'il entendait. À ses pieds, dans la vallée, un convoi de chariots suivait une piste le long d'un torrent. Les cloches des bœufs et les cris des charretiers montaient jusqu'à lui et en même temps que la file ininterrompue de pionniers, relevant la tête, il découvrit Pikes Peak et son sommet encore enneigé. La montagne était à quelques dizaines de miles, dominant les premiers contreforts des Rocky Mountains. Au loin, à l'est, les plaines désertiques qu'il avait traversées avec John Doe. Tout autour de lui, la montagne verte, sillonnée de rivières, où les fleurs d'altitude avaient éclos.

Arthur n'entendit pas l'Indien arriver. Quand il se retourna John Doe, souriant, était juste derrière lui, portant sur ses épaules un jeune pronghorn. Ils allumèrent un feu, dépecèrent et découpèrent la bête, mettant de côté les quartiers à sécher et fumer, piquant au-dessus des flammes une cuisse pour la faire griller tout de suite. Les deux hommes avalèrent la viande à petites bouchées, évitant de trop manger après ces jours de privation. Quand ils furent rassasiés, John Doe sortit de sa poche une poignée d'airelles légèrement acides et sucrées. Arthur ouvrit la bouteille de whisky et ils se partagèrent les dernières gorgées.

– Ils vont tous à Pikes Peak ?

– Le premier grand campement sur ce versant est Woodland. Peut-être que depuis mon dernier passage c'est devenu une ville. Les plus gros camps sont de l'autre côté, sur la face nord, là où ils ont trouvé l'or en premier. Idaho Spring, Black Hawk, Mountain City et, vers la plaine à l'est, Denver. Les gisements commencent à se tarir, de plus en plus de monde se partage les filons. Les concessions sont plus chères et l'or plus rare. L'argent est déjà fait. Ceux-là viennent pour les miettes, ou parce qu'ils ont mis trop longtemps à arriver.

Ils s'étaient assis, les pieds dans le vide, pour regarder le ballet incessant des immigrants prenant la montagne d'assaut. Après les plaines rocailleuses et la compagnie des serpents, cette absurde transhumance donnait l'impression que le monde était devenu trop petit.

Arthur s'était imaginé Pikes Peak comme un gros caillou pelé au milieu d'un désert, entouré d'hommes tapant dessus à coups de pioche. Pikes Peak était une montagne majestueuse et paisible, porte australe des grandes Rocheuses, transformée en fourmilière par les chercheurs d'or fouettant leurs bœufs pendant que là-haut les filons s'épuisaient.

– Si tes frères sont fous, Bowman, tu vas avoir du mal à les trouver au milieu de tous ceux-là.

Arthur sourit et jeta une pierre dans le vide, la regardant dégringoler la pente avant de s'arrêter dans l'herbe.

— Je voudrais pas avoir l'air de croire à tes esprits, l'Indien, mais eux et moi, on se retrouve toujours.

Pierre Noire lui sourit.

— Alors disons que c'est de la chance.

— Ouais, une sacrée chance.

John Doe lui tapa sur l'épaule.

— Il faut préparer la viande, faire des réserves pour la suite de la route. On pourra partir demain matin.

Au coucher du soleil, la fourmilière se changea en volcan. Les lanternes des chariots faisaient comme de fines coulées de lave au fond de la vallée, qui s'accumulaient en cratères brillants à mesure que les pionniers se réunissaient et allumaient leurs feux. Toute la montagne se parsema de points lumineux, dessinant une galaxie d'étoiles jaunes, miroir éphémère des astres du ciel. Des instruments de musique et des chants montaient, déformés par le vent et le relief, jusqu'aux deux hommes allongés sur leur nid rocheux.

— Frère Bowman, il faudra nous séparer à Woodland.

Arthur rit doucement.

— Vous avez décidé ensemble, toi et le Blanc ?

— Notre rencontre était bonne, c'est la récompense de ceux qui voyagent seuls. Mais je dois aussi continuer ma route.

Bowman attendit de savoir quoi répondre mais ne parvint pas à mettre en mots ce qu'il voulait dire à John Doe.

— Merci.

L'Indien blanc répondit dans sa langue natale, quelque chose que Bowman ne comprit pas.

Arthur sortit la fiole de Brewster de sa poche.

— En Angleterre, je fumais de l'opium quand je voulais arrêter mes cauchemars. Ici, un vieux m'a donné ça. C'est contre la douleur, mais aussi des plantes qui font rêver. Ce vieux, il vivait dans une ville qui s'appelait Reunion, qu'il avait construite avec d'autres immigrants, une ville où ils essayaient d'être heureux ensemble. Peut-être que c'est ceux-là, les Blancs que tu aurais dû rencontrer, ceux qui auraient pu vous écouter. Y avait une grande maison commune au milieu de leur ville. On pourrait même plus courir autour parce qu'elle existe plus. Leur rêve, il est au fond de cette bouteille maintenant.

L'Indien s'était assis face à Bowman, il accepta la potion, en but une gorgée et la rendit à l'Anglais.

– Chez nous aussi, il y avait une grande hutte pour nous réunir.

Pierre Noire sourit, assis en tailleur, et ferma les yeux.

Arthur s'appuya contre sa selle et regarda dans la vallée naître et mourir les feux des chercheurs d'or. Suivant les lignes et les points, au bout de quelques minutes il commença à y deviner des formes, des dessins se réarrangeant au fil de ses pensées. Une mèche de cheveux roux, le feu dans la maison abandonnée se reflétant sur les lunettes du vieux Brewster, l'éclat du levant sur la Trinity River lorsqu'il arrivait à l'aube à Reunion.

L'Indien se mit à chanter.

10.

Toute la journée, restant sur les hauteurs, suivant les chemins de crête, ils avancèrent vers la montagne enneigée, marchant quelques centaines de mètres au-dessus du flot des chariots avant de devoir redescendre vers la vallée. Posée au pied de Pikes Peak, au milieu d'un cercle brun de forêt défrichée, Woodland n'était pas encore une ville, seulement une immense étendue de toiles collées les unes aux autres, sans logique distincte à cette distance.

Accroupis dans l'herbe d'une clairière pentue, Bowman et l'Indien observaient le camp, tenant les brides des chevaux. John Doe mâchait une racine et souriait de ce sourire qui ne voulait rien dire.

– Reunion, ça ne devait pas ressembler à ça.

– Au moins il y avait des planches pour fabriquer les cercueils des derniers habitants. Ici on doit te balancer aux cochons en guise de funérailles.

John Doe tira sa carabine de son étui et en chargea le magasin, Arthur le regarda faire puis attrapa le Henry, actionna le levier, écouta la mécanique de l'arme et la chargea. Seize balles.

Ils montèrent en selle et le Mandan s'approcha de Bowman.

– Les Indiens ne se serrent pas la main, peut-être la seule chose que nous aurions dû apprendre de vous. Malheureusement, tellement de mensonges ont été scellés par une poignée de main que nous sommes devenus réticents à cette tradition. Il ne faudrait le faire qu'entre amis.

Pierre Noire tendait sa main gauche. Arthur tendit la sienne, enroulant ses trois doigts restants autour des quatre de l'Indien.

– Tu ne descends pas en ville ?

– Je n'ai pas l'intention de rater ça, mais je préfère dire au revoir ici. Et une dernière chose : quand on sera là-bas, tu me laisseras parler. Tu es peut-être blanc, mais tu ne connais pas ces endroits.

– Je ne dis rien ?

– Tu restes comme tu es, tu fais peur aux gens et moi je parle.

John Doe éperonna son cheval, Arthur lança Walden au galop derrière lui.

Woodland était un mélange du camp de pionniers de Pueblo et du ranch Paterson en construction, à quoi il fallait ajouter la frénésie de Saint Louis et multiplier le tout par dix. Dix fois plus de vendeurs d'alcool, de magasins, de putes et de prêcheurs. Le camp grandissait à la vitesse des bûcherons abattant les arbres et n'avait pas le temps de monter en hauteur. Presque aucun bâtiment ne dépassait un étage, la plupart n'étant que des tentes de tailles variées, y compris des saloons pouvant accueillir deux cents clients. Les rues étaient des rivières de boue où les chariots s'enfonçaient jusqu'aux essieux.

Devant quelques constructions en dur, planches et clous, des hommes armés montaient la garde. Les bureaux des négociants. Avec les marchands d'or, les commerces les plus florissants étaient ceux des vendeurs de matériel. Pioches, pelles, tamis et pans arrivaient par chariots, déchargés sous les tentes des magasins où ils s'accumulaient par centaines. Des hommes en sortaient avec des équipements neufs, d'autres y entraient pour revendre leur matériel usagé. L'atmosphère de la ville minière n'était pas joyeuse mais fébrile, plus tendue que sérieuse et certainement plus agressive qu'accueillante.

Au milieu de tous ceux qui n'avaient pas eu de chance, les quelques types ayant de l'or à dépenser se remarquaient facilement et Woodland n'existait que pour leur vider les poches le plus vite possible. Au rythme des orchestres jouant sous les tentes, les fortunes d'une saison d'orpaillage étaient dilapidées en tournées générales et la dernière nuit dans un lit sec, avant de repartir fouiller son filon, était payée à crédit. Les patrons de bars, les maquereaux et les vendeurs de pioches avaient embauché des videurs qui travaillaient à un rythme tranquille mais régulier, sortant gentiment des saoulards par le fond de la culotte ou jetant un peu plus loin et plus fort, dans la boue, ceux qui tentaient de résister.

Quand ils se décidèrent pour un saloon proposant aussi des chambres, des filles, des steaks de première qualité, de la bière fraîche, de l'équipement d'orpaillage, des armes d'occasion et une écurie pour les bêtes, Arthur fut rassuré que son compagnon indien puisse passer pour un Blanc. Ce n'était pas la fièvre de l'or qui rongeait Woodland mais celle de la déception, soignée à grands coups de gnôle. La présence d'un Rouge au bar était sans doute la pire des nouvelles pour ces orpailleurs en mal de chance.

Il y avait encore la place de circuler sous la tente, signe que l'heure d'affluence n'était pas arrivée. Ils demandèrent deux chambres, le patron les conduisit aux dortoirs et leur dit qu'il faudrait en partager une.

– Y a pas assez de place pour tout le monde dans le bled, alors on se serre. Et on paie d'avance.

Sous un toit ne protégeant pas plus du soleil que de la pluie, des tissus pendaient sur des cordes : les murs ; sur le plancher plein de trous, des draps sales, cousus et remplis de foin, étaient installés : les lits. La somme modeste, quinze cents, que l'établissement demandait par hôte, était du vol à quatre-vingt-dix-neuf pour cent.

– Où est-ce qu'on pose nos affaires ?

Pour dix cents par personne leurs effets personnels seraient en sécurité dans la salle spéciale du saloon : une autre pièce aux murs en tissu, gardée par un vieux barbu armé d'un fusil à silex et d'une bouteille.

– Suppose qu'on me vole mes affaires chez toi, est-ce que je pourrai me rembourser en quartiers de lard sur ton ventre ?

John Doe souriait et le patron, bien gras, éclata de rire.

– Dans ce cas suivez les conseils d'un ami, messieurs, et gardez vos affaires avec vous. Vous économiserez vingt cents et même, si vous prenez un verre, je vous offre le suivant.

Le patron fit dégager quelques pochetrons vautrés sur le bar – le seul meuble en dur de tout le saloon – et leur servit deux whiskies

– C'est du bon ?

– Y a toujours meilleur, monsieur, mais c'est pas ce qu'on donne aux Indiens si c'est ça qui vous inquiète.

John Doe rigola avec le patron et vida son verre. Le tenancier, sans s'attarder, jeta un coup d'œil aux mains des deux hommes, celui qui avait la peau bronzée et le grand avec une cicatrice sur le front.

– Vous avez pas l'air de chercheurs d'or, qu'est-ce qui vous amène par ici ?

– On travaille pour la Bent and Saint-Vrain.

Bowman acquiesça en silence, levant son verre.

– Et qu'est-ce que des gens bien comme vous viennent faire dans nos montagnes ?

– On cherche quelqu'un. Deux hommes en fait. Des Anglais.

John Doe avait parlé en baissant la tête, prenant un ton mystérieux sous le bord de son chapeau.

– Vous les cherchez pour quoi ?

Doe fixa le patron de ses yeux gris.

– On doit les ramener à Bent's Fort. Si possible.

Le patron remplit leurs verres sans qu'ils aient demandé.

– Je connais tout le monde, si je vous trouve des renseignements, y aura quelque chose pour moi ?

– Possible.

– Qu'est-ce qu'ils ont fait vos Anglais ?

Le Mandan regarda autour de lui et baissa encore d'un ton :

– Ils ont foutu le feu à des chariots et ils ont essayé de faire évader des prisonniers.

Le type se bouffa la joue.

– Bordel de merde, les gars qu'ont voulu libérer les quatre Indiens ? Ceux qui ont descendu deux gars de la Bent ? Tout le monde parle que de ça par ici, y a même un détachement de cavalerie qui est passé voilà une semaine et qui les cherchait aussi. Vous êtes en retard, les gars !

Bowman et Doe échangèrent un regard. Le patron leur servit généreusement un troisième verre.

– Putain, je savais pas que c'étaient des Anglais, mais ça m'étonne pas, y a qu'eux et ces salopards de Français pour s'associer avec des Rouges. Dites, c'est vrai qu'ils coupaient les têtes des pionniers ? Paraît qu'ils ont massacré toute une famille, femmes et enfants, du côté de la frontière mexicaine.

– Y a des Anglais en ville en ce moment ?

– Y en a toujours qui traînent, ouais.

Arthur essaya de masquer son accent londonien, imitant celui de John Doe.

– Y en a un qui se fait passer pour un prêcheur, un grand mince, les cheveux noirs et plus une dent. L'autre c'est un grand type blond.

– Des prêcheurs et des blonds, c'est pas ce qui manque. Ils voyagent ensemble ?

– Possible.

– Je vais poser la question.

Le saloon se remplissait. Il était plein à craquer et la nuit était tombée quand ils ressortirent.

Woodland était en effervescence. Sous chaque lanterne accrochée aux tentes, des groupes d'hommes se serraient pour boire, les pieds dans la boue, échangeant des informations sur les derniers filons découverts ou jouant leurs salaires au poker. La plupart avaient abandonné l'orpaillage à leur compte et travaillaient pour les grandes compagnies minières. Arthur et l'Indien blanc se mêlèrent à la foule, passant d'un bar à un autre, cherchant des groupes d'Anglais. Ils posaient leurs fontes sur les planches des comptoirs, fusil à l'épaule, et commandaient un verre en tendant l'oreille, posant quelques questions sur les destinations des pionniers, d'où ils venaient, s'il y avait parmi eux un prêcheur méthodiste. Beaucoup ne s'arrêtaient pas dans les Rocky Mountains et n'étaient que de passage, remontant vers le Wyoming et la piste de l'Oregon pour atteindre la Californie. Une fois arrivés ici, il ne leur fallait pas longtemps pour comprendre que c'était fini, ou même que cela n'avait jamais commencé et que seules les compagnies avaient maintenant les moyens d'embaucher et de financer l'extraction. On repartait donc de Pikes Peak, échangeant l'or des montagnes contre le soleil de l'Ouest, la fortune du sous-sol pour celle des fermes idylliques de l'océan Pacifique.

Ils traînèrent plusieurs heures dans le camp, ne récoltant aucune information valable mais des tonnes d'histoires qui se ressemblaient, de départs et d'arrivées, de difficultés et d'acharnement. L'alcool rendait John Doe de plus en plus taciturne et agressif. Au bout du compte il ne parlait presque plus et ce fut Bowman qui posa les questions. La nuit passait, le plus bel acharnement de tous ces braves gens restait celui qu'ils mettaient à ne pas se coucher. Ils reprirent la route du grand saloon, l'Indien toujours droit dans ses bottes mais jetant à la ronde des regards mauvais.

– On devrait repartir, dormir dans la montagne. De toute façon, on serait mieux là-haut que dans ces piaules pourries et je trouverai rien ici.

La voix de John Doe était altérée par le whisky, épaisse et lente :

– Faut que je passe du temps avec mes semblables. Va dans la montagne, Bowman, moi je reste avec les Blancs.

– Je pars pas sans toi.

– T'as la trouille d'être tout seul, mon frère ?

Arthur baissa la tête.

– C'est plutôt toi qui m'inquiètes. Il est où, Pierre Noire, je crois bien que c'est à lui qu'il faudrait que je parle.

– Quand je suis chez les Blancs, il vient pas. Il se cache parce que c'est un lâche.

– T'as le courage de l'alcool, tu vas nous attirer des problèmes.

– Je veux boire encore un verre avec mes frères blancs, après on pourra partir se planquer dans la montagne si tu veux.

Arthur entra avec lui dans le saloon. John Doe se planta à l'entrée de la grande tente, porta une main à sa bouche et poussa un hurlement sauvage, un cri aigu de cavalier indien montant à la charge. La moitié des buveurs se retourna. L'Indien ôta son chapeau, découvrant ses cheveux noirs, fit une sorte de révérence bancale et sourit.

– Bonsoir, civilisation !

Il y eut quelques rires, lentement les têtes se détournèrent et John Doe traversa la salle jusqu'au comptoir. Le patron n'était plus là, un autre barman leur servit à boire. On continuait à les observer et Bowman avala son whisky en vitesse.

– T'es complètement cinglé, je me tire. Je vais chercher les chevaux.

– J'en bois un dernier.

– Tu fais comme tu veux, moi je pars.

Arthur jeta ses fontes sur son épaule et serra son fusil contre lui. À l'entrée de la tente, il aperçut le gros patron qui revenait accompagné de trois hommes armés. Sur la pointe des pieds, le nez au-dessus des têtes, il cherchait quelqu'un dans la salle.

Arthur se baissa et attrapa John Doe par le bras.

– Faut se barrer.

L'Indien resta penché sur le comptoir et se dégagea de la main de Bowman.

– Me touche pas, Bowman, je t'ai dit qu'on se séparait ici.

– Arrête tes conneries, viens avec moi.

Le patron et son escorte fendaient la foule dans leur direction.

– À quoi tu joues ?

– Barre-toi, Bowman. Je te retrouverai un de ces jours.

– Le patron est pas tombé dans le panneau. Tu sais ce qui va t'arriver, pauvre con ? Tu vas te refaire un Okipa au bout d'une corde, et j'ai jamais vu un pendu qui arrivait encore à sourire.

– J'ai fait ma part, frère blanc. Va-t'en.

Arthur essaya de l'arracher au bar, John Doe se retourna, en un seul geste se dégagea de l'emprise de Bowman et arma sa carabine. Pendant une fraction de seconde, ses yeux gris s'arrêtèrent sur ceux de Bowman, un immense sourire fendant son visage lisse.

Dans la salle le patron criait, pointant un doigt vers le bar :

– C'est eux ! Putain, ils sont là !

Le Mandan leva son arme et tira un coup en l'air, perçant un trou dans la toile. Autour de lui des hommes s'écartèrent, d'autres poussèrent des hourras. Il baissa le canon et visa juste au-dessus de la tête du patron en train de brailler. La balle siffla à travers le saloon et cette fois tout le monde se mit à se bousculer.

– Va-t'en, Bowman, on se reverra sur la piste, ici ou ailleurs.

John Doe visa à nouveau le plafond et tira trois fois, faisant éclater et tomber des lampes à huile.

– Viens avec moi, on peut encore se tirer d'ici !

L'Indien ne l'entendait plus et sauta par-dessus le comptoir, appuya son coude sur le zinc pour viser. Ses balles rasaient les têtes et tous les buveurs s'étaient mis à hurler, commençant à arracher des pans de la tente pour s'enfuir. Les trois hommes arrivés avec le patron luttaient contre le mouvement pour essayer de riposter. Arthur se jeta parmi les clients, se fraya un chemin jusqu'à un mur de toile, tira son poignard de sa ceinture et trancha le tissu.

La fusillade éclata avant qu'il ait le temps de sauter dans la boue. Derrière John Doe poussant des cris de guerre, les bouteilles et les verres du bar explosaient sur les étagères. Arthur hésita à faire demi-tour, poussa un juron et sauta dehors, courut jusqu'à l'écurie, attendit que les palefreniers sortent pour voir ce qui se passait du côté du saloon, se précipita à l'intérieur et jeta sa selle sur le dos de Walden. La fusillade continuait, il entendait toujours les tirs de la carabine. Il trancha la toile de l'écurie, l'ouvrant en deux, sauta sur le mustang et s'enfuit.

Il galopa droit vers la montagne, lançant son cheval sur des pentes abruptes et ne s'arrêta pas avant que les lumières de Woodland aient disparu dans son dos. Évitant les campements des orpailleurs, dormant sans allumer de feu, couché contre son cheval, Bowman contourna Pikes Peak, progressant dans la neige de plus en plus épaisse. Le quatrième jour, ayant franchi la montagne et redescendant sur son versant nord, il s'arrêta pour passer la nuit dans un bois, au-dessus d'une petite ville nichée au fond d'une vallée, seul passage praticable pour continuer sa route. Drapé dans sa veste de pluie, le col remonté et son chapeau enfoncé sur la tête, il entra le lendemain dans les rues d'Idaho Spring déserte, traversa la ville sans s'arrêter et trouva à la sortie un croisement de pistes. Il fit trotter Walden, s'éloignant vers Mountain City à une quinzaine de miles, bifurqua avant d'atteindre les habitations, quitta la vallée et la piste et se lança dans les pentes.

La douleur dans son dos était de pire en pire. Il fit halte et se blottit contre l'énorme souche d'un redwood, passa la main sous les bandages qu'il n'avait pas changés depuis qu'il s'était séparé de John Doe. Il sentit ses doigts et jura : la plaie s'était rouverte et s'infectait. Il vida ses poches et compta l'argent qui lui restait. Trente-sept dollars et quelques cents. Arthur fit aussi l'inventaire de ses munitions, une vingtaine de balles en plus des seize déjà dans le fusil, décida de dormir loin de la ville et de s'y rendre le lendemain pour acheter de quoi se soigner. Il restait encore une heure de lumière avant la nuit, Arthur Bowman, tremblant de fièvre, ouvrit son sac et en sortit sa plume et son encre.

Alexandra,

Je ne sais pas quel jour on est, ni depuis combien de temps je suis parti de Reunion. Un mois, peut-être deux maintenant.

Ce soir je suis caché dans une montagne et j'ai une blessure qui s'est infectée. Un homme m'a tiré dessus pendant que j'essayais de libérer des Comanches mais ils ont été pendus quand même. C'est un autre Indien qui m'a aidé à m'enfuir. On s'est séparés à Woodland il y a quatre jours. C'était le type le plus bizarre que j'ai rencontré mais on a aussi parlé. Parce qu'il avait fait des choses qui ressemblaient à ce qui m'est arrivé en Birmanie. Il disait que je voyais pas mon histoire de la bonne façon. Que je pouvais être un homme nouveau et j'ai pensé à vous quand il a dit ça. Je suis triste qu'il soit resté à Woodland, parce que les gars de là-bas vont lui faire un sort. Il était fou et je crois que c'est ce qu'il cherchait, mais il méritait pas de finir comme ça. J'espère qu'il a réussi à s'échapper. Je marche sur la terre, comme il disait, mais pour m'enfuir et me cacher parce que je suis recherché. Je cherche Peevish et Penders, et les autres c'est moi qu'ils cherchent.

Il me reste encore un tout petit peu de la potion du vieux Brewster. Je la garde pour après ma lettre, pour pouvoir vous écrire sans m'endormir.

Demain il faut que j'aille à Mountain City pour acheter des médicaments. J'espère que j'aurai pas de problèmes et que je pourrai encore vous écrire.

On dirait une lettre de quelqu'un qui va mourir. Je vais pas mourir.

J'aurais voulu vous présenter mon ami l'Indien blanc. Je lui ai parlé de Reunion et je lui ai dit que les Indiens devraient rencontrer des gens comme vous.

Il fait nuit maintenant et je ne vois plus le papier. Pour la première fois depuis longtemps je me sens seul.

Dormez bien.

*

Sous la pancarte annonçant l'entrée de la ville, une phrase avait été ajoutée : *Le kilomètre carré le plus riche du monde.*

Mountain City était abandonnée. Les petits orpailleurs fouillant les filons à ciel ouvert avaient déguerpi et ne restaient debout que les bureaux vides des négociants en or, portes condamnées et volets fermés. La ville ressemblait à Woodland dont on aurait démonté toutes les tentes autour et condamné les maisons. Autour des constructions la végétation reprenait ses droits sur la vaste étendue défrichée, couverte d'herbes et de jeunes pousses de sapins. Les quelques tentes encore accolées aux baraques étaient pleines de Chinois cuisinant sur des feux. Quelques chariots de Blancs formaient des cercles isolés, loin les uns des autres, et après l'étape de la nuit se préparaient déjà au départ. Arthur passa devant un grand tas de pelles et de pioches cassées, de pans rouillés et de tamis percés. Des plantes commençaient aussi à pousser sur ce monument à la mémoire des orpailleurs qui avaient baissé les bras, cimetière d'outils abandonnés en quittant la ville.

Les Chinois paraissaient minuscules dans leurs tuniques aux épaules étriquées, aux manches trop courtes et élimées par le travail. Pâles et maigres, ils baissaient la tête quand le cavalier passait devant eux. Un seul magasin général était encore ouvert. Arthur attacha Walden dans une ruelle à côté de la boutique, se traîna jusqu'à la porte et se redressa avant d'entrer, essuya la sueur qui coulait sur son front et renfonça son chapeau. Derrière le petit comptoir, debout sur une chaise, une femme aux hanches rondes comme un tonneau garnissait des étagères de boîtes de conserve. Elle se retourna en entendant la clochette de la porte, salua le client et continua son travail. Il faisait chaud à l'intérieur, un grand poêle en faïence ronronnait et Arthur passa lentement à côté.

– Qu'est-ce que je peux faire pour vous ?

Arthur se racla la gorge.

– Me faudrait de quoi soigner mon cheval. Il s'est blessé dans les cailloux et c'est en train de s'infecter.

La femme se retourna pour observer le cavalier. Elle reposa les conserves et descendit de sa chaise. Une quarantaine d'années, les joues rondes et roses, des cheveux blonds et frisés, elle semblait d'une santé déplacée dans cet endroit en décrépitude. Elle se pencha en avant, par l'échancrure de sa robe au cordon dénoué ses gros seins débordaient.

– Vous avez pas l'air bien non plus.

– J'ai attrapé froid dans la montagne.

Elle le regardait avec trop d'insistance et Arthur essaya de détourner son attention, se tournant vers la vitrine du magasin.

– Tout le monde est parti ?

Elle suivit son regard d'un air morne.

– C'est la débandade. Y a un an, ils étaient dix mille. Reste plus qu'une poignée de Jaunes et les gars de la Gregory, mais ils viennent même plus ici. Ils sont à la mine là-haut, sur la route de Black Hawk. C'est la dernière mine toujours en activité, à part quelques cinglés qui sont encore dans les montagnes et qu'on attend de les revoir pour être certain qu'ils sont pas morts.

Elle posa des pots en terre cuite sur le comptoir, déplia des feuilles de journal et commença à verser dessus des cuillères de poudre et de graines.

– On a fait du bon commerce pendant quelques années, mais c'est la fin et moi aussi je vais pas tarder à vendre ce tas de planches à quelqu'un qui en voudra. Bon dieu, si quelqu'un demandait, je lui donnerais sans marchander. Mon mari est enterré à la sortie de la ville, emporté par une fièvre qu'il a pas voulu soigner. J'ai pas besoin de tes médicaments, qu'il disait, les clients attendent ! Eh ben, ils lui ont marché sur le ventre en se tirant d'ici, les clients.

Elle plia les feuilles de papier.

– Pour votre bête, vous faites bouillir les graines de lin et vous étalez sur la plaie. Deux fois par jour. Dans trois jours vous continuez avec les cataplasmes d'argile. Pour vous, cet alcool à frictionner sur la poitrine et sur le front avant de vous coucher. Et comme on sait que ça fait rien mais que tout le monde y croit, je vous mets aussi du whisky. Trois fois par jour vous faites bouillir ces herbes, vous les laissez bien infuser dix minutes et vous avalez sans vous poser de question rapport au goût. C'est le truc le plus dégoûtant que vous avez jamais bu.

Arthur ouvrit tout de suite la bouteille de whisky et en but une rasade.

– Qu'est-ce que je disais ! Encore un qui croit pas à la médecine. Vous passerez le bonjour à mon mari en passant devant le cimetière. Où est-ce que vous allez comme ça ?

– Californie.

– Quelle surprise. Tardez pas à rejoindre Denver et à sortir de ces montagnes, parce que le froid va bientôt vous attraper par les pieds, mon gars. Par ici, le printemps arrive pas avant que l'été soit fini. Tenez, je vous rajoute ce sirop, c'est surtout de la gnôle mais paraît que y a aussi quelques plantes dedans. Cadeau de la maison.

– Me faudrait aussi des bandages.

Elle passa dans son arrière-boutique, revint avec un drap et à coups de dents en déchira des morceaux, souriant en même temps qu'elle coinçait les bandelettes dans l'échancrure de sa robe.

– Moi, j'attrape jamais froid aux bronches.

Elle éclata de rire.

Arthur lui régla trois dollars et lui dit de garder la monnaie.

– Le plus court pour Denver ?

– La mine Gregory et puis Black Hawk, à dix miles d'ici, après, tout en descente, soixante miles jusqu'à Denver.

Arthur ramassa ses achats.

– Bonne chance.

– À toi aussi. Si ton cheval était pas blessé et que je pesais trente kilos de moins, je sauterais en croupe avec toi.

Elle éclata une autre fois de rire et Bowman s'éloigna vers la porte.

– Si t'as trop froid dehors et que tu changes d'avis, je suis là…

Elle s'arrêta au milieu de sa phrase.

– Merde, mais tu pisses le sang, mon gars !

Dans le dos de Bowman le sang avait traversé le pansement, la chemise et sa veste.

Arthur se précipita dehors, courut en grimaçant jusqu'à son cheval, chargea ses fontes et ressortit de la ville en se lançant dans un galop qui faillit le faire tomber dans les pommes. Des flocons de neige tombaient sur Mountain City et la vallée se couvrait de brouillard. Dès qu'il trouva un sentier s'éloignant de la piste, il s'enfonça sous les sapins, fit un feu, mit de l'eau à bouillir et jeta dedans les graines de lin. La douleur lui paralysait la nuque et des vertiges l'empêchaient de se lever. Il but une gorgée du sirop, encore un peu de whisky, se déshabilla et commença à défaire les bandages. Le dernier tour de tissu autour de sa poitrine resta collé à la plaie. Il inspira à fond et tira d'un coup sec. La douleur

411

l'assomma comme un coup à la tête et il s'effondra sur le tapis d'aiguilles de pin.

Quand il se réveilla, l'eau sur le feu s'était évaporée et les graines de lin avaient brûlé. Il nettoya la casserole et recommença le mélange. Il passa la lame de son couteau à la flamme puis s'en servit de spatule pour étaler le cataplasme sur la blessure en se contorsionnant. Il noua les bandes de tissu, renfila ses vêtements et jeta autant de bois et d'aiguilles de pin sur le feu qu'il put en ramasser sans trop se déplacer. Dès que ses tremblements se calmèrent un peu, il remonta en selle et reprit la piste. Les montagnes étaient toujours impraticables et il dut suivre la route jusqu'à la mine Gregory. Le brouillard était de plus en plus épais et il ne devina d'abord que des cahutes éparses. Il entendait le bruit d'une rivière coulant tout près, la neige commençait à se déposer sur la piste et les toits, étouffant les sons. Il pourrait traverser la mine sans qu'on le voie. Il passa à côté de chariots et de bâtiments plus grands, sans apercevoir un seul mineur. Walden coucha ses oreilles et fit un écart. Un cavalier surgit du brouillard au galop, cravachant son cheval, sans même jeter un regard à Bowman. Arthur avait posé la main sur la crosse de son fusil, s'arrêta le temps que son cœur arrête de battre, reprit les rênes plus fermement et continua en se tenant sur ses gardes. Le son de la rivière était plus fort. Il longea les piliers d'un petit chemin de fer passant au-dessus des toits, sur lequel étaient arrêtés des wagonnets à minerai. Il crut apercevoir quelque chose entre deux hangars. Bowman s'arrêta et tendit l'oreille. Walden était nerveux, le mustang soufflait, la rivière couvrait les autres sons, mais il avait vu et entendu quelque chose. Arthur fit demi-tour, passa sous le petit viaduc et contourna les bâtiments.

Tous les mineurs étaient là, sous les lumières de torches et de lampes irradiant dans le brouillard. Peut-être une centaine d'hommes silencieux, épaule contre épaule, faisant cercle autour de quelque chose qu'il ne voyait pas. Arthur écouta encore et commença à croire qu'il délirait, que c'était le bruit de l'eau qui lui jouait des tours ou la fièvre qui recommençait. Il descendit de selle, marcha sans bruit le long d'un mur de planches et se rapprocha. Le silence de tous ces hommes réunis dans un coin de la mine déserte lui collait la trouille. Il s'arrêta, écouta et ne put s'empêcher d'avancer encore. Bowman était maintenant derrière la première rangée de mineurs. Personne ne se retourna. Il posa une main sur une épaule et l'écarta, se glissa entre les ouvriers. Menton sur la poitrine, leurs lèvres bougeaient, répétant en silence la prière qui montait du milieu du cercle dont Arthur atteignit le centre.

Les lampes combattaient l'opacité laiteuse du brouillard. Sur le sol blanchi par la neige, un corps était allongé, recouvert par un drap imbibé de sang.

L'air froid lui serrait la gorge, Arthur se concentra sur son souffle.

Ce n'était pas une intuition qui lui avait fait faire demi-tour, ou le délire de la fièvre. Pas l'attraction passionnée de Brewster ni les esprits de Pierre Noire qui lui avaient fait deviner le cadavre. Quelque chose en lui s'était souvenu alors qu'il traversait la mine, un son mêlé à celui de la rivière, avant même de voir les lumières. Une voix.

Arthur détacha ses yeux du cadavre et releva la tête, cherchant l'homme qui récitait la prière. Debout au milieu des ouvriers, dans des habits miteux, aussi pâle que la brume et les yeux fermés, mains jointes, Edmond Peevish récitait un *Notre Père* avec la même voix fragile que Bowman avait entendue pendant un an du fond de sa cage. Le Prêcheur termina sa litanie et ouvrit les yeux, contemplant le cadavre.

Des mineurs apportèrent une charrette à bras et chargèrent le corps. Un pied écarlate, sans peau, glissa de sous le drap et un homme se précipita pour le recouvrir.

Peevish relevait la tête.

Bowman recula au milieu des mineurs, retourna à son cheval, sortit le Henry de son étui et se plaqua contre le mur du hangar.

Le cortège de mineurs s'éloignait derrière la charrette, torches à la main. Peevish était resté seul, debout à côté de l'endroit où était étendu le cadavre. Le sergent se glissa dans la brume, passa dans son dos et observa un instant la longue silhouette du Prêcheur, sa tête baissée, ses épaules étroites et ses bras maigres, qui se recueillait devant un bout de terre d'Amérique. Bowman fit un pas et enfonça le canon du fusil dans ses reins.

– Si tu bouges, je te tue ici.

Peevish se figea puis lentement, ignorant l'ordre, se retourna. Le visage du Prêcheur était strié de petites rides, des veines gonflées entouraient ses yeux creux et ses lèvres à peine dessinées tremblaient, noircies par le froid. Arthur Bowman sentit ses jambes fléchir.

– Qu'est-ce que tu fous là, Prêcheur ? Qu'est-ce qui se passe ?

Le fusil glissait des mains de Bowman, les yeux caves du Prêcheur se remplissaient de larmes.

– Sergent ?

Lentement il leva un bras, arrêta son geste avant de poser sa main sur l'épaule de Bowman.

– Vous êtes ici ?

Peevish, spectre blanc et noir dans le brouillard, semblait hésiter à toucher le sergent, luttant avec sa raison.

Arthur était paralysé.

– Qu'est-ce qui se passe, Peevish ?

– C'était vous ?

– Quoi ?

– Vous avez fait ça ?

Bowman recula d'un pas.

– Qu'est-ce que tu racontes ?

Le Prêcheur pencha la tête de côté.

– C'est pas vous ?

– Peevish, où est Penders ?

– Erik ?

11.

Assis sous l'auvent d'un hangar, les deux hommes transis de froid n'arrivaient pas à se regarder. Arthur tendit la bouteille de whisky à Peevish. Le Prêcheur avala une gorgée et toussa.

— Je suis arrivé hier avec un convoi de pionniers. Ils l'ont trouvé ce matin.

Bowman avait posé le Henry sur ses cuisses, le canon tourné vers le Prêcheur qui ne semblait pas s'en rendre compte.

— Il est mort cette nuit ?

— Hein ?

— Ça s'est passé cette nuit ?

— Le froid l'a conservé, mais il était mort depuis plus long-temps. Ils le cherchaient.

— C'était qui ?

— Un contremaître de la mine. Quelqu'un avait volé de l'or. Ils croyaient que c'était lui parce qu'il avait disparu en même temps que la caisse, il y a une dizaine de jours.

Arthur regarda autour de lui la mine déserte noyée dans la brume et disparaissant sous la neige.

— Il faut partir d'ici. Tu as un cheval ?

Le Prêcheur lui dit que non.

— Il t'en faut un.

— Je n'ai pas d'argent.

Arthur tira de sa poche trois pièces de cinq dollars.

— Trouve quelque chose. Il faut s'en aller.

— Sergent ?

— Quoi ?

— Vous étiez là pour me tuer ?

Bowman baissa la tête.

— J'en sais rien, je sais plus ce qui se passe.

Le Prêcheur se leva, fit quelques pas et se retourna.
– Il était ici, lui aussi.
– De qui tu parles ?
– Penders. Les mineurs ont vu un Anglais. Un homme blond qui disait qu'il avait été militaire. Il est passé par la mine pas longtemps avant que le contremaître disparaisse.

Pour quinze dollars, Peevish ne trouva même pas un âne à vendre. Les bêtes étaient trop précieuses à la mine et les ouvriers ne voulaient pas s'en séparer, quel que soit le prix. Pour dix dollars on lui vendit une carriole à plateau en mauvais état et pour deux dollars de plus un harnais rafistolé, au cuir sec et craquelé. Ils attelèrent Walden.
Sous la neige tombant de plus en plus fort, Bowman et Peevish quittèrent la mine Gregory et s'enfoncèrent dans le brouillard.
Le chariot n'était pas plus confortable que son cheval et Bowman souffrait sur les cailloux de la piste, essayant de se tenir droit devant le Prêcheur. Sans la chaleur de Walden, il avait surtout plus froid. Peevish avait sur le dos des vêtements usés et pas de manteau, un col romain noir de crasse et un chapeau troué, mais ne réagissait pas à la température. Après quelques gorgées il refusa même le whisky. Arthur lui avait laissé les rênes et serrait ses bras autour de son ventre pour soutenir ses côtes. Sa selle et ses fontes étaient attachées sur le plateau, avec la vieille valise défoncée du Prêcheur. Bowman avait posé le Henry entre ses jambes et dans les chaos le canon venait se coller à sa joue.
– C'est le père Selby qui m'a dit que tu étais venu prêcher ici. À New York, j'ai rencontré Ryan, à l'église de John Street. Il m'a dit que tu étais passé par Saint Louis et là-bas, à l'église méthodiste, ils ont dit que tu faisais des tournées à l'Ouest.
Peevish se tourna vers le sergent.
– Je ne comprends pas.
Arthur but une gorgée et serra la bouteille dans ses bras.

– À Londres, je suis tombé sur un article à propos d'un meurtre au Texas.

– Au Texas ? De quoi est-ce que vous parlez, sergent ?

Bowman regarda le Prêcheur.

– Le type de la mine, ils l'ont trouvé où ?

– Dans un boyau abandonné. Pourquoi vous dites qu'il y a eu un autre meurtre ?

Arthur appuya sa tempe au canon du Henry.

– Est-ce qu'il y avait quelque chose en plus du cadavre ? Quelque chose d'écrit ?

Le Prêcheur se mit à trembler.

– Sur une poutre, avec du sang.

Arthur articula doucement :

– *Survivre ?*

Peevish écarquilla les yeux et fixa la piste devant lui. Des flocons de neige venaient se coller à ses rétines sans que ses paupières bougent.

– Quand Selby m'a dit que tu avais embarqué…

– Vous avez cru que c'était moi.

– T'étais parti juste après ma visite. J'avais pas retrouvé Penders mais toi tu étais en Amérique, et y avait eu un deuxième meurtre.

– Il y en a eu d'autres ?

Les deux hommes écoutèrent le bruit des fers et des roues du chariot, ne sachant comment combler le vide qui s'était creusé entre eux.

– J'ai retrouvé sa trace à Rio Rancho, il voyageait avec un type qui a été massacré. Pendant quelques jours j'étais persuadé que c'était lui. Et puis le gérant de la Bent and Saint-Vrain m'a dit que tu étais passé là-bas, avant qu'ils trouvent le cadavre de ce type avec un nom russe, Petrovitch. Peevish, pourquoi tu es parti de Plymouth après ma visite ?

Le Prêcheur tira sur les rênes et releva le frein du chariot, s'arrêtant au milieu de la piste.

– Je voulais quitter l'Angleterre depuis longtemps, mais je n'avais pas le courage de le faire. Quand vous êtes venu me voir, et que vous avez parlé de la liste des survivants, de Penders qui avait disparu et du meurtre dans les égouts, je me suis décidé. Vous aviez évoqué l'Amérique, notre Église y est bien implantée. Je crois que j'ai eu peur après votre visite, sergent, que tout recommence, que les cauchemars reviennent. J'ai fait ma valise et j'ai pris un bateau.

Il se tourna vers Arthur.

– Sergent, je suis en Amérique depuis presque deux ans, mais quand je suis passé à Bent's Fort je ne savais rien, je rentrais à Saint Louis. Sur la route d'Independence, j'ai croisé un convoi d'employés de la Bent, ils étaient complètement retournés et m'ont demandé si je pouvais faire une prière et les écouter. Ils ont raconté que des Indiens avaient tué un homme et qu'ils ramenaient son corps au fort.

Le Prêcheur tendit la main et attrapa la bouteille de whisky.

– J'ai vu le cadavre.

Il but un grand coup.

– Pendant deux jours j'ai eu des fièvres. Je me souvenais de ce que vous aviez dit à la chapelle à propos des égouts. Ça ne pouvait pas être autre chose. Mais que ça arrive ici, à des milliers de kilomètres de l'Angleterre alors que je croyais en être enfin sorti…

Peevish descendit presque la fin de la bouteille.

– J'avais entendu toutes ces rumeurs affreuses sur la piste, mais je croyais à des histoires exagérées, des superstitions. Je n'arrivais pas à y croire. Après tout ce temps, si loin de Londres… Quand j'ai pu tenir debout j'ai fait comme vous, je suis revenu sur la piste pour essayer de retrouver…

Il essaya de sourire au sergent.

– Bien sûr, j'ai pensé à Penders, parce que vous aviez dit qu'il avait peut-être embarqué pour ce continent. Et j'ai pensé à vous. Les policiers de Londres pensaient que vous étiez l'assassin. Erik ou vous, sergent, il n'y avait pas d'autre possibilité. Moi aussi je vous cherchais.

418

Arthur descendit du chariot et fit quelques pas, pris d'une bouffée de chaleur et n'arrivant plus à respirer. Il ôta son chapeau, leva la tête et laissa la neige tomber sur son visage. Peevish le rejoignit, passa la main sur ses lèvres gercées.

— Alors c'est vrai, c'est bien lui ?

Arthur remit son chapeau.

— C'est le dernier.

*

Il faisait un peu moins froid à Black Hawk. La neige ne tombait plus et le brouillard s'était dissipé. La ville n'avait pas l'allure d'un camp de mineurs. Mieux bâtie, plus calme, elle avait vu s'atténuer les ravages de l'or et elle avait perduré sous une autre forme. Un foyer d'habitations, quelques commerces, des lumières qui commençaient à s'allumer aux fenêtres.

Arthur n'avait plus aucune force, sa blessure lui brûlait le dos et il vacillait sur le banc du chariot, s'agrippant à son fusil en grelottant. Peevish s'arrêta devant une maison et alla frapper à la porte. Un homme ouvrit et, voyant son col blanc, sortit sur le seuil pour lui serrer la main. Bowman les entendit parler, le Prêcheur revint prendre les rênes et conduisit l'attelage dans une grange attenante.

— Nous pouvons passer la nuit ici.

Arthur trébucha en descendant du chariot, marcha jusqu'à un tas de fourrage et s'écroula.

— Qu'est-ce qui vous arrive ?

— J'ai reçu une balle à Bent's Fort.

— Qu'est-ce que vous dites ?

— J'ai essayé de libérer les Comanches qu'ils ont pendus.

— Pourquoi vous ne m'avez pas dit que vous étiez blessé ?

— Y a des médicaments dans les fontes.

Peevish lui apporta une gourde.

419

– Buvez. Il faut que j'aille bénir le dîner de nos hôtes. Je vais revenir m'occuper de vous, ça ne sera pas long.

Il partit en courant. Arthur actionna le levier du Henry, fit monter une balle dans la chambre, posa le fusil sur son ventre et attendit le retour du Prêcheur en essayant de rester éveillé.

Walden était attaché à une mangeoire. Peevish avait trouvé les graines de lin, les bandes et la tisane, il touillait une casserole fumante avec un couteau de poche et sourit à Bowman. Le Prêcheur n'avait plus une seule dent sur les mâchoires.

– C'est presque prêt, sergent. Vous pouvez ôter vos vêtements ou vous voulez que je vous aide ?

Arthur voulut se déshabiller mais la douleur était trop forte. Il réussit tout juste à enlever sa veste, la lumière de la lampe se mit à danser devant ses yeux. Quand le Prêcheur tendit les mains pour écarter le fusil, Bowman agrippa le Henry et recula en rampant dans le foin.

– Sergent, je ne vais pas vous faire de mal.

Ils se regardèrent quelques secondes, Arthur posa le fusil à côté de lui et Peevish, avec des gestes prudents, commença à défaire les boutons de la chemise.

– J'ai l'habitude de m'occuper des malades, sergent.

Quand il tira sur les manches, le Prêcheur se figea et ferma les yeux. Arthur attendit qu'il se reprenne.

– C'est pas la première fois que tu vois ça.

Peevish commença à défaire les bandages.

– Pas depuis longtemps. J'ai pris l'habitude de me laver avec mes sous-vêtements. Les gens pensent que c'est parce que je suis prêcheur.

Il essaya de sourire. Bowman aussi.

– C'est vrai que tu pues encore plus que moi.

– Mais je me rase, ça me donne l'air plus propre.

Peevish jeta les bandages sales et ouvrit la bouteille d'alcool.

– Pendant longtemps je n'arrivais pas à me raser.

Il imbiba une bande et nettoya la plaie. Les chairs étaient jaunes et enflées. Il fit une autre pause en regardant la blessure.

– C'était toujours plus difficile de voir les autres que de le supporter. Mes cris, je les entendais pas, seulement les vôtres.

Il termina le pansement et ils mangèrent un peu de viande avec la soupe offerte par les propriétaires de la grange. Le bouillon passait entre les lèvres du Prêcheur et coulait sur son menton quand il buvait à l'assiette. Peevish était plus jeune que Bowman, mais depuis sa visite à la chapelle de Plymouth, il avait vieilli d'un siècle.

– T'as un bon boulot, le Prêcheur. Tu manges toujours à l'œil en échange d'une prière ?

– Sergent, jamais personne ne se sent volé.

– Ça fait pas cher la soupe quand même.

Les sarcasmes de Bowman manquaient de conviction et les réponses de Peevish d'envie de rire. Arthur termina sa gamelle et s'allongea sur le côté, un bras sous la tête, tournant le dos au Prêcheur.

– Peevish, c'est pas toi qui les as tués ?

– Sergent, les hommes avaient peur de vous parce que vous saviez toujours quand ils mentaient. Et puis je n'ai jamais réussi à vous faire croire à quelque chose.

Peevish rit doucement.

– Je n'avais pas peur de vous parce que je ne mens pas. Je n'ai tué personne depuis que nous nous sommes battus sous vos ordres.

– On s'est battus pour pas crever.

– Ça ne change pas ce que nous avons fait.

Arthur regarda le fusil entre ses mains.

– Prêcheur, moi non plus c'est pas mes cris que j'entends dans mes cauchemars.

– Je sais, sergent.

Arthur leva la tête. Peevish, assis à côté de lui, les genoux remontés contre sa poitrine, le regardait.

421

– Tu as changé, Prêcheur. T'as même pas essayé de me tirer une confession ou de m'expliquer que je marche dans les pas de Dieu.

Un silence passa entre eux, le premier, depuis la mine Gregory, qui ne les séparait pas.

– Sergent, je ne sais pas si vous comprendrez parce que vous avez toujours été solitaire, mais ces dernières semaines, j'étais seul pour la première fois. Je veux dire que Dieu n'était plus avec moi. J'ai failli en devenir fou.

Arthur repensa au livre de Thoreau, à sa lecture interrompue dans le désert au chapitre de la solitude, aux derniers mots qu'il avait écrits à Alexandra Desmond.

– Solitaire, c'est pas la solitude. Moi aussi je suis devenu dingue.

Arthur entendit Peevish se retourner vers lui.

– Sans vous, sergent, personne n'aurait survécu. Nous ne sommes pas tous morts parce que vous n'avez jamais baissé les bras. Même… même si c'est sur vous qu'ils se sont acharnés le plus. Mais sans vous, ça ne serait pas arrivé non plus. Après l'incendie du village, nous nous serions révoltés si vous n'aviez pas été là. Jamais nous n'aurions remonté si loin le fleuve. On vous doit la vie, sergent, mais vous êtes notre pire cauchemar.

Arthur ne bougeait pas, caché sous sa couverture.

– Je crois aussi que vous avez beaucoup changé, sergent.

Bowman lâcha le fusil, le repoussa et ferma les yeux.

– Peevish, même si c'est bien toi que je cherchais, je suis content de plus être seul. Je pourrai pas m'empêcher de dormir, alors si tu dois le faire, tue-moi rapidement et rate pas ton coup.

Le Prêcheur rit doucement mais Bowman resta silencieux.

Peevish se leva, souffla la lampe et revint s'allonger sur le foin.

– Bonne nuit, sergent.

– Bonne nuit, Prêcheur.

La nouvelle s'était répandue qu'un homme d'Église était en ville. Ils ne purent quitter Black Hawk avant que Peevish ait fait un prêche, debout sur les marches d'une épicerie, devant la moitié des habitants. Les autres, soit qu'ils étaient de confession rivale, soit que Dieu ne les intéressait pas assez pour passer une heure sous la pluie les pieds dans la boue, étaient restés chez eux. Parmi ceux qui s'étaient déplacés, Peevish avait réuni un public hétéroclite. Vieux sourdingues, enfants curieux, notables faisant leur devoir, bigots et bigotes en manque de pardon, Chinois à la spiritualité souple ou qui ne comprenaient rien et attendaient de voir ce que ce type en loques avait à vendre. Des prospecteurs et quelques poivrots attendaient aussi qu'on libère les portes de l'épicerie pour faire leurs courses.

Arthur avait attelé Walden. Assis sur le banc du chariot, à l'abri de la pluie devant la grange, il écouta le sermon du Prêcheur. En quelques minutes Peevish se métamorphosa, passant de l'épouvantail souffreteux à une flamme blanc et noir s'agitant d'un côté à l'autre des marches. Sa voix s'éclaircit et gagna en puissance. Jamais Bowman n'avait assisté à un tel spectacle. Les femmes se signaient et poussaient des soupirs effrayés quand Peevish évoquait l'enfer caché sous chacun de leurs pas, les tentations et les égarements, les fautes terribles que Dieu jugerait sans pitié si on ne se repentait pas assez tôt. L'évocation de l'alcool déclencha quelques rires, mais le silence se fit quand il rugit contre la cupidité, l'appât du gain et la richesse qui nous éloignaient de la miséricorde. Et tout son auditoire, en majorité des braves gens arrivés dans les Rocky Mountains pour faire fortune, de répéter en chœur des amen venus droit du cœur.

– Nos difficultés sont les épreuves de notre foi.

– Amen.

– Pardonnez et vous serez pardonnés.

Mais l'apothéose fut atteinte quand Peevish expliqua que si ce pays n'avait pas encore de gouvernement digne de ce nom, et que peut-être, au fond, des chrétiens libres comme eux n'en avaient pas vraiment besoin, Dieu avait d'ores et déjà pris l'Amérique dans le creux de sa main. Sous sa gouvernance divine la nation des pionniers trouverait son chemin et son accomplissement le plus parfait.

Peevish connaissait son texte.

Jamais il ne fallait désespérer.

Amen.

Jamais ils ne seraient seuls.

Amen.

– Et rappelez-vous, mes frères, que si Dieu ne vivait pas dans nos cœurs mais dans une maison, il y aurait au mur de son salon un portrait de chacun de vous !

– Amen.

Un poivrot, comprenant que le Prêcheur allait descendre des marches, tira un coup de carabine en l'air et poussa un hourra. Le rouge aux joues, les femmes défilèrent les unes après les autres devant l'ancien soldat édenté, espérant une minute d'intimité avec ce grand homme et posant dans sa main des pièces et des billets. Peevish faisait un signe de croix au-dessus du front de chacune et passait à la suivante.

Arthur attendit encore un quart d'heure que le Prêcheur se dépêtre de ses admirateurs et le rejoigne. Il remonta le col de sa veste, fit claquer les rênes et Walden s'élança dans la boue. On les salua jusqu'à la sortie de la ville.

– Combien t'as ramassé ?

Le Prêcheur agita la main et sourit à un bambin perché sur les épaules de son père.

– Ça ne se fait pas de compter.

Peevish se tourna vers le sergent Bowman, toujours souriant.

– Tant qu'on est pas sortis de la ville.

La piste de Denver était plus large et en meilleur état. Arthur fit trotter Walden et ils filèrent à bonne allure. Ils retrouvaient la forêt et le soleil de plus en plus doux. Le vent les grisa un moment et ils ne dirent plus rien, se contentant de respirer, jusqu'à ce que le Prêcheur prononce les premiers mots :

— Comment on va le retrouver ?

Bowman s'agaça de cette question inutile, de la fin du silence dont il aurait voulu profiter encore.

— Comme je t'ai retrouvé. La Providence.

Peevish ne releva pas.

— On ne peut pas se contenter de suivre les pistes en attendant de trouver un autre mort.

— J'ai rien fait d'autre depuis que j'ai quitté Londres.

Arthur jeta un coup d'œil à Peevish comme pour s'excuser de son agressivité.

— Après Pueblo, j'ai aussi suivi la piste de l'or. Maintenant qu'il y a eu la mine, ça n'a plus de sens.

— Il va continuer vers l'ouest ?

— Ou le nord. Ou faire demi-tour et aller au Mexique. Il y a eu un meurtre là-bas. Il pourrait aussi repartir à l'est.

La vitesse de leur attelage n'avait soudain plus de sens, Arthur fit ralentir Walden.

— Mais il y a autre chose.

Le Prêcheur se tourna vers lui.

— Quoi ?

— Les victimes.

Peevish eut un tic nerveux, ses épaules se crispèrent.

— Je n'en connais que deux. Petrovitch et le contremaître de la mine Gregory.

— À Londres, on a jamais su qui c'était. On sait pas non plus si y en a eu d'autres avant.

Les épaules de Peevish furent secouées d'un autre frisson. Arthur poursuivit le fil de ses pensées :

— Mais ce qui compte, c'est ce qui s'est passé ici. Comme pour Londres, on sait pas si c'est le premier meurtre, mais à Reunion, Kramer était un ingénieur.

– Reunion ?

– À Las Cruces, Richter était un voyageur de commerce. Rogers, à Rio Rancho, un petit escroc qui magouillait sur la piste et faisait le guide. Petrovitch essayait de vendre un procédé d'extraction à la Bent and Saint-Vrain. À la mine, il a tué un contremaître et volé de l'or. Au Mexique, je sais pas qui était la victime.

Peevish se concentra sur ce que disait Bowman, essayant de rationaliser pour faire passer son malaise. Il enleva son chapeau, le remit en forme en tapotant le galure de ses doigts maigres.

– Ce n'est pas complètement aléatoire.

– J'ai rencontré un vieux qui disait que c'était une passion, qu'il pouvait pas s'arrêter. Et un autre type qui disait que c'était comme une suite mathématique. Quelque chose qui se répétait.

Un rot acide monta dans la gorge de Peevish, qui couvrit sa bouche de sa main pour arrêter la nausée.

– Vous dites qu'il y a une logique depuis le début ?

– Combien il a volé ?

– Apparemment une quantité importante. La mine offre cinq cents dollars de récompense à qui arrêtera le voleur. L'armée aussi a été mise au courant. Nous ne sommes pas les seuls à le chercher.

– De l'or, un escroc et des voyageurs de commerce.

Arthur serra les dents.

– Et Penders était militaire. Il a un plan.

– Il veut refaire sa vie.

Bowman baissa la tête.

– Survivre.

Le Prêcheur passa la langue sur ses lèvres sèches.

– Les victimes… On dirait qu'il cherche un associé.

– Faire des affaires.

– Ou bien il est comme nous, il ne supporte plus d'être seul et il tue ceux qu'il rencontre.

Arthur regarda le Prêcheur et continua comme s'il n'avait pas entendu :

426

– Tous ceux qui veulent faire des affaires vont au même endroit.

– Dans l'Ouest.

– Et s'il a de l'argent, il va plus traîner dans le coin. Maintenant tout le monde sur la piste sait que c'était pas les Indiens.

Walden avançait au pas, la théorie faisait son chemin dans la tête des deux soldats. Peevish retira son col romain et se gratta le cou.

– Ce ne sont que des suppositions. Peut-être qu'il est déjà en route pour Saint Louis et qu'il va rentrer en Angleterre.

– Il rentrera pas.

Les deux hommes échangèrent un regard. Peevish glissa son col dans sa poche et remit son chapeau, qu'il enfonça solidement sur sa tête. Arthur leva les bras et fit claquer les rênes.

– Yap !

Deux heures plus tard ils entraient dans Denver, la plus grande ville que Bowman ait vue depuis Saint Louis. Les filons asséchés avaient laissé derrière eux assez de monde pour que la ville ait une raison d'exister : des clients pour faire tourner les commerces, des artisans pour les bâtir, des économies pour acheter des terrains, des enfants pour justifier d'ouvrir des écoles, de l'argent pour dresser des églises, une quantité suffisante de citoyens pour payer une police et remplir les dizaines de tavernes et de saloons de la ville. Sous le nom de Denver, un nombre rond et fier : *5 000 habitants*. En passant devant la pancarte, Peevish remit son col. La ville avait la densité d'un quartier populaire de Londres, à la seule différence que les maisons étaient en bois. Pour le reste, les rues et les ruelles étaient aussi des égouts à ciel ouvert. La plupart des constructions étaient surélevées, posées sur des pilotis pour ne pas tremper dans la fange, et les habitants se déplaçaient sur des trottoirs de planches. Seuls les bêtes, les chariots et les Indiens traversaient les rues.

Si Bowman semblait descendu droit d'une montagne après un long ermitage, Peevish, malgré son visage vieilli et osseux, sa bouche noire et ses yeux de dément, inspirait confiance. Le pouvoir de son col crasseux était impressionnant. On le saluait poliment, puis on ajoutait un petit signe de tête méfiant à l'intention de Bowman.

– Je croyais pas que c'était si grand. J'ai plus l'habitude des villes.

– En général, je suis bien accueilli partout où je vais.

– En général ?

– Il m'est arrivé de me faire chasser de quelques fermes et de saloons.

Arthur sourit devant l'air digne du Prêcheur, acceptant avec humilité que certaines personnes préfèrent botter le cul des hommes d'Église que de les écouter.

– En tout cas on trouvera rien ici.

Peevish se renfrogna.

– Vous êtes sûr que c'est la bonne décision, sergent ?

Arthur arrêta le chariot devant une épicerie.

– On a pas d'autre choix. On était en train de le rattraper, maintenant qu'il a de l'argent, il faut qu'on accélère.

Il descendit de l'attelage et tourna les rênes sur un poteau.

– Il faut se tenir à ce qu'on a dit.

– Et s'il est parti à l'est ?

– Alors on fera demi-tour. Il nous faut à manger, et qu'on te trouve un cheval. Le chariot est pas assez rapide.

Ils achetèrent des réserves de farine, de lard, de café et des bandages supplémentaires, demandèrent où acheter un cheval. Le patron leur indiqua un corral au nord de la ville.

Après négociation, le marchand de chevaux accepta de racheter le chariot pour sept dollars et leur proposa un hongre de huit ans, un pie blanc et noir dont les taches sur la tête étaient étrangement réparties, lui donnant un air abruti. Mais la bête était bonne, Bowman l'avait tâtée et observée. Des bons pieds, un dos solide, des dents qui correspondaient à l'âge annoncé et ses fers feraient encore de la route. Moins rapide certainement que le mustang de Bowman, mais un cheval bien musclé.

Le vendeur en voulait trente dollars. Après le ravitaillement en ville, il restait trente-trois dollars à Bowman, plus trois autres que Peevish avait récoltés pour son prêche à Black Hawk. Le propriétaire du corral consentit à baisser le prix à vingt-cinq parce que personne ne voulait de ce canasson.

– Pas que c'est un mauvais cheval, mais il a l'air tellement con qu'il intéresse personne.

– Comment il s'appelle ?

– Le type qui me l'a vendu m'a rien dit. On l'appelle le Pie, c'est tout.

Sur les cinq dollars économisés, ils en rendirent deux pour une selle en piteux état. La transaction terminée, il leur restait neuf dollars en poche. S'ils en avaient eu l'intention, dormir en ville était devenu hors de question.

Lorsqu'il mit le pied à l'étrier, la sangle cassa net et Peevish roula dans la boue. Une fois en selle, son cheval essaya de s'approcher de Walden qui lui bouffa l'oreille.

– Il faudra que je baptise cet animal, il ne peut pas aller sans nom.

Arthur contempla un instant le Prêcheur, maigre et raide comme un I, sa vieille valise sanglée à la selle du cheval blanc et noir plutôt trapu et nonchalant.

– À part la couleur, vous avez pas grand-chose en commun.

Peevish sourit de toutes ses gencives noires.

– C'est la première fois que je possède un moyen de transport.

– Tu me dois encore vingt-quatre dollars. Va falloir que tu prêches pour nous nourrir et tant que t'as pas remboursé, j'ai le droit de bouffer ton transport.

Ils dépassèrent les derniers bâtiments de Denver et traversèrent la South Platte River derrière un grand convoi de pionniers en route vers le Wyoming. Une trentaine de chariots qui levaient un nuage de poussière aussi haut qu'une tempête de sable. Sur l'autre rive, ils s'écartèrent du convoi et se lancèrent au galop. Le Pie n'y mettait pas tout son cœur et Peevish n'osait pas donner du talon. Arthur passa derrière le Prêcheur et balança un coup de pied sur le cul de son cheval. Le Pie décolla sans attendre, peut-être aussi pour fuir Walden qui essayait de lui chiquer le train. Poussé par la nécessité, le cheval de Peevish pouvait être rapide. Ils dépassèrent le convoi et reprirent la piste. Après quelques ruades de Walden, le Pie se rangea sagement derrière lui. Après une heure au pas, le mustang le laissa marcher à sa hauteur, mais sans se laisser dépasser d'une dent. À l'approche de la nuit ils cherchèrent un endroit pour dormir et s'installèrent près d'un cours d'eau. Avant le noir, Peevish coupa une poignée de sa valise pour faire une réparation de fortune à son étrier.

Depuis Denver ils avaient continué à descendre, longeant les contreforts des Rocky Mountains, et au crépuscule, il faisait encore doux. La végétation devenait plus basse mais l'herbe et les buissons étaient en quantité suffisante pour les chevaux. Les arbres, plus petits et clairsemés, fournirent aussi du bois.

Autour du feu les deux anciens soldats restèrent silencieux, mangèrent les derniers morceaux de pronghorn de Bowman et regardèrent passer les lanternes du grand convoi. Les chariots qui ne s'étaient pas arrêtés et les avaient rattrapés, continuant à avancer tard dans la nuit, firent halte un demi-mile plus loin et plantèrent leur camp. Bowman regarda les feux des pionniers tandis que Peevish, fatigué par sa première chevauchée, s'était couché sur sa selle.

Arthur sortit sa veste de pluie de son sac et la lui jeta.

– Faudra qu'on te trouve une couverture.

– Merci, sergent.

Bowman alluma une pipe avec ses dernières miettes de tabac.

– Prêcheur, tu peux arrêter de m'appeler *sergent* ?

Peevish se redressa.

– Comment vous voulez que je vous appelle ?

– Bowman. Ou Arthur. Comme tu veux, mais je suis plus militaire.

Peevish croisa les bras sous sa tête et regarda le ciel.

– La première fois que j'ai vu votre prénom, c'était sur la liste

430

des prisonniers à Rangoon. Après un an dans la forêt, je ne savais toujours pas comment vous vous appeliez.

Arthur mordit le bec de la pipe.

– Appelle-moi Bowman.

– Comme vous voulez.

– Prêcheur, je me souviens pas du tien.

– Edmond.

Bowman souffla un nuage de fumée.

– Je vais essayer, mais je te garantis rien.

12.

Ils passèrent devant le camp des pionniers qui avaient poussé leurs bêtes trop longtemps la veille et attendaient encore pour repartir. Peevish trotta jusqu'au cercle de chariots, Arthur le vit palabrer avec quelques hommes avant de les saluer et de revenir jusqu'à lui.

– Ça ne les intéressait pas.

– Même pour une couverture ?

Le Prêcheur ne se démonta pas.

– Ce sont des mormons, ils voyagent jusqu'à Salt Lake City.

Bowman jeta un regard derrière lui.

– Ryan a parlé d'eux quand je suis passé à John Street. Qu'est-ce qu'ils vont faire à Salt Lake ?

– C'est leur capitale.

– Ryan disait qu'ils avaient une armée.

– Après avoir eu trop de problèmes à l'est, les mormons ont décidé d'aller s'installer dans l'Utah, un coin encore désert. Mais il y a trois ans l'armée américaine a envoyé une expédition là-bas, de peur qu'ils fassent sécession. Ils avaient élu leur prophète gouverneur de l'État.

– Leur prophète ? Ils croient en quoi ?

– Le fondateur de leur Église, et aussi leur premier prophète, Joseph Smith, est mort assassiné par des dissidents de son culte. Avant de devenir prophète, il avait eu une vie mouvementée. Des problèmes d'argent et d'autres avec des maris jaloux. C'est ce que racontent ses détracteurs. Smith aurait rencontré l'ange Moroni au pied d'un arbre, dans l'État de New York, qui lui aurait donné des tablettes en or gravées dans une langue inconnue. Mais il aurait aussi trouvé des lunettes magiques pour les traduire et en a tiré le livre des mormons. C'est devenu leur Évangile. Ils sont polygames. Je veux dire que les hommes ont plusieurs épouses. Leur Église a un grand succès. Et c'est aussi à cause de ça qu'ils ont eu des problèmes avec les autres chrétiens du pays.

Bowman sourit.

– Pas à cause des lunettes magiques ?

– Non.

– Comment ça s'est fini, l'expédition de l'armée ?

– Depuis la ruée vers l'or en Californie il y a dix ans, la route de l'Ouest passe par chez eux. Ils tiennent le passage des Rocky Mountains. Le gouvernement a dû négocier et la seule chose qui a changé, c'est que le gouverneur aujourd'hui n'est plus un mormon. Cette Église a été plus forte que le gouvernement américain.

– On dirait que ça te fait plaisir.

– Je comprends leur combat pour défendre leur foi.

– T'as peut-être pas changé tant que ça, Prêcheur.

Peevish sourit. Arthur aussi.

– Faudra quand même que tu trouves des bons chrétiens à un moment ou à un autre, parce que t'as toujours pas de couverture et les nuits sont encore fraîches.

Ils trottèrent sur quelques miles, histoire de mettre un peu de distance entre le convoi et eux.

Peevish ne connaissait pas cette partie de la piste, mais avait déjà voyagé le long de la Platte River jusqu'à des avant-postes à une centaine de miles sur la route de Salt Lake City, la grande piste de l'Ouest empruntée par les pionniers, les services de diligences et le Poney Express.

– Quand j'y étais, il n'y avait pas de villes, seulement des campements provisoires, des fermiers qui commençaient à s'installer et des relais. Je ne sais pas comment c'est maintenant. Les villes naissent en quelques semaines. On devrait retrouver la piste ce soir.

– C'est la route des diligences ?

Le Prêcheur devina l'inquiétude de Bowman.

– De la Platte River, en montant dans un courrier, on peut être à San Francisco en deux semaines, et à Saint Louis en une.

– Bordel, j'aurais pas dû laisser tout l'argent.

– L'argent ?

– J'avais deux mille dollars, je les ai donnés à quelqu'un au Texas.

Peevish éperonna son cheval pour se rapprocher de Bowman.

– Où est-ce que vous aviez trouvé tout cet argent ? Et à qui diable l'avez-vous donné ?

– Je me suis dit que toi et Penders vous en aviez pas, que pour vous retrouver fallait que je voyage de la même façon.

Peevish se gratta la joue.

– Je suppose que cela avait un sens. Mais ça ne m'explique pas à qui vous l'avez donné. Ni d'où venait cet argent. Vous avez bien dit deux mille dollars ?

– C'était l'argent de Reeves.

– Reeves ?

– Le capitaine du *Sea Runner*.

Peevish réfléchit un instant. Le nom lui disait quelque chose. Il fronça les sourcils, son sourire disparut et il dit pour lui-même :

– Le village des pêcheurs.

Arthur ne regarda pas le Prêcheur et prit garde de ne pas

interrompre ce silence. C'était comme une mèche qu'on avait allumée et Peevish était reparti pour un tour. L'embarquement à bord du *Sea Runner*, le village en flammes, le fleuve, la pluie, les morts sur la jonque, la forêt, les cages et les cris.

Jusqu'au campement du soir et jusqu'à ce qu'ils s'endorment, Peevish ne dit plus un mot.

Au milieu de la nuit, Arthur se réveilla en se jetant sur son fusil. Peevish était sorti d'un cauchemar en poussant des hurlements. Les cris de l'un réveillaient l'autre. Comme là-bas. Voir les cicatrices de Bowman empêchait Peevish d'oublier les siennes.

À l'aube, alors que le Prêcheur s'était enfin rendormi, transpirant et marmonnant dans son sommeil, Arthur sortit ses papiers pour écrire rapidement quelques mots.

Alexandra,
J'ai retrouvé le prêcheur que je cherchais. C'était pas lui et nous voyageons ensemble maintenant. Nous cherchons l'autre, Erik Penders, qui est quelque part devant et qui doit faire toutes les nuits les mêmes cauchemars que nous.
Ensemble on ne peut pas échapper à ce qu'on est et qui on était.
C'est une illusion de croire qu'on pourra changer.
On fait fausse route mais on en a pas d'autre à suivre et on va y laisser notre peau ou devenir fous.
Je pense à vous et je crois que vous avez bien fait de partir. Il n'y a rien à trouver ici.

*

Ils évitèrent les premiers relais qu'ils rencontrèrent sur la route du Pony Express. Arthur recommença à chasser. La piste filait droit sur des plateaux d'altitude, creusés par d'anciennes rivières ayant laissé derrière elles des pitons rocheux aux silhouettes de sentinelles et de cathédrales. À quelques dizaines de miles au sud, les sommets des Rockies se découpaient en dents de scie sur l'horizon, reflétant les couleurs du soleil à l'aube et au couchant.

Tant qu'ils eurent de la nourriture et trouvèrent du gibier, Bowman et Peevish restèrent loin de la piste, ne devinant que de loin la poussière d'un convoi ou d'une diligence, suivant les collines bordant le plateau, cherchant l'eau et le couvert des arbres. Ils poussaient leurs bêtes, attendaient la nuit pour faire halte et repartaient avant le lever du soleil. La blessure de Bowman avait guéri, ses côtes lui faisaient moins mal. Ils auraient pu tenir ainsi, se contentant d'un peu de cueillette et de gibier, mais leur itinéraire parallèle les coupait de toute nouvelle, ne sachant s'ils suivaient toujours la bonne direction, si Penders était déjà loin devant ou s'ils étaient passés devant lui.

Le quatrième jour, ils se rapprochèrent d'un relais. Peevish s'y rendit seul pour acheter un peu de nourriture et essayer de glaner des informations. Arthur l'attendit planqué dans les bois et le Prêcheur revint quatre heures plus tard, mit pied à terre et déchargea les achats. Du tabac, de la farine, un peu de café et deux bouteilles de whisky.

– Personne n'a vu d'Anglais voyageant seul. Il ne s'est rien passé sur la piste.

Le sergent avait l'air déçu.

– Pas de meurtre ?

– Non. Il y a une petite ville nouvelle à deux jours d'ici, Rock Springs. Peut-être que nous aurons plus de chance là-bas.

Le ton du Prêcheur était grinçant, Bowman entama une bouteille.

– Qu'est-ce qu'il y a, pourquoi tu fais cette gueule ?

Peevish s'assombrit.

– Je n'ai rien appris à propos d'Erik, mais..

– Arrête de l'appeler comme ça.

– Pourquoi ?

– On le connaît plus.

Le Prêcheur se redressa.

– Je l'appelle comme je veux. Et si je n'ai rien appris à son sujet, les employés du relais ont parlé de vous.

– Quoi ?

– Une troupe est passée ici il y a deux jours, une demi-douzaine d'hommes de la Bent and Saint-Vrain, d'autres de la mine Gregory. Les compagnies offrent maintenant mille dollars pour la capture de celui qui a mis le feu au camp des pionniers, essayé de libérer les Indiens et volé la caisse d'or. Les deux affaires se recoupent.

– Et ?

– Ça recommence comme à Londres, sergent. Ils vous cherchent pour le meurtre du contremaître et ils pensent que vous êtes le complice des Comanches qui ont été pendus.

Bowman ne réagit pas. Peevish but une gorgée de whisky, posa la bouteille entre ses jambes sans la reboucher.

– Ils ne savent pas où vous êtes. Cette troupe suit la piste de l'ouest, d'autres sont partis en direction de l'est et du sud. Mais pour tout le monde maintenant, il n'y a plus qu'un seul Anglais, qui vous ressemble comme vous ressemblez à Erik.

Bowman serra les poings.

– Arrête de l'appeler comme ça.

– Sur la piste il n'y a plus qu'un seul nom et c'est le vôtre, sergent Bowman.

– Arrête de dire ça. Je suis pas comme lui.

Peevish leva sa bouteille. L'alcool le dégoûtait mais il continua à boire.

– Et je devrais être le seul à le dire ?

Il s'essuya les lèvres en grimaçant.

– Si vous me demandez de ne pas avoir de compassion pour lui, il faudra que j'arrête d'en avoir pour vous aussi.

Arthur lui lança un regard de mépris.

– Tu devrais retourner prêcher dans tes églises, Peevish. T'es pas taillé pour ce boulot.

Bowman tourna les talons et s'éloigna.

436

– Vous avez tort, sergent. Je n'abandonnerai pas. Mais vous n'échapperez pas à cette logique.

– Quelle logique ?

– Celle qui a commencé quand vous m'avez choisi à bord du *Joy.*

Le Prêcheur s'allongea et posa la bouteille sur son ventre.

– C'était ma première cicatrice. Le coup de couteau de Bufford.

Bowman regardait vers la piste. Il était trop tard pour reprendre la route. Les deux hommes restèrent là où ils étaient, sirotant le whisky jusqu'à ce qu'il n'en reste plus une goutte et s'endormirent saouls, la bouche sèche et la tête lourde, sans avoir allumé de feu.

Pendant deux jours ils reprirent leur course au pied des collines et ne se rapprochèrent de la piste qu'à hauteur de Rock Springs, quelques baraques autour d'un relais. À l'abri des arbres ils observèrent la rue principale baignant dans le soleil, virent passer une diligence qui s'arrêta le temps du repas de trois passagers et un peu plus tard, galopant ventre à terre, un cavalier du Pony Express qui sauta d'un cheval à un autre et repartit aussitôt.

La petite ville ne semblait s'animer qu'au passage des coursiers et des diligences. Un seul bâtiment important, dont des couvreurs finissaient la toiture, jouxtait le relais et ses écuries. Le reste des maisons, une dizaine, étaient des cabanes en croûtes de bois. C'était la fin du plateau du Wyoming. Après Rock Springs commençait l'ascension des Rockies. Dernière étape avant la montagne, la ville reprenait vie maintenant que les neiges de l'hiver avaient fondu et que les cols étaient ouverts. Pour eux, un cul-de-sac obligatoire avant de se lancer dans la traversée vers Salt Lake City.

– Tu y vas en premier. Si tout va bien tu me fais signe.

Bowman regarda le Prêcheur rejoindre la piste, traverser la ville et s'arrêter devant le bâtiment en chantier à côté du relais. Peevish regarda à l'intérieur, tourna sur lui-même et, faisant mine de saluer les ouvriers perchés sur le toit, secoua son chapeau en direction de

437

Bowman, qui quitta l'abri des bois et descendit à son tour. Lorsqu'il traversa la rue déserte et passa devant le saloon, hôtel et magasin général de Rock Springs, les charpentiers le saluèrent. Dans les maisons il apercevait des silhouettes, devant l'écurie du relais un Nègre étrillait le cheval couvert de poussière laissé derrière lui par le cavalier du Pony Express. Le Noir lui jeta un coup d'œil. Au lieu de continuer son chemin, Bowman tira sur les rênes et attacha Walden à quelques mètres du Pie de Peevish. Traverser Rock Springs sans faire halte était sans doute plus suspect que de s'arrêter boire un verre.

Le comptoir de la boutique se prolongeait pour devenir le bar du saloon, les tables où l'on servait à boire étaient aussi celles du restaurant de l'hôtel. Un poêle à bois éteint, du mobilier hétéroclite, des étagères à moitié vides et des rayons de lumière passant entre les planches des murs. La grande salle était imprégnée d'une odeur d'épices et d'alcool.

Peevish discutait avec le patron, appuyé au bar, un verre d'eau et une bière mousseuse devant lui. Deux tables étaient occupées. Trois hommes discutaient autour d'une carte, l'un bien habillé parlait de terrains, de surfaces et de prix à l'hectare aux deux autres, en tenue de travail. Un vieux buvait seul un pot de café, tournant les pages d'un journal déjà sale et chiffonné. Ils levèrent la tête à son entrée, Arthur tira une chaise et porta la main à son chapeau.

Le patron s'excusa auprès de Peevish et lui demanda ce qu'il voulait boire.

– Whisky.

Peevish avait ouvert de grands yeux en le voyant arriver et s'était retourné vers le bar, la tête dans les épaules.

Le patron lui apporta son verre.

– Eh bien, avec le père Peevish qui est là au bar, vous êtes le deuxième visiteur de la journée à Rock Springs ! Où est-ce que vous allez donc ?

Arthur salua le père Peevish qui lui rendit un sourire crispé, répondit qu'il allait à l'ouest. Son accent américain n'était pas très convaincant, mais son attitude assez distante pour que le patron le laisse seul et retourne au bar discuter avec le Prêcheur.

– Un peu qu'on a entendu parler de Bowman ! Mais à mon avis, ils le retrouveront pas. Dans ce pays, un homme qui sait chasser peut se cacher encore deux ou trois siècles avant qu'on le trouve ! Surtout un type qui a vécu avec des Indiens. Si Bowman était passé par ici, on l'aurait vu, pas de doute. Les gars qui lui courent après pour toucher la récompense vont aller jusqu'au Pacifique et faire demi-tour, c'est moi qui vous le dis. Y a des rumeurs comme quoi lui ou un type qui lui ressemble a passé les cols, mais des histoires comme ça, on en entend tout le temps et les gars de la patrouille sont repartis sans y croire. Après deux semaines à galoper depuis Bent's Fort, ils commençaient bien un peu à se décourager. Y en a même un qui s'est blessé à cheval et qui est resté chez moi à l'hôtel.

– Vous voulez dire qu'il est encore ici ?

– Pardi ! Il a une jambe cassée.

Le patron, fier de lui, se pencha vers Peevish et parla fort pour que tout le monde entende sa confidence :

– Et il a vu le tueur en personne, parce qu'il était à Bent's Fort quand Bowman a essayé de faire évader les Comanches !

Le patron se redressa et se tourna vers l'escalier.

– Tenez ! On parlait justement de vous, monsieur Nicholson.

Un homme descendait les marches en s'appuyant à la balustrade, une béquille sous le bras, une attelle à la jambe. Il clopina jusqu'au bar et s'y installa. Le patron lui remplit un verre.

– Je racontais au père Peevish ce qui vous est arrivé pendant que vous poursuiviez le tueur de la piste, et que vous l'aviez vu en personne.

L'homme à la béquille se tourna vers le Prêcheur.

– Comme je vous vois. Je gardais ces sales Rouges et Bowman est passé devant moi comme d'ici à là où vous êtes, mon père. Et un peu plus tard je l'ai vu s'enfuir, après qu'il a assommé deux de mes collègues. Un vrai sauvage, il tirait sur tout ce qui bougeait. Mais y avait un autre Indien avec lui et ils ont réussi à s'enfuir.

Le type vida la moitié de son verre et le reposa en le faisant claquer sur le comptoir.

– L'Indien, on l'a retrouvé à Woodland. On s'est occupés de lui mais il a pas craché le morceau. Un coriace celui-là aussi.

– Il est en prison ?

Nicholson regarda le Prêcheur avec un sourire en coin, puis se ravisa.

– Pas que je voudrais avoir l'air de m'en réjouir, mon père, mais on l'a pendu sans attendre. À dix centimètres du sol, qu'il a mis deux bonnes minutes à crever avec ses pieds qui touchaient presque par terre. Jamais j'avais vu un truc pareil, mon père, parce qu'il s'est pas agité une seule fois et même il arrivait à nous regarder en face et qu'il nous souriait pendant qu'il étouffait. Un coriace ou un dément, ouais. Saloperie de Rouges.

L'employé de la Bent attrapa son verre pour chasser peut-être le souvenir de cet Indien qui crevait en souriant, mais s'arrêta avant de boire. Il sourit un instant, croyant à une blague. Le patron était blême et levait les bras. Nicholson se tourna vers la salle, sa béquille tomba par terre et il s'adossa au comptoir. Peevish s'écarta du champ de tir de Bowman. Quand il actionna le Henry, les hommes aux tables reculèrent sur leurs chaises sans oser s'enfuir.

– Bougez pas.

Bowman visait Nicholson et avança lentement vers lui, jusqu'à ce que la bouche du canon vienne toucher son front.

– Balance ton pistolet.

Nicholson se pissa dessus, l'urine coula en faisant des petits bruits sur le plancher.

– Me tuez pas, monsieur Bowman.

Quand Nicholson prononça son nom, les clients et le patron s'agitèrent sans bouger de leur place.

– Je vais t'ouvrir le bide et enrouler tes tripes autour de ton cou. Je vais m'asseoir sur une chaise et je vais te regarder crever pendant que t'essaies de remettre ton ventre à sa place.

Peevish se rapprocha doucement.

– Faites pas ça. Partez, mon fils. Partez d'ici.

Nicholson tira lentement le pistolet de son étui et le laissa tomber sur le plancher.

– Le Prêcheur, tu le ramasses et tu le mets dans ma poche.

Peevish s'exécuta. Le canon du Henry tremblait, les mains de Bowman étaient blanches. Il fit un pas encore, poussant la tête de Nicholson en arrière, lui pliant le dos sur le comptoir.

Peevish tendit le bras, posa une main sur le canon du fusil.

– Partez, je vous en prie. Ça ne sert à rien. Partez d'ici.

Arthur se tourna vers Peevish. Le Prêcheur commençait à pleurer.

– S'il vous plaît.

Arthur regarda Nicholson, appuya le canon sur sa gorge jusqu'à en arracher la peau.

– Toi et ta race, les esclaves qui se prennent pour des justiciers, on devrait vous mettre des balles dans le dos.

Peevish ferma les yeux.

– Monsieur Bowman, laissez-le. Je vous en prie.

Arthur balança un coup de pied dans la jambe cassée de Nicholson, brisant l'attelle et pliant son genou à l'envers. L'employé de la Bent s'écroula en poussant un hurlement. Bowman traversa la salle à reculons en balayant la salle de son arme, ouvrit la porte d'une main et l'écarta du pied.

– Je fais un carton sur le premier qui sort d'ici.

Il continua à les viser à travers la vitrine en détachant son cheval, puis monta en selle et partit au galop. Au bout de la rue il s'arrêta et fit pivoter Walden, leva son fusil et attendit. Quand la porte de la boutique s'ouvrit, il vida tout le chargeur du Henry, seize balles les unes après les autres qui firent exploser la vitrine et voler la façade du magasin en éclats. Le sergent Bowman poussa un cri de guerre, hurlant à la façon de John Doe, enfonça ses

441

talons dans les flancs de Walden, coupa entre les baraques et se lança droit sur la piste. À la sortie de la ville, il quitta la route et disparut dans la forêt, décrivit un demi-cercle de plusieurs miles et revint à une centaine de mètres de la piste, sauta de cheval, se posta derrière un rocher et rechargea le Henry.

Trois heures plus tard, Peevish passa devant lui, seul, avançant au pas. Arthur remonta en selle et le suivit à distance, attendit la fin du jour que le Prêcheur s'écarte de la piste et installe son camp. Quand le feu commença à briller dans la nuit, il attendit une heure encore et rejoignit le Prêcheur. Les deux hommes échangèrent un regard, Peevish monta sur son cheval qu'il n'avait pas dessellé. Ils chevauchèrent jusqu'au matin.

Si la troupe à la poursuite de Bowman avait été sur le point de renoncer, la nouvelle de l'incident de Rock Springs se répandait maintenant le long de la piste à la vitesse des chevaux du Pony Express. Ils dormirent le jour, montant la garde à tour de rôle, et avancèrent de nuit pendant toute la semaine qu'il leur fallut pour atteindre Salt Lake City, cherchant des passages dans la montagne sans emprunter la piste. Plusieurs fois, reculant devant des crevasses et des culs-de-sac, ils durent pourtant redescendre et la suivre de nuit pendant quelques miles, avant de s'en éloigner le plus vite possible. Pendant une journée entière, coincés dans un défilé, ils durent camper à quelques centaines de mètres de la piste sans faire de feu, dans un vent glacé, sans eau, écoutant passer les convois des pionniers.

Ils atteignirent en quatre jours le col séparant les deux versants des Rocky Mountains, la ligne de partage des eaux, et passèrent à l'ouest en pleine nuit, épuisés, affamés et puants. Après avoir bu aux sources coulant vers les rivières de l'est et l'océan Atlantique, ils dévalèrent les pentes en suivant les torrents qui roulaient maintenant vers le Pacifique. Arthur abattit d'une balle un mouflon qu'ils mangèrent à demi cru, terminant le voyage avec des douleurs au ventre et des diarrhées. À force de ramper dans les cailloux, ils avaient les vêtements en lambeaux. Les chevaux étaient à bout et ils durent marcher à côté d'eux pendant la moitié de la descente.

Les cicatrices et les anciennes blessures leur faisaient mal, leur fatigue était de celles dont on ne récupère pas. Des jours pendant lesquels ils vieillirent, tirant de leur viande une énergie qu'ils ne retrouveraient plus. Les deux hommes découvrirent Salt Lake City sans aucun soulagement. À quelques miles de la ville, près d'une source de montagne, ils s'écroulèrent et dormirent une journée et une nuit entières. Le lendemain ils tenaient debout et c'était tout ce dont ils pouvaient se réjouir.

Le Prêcheur coupa sa barbe, se rasa, lava ses vêtements et son col. À la source, dans son caleçon long, il se frotta sans savon jusqu'à ce que son odeur s'atténue un peu. Arthur avait décidé de contourner la ville par le sud, de décrire un cercle loin des habitations et d'avancer jusqu'aux montagnes de l'autre côté de la vallée, où il attendrait Peevish lorsqu'il passerait sur la piste.

Le Prêcheur, rafraîchi du mieux qu'il avait pu, compta leurs derniers dollars.

– Il faudra que vous teniez encore deux jours. Je rapporterai à manger.

Les deux hommes regardaient la vallée et les lignes droites des rues de la ville, deux fois plus grande que Denver. Ils restèrent un moment silencieux, réunissant leur courage. Ils n'échangèrent pas un mot mais savaient qu'après une semaine à grelotter de froid l'un contre l'autre, ils seraient à la fois soulagés et terrifiés de se retrouver séparés.

Bowman s'accroupit. Il repensa à John Doe, une racine entre les dents, observant la ville de Woodland avant d'y descendre. *Je préfère dire au revoir ici.*

– Prêcheur, si tu revenais pas, si t'avais un problème, sauve ta peau. Tu me balances, tu fais ce qu'il faut pour t'en sortir. Si tu décides que t'en as assez, je comprendrai aussi. Je compte deux jours pour être au col et je resterai une journée de plus là-bas. Après je reprendrai la route, avec ou sans toi.

– Je serai là, sergent.

– T'y repenseras quand tu seras dans un lit en train de manger un steak avec mon argent. Tu feras ce que tu veux. Tu me dois rien, Peevish. C'est moi qui ai une dette envers toi.

Peevish s'accroupit à côté de lui.

– Sergent, je reviendrai.

Le Prêcheur sourit, exhibant ses mâchoires pourries. Bowman le regarda et baissa les yeux.

– Tu étais pas obligé de me suivre. T'aurais jamais dû l'être. Ni toi ni les autres. Je peux le retrouver tout seul.

– Je sais, sergent.

Arthur se leva, marcha jusqu'à son cheval et détacha son sac de voyage. Il l'ouvrit et tendit à Peevish la petite pochette en cuir de la banque anglaise.

– Si tu me retrouves pas, il faudra que tu t'occupes de ça.

– Qu'est-ce que c'est ?

– Tout ce que j'ai fait depuis deux ans, depuis le meurtre des égouts, et des lettres. Il faut que tu te souviennes de ça, Peevish : Alexandra Desmond à Reunion, au Texas, à côté de Dallas. Si on se revoit pas, il faut que tu envoies ça là-bas. Alexandra Desmond à Reunion. Texas.

Peevish passa une main sur le cuir usé de la pochette et voulut la rendre à Bowman.

– C'est pas la peine, sergent. Je vais revenir.

– Je veux pas que ça disparaisse avec moi. Toi tu peux t'en sortir.

– Vous savez plus ce que vous dites. Vous vous en sortez toujours, sergent.

Arthur repoussa la serviette.

– Prends-en soin, Peevish. C'est tout ce que je laisse derrière moi et je pensais pas que ça serait autant.

Le Prêcheur fit non de la tête. Bowman lui sourit.

– C'est la dernière chose que je te demande.

Peevish rangea le porte-documents dans sa vieille valise attachée à la selle du Pie, se retourna vers Arthur.

– Sergent, c'est qui cette femme ?

– Quelqu'un que j'ai rencontré. À elle aussi j'ai dit que je reviendrais. Mais c'est pas toujours possible.

Le Prêcheur essaya de sourire.

– C'est à elle que vous avez donné l'argent de Reeves ?

Bowman ne répondit pas. Peevish lui tendit sa main. Arthur le regarda, ce vieux fantôme, et retrouva dans les yeux du Prêcheur un peu de la lumière qu'il avait vue, à bord du *Healing Joy*, quand il lui avait demandé s'il faisait confiance à quelqu'un sur le bateau.

– Je suis content qu'on s'en soit sortis ensemble. Barre-toi maintenant.

Peevish monta en selle, éperonna le Pie et se retourna.

– On se revoit dans trois jours.

– Dans trois jours.

13.

Arthur trouva des arbustes dont il déterra les racines, les coupa et s'en remplit les poches. La vallée, plate et claire, était chaude, retenant la lumière et le soleil entre les montagnes. Il marchait à découvert après s'être caché des jours dans les Rockies, mais ne se sentait plus menacé. À quinze miles de la ville et de la piste il n'y avait plus personne et, pour la première fois depuis des semaines, il ne sentait plus autour de lui la présence des pionniers. Il dévala le talus caillouteux d'une rivière, attacha la corde au licol de

Walden, la noua autour d'une pierre et laissa le mustang boire et manger pendant qu'il partait chasser.

Il resta une demi-heure à l'affût derrière des buissons, tira un lièvre et retourna à la rivière pour mettre la viande à cuire. Il se déshabilla et se plongea dans l'eau, trempa ses vêtements, les étendit au soleil puis s'allongea sur un rocher plat où il s'endormit. Quand il se réveilla, sa peau avait rougi et ses cicatrices lui faisaient mal. Il termina les restes de lièvre puis ouvrit son sac et déballa ses affaires sur le rocher. Son matériel d'écriture et la fin de son bloc de papier, le livre de Thoreau, des sous-vêtements aussi miteux que ceux qu'il avait sur le dos, une chemise en meilleur état qu'il enfila. Le vêtement flottait autour de ses bras et sur ses épaules amaigris. Sans doute ressemblait-il plus au Prêcheur qu'il ne l'imaginait. Il déplia un pantalon de travail qui n'était pas troué et la corne à poudre tomba sur les cailloux. Il la fit tourner entre ses mains en jouant avec les reflets du soleil sur la nacre. Les incrustations d'argent étaient oxydées et noircies. Pendant une heure, frottant avec un coin de sa vieille chemise, il l'astiqua jusqu'à la refaire briller et la posa sur un caillou. Il prit alors la plume, la tailla et s'installa pour écrire sans quitter la corne des yeux.

Arthur essaya de se souvenir de Thoreau, de la façon qu'il avait de dire ce qu'il ressentait et vivait. Il ne voulait pas écrire quelque chose d'aussi compliqué ou poétique, seulement essayer de raconter. Les lettres et les notes qu'il avait données à Peevish étaient pour Alexandra. Ce qui restait du bloc de papier était pour lui. Il traça les premiers mots.

Lettre à l'Indien blanc et tous mes autres fantômes

Je suis sous le soleil d'une vallée de l'Utah, à côté d'une ville remplie de gens qui croient que le salut vient d'une paire de lunettes magiques et de prophètes assassinés. Je regarde briller dans la lumière une corne à poudre que j'avais fait fabriquer à Bombay, en

446

nacre et en argent. Je la transporte avec moi depuis longtemps, mais j'ai l'impression que c'est elle qui m'a suivi. C'est un cadeau que je m'étais fait après une victoire, du temps où j'étais un tueur de la Compagnie des Indes. Je suis devenu militaire parce que dans le quartier de Londres où je suis né, la misère tuait les gamins de mon âge plus vite que le choléra. La corne m'a suivi alors que je l'avais laissée sur un bateau, dans une petite baie de la côte birmane où un village de pêcheurs brûlait. Depuis, c'est comme si les cris des femmes et des enfants étaient enfermés dedans, comme beaucoup plus tard on m'a donné une petite bouteille dans laquelle étaient enfermés les derniers rêves d'une ville qui avait disparu.

Je m'appelle Arthur Bowman et je n'ai jamais eu de surnom quand j'étais enfant. On m'a toujours appelé Bowman. Quand je suis devenu mousse et que j'ai découvert la mer, j'ai été malade. Mais je suis resté sur le pont et j'ai regardé l'océan jusqu'à ce que la nausée s'arrête et que je commence à loucher à force de regarder la houle. J'ai décidé que je n'arrêterais plus jamais de voyager et me voilà en Amérique vingt-cinq ans plus tard, en train d'essayer de sortir d'une corne à poudre dans laquelle je suis prisonnier depuis huit ans.

Je lui ai beaucoup parlé, maintenant je l'écoute.

*

Le matin du troisième jour, Arthur se réveilla bien avant le lever du soleil et recouvrit de pierres les dernières braises de son feu. Il avait passé deux jours à écrire, la corne posée devant lui, avec en arrière-plan l'étendue sans fin du lac de sel. Il redescendit des montagnes, trouva dans les rochers une cache lui permettant de surveiller la piste. Le soleil se leva derrière les Rocky Mountains et ses couleurs se reflétèrent sur le lac asséché. Toute la journée il attendit l'arrivée du Prêcheur, comptant machinalement les colonnes de chariots en route pour la Californie. Le soir il remonta sur les reliefs pour camper. Le lendemain matin retourna à son poste de surveillance. Le Prêcheur aurait dû arriver la veille. Lorsque le soleil atteignit le zénith, il n'était toujours pas passé sur la piste. Arthur attendit encore. L'après-midi se termina.

Il s'était préparé à l'absence de Peevish. Il lui avait même tendu la perche, mais si le Prêcheur était assez fou pour le rejoindre, Arthur trouvait juste de lui laisser un peu de temps supplémentaire pour se décider. Et puis il avait eu besoin de temps pour écrire son histoire.

D'autres groupes de voyageurs, des diligences et des chariots passèrent. Arthur ne reconnut pas la silhouette de Peevish ni les couleurs de son cheval. Le soleil redescendait à l'ouest, la lumière baissait, il n'avait plus de raison d'attendre. Il regarda passer encore deux cavaliers allant au pas, tirant des chevaux de bât, un dernier convoi, puis se leva, resserra la sangle de Walden et monta en selle.

Arthur descendit de ses rochers et rejoignit la piste où bientôt il serait abrité par la nuit, suivit la direction des arbres et des prairies qu'il avait vus depuis sa montagne, petite oasis à quelques miles du lac désertique. Walden semblait retrouver la solitude avec le même calme que Bowman, son pas était souple et il levait la tête dans l'obscurité, soufflant doucement. Ils avaient repris leur place sous la lune et les premières étoiles. La piste s'écartait peu à peu du lac, le cavalier passait silencieusement entre les feux des pionniers arrêtés pour la nuit.

Walden dressa les oreilles.

– Qu'est-ce qu'il y a ?

Arthur s'arrêta pour écouter. Rien d'autre que les chants des insectes et le souffle de la brise. Il reprit sa route, Walden tourna encore ses oreilles en arrière et Bowman s'arrêta à nouveau. Croyant entendre son nom porté par le vent, il comprit qu'il rêvait. Peut-être que le cheval et lui auraient besoin d'un peu plus de temps, finalement, pour se réhabituer à la solitude.

– Y a personne, avance.

Walden frissonna et cette fois ils entendirent en même temps.

448

Arthur tira sur les rênes pour faire demi-tour et s'immobilisa au milieu de la piste. Le son luttait contre le vent pour arriver jusqu'à lui, mais il n'y avait plus de doute : un cheval galopait derrière lui et on criait son nom. Il mit pied à terre, tira sur la bride du mustang et sortit de la piste, attrapa le Henry et engagea une balle dans la chambre. Au bruit de la mécanique, Walden tressaillit.

– Chhhh. Calme.

Arthur appuya ses bras sur la selle et mit la nuit en joue, écoutant son nom qu'on hurlait sur la piste. Le roulement des sabots était de plus en plus proche.

– Bowman !

Il devinait une silhouette.

– Bowman !

Il connaissait cette voix sans pouvoir l'identifier, éraillée et déformée par la course. Il visa les jambes de la bête qu'il commençait à deviner et mit le doigt sur la détente.

– Chhh. Bouge pas.

Puis il vit les taches blanches dans la nuit, éclairées par la lune, reconnut la robe du Pie et releva son arme un instant avant de tirer.

– Sergent Bowman !

Arthur courut jusqu'à la piste et hurla.

– Peevish !

Le Prêcheur, surpris par l'apparition de Bowman, tira de toutes ses forces sur les rênes. Le Pie s'écrasa sur ses postérieurs, les antérieurs raides et dérapant dans les cailloux. Peevish perdit l'équilibre, dévissa et roula à terre.

Bowman l'aida à se relever.

– Putain, Prêcheur, j'ai failli te descendre.

Le Pie sifflait comme une locomotive, le Prêcheur se mit à secouer Bowman tout en cherchant de l'air pour parler.

– Je l'ai raté. Il était là, sergent. En même temps que moi. Je vous ai cherché. Je savais pas où vous étiez.

– Calme-toi !

Le Prêcheur hurla :

– Erik était à Salt Lake il y a trois heures ! Il est juste devant nous !

Il n'y eut plus que la respiration saccadée de Peevish et de son cheval. Arthur tourna sur lui-même, balayant le noir du canon de son fusil.

– Où est-ce qu'il est ?

– J'en… j'en sais rien… Il a pris la piste il y a trois heures.

Arthur bafouilla :

– Je surveillais. Je surveillais la piste depuis ce matin. Je l'ai pas vu. Putain, Peevish, je l'ai pas vu.

– Il est parti avec quelqu'un, deux cavaliers et des bêtes pour transporter du matériel.

Bowman monta en selle. Peevish s'accrocha à sa jambe.

– Je suis désolé, sergent. J'ai voulu rester là-bas. Je voulais plus. Mais j'ai posé des questions. Comme ça. Et des gens l'avaient vu à la pension. Un Anglais. Un blond. Avec de l'argent. Qui partait vers l'Ouest avec un autre type. Des hommes d'affaires. D'autres gens disaient qu'il était tout seul et pas si bien habillé que ça. Mais ils l'ont vu. Un ancien militaire… Je voulais pas revenir. Mais je l'ai trouvé, sergent. Je l'ai retrouvé.

– Lâche-moi. Putain, lâche-moi !

Arthur balança un coup de pied dans la poitrine de Peevish et partit au galop.

Il atteignit des maisons, une lanterne pour guider les voyageurs était accrochée à une pancarte : *Grantsville*.

Des maisons étaient encore éclairées.

Arthur fouilla les écuries et les enclos, cherchant des bêtes de transport et deux autres montures, essayant de se souvenir de la couleur des deux derniers chevaux qu'il avait vus sur la piste. Les bêtes se mirent à hennir et ruer. Des gens sortaient de chez eux en tenant des lampes. Arthur se planta au milieu du village, faisant tourner Walden sur lui-même, et se mit à hurler :

– Penders !

Il galopa d'un bout à l'autre de la rue, passant devant les torches des habitants terrorisés par ce spectre furieux.

– Penders !

Aux fenêtres on commençait à crier, des voix d'hommes et de femmes :

– Partez d'ici !

Bowman devenait fou.

– PENDERS !

Un homme sortit sur son porche avec un fusil et tira une cartouche en l'air.

– Partez d'ici ! Allez-vous-en !

D'autres types armés sortaient de chez eux, toutes les fenêtres étaient maintenant allumées. Bowman essaya de calmer son cheval rendu hystérique par ses cris et les citoyens de Grantsville qui les encerclaient. Des femmes en robes claires sortaient de chez elles, trois ou quatre par maison. Une communauté de mormons.

– Partez ou nous ouvrons le feu !

Il y eut un instant de silence. Walden s'était figé. Les hommes avaient arrêté de bouger. Bowman, le visage éclairé par les torches, ne sachant plus quoi faire, commença à tendre la main vers son arme et, dans ce moment de silence, un coup de feu retentit.

Tout le monde se tourna vers la sortie de la ville, en direction de l'ouest. Le coup était parti à quelques centaines de mètres, peut-être un mile. Arthur éperonna, Walden se cabra et partit en trombe, bousculant les mormons sur son passage, envoyant des hommes rouler dans la poussière.

Hurlant toujours, couché sur son cheval au galop, il entendit un autre coup de feu devant lui. Et à nouveau quelqu'un qui l'appelait :

– Sergent !

Arthur se retourna. Peevish l'avait rattrapé. Le Pie se faisait

451

péter le cœur pour rejoindre le mustang. Les deux hommes continuèrent côte à côte. Il y avait une lumière devant eux. Un petit
point jaune sous la lune. Sur le bord de la piste défilaient des
clôtures et des arbres. Il leur fallut encore deux minutes pour
atteindre la lumière. Une grange.

Ils sautèrent de cheval. Bowman mit le pistolet de Nicholson
dans la main de Peevish.

– Prends ça.

Il enjamba une barrière et se retrouva au milieu d'un troupeau
de vaches, Peevish sur ses talons. Arthur se plaqua contre le mur
de la grange. La lumière venait d'une fenêtre sous laquelle un
cheval sellé attendait, ses rênes traînant par terre. Ils firent le tour
du bâtiment au milieu des vaches qui commençaient à s'agiter et
meugler. Les portes de la grange étaient entrebâillées, un trait de
lumière éclairait le sol.

Bowman fit signe à Peevish de rester où il était, se plia en deux
et passa devant la lumière en courant. Il se posta de l'autre côté
des portes et inspira lentement.

– PENDERS !

Il n'y eut aucun bruit.

– Jette ton arme et sors de là !

Peevish arma le chien du pistolet et appela à son tour :

– Erik, c'est Peevish ! On t'a retrouvé. Sors de la grange,
Erik ! Je suis avec le sergent. On est venus te chercher. C'est fini,
Erik.

La voix du Prêcheur s'était cassée. Il retrouva un sursaut de
courage et hurla de toutes ses forces :

– C'est fini, tu entends ? On est venus te chercher !

Le sergent Bowman se leva, marcha jusqu'au rai de lumière et
leva son fusil.

– Peevish, ouvre la porte.

Le Prêcheur rampa jusqu'aux jambes de Bowman.

– Le tuez pas, sergent. Le tuez pas.

– Ouvre la porte.

Peevish baissa la tête et souffla dans la poussière en chialant. Il tendit le bras, attrapa le battant de la porte et tira dessus. Bowman se précipita à l'intérieur.

La lampe à huile était posée en hauteur sur une poutre. Un cheval encore sellé et deux autres avec des caisses de matériel sur le dos trépignaient devant lui, tournant en rond, l'empêchant de voir. Arthur se baissa pour regarder entre leurs jambes. Il contourna les bêtes, rasant le mur. Dès qu'il fut sur le côté, les chevaux virent la porte ouverte et se ruèrent dehors. Arthur se plaqua contre le mur. Peevish entra à son tour, les bras le long du corps, tenant le pistolet sans aucune volonté, et tomba à genoux.

Arthur continuait à braquer son arme, ses lèvres bougeaient. Le Prêcheur avait lâché le pistolet, joint ses mains et fermé les yeux.

Attaché par les bras entre deux poteaux, un homme torse nu, la tête tombée sur sa poitrine, couvert de sang. Comme là-bas.

Allongé par terre, les bras le long du corps, la tête en arrière, Erik Penders avait les yeux ouverts. Figé comme un arc, le dos décollé du sol, la gorge tranchée, il baignait dans son sang, une carabine à côté de lui et un pistolet dans une main.

Deux cadavres.

Arthur lâcha son fusil et avança vers Penders, tomba lui aussi à genoux et continua en se traînant dans la poussière. Après avoir hurlé à s'en casser la voix, il répéta encore une fois en chuchotant :

– Penders ?

Le sergent Penders était mort depuis quelques minutes ou secondes. Arthur sentait la chaleur de son corps, du sang coulait encore de sa gorge. Peut-être qu'il avait même eu le temps d'entendre Bowman et le Prêcheur, qu'il avait essayé d'appeler.

Comme Arthur il avait une barbe blonde et grise, comme Peevish un visage prématurément vieilli, aux rides creusées par une grimace de douleur. L'homme qui regardait sur le *Sea Runner* défiler la côte birmane, avec aux chevilles les marques des fers de la Compagnie.

Le sergent Bowman s'assit sur ses talons, sa tête tomba en avant et il se mit à pleurer. Le Prêcheur s'approcha d'eux. Ses longs doigts maigres passèrent sur les paupières du sergent Penders pour fermer ses yeux, puis il marcha jusqu'au cadavre suspendu, se signa, essuya ses larmes et commença à prier de sa voix calme :

– Seigneur, reçois maintenant les âmes de ces deux hommes…

Derrière lui Arthur s'était mis à parler :

– C'est pas toi.

– … qu'à tes côtés ils jouissent de la paix qu'ils n'ont pas connue sur terre…

– Pourquoi tu m'as pas attendu ?

– … nul ne mérite de partir ainsi, mais ils sont désormais avec toi…

– Je te cherchais, Penders.

– … et y resteront pour l'éternité.

– Je voulais pas croire que c'était toi.

– … où nous les rejoindrons bientôt pour célébrer la beauté de ce que nous aurons laissé derrière nous.

– Qu'est-ce que je vais faire ?

La voix du Prêcheur changea, soudain dure et sèche :

– Et maintenant, Seigneur, laisse-moi faire ce que j'ai à faire. Tu peux tourner le dos si tu veux, tout ça ne te regarde plus.

Peevish sortit de la grange et revint quelques minutes plus tard avec tous les chevaux. Les bêtes se mirent à chercher des restes de fourrage sur le sol, indifférentes aux cadavres et à Bowman, incapable de bouger. Il déchargea l'équipement sanglé à la selle de Walden, fit la même chose avec le cheval de Penders qui était resté dehors à attendre pendant que les autres avaient pris la fuite. Il fouilla le corps d'Erik et vida ses poches, puis celles de Bowman, paralysé, qui se laissa faire. Une fois toutes les affaires étalées devant lui, Peevish les tria et commença à les redistribuer.

Tout ce qui pouvait identifier Bowman allait à Penders, ses vêtements et la corne à poudre. Tout ce qui identifiait Penders allait à Bowman. Il remplit ensuite les fontes du cheval du soldat mort avec tous les vivres et tout l'argent qu'il put réunir, fouilla aussi les vêtements du cadavre de l'inconnu, dernier associé du tueur en fuite. Peevish s'approcha ensuite d'Arthur et l'aida à se lever.

– Il faut enlever vos vêtements, sergent.

– Qu'est-ce que tu fais ?

– Regardez-moi.

Les yeux d'Arthur roulaient d'un coin à l'autre de la grange.

– Il faut me faire confiance.

Arthur réussit à se concentrer et regarder le Prêcheur en face.

– Vous me faites confiance, sergent ?

Bowman hocha la tête.

Le Prêcheur l'aida à se déshabiller, puis enleva les vêtements du cadavre de Penders et lui remit ceux d'Arthur.

Quand il eut échangé leurs habits, il ramassa le pistolet et s'approcha du corps d'Erik.

– Qu'est-ce que tu fais, Prêcheur ?

Peevish regarda Bowman.

– Personne ne connaît Erik dans ce monde à part nous. Il n'y a plus qu'un seul nom sur la piste. Vous devenez Erik Penders. Le sergent Arthur Bowman disparaît aujourd'hui, c'est moi qui l'ai tué.

Le Prêcheur leva le revolver, visa la poitrine du cadavre et tira deux fois. Les balles s'enfoncèrent dans le corps comme dans de la paille. Il releva sa mire, aligna le visage d'Erik et tira les quatre dernières balles du barillet. Le tête de Penders explosa.

Il ne restait plus allongé par terre qu'un corps de la même taille que celui de Bowman, avec ses vêtements sur le dos et des cheveux blonds.

Arthur s'écroula, inconscient, à côté du cadavre défiguré.

Quand il se réveilla le grand Peevish, avec ses bras maigres et sa voix calme, le hissait sur le cheval de Penders.

– Qu'est-ce qui se passe ?

– Accrochez-vous, sergent.

Couché sur l'encolure du cheval, Arthur articula :

– C'est qui ? Réponds-moi, Peevish. On cherchait qui ?

– Je ne cherche plus, sergent. C'est terminé. Tout s'arrête ici. Je n'irai pas plus loin. Et vous aussi vous devez vous sauver. C'est votre dernière chance. Il est plus facile de vivre avec Dieu qu'avec nous-mêmes, sergent. Vous le savez depuis longtemps et moi je l'ai découvert il y a seulement quelques semaines. Mais c'est terminé. Il ne vous reste plus qu'une seule chose à faire.

Peevish souriait, les yeux brillants.

– Qu'est-ce que je dois faire, Prêcheur ?

– Vous accrocher à ce cheval et ne pas le lâcher avant qu'il vous ait conduit loin d'ici. Les habitants du village vont bientôt arriver. Il faut que vous soyez parti quand je leur raconterai mon histoire.

Le cheval frappa la terre du pied.

– Tu crois qu'il a envie de galoper ?

– J'en suis certain.

Le Prêcheur prit la bride du cheval et le conduisit dehors.

– Peevish, je vais pas y arriver.

Edmond Peevish murmura à l'oreille de Bowman :

– Vos lettres sont dans votre sac. Tout ce qui reste de vous, sergent Bowman. Vous les enverrez vous-même.

Bowman eut la force de poser sa main sur l'épaule de Peevish, qui posa la sienne sur le dos du sergent.

– Adieu, Prêcheur.

– Sauve-toi, Arthur. Pars.

Peevish frappa le cheval de toutes ses forces, poussant un cri de guerre digne d'un Indien Mandan.

Le cheval d'Erik Penders était grand et avait une belle foulée. Après quelques minutes d'un galop régulier, il accéléra, de plus en plus rapide, et se lança comme un train sur la piste noire.

IV

1860-1864
Sierra Nevada

1.

Arthur Bowman quitta la piste et suivit les traces de végétation, quelques buissons jaunis le long d'une ravine asséchée, jusqu'à atteindre des touffes de graminées et un filet d'eau coulant sur une dalle. Le cheval se mit à boire en léchant la pierre et Arthur se laissa tomber de selle. L'eau était tiède. Il s'en aspergea le visage, s'étendit sur le dos. Il ne savait pas combien de temps il avait galopé depuis Grantsville, ni quelle distance il avait parcourue sous le soleil, mais la plaine autour de lui n'était plus qu'un long désert clair et les prochains reliefs, à l'horizon, étaient à plusieurs dizaines de miles. Pendant une heure il ne bougea pas un muscle, fixant le bleu du ciel, laissant ses pensées s'évaporer dans la chaleur. Il enleva la veste de Penders, qu'il trempa dans l'eau et frotta de toutes ses forces pour en nettoyer les taches de sang. Il mit les vêtements à sécher et détacha les fontes du cheval, une jument de l'âge de Walden, aux yeux calmes, une alezane claire qui ne semblait pas trop souffrir du soleil.

Arthur ouvrit les sacoches, étala sur le sol ce qu'elles contenaient. De la farine de maïs et de la viande séchée, une petite flasque de rhum, des haricots noirs, trois pommes, du café et des ustensiles de cuisine. Il se concentra sur son inventaire, sachant que sa survie ne dépendait plus de la nourriture mais de la force qu'il aurait à ne pas se laisser crever. Il mit les aliments de côté. En plus des vêtements, d'un briquet à silex, d'une bourse avec dedans une trentaine de dollars, de munitions pour la carabine, d'un savon, d'un rasoir, d'une pipe et de tabac, il trouva dans les affaires de Penders un livre, un grand cahier à couverture de cuir et une petite boîte en fer-blanc. Il ouvrit la boîte qui contenait des crayons à papier et un petit canif pour les tailler.

Le livre était protégé par du papier, sali par les mains de Penders. Arthur lut la page de garde. *Valjoie*, de Nathaniel Hawthorne. Il fit défiler les pages sous son pouce, reposa l'ouvrage et regarda le cahier. Le nom d'une librairie et son adresse à Londres étaient imprimés sur le cuir, il défit la petite sangle qui le maintenait fermé. Il ne restait que quelques pages blanches, les autres étaient couvertes d'une écriture serrée, plus régulière que les lettres malhabiles de Bowman. Des paragraphes de longueurs variées se suivaient, parfois précédés d'une date, parfois comportant seulement une phrase.

Il lut la première page.

Londres, 16 février 1857
Aujourd'hui tenir debout m'a pris toutes mes forces.

Bowman tourna les autres pages sans lire, regardant les lignes d'écriture. Il referma le cahier, le posa sur les vêtements et s'assit sur une pierre sans le quitter des yeux.

La corne de Penders.

Bowman avait disparu, il avait devant lui toute la vie de sa nouvelle identité. Arthur tendit les mains vers le journal, le rouvrit et chercha la dernière page. Il ferma les yeux, inspira, les rouvrit et lut le dernier paragraphe. Les lettres étaient plus grandes et les lignes moins droites, écrites dans la précipitation.

Salt Lake City, 22 avril 1860
Bowman était ici en même temps que moi. Jamais, depuis toutes ces semaines, je n'ai été aussi près de lui. Je reprends la piste pour le rattraper dans les prochains jours ou les prochaines heures. La fin de mon voyage est proche, celle de ses crimes et peut-être de mon cauchemar.

Arthur sentit son estomac se soulever. Il jeta le cahier comme s'il avait tenu un serpent dans ses mains, déboucha la flasque de rhum et la vida d'un trait, courut jusqu'au ruisseau et s'allongea tout entier sur la dalle, le visage contre la roche, laissant l'eau couler sous son corps.

Il reprit la route et marcha quatre heures sous le soleil, sans chapeau, vidant ses deux gourdes sans se préoccuper du prochain endroit où il trouverait à boire. En fin d'après-midi, la gorge gonflée et le visage brûlé, il rattrapa un convoi qui s'arrêtait pour la nuit et se dirigea vers les chariots sans répondre aux saluts des familles de pionniers. Il demanda à un jeune couple s'il pouvait acheter de l'eau de leur tonneau. L'homme et la femme, un peu inquiets, se regardèrent avant d'accepter. Arthur remplit ses gourdes. Le mari, un homme de vingt-cinq ans, souriait à Bowman, jetant des coups d'œil à sa femme et aux autres pionniers qui les observaient.
– Où est-ce que vous allez ?
– Erik Penders.
– Pardon ?
Arthur le regarda.
– Je m'appelle Erik Penders.
Il sortit des pièces de sa poche et les posa dans la main de l'homme.
– C'est suffisant ?
Le jeune homme vit les deux pièces d'un dollar et releva la tête.
– Non, c'est beaucoup trop.

461

Il voulut lui rendre l'argent, Arthur refusa et s'éloigna. La femme le rappela :

– Attendez !

Elle donna un chapeau à son mari, qui marcha jusqu'au cavalier et le lui tendit. Arthur refusa, de même quand l'homme voulut lui rendre son argent.

– C'est beaucoup trop, nous ne pouvons pas accepter.

Arthur tendit la main vers le vieux chapeau, s'éloigna du campement pour s'arrêter un peu plus loin. Il versa les deux gourdes dans la bouche de la jument, posa devant elle, sur la terre blanche, le sac de farine et les pommes, s'allongea sur les cailloux et rouvrit le journal.

Londres, 23 février 1857

Je les regarde et je me demande comment ils font. Ils se lèvent, vont travailler, mettent des enfants au monde. Les pères qui iront mourir à la guerre ou crever dans les usines font des risettes à leurs mômes, leur avenir déjà tracé du taudis à la tombe, et s'acharnent à croire que leur descendance aura une vie meilleure. Ce n'est pas de la confiance ni de l'espoir, c'est de la folie. Si je suis fou, alors ce sont des déments et quelque part, dans les directoires et les couloirs du Parlement, des hommes ricanent avec moi.

Londres, 11 mars 1857

Les gangs des docks rançonnent ceux qui dorment dans la rue. Hier soir je me suis battu avec trois gamins qui voulaient me dévaliser. J'en ai laissé deux assommés et le dernier s'est enfui. Ils reviendront plus nombreux, il faut que je change de quartier.

Les associations d'entraide des ouvriers ne me laissent plus rentrer dans les dortoirs et refusent de me servir à manger. Trop de problèmes avec les autres clochards et mes cris la nuit réveillent tout le monde. Un fou trop bruyant. Un pasteur a voulu me parler. Il m'a fait penser à Peevish, avec sa voix douce pendant que je voulais lui arracher la tête. J'aurais aimé lui faire cracher une confession, lui passer un couteau sur le ventre jusqu'à ce qu'il renie son Dieu et admette que la toute-puissance existe sur terre. J'aurais dû lui parler des soldats de Min et du sergent Bowman. Mais il aurait refusé de croire que c'étaient des hommes. Il en aurait fait des suppôts de Satan. Mes fantômes ne sont pas des démons. Ce sont des hommes qu'un prêtre de Londres devrait rencontrer une fois dans sa vie avant de demander à n'importe qui de se répandre en pénitences. Il ne savait pas à qui il parlait, ce fou.

Hier je suis tombé dans la rue, mes jambes ont lâché et je me suis écroulé.

J'ai été voir les bateaux de la Compagnie au port, les marchandises qu'on déchargeait et les soldats qui débarquaient. J'ai crié pour leur demander comment s'était passé leur voyage, s'ils avaient tué beaucoup de monde et combien ils avaient balancé de leurs cama-rades à la mer sur la route du retour. J'ai crié jusqu'à ce que des militaires me tombent dessus. Ils m'ont tabassé. J'ai vu au moins trois soldats que mes cris ont terrorisés. Ceux-là, je les reverrai un de ces jours dormir sur le même trottoir que moi.

Arthur lut jusqu'à ce que la nuit tombe, puis il ferma le jour-nal et regarda les feux des pionniers. Il s'endormit sans manger ni boire, à côté de la jument qu'il n'avait pas entravée.

À l'aube le cheval de Penders était toujours là, fouillant les cailloux à la recherche d'herbes sèches. Allongé sous le soleil, Arthur regarda le convoi lever le camp et passer sur la piste.

Londres, 18 mai 1857
Je travaille depuis trois semaines sur les quais. Mes muscles étaient douloureux au début et je sens mon corps reprendre des

forces avec dégoût. Cette machine est increvable et a une vie à elle. Elle réclame de la nourriture pour se conserver, elle réclame la santé et se fout de l'esprit qui l'habite. Comme les compagnies elle veut devenir riche et puissante. Mais j'arrive encore à me révolter. Avec l'argent que je gagne je bois autant d'alcool que je peux et quand je suis saoul je reprends le contrôle. Je fais trébucher mes jambes et cogner mes épaules contre les murs, je fais tomber mon corps qui croit qu'il peut se tenir droit sans moi. Je l'amène aussi au combat. Dans les tavernes je trouve toujours quelqu'un avec qui me battre, pour m'aider à mater cette arrogance des muscles.

Je me demande où sont les autres. Ce qu'ils font, s'il y en a qui vivent ici à Londres et si nous pourrions parler. Ce que je ferais si je rencontrais Bowman. En fait c'est à lui que je pense. Je voudrais savoir s'il s'en sort mieux que moi. Je ne sais pas si je voudrais le revoir. Penser qu'il est toujours plus fort que nous, c'est une chose qui me fait mal. Parce qu'il mérite d'être détruit, mais si un type comme lui n'arrivait pas à s'en sortir, cela voudrait dire que nous n'avons aucune chance.

Combien sont déjà morts ?
Qui a encore la force de tenir debout ?
Où est le sergent Bowman ?
Il faut que je quitte la ville.

Portsmouth, 1er septembre 1857
Quelle différence ?
Les rues sont aussi sales. Les quais puent tout autant. Les visages sont les mêmes. Ici aussi je travaille, je bois et je me bats. Mais j'aime regarder la mer.

Il y a eu une tempête. Un bateau s'est échoué sur les récifs et je suis allé sur la plage marcher au milieu des débris du navire. Des cadavres gonflés et bleus roulaient dans les vagues. J'ai dormi là-bas. Cinquante tonnes de marchandises ont été perdues et dix-sept hommes d'équipage sont morts. Revoir des cadavres était une expérience étrange. À rester parmi les vivants, on oublie trop vite l'importance de la mort. Cette association du corps et de l'esprit est un problème. Nous l'avons appris là-bas. On ne peut pas abandonner sa peau aux vagues ou aux mains de soldats birmans, s'en séparer à volonté. Si on en sort, on n'y revient pas.

Je veux sortir de ma peau.

J'ai mis du temps à retrouver leurs prénoms.
Arthur
Edmond
John
Peter
Edward
Christian
Je ne me souviens pas des trois derniers.
Erik.

Londres, 4 octobre 1857
Je sors demain de l'hospice. Les coupures sur mes jambes sont cicatrisées et je peux marcher. Le médecin et les sœurs pensent que je vais mieux. Je les rassure. Je mens parce que je n'ai pas pu leur faire comprendre qu'il est normal pour un homme comme moi de vouloir mourir. Il y a cette barrière entre nous et ce n'est pas seulement une affaire de religion. Ils manquent surtout d'expérience.

J'écoute les bruits de Londres dehors et je suis presque heureux d'y retourner après avoir supporté la sollicitude écœurante de ces gens. La méchanceté est bien plus sûre que la bonté, dont les mobiles sont toujours suspects.

Je me souviens mal de la raison exacte pour laquelle j'ai voulu le faire. Je pense que mon raisonnement était solide, mais ma main n'a pas été assez précise ou bien elle m'a trahi.

Je suis très abattu et fatigué. Étonnamment, cette mélancolie profonde semble en même temps calmer mes rêves. J'arrive à dormir quelques heures par jour et je fais moins de cauchemars.

Le soleil était haut, la chaleur torride. Arthur rangea le journal et remit la selle sur le dos de la jument. Après quelques miles au pas, il enfonça les talons de ses bottes dans le ventre de sa monture. Il galopa quatre heures sous le soleil avant de retrouver le convoi, arrêté au bord d'une rivière encore à moitié asséchée. Il dépassa les chariots et s'installa un peu plus loin au bord de l'eau.

Lorsqu'il y mena la jument, elle but à peine et se coucha par terre, respirant bruyamment. Bowman la regarda d'un air curieux, allongée là en train d'agoniser. Il but lui aussi, écoutant les poumons de la bête ronfler comme s'ils étaient pleins de graviers, puis s'assit à côté de la jument.

– Tu es fatiguée, toi aussi ?

Arthur se retourna. Le jeune homme de la veille, à qui il avait acheté de l'eau, s'approchait de lui. Son chapeau à la main, avec sa moustache encore fine, il avait l'air d'un gamin. Dans son autre main il avait un torchon plié.

– Monsieur Penders ? Vous allez bien ?

– Quoi ?

– Tout va bien ?

Arthur ne répondit pas, l'homme regardait la jument.

– Votre cheval, il est en train de mourir, monsieur Penders. Il n'a plus la force de boire.

Bowman tourna la tête vers la jument.

– Je crois qu'elle va pas bien, c'est vrai.

Le pionnier posa le torchon et son chapeau, remplit une gourde à la rivière et la versa lentement dans la bouche pleine de bave de la jument. L'animal avala lentement. Le jeune homme jetait des coups d'œil à Penders, assis par terre, qui faisait tourner un caillou dans sa main.

– Il faudrait lui apporter à manger. Elle n'a plus la force de se lever.

Arthur leva la tête.

– Quoi ?

Le jeune pionnier repartit vers le cercle des chariots et revint avec un seau. Il plongea la main dedans et enfourna dans la bouche de la jument des poignées d'avoine mélangée à de l'eau.

La jument respirait mieux, mangea tout le seau et ferma les yeux.

– C'est un beau cheval que vous avez là, monsieur Penders. Elle va s'en sortir, mais un peu plus et vous la perdiez. Je m'appelle Jonathan Fitzpatrick.

Le pionnier tendit la main à Bowman, qui ne bougea pas.

– Erik Penders.

– Oui, vous nous l'avez dit hier, monsieur Penders.

Il posa le torchon devant lui.

– Je vous ai apporté du porridge.

– Vous auriez pas quelque chose à boire ?

– Oui, bien sûr.

Il remplit encore une gourde et l'apporta à Bowman qui le regarda d'un air ahuri.

– Du whisky ?

– Je suis désolé, mais je ne bois pas d'alcool, monsieur Penders. Si vous voulez, je peux demander aux autres.

Arthur fouilla dans ses poches, en sortit la bourse et la lui donna. Fitzpatrick agita les mains pour refuser.

– Avec ce que vous nous avez donné hier, j'aurai bien assez.

Quand il revint un quart d'heure plus tard, le jeune Fitzpatrick posa devant Bowman une cruche, replia le torchon sur le porridge

467

qu'Arthur n'avait pas touché et que des fourmis commençaient à attaquer. Il fit encore boire la jument.

– Il faut qu'elle se repose. Et vous devriez manger aussi, monsieur Penders. Si vous avez besoin de quelque chose, nous sommes à côté.

Quand il se fut éloigné, Arthur ouvrit la sacoche attachée à la jument couchée, s'allongea en appuyant sa tête sur le ventre de la bête et, écoutant sa respiration irrégulière, recommença à lire.

Londres, Lavender Hill, 1ᵉʳ décembre 1857
Ce n'était pas vraiment une décision de venir ici, encore moins de trouver du travail. J'étais parti marcher parce que je voulais sortir de la ville. Quand j'ai atteint les champs et les cultures, je me suis senti bien et j'ai commencé à dormir sur le chantier du nouveau parc de Battersea. Finalement j'ai demandé s'il y avait du boulot et pendant quelque temps j'ai pelleté de la terre et roulé des charrettes. Et puis on m'a dit qu'il y avait du travail dans les usines de porcelaine au bord de la Tamise.
J'ai été embauché là-bas.

J'aime cet endroit.
Je me sens mieux.
Le travail de la porcelaine est délicat et la concentration me fait du bien.

Londres, Lavender Hill, 11 février 1858
J'ai trouvé une chambre à louer chez une veuve, à deux kilomètres de l'usine. Son mari y travaillait et ce sont des gars qui la connaissaient qui m'en ont parlé. Elle s'appelle Mme Ashburn. Elle est âgée et elle était institutrice. Chez elle il y a des livres.

Je ne comprends pas encore bien ce qui m'arrive. Peut-être que j'avais finalement touché le fond, celui que je cherchais, et que je commence à m'en sortir.

468

Je suis rentré en Angleterre depuis plus de quatre ans et tout à coup j'ai l'impression de revoir le monde tel qu'il est, plus seulement à travers mes propres hallucinations.

Je ne me fais pas d'illusion. Si c'est une guérison, elle n'est pas encore complète. La forêt fait toujours partie du monde tel qu'il est. Mais je peux regarder de l'autre côté.

Je vois de l'autre côté.

Londres, Lavender Hill, 3 juin 1858
Il fait de plus en plus chaud à l'usine de Battersea. Je supporte mal la chaleur et j'ai eu des fièvres, mais je me sens toujours bien. J'ose à peine l'écrire, mais ces livres que je lis ont commencé à me donner des idées. Je me suis surpris, à l'usine, à penser à un voyage. Repartir.

Mme Ashburn s'est occupée de moi quand j'étais malade. Je lui cache mes cicatrices.

Mme Ashburn n'a pas eu d'enfant et je suis peut-être une sorte de fils pour elle. Un fils revenu de la guerre. Je lui mens, je fais semblant quand il m'arrive de me sentir mal. Et de faire semblant, si c'est difficile parfois, m'aide aussi à aller mieux. Je ne me mens pas, seulement à elle, et c'est chaque fois un premier pas vers une nouvelle petite rémission.

Elle n'est pas dupe. Comme une mère écoute les mensonges de ses enfants. Nous faisons semblant quand c'est difficile, le plus souvent nous parlons alors des livres que nous lisons.

Londres, Lavender Hill, 11 juillet 1858
Aujourd'hui dimanche je reviens d'une promenade en ville. La situation prend des proportions bibliques. La Tamise n'est plus qu'une coulée d'excréments et Londres tout entière semble sous la menace d'une catastrophe. Je ne cède pas à la panique des habitants terrorisés par les miasmes, mais il est vrai que l'atmosphère dans les rues a de quoi vous faire imaginer les plus étranges scénarios.

Comme si les hasards du temps et les problèmes techniques des égouts devenaient les signes que quelque chose était pourri depuis longtemps. J'ai marché le long des docks et des quais déserts. Sur le chemin du retour à Lavender Hill, j'ai pris ma décision. Comme si d'être capable de supporter cette horreur avait confirmé que j'étais prêt et que j'avais la force de le faire. Je ne sais pas où encore, mais je vais partir. Ce qui m'inquiète le plus, c'est de devoir l'annoncer à Mme Ashburn. En revenant ici, je me suis encore demandé ce qu'ils étaient devenus. S'ils étaient à Londres cachés dans des maisons pour fuir l'odeur, s'ils étaient comme moi et trouvaient dans cette ville désertée une sorte de calme apaisant. Et je me suis demandé ce qu'il faisait, lui, Bowman. Dans Londres en train de pourrir, le sergent serait à sa place. Et j'ai frissonné en imaginant que j'aurais pu le rencontrer, arpentant comme moi les docks désertés.

Londres, Lavender Hill, 18 juillet 1858
La pluie a balayé en quelques jours toutes les peurs de la ville, la Tamise le long de l'usine a recommencé à couler, mais depuis la grande puanteur mes cauchemars sont revenus. Je me suis réveillé plusieurs fois en criant et Mme Ashburn est inquiète. Pourtant, cette fois, j'interprète autrement le retour de mes fantômes. Ils me disent que je dois partir d'ici. Je vais travailler encore quelques semaines et mettre un peu plus d'argent de côté. Je sais maintenant où je vais aller.

Arthur ne distinguait plus les petites lettres. La jument s'était endormie et son ventre montait et descendait régulièrement. Les feux des pionniers brillaient. Il leva la cruche de gnôle, regardant les étoiles au-dessus du désert, écoutant les cris des coyotes sortis de leurs terriers pour chasser.

Le matin, il laissa partir le convoi. La jument s'était levée et trouvait à manger le long de la rivière. Il déplia le torchon et avala le porridge, ouvrit le journal en attendant que le cheval ait terminé son repas.

470

Pacific Mail Steamship Company, SS California,
18 septembre 1858
Il a fallu que je me retrouve à bord du bateau et en mer pour croire ce qu'on m'avait dit. Jamais je n'aurais imaginé qu'un navire de cette taille puisse se déplacer à une telle vitesse. Je marche sur le grand pont et l'air du large me rappelle mon premier départ sur un bâtiment de la Compagnie. Mais cette fois je ne suis pas un soldat. Contrairement à Bowman, Colins ou Bufford, je ne l'ai jamais été. Il était normal que je finisse un jour avec les chaînes de la Compagnie aux pieds. Je les laisse aujourd'hui derrière moi. Dans quatre jours je vais accoster à New York.

J'aime cette ville mais je n'attends qu'une chose : prendre la route.

J'ai pensé à quelque chose. Un vrai métier. J'essaie de trouver des contacts.

New York, 2 octobre 1858
Les rédacteurs des journaux que j'ai rencontrés ont semblé intéressés par mon projet, surtout quand j'ai expliqué qu'il était temps de raconter ce pays autrement que Cooper et Irving. Mes récits pourraient intéresser des lecteurs de la côte et peut-être paraître sous forme de chroniques régulières, que j'enverrais depuis la route. On m'explique que le courrier est de plus en plus sûr et ne met qu'un mois à traverser le pays d'est en ouest.

J'ai en poche un billet de train pour La Nouvelle-Orléans. Je pars demain matin et je n'arrive pas à dormir.

Le convoi était parti depuis deux heures, Arthur rejoignit la piste et cette fois ménagea la jument de Penders, la laissant aller au pas. Il était de toute façon plus rapide que les bœufs et aurait rattrapé les chariots avant la nuit. Il termina la gnôle et glissa la cruche vide dans une sacoche. Ce jour-là, il passa devant un relais sans s'arrêter ni s'inquiéter. Arthur Bowman et le tueur de la piste étaient morts, il était Erik Penders, Anglais venu en Amérique pour refaire sa vie, correspondant itinérant de journaux new-yorkais, heureux et sans cauchemars.

*

Le campement était installé au pied de collines rondes et stériles. Il n'y avait pas d'eau, les pionniers abreuvaient leurs bêtes aux tonneaux. Arthur passa à côté des chariots et retrouva celui du jeune couple Fitzpatrick. Les autres voyageurs le saluèrent prudemment, reconnaissant le cavalier solitaire qui les suivait depuis deux jours. La jeune épouse lui dit bonjour et Arthur remarqua qu'elle était enceinte. Son mari avança jusqu'à lui, caressa la tête de la jument et la conduisit jusqu'au tonneau, la laissa boire puis remplit les gourdes de Bowman.

– Ma femme voudrait vous inviter à manger, monsieur Penders. Est-ce que vous voulez vous joindre à nous ?

Arthur fit non de la tête, tira de sa poche le torchon du porridge et le tendit à l'homme. La femme se précipita, prit le morceau de tissu et le rapporta après avoir roulé dedans une nouvelle part de nourriture. Arthur sortit sa bourse, posa sur le banc du chariot une pièce d'un dollar et la cruche de gnôle vide. Il grimpa sur la colline la plus proche et s'arrêta un peu moins loin du campement que la veille.

Fitzpatrick apporta l'alcool et un seau d'avoine pour son cheval.

– Elle va bien. C'est une belle jument, vraiment. J'aime les chevaux. On en avait trois à la ferme, chez nous à Cork. Comment elle s'appelle ?

Bowman regarda la jument.

– Je sais pas encore.

La Nouvelle-Orléans, 1ᵉʳ novembre 1858
Cette ville est la plus étrange que j'aie jamais vue. Une capitale coloniale essayant de se faire passer pour une ville d'Europe, dans un décor semi-tropical.

Je travaille pour le Southern Traveller *qui paraît trois fois par semaine à Lafayette. Je suis leur correspondant à New Orleans. J'ai envoyé mon premier article à New York racontant mon voyage en train et j'attends une réponse.*

La Nouvelle-Orléans, 28 janvier 1859
Je repense à la révolte des cipayes qui a fait tomber la Compagnie des Indes, des générations de militaires persuadés que donner à manger à des esclaves était déjà trop bien pour eux et que ces sauvages étaient reconnaissants d'apprendre la langue de leurs maîtres. Je suis à La Nouvelle-Orléans en terre de colons et me sens de moins en moins bien.

Le cynisme commercial des Américains n'a rien à envier à celui des Britanniques. Les planteurs vendent les enfants de leurs esclaves à d'autres grands propriétaires comme des chevaux ou des bœufs, mais il y a derrière cette cruauté une autre logique que la valeur marchande des Noirs. Ils séparent les familles pour s'en protéger. Les Noirs sont dix fois plus nombreux que les Blancs. Les bourgeois de La Nouvelle-Orléans ont beau considérer comme naturel le milieu dans lequel ils ont grandi et été élevés, ils savent que quelque chose ne va pas. Aucune culpabilité, non. Mais des doutes sur la pérennité de leur système, formidable chaudron de richesses. Une faille dans leur raisonnement, qui teinte cette ville humide et chaude d'une atmosphère de menace. Comme au temps de la grande puanteur londonienne, la fin de l'impunité semble inexorable. La ville est belle. Ici les hommes parlent bas, d'un ton égal, et rient de même. La folie affleure sous les rires. Ils sont tout autant pétris de certitudes que de peurs.

Memphis, 13 avril 1859
J'ai trouvé un travail temporaire dans un bureau de la Butterfield Mail. Mes derniers articles sur le Sud ont été refusés à New York. Un seul est paru dans le New York Tribune. *Depuis que j'ai quitté La Nouvelle-Orléans j'ai décidé d'acheter un cheval pour explorer le pays. Dès que mon équipement sera complet et que j'aurai à nouveau quelques économies, je reprendrai la route.*

Memphis, 5 mai 1859
Je pars. Ma jument est une bête magnifique et je ne regrette que son nom, Trigger. Elle ne répond pas à un autre et je ne partage pas l'enthousiasme de son ancien propriétaire, fier de dire qu'elle part au galop comme une balle de fusil. J'ai aussi acheté une Winchester parce qu'il faudra que je chasse. J'ai tout l'équipement qu'il me faut et je pars demain à l'aube.

Arthur leva les yeux du journal et regarda la jument qui dormait debout à côté de lui.
– Trigger ?
Elle ouvrit les yeux et tourna la tête.

Little Rock, Arkansas, 15 mai 1859
Après ces premières semaines de voyage le long de la piste de la Butterfield, je ne reste qu'une journée à Little Rock et pars demain pour les Ouachita Mountains.

Ouachita Mountains, juillet 1859
J'ai perdu le compte des jours. Je suis dans les montagnes depuis plus de deux mois. Je n'ai rien écrit des Indiens et des coureurs de bois que j'ai rencontrés et avec qui j'ai vécu. Je vais rester jusqu'aux premières neiges, je veux voir l'automne et une autre saison passer sur ces montagnes. Je pourrai ensuite repartir en paix, puisque je sais que cet endroit existe. Je n'ai besoin de rien d'autre.

Fort Worth, Texas, décembre 1859
De retrouver la piste et son agitation, les villes sans âmes comme Fort Worth, est décevant. Je vais continuer vers l'ouest mais désormais je n'avance qu'en calculant la distance qui me sépare des Ouachita. La piste est un endroit malsain, plein de rumeurs et de gens se surveillant les uns les autres. À Fort Worth il n'est question que d'un assassinat dans une petite ville à quelques dizaines de miles, et les bavards ressassent des détails sordides pour captiver leur auditoire crédule. Je repars dès que Trigger sera reposée et bien nourrie.

Pecos, Texas, 2 janvier 1860
La rivière est belle et après les plaines sèches je retrouve du gibier et un peu de solitude. Je serai à El Paso dans une semaine et à force d'en entendre parler, je crois que je vais passer la frontière du Mexique.

Il faisait nuit, Arthur reposa le journal, mangea un peu de viande séchée avec le porridge, s'appuya sur la selle et se mit à boire. Le lendemain il continua comme une ombre à marcher derrière le convoi et le soir s'installa à côté des chariots, paya pour de l'eau, de la nourriture et de l'alcool.

Penders décrivait les Indiens, les villages et les montagnes du Mexique, oscillant entre euphorie et déception, s'arrêtant et reprenant la route. Il écrivait plus qu'aux États-Unis et Bowman devinait qu'il s'ennuyait malgré ces phrases qui revenaient. *Je me sens bien. Je vais rester ici.* Il notait des détails et des impressions que Bowman connaissait, sans avoir pu les dire, et Arthur refaisait son propre voyage à travers les yeux de Penders. Le bien-être des grands espaces, les miles parcourus en se retournant de moins en moins sur ce qu'il laissait derrière. Sauf que Penders ne faisait pas encore un voyage à la poursuite du tueur. Son itinéraire n'éclairait qu'une partie de celui que Bowman avait parcouru.

Le lendemain soir, à la halte, Arthur passa quelques minutes avec les Fitzpatrick. Le couple allait dans la région de San Francisco retrouver d'autres Irlandais, des membres de leur famille déjà installés, pour travailler avec eux. Le jeune homme avoua qu'il rêvait d'élever des chevaux. Ils essayèrent de poser des questions à Penders. Ils cherchaient juste à savoir, parce que les autres pionniers du convoi s'inquiétaient de sa présence. Leur curiosité et leur gentillesse troublèrent Arthur, qui se demanda si c'était le résultat de sa nouvelle identité, si Penders était un homme qui inspirait plus de confiance que le sergent Bowman.

Arthur laissa Trigger paître avec les bœufs et installa son petit campement à une vingtaine de mètres des chariots, calé contre des rochers d'où il pouvait surveiller les bêtes et le convoi. Il lut le journal, continuant avec Penders à visiter des montagnes, suivre des rivières et parler avec des Indiens rencontrés sur les routes, jusqu'à la date du 17 février 1860 et la ville de Chihuahua, où l'écriture était soudain désordonnée et pleine de ratures.

Depuis quatre jours je n'ai pas pu me lever et j'arrive encore à peine à écrire.
Je ne sais pas. C'est impossible.
Il y a eu un meurtre dans la ville.
J'ai vu un cadavre passer devant moi sur une charrette, tirée par des hommes qui criaient. Je me souviens seulement que je me suis écroulé dans la rue. Je me suis réveillé dans la chambre d'une pension.
Les cris et les visions sont revenus. Je crois que je suis fou. Je croyais être guéri. J'ai vu passer un cadavre comme ceux de la forêt. À Chihuahua au Mexique.
Je n'ai plus la force d'écrire.

Je ne tiens toujours pas debout et je ne sais plus depuis combien de temps je suis ici. J'ai essayé de poser des questions aux propriétaires de la pension mais ils ne parlent qu'espagnol et ne me comprennent pas. Je ne sais toujours pas ce qui s'est passé et je doute encore d'avoir vu ce que j'ai vu. Mes hallucinations sont quotidiennes. Je les revois tous, ils défilent devant mon lit la nuit, les marins birmans et les soldats anglais.

Des militaires mexicains sont venus m'interroger. L'un d'eux parlait anglais mais ils n'ont rien compris à ce que je leur disais. Ce que je racontais n'avait pas plus de sens pour eux que pour moi. Je ne laisse personne m'approcher. Il ne faut pas qu'ils voient mes cicatrices. Le cauchemar a recommencé. Le meurtre a bien eu lieu. De la même façon. Les autorités locales sont perdues, ma présence et ce que je leur ai dit me rendent suspect. Je ne suis pas fou et je dois m'enfuir d'ici.

La frontière n'est plus qu'à une journée de cheval.

El Paso, 19 février 1860
Physiquement je vais un peu mieux, mais je n'ose plus dormir parce que je me réveille en hurlant. Je passe mes nuits à essayer de comprendre et moins je veux y croire, plus je suis obligé de me rendre à l'évidence. J'ai vu le cadavre au Mexique. Je ne suis pas le seul à être venu jusqu'ici. Nous étions dix. Un autre a traversé l'Atlantique.

Suivait une liste de noms.
Penders avait recopié sur une page de son journal la liste que Reeves avait apportée à Arthur, cette fois en retrouvant les dix noms complets. Celui de Bowman était en haut de la liste, souligné. En dessous ceux de Colins et Bufford, soulignés de la même façon, puis les sept autres. Puis il avait ajouté : *Un des trois.* Et recopié une deuxième fois les noms de Bowman, Colins et Bufford. Penders avait inclus son propre nom dans la liste. Comme s'il était lui aussi, en plus des trois hommes les plus violents de la jonque, un suspect possible. Il ne savait pas que Colins et Bufford étaient morts.
Penders était resté une semaine à El Paso. Il y était encore fin

février. Arthur se souvint qu'à cette époque il venait d'être embauché au ranch Paterson. Il n'avait entendu parler du meurtre de Las Cruces que trois semaines plus tard, tandis que Penders, qui était juste à côté, avait appris la nouvelle presque immédiatement. Quand Erik était reparti pour Las Cruces, Arthur faisait des allers-retours entre le ranch Paterson et Reunion où il rendait visite à Alexandra.

Il lut un dernier paragraphe avant que les lettres se confondent avec la nuit. Penders avait retrouvé son écriture régulière et serrée.

Piste de Santa Fe, mars 1860
Ils ont tué un autre homme à Las Cruces et je suis maintenant sur la route du nord. Je n'ai plus qu'un seul espoir, la dernière chose qui me fait tenir debout : retrouver le tueur et mettre fin au massacre qui recommence. Je ne peux présumer de rien, neuf autres hommes ont survécu avec moi. Colins et Bufford étaient déjà capables de faire ça avant notre captivité, c'est certain, mais je ne les imagine pas voyageant seuls à travers le monde.

Qui d'autre que Bowman ?

Ce soir je repense à Edmond Peevish, celui qu'on appelait le Prêcheur et, de tous les hommes que j'ai connus, c'est lui que je voudrais à mes côtés maintenant.

Ce n'est pas vrai.

Il y en a un autre.

Peevish pourrait me réconforter, mais dans ma situation, la présence d'un seul autre homme au monde pourrait me rassurer, celle du sergent Arthur Bowman lui-même.

C'est son courage que je dois trouver en moi. Pour le retrouver, lui.

Le lendemain matin Arthur sella Trigger en même temps que les pionniers levaient le camp. Lorsque les chariots se mirent en route, il se glissa le long du convoi, rattrapa l'équipage du jeune couple Fitzpatrick et marcha à côté d'eux. Ils le regardèrent, la jeune femme enceinte rougit en posant ses mains sur son ventre, son mari sourit et porta la main à son chapeau avant de tourner la tête vers la piste, se tenant un peu plus droit.

Penders lui avait expliqué, Arthur comprenait ce qu'ils voulaient de lui. Les jeunes Fitzpatrick avaient peur. La présence de cet homme les rassurait. Avoir la force de faire semblant, écrivait Erik, était le début de la rémission.

2.

Colorado, avril 1860
Je suis deux hommes.
L'un fuit ses cauchemars et leur donne la chasse en même temps. L'autre, caché, poursuit ses rêves en silence et ne veut pas renoncer.

Je traverse des villes aux raisons d'être fragiles, campements provisoires au milieu des montagnes. Je ne les traverse pas, je passe au-dessus, ou en dessous. Je suis le flot des pionniers, sans pouvoir dire à personne où je vais.

Les familles, une trentaine de personnes en tout, voyageaient sans guide et avaient accepté sa présence. Après avoir marché une journée aux côtés des Fitzpatrick, Bowman s'était dirigé vers l'avant du convoi. Les pionniers n'étaient ni perdus ni incapables, mais le cavalier était d'une autre trempe, armé d'une bonne carabine, et scrutait l'horizon avec une concentration de sentinelle qui les rassurait. Le soir Bowman continuait à dormir à l'écart. On lui apportait à boire et à manger, on s'occupait de sa jument. Le matin, il reprenait la tête du convoi, marchant une centaine de mètres en avant, choisissant les meilleurs passages, cherchant les bivouacs pour la nuit. Quand ils croisaient d'autres voyageurs, c'était à lui qu'ils s'adressaient. Certains pionniers évitaient son regard ou de lui parler, mais tous lui avaient accordé sa place. L'inquiétude qu'il inspirait allait de pair avec l'utilité qu'on lui prêtait. De plus, il ne demandait aucun argent.

Lorsque le terrain était propice, le jeune Fitzpatrick empruntait un cheval et partait chasser avec Bowman. Il était plutôt bon tireur et possédait un vieux Springfield de l'armée américaine, fusil à percussion à un coup, arme plus moderne que les mousquets que Bowman avait connus en Inde, mais devenue rudimentaire comparée à la Winchester de Penders. Ils rencontraient dans les plaines des hordes de chevaux sauvages et le jeune homme, fou de joie, les prenait en chasse pour galoper avec eux. Il expliquait à Bowman comment les capturer, reconnaître un poulain bien bâti et choisir les meilleures femelles. Il observait les hordes et s'amusait à accoupler les chevaux, choisissant les étalons et les mères en décrivant les poulains qu'ils feraient, qu'il sélectionnait ensuite entre eux, construisant des arbres généalogiques imaginaires pour mettre au monde, à partir de cinquante chevaux aperçus dans un vallon, le plus bel animal que la horde puisse produire.

– Ce serait une bête magnifique, monsieur Penders, que les riches de l'est et de l'ouest achèteraient à prix d'or.

Arthur l'écoutait. Fitzpatrick souriait, plaisantant au sujet de sa femme et de son futur enfant, son poulain à lui. Ils ramenaient des antilopes partagées le soir entre les pionniers, on apportait sa ration à Penders, installé dans son coin.

Wyoming, avril 1860
La beauté de ces lieux est cruelle. Je ne peux ni m'y attarder ni même les regarder trop longtemps sans que l'envie me vienne d'abandonner. Il n'y a pourtant que moi pour m'obliger à continuer. Ce pays ne changerait pas plus si un assassin disparaissait que si un homme décidait de s'installer dans ces forêts désertes.

La route des montagnes Ouachita m'est désormais interdite.

Bowman, sois maudit. Je n'existe plus que pour toi.

La ligne sombre de la Sierra Nevada barrait maintenant l'horizon du convoi. Les économies des pionniers, partis depuis trois mois de Saint Louis, s'amenuisaient. Aux relais les familles commençaient à troquer ce qu'elles possédaient, vêtements, outils, parfois un bijou, contre quelques rations de légumes, la réparation d'un chariot ou d'un bât. Quand ils s'arrêtaient, Bowman restait à l'écart et envoyait Fitzpatrick acheter pour lui de l'alcool, ajoutant quelques pièces de plus.

– Si tu trouves quelque chose de bon pour ta femme.

Aileen Fitzpatrick était de plus en plus fatiguée et se reposait la journée à l'ombre de la bâche du chariot, secouée par les chaos de la piste. Son mari était inquiet, commençait à dire qu'ils s'arrêteraient peut-être à Carson City, prochaine grande étape au pied de la Sierra. Laisser partir le convoi, le temps que sa femme se remette, en attendre un autre et reprendre la route. Peut-être même attendre la naissance de l'enfant avant de continuer, mais comme pour les autres, leurs économies ne leur permettraient pas de s'arrêter longtemps. Sa femme répétait qu'elle allait bien, que c'était la chaleur et qu'il fallait continuer, que l'air frais des montagnes la remettrait sur pied, pourtant chaque jour elle s'affaiblissait. L'enfant devait naître dans deux mois. Des femmes du convoi s'occupaient d'elle aux étapes, leurs compétences ne suffiraient bientôt plus. Les Fitzpatrick l'admettaient tristement, leur voyage était compromis.

J'ai passé le dernier col des Rocheuses. Je bascule à l'ouest comme dans le vide. Le long de la piste je trouve des traces de son passage. Pas de nouveau cadavre, mais le souvenir diffus d'un Anglais aux cheveux blonds voyageant seul. Parfois derrière moi, parfois devant. Peut-être nous sommes-nous déjà croisés plusieurs fois. Son parcours est sans logique. Il ralentit et je passe à côté de lui, puis il fait un bond en avant et j'apprends tout à coup que j'ai plusieurs jours de retard. Je serai bientôt à Salt Lake City et je me demande où il s'arrêtera. Quel événement ou lieu décidera que son voyage est terminé ? Il ira jusqu'à l'Océan et je pense parfois que Bowman est un géant, qu'il se jettera à la mer et rejoindra à la nage le Japon, la Chine et les Indes, bouclant un tour du monde jusqu'à notre forêt, où seulement alors je le retrouverai. Quelle force peut-on opposer à Bowman, qui soit capable d'arrêter sa course ?

Si ce monstre est encore un homme, alors quelque chose l'arrêtera. Je suis cette force. Il faudra que je le sois. Parce que la mort n'y pourra rien, Bowman est éternel, il n'a jamais eu peur d'elle. Moi non plus. Nous ne vivons plus.

Reviens à la vie, Bowman. Meurs. Ou bien attends-moi.

Je descends aujourd'hui à Salt Lake. Cette ville est trop grande pour que je la survole. Il faudra que j'y entre et que je cherche.
Je voudrais abandonner maintenant. Retrouver mes montagnes.

Salt Lake City, 22 avril 1860
Bowman était ici en même temps que moi. Jamais, depuis toutes ces semaines, je n'ai été aussi près de lui. Je reprends la piste pour le rattraper dans les prochains jours ou les prochaines heures. La fin de mon voyage est proche, celle de ses crimes et peut-être de mon cauchemar.

*

Carson City, quelques centaines d'habitants, n'avait qu'un seul médecin. Fitzpatrick emprunta la jument de Penders et partit à sa recherche dès que le convoi fit halte à l'entrée de la ville, avec tous les autres pionniers préparant leur traversée de la Sierra Nevada.

Il revint avec le docteur, perché sur une mule, alors que la nuit tombait. Dans le chariot des Fitzpatrick, on apporta des lampes.

Jonathan attendit en faisant les cent pas et Bowman, pour la première fois depuis des mois, resta devant la ville sans rien faire, ni se cacher ni chercher d'informations, au milieu d'un campement ressemblant à celui qu'il avait incendié à Bent's Fort. Comme le jeune Irlandais, n'ayant rien d'autre à faire, il attendit le diagnostic. Le médecin resta une demi-heure avec Aileen et ressortit du chariot en s'essuyant le front. La ville était à peine plus fraîche que les plaines et plus humide, des nuages de moustiques tournaient autour d'eux, attirés par la chaleur des visages.

— Il n'y a pas de raison de s'inquiéter outre mesure, jeune homme. Pas de complications ni d'infection. Mais cela pourrait arriver si votre épouse ne se reposait pas. Elle accouchera normalement, mais à cette seule condition. Vous devez vous arrêter jusqu'à la naissance.

Jonathan alla rejoindre sa femme. Bowman proposa de l'argent au médecin, qui refusa.

— Je ne me fais payer que par les gens qui possèdent quelque chose. Si j'avais besoin d'un docteur, j'espère qu'il aurait la même courtoisie envers moi.

Il remonta sur sa mule.

— Vous voyagez avec eux ?

Arthur eut un mouvement d'épaules qui ne voulait rien dire, une sorte d'hésitation ou de question muette.

— Si vous pouvez essayer de les convaincre, ça sera bien utile. Je connais les pionniers, ils ne veulent jamais s'arrêter. Le nombre d'entre eux qui meurt à ne pas vouloir perdre une semaine pour se soigner est impressionnant. S'ils n'entendent pas raison, ces jeunes gens perdront leur enfant et je ne garantis rien non plus pour la mère. Elle est très faible.

— Qu'est-ce qu'ils doivent faire ?

— Rien. À part aller un peu plus haut, là où l'air est meilleur.

483

Les bords du lac sont sains, et elle ne doit pas aller plus loin que ça dans son état.

– Le lac ?

– Ils ne peuvent pas le rater. La piste passe à côté et il fait vingt miles de long. En cette saison, ce sera le meilleur endroit pour elle.

Le convoi se joignit aux autres et le lendemain matin quarante paires de bœufs quittèrent en même temps Carson City, près de deux cents pionniers, suivant un peloton de cavalerie qui avait accepté d'ouvrir la route et de servir d'escorte. L'équipage des Fitzpatrick partit en dernier, avançant le plus lentement possible pour ménager Aileen. Derrière eux Arthur Bowman fermait la marche. La file de chariots commença à s'étirer sur les lacets de la piste comme une colonne de fourmis déménageant ses œufs. À chaque courbe l'air était un peu plus vif. Jonathan menait ses bœufs avec prudence et se laissait distancer par les autres attelages.

Après le premier col, ils découvrirent le grand lac Tahoe, dont l'eau bleue reflétait sur des kilomètres les nuages du ciel. Aileen n'écouta pas les protestations de son mari et voulut s'asseoir à côté de lui pour voir le paysage. Cette abondance de couleurs et d'eau, après la traversée des plaines depuis Salt Lake City, dépassait l'entendement et aucun des chariots devant eux, comme les milliers qui étaient déjà passés, ne s'y arrêtait. Les convois continuaient leur route vers l'ouest, poursuivant des objectifs dont la beauté des montagnes n'arrivait pas à les détourner. Arthur repensa aux mormons qui avaient bâti leur ville au creux d'une vallée aride, au citoyens de Reunion installés dans les caillasses du Texas et cherchant désespérément de l'eau pour leurs cultures, à tous ces villages et campements choisis pour des raisons absurdes dans des lieux sans attraits ni ressources, et les compara avec ce lieu où tout semblait déjà fait, donné et prêt pour qu'on y vive. Il se demanda si les montagnes de Penders ressemblaient à celles-ci.

En milieu de journée les chariots qui voyageaient avec les Fitzpatrick depuis Saint Louis firent halte sur la rive. Pressées de rejoindre le reste des pionniers et le peloton de cavalerie, les familles ne prirent que quelques minutes pour dire au revoir au jeune couple. Aileen Fitzpatrick remit à une amie une lettre pour leur famille à Rio Vista, dans la région de San Francisco, expliquant la raison de leur retard, promettant de les retrouver après la naissance de l'enfant et avant la fin de l'été. Tout le monde se souhaita bonne chance et il ne resta plus que leur chariot au bord de l'eau. Aileen et Jonathan Fitzpatrick regardèrent Bowman sur sa jument.

– Vous devriez les rejoindre, monsieur Penders.

Arthur descendit de cheval, mena Trigger jusqu'à l'eau et la laissa boire, puis remonta jusqu'au chariot en relevant le vieux chapeau sur sa tête.

– Qu'est-ce que vous allez faire ?

Le jeune homme se redressa.

– La saison est bonne, nous allons chercher un endroit où nous installer pour trois mois. Il y a du gibier par ici, et des tas de plantes et de baies à cueillir. Nous avons l'habitude de cette vie, monsieur Penders, nous allons nous en sortir. En nous dépêchant, nous aurons même un jardin au début de l'été. C'est l'affaire de quelques semaines.

Arthur regarda la piste et les derniers chariots qu'on apercevait encore.

– Quelques semaines ?

Aileen se tourna vers son mari.

– Et il y a quelques camps autour du lac, nous pourrions nous installer avec d'autres gens, que tu ne sois pas tout seul quand je ne pourrai plus rien faire.

Elle souriait, le front et les joues toujours pâles. Son mari regarda Bowman.

– Vous voyez, on est tirés d'affaire. Cet endroit est parfait. Aileen va accoucher au bord du lac et ensuite nous reprendrons la route avec un autre convoi. Nous serons à San Francisco bien avant l'automne et, si vous allez par là-bas, il faudra passer nous voir quand on sera installés.

Bowman regardait le jeune homme, qui essayait de garder une voix ferme pour ne pas flancher devant sa femme. Arthur remonta en selle. Ses yeux passèrent sur le gros ventre d'Aileen Fitzpatrick.

– J'ai pas besoin de suivre le convoi. Je repartirai quand vous serez installés.

*

Les chercheurs d'or et d'argent du mont Davidson, à une quarantaine de miles à l'est du lac et de Carson City, n'étaient pas encore arrivés jusqu'ici. Dans les petits camps qu'ils visitèrent, les habitants du coin demandaient avant de dire bonjour s'ils étaient prospecteurs, puis crachaient par terre en espérant que personne ne trouverait de filons dans la région. Les terres avaient été rachetées aux Indiens Païutes par le gouvernement du Territoire de l'Utah, ce qui en soi ne voulait rien dire puisque les Indiens ne se considéraient pas propriétaires des terrains et que les sommes payées étaient ridicules. Un bureau à Carson City gérait l'enregistrement des lots, leurs délimitations, fixait les prix, délivrait les titres de propriété et encaissait l'argent.

Un vieux qui puait la charogne et disait vivre dans la Sierra depuis plus de quinze ans leur expliqua de ne pas s'en faire et, pour ainsi dire, d'envoyer les représentants de l'État se faire foutre.

– Vous vous installez où vous voulez. L'agence du Territoire est une bande de vauriens qui feraient mieux de pas trop traîner dans la montagne. Je suis arrivé ici en 44, avec Frémont et Carson. J'ai pas bougé depuis et j'aimerais bien qu'on vienne me demander mon titre de propriété. J'l'ai fondu et j'en ai fait des balles, si ça intéresse quelqu'un de le lire avec son œil !

Sur la rive est du lac, à un ou deux miles les unes des autres, des cabanes en rondins se suivaient, des chiens et des gosses, des marmites sur des feux, des peaux et des fourrures en train de sécher, et tout le long l'odeur des charognes. Les familles ou les trappeurs solitaires étaient habillés d'un mélange de peaux et de tissus, les enfants avaient les cheveux longs et les hommes des barbes, les femmes des robes remontées jusqu'aux genoux. À demi sauvages, silencieux et méfiants lorsque le chariot passait, ils se situaient quelque part entre les Indiens et les Blancs, espèce intermédiaire en train de s'adapter à son environnement.

Ils descendirent vers le sud du lac, passèrent à côté d'un dernier campement, saluèrent une femme qui les regarda d'un œil mauvais, des enfants dans les jambes, et parcoururent ensuite deux ou trois miles sans rencontrer personne. Ils commencèrent à chercher un endroit pour monter leur camp et aperçurent un peu plus loin devant une étendue verte. Un ruisseau se jetait dans une petite anse ronde d'une cinquantaine de mètres et peu profonde. L'eau y était transparente, le soleil éclairait le fond et on voyait des poissons filer entre les herbes aquatiques. Au bout de l'anse, le bleu devenait plus sombre, le fond plongeant brutalement.

Des roseaux poussaient tout autour, puis une herbe grasse et ensuite commençaient les arbres, avant le début des pentes et la forêt plus dense. Des redwoods, des genévriers, des trembles et plus haut des séquoias. Fitzpatrick tira sur les rênes et les bœufs s'arrêtèrent. Bowman traversa le ruisseau avec Trigger, décrivit un large arc de cercle en remontant jusqu'aux arbres, comme s'il suivait et traçait en même temps les limites d'une parcelle. Il s'arrêta dans la pente, entre les troncs, regarda la clairière et la petite tourbière autour de l'anse. Il resta là quelques minutes pendant que Jonathan et Aileen, descendus du chariot, s'approchaient de l'eau. Arthur les rejoignit, mit pied à terre et sortit la Winchester de son étui. Il actionna le levier et arma la carabine. Aileen et Jonathan le regardèrent sans comprendre. Bowman leva son arme, appuya la crosse sur son épaule et visa en direction de la montagne, alignant le tronc d'un grand redwood à trois cents mètres. Il prit son temps, posa son doigt sur la détente et tira. Le bruit de la détonation ricocha sur la montagne, sembla faire demi-tour et revenir vers eux avant de disparaître au-dessus du lac. Arthur baissa la Winchester et regarda avec Jonathan et Aileen, sur le tronc, la tache claire du bois sous l'écorce arrachée. Il pivota vers le nord et visa en un seul geste un autre arbre au bord de l'eau, tira une seconde fois. Aileen Fitzpatrick poussa un petit cri de surprise et de peur. Une autre marque claire, sur un autre tronc à deux cents mètres. Arthur tendit la carabine à Jonathan, qui sourit, se tourna vers le sud et visa un sapin à la périphérie de la clairière. Il fit voler lui aussi des éclats de bois et tous les trois regardèrent le triangle qu'ils venaient de tracer, au milieu duquel ils se tenaient. Aileen prit l'arme des mains de son mari.

– Qu'est-ce que tu fais ?

Elle actionna le levier, se tourna vers l'eau, posa la crosse sur son épaule et visa le ciel.

– Aileen ! Pas dans ton état.

Elle sourit et tira un quatrième coup de feu, à un angle de quarante-cinq degrés, droit dans le bleu au-dessus du lac Tahoe.

Ils démontèrent la bâche et les arceaux du chariot, qu'ils transformèrent en tente dans laquelle ils transportèrent le matériel et les affaires du couple. Les Fitzpatrick ne possédaient presque rien. À part un vieux matelas de laine, ils n'avaient aucun meuble. Ils arrangèrent le lit pour Aileen, qui refusa de se reposer et participa à l'aménagement du camp. Il n'y avait qu'une chose dans leur chariot dont Jonathan était fier. Une vieille selle. Sa femme se moqua de lui.

– Il a acheté ça à Independence, elle n'est plus bonne à rien et il l'a payée beaucoup trop cher.

Jonathan ne l'écoutait pas et regarda Bowman.

– C'est une bonne selle, je peux la réparer.

– Il l'a achetée avant même de trouver un matelas !

Jonathan continua de s'adresser à Bowman :

– Monsieur Penders, quand on aura fini d'installer le campement, d'ici quelques jours, j'aurai un service à vous demander.

Arthur roulait un tonneau jusqu'à la tente et se retourna.

– Tu pourras prendre la jument. Mais te casse pas le cou à ramener un cheval alors que ta femme accouche dans deux mois.

Fitzpatrick sourit de toutes ses dents.

– Ils sont magnifiques, monsieur Penders, il faut que j'en ramène un à San Francisco.

La tente était prête. Ils amenèrent le chariot et les bœufs à l'orée de la forêt, chargèrent des pierres sur le plateau puis creusèrent un trou dans la terre, assez grand pour cuire du gros gibier et fumer la viande. Autour ils élevèrent un foyer avec les pierres et s'occupèrent du bois, tirant des troncs morts qu'ils débitèrent à la hache.

La journée avait été longue. Allongée sur son lit, Aileen regardait le soleil descendre sur le lac. Le jeune Fitzpatrick et Arthur se rinçaient les bras et le visage.

– Je vais faire un tour, voir si je peux tirer quelque chose avant la nuit.

Jonathan se précipita.

– Je m'en occupe, monsieur Penders, vous en avez fait assez comme ça.

– Tu connais pas le coin et la nuit arrive. Je voulais juste faire un tour.

– Il reste une heure de jour, je vais pas aller bien loin et de toute façon on a de quoi manger pour ce soir.

Jonathan embrassa sa femme, Bowman lui lança la Winchester.

– Prends au moins ça.

Jonathan s'éloigna vers la montagne, s'arrêta à la forêt et poussa un cri en agitant la main avant de s'enfoncer entre les arbres.

Bowman alluma le feu, s'installa à côté avec le Springfield qu'il commença à démonter et nettoyer. L'air se rafraîchissait et, dans la lumière basse, au-dessus des joncs, des insectes volaient. Des grenouilles sortaient de l'eau et les poissons se rapprochaient de la surface, chassant des libellules. Aileen sortit de la tente, une couverture sur les épaules, les cheveux décoiffés et les traits tirés. Elle s'assit sur une pierre à côté de Bowman, resta silencieuse un moment et Arthur, levant les yeux de l'arme démontée, la regarda à la dérobée. Ses cheveux avaient dû être blonds quand elle était enfant, ils fonçaient aux racines et seules les pointes, dans le couchant, étaient toujours claires. Elle avait encore les traits d'une adolescente, le visage rond et lisse.

— C'est gentil d'être resté avec nous le temps qu'on trouve cet endroit, monsieur Penders. Quand je l'ai vu, je me suis même demandé pourquoi on devait aller jusqu'à Rio Vista. Mais en tout cas, on sera bien ici jusqu'à la naissance.

Elle n'avait peut-être pas vingt ans.

— Comment ça se fait que vous voyagez que tous les deux ?

Aileen remonta la couverture sur sa nuque.

— Les parents de Jonathan sont morts. Nous allons rejoindre son oncle et sa tante. Ils sont partis de Cork il y a cinq ans. Mes parents étaient trop âgés et ils ne voulaient pas quitter la ferme. Jonathan a travaillé dans une usine tous les jours pendant trois ans pour économiser le prix du voyage. Son oncle nous a envoyé aussi quelques sous.

— Ton mari est un garçon courageux.

— Oui.

Elle regarda vers la montagne. L'ombre gagnait sur le lac et leur clairière, remontant le long des pentes.

— Monsieur Penders ?

Arthur assemblait le fusil et leva la tête. Elle le regardait, hésitait et se tourna vers le feu.

— Au début, j'étais un peu méfiante. Je voulais m'excuser. J'ai eu du mal à vous faire confiance.

Bowman reposa le fusil et tira de sa poche la petite blague à tabac et la pipe de Penders.

– Pas besoin de t'excuser. C'est normal.

Elle lui sourit mais Arthur voyait bien qu'il y avait autre chose. Il attendit qu'elle continue, bourra sa pipe et craqua une allumette.

– Est-ce que je peux vous poser une question ?

– Vas-y.

– Quand vous êtes arrivé le premier jour, vous aviez l'air mal en point. Comme perdu. Vous arrêtiez pas de répéter votre nom.

Bowman ne dit rien. La jeune femme se tortillait sur la pierre, cherchant ses prochains mots, les bras enroulés autour de son gros ventre.

– Comme si c'était pas vraiment le vôtre, et que vous vouliez vous habituer. Et puis vous êtes parti plus loin pour lire. Et il y a votre main, et cette cicatrice sur votre front.

– Qu'est-ce que tu veux savoir ?

Elle baissa les yeux.

– On vous a pas posé de question, et si vous voulez pas parler, on respecte ça. Mais je voulais savoir s'il y a des choses que vous cachez.

Les sommets de la Sierra rougissaient dans le couchant et le lac s'était assombri, le ballet des insectes et des batraciens devenait frénétique.

– Ce que je cache, c'est pas important. Quand je serai reparti, ça vous servira à rien de savoir. La seule chose que je peux te dire, c'est qu'Erik Penders, c'est pas mon vrai nom.

Elle le regarda timidement.

– Comment vous vous appelez ?

– Arthur Bowman.

– Et l'autre nom, pourquoi vous arrêtiez pas de le répéter ?

– C'est celui de quelqu'un que je connaissais. Il a été tué.

Aileen se leva, une main sous son ventre.

– Il faut que j'aille me reposer maintenant. Merci, monsieur Bowman.

– C'est pas moi qui l'ai tué, si c'est ça qui t'inquiète.

– Je ne suis plus inquiète.

Elle rentra sous la tente et s'allongea. Arthur regarda la montagne. Il faisait presque nuit maintenant.

Arthur sortit de sa poche le journal de Penders, fit glisser les pages sous son pouce. Le tour de passe-passe de Peevish n'y changeait rien. Erik Penders était mort en vain, Arthur Bowman suivrait le même chemin et ferait la même erreur.

Il jeta le journal de Penders dans les braises et le regarda brûler, puis rechargea le foyer avec tout le bois qu'il pouvait. Les flammes montèrent à trois mètres, elles devaient se voir depuis l'autre rive du lac et d'assez loin dans la forêt. Il s'éloigna de la chaleur du brasier, la voix d'Aileen lui parvint depuis la tente.

– Il est pas rentré ?

Bowman essaya de sourire et la lumière des flammes dessina sur son visage un masque inquiétant. La jeune femme frissonna et n'entendit pas ce qu'il disait :

– Il va revenir, faut pas t'en faire.

Deux heures passèrent.

Il ne servait à rien de partir à sa recherche en pleine nuit. Pas question non plus de laisser Aileen seule. Arthur monta la garde près du feu, le rechargeant toute la nuit.

Une heure avant l'aube, il sella Trigger. Aileen s'était levée. Elle non plus n'avait pas fermé l'œil et Bowman ne savait pas quoi faire pour calmer son angoisse.

– Faut rester allongée, tu peux rien faire dans ton état. Je vais aller chercher de l'aide et on va le retrouver. Je reviens vite.

Il sauta en selle et partit au galop, suivant la berge jusqu'au dernier campement qu'ils avaient vu la veille. Il faisait encore nuit quand il frappa à la porte du chalet. La voix d'un homme lui répondit de l'autre côté :

– C'est qui, bon dieu ?

– On est passés hier avec un chariot, la famille avec la femme enceinte. Son mari est parti chasser hier soir et il est pas rentré de la nuit.

– Je vais ouvrir la porte et si c'est une embrouille, j'ai un fusil à la main. Vous avez pas intérêt à être armé !

– J'ai pas d'arme. Je recule. Vous pouvez ouvrir.

L'huisserie bascula en grinçant. Arthur devina la silhouette d'un homme en caleçons longs et vit briller le canon d'un fusil.

– C'est quoi cette histoire ?

– C'est le jeune gars que vous avez vu passer hier. Il est parti chasser avant la nuit et il est pas revenu. Sa femme est un peu plus loin, au campement. Elle peut pas bouger parce qu'elle est enceinte. J'ai besoin d'un coup de main. Quelqu'un qui connaît la montagne.

Une femme apparut derrière l'homme, tenant une lampe. Elle frotta une allumette et la lumière éclaira l'intérieur du chalet. Elle bouscula son mari pour passer devant lui.

– Et vous l'avez laissée toute seule ?

– J'ai pas le choix, il me faut un guide pour aller dans la forêt. J'ai de l'argent.

– Dites pas de conneries !

Elle se tourna vers son mari.

– Joseph Ervin, selle ton cheval et plus vite que ça. Je vais aller m'occuper d'elle et tu vas aller avec monsieur. Baisse ton fusil maintenant !

Ervin appuya son fusil au mur.

– Vous êtes installés où ?

– À trois miles d'ici, y a un ruisseau et une petite anse.

L'homme cracha à ses pieds.

– C'est plein de crevasses dans ce coin. Faut aller chercher le vieux MacBain, c'est lui qui connaît le mieux.

– MacBain ?

– C'est le plus ancien par ici, et son damné clébard nous rendra service.

Le vieux qu'ils avaient rencontré en arrivant, qui leur avait dit de s'installer où ils voulaient.

– Vous pouvez aller au campement ? Je vais aller chercher le vieux.

La femme lui dit de ne pas s'en faire, Arthur remonta en selle.

Il faisait jour depuis quelques minutes quand ils quittèrent le campement, Bowman, Ervin et le vieux MacBain avec son chien.

La journée se terminait et le soleil avait disparu derrière les sommets quand ils revinrent, le corps de Jonathan Fitzpatrick en travers de la selle de Trigger. Les cris d'Aileen ne s'arrêtèrent qu'au milieu de la nuit, lorsqu'elle s'effondra à bout de force. Le lendemain matin, la mère Ervin la trouva inanimée dans son lit et souleva le drap trempé de sang. On attela le chariot le plus vite possible mais lorsque Bowman arriva six heures plus tard à Carson City, cela ne servait plus à rien de chercher le médecin. La femme et l'enfant étaient morts.

*

Ervin aida Bowman à creuser une tombe pour les deux corps, au bord de la clairière, orientée dans la direction du coup de feu qu'Aileen avait tiré au-dessus du lac Tahoe. Joseph Ervin avait oublié depuis longtemps ses prières mais il dit quelques mots, jetant çà et là des *Bon Dieu* quand il ne se souvenait plus. Sa femme déposa sur le tas de terre un bouquet de fleurs des montagnes et il ne resta bientôt plus que Bowman au bord du lac, avec le chariot, deux bœufs, sa jument et un matelas taché au-dessus duquel volaient des centaines de mouches. Il ralluma le feu et le jeta dedans. Il s'installa à côté, posa sur ses genoux ses papiers, la plume et son encre, contemplant les flammes et la colonne de fumée noire de la laine en train de se consumer. L'odeur était épouvantable mais il resta là sans bouger, toutes ses lettres à la main dont les coins se relevaient sous l'effet de la chaleur.

Puis Arthur abandonna le campement, redescendit à Carson City, entra dans le bureau de l'Express Mail Company, et reprit la piste de Salt Lake City vers l'est, armé d'un vieux fusil à percussion Springfield. Il dormit la première nuit au bord de la piste et, quand il se réveilla, vit passer sur la route la diligence de l'Express Mail, tirée par dix chevaux lancés à pleine vitesse. À l'intérieur il y avait sa petite sacoche et une cinquantaine de feuillets, tout ce qu'il avait écrit depuis sa cabane à Londres jusqu'à sa dernière lettre pour Alexandra Desmond.

Alexandra,

Plutôt que de brûler tout ce que j'ai écrit je l'envoie à Reunion. Je ne sais pas qui trouvera un jour ces lettres, maintenant que vous n'y êtes plus. Peut-être qu'il reste encore là-bas un dernier citoyen, qu'il vous les fera suivre ou les lira avant de les brûler comme j'aurais dû le faire. Mais je ne voulais pas savoir où étaient les cendres.

Je suis arrivé sur les rives du lac Tahoe, dans la Sierra Nevada. Si vous aviez continué à voyager dans ce pays et que vous aviez vu cet endroit, c'est ici que vous vous seriez arrêtée, j'en suis sûr.

Moi, je viens d'y enterrer un autre rêve. Celui d'une jeune femme, de son mari et de leur enfant qui ne sera jamais né.

Ma route s'arrête ici. Je ne repartirai plus. Le tueur a disparu. Je ne disparaîtrai pas en le poursuivant. Vous êtes quelque part en France et je n'ai plus qu'une image à vous offrir avant de lancer ces papiers sur la piste, pour qu'ils fassent à l'envers tout le voyage que j'ai fait depuis que je vous ai rencontrée.

Nous sommes deux rêves qui gardent un souvenir l'un de l'autre.

J'ai emprunté le nom de l'homme que je cherchais, le temps de comprendre que j'étais encore vivant. Ce miracle est d'une tristesse que je ne mesure pas encore. Je le dois à un jeune homme qui aimait galoper avec les chevaux sauvages et à sa jeune épouse qui se

moquait de comment je m'appelais. Il n'y a plus que vous et le Prêcheur qui connaissiez mon vrai nom.
Je vous aime depuis que je vous ai vue.

Votre vieux soldat.

Lorsqu'il atteignit les plaines où il avait chassé avec Jonathan Fitz-patrick, Arthur quitta la route et partit à la recherche de la horde.

3.

Joseph Ervin, qui rinçait des peaux dans l'eau du lac, releva la tête en entendant le bruit des chevaux. Il marcha jusqu'au sentier et salua l'Anglais qui avait disparu depuis deux semaines. Bowman était aussi sale que sa jument, couvert de poussière et fatigué. Il tenait en longe deux chevaux, un mâle et une femelle, et lui rendit son salut d'un signe de tête.

– On s'est occupés des bœufs. Où est-ce que vous étiez parti ?

Bowman leva la main sans se retourner et continua sa route jusqu'au campement. La femme d'Ervin sortit du chalet, regardant Bowman s'éloigner.

– Il est revenu ?

– Il repartira pas.

– Qu'est-ce que tu en sais ?

– Ça se voit.

– Va finir de dessaler les peaux, toi qui sais tant de choses.

Rien n'avait bougé. Les bœufs paissaient dans la clairière au bord de l'eau, retenus pas l'herbe grasse plus que par les cordes nouées aux arbres. Le chariot vide, la tente qui s'affaissait, le foyer froid et les deux tombes. Les fleurs avaient été emportées par le vent ou mangées par les bêtes. Les monticules de terre commençaient à se tasser.

Arthur attacha les deux mustangs à un genévrier et se mit au travail. Il tailla d'abord deux croix dans des branches, puis abattit de jeunes arbres. Il lui fallut trois jours pour construire un enclos assez grand pour ses trois chevaux. Le soir, à côté du feu, il se mit à réparer la vieille selle de Fitzpatrick. Près de l'enclos il choisit un emplacement pour sa cabane, adossée à un rocher qui en serait le premier mur.

Joseph Ervin le conseilla et lui prêta la main quand il en avait le temps. Sa femme et lui étaient tanneurs, installés ici depuis sept ans. D'abord ils avaient essayé de vendre des fourrures, mais les grandes compagnies comme la Bent and Saint-Vrain et la Western Fur Trade Company avaient mis la main sur le marché. Alors Ervin s'était spécialisé dans la fabrication du cuir qu'il tannait avec de l'écorce de chêne blanc, un tanin moins fort que celui du chêne noir, mais qui donnait une meilleure souplesse. Leur installation était rudimentaire mais la qualité de leurs cuirs s'améliorait et ils commençaient à écouler à bon prix leur petite production, auprès d'un négociant de Carson City. Américains de troisième génération, Ervin et sa femme s'étaient connus et mariés en Pennsylvanie avant de tenter leur chance à l'ouest. Joseph n'avait pas de goût pour l'agriculture, ni pour l'or et les rêves de fortune de ses contemporains. Il regardait le lac Tahoe et disait :

– Bordel, si c'est pas la seule richesse qui compte, je veux bien être pendu.

Regardant la tombe des Fitzpatrick, il se grattait la tête.

– Bon dieu, crever ici c'est toujours mieux qu'au fond d'une mine à creuser la terre. Ils l'auront vu avant d'y passer.

En échange de leur aide, les Ervin pouvaient utiliser un bœuf quand ils en avaient besoin. Arthur proposa finalement de le leur vendre. Les tanneurs ne pouvant pas le payer, Bowman passa un marché avec eux : ils l'aideraient à construire un corral plus grand et, avant la fin de l'été, Joseph partirait avec lui capturer d'autres chevaux.

– Qu'est-ce que vous voulez faire de toutes ces bêtes ?

– Un élevage.

– Ici ?

La cabane ressemblait à un fortin de quatre mètres de côté, dont les murs en troncs écorcés donnaient l'impression de ne pas laisser de place à l'intérieur. Elle avait deux fenêtres, l'une donnant sur l'enclos des chevaux, l'autre sur le lac. Le toit était en rondins lui aussi, recouvert d'écorces et de terre. Rapidement l'herbe commença à pousser dessus. Arthur construisit un autre petit abri appuyé à sa maison, quatre poteaux et un toit d'écorces, sous lequel il rangea le chariot et les outils. Dans sa cabane, il installa toutes les affaires utiles des Fitzpatrick, pour la cuisine essentiellement, posant sur une étagère quelques objets qu'il avait décidé de conserver. Une photo encadrée du couple, posant fièrement devant leur chariot neuf et leur attelage, prise à Saint Louis avant leur départ. Le nécessaire à couture d'Aileen, un vieux rasoir dont Jonathan, encore à moitié imberbe, n'avait pas dû se servir beaucoup, un médaillon, une broderie, leurs alliances qu'il n'avait pas voulu enterrer avec eux, un trousseau de vêtements et des langes pour un nouveau-né. Ça non plus, il n'avait pas réussi à le jeter.

Il donna les habits à ses voisins. Une chemise de Jonathan pour Joseph, une jupe d'Aileen raccourcie pour la mère Ervin, une paire de chaussures pour Vernon, leur plus grand fils, âgé de douze ans. Les tanneurs avaient trois enfants, deux garçons et une fille, sauvageons avares de mots, qui traînaient autour du campement de Bowman, travaillaient avec leurs parents et passaient le reste de leur temps dans les bois. Vernon était déjà un bon chasseur et posait des collets partout dans la montagne, rapportant un peu d'argent avec ses fourrures de visons et de martres.

Installé, Arthur commença à s'occuper des chevaux. Pendant plusieurs jours il les observa. Leurs comportements, leurs réactions face à Trigger, la façon dont ils avaient accepté la captivité. Il avait choisi l'étalon et la jument en essayant de se souvenir des conseils de Jonathan. Les bêtes étaient destinées à la reproduction, Bowman voulut quand même les dresser.

Le mâle n'était pas le dominant de la horde, trop jeune encore, mais semblait destiné à ce rôle quand il l'avait repéré au milieu des autres chevaux. Sa constitution physique l'y poussait naturellement, et Bowman trouvait qu'il en avait aussi l'ambition.

La jument était aussi calme et indifférente que Trigger. Quand Arthur l'avait capturée, elle n'avait pas opposé beaucoup de résistance une fois séparée de la horde, mais elle lui avait fait face comme pour comprendre ses intentions. Elle n'était pas résignée, mais avait mesuré la détermination de Bowman.

Même en douceur, le mâle devait être maté. Avec la jument, il devrait passer un contrat.

Trigger les laissait manger à côté d'elle. Le cheval de Penders connaissait depuis longtemps le confort de ne plus chercher sa nourriture et ne défendait plus son territoire. Et elle plaisait à l'étalon.

Mi-juin, Arthur commença à travailler à la longe avec lui. Il était installé au bord du lac Tahoe depuis presque deux mois et chaque matin avait pris l'habitude de se laver dans le lac. Il avait posé au bord de l'anse une bille de bois debout, y accrochait ses habits et se jetait nu dans l'eau. Sur le morceau de tronc, il avait posé un miroir trouvé dans les affaires des Fitzpatrick et se rasait avec le rasoir de Penders.

Son courrier avait depuis longtemps atteint le Texas. Si Alexandra Desmond était encore à Reunion, avec l'argent qu'il lui avait laissé, elle aurait déjà eu le temps de prendre une diligence et d'arriver ici. Peut-être qu'il lui fallait du temps pour prendre sa décision, régler des choses là-bas avant de partir. Comme lorsqu'il avait attendu Peevish sur la piste de Salt Lake, il lui laissait encore du temps avant de ne plus y croire, différant son départ pour les plaines. Il commença à abattre des arbres pour le deuxième enclos. Le bois s'accumulait, écorcé et stocké, il planta les piquets et posa les premières traverses. Joseph lui disait qu'avec la chaleur, la capture des mustangs deviendrait bientôt impossible.

Ils se préparèrent à partir, Joseph avec son cheval de travail – un demi-trait encore assez jeune pour galoper, lourd mais robuste –, Vernon sur Trigger, moins difficile que la jument fraîchement débourrée et montée par Arthur. Ils étaient armés du Springfield et de la carabine Colt des Ervin. La Winchester avait été perdue dans la crevasse d'où ils avaient sorti le corps de Jonathan. Ils laissèrent à la mère Ervin la responsabilité de s'occuper des bêtes et de surveiller la propriété de Bowman.

Avec les cinq dollars qui lui restaient, Arthur acheta tous les vivres qu'il pouvait à Carson City, des gourdes supplémentaires et de la corde. Ils quittèrent la ville début juillet et, sur la piste, Arthur offrit à Joseph de lui reverser la moitié du prix des premières bêtes qu'il vendrait pendant deux saisons. Ervin prenait des risques. La capture des chevaux était dangereuse et même si Bowman semblait avoir un bon coup d'œil, il ne connaissait encore rien à l'élevage. Il ne réfléchit pas longtemps et lui tendit la main.

– Quelques semaines loin de ma femme, c'est déjà le plus beau contrat que j'aie signé depuis notre mariage.

Lorsqu'ils croisèrent une diligence fonçant vers Carson City, Arthur s'arrêta et la regarda passer, jetant un coup d'œil à l'intérieur. Trois jours plus tard, ils rejoignirent le territoire de la horde. Leur objectif était de ramener un mâle de plus et au moins cinq juments. À deux cavaliers, plus Vernon pour surveiller les bêtes qu'ils captureraient au fur et à mesure, la tâche était possible mais ambitieuse. Ils estimèrent à trois semaines le temps qu'il leur faudrait. Ils n'allaient pas seulement capturer des chevaux, il faudrait qu'ils prennent la horde en chasse, qu'ils la suivent à la trace pour prélever dès qu'ils le pourraient les bêtes intéressantes. Parce qu'il ne s'agissait pas de prendre n'importe lesquelles. Il fallait les sélectionner selon la méthode de Fitzpatrick.

– Y a des gars qui les tirent. Ils les blessent au cou et attendent qu'ils se fatiguent pour les attraper. Si t'es bon tireur, ça fait gagner du temps, et si tu rates, y a toujours d'autres chevaux.

Bowman refusa net et Joseph n'en reparla plus.

Le territoire de la horde s'étendait sur des centaines d'hectares. Ils cherchèrent d'abord où étaient les chevaux et durent revenir sur leurs pas en direction de l'ouest et des montagnes, là où les mustangs trouvaient leur nourriture. Si la chaleur et la sécheresse rendaient la traque plus pénible, les chevaux ne pouvaient plus s'éloigner trop longtemps des coins herbeux et des points d'eau. Une fois sur leurs traces, ils cherchèrent un endroit pour monter le camp de base. Il leur fallait de l'eau et un terrain où improviser un enclos que Vernon aurait la charge de surveiller. Ils étaient partis du lac depuis une semaine quand Arthur et Joseph se levèrent un matin pour partir à la capture des premières bêtes. Vernon resta au campement avec la nouvelle jument qui n'était pas dressée pour la poursuite des mustangs.

Arthur ne retrouva pas la horde qu'il avait suivie la première fois, mais d'autres troupeaux plus grands qui se mélangeaient et se séparaient au hasard des rencontres ou des luttes pour un coin où se nourrir. Le relief rendait la traque plus ardue, mais comme ils l'avaient espéré, quand une horde s'enfuyait devant eux, ils n'avaient qu'à attendre qu'elle revienne vers la végétation. Ervin, s'il n'y connaissait pas grand-chose non plus en chevaux, était un bon chasseur. Il savait se placer dans le vent, suivre les traces, lire les passages et choisir le bon endroit pour surprendre un animal.

Au bout de quatre jours, ils retournèrent avec trois mustangs, uniquement des juments, au camp de base. Après une journée de marche à la longe, les bêtes, qui s'étaient furieusement débattues pendant la capture, les suivaient docilement. Ils avaient aussi tué une antilope, restèrent avec Vernon le temps de reprendre des forces, puis laissèrent une nouvelle fois le garçon. Il fallait faire vite désormais. Dans quelques jours, les bêtes capturées seraient remises de leur peur et de leur fatigue, et une fois affamées ce n'était pas Vernon et quelques cordes qui les empêcheraient de s'enfuir. Si elles devenaient trop nerveuses, il devait les sortir une par une, les attacher solidement à la selle de la nouvelle jument et les emmener paître là où il pouvait.

Le quinzième jour, ils capturèrent deux autres juments.

– On va les ramener au camp et on reviendra pour le mâle. Faut pas rester plus longtemps ici.

La chaleur devenait trop rude, la nourriture et l'eau trop rares, leurs montures fatiguées risquaient de se blesser. Et malgré la confiance qu'il avait en son fils, Joseph commençait aussi à s'inquiéter pour lui. Les nuits où il entendait des loups, Ervin ne dormait pas, même s'ils avaient laissé le Springfield au camp et que Vernon pouvait moucher un piaf à trente mètres.

Lorsqu'ils revinrent au camp, ils n'avaient capturé que deux autres juments et pas encore d'étalon. Le gamin les attendait, une belle bosse à la tête, un œil noir et sa chemise en lambeaux. Autour du feu, il leur expliqua qu'il était sorti avec une jument qui avait essayé de s'enfuir. Elle l'avait traîné sur vingt mètres dans les cailloux mais il n'avait pas lâché la corde.

– Elle avait pas encore mangé, alors je crois qu'elle était fatiguée et elle a abandonné.

Joseph bourra le dos de son fils de coups de poing, rigolant de toutes ses forces et fier comme un paon. Le lendemain ils décidèrent qu'Arthur repartirait seul. Si les juments s'échappaient, ils auraient fait tout ça pour rien et Bowman n'avait plus un dollar pour lancer une nouvelle expédition. Les mustangs se trouvaient partout dans les plaines, mais leur chasse n'était pas gratuite. Il perdrait une année entière le temps de refaire des économies, ce qui voulait dire qu'il aurait à chercher du travail à Carson City.

Arthur repartit seul à la poursuite d'un étalon et trouva une horde deux jours plus tard, qu'il suivit pendant une autre journée. Il lui fallait un mâle bien fait mais d'un autre caractère que celui qu'il avait déjà. Un animal fort mais au caractère tranquille. Un cheval humble pour compenser la fierté et l'arrogance de son premier étalon.

C'était ce que lui avait dit Jonathan Fitzpatrick : *Il faut choisir des caractères qui s'opposent, monsieur Penders. Pour faire des chevaux de course, on suit toujours la même ligne : la taille, les muscles et la vitesse. Mais ce qui fera le plus beau cheval du monde, c'est son caractère. Alors il faut construire sa personnalité. De la fierté parce qu'il en faut, et de l'humilité quand il y en a besoin. Il faut les mélanger, monsieur Penders.*

Son choix se porta sur un appaloosa dont la robe était comme un ciel inversé, blanc et moucheté d'étoiles noires. Arthur le surveilla une journée de plus, suivant ses mouvements, mémorisant ses réactions lorsque la horde se lançait au galop, allait boire ou s'arrêtait pour manger.

Il attendit la fin du jour. Le troupeau s'était beaucoup déplacé et les mustangs étaient fatigués. Ils s'étaient regroupés dans un petit vallon autour d'un point d'eau à demi asséché. Avant que l'appaloosa s'approche pour boire, attendant son tour après les premiers mâles, Arthur se jeta au galop dans la pente en poussant des cris de guerrier.

Le cheval vira exactement dans la direction qu'il avait anticipée et bientôt se retrouva séparé des autres bêtes, galopant seul vers la montagne, Bowman à sa poursuite.

*

Les six chevaux suivirent sans difficulté la piste. Les cavaliers essayaient de maintenir une bonne allure pour les fatiguer sans les épuiser non plus. Le soir à la halte, les mustangs n'avaient rien d'autre en tête que boire et manger.

Ils retrouvèrent Carson City après trois semaines dans les plaines, aussi puants que le vieux MacBain. Ervin et Vernon traversèrent la ville comme s'ils revenaient en héros de la guerre. Joseph avait envie de s'arrêter dans un saloon pour fêter ça, mais Bowman voulait que les bêtes se reposent le plus tôt possible.

Ervin se contenta d'acheter du whisky dans un magasin où il avait déjà un crédit en cours. On consentit à lui avancer la bouteille quand il déclara qu'il était propriétaire de la moitié de tout ce qui sortirait du ventre de ces juments. Avant le premier col, il en avait vidé la moitié et laissé son fils en goûter lui aussi. Vernon souriait et son père chantait à s'en éclater les poumons. Bowman les laissa à leur chalet, où la mère Ervin accueillit ses hommes à coups de jurons et les envoya prendre un bain dans le lac.

Quand Arthur arriva au camp, l'étalon se mit à hennir et les nouveaux mustangs à lui répondre. Il parqua les bêtes dans le grand enclos et remplit au seau les deux tonneaux, les laissa boire puis les mena à l'herbe et les attacha à des arbres. À la nuit il les ramena dans l'enclos, entra dans sa cabane et s'endormit tout habillé.

Le lendemain matin, il traversa l'anse à la nage, jusqu'à l'endroit où le fond tombait à pic, et continua dans l'eau sombre. Arthur se rasa devant le miroir, un sourire aux lèvres, tournant régulièrement la tête vers les chevaux qui le regardaient, attendant leur nourriture. Propre et changé, il alla visiter la tombe de Jonathan et Aileen.

– Je peux pas leur donner des noms de chrétiens, sinon je les aurais appelés comme vous, l'étalon et la première jument. Mais ça se fait pas. Et même, j'aimerais pas trop ça. Alors j'ai pensé à autre chose. Le mâle, vu que ma jument s'appelle déjà Trigger, je l'ai appelé Springfield. Ils se plaisent tous les deux. Et pour toi, Aileen, j'ai appelé la nouvelle jument Beauty.

Arthur soigna les mustangs et fit travailler Springfield que trois semaines avaient suffi à rendre réfractaire aux exercices, puis il commença à se préparer pour l'automne et l'hiver qui arriveraient bientôt.

La famille Ervin, en échange du bœuf, avait agrandi son potager et ferait pour lui des réserves de céréales et de patates. Il était trop tard pour moissonner du fourrage pour les bêtes, cet hiver Arthur devrait mener son troupeau sur des pâturages de plus basse altitude. Il n'avait pas encore beaucoup de chevaux et il pourrait trouver là-bas suffisamment de nourriture. Restait à sécher de la viande, construire une écurie, stocker du bois de chauffage et construire un four et une cheminée dans la cabane. Il faudrait aussi qu'il apprenne à pêcher sur le lac. Quand le gibier dormirait sous la neige, il pourrait toujours attraper du poisson.

Début septembre, il avait un four et assez de viande, il s'attaqua à la construction de l'écurie. Beauty et deux autres juments étaient déjà pleines.

En trois semaines il dressa la charpente, aidé tantôt par Vernon et Joseph, tantôt par le vieux MacBain. N'ayant ni les moyens d'acheter des planches ni le temps d'en scier, ils bardèrent le bâtiment avec de l'écorce, colmatée avec de la terre sortie du fond de l'anse. Arthur mit deux jours à abattre un grand redwood et tirer le tronc débité jusqu'à son ranch, puis il évida les billes pour en faire des abreuvoirs. Creusant de la même façon des troncs de jeunes pins, il en fit des gouttières et détourna une partie du ruisseau pour alimenter le bâtiment en eau.

Avant de commencer ses réserves de bois de chauffage, il planta deux poteaux à côté de la borne nord, l'arbre dans lequel il avait fiché une balle. Il fendit une dernière bille de redwood et en tira une grosse planche longue de trois mètres qu'il tailla à la hachette et sur laquelle il grava des lettres avec un fer plongé dans les braises. Il fixa sur les poteaux, assez haut pour passer dessous à cheval, l'enseigne du ranch Fitzpatrick. La famille Ervin et le vieux MacBain vinrent passer la soirée chez lui pour fêter l'inauguration officielle, cinq mois après l'arrivée des époux Fitzpatrick et de celui qu'ils appelaient Erik Penders. Le vieux avait apporté une bouteille d'un alcool qu'il distillait lui-même et dont personne ne voulut connaître la recette.

Le lendemain matin, Arthur se baigna et sentit l'air frais sur sa peau quand il sortit de l'eau, premier frisson annonçant le changement de saison. Le mois d'octobre commençait et les feuilles des arbres tournaient au brun et au jaune. Devant le miroir il frotta du savon sur ses joues. Les chevaux paissaient maintenant en liberté autour du ranch, raclant de plus en plus loin toute l'herbe qu'ils pouvaient trouver. Beauty restait le plus souvent autour des bâtiments. Elle marcha jusqu'à lui, sentit ses cheveux encore mouillés.

Bowman lui caressait la tête, attendant qu'elle s'éloigne pour pouvoir se raser.

– Laisse-moi tranquille, je vais me couper.

La jument recula. Il déplia le rasoir de Penders, leva le menton et posa la lame sur son cou. La jument dressa les oreilles et tourna brusquement la tête, bousculant Arthur. La lame entailla sa gorge.

Bowman se pencha sur l'eau, rinça le savon et se redressa devant le miroir. L'entaille était profonde. Il fit pression dessus avec ses doigts.

– Merde ! T'as vu ce que t'as fait ?

La jument fixait l'entrée du ranch, Arthur suivit son regard.

Sur un chariot sans bâche, un cocher et son passager approchaient. Comme pour signaler sa présence, le voyageur souleva son chapeau. Une tache de couleur éclata dans le soleil. Arthur marcha à la rencontre de l'attelage sans enfiler sa chemise. Le conducteur tira sur les rênes et se figea en voyant ce grand type à moitié nu devant lui, couvert de cicatrices et de sang coulant sur sa poitrine.

Alexandra Desmond descendit du chariot, secoua sa robe et avança jusqu'à lui.

– Vous aviez peur que je m'intéresse plus au paysage qu'à vous, monsieur Bowman ?

Arthur bégaya en portant la main à son cou :

– C'est Beauty, elle m'a bousculé.

– Beauty ?

– La nouvelle jument.

Le cocher se racla la gorge.

– Faut que je reparte maintenant. Je laisse vos affaires, madame ?

Elle se tourna vers lui.

– Oui, vous pouvez les décharger.

Le temps qu'elle s'adresse à lui, Arthur perdit de vue les yeux d'Alexandra et son cœur faillit se décrocher. Il frissonna quand elle se retourna vers lui.

– Allons vous soigner. Vous me raconterez ce que je ne sais pas encore.

*

Alexandra sortit nue de la cabane, passa devant l'enclos des chevaux et entra dans le lac. Ses cheveux flottèrent un moment à la surface comme des algues rouges puis elle s'enfonça sous l'eau.

Une couverture sur les épaules, Arthur s'approcha de l'anse.

Elle nagea loin vers les eaux profondes et s'allongea sur le dos, se laissant porter un moment avant de revenir vers la rive. Ses cheveux mouillés tombaient sur ses épaules et ses seins, de l'eau jusqu'au ventre, et elle resta là à regarder Bowman. Elle attendit qu'il sourie pour sortir du lac. Arthur écarta la couverture et elle se blottit sous son bras, ruisselante d'eau froide. Ils se couchèrent sur l'herbe pour laisser le soleil les réchauffer.

– Alexandra ?

Elle se tourna sur le côté et appuya sa joue sur sa poitrine.

– Je sais que c'est peut-être une question bête, ou que je devrais pas la poser parce que c'est pas tellement joli, mais je voudrais savoir si tu vas rester ici.

– Arthur ?

Il baissa les yeux vers elle.

– Quoi ?

– Je voudrais que tu me le demandes.

507

– Je t'ai déjà demandé.

Elle sourit. Arthur passa sa main aux doigts coupés dans ses cheveux.

– Alexandra, est-ce que tu veux rester ici avec moi ?

– Oui. À une condition.

– Laquelle ?

– Que tu me dises ce que tu as écrit.

Elle s'écarta et posa sa tête sur son bras. Arthur roula sur le côté et la regarda dans les yeux.

– T'as peur que ce soit juste une lettre de soldat ?

– Non. Je veux l'entendre de ta bouche.

– Pourquoi ?

– Pour que cet endroit devienne celui dont je rêvais.

– Je t'aime depuis que je t'ai vue.

Elle posa la main sur sa joue.

– C'était où ?

– Dans l'escalier de l'hôtel, à Fort Worth.

– Ce n'est pas vrai.

Arthur réfléchit un instant, fixant ses yeux gris.

– Si, mais j'ai pas compris tout de suite.

– C'est arrivé quand ?

– Plus tard, quand tu as ouvert la porte de ta chambre à ce jeune gars.

Elle sourit.

– Tu m'as vue ?

– J'étais en bas, dans la salle du restaurant.

– Pourquoi à ce moment-là ?

– Parce que tu m'as vu aussi, avant de laisser ce gars entrer, et qu'on a pensé à la même chose.

Elle éclata de rire, le poussa sur le dos et s'allongea sur lui, frotta lentement ses seins et son ventre sur le corps de Bowman.

– Est-ce que tu as besoin que je t'aime ?

– Non.

– Alors je ne te dirai pas quand c'est arrivé.

– Je le sais.

Elle se redressa, s'assit sur son ventre, caressa du bout des doigts la blessure de son cou et les cicatrices de sa poitrine.

– Tu ne peux pas savoir.

– Quand je suis rentré dans la maison de Kramer. Pour chasser les fantômes de ta ville. J'ai ouvert la fenêtre et tu étais debout de l'autre côté de la rue, devant la grange noire.

Elle arrêta ses caresses.

– Je n'ai pas compris tout de suite.

Arthur tendit la main vers ses seins. Le ventre d'Alexandra se tendit. Il caressa ses cuisses et ses fesses, elle se souleva sur ses genoux, prit son sexe dans sa main, le guida en elle et redescendit lentement sans le quitter des yeux.

– Il n'y aura plus de fantômes.

– Un seul.

Alexandra ferma les yeux, se souleva et redescendit contre lui en se mordant la lèvre.

– Ton nom ?

– Arthur Bowman n'existe plus que pour toi.

4.

Arthur commanda à la forge de Carson un fer pour marquer les bêtes et un second, plus grand, pour le bornage. Alexandra Desmond et Erik Penders achetèrent des terres et reçurent au bureau du Territoire de la ville un titre de propriété. Le ranch Fitzpatrick s'étendait depuis la rive du lac Tahoe, en bordure de la propriété Ervin, sur une largeur d'un mile et une longueur d'un peu plus de quatre miles en direction de l'est. Mille hectares allant des prairies basses des contreforts, au-dessus de Carson City, au lac, en passant par un sommet boisé. Les bornes furent posées à la fin de l'automne. À côté de chaque poteau fiché en terre, on fit un feu pour chauffer le grand fer et imprimer la marque du ranch. Un losange vertical aux pointes haute et basse barrées d'un trait. Deux A se reflétant l'un l'autre.

Le jeune Vernon Ervin fut embauché comme garçon de ferme et, avant les premières neiges, Arthur repartit pour une expédition de trois semaines dans les plaines du Territoire de l'Utah, cette fois avec six hommes enrôlés en ville. Au premier troupeau de sept chevaux s'ajouta une vingtaine de nouveaux mustangs.

Joseph Ervin fut à son tour embauché par le Fitzpatrick, comme contremaître, avec son fils pour seul autre employé. Partageant son temps entre le ranch et le travail du cuir, il commença à dessiner les plans d'une grande tannerie. Le ranch, en échange d'un contrat de travail de deux ans, lui avancerait l'argent nécessaire à la réalisation du nouveau bâtiment.

La construction d'un enclos et d'un abri provisoire, sur les prairies de l'est, fut la dernière chose que l'hiver leur laissa le temps de faire avant que la terre commence à geler. Début décembre, il leur restait encore mille dollars de la fortune du capitaine Reeves. L'anse se couvrit de glace. Alexandra et Arthur passèrent leur premier hiver ensemble dans la cabane. Les réserves de nourriture de Bowman, insuffisantes pour deux, les obligèrent à plusieurs voyages en ville. Heureusement cette année-là, les chutes de neige ne furent pas trop importantes. En passant par leurs terres, il leur fallait trois heures pour atteindre Carson.

Le ranch Fitzpatrick y eut rapidement une étrange réputation. Les apparitions de Mme Desmond sur sa jument, habillée en vêtements d'homme, ses longs cheveux roux détachés sur un manteau de fourrure, sans parler de son arrivée dans la région avec autant d'argent, déclenchaient des discussions alimentant la rumeur. Elle rendait parfois visite à Henry Mighels, au bureau du *Carson Daily Appeal*, et on disait qu'elle rencontrait le journaliste pour commander des livres et discuter avec lui.

Deux fois aussi, elle alla en ville accompagnée de Penders. Quand Arthur chevauchait à ses côtés, on les saluait comme les propriétaires qu'ils étaient. Associés à part égale du ranch, ils vivaient, disait-on, dans une maison trop petite pour y rentrer deux lits. Ils n'étaient pas mariés.

On ne savait rien d'eux et malgré l'immoralité de leur conduite, ils se montraient sans vergogne en ville, elle avec ses cheveux détachés et lui son regard lointain passant au-dessus des têtes, ses épaules larges et sa cicatrice au milieu du visage. Leur élevage de chevaux dans la montagne était un autre sujet de discussion, cette fois pour en rire. Personne n'aurait voulu de ces terres pour cultiver quoi que ce soit, encore moins pour y faire un élevage. L'hiver y était trop rude. C'était un coin de montagne pour les trappeurs, les coureurs de bois et les Païutes bouffeurs de roseaux. Les hommes qui avaient participé à la capture des vingt mustangs racontaient que Penders choisissait les chevaux pour leur *personnalité*. On n'avait jamais entendu un truc aussi ridicule. D'autres disaient que Penders et Desmond n'étaient pas fous du tout, et que les pentes est du ranch étaient de bonnes pâtures. On admettait même, au bout du compte, que le Fitzpatrick n'était pas une mauvaise affaire. Les terrains valaient trois fois moins cher qu'autour de Carson City et le ranch pourrait bien, à la longue, marcher comme il fallait. On jurait que jamais on y travaillerait, mais déjà des charpentiers avaient signé des contrats pour des bâtiments à construire là-bas au printemps.

Lorsque en février 1861, de passage en ville, Penders fut salué par Abraham Curry, propriétaire de l'Eagle Ranch et fondateur de Carson City, les commentaires sur le Fitzpatrick baissèrent définitivement d'un ton. Sans compter que personne, des huit cents habitants de la ville, n'avait envie de se mettre Penders à dos.

– Je l'ai vu piéger tout seul un étalon que j'aurais pas approché avant de lui mettre deux balles dans la tête, et une dernière dans le cœur pour être sûr.

Si la rousse avait été une sorcière, même en d'autres temps, on aurait hésité à la brûler de peur que les flammes n'attirent ce diable de Penders.

En novembre, le candidat républicain Abraham Lincoln avait été élu nouveau président des États-Unis. Rapidement la Caroline du Sud, le Mississipi, la Floride, l'Alabama, la Géorgie, la Louisiane et le Texas avaient fait sécession. En février étaient officiellement formés les États confédérés d'Amérique. Lincoln fut investi en mars, en avril éclatait une guerre civile entre le Nord et le Sud.

Les trois premiers poulains du ranch Fitzpatrick naquirent alors que le nouveau gouvernement à Washington lançait une conscription pour lever une armée de quatre-vingt mille hommes. Alexandra se rendait chaque semaine à Carson City où elle rencontrait Henry Mighels du *Daily Appeal* pour se tenir informée des événements.

Abraham Curry de l'Eagle Ranch et d'autres personnalités influentes de l'Utah décidèrent la sécession de la partie ouest du Territoire, créant le nouveau Territoire du Nevada et se libérant ainsi de l'autorité des mormons de Salt Lake City. Les troupes américaines stationnées en Utah, appelées au sud, laissèrent derrière elles un vide dont les mormons profitèrent pour rétablir leur autorité sur la terre promise de l'Église de Jésus-Christ des Saints des Derniers Jours. Des rumeurs d'attaques indiennes sur la piste de Californie, que l'armée ne protégeait plus, arrivaient de plus en plus nombreuses à Carson City.

Les charpentiers élevèrent en mai un grand bâtiment sur les prairies de l'est, capable d'abriter une trentaine de chevaux et des réserves de fourrage pour les mois les plus durs de l'hiver. Début juin, Arthur embaucha douze hommes pour une autre expédition dans les plaines. Il dut offrir des primes pour atténuer leur peur de rencontrer des Indiens. Ils quittèrent Carson lourdement armés et revinrent au Fitzpatrick à la fin du mois avec trente juments et sept étalons.

Des premières juments, toutes avaient donné naissance à des poulains, ainsi du fils de Trigger et de Springfield, de Beauty et de l'appaloosa. Arthur commença la sélection des étalons et des femelles, réservant à différents endroits du ranch des enclos pour chacun des mâles, notant avec Alexandra le début des arbres généalogiques, les dates des saillies, repérant les mères et choisissant selon des affinités de caractère et de morphologie les étalons qu'elles devaient rencontrer. En juillet, trois autres hommes furent embauchés, qui installèrent leur camp saisonnier dans la forêt, à la limite des parcelles est.

Les charpentiers avaient commencé la construction de la tannerie Ervin. La femme de Joseph s'inquiétait de la conscription. Le gouvernement recrutait de plus en plus de soldats et son mari, américain depuis trois générations, allait finir sur les listes des volontaires de l'Union. Tous les commerces, de façon plus ou moins directe, voyaient leurs activités augmenter, expédiant vers l'est des marchandises servant à la logistique de l'armée. Dans les plaines, lors de la dernière expédition de capture des mustangs, Bowman et ses hommes avaient rencontré trois équipes de chasseurs qui tiraient les chevaux sauvages, selon la méthode que lui avait expliquée Joseph, pour le compte de compagnies ayant des contrats avec l'armée. Les chasseurs de mustangs laissaient derrière eux la carcasse d'un cheval sur deux, abattus par des tirs manquant de précision. En août, sous les applaudissements des citoyens de Carson City, huit volontaires partirent grossir les rangs des armées du Nord.

En septembre, dans une diligence de l'Express Mail, une lettre quittait Carson City, signée par Erik Penders et adressée au pasteur Edmond Peevish, Grantsville, Territoire de l'Utah.

En octobre, Alexandra et Arthur payèrent leurs derniers salaires aux trois saisonniers. Les feuilles brunes tombaient des arbres. Les réserves de viande, de bois, de fourrage, de céréales et de poisson séché étaient presque terminées et l'argent de Reeves entièrement dépensé. Il leur restait une petite réserve d'une centaine de dollars pour passer l'hiver et faire face aux premières dépenses du printemps suivant. La cabane n'avait pas été agrandie. Ils se préparèrent à y passer leur deuxième hiver comme ils avaient passé le premier, Alexandra lisant des livres à voix haute. Le premier qu'elle lui avait lu l'année passée était celui de Hawthorne, *Valjoie*. L'auteur y racontait une histoire se déroulant dans une communauté utopique et imaginaire, Blithedale, qui ressemblait à Reunion. Elle avait lu le livre lentement pendant qu'Arthur l'écoutait, allongé à côté d'elle.

– Ton ami Penders, il s'intéressait à ce sujet ?

– J'en sais rien.

– Blithedale, en fait, c'est Brook Farm. Une communauté fondée en 1840 dans le Massachusetts.

– Qu'est-ce qu'elle est devenue ?

Alexandra s'était assombrie.

– Comme Reunion. La misère et des maladies. Des rivalités de chefs.

Fin octobre, les sommets étaient déjà blancs depuis trois semaines et la neige commençait à tomber sur le lac. Avant de se retirer dans leur cahute, ils allumèrent un grand feu au bord de l'anse et se jetèrent dans l'eau une dernière fois. Ils n'y restèrent qu'une minute, serrés l'un contre l'autre, grelottant de froid, puis coururent jusqu'aux flammes s'enrouler dans des couvertures.

– Ça y est, on en est débarrassés.

Elle se tourna vers lui.

– De quoi ?

– De l'argent de Reeves.

Alexandra se glissa contre lui.

– Moi qui suis venue en Amérique bâtir une communauté socialiste, je me retrouve prisonnière d'un misanthrope dans une montagne, associée d'un ranch de mille hectares financé par la Compagnie des Indes britanniques.

Arthur enroula son bras autour de ses épaules.

– La cabane est trop petite pour plus de monde.

– Je tiendrai encore un hiver.

Quelques jours plus tard, alors que la neige s'accumulait de façon inquiétante, un jeune employé de l'Express Mail quitta Carson City en maudissant le ciel. Il prit la route du Fitzpatrick, passa les premières bornes du ranch, les chevaux regroupés autour de la grande grange ou réfugiés sous les arbres, passa le col et redescendit sur le versant ouest en direction du lac. Il atteignit en quatre heures la prairie, le petit corral et la petite écurie couverts de neige, s'arrêta à une distance prudente de la cabane et appela M. Penders. Le cheval qu'il tenait en longe derrière lui commençait à s'agiter.

Arthur entrouvrit la porte de la cabane, un fusil à la main.

– C'est qui ?

– C'est Ricky, de l'Express Mail, monsieur Penders ! J'ai un cheval et une lettre pour vous !

Sergent,

Votre lettre, arrivée il y a un mois maintenant, a été une surprise dont j'ai mis longtemps à me remettre.

Une année et demie s'est écoulée depuis notre dernière rencontre et jamais je n'aurais pu imaginer tout ce qui vous est arrivé, ni croire que vous trouveriez la paix dans ces montagnes. Que cela vous plaise ou non, mes prières les plus chères ont été exaucées. J'espérais de vos nouvelles, mais comment aurais-je pu croire qu'elles seraient aussi bonnes et représenteraient pour moi, enfin, une telle libération. Depuis les tragiques événements qui nous ont réunis puis séparés, je menais ma vie comme un imposteur, doutant d'avoir fait le bon choix, ne sachant si vous poursuiviez toujours les recherches que j'avais abandonnées.

Aujourd'hui, grâce à vous, je sais que nous avons bien fait.

Je suis donc resté à Grantsville, d'abord parce que je n'ai pas été capable de partir pendant longtemps, affaibli par des fièvres et de mauvais rêves, ensuite parce que la triste renommée que j'avais acquise après la mort du tueur de la piste avait fait de moi une sorte de célébrité. La communauté de Jésus-Christ des Saints des Derniers Jours m'a accueilli comme l'un des siens.

Je me suis converti à la religion de ces hommes. En premier lieu parce que je voulais rester vivre avec eux.

Je suis un peu honteux de vous l'avouer, sergent, mais j'ai pris femmes à Grantsville. J'ai aujourd'hui deux épouses.

L'argent de la récompense est resté longtemps sous clef, je ne pouvais me résoudre à y toucher. Mais depuis votre lettre, j'ai décidé d'investir la somme dans une ferme de Grantsville, une des seules régions de pâturages autour de Salt Lake. La demande en viande, entre cette guerre qui a éclaté et les convois d'immigrants, est de plus en plus importante. Je deviens, comme vous mais peut-être un peu moins sauvagement, un citoyen américain menant ses affaires, et un prêtre avec désormais une vraie paroisse et une vraie communauté. Ici, parmi mes semblables, je me sens en sécurité.

Comme promis, j'ai pris soin de votre cheval. Cet animal est d'un caractère impossible, il me faisait souvent penser à vous. J'espère qu'il aura fait un voyage sans encombre, j'ai obtenu la garantie qu'il serait parfaitement traité. Il sera donc mon messager jusqu'à vos montagnes, où j'espère un jour vous rendre visite.

Il me semble parfois, quand la fatigue me rattrape, que nous sommes vieux d'un siècle.

Cher vieil ami, mes pensées vous accompagnent.

Je vous salue bien chaleureusement, ainsi que votre compagne.

Edmond.

Malgré la neige et le vent, Arthur sella Walden et fit avec lui le tour du ranch Fitzpatrick, lui montrant chaque borne comme à un nouvel associé, le menant aux crevasses cachées par la neige pour qu'il s'en souvienne, lui montrant celle où était tombé Jonathan, au fond de laquelle rouillait la Winchester d'Erik Penders. Il ramena son mustang à la petite écurie, le soigna et le laissa pour la nuit avec Beauty, Trigger et leurs poulains.

L'hiver 1862 fut d'une brutalité que le vieux MacBain n'avait jamais connue en quinze années passées dans la Sierra Nevada. Un tiers des bêtes du Fitzpatrick moururent, tuées par le froid, malades et dévorées par les loups, tombées dans des crevasses en cherchant de la nourriture sous la neige. Les chevaux à l'abri de la grande grange sortirent de l'hiver amaigris. Dans la petite écurie du lac, Alexandra et Arthur en avaient entassé une dizaine, qui s'en sortirent eux aussi tant bien que mal. En janvier et février, des alternances incompréhensibles de pluies diluviennes et de chutes de neige encore jamais vues décimèrent le gibier et inondèrent les plaines jusqu'à Owens Valley, au sud de la Sierra. Les tribus Païutes et Shoshones, affamées, commencèrent à tuer le bétail des camps de mineurs qui venaient sur leur terre chercher à manger. Des incidents éclatèrent, des ouvriers furent tués. En mars, un détachement de cavalerie quitta Aurora, au nord de Carson City, avec pour mission de pacifier Owens Valley. Les premiers affrontements eurent lieu et les Indiens renégats s'enfuirent dans les montagnes.

Au printemps, les montagnes reprenaient lentement vie et le ranch Fitzpatrick se remettait des dégâts de l'hiver. Le *Carson Daily Appeal* rapportait des batailles de plus en plus violentes entre unionistes et confédérés dans le sud du pays. À Shiloh, dans le Tennessee, quatre mille soldats moururent en deux jours.

En juin et juillet, onze juments mirent bas, dont deux moururent avec leurs poulains. L'été fut beau et les quarante chevaux du ranch retrouvèrent une bonne santé. Alexandra et Arthur n'avaient plus les moyens d'embaucher et ils négocièrent avant l'automne un crédit auprès de l'Eagle Ranch pour du fourrage en cas de besoin. Si l'hiver suivant était aussi difficile, ils laisseraient aussi quelques-unes de leurs bêtes en pension là-bas. Le Fitzpatrick, spécialisé dans l'élevage de chevaux de prix, ne ferait pas de bénéfices avant deux ans au moins, et l'armée se moquait du caractère des bêtes : elle avait besoin d'autant de montures que de cavaliers, à qui on demandait de charger pendant quelques minutes avant de se faire tuer par les balles et les obus. Mais Abraham Curry, de l'Eagle Ranch, croyait dans leur projet et accepta de les aider après avoir visité le Fitzpatrick et repéré des poulains d'un an déjà prometteurs.

En septembre à Antietam, dans le Maryland, soixante-quinze mille nordistes et cinquante mille sudistes s'affrontèrent. Vingt mille soldats furent tués ou blessés pendant une bataille d'une seule journée, dont les deux camps revendiquèrent la victoire. L'industrie et les grandes fermes des États-Unis tournaient à plein régime, le pays était sorti de la crise économique qui durait depuis la grande sécheresse de 1857. Dès la fin de l'hiver, le flot d'immigrants ne cessa de grossir et la piste de la Californie qui passait par Carson City devint une rivière continue de convois en route vers le Pacifique. La ville grandissait et, alors qu'une dizaine d'autres volontaires avaient quitté des fermes ruinées par l'hiver catastrophique, deux cents nouveaux habitants s'y étaient installés en un an.

De Grantsville le père Peevish échangea quelques courriers avec Erik Penders, propriétaire du Fitzpatrick. Peevish avait eu plus de chance que Bowman. Son affaire tournait déjà bien et le mauvais hiver dans la Sierra avait relancé plus encore son négoce de viande. Il proposa à Arthur, s'il en avait besoin, de lui donner de l'argent. *Cet argent, je vous le dois.* Peevish avait maintenant trois femmes et autant d'enfants. *Il est coutume, dans notre communauté, d'avoir une famille aussi grande que nos moyens le permettent. Sergent, vous le croirez si vous voulez, avec mes os pointus et mes gencives pourries, je suis devenu un homme courtisé.*

Les derniers pionniers passèrent les cols en octobre et la neige revint. Le ranch était prêt pour un autre hiver. La nouvelle tannerie de Joseph Ervin était opérationnelle et lorsque la saison se termina au Fitzpatrick, lui et sa famille se mirent au travail, perfectionnant le tannage à l'écorce de chêne blanc. N'ayant plus le temps de chasser, Ervin passait maintenant commande de ses peaux aux trappeurs de la Sierra qui prirent l'habitude, lors de leurs visites, de camper sur les terres du ranch.

Alexandra et Arthur allumèrent leur grand feu au bord de l'eau et nagèrent une dernière fois. Sous les couvertures ils restèrent silencieux un moment, regardant leur cabane, leurs chevaux dans l'enclos et la forêt dénudée.

Alexandra se serra contre lui.

– Tu te souviens de ce que tu as dit l'année dernière ?

– Non.

– Tu disais que la cabane n'était pas assez grande pour plus de monde.

Arthur la regarda.

Elle sourit.

– Tu as quel âge, Arthur ?

– Quarante et un.

– J'ai trente-sept ans.

Elle avait eu un ton étrange. Arthur baissa les yeux.

– Tu t'ennuies ici, c'est ça ?

Elle éclata de rire.

– Pas du tout.

Alexandra regardait la cabane.

– Il faudra l'agrandir.

– Si c'est ce que tu veux, on fera des travaux l'année prochaine.

Elle prit la main d'Arthur, la posa sur son ventre et plongea ses yeux dans les siens.

– Je me demandais pourquoi ça n'était pas arrivé plus tôt. Peut-être qu'il fallait du temps pour nous préparer.

Il ne comprenait pas.

– Tu es prêt, Arthur ?

La surprise passa sur son visage, puis son front se plissa, une inquiétude et une peur qu'Alexandra n'avait jamais vues. Il ouvrit la bouche sans arriver à prononcer un mot. Le grand Bowman avait du mal à respirer, il ne quittait pas Alexandra des yeux et sa main toujours posée sur son ventre tremblait.

Elle l'embrassa et se leva.

– Je vais me mettre au chaud à l'intérieur.

Elle se retourna sur le seuil de la cabane. Arthur Bowman s'était levé et s'éloignait du feu, drapé dans la couverture. Il s'arrêta au bord de l'eau et regarda le soleil disparaître derrière les sommets. Le ciel était gris, chargé de neige. Le couchant ne dura qu'un instant, jetant un peu d'orange sur les forêts dépouillées et les vaguelettes du lac. Il resta là un moment, immobile et droit dans le froid, soufflant de petits nuages de vapeur jusqu'à ce que la nuit soit tombée. Avant de retourner à la cabane, il s'arrêta devant la tombe des Fitzpatrick.

– Cette fois, il va falloir que je prenne un de vos noms.

Il grelottait, ses pieds nus sur la terre froide lui faisaient mal.

– Dormez bien.

Le feu craquait. Il jeta sa couverture sur le lit et se réchauffa devant les flammes qui chassaient la douleur de ses cicatrices. Il massa les moignons de sa main bleus par le froid, puis se glissa dans le lit avec Alexandra. Son corps était déjà chaud. Elle s'enroula autour de lui.

– Ça va ?

– Oui.

Il enfouit son visage dans ses cheveux.

– Pardon.

– Pourquoi ?

– Parce que j'arrive pas à parler.

– Ça n'a pas d'importance.

Au cours de l'hiver, Arthur regarda le ventre d'Alexandra Desmond grossir avec inquiétude. Il quittait souvent la cabane et partait dans les montagnes avec Walden pour de longues marches dans la neige, revenait le soir se coucher avec elle, posait ses mains sur le ventre pour sentir bouger l'enfant. Il faisait parfois des cauchemars, rêvant du village de pêcheurs et des femmes se jetant dans les flammes avec leurs enfants dans les bras.

*

L'hiver fut clément et le Fitzpatrick n'eut pas besoin de s'endetter pour acheter du fourrage. Dès le mois de mars, la neige commença à fondre.

Alexandra Desmond accoucha d'une fille le 8 mai 1863.

Aileen Penders naquit dans la cabane au bord du lac, en plein après-midi, sous le ciel bleu et le soleil de la Sierra.

La mère Ervin avait protesté, elle qui avait pondu ses trois mômes sans l'aide de personne et encore moins de son mari, mais Alexandra avait refusé de laisser sortir Arthur. Il avait failli s'évanouir, tenant sa main, fasciné par les souffrances de l'accouchement et l'énergie farouche d'Alexandra Desmond à mettre au monde un enfant. La mère Ervin avait présenté Aileen à Arthur, couverte de graisse blanche et de sang, minuscule au creux de ses mains. Il avait osé la garder quelques secondes contre lui, mais à son premier cri, terrifié, l'avait posée sur le sein de sa mère.

Quand elle put se lever et marcher à nouveau, Alexandra traversa le ranch pour se glisser dans l'eau fraîche du lac, où Aileen prit son premier bain. À la manière des Indiennes, portant sa fille contre son sein, roulée dans une couverture, elle emmenait Aileen partout et, en avril, montant Trigger, fit avec elle le tour du Fitzpatrick.

L'Eagle Ranch réserva pour l'année suivante deux mâles de trois ans. En juin, un éleveur d'Aurora, ayant entendu parler d'eux, fit le déplacement jusqu'au lac pour voir les chevaux et posa lui aussi une option sur trois futurs étalons et quatre juments. Les avances, encore maigres, furent les premiers dollars gagnés depuis deux ans. Avec ce petit bénéfice, Arthur finança une nouvelle expédition vers l'Utah. En septembre, le ranch avait retrouvé son cheptel d'avant le terrible hiver de l'année précédente. Soixante chevaux, dont une douzaine de mâles. Springfield, âgé maintenant de sept ans, était un étalon magnifique. Dans un an sa descendance et celle de l'appaloosa allaient se croiser, les branches des arbres généalogiques se multiplier.

Début juillet, cent soixante mille soldats se battirent pendant trois jours à Gettysburg, en Pennsylvanie. Quarante mille moururent sur le champ de bataille.

Arthur se baignait chaque matin avec sa fille. À trois mois, elle avait déjà des boucles aussi rousses que sa mère et Bowman la regardait grandir en cherchant des signes de ressemblance avec lui.

– Elle ne ressemble qu'à toi.

Alexandra prenait la petite dans ses bras et lui parlait en se moquant d'Arthur :

– Tu entends ça ?

Aileen avait les cheveux d'Alexandra, la bouche fine et sérieuse de Bowman, ses pommettes, ses yeux bleus et son regard.

Après la naissance de sa fille, les cauchemars d'Arthur s'étaient arrêtés.

Il l'emmenait dans les montagnes, chevauchant Walden, lui parlant de ce qu'il voyait, lui décrivant le paysage, les chevaux, lui racontant des souvenirs de palais, de grands fleuves et de déserts qu'il avait vus, lui décrivant Londres et les navires remontant la Tamise, la pêche en mer et ces bateaux à vapeur traversant l'Atlantique plus vite que des trains. Aileen, la tête sur la poitrine de Bowman, s'endormait en écoutant sa voix.

Un négociant de Carson City acheta à Joseph Ervin tout son stock de cuir de l'année. On en faisait entre autres, à New York dans les ateliers de couture, des gants pour les officiers supérieurs de l'armée du Nord. À son tour, Ervin prêta deux cents dollars au Fitzpatrick pour la construction d'une nouvelle maison de trois pièces, au bord de l'eau. Alexandra en dessina les plans, Arthur se rendit en ville pour embaucher des charpentiers et régler les affaires qui l'y conduisaient deux fois par mois. Il passa au *Daily Appeal* acheter les exemplaires de la semaine pour Alexandra et donner sa réponse à Henry Mighels. Le journaliste avait proposé à Mme Desmond d'écrire des chroniques pour le journal. Alexandra avait accepté.

Elle attendit jusque tard dans la nuit le retour de Bowman, qui ne rentra qu'au petit matin. Elle le trouva assis sous la charpente de la maison en construction, sur le plancher que les ouvriers venaient de poser, regardant le lac, les yeux rouges, puant l'alcool et le vomi. À ses pieds un exemplaire du *Carson Daily Appeal* daté du 7 juillet 1863.

Elle tenait Aileen dans ses bras, ne dit pas un mot et s'assit à côté de lui en regardant le soleil se lever au-dessus des montagnes. Aileen se tortilla, sa main agrippa la manche de Bowman. Arthur lui fit un nid dans ses bras, se pencha sur elle et murmura :

– Tu ressembles pas à ton père.

Aileen sourit et essaya d'attraper ses lèvres qui lui chatouillaient l'oreille.

Alexandra se leva et laissa Arthur seul avec sa fille, rentra dans la cabane et s'assit sur le lit, les mains sur ses cuisses, essayant de maîtriser son souffle et de retenir ses larmes.

Le lendemain une enveloppe quittait Carson City à destination de Grantsville, contenant une page du *Daily Appeal* et une brève note d'Arthur Bowman pour le père Peevish.

*

Arthur s'était enfermé depuis trois semaines dans un silence monstrueux, n'adressant plus la parole à personne sinon à sa fille, qu'il emmenait pour des marches à cheval. Il lui racontait l'armée des Indes, ses combats, l'Afrique, les garnisons perdues, la flotte de Godwin et le sloop blanc, la guerre de Birmanie et la mousson, la forêt, cette sécheresse à Londres et les égouts de Sainte-Katherine.

Début août un courrier arriva au ranch. Sous la charpente de la nouvelle maison dont le chantier avait été interrompu, Bowman ouvrit l'enveloppe.

Sergent,

Je n'ai pas dormi depuis votre dernier courrier. Je passe mes nuits avec une lampe allumée dans ma maison. Je ne peux plus affronter la nuit. Le jour j'erre sans pouvoir parler à personne et tant que j'ai pu, j'ai essayé de penser à ce que nous devions faire.

Je n'en ai plus la force.

Maintenant que nous savons, il sera sans doute impossible de vivre normalement. Nos cicatrices sont à nouveau ouvertes alors que nous avions réussi à les oublier. Nous avons tous deux des enfants. Une vie. Et même si nous nous sommes menti, alors je veux continuer à vivre ce mensonge. La douleur pourra s'effacer, s'atténuer avec le temps. J'oublierai. C'est le choix que je fais et je vous demande de faire de même.

Nous avons trop à perdre désormais. Nous avons réalisé l'impossible, pourquoi détruire ce que nous avons bâti ?

La vie de cet homme ne doit plus gâcher la nôtre. Vous disiez qu'il était mort. Qu'il le reste.

Je vous entends le dire entre vos dents, sergent. Lâcheté.

Je ne suis pas lâche. Nous avons déjà payé assez cher notre culpabilité et obéi à des devoirs dont le monde entier se moquait. Nous ne devons plus rien à personne à part nous-mêmes.

Nous avons changé. Je ne sais pas quel homme il est aujourd'hui, celui qui se cache derrière la photo et l'article du journal, mais il se peut que sa folie meurtrière ait pris fin. Il voulait refaire sa vie. Survivre. N'est-ce pas, comme nous, ce qu'il a achevé ? Il a tué pour des raisons que nous connaissons trop bien, sergent. Pour voler, s'enrichir et faire fortune. La façon dont il l'a fait, c'est une histoire particulière, la nôtre, mais qu'est-ce que cela change dans ce pays où les hommes d'affaires du Nord envoient des dizaines de milliers d'hommes se faire tuer pour régler leurs différends avec les hommes d'affaires du Sud ? Que sont ses crimes en comparaison, à part quelques cauchemars que j'avais arrêté de faire ?

S'il a trouvé ce qu'il cherchait, pourquoi continuerait-il ?

Cela n'efface pas ses crimes, mais pourquoi continuer à souffrir pour ce qu'il a fait ?

Je vous demande de reconsidérer votre décision, pour l'amour de votre fille et de votre compagne, au nom de tout ce que je possède aujourd'hui de plus précieux. N'y allez pas. Laissez-nous vivre et laissons à Dieu le soin de juger cet homme.

Il sera mort bientôt, comme nous tous.

Je vous en prie, renoncez et pardonnez-moi, je veux garder mes dernières forces pour vivre. Ceux qui nous commandaient n'existent plus. Nous ne sommes plus des soldats. Ce combat n'a plus de sens.

C'est la première chose que vous m'avez dite, sergent, il y a plus de dix ans maintenant : Celui qui refuse de se battre est parfois celui qui remporte la guerre.

Abandonnez.

Si vous reprenez cette chasse, celui qui est mort dans cette grange pour vous sauver aura été tué en vain. Vous portez maintenant son nom, votre fille aussi. Ne le laissez pas disparaître avec vous, ne redevenez pas votre propre cauchemar.

Le Prêcheur.

Arthur avait sellé Walden, le mustang attendait, attaché à un piquet du petit enclos. Il enfourna dans ses fontes de la nourriture, une couverture et quelques ustensiles pour le voyage, des munitions pour le vieux Springfield de Jonathan. Dans sa poche il glissa une partie des derniers dollars devant servir à terminer la maison.

Il détacha son cheval sans oser regarder Alexandra.

– Je reviendrai.

Arthur posa la main sur le pommeau et monta en selle en soufflant lourdement. Walden sentit les cheveux d'Alexandra et d'Aileen, la petite fille essaya de le caresser. Sa mère le repoussa de la main.

– Reste ici. Vous allez mourir tous les deux.

Bowman prit les rênes dans ses mains et baissa la tête.

– Je sais.

Aileen tendait les bras vers lui, elle voulait monter sur le cheval et partir dans la montagne.

Arthur passa sous l'enseigne du ranch Fitzpatrick sans se retourner, suivit la berge jusqu'à la pointe nord du lac Tahoe et la grande piste, se glissa entre les chariots des pionniers et suivit leur route en direction de l'ouest.

5.

CARSON DAILY APPEAL

7 juillet 1863

Les élections municipales de San Francisco, en Californie, se sont achevées ce 1ᵉʳ juillet par la victoire importante, avec près de mille voix d'avance, d'Henry Perrin Coon, candidat du Vigilance People's Party, l'emportant sur le candidat républicain Robert C. Delauney.

Au cours d'une campagne marquée par les préoccupations de la guerre, les deux candidats avaient choisi des programmes distincts.

Henry Perrin Coon, du Vigilance People's Party, avait orienté le sien sur la sécurité dans les rues de San Francisco, la corruption des institutions et la défense des droits des Américains face à la vague d'immigration toujours plus importante dans la ville et cette région de la Californie. Coon, originaire de l'État de New York, vit à San Francisco depuis dix ans, il est père de quatre enfants. À l'annonce de sa victoire, le nouveau maire a déclaré : « Ce n'est pas ma victoire mais celle des citoyens américains de San Francisco. Ensemble nous travaillerons à faire de cette grande ville une capitale sûre et prospère, et nous soutiendrons de toutes nos forces l'Union dans son combat et sa prochaine victoire contre la Confédération renégate. »

Robert C. Delauney, du Parti républicain, avait quant à lui, toujours en soutenant la guerre de l'Union, fait campagne autour de la prospérité économique de la ville, son ouverture au commerce avec l'Asie et son indépendance financière par rapport à l'État fédéral. Entrepreneur ambitieux, spécialisé dans l'import-export de produits chimiques, Robert Delauney est installé à Sausalito, tout près de San Francisco, depuis trois ans. L'exemple envié de sa rapide fortune et l'argent investi dans la campagne n'auront pas suffi.

En cette période de guerre et d'immigration toujours plus grande, c'est donc Coon, misant sur la sécurité et des thèmes plus proches des citoyens de San Francisco, qui l'a emporté. Delauney a salué la victoire de son adversaire en déclarant qu'il resterait un citoyen investi dans l'avenir politique et économique de la ville, et que si son aide était requise, il soutiendrait Coon dans tous les projets profitant à San Francisco.

Une élection et des candidats dignes d'une grande démocratie.

À la suite de l'article, deux photos des candidats. Coon avait une tête de pasteur belliqueux, Delauney celle d'un bûcheron enrichi, le col de chemise boutonné jusqu'au menton.

*

À Stockton, après cinq jours sur la grande piste et la traversée de la Sierra, Bowman se sépara des pionniers pour remonter vers le nord, contournant l'immense réseau de lacs et de rivières, labyrinthe de terre et d'eau d'où partaient déjà des bateaux pour la baie de San Francisco. La région était envahie de prospecteurs et de mineurs, qui s'éparpillaient depuis deux jours autour de la piste pour rejoindre les sites d'orpaillage et les grandes mines où ils cherchaient du travail.

Les chantiers d'excavation étaient plus grands que ceux qu'il avait vus dans les Rocheuses. Des lances hydrauliques rongeaient les collines et les vallées, transformant la terre en rivières de boue que l'on collectait et triait. Des chemins de fer et des charpentes, hautes et fragiles, étaient en construction ou en réparation permanente. Autour des mines, des taudis de toile et de planches abritaient les ouvriers, le sol était jonché de déchets et la végétation anéantie. Une mine devenait un village, les villages des villes, ou bien disparaissaient, ne laissant que des vallées défigurées et des morceaux de constructions abandonnées. De ce côté de la Sierra, les grandes vallées étaient mieux irriguées et un peu moins chaudes que les plaines de l'Utah.

Pour tous ceux qui ne continuaient pas vers la côte, c'était la fin du voyage. Devant les bureaux des compagnies minières, des files d'hommes attendaient sous le soleil qu'on leur offre un emploi. Entre les mines, de petites fermes se regroupaient parfois pour donner naissance à d'autres bourgs de quelques familles. La guerre était aussi loin d'ici que du lac Tahoe.

Arthur arriva à la Sacramento River et paya son passage sur un bac qui le déposa sur le ponton de la petite ville de Rio Vista. Dans le magasin général, il demanda où trouver la ferme des Fitzpatrick. Les tenanciers lui expliquèrent comment s'y rendre, à quelques miles au nord, au bord de la rivière. Ils connaissaient les Fitzpatrick, oui. Ils venaient régulièrement faire des achats ici.

La nuit approchait. Arthur demanda s'il pouvait laisser quelque chose pour eux. Il écrivit une courte lettre et, dans un tissu noué, déposa sur le comptoir du magasin la photo de Jonathan et

Aileen, un rasoir, une broderie et deux alliances en or. Le patron de la boutique demanda à Bowman qui il était, s'il avait un message pour les Fitzpatrick.

– C'est écrit dans la lettre. Y a rien d'autre à ajouter.

Arthur reprit la route et marcha au pas une partie de la nuit, jusqu'à une forêt de séquoias géants. Il s'arrêta au pied d'un arbre aussi large que sa cabane en rondins, dormit quelques heures. En se réveillant, il alluma un feu pour préparer du café. Des haubans de lumière tombaient entre les arbres, faisant sur le sol des taches de soleil. Le sergent but son café et mangea lentement un peu de viande. La forêt ressemblait à un sanctuaire abandonné, gardé par des géants immobiles de cinquante mètres de haut, armée pétrifiée d'un mythe antique. Bowman tendait l'oreille comme pour entendre murmurer les arbres entre eux. Ils grandissaient les uns à côté des autres depuis des siècles. Ils devaient se connaître et l'idée lui vint qu'ils avaient appris à communiquer en silence et pouvaient échanger des idées. Leur écorce était douce et tiède. Leur immobilité et leur présence imposante entraînaient Bowman dans une lente méditation. Il commença à se sentir oppressé. L'air était humide et lourd, comme trop rare entre les grands troncs. Les séquoias ne lui en laissaient pas assez pour respirer et leurs bras haut perchés cachaient le ciel au-dessus de lui. Il éteignit son feu qui peut-être les dérangeait, remonta en selle et quitta la forêt, prenant garde de ne pas sortir les géants de leur sommeil. Arthur se sentait observé, son intrusion dans ce sanctuaire n'était plus tolérée.

Le soir suivant, il dormit près d'un petit lac et le matin se déshabilla pour se baigner. Il avait oublié l'odeur de son corps et des vêtements, quand la transpiration et la crasse s'incrustent dans la peau au fil des jours passés sur la piste. Il repensa à Aileen, aux bains qu'il prenait avec elle le matin, mit ses mains en coupe et les remplit d'eau, serrant les doigts pour la retenir. Les gouttes passaient entre ses moignons et ses mains se vidèrent.

À midi il avait atteint les berges de la grande baie de San Francisco et continua vers le sud, sur cette langue de terre de plus en
plus étroite, jusqu'à ce qu'il aperçoive, du haut d'une colline, à sa
gauche la baie et à sa droite l'océan. Il décida de passer encore
une nuit sous les étoiles avant de parcourir les derniers miles qui
le séparaient de Sausalito, sur la pointe nord du détroit, qu'il
apercevait depuis son campement. Le vent de l'océan portait jusqu'à lui le bruit des vagues arrêtées par la côte. Quand la nuit
tomba, il vit San Francisco s'illuminer de l'autre côté du détroit.
Des ferries et des bateaux sillonnaient la baie, leurs lanternes
avançant lentement sur l'eau noire. Il s'allongea face au Pacifique.
La dernière frontière. Un cul-de-sac. Au cours de sa première vie,
Arthur s'était retrouvé de l'autre côté de cet océan. Il en avait fait
le tour et le monde prenait fin.

Peut-être qu'il aurait dû écrire une dernière lettre. À Alexandra,
Aileen ou Peevish. Mais il n'avait plus rien à ajouter. Les mots
aussi tourneraient en rond. Il regardait la masse noire du Pacifique
et les étoiles au-dessus, autres gardiens éternels, et repensa aux
séquoias. Les arbres centenaires savaient que la fuite était inutile.
Arthur se souvint d'avoir déjà respiré l'air de cette forêt. Sur le
pont du *Healing Joy* devant les côtes birmanes, après être sorti de
la cabine de Wright et Cavendish. L'air d'un cercueil refermé sur
lui. Bowman réalisait, écoutant les vagues au loin, qu'il n'avait pas
impunément traversé tous ces paysages. Chaque fois, il y avait
laissé un morceau de lui, de temps passé et de vie disparue. Le
sergent Bowman était maintenant éparpillé aux quatre coins du
monde. Il ne restait plus grand-chose de lui.

Il se leva à l'aube, sella Walden et descendit vers Sausalito.

Un petit village de pêcheurs de la baie, des maisons sur pilotis et
des pontons, sur les hauteurs, dominant le détroit, des demeures
plus luxueuses, villégiatures de riches familles de San Francisco et
résidences de quelques citoyens fortunés préférant le calme du

village à l'agitation de la grande ville. Une ligne de ferries les reliait à la capitale, à trois miles de l'autre côté. Parmi ces maisons blanches et hautes, une plus grande que les autres que Bowman reconnut sans peine. La première fois qu'il l'avait vue, à Londres, il avait cru faire erreur et la maison était vieille d'un siècle. Cette fois elle était neuve et dominait Sausalito, posée au sommet de la colline, au bout d'une rue en terre qui ne menait qu'à elle.

Arthur avança jusqu'à la grille des écuries qui était ouverte. Un Noir balayait l'allée et arrêta son travail.

– Qu'est-ce que je peux faire pour vous, sir ?

– M. Delauney, il est là ?

– Dans la maison, sir. Vous voulez que j'aille chercher quelqu'un ?

Bowman descendit de cheval en grimaçant. Les jours de piste l'avaient fatigué et ses genoux lui faisaient mal.

– Pas la peine. Vous pouvez vous occuper de mon cheval ?

Le Noir prit la bride de Walden. Arthur caressa le poitrail du mustang et le tapota doucement.

– Prenez soin de lui.

– C'est un beau cheval, sir.

– Ouais, il a plutôt mauvais caractère, mais j'en ai pas vu beaucoup qui avaient son courage.

– Je vais m'occuper de lui, sir. Il vous attendra ici.

Arthur traversa le petit jardin en longueur devant la maison, rejoignit l'allée principale qui menait du grand portail à la porte d'entrée. Il souleva le heurtoir, une ferronnerie en forme de D majuscule, et le laissa retomber. Une jeune Négresse lui ouvrit, en tenue de servante. Sur ses joues trois lignes de cicatrices barraient son visage. Cela ressemblait à des incisions tribales, plus sûrement la marque d'un propriétaire ou un châtiment.

– Je peux vous aider, monsieur ?

– Je voudrais voir Delauney.

– Vous avez un rendez-vous, monsieur ?

Arthur esquissa un sourire.

– Oui.

Elle s'écarta pour le laisser entrer.

Les décorations de l'entrée, malgré le style britannique de l'architecture, ressemblaient à celles du ranch Paterson. Des meubles sombres, mélange de rusticité et de raffinement. Tapis et tableaux étaient mal assemblés, les couleurs trop nombreuses juraient entre elles. De genres et de formats différents, les toiles représentaient des paysages américains, d'autres d'Asie, des scènes de bataille, des bateaux, des moulins à vent ou des chevaux.

– Qui est-ce que je dois annoncer, monsieur ?

Arthur se tourna vers la servante, distrait par sa question.

– Dites-lui que c'est son vieil ami, Richard Kramer.

Bowman resta dans l'entrée pendant qu'elle traversait le hall, dont les grandes portes vitrées donnaient sur une terrasse en pierres blanches. Elle ouvrit une des portes et disparut.

Il attendit devant un tableau représentant un marché indien, peut-être à Bombay ou Madras, où le peintre n'avait sans doute jamais mis les pieds. Il avait dû travailler d'après une photo ou des souvenirs qui n'étaient pas les siens. Parmi les hindous enturbannés s'étaient glissés quelques Indiens d'Amérique en costumes à plumes.

L'employée de maison revint. Elle s'arrêta à bonne distance de Bowman et lui dit que M. Delauney l'attendait sur la terrasse. Elle le regarda passer et resta plantée au milieu du grand hall. Arthur se retourna vers elle.

– Il vaudrait mieux partir de la maison.

Elle s'était mise à trembler.

– M. Delauney, il a déjà dit qu'on devait tous partir.

– Bien.

Il traversa la grande pièce jusqu'aux portes et avança sur la terrasse. Le soleil se reflétait sur les dalles de pierre claire et il plissa les yeux. Un grand parc s'étalait devant lui, au bas d'un escalier de quelques marches. De jeunes arbres venaient d'être plantés sur un terrain encore sans herbe. Au fond du parc, un long bâtiment en briques, de plain-pied, ressemblait à un cottage anglais. Les quartiers des domestiques.

Bowman reconnaissait l'endroit, malgré des différences de plus en plus nombreuses. Pas dans le dessin, mais dans la réalisation. La recréation du décor avait sans doute pris trop de temps pour le propriétaire des lieux, partout des signes de précipitation et des imperfections. Les arbres étaient plantés de façon désordonnée, le cottage semblait trop bas, les fenêtres trop petites.

Une pergola en métal avait été montée sur les dalles mal ajustées de la terrasse. Dans des pots en terre, aux quatre coins, poussaient des plantes grimpantes encore trop jeunes pour donner de l'ombre. Des canisses de joncs avaient été déroulées sur la structure métallique. La façade ouest de la grande maison était elle aussi ressemblante mais ratée. Alors que le modèle avait une élégance et une présence raffinées, celle-ci était austère, les dimensions sans équilibre lui donnaient un air prétentieux. Il manquait à cette copie de grande demeure anglaise la patine des années et le savoir-faire d'un architecte. Comme pour le tableau du marché de Bombay et ses Indiens d'Amérique, c'était un souvenir altéré. L'argent n'avait pas suffi, ni l'imagination, à combler les trous de la mémoire.

Delauney était assis sous les canisses dans un fauteuil en rotin, au bout d'une table blanche en bois peint, devant une assiette et une carafe d'alcool. Il reposa son verre, ôta la serviette qu'il avait autour du cou et la posa sur ses jambes en regardant Bowman approcher.

Arthur tira une chaise et s'installa en face de lui à l'autre bout de la table.

Sur la photo du journal, le candidat Delauney donnait l'impression d'avoir une tête ronde, engoncé dans un costume boutonné jusqu'au col, mais il avait toujours le même visage carré que dans le souvenir du sergent. Les années n'avaient pas passé sur lui comme sur Bowman ou le Prêcheur. Sa peau était toujours lisse, même si ses cheveux commençaient à se dégarnir sur les tempes.

Un homme d'une quarantaine d'années, bien portant, dans un costume de coton blanc sur mesure, le col de sa chemise ouvert, des mains larges et fortes, ses petits yeux bleus enfoncés sous les arcades aux sourcils blonds, rasé de près, des lèvres à peine dessinées et serrées, sur un visage sans expression. Il regardait Bowman comme à travers une couche épaisse de temps, la tête légèrement en arrière, carrée, posée sur son cou de taureau.

Il y a quelqu'un à qui tu fais confiance sur ce bateau ? Peevish avait pointé un doigt. *Lui.*

Christian Bufford observait le sergent Bowman sans qu'un muscle de son visage et de son corps bouge. Arthur se laissa tomber contre le dossier de la chaise et plongea ses yeux dans les siens. Lui non plus ne le voyait pas vraiment. Lentement il reconstruisait son souvenir du soldat Buffalo, du *Healing Joy* à la jonque, de la forêt à la veuve avec qui il avait bu du thé dans le cottage au fond du parc de la maison de Walworth. Il lui avait donné de l'argent pour la tombe de son mari.

Son visage s'était peut-être un peu adouci, l'argent l'avait engraissé, ses épaules s'étaient arrondies, mais son cou de bête était toujours aussi large. Arthur aurait voulu que son costume soit ridicule, qu'il révèle la grossièreté de Buffalo et lui fasse comme un déguisement, que l'on devine sous les vêtements de prix l'ancien soldat sans éducation. Mais Robert C. Delauney, de l'autre côté de la table, avait l'allure et l'assurance d'un véritable homme d'affaires. Bufford aurait pu boire un verre avec les clients du pub en face de l'East India House, marcher avec une canne dans le parc du City Hall de New York, s'asseoir autour d'une table avec Paterson ou négocier de l'or dans un bureau des grandes mines du Colorado.

Bowman se tourna à nouveau vers le parc et les quartiers des domestiques.

– T'as pas fait creuser un puits ?

Le tueur de la piste, candidat à la mairie de San Francisco, ne réagit pas.

– Ta veuve était inconsolable. Elle disait que c'était la puanteur qui t'avait emmené. Elle avait raison sans le savoir. J'ai pas eu besoin de lui expliquer qui tu étais. Elle disait aussi que tu étais parti. Pas que tu étais mort, seulement parti.

Les lèvres de Christian Bufford s'entrouvrirent, sa voix était éraillée :

– Salut, sergent.

– Salut, Buffalo.

Bufford était toujours plongé dans sa brume visionnaire, le regard fixe et le visage sans expression.

– Plus personne m'appelle comme ça.

– J'imagine. Déjà là-bas personne osait.

– Sauf vous, sergent.

– C'est moi qui t'avais baptisé, Buffalo.

Une épaule de Bufford se souleva, remontant vers son cou en un roulement nerveux.

Arthur regarda la façade de la maison.

– C'est toi le patron, maintenant. T'as payé ça avec l'or de la mine ?

Bufford fronça les sourcils.

– L'or ?

– La mine Gregory.

Le sujet ne semblait pas l'intéresser, il répondit comme s'il pensait à autre chose :

– C'est l'engrais qui rapporte de l'argent. La formule que Kramer avait trouvée.

– L'engrais qui devait sauver Reunion.

– Pourquoi vous avez dit que vous vous appeliez comme lui, sergent ?

– C'est quoi ce nom, Delauney ?

Bufford répondit mécaniquement, d'autres pensées accaparaient son esprit :

– Le nom de jeune fille de ma femme… J'ai trois bateaux

maintenant, qui font des voyages entre San Francisco et l'Asie. Quatre cents ouvriers qui travaillent dans les usines. Comment vous m'avez retrouvé, sergent ? C'est Penders qui vous a dit ?

– En Angleterre, c'est le seul que j'ai pas trouvé après le meurtre des égouts. C'était lui que je cherchais ici.

– Erik ?

Le rêve de Bufford se déchirait lentement, une ride se creusait sur son front.

– Je me souviens de la nuit où il est arrivé dans cette grange. Il a essayé de me parler mais… On a pas eu le temps. Il a paniqué à cause de l'autre qui était pas encore mort. J'ai pas pu lui demander comment il m'avait retrouvé.

– T'as balancé qui dans le puits ?

– Quoi ?

– Ta veuve, elle a enterré qui ?

– Un clochard, qui croyait que la fin du monde arrivait parce que la ville était pleine de merde.

– Après la mort de ton fils.

– Elliot ?

Bufford se pencha en avant.

– Pourquoi vous parlez de lui, sergent ?

– Ta femme disait que tu étais devenu fou après la mort de votre fils.

Le soldat Bufford était soudain soucieux, sa bouche se rétrécit et il parla lentement :

– Pourquoi vous êtes pas armé, sergent ?

– À quoi ça servirait ?

Bufford réfléchit quelques secondes, étrangement concentré.

– À rien.

Il glissa une main sous la table, repoussa son assiette et posa un revolver devant lui d'un geste sans intention, comme s'il avait sorti de sa poche du tabac ou de l'argent pour payer son repas.

– Je ne comprends pas pourquoi vous êtes là, sergent.

– C'était qui dans les égouts ?

– Un ancien des colonies. Quand Elliot est mort… J'aime pas me souvenir de ça, sergent. Pourquoi vous me dites pas ce que vous faites ici ?

– C'était le premier ?

– Le premier ?

– De tes associés.

Un sourire passa sur les lèvres de Bufford.

– Oui. J'avais besoin de son argent pour partir.

– Ensuite il y a eu Kramer. Et six autres.

Sa tête s'inclina doucement sur le côté.

– Vous avez fait un long voyage, sergent, mais vous êtes pas passé partout où je suis allé.

– J'imagine. Tu es resté longtemps sur la route, Buffalo.

Il fronça les sourcils.

– Plus personne m'appelle comme ça, sergent.

– Je sais. Monsieur Delauney.

– Oui.

– Moi aussi j'ai changé de nom. Parce qu'on m'a pris pour le tueur. On m'a accusé d'être toi.

– Comment vous vous appelez, sergent ?

– Erik Penders.

Bufford eut un frisson, des muscles jouèrent sous la peau de son cou.

– Il est déjà mort une fois. C'est le seul que j'ai revu avant vous, sergent.

– Pourquoi t'es pas mort dans le puits de tes patrons, Buffalo ?

Les épaules de Bufford se soulevèrent plus violemment.

– M'appelez pas comme ça, sergent.

– Je comprends pas comment j'ai pu faire cette erreur.

– Cette erreur ?

– Aucun des dix ne s'est suicidé. Comment j'ai pu croire que tu en avais eu le courage ? Toi qui bouffais ta merde pour les faire rire, qui te battais pour une ration de riz et qui m'as coupé les doigts quand ils t'ont dit de le faire.

Bufford eut l'air attristé, offensé par le ton de Bowman.

— C'était pour m'en sortir, sergent.

— Je sais.

— On a tous fait pareil.

— Non.

— Pas vous ?

Arthur regarda l'arme posée sur la table.

— Pas comme toi. Pourquoi c'est pas toi que je cherchais, Buffalo ?

Bufford cligna des yeux.

— Arrêtez avec ce nom.

— Bufford est mort à Londres, je connais pas Delauney. Comment je devrais t'appeler ?

— J'en sais rien, sergent, mais pas comme ça.

Christian Bufford se laissa tomber contre le dossier de son fauteuil, passa la main sur sa poitrine pour essuyer la transpiration. Sous les lignes d'ombre et de soleil des canisses, Arthur aperçut les cicatrices de son torse.

— J'ai pas d'autre nom pour toi, Buffalo, depuis que tu as essayé de tuer le Prêcheur. Il y a douze ans.

À nouveau ses épaules se soulevèrent et des veines gonflèrent sur son cou.

— J'aime pas les souvenirs dont vous parlez, sergent.

— De quoi d'autre tu veux parler ?

Bufford se redressa, un éclair de joie féroce dans les yeux.

— L'avenir, sergent.

Bowman sourit.

— L'avenir ?

— Ce pays, il m'attendait. C'est moi qui vais le construire, sergent. C'est le mien.

— Je sais. C'est aussi le mien maintenant, et je suis une objection à ton projet, Buffalo.

– Une objection ?

– Tant qu'il y aura quelqu'un, même une seule personne, pour venir te regarder en face, Buffalo, ton projet restera un rêve. Il ne sera jamais accompli.

L'humeur de Bufford changea à nouveau, retombant dans cette transe brumeuse, oscillant entre concentration et absence.

– Vous avez plus les tripes, sergent, comme Penders. Je l'ai vu quand vous avez passé cette porte. J'en ai rencontré des tas comme vous, qui me tombaient dans les bras tellement ils avaient peur, quand je les regardais dans les yeux et qu'ils auraient pu s'enfuir. Vous aussi, vous me demanderez de vous achever.

– C'est pour ça que tu les tuais ? Pour prouver qu'ils étaient aussi lâches que toi ?

– Quand je leur disais, ils se coupaient les doigts eux-mêmes. Je pouvais m'asseoir et les regarder faire.

Arthur planta ses yeux dans ceux de Bufford.

– Mais toi, tu as gardé tous les tiens.

– Vous croyez que vous êtes déjà mort, sergent, mais vous savez pas encore ce que c'est. Votre numéro marchera plus avec moi, c'est pas la peine de me regarder comme vous avez fait avec Colins sur la jonque.

– T'as encore rien prouvé, Buffalo. Ni que j'avais peur de toi, ni que le monde entier était aussi lâche que toi.

– C'est la dernière fois que vous m'appelez comme ça. J'ai renvoyé tous les singes de la maison, y a plus que nous deux. Qu'est-ce que vous croyez qu'il va se passer, sergent ?

– Ça dépend de toi.

– De moi ?

– T'as pas changé, même avec ton costume, les articles dans les journaux et ta maison de travers.

Bufford posa la main sur la crosse du revolver.

– Changer ? J'ai déjà changé, sergent. Vous voulez seulement que je redevienne comme avant, mais j'ai plus peur de vous.

— Tu comprends toujours pas. Changer pour devenir plus forts que nous-mêmes, Buffalo.

Le coup de feu fit tomber Bowman de sa chaise. Il roula sur le côté et se mit à quatre pattes. La balle avait traversé son bras. Arthur se releva lentement, remit la chaise sur ses pieds, fit pression sur la blessure et se rassit en face de Bufford. Le soldat Buffalo le fixait, le pistolet à la main. Bowman posa son coude sur la table en grimaçant et regarda la façade bancale de la maison. La sueur coulait sur son visage, sa bouche était sèche.

— Pourquoi tu as fait reconstruire cette maison alors que c'est à cause d'elle que ton fils est mort ?

— Vous avez pas d'enfant, sergent, vous pouvez pas comprendre.

L'image d'Aileen et Alexandra en train de jouer dans l'eau du lac lui traversa l'esprit. Arthur la chassa aussitôt et regarda Bufford qui se penchait en avant, un sourire aux lèvres.

— Vous avez une famille, sergent ? C'est ça ?

Arthur tressaillit, ferma les yeux une seconde et les rouvrit. Bufford souriait toujours, ses dents ne semblaient en faire qu'une, un seul morceau d'ivoire planté dans un morceau de bois.

— Vous aussi vous avez abandonné votre famille pour venir ici, sergent ?

Arthur serra les poings, la douleur dans son bras lui coupa le souffle.

— Qu'est-ce que tu as dit au petit esclave de Feng, Buffalo ?

Bufford arma le chien du revolver et visa l'autre bras de Bowman.

— Quoi ?

— Je t'ai vu sur la jonque. Tu l'as embrassé et tu lui as parlé avant de le jeter dans le fleuve. Qu'est-ce que tu lui as dit ?

Bufford baissa lentement le pistolet, se reprit, visa à nouveau, pencha la tête de côté et rebaissa l'arme.

— Pourquoi vous parlez de ça ?

Arthur, pris de vertiges, serra plus fort sa blessure pour essayer d'arrêter le sang.

– Tu te souviens de Reeves, le capitaine du sloop qui nous avait emmenés au village des pêcheurs ? Il m'a donné de l'argent pour que je parte te chercher. Et il m'a dit que si je te retrouvais, il faudrait que je t'explique que c'était pas de ta faute, il m'a demandé de pas te tuer. Il croyait que c'était sa faute à lui, et celle des officiers qui nous donnaient des ordres. Il avait tort, mais il m'a donné l'argent et il est mort après.

Bufford éclata de rire.

– Vous croyez que je vais me tuer parce que vous m'avez retrouvé, sergent ? Vous attendez une confession, c'est ça ?

– C'est pas la peine, je sais tout depuis longtemps, Bufford. Seulement j'avais pas encore compris, avant de lire cet article et de voir ta photo dans un journal.

– Je comprends plus ce que vous dites, sergent, vous commencez à délirer, vous perdez beaucoup de sang.

Bufford regarda la table. La tache rouge grandissait et coulait vers lui, passant entre la carafe d'alcool et son verre.

– C'est parce que tu me l'as pas encore dit.

Bufford releva la tête.

– Quoi ?

– Le petit esclave.

– Pourquoi vous parlez encore de ça, sergent ?

– Tu as pensé à lui quand ton fils est mort, Buffalo ?

Une veine gonfla sur le front de Bufford, de la racine de ses cheveux à son nez.

– Si je tire encore une fois, vous allez perdre trop de sang, je pourrai plus faire ce que je veux, sergent. Vous serez trop faible. C'est ce que vous voulez ? Mourir rapidement avant que vous ayez dit où est votre famille ?

Les paupières du sergent Bowman remontaient de plus en plus lentement sur ses yeux.

– Tu lui as parlé de ton fils ?

Il passa encore la main sur son cou pour essuyer la

transpiration. Arthur connaissait cette démangeaison, quand le sel de la sueur coulait sur les cicatrices. La bouche de Christian Bufford trembla.

– Je lui ai dit qu'il s'appelait Elliot.

– Quoi d'autre ?

Bufford essaya de sourire mais il perdait son aplomb.

– Pourquoi ça vous intéresse, sergent ? Vous croyez m'attendrir, c'est ça ? Que je vais me mettre à pleurer et vous donner mon arme ?

– Qu'est-ce que tu lui as dit ?

La voix de Buffalo changea de timbre.

– Que j'étais devenu militaire pour que mon fils puisse aller à l'école, qu'il finisse pas dans la rue à mendier ou travailler dans les égouts avec les autres mômes de Londres. Maintenant j'ai trois bateaux, Bowman. Et quatre cents ouvriers. J'ai fait ce qu'il fallait pour y arriver, rien d'autre.

– Mais Elliot est mort. C'est trop tard. Qu'est-ce que tu lui as dit d'autre ?

Bufford serra les dents.

– Je lui ai dit que c'était fini, que j'allais le laisser dans le courant et qu'il pouvait partir. Je lui ai demandé pardon et je l'ai balancé à la flotte.

– Pardon ?

Bufford décolla de son fauteuil et hurla :

– Je lui ai demandé pardon parce que vous aviez voulu lui trancher la gorge devant nous ! Je lui ai dit que c'était fini et qu'il pouvait partir !

Arthur baissa les yeux et sa tête retomba vers la table.

– Je l'aurais tué. J'aurais pas hésité. Et tu lui as demandé pardon pour moi, Buffalo ?

Bufford se leva et pointa le revolver sur la tête d'Arthur.

– Quand j'en aurai fini avec toi, Bowman, j'irai chercher ta famille.

Arthur essaya de se redresser mais bascula en arrière, s'effondrant sur la chaise. Il souriait.

– Reeves pouvait pas savoir.

Bufford perdait pied.

– De quoi tu parles, sergent ?

Arthur déplia son bras blessé, la douleur faillit le faire tomber dans les pommes, mais il leva sa main aux deux doigts coupés, trempée de sang, au-dessus de la table.

– Je t'ai déjà sauvé deux fois, Buffalo. Reeves pouvait pas savoir.

Bufford se pencha au-dessus de la mare de sang, laissa tomber le pistolet et posa ses mains sur la table.

– Tu m'as sauvé, toi ?

– Quand tu m'as coupé les doigts pour sauver ta peau, Buffalo. J'aurais pu te tuer, t'arracher la gorge avec mes dents.

Bufford essuya ses lèvres sur la manche de son costume.

– T'as rien fait parce que toi aussi tu voulais survivre, sergent. Tu vaux pas mieux que moi.

– Survivre ? C'est ça que tu fais ici, dans ta grande maison ? Tu te bats pour survivre, Buffalo ?

– Si tu avais essayé de te défendre, ils t'auraient tué comme les autres.

– Mais je te regardais dans les yeux, Buffalo, et j'ai pas bougé, les deux fois, quand tu t'es acharné sur ma main. Tu peux pas avoir oublié. Je te regardais déjà comme aujourd'hui, Buffalo. Pas pour te faire peur, pour que tu trouves le courage de pas le faire, de pas devenir leur larbin, comme tu es devenu le serviteur des riches à qui tu veux ressembler. Le monde est lâche, Buffalo. Des hommes comme moi assassinent des enfants pour toucher leur solde, d'autres comme toi tuent pour se venger de leurs maîtres, mais ils te remercient pour ça, Buffalo. Ils te remercient. Tu es devenu leur valet de chambre, dans ta maison bancale, avec tes tableaux et tes Nègres.

Bufford éructa :

– Tu me suppliais de pas le faire, sergent, c'est tout ce que tu faisais ! Si tu avais essayé de me toucher, ils t'auraient tué. Ils m'auraient protégé !

Arthur ricana.

– Ils attendaient de voir qui allait tuer l'autre, qu'on fasse leur travail nous-mêmes. Comme quand ils jetaient une ration de riz pour deux, que tu bouffais l'oreille de Briggs pour lui voler la gamelle. Je t'ai pas tué alors que tout aurait pu s'arrêter là-bas. Je te regardais dans les yeux et je cherchais la force de pas te sauter dessus pendant que tu me coupais les doigts. Pour y arriver, je pensais à toi sur la jonque, en train d'embrasser le gamin que j'avais failli tuer. Reeves pouvait pas savoir…

Bufford hurla :

– Savoir quoi ?

Bowman se leva lentement, se retenant à la table avec son bras valide. Il grimaça de douleur et regarda Bufford dans les yeux.

– Que je t'avais déjà pardonné, Buffalo. Il fallait que je vienne te le dire. Que j'étais toujours là, que tu t'étais pas débarrassé de moi, même à l'autre bout du monde, en espérant que tes crimes retomberaient sur des pauvres types comme Penders, Peevish ou moi.

– Reste où tu es, sergent. Qu'est-ce que tu fais ?

Arthur chancela et s'agrippa à un poteau de la pergola. Bufford tira un poignard de sous sa veste de costume et le rattrapa en deux enjambées.

– Tu fais un bel effort, sergent, mais ça sert plus à rien. Et si tu es arrivé jusqu'ici, c'est que toi aussi tu es un salopard capable de survivre à n'importe quoi.

Arthur regarda vers le fond du parc, le cottage de la veuve où il avait bu du thé en pensant qu'elle était trop jolie pour Bufford.

– Il fallait juste que je sache si tu te souvenais du petit esclave.

Christian Bufford posa sa main sur l'épaule d'Arthur, frappant doucement la lame de son poignard sur la jambe de son pantalon.

– C'est tout ce que tu voulais savoir, sergent ? Tu as laissé ta famille derrière toi pour ça, pour venir me dire que tu m'avais déjà pardonné ? À quoi ça va te servir maintenant ?

Arthur le regarda dans les yeux. Sa voix était calme.

– À pouvoir continuer. À vivre une vie honorable.

Les sourcils de Bufford se soulevèrent.

– Qu'est-ce que tu racontes encore, sergent ?

Arthur lui sourit.

– Le courage, c'est toujours moi, Bufford.

– Parce que tu es venu jusqu'ici me regarder dans les yeux ?

– Non, parce que je vais te tourner le dos.

Il repoussa mollement la main de Bufford de son épaule et ferma les yeux. Il sentait l'odeur de son sang et celle de Bufford à quelques centimètres, sa transpiration, son haleine et ses vêtements. Il écouta leurs deux respirations un instant, chassant la peur du noir, puis rouvrit les yeux. Bufford n'avait pas bougé.

– Sur le *Joy*, je voulais pas choisir des hommes qui me ressemblaient pour pas me retrouver face à eux. Finalement, c'est le Prêcheur qui t'a choisi.

Arthur sourit une dernière fois.

– Tu peux m'enfoncer ton couteau dans le ventre, ça prendra qu'une seconde. Mais est-ce que tu aurais le courage de faire ça, Buffalo ? De tourner le dos à quelqu'un qui te ressemble ?

Arthur inspira une longue bouffée d'air, lâcha le poteau métallique de la pergola, pivota lentement sur ses talons et fit un pas vers les portes vitrées.

– Arrête-toi, Bowman.

Arthur s'arrêta un instant, cherchant son équilibre, et fit un autre pas.

– Me tourne pas le dos.

Il continua à avancer.

– BOWMAN !

Il était à cinq mètres des portes.

– Tu me suppliais de pas le faire. T'as sauvé ta peau comme les autres !

Il posa la main sur la poignée.

– BOWMAN !

Arthur ouvrit la porte et parla doucement, sans que Bufford puisse l'entendre :

– Tu es sauvé, Buffalo. Je pars.

Il entra dans le grand hall, les cris de Bufford, hurlant son nom, le suivirent jusqu'à la porte d'entrée. Arthur s'appuya au mur de la maison pour atteindre l'allée des écuries et se hissa sur le dos de Walden. Il s'arrêta au milieu de la rue en terre, déchira sa chemise et noua la bande de tissu autour de son bras. Il serra les jambes, le mustang commença à descendre vers le village.

Un cavalier, sous un chapeau à large bord, montait vers la maison de Delauney. Il portait un costume noir, il montait un cheval à la robe aussi noire que ses vêtements et la chaîne d'une montre en or pendait de la poche de son gilet. Sa monture soufflait dans la petite côte, couverte d'écume, la bouche pleine de bave épaisse. Une carabine, dans un étui en cuir travaillé, battait sur le flanc de la bête. Arthur tira sur les rênes et Walden frappa le sol de ses fers. L'homme releva la tête et s'arrêta à la hauteur de Bowman. Ils échangèrent un regard. Le Prêcheur sourit, puis son visage retrouva ses traits tendus et osseux.

– Je suis content de vous voir, sergent.

– Pourquoi t'es venu, Prêcheur ?

Peevish regarda devant lui, la maison en haut de la rue en pente.

– Quand j'ai envoyé la lettre… j'ai compris que j'y arriverais pas, sergent.

Il plissait les yeux en observant la maison.

– Il est toujours là-haut ?

Arthur baissa la tête.

– N'y va pas.

546

Peevish tapota l'encolure de son cheval et essuya la transpiration de la bête sur son pantalon.

– C'est la peur, sergent. J'ai pas le choix.

Il donna un coup de talons et le cheval noir se remit en marche.

Arthur resta au milieu de la rue, leva les yeux vers la baie et les bateaux de commerce filant toutes voiles dehors vers l'océan.

*

Quand Arthur Bowman arriva au ranch Fitzpatrick après une semaine d'un dernier voyage sur la piste, le mois d'août avait commencé.

S'il réussit à prendre sa fille dans ses bras, il lui fallut plusieurs jours pour échanger des mots avec Alexandra. L'un comme l'autre restèrent muets longtemps, sous le coup d'émotions contradictoires qu'ils tentaient d'étouffer. Puis, un matin, à l'heure où Bowman se baignait dans le lac avec Aileen, Alexandra se glissa dans l'eau avec eux et il l'embrassa.

Les travaux de la nouvelle maison avaient repris en son absence. Les charpentiers avaient commencé à poser le bardage. Mi-août, alors que la famille Penders revenait des prairies de l'est à travers la forêt, un homme en costume noir attendait devant la cabane. Arthur descendit de cheval, portant sa fille dans ses bras, et serra la main d'Edmond Peevish. Ses habits neufs d'homme d'affaires étaient couverts de poussière, il ôta son chapeau pour saluer Alexandra Desmond et lui présenter ses hommages. Le Prêcheur semblait avoir encore vieilli. La manche de son costume était déchirée, du sang séché tachait le tissu. Sous sa chemise, passant sur son épaule, des bandages gris de crasse. Les deux hommes s'excusèrent auprès d'Alexandra, qui prit Aileen des bras d'Arthur et les regarda s'éloigner vers l'anse. Le Prêcheur se rinça le visage et les mains, puis ils marchèrent le long de la berge jusqu'à ce qu'elle les perde de vue.

Lorsqu'ils revinrent à la cabane, Bowman et Peevish étaient silencieux, marchant du même pas lent. Leurs visages étaient graves, les mêmes rides profondes marquaient leurs fronts encore jeunes. Peevish salua Alexandra Desmond sans arriver à sourire.

– J'espère que nous nous reverrons, madame. Prenez soin de votre famille et de vous-même.

Il monta en selle, détacha l'étui de la carabine et la regarda un instant avant de la tendre à Bowman.

– Elle vous servira plus qu'à moi dans ces montagnes, sergent.

Ils se serrèrent la main encore une fois. Le Prêcheur reprit la route, lorsqu'il passa sous l'enseigne du ranch son dos se voûta. Arthur s'assit dans l'herbe en le regardant s'éloigner. Alexandra se serra contre lui et laissa Aileen partir droit devant elle à quatre pattes.

– Qu'est-ce qu'il t'a dit ?

Bowman regarda sa fille crapahuter jusqu'à la barrière de l'enclos. Elle s'accrocha à un poteau et se mit debout en tirant sur ses bras. Walden passa la tête entre les barreaux pour sentir ses cheveux. La gamine lâcha le poteau pour essayer de le caresser, poussa un petit cri d'excitation et tomba en arrière sur les fesses.

– C'est fini.

Le 19 septembre 1863 à Chickamauga, en Géorgie, vingt mille soldats moururent dans une bataille remportée par les troupes de la Confédération.

La maison fut terminée en octobre et la famille déménagea ses quelques affaires de la cabane à sa nouvelle demeure, dont la terrasse sur pilotis surplombait l'eau de l'anse. Ils prirent un dernier bain avant l'hiver, cette fois avec leur fille, et se réchauffèrent auprès d'un grand feu. Arthur en plaisantant demanda à Alexandra si elle n'avait rien à lui annoncer cette année.

– Pas encore.

Le lendemain matin, alors que les cendres fumaient encore, la neige tomba sur le lac. Les premières chutes furent importantes et ils craignirent une mauvaise saison. Mais début décembre, les précipitations se calmèrent et ils eurent pendant deux semaines des journées ensoleillées. Par endroits sur les prairies, la couche de neige fondit et les chevaux purent pendant plusieurs jours manger encore un peu d'herbe. À l'approche de Noël, la neige était un peu retombée.

Arthur Bowman s'enfermait dans des silences maladifs et écrivait des lettres qu'il envoyait à Grantsville. Il semblait souffrir, au milieu de sa famille, d'une étrange solitude. La paix qui régnait dans les montagnes était parfois trop pénible pour lui, mais il n'allait presque plus en ville. Alexandra Desmond le laissait seul lorsqu'il dérivait ainsi vers d'autres lieux et d'autres temps, qu'elle imaginait sans vouloir en savoir plus. Dans ces moments d'absence, Arthur marchait autour du ranch, s'arrêtait près de la cabane ou de l'enseigne, comme s'il suivait une piste, récoltant des souvenirs éparpillés. Puis il revenait vers elle ou leur fille et arrivait à sourire, chaque fois un peu plus longtemps.

Le lendemain du Nouvel An 1864, Arthur sortit de la maison en plein milieu de la nuit, faisant craquer le levier de la carabine. Dans l'écurie, les chevaux s'étaient mis à hennir et cogner à coups de sabots sur les murs. Une lampe dans une main, son arme dans l'autre, Bowman s'approcha silencieusement, pensant surprendre des loups rôdant autour des bêtes. Puis il entendit des voix à l'intérieur du bâtiment, quelqu'un qui essayait de calmer les chevaux. Il souffla la lampe, la posa dans la neige et continua d'avancer. La lune était grosse, ses rayons reflétés par la couche de neige éclairaient la nuit. Il ferma les yeux pour s'acclimater à la pénombre, contourna l'écurie et entrebâilla la porte à fumier, à l'arrière de la grange, pour jeter un coup d'œil à l'intérieur. Walden et Trigger se cabraient et lançaient leurs fers contre le bardage. Arthur s'écarta de la porte, tenant la carabine à deux mains.

– Sortez de là sinon je tire.

Il n'obtint aucune réponse.

– Si vous sortez maintenant, je vous laisse filer. Éloignez-vous des chevaux et partez.

Quelqu'un lui répondit de l'intérieur :

– On va sortir. Tirez pas. On s'en va.

Arthur entendit la grande porte grincer de l'autre côté du bâtiment. Il partit en courant dans la neige et tira un coup de feu au-dessus de deux silhouettes en train de passer par-dessus les barrières de l'enclos.

Les deux hommes s'immobilisèrent.

– Bougez pas.

– Vous avez dit qu'on pouvait partir. On s'en va. On voulait rien voler, m'sieur. On voulait juste dormir dans la grange.

Arthur trouva sa lampe dans la neige et la ralluma. Il la leva en même temps que le canon de la carabine. Deux gamins dans des vêtements rafistolés, des couches superposées et déchirées pour se protéger du froid, le visage sale, des morceaux d'uniforme militaire dissimulés sous les couches de tissus. Ils s'étaient alignés comme des prisonniers le long de la barrière.

– Vous êtes armés ?

Ils firent non de la tête.

– D'où vous venez ?

Ils se regardèrent, leurs poitrines encore gonflées par la course, soufflant de gros nuages de vapeur dans la lumière de la lampe.

– On était en manœuvre avec notre peloton et on s'est perdus dans la montagne, m'sieur.

Arthur baissa la lampe qui les éblouissait et les observa un instant.

– Déserteurs ?

L'un des deux recula contre la barrière, l'autre osa lever une main en signe de protestation.

– Non, m'sieur, on s'est perdus. On cherche notre peloton et on s'est perdus. On voulait juste passer la nuit dans votre grange.

550

Arthur baissa son arme.

– Passez devant. Le premier qui essaie quelque chose, je lui plombe le dos.

Il les poussa de son arme jusqu'à la cabane, les fit entrer à l'intérieur, bloqua la porte et les volets des fenêtres. Alexandra l'attendait sur le seuil de la maison. Il l'entraîna à l'intérieur et rechargea le poêle puis ils s'assirent chacun d'un côté de la table. Le lendemain matin, Arthur retourna à la cabane et frappa à la porte.

– Vous m'entendez ?

– Oui, m'sieur, on vous entend.

– Je vais ouvrir et vous allez sortir sans faire d'histoire. Je suis toujours armé.

Il débloqua la porte et recula de quelques pas, son arme le long de la jambe. Les deux gamins sortirent l'un après l'autre en se protégeant les yeux de la lumière.

– D'où vous venez ?

– On était à Aurora avec un convoi de recrues, en route pour le sud, m'sieur.

Les deux gamins se ressemblaient. L'un était un peu plus grand que l'autre et plus musclé, celui qui avait parlé.

– Vous êtes frères ? C'est quoi vos noms ?

Le plus grand croisa ses bras sur sa poitrine dans une attitude de refus. L'autre regarda Bowman.

– Moi c'est Oliver, m'sieur. Ferguson. Et lui, c'est Pete. On vient d'à côté de Portland, dans l'Oregon.

– Pourquoi vous avez déserté ?

L'aîné décroisa ses bras.

– On a pas déserté parce qu'on était pas volontaires. Ils nous ont recrutés de force, alors on a pas déserté. On s'est libérés.

Ils n'avaient pas mangé depuis plusieurs jours, ils étaient affaiblis et le plus jeune avait de la fièvre. Son frère, Pete, avait avancé d'un pas en parlant et haussé le ton.

– Si vous voulez nous ramener à Carson City, faites-le. Qu'ils

551

nous fusillent ou qu'ils nous envoient à la boucherie, ça reviendra au même de toute façon.

Les frères Ferguson se tenaient droit devant Arthur, comme s'ils étaient déjà devant un peloton d'exécution.

– Par où vous êtes arrivés ?

Ils ne comprenaient pas la question.

– Est-ce que quelqu'un vous a vus ?

Ils se regardèrent. Oliver se retourna vers Bowman.

– On a passé la ville de nuit. Ça fait deux jours qu'on est dans la montagne. Personne nous a vus à Carson.

Arthur hésita un instant, puis se tourna vers la maison et fit un signe de la main. Alexandra sortit sur la terrasse. Elle marcha jusqu'à la cabane, passa entre les deux garçons en les saluant, déposa de la nourriture à l'intérieur et ressortit se poster à côté d'Arthur.

– Où est-ce que vous allez ?

– On sait pas, m'sieur.

– Vous rentrez pas chez vous ?

Le grand frère prit la parole.

– On a plus de vieux. Y a plus que mon frère et moi.

Arthur regarda Alexandra, pâle, qui n'avait pas non plus dormi de la nuit.

– Allez manger dedans. On verra ce qu'on fera après.

Ils hésitaient, n'osant plus regarder la femme ni l'homme.

– On laissera ouvert, mais je vous conseille pas de sortir. Vaut mieux que personne vous voie pour l'instant.

– On partira ce soir. Merci pour la nourriture, madame.

Bowman baissa la tête et regarda la carabine dans sa main.

– Dormez ici cette nuit. Je vais seller deux chevaux dans l'écurie. Si quelqu'un débarque, vous sautez dessus et vous foncez dans la montagne. Et si vous vous faites cueillir, vous avez intérêt à dire que vous les avez volés, sinon c'est moi qui viendrai vous descendre.

La menace les fit tressaillir. Oliver prit son frère par le bras et l'entraîna à l'intérieur. Avant de refermer la porte, il s'adressa aux propriétaires du ranch :

– Merci.

– Va te planquer.

Alexandra et Arthur restèrent toute la journée autour de la maison, sans quitter la cabane des yeux. Le soir, Alexandra apporta encore à manger aux frères Ferguson.

La neige recommençait à tomber. Enroulé dans une couverture, son arme à la main, Arthur montait la garde sur la terrasse. Alexandra le rejoignit et se glissa sous son bras.

– Ils vont les retrouver ?

– C'est presque sûr.

– Et les fusiller ?

Arthur ne répondit pas.

– Le plus jeune, il n'a pas dix-sept ans.

– Je sais.

– Qu'est-ce qui se passera s'ils les trouvent ici ?

– Rien de bon.

Elle leva les yeux vers lui.

– Arthur, quand tu étais militaire, est-ce que... Quand il y avait des déserteurs...

Il la regarda.

– C'est arrivé.

– Tu l'as fait toi-même ?

Il se tourna vers la cabane.

– Parfois.

Il sentit Alexandra se serrer un peu plus fort contre lui, elle parla d'une voix douce :

– Il faudra les cacher.

Arthur réfléchit un instant.

– Jusqu'à la fin de la guerre.

– Mais pas ici ?

Il serra son bras autour de ses épaules.

– Dans la forêt. On fera une autre cabane.

– Au printemps, on dira qu'ils sont venus travailler ici, qu'ils sont de ta famille ?

Il se pencha sur elle.

– Ils resteront au ranch.

À l'intérieur de la maison, Aileen s'était mise à pleurer. Alexandra prit sa main.

– Viens.

Il l'embrassa sur le front.

– Je vais rester encore un peu.

Elle ne lâchait plus sa main.

– Personne ne leur fera de mal ?

– Non.

Elle referma la porte derrière elle, les pleurs d'Aileen s'arrêtèrent. Arthur appuya son épaule à un poteau, regarda le soleil descendre derrière les sommets blancs et le ciel qui se couvrait de plus en plus au-dessus du lac. La nuit tombait sur le ranch Fitzpatrick.

Le sergent Arthur Bowman se tourna vers la petite cabane des déserteurs, remonta la couverture sur son cou et posa la carabine du Prêcheur dans ses bras.

– Personne.

DU MÊME AUTEUR

Le fruit de vos entrailles,
Éditions Toute Latitude, 2006

Le Gâteau mexicain,
Éditions Toute Latitude, 2008

Fakirs,
Éditions Viviane Hamy, 2009

Le mur, le Kabyle et le marin,
Éditions Viviane Hamy, 2011

Composition IGS-CP
Impression CPI Firmin-Didot en mars 2014
Éditions Albin Michel
22, rue Huyghens, 75014 Paris
www.albin-michel.fr
ISBN : 978-2-226-25610-2
N° d'édition : 21191/01 – N° d'impression : 121841
Dépôt légal : avril 2014
Imprimé en France